傷痕文學大系 8

紅磨盤下

鄭家學◎著

LITERARY TIMES

博客思出版社

謹將此書獻給我的父母、兄弟姐妹和千千萬萬曾背負著出身十字架的人們

也獻給今天不知出身為何物的青年朋友們

他們的財產被剝奪，有的肉體被消滅，餘下的在永無休止的清算中苟且地活著。他們的子女也因為帶有原罪而被打入另冊。據粗略統計，從一九四九年到一九七九年三十年來大約有三千萬人被專政，全國有兩億多人因家庭出身和社會關係而受到牽連。他們構成了人類歷史上最大的賤民群。

讓一些人卑怯地活著，是為了讓另一些人更知足，也更順從。

——作者

一九七九年一月，《關於地主、富農分子摘帽問題和地、富子女成份問題的決定》，使千千萬萬人結束了「賤民」生涯，重獲做人的尊嚴，重返社會的公共生活。

——《南方週末》

自序

一九八〇年，剛剛摘掉戴了三十年黑五類子女帽子的叔伯弟弟從老家農村來到北京，說他們那裡有一項政策，只要交一些錢就可以改成份，把地主改成中農。一些地主成份的人花了幾百元錢，改成了中農。他希望我們也交幾百塊錢，把成份改了，以免將來重拾階級鬥爭時再受苦。在八十年代初，幾百元錢對一個偏僻落後的農村來講，不是筆小數目。這頂中農帽子不算便宜。可對於幾十年淒風苦雨挨整受壓的痛苦相比，似乎又太便宜。當時，我的叔伯哥哥已年屆四十，仍是單身，他的弟弟雖然已結婚，但像大多數出身不好的人一樣，必須以其他因素來彌補出身上的差距。

我和哥哥對這項政策感到荒誕與滑稽，原來：「成份」這頂曾決定無數人命運的帽子今天也可以像夜壺一樣賣來賣去。同時，也感到忿然，在他們打開本不應該戴上的枷鎖時，還忘不了敲詐勒索一筆。

我們勸叔伯弟弟不要花這冤枉錢。如果將來時局有變，重新把帽子扣上還不是輕而易舉的事，他們本來就善於翻手為雲，覆手為雨，何況，這原本就是統治者的一種政治把戲。

現在，又三十年過去了，那些黑五類子女可以徹底放心了，因為新的權貴早已登堂入室，他們坐擁千萬億萬財富，成為當政者的座上賓，有不少還進入人大，政協，成為新時代的新寵。他們大多數都是當年紅五類子女，更有不少人是老共黨人的後代。

歷史開了一個莫大的玩笑，它兜了一個大圈子，又回到原來的河道，留下了血雨腥風、累累白骨。無數人成了它的犧牲品，中華民族也為此付出慘重代價，炎黃子孫，同室操戈，千百萬人血染山河，中華文明和中華文化也遭到了巨大破壞。無數人含冤而死，無數人因饑餓而死，無數人妻離子散家破人亡，無數人被剝奪了做人的權利，無數人被剝奪了愛和被愛的權利。

三十年斗轉星移，他們雖然被摘掉賤民的帽子，卻已年華老去。

今天，當有的億萬富翁花鉅資為自己徵婚、盡選天下美女時，我的叔伯哥哥年逾七十，卻因父輩的二百畝土地，至今仍孑然一身。

目次

第一部　流徙歲月

一

王石頭出生時，國共兩軍打的正歡。日軍剛把槍撂下，這一對冤家便迫不及待地為爭奪天下大打出手。迫擊炮彈在王石頭家的房前屋後落下，子彈密集地像下雨一樣。他的腦袋剛一露出，一梭子子彈打在窗櫺上，白色的窗戶紙像蝴蝶一樣滿屋飛舞。他趕緊把腦袋又縮了回去。王石頭的母親王二奶奶疼得呼天喊地，手把炕沿都掀了起來。王石頭把腦袋緊縮在裡面，就是不出來。前來的接生婆騎著小灰毛驢剛到村口，聽見槍響，小灰毛驢便把接生婆撂倒在地，四蹄如飛地向村外奔去。接生婆連滾帶爬地鑽進村邊的一片小樹林裡。

望著疼的汗如雨下的妻子，王二掌櫃氣的破口大罵：「雜種操的，打！打！打！」

第二天早上，槍聲停了。接生婆撣撣身上的泥土，從小樹林裡鑽了出來。當她走進王二掌櫃的院子時，聽見哇的一聲哭叫，王石頭也從娘胎裡鑽了出來。這一天是民國三十四年十月二十四。王石頭母親望著身旁這個瘦的跟小貓似的兒子，掐指算了算，說：「這孩子跟他大哥同一月同一天同一時辰，怕是來要賬的。」

王石頭大哥叫王永琪，比王石頭大二十歲。這位王家老大有一副俊朗白皙的面孔和患有癆病的病懨懨的身體。十四歲那年，便中斷了學業，回家養病。王永琪不僅把詩文背的倒背如流，也把算盤打的如行雲流水。回家後，有時也幫父親管管賬，一本賬簿，父親唸的多快，他打的多快，當唸完最後一個數時，也啪的一聲撥完了最後一個算盤珠，而且分文不差。

自打日本人佔領熱河省後，這個孱弱多思的青年親眼目睹和經歷了這個大家庭的不安與動盪。

性格暴躁的父親不得不低眉順眼地八面應對日本人、八路軍、土匪和綁票的滋擾與勒索，還要應對勢力比他們家略遜一籌，卻又總伺機報復的宿敵——大姓齊家的陰損蔫壞。還時不時地償還他那好色好賭遊手好閒的兄弟欠下的賭債和花酒債。收拾他們留下的爛攤子，幫他們擦屁股。

這個多思而內向的青年最不能容忍的，是日本人和八路軍區小隊對他父親的辱罵和羞辱。他親眼看見一個日本軍人因為父親沒給夠他們糧食狠狠地搧了父親一個耳光，而父親敢怒不敢言，依然條管筆直地站在那裡，似乎在等另一個耳光。

他也討厭那些八路軍區小隊每次來都把他們的家人像狗一樣趕到後院，把門鎖起來，讓父親站在前院，為他們站崗放哨，然後大吃大喝，吃完了就把屎拉在院子裡。他還看見一個隊員趴在廁所外偷看女人的屁股。

還有一個日本人派到水杖子專門管治安和搜集八路軍情報的王警獄，長期住在他們家，每天好吃好喝。王警獄經常把人抓來，在他們家灌辣椒水，壓杠子，吊打非刑，王石頭父親有好幾次都給他跪下，求他高抬貴手，把人放了，以免全家招外人憎恨。

日本人、皇協軍、八路軍區小隊像走馬燈似地你來我走，每次來，都留下滿地狼籍。

這位王家大少爺忍受不了這種長時間的掠奪與滋擾，不止一次地向父親提出遠離這個是非之地，把家產變賣，去城裡做買賣。王石頭父親也並非沒有考慮過大兒子的建議，可他捨不得好不容易掙下的那片土地，那是從童姓地主家買來的全村最肥沃的良田。王石頭父親雖然忙於經商，可骨子裡最喜歡的還是土地。他在那二百畝田地裡種上玉米、高粱、穀子、黍子……，在田邊地頭種上南瓜和一架架豆角和黃瓜，在靠近地頭的山坡上種上一棵棵松樹。農忙時，他常常和兩個雇工一起下地，他喜歡莊稼地裡那一片蓬勃的綠色，喜歡豆角架和黃瓜架上那一串串紫色、粉色、白色、黃色的豆角花和黃瓜花，喜歡那蜿蜒在地邊南瓜藤蔓上的那金色的南瓜花。一到秋天，莊稼熟了，那火紅的高粱、金色的穀穗覆蓋田地，在秋風中泛起一片耀眼的色彩。豆角架上結滿了一嘟嚕一嘟嚕的豆角，瓜秧上結出一個又一個碩大的南瓜。每當他站在地頭，那勞累、屈辱便被這片土地消融。在王石頭父親眼裡，在這兵荒馬亂的年月，比起黃金和白銀來，唯有土地才是實實在在的財富，它搶不走也搬不動，每年都會給他豐厚的饋贈。

一九四三年初秋的一個下午，王石頭大哥正在櫃上幫著父親算賬，門前走過一隊馱子。這隊馱子很長，三十多匹馬背上馱著布匹，占了整整一街筒子。趕馱子的都是二十多歲精壯小夥子，一水的青衣青褲。打頭的是一個三十多歲的中年人，也是同樣打扮，只是頭上多了一頂禮帽。馱子走到王石頭家門口時，被王警獄攔住了。王警獄走到馱子前看馱著的都是布，便問中年人從哪裡來到哪裡去，中年人也不作答，從口袋裡掏出一個信封，遞給王警獄。王警獄抽出信紙，是瀋陽關東軍司令部的介紹信，說明運的布是給日本軍隊做被服用的，下面是瀋陽日本關東軍的大印。王警獄用一種猜疑的目光打量著中年人和這隊馱子，說：「你們現在這裡等著，我去去就來。」離水杖子二里地的大梁上有一個日本人的崗樓，住著十幾個日本兵，王警獄剛走進王石頭家的大門，王石頭父親一把把王警獄拽住。王石頭父親早已看出了端倪，在這些趕馱子人中王石頭父親認出其中一個就是八路軍區小隊的，去年還在他們家住過。王石頭父親問：「你去幹什麼？」王警獄說：「我給日本人打個電話，讓他們來查一查。」在王警獄的屋子裡，有一部日本人專門安裝的電話，用來通報情況。王石頭父親說：「我看這些人有來頭，你別去招惹他們。」王警獄說：「我報告日本人，要他們真是八路，就能得五十塊大洋。」王石頭父親說：「你沒看看他們都是什麼人，沒等你打電話，你就沒命了。」這時，中年人走上前來，很客氣地說：「大兄弟，都是為日本人辦事，大家都給個方便。我們急著趕路，這是一點兒小意思，大兄弟買包煙抽。」說著把五塊大洋塞到王警獄手裡。「王警獄看到，十幾個小夥一個個劍拔弩張，有的已把手伸到腰間，便順水推舟：「既然是給日本人運布，就快趕路吧。」

馱子過完後，王石頭父親擦了擦臉上的汗，對王警獄說：「你差點兒惹了大麻煩，要是打起來全村人都完蛋。」

這一切都被王石頭大哥看在眼裡。第二天王石頭大哥又向父親提出把家搬到城裡去。王石頭父親大聲訓斥他：「你好好養你的病，別的事你不用管。」說完，把門一摔出了院子。

王石頭大哥在屋子裡默默地站了一會兒，他的臉色由白變青，父親的回答使他徹底絕望，他拿起炕上的一把剪子，把放在旁邊已經做好的鞋幫一剪子一剪子剪成了碎片，一邊剪一邊解恨：「這個家早晚得敗光死光！這個家早晚得敗光死光！」推門進來的王石頭母親看見大兒子把她辛辛苦苦做好的鞋幫都剪成碎片，這個平時捨不得捅兒子一根指頭的母親再也忍不住了：「大來。」她叫著兒子的乳名：「你怎麼這麼禍害人哪！」這話正被走到屋前的王石頭父親聽見了，他推門進來，看見低頭剪鞋的兒子和炕上散落的一片碎鞋幫子，便抄起笤帚，劈頭蓋臉地朝王石頭大哥頭上打去，王石頭大哥既不躲也不反抗，依然用剪子剪著鞋幫。王石頭母親攔住了丈夫，王石頭大哥把剪子往炕上一扔，出了門。

吃晚飯時，王石頭大哥沒回家，睡覺時也沒有回家。第二天仍不見王石頭大哥的身影，王石頭父親和母親都覺得有些不妙，便派人到附近村的親戚家打聽，親戚們都說沒有看到。第四天上午，王石頭的母親騎著毛驢來到北莊的算命先生劉瞎子家，請劉瞎子算一卦，她的大兒子究竟在什麼地方。

劉瞎子聽了王石頭母親的講述後，便卜了一卦。看完卦後，劉瞎子說：「二奶奶，大少爺現在待的地方離府上不遠，從府上往西南二里多地，你們去找吧。」

王石頭的母親回家把瞎子算的卦告訴了在家裡急得團團轉的王石頭父親，王石頭父親的臉色頓時變得煞白，往西南二里地是一片高粱地，去高粱地找已失蹤四天的大兒子肯定是凶多吉少。王石頭父親顧不上騎騾子，帶著兩個櫃上的人直奔那片高粱地。滿眼的高粱已快成熟，紅若霞光。遠處的青山被霧嵐籠罩，顯得有些憂鬱。王石頭父親在高粱地疾走，趟倒了不少高粱，在高粱地中央，王石頭父親看見了兒子的屍體，他仰面朝天，四肢舒展地躺在那裡，兩眼大睜著望著天空，白皙的面孔更加慘白。這個王家老大以一種決絕的方式離開了這個他厭倦的亂世。王石頭父親跪在地上狠狠地抽了自己兩個耳光。他叫那兩個人快去取一副門板，當把屍體抬回家時，站在門口的王石頭母親竟沒流一滴眼淚。在大兒子出生滿月後，她曾抱著兒子找劉瞎子算過一卦，劉瞎子問過生辰八字，微微搖頭，說：「二奶奶，這孩子命有剋星，恐怕活不過二十歲。」王石頭母親只說了一句話：「他的飯吃夠了。」

第二天裝殮發送。按規矩凶死的人是不能進祖墳的。王石頭父親為兒子在自家地界選了一塊地方。當四個人抬著棺材走到離王家地界不遠的地方時，喀嚓一聲，前面的一根杠子斷了。抬棺材的只好把棺材放到坡上，王石頭的父親喟然一聲長歎：「他死了都不願進自家地界。那就埋到別處吧！」王石頭的父親打量了一下周圍，說：「既然他不願意走了，就埋在這裡吧！」一片還沒有完全熟透的高粱被割倒，紅高粱隨風搖曳，簇擁著一個堆起的土丘。

因為生產時受了驚嚇，王二奶奶生下王石頭後就沒有奶水。王石頭使勁嘬著母親的乳頭，嘬不出奶水，就哇哇大哭。還在月子裡的王石頭母親不能出門，就請了一個叫小翠的姑娘每天抱著王石頭去本村和外村那些餵乳的母親們找奶吃。那些慈愛的母親無一例外地向王石頭敞開了她們那飽含乳汁的高聳的胸脯。王石頭像狼崽子一樣拼命地吮吸著乳汁，吃飽了，還極其頑劣地在餵奶人的懷裡拉一泡屎或撒一泡尿。

王石頭滿月後，王石頭母親照例抱著王石頭來到北灣劉瞎子家來算命。王石頭母親說：「這孩子和他大哥同月同一天同一時辰，怕是來要賬的吧。」劉瞎子詳細問了王石頭的生辰，搖搖頭：「小少爺並非大少爺托生。只是有些生不逢時，恐怕是命途多舛，要受顛沛流離之苦。小少爺三十三歲前家國不寧，世道雜蕪，到三十三歲後才會有轉機。我看還是給小少爺起個硬朗的名字吧。」王石頭母親說：「那就請先生起個名字吧。」算命先生沉吟片刻：「我看就叫石頭吧。」以後的若干年中每到陰曆十月二十四那天，早晨，母親便給王石頭煮兩個雞蛋，讓雞蛋順著炕或床往下滾，然後讓王石頭把雞蛋吃了。也在那一天，王石頭母親便拿出壓在枕頭下面的小布包，一層層打開，從裡邊取出一張王石頭大哥的照片，仔細端看著。王石頭大哥穿著立領學生裝，梳著分頭，面容俊朗，一雙聰慧的大眼睛含著一絲與他年齡不相符的憂鬱。一次，母親看照片時，王石頭問母親：「你說我是大哥托生的，我的眼睛怎麼那麼小呀？」王石頭母親把照片用藍布包好，說：「你大哥長得好。早早就被收走了。你長得醜，沒人要，活得長。」

二

自打王石頭出生後，國共兩軍就戰事不斷，而且越打越大。王石頭父親原本想日本投降後，能過上太平日子，沒想到，國軍和解放軍又大動干戈，一個要殺豬拔毛，一個要推翻蔣家王朝，一個是美式武裝，一個是蘇式裝備，一個要天無二日，一個非要出第二個太陽。一個罵對方是共匪，一個罵對方是蔣匪。儘管雙方都是炎黃子孫，同屬一個祖宗，但殺起對方來，絕不亞於對付日本鬼子，甚至比對日本鬼子更狠。雙方殺的天昏地暗，日月無光，屍橫遍野，血流成河，苦難的土地上，成片的死屍像稻草個子一樣鋪滿田野。

因為王石頭家鄉是國共兩軍的必爭之地，雙方展開了拉鋸戰，他們把這個地方像鋸木頭一樣鋸來鋸去，每次拉鋸都留下大片死屍。嚇的兩個給王石頭家扛活的跑回了家，王石頭父親的雜貨鋪也沒人來買東西，王石頭父親只好親自下地。那天，沒鋤幾下，一顆炮彈便落在田間，中間炸出一個大坑，綠油油的麥苗被炸的像天女散花般地撒滿一地。被土埋了半截身子的王石頭父親半天才爬起來，灰頭土臉地回到家裡，那年小麥的收成只收回了種子。解放軍的支前大隊收走了王石頭家僅有的幾石糧食。在動盪的時局中，王石頭長到三歲還不會說話，父母都以為他是個啞巴。王石頭母親說：「這孩子可能是出生時被槍響嚇著了。」可是，王石頭父親已無心關心王石頭是不是個啞巴，因為時局越來越壞。隨著解放軍的節節勝利，國軍的節節敗退，東三省已經全部解放。一些地方搞起了土改，讓王石頭父親心驚膽戰的是，一天晚上，王石頭父親的一個親戚逃到了承德，向王石頭父親講述了他們那裡發生的情景。那些農民不僅分了地主的田地，牽走了他們的騾馬，占了他們的房子，拿走了他們的被子、衣服，還把他們掃地出門，其中有不少人被農民吊死，用石頭砸死，有的用鍘刀鍘下了腦袋。過去傳言的共產共妻有一半已得到應驗，雖然沒有共妻，假如男人被打死或腦袋被鍘下，那妻子肯定已不屬於他的了。王石頭父親聽了恨恨地罵道：「雜種操的，土匪、綁票、砸明火都沒這麼幹過。」

王石頭父親所信奉的信條已被共產黨徹底摧毀了。雖然土地搬不走，但可以分給別人。不僅土地保不住，腦袋也保不住。一旦這個地方被解放，他也面臨著同樣的下場，腦袋不是被砸爛就是被鍘下。他對妻子說：「這個地方待不下去了，趕快離開吧。」晚上，王石頭父親把大門反鎖上，把埋在後院的一罈子銀元刨了出來，這是能帶走的全部家當——三百塊大洋。

第二天一大早，王石頭父親來到大兒子的墳前，來和兒子告別。他很淒涼地說：「大來，你說的對，你就在這裡待著吧，我和你媽要走了。」

王石頭父親一家坐著馬車，拉著老婆孩子去了縣城，在一個親戚家住下。沒有了土地，沒有了雜貨鋪，全家人只能坐吃山空。王石頭父親在縣城租個鋪子開了個布店，但很快關了張，光顧他的布店的不是顧客而是國民黨的敗兵，他們拿店鋪的布比拿自己家裡的還理直氣壯。解放軍不斷向縣城裡逼近，城裡已能聽見隆隆的炮聲。王石頭父親和在國民政府做事的五弟商量，打算撤到承德市。五弟說，承德失守是早晚的事，與其撤到承德，不如乾脆撤到北平。北平駐有傅作義的重兵，不會輕易放棄。正在承德念國高的王石頭二哥永志也捎回話，說全校的男學生都已被國軍整編成青年軍，開始往北平撤。王石頭父親打定主意，全家撤到北平。去北平坐火車需要繞道瀋陽，東三省已經解放，路上時間也太長，王石頭五叔提出，先到承德市再坐國民黨軍用運輸機去北平，他的一個同學在機場做事，能幫上這個忙。

王石頭父親問：「一個人要多少錢，」王石頭五叔說：「大概五十塊大洋。」

王石頭父親拿出大洋數了數，一共還剩二百七十五塊大洋，全家加上五叔五嬸共八個人，需要四百塊大洋，還差一百二十五塊大洋。王石頭父親問：「孩子能不能少點，」王石頭五叔說：「我去和同學說說。」晚上，王石頭五叔回來了。王石頭父親問：「行不行？」王石頭五叔說：「估計問題不大，因為孩子份量輕，又不占地方。」

第二天，全家人來到機場，機場上的飛機起起降降。來時卸下一箱箱彈藥，走時拉上一飛機人。王石頭一家排隊等候。機場上不少穿著長袍和旗袍的老爺太太少爺小姐們，大家焦急地望著天空，飛機一出現，就像看見了救星那樣高興。一架飛機降落在停機坪上，王石頭一家隨著排隊的人們往前移動，王石頭的父親上去了，三姐上去了，哥哥上去了，五叔五嬸上去了，輪到蓮兒和抱著王石頭的母親了，站在艙門口的飛行員把手一伸，攔住了王石頭的母親：「不能再上了。」王石頭的母親急的向艙門裡張望：「我們掌櫃的在上面呢。」飛行員說：「蔣委員長在上面也不行，已經超員了。」王石頭母親還想擠上去，飛行員啪的把艙門關上，跳上飛機，飛機的螺旋漿飛轉起來，發出隆隆的聲音，揚起一片塵土，塵土迷了王石頭的眼睛。飛機滑向跑道，飛上天空。抱在母親懷裡的王石頭一面揉眼睛一面朝著天上的飛機喊：「雜種操的！」王石頭罵的乾脆俐落，字正腔圓，這給大慟中的王石頭母親些許欣喜，原來這孩子會說話，不是啞巴。

坐上飛機的王石頭父親因妻子和兩個孩子沒能上飛機感到有些惱怒，飛機上完全可以再容下幾個人。不讓他們上飛機不是因為超員，而是他們沒給足大洋。王石頭父親算了算，別說小孩子沒打折，全按大人算五五二百五十塊，還多給了二十五塊大洋。王石頭父親心裡恨恨地罵道：「雜種操的，怪不得老打敗仗。」

正在從崎嶇山路往北平撤退的王石頭二哥給國軍一個小小的報復，替父親出了口氣。在隊伍開始爬一條山路時，帶隊的連長把一挺美式輕機槍交給了人高馬大的王石頭二哥：「大個兒，你扛著！」王石頭二哥扛著機槍，開始還不覺得重，可是越往前走，坡也越陡，肩上的機槍越顯分量。王石頭二哥故意放慢步子，走到最後，當隊伍在前面要拐彎時，王石頭二哥把那挺輕機槍從肩上取下，扔進了陡峭的峽谷裡。

三

沒能和丈夫一起去北平，王石頭母親只好硬著頭皮帶著女兒蓮兒和王石頭來到娘家。此時，王石頭母親除了幾件衣服外已身無分文。

王石頭姥姥看見女兒牽著一個抱著一個走進家門，不知是高興還是著急。高興是女兒沒出什麼事，著急的是家裡又多了三張嘴。王石頭姥爺年輕時得了腰疼病，身子像蝦米一樣佝僂著，走路時手拄兩個短木棍，無冬曆夏永遠是面朝黃土背朝天。王石頭姥姥一和丈夫吵架，就罵他四條腿。王石頭姥爺不能下地幹活，老倆口只能靠王石頭大舅和三舅養活，輪流到兩個兒子家吃飯。三舅和舅媽一見姐姐帶著兩個孩子來了，臉色頓時沉了下來，王石頭三舅對母親說：「姐姐日子好過時也沒有接濟過咱們家，現在日子難了，來找咱們來了。我想接濟也接濟不了。」王石頭姥姥說：「你姐姐不當家，想接濟咱們也做了不了主，你不能怪你姐姐。」王石頭三舅說：「我沒怪她，現在，咱們都吃上頓沒下頓的，怎麼接濟她？」王石頭姥爺用手拐戳著地：「不用你接濟，你先別伸腿。」

所有這些話，都被王石頭母親聽到了，王石頭母親說：「媽，我不怪三弟，我們日子好過時三弟也沒得濟。擱誰也會這麼想。」

倒是王石頭大舅同情妹妹的處境，把自己盛糧食的庫房騰出來，讓妹妹和兩個孩子住，還拿來兩升小米和一包鹹鹽。王石頭母親對女兒說：「蓮兒，以後咱們得自己過日子了，你爸你哥都不在，以後你要幫媽多幹點活，明天你跟洪兒哥一起去山上割柴禾。」洪兒是大舅的二兒子，比蓮兒大六、七歲，蓮兒點點頭。「你去時要跟你洪兒哥在一起，山上有狼。」蓮兒說：「我知道。」

第二天蓮兒喝了一碗稀米湯，便扛起扁擔，拿著繩子和表哥洪兒上山割柴禾，山上長滿了榛樹、槐樹、八大葉和一些叫不出名的灌木。十歲的蓮兒揮動細細的胳膊用鐮刀把一些樹枝砍下來。快中午時，洪兒拿出一個小米麵貼餅子，掰一半給蓮兒。吃完了，接著砍柴。下午，太陽偏西的時候，該回家了，洪兒幫著蓮兒把柴用繩子捆好，又做了兩個繩套，讓蓮兒坐下來，把胳膊伸進繩套裡，又幫著蓮兒站起來，倆人一前一後下了山。晚飯，仍是稀稀的小米粥。王石頭母親和蓮兒只舀稀的喝，把沉在下面的小米留給王石頭。王石頭喝光了米粥，便響亮清晰地叫道：「媽，吃餅。」王石頭母親說：「過兩天，咱們家有麵了，媽給你貼餅子吃。」每頓吃飯，王石頭就重複著同樣的話：「媽，吃餅。」王石頭母親也重複著同樣的話：「過兩天家裡有麵了，媽給你貼餅子吃。」可是，這兩天好像無止境地長，總是等不到。王石頭等不到貼餅子，就嘬手指頭。後來，他看見常來他們家的大舅的孩子瑞兒手裡拿著貼餅子，他就站在大舅的門前眼巴巴地望著屋裡，不停地嘬手指頭。站的久了大舅媽便給他一個貼餅子。以後，王石頭一餓，就站在大舅門口嘬手指頭。舅媽給了幾次，以後，一見王石頭站在門口，便把院門和房門都關的嚴嚴的，無論他站多久，也不再給貼餅子。大舅家不給，他就站在三舅家門口嘬手指頭，因為三舅家五歲的旺兒手裡也拿著貼餅子。王石頭把手指頭嘬疼了，三舅媽也不給一個貼餅子，還把一隻狗叫來在門口蹲著。一天，王石頭正在三舅媽門前嘬手指頭，被王石頭母親看見了，她把王石頭拉回家裡，朝王石頭屁股就是一巴掌：「你這沒出息的東西！」王石頭肚子餓，又挨了打，哇哇地大哭起來，一面抽搐著一面說：「我餓，我要吃貼餅子。」這時，王石頭姥姥進來了，她責怪女兒：「你打孩子幹什麼！」王石頭姥姥從大衣襟裡面的口袋裡掏出一個貼餅子：「別哭了，石頭，你看姥姥帶來什麼了？」王石頭一下子搶過貼餅子，狼吞虎嚥地吃起來。

第二天，王石頭姥姥又來了，這次雖沒給王石頭帶來貼餅子，卻帶來了一小口袋小米麵。晚上，王石頭母親用小米麵烙了四個貼餅子，兩個給砍柴回來的蓮兒，兩個給王石頭，貼餅子剛出鍋，王石頭母親便聽到三弟家傳來的吵叫聲。三弟妹的嗓音又高又尖：「家裡的麵怎麼少了，是不是你偷著送人了！」「你胡說什麼，誰偷著送了人？」這是王石頭三舅的聲音。「那怎麼少了一大截，你沒拿，那家裡肯定是老耗子成精了，要不，怎麼少了這麼多！」這時，王石頭母親聽見父親那有些蒼老的聲音：「老三家的，你別指桑罵槐。麵是我讓你媽送的！」

從此，王石頭姥姥再也不能給王石頭帶貼餅子，三舅一家也和王石頭母親斷絕了來往。只有王石頭大舅還不時送點剛下來的青菜。王石頭無論多餓也不敢再到大舅、三舅門口嘬手指了。

家裡的糧食很快吃完了。王石頭母親打開包袱皮，裡面是幾件做了一半的衣服，一件是丈夫的花達呢上衣，一件是王石頭哥哥瑞兒的棉袍子，還有一件是王石頭三姐蓉兒的棉襖。王石頭母親呆呆地看著這幾件衣服，不知道丈夫什麼時候來接她們娘仨，也不知瑞兒和蓉兒怎麼樣。現在，家裡已經斷頓了，便想用這幾件衣服換點小米暫且充饑。王石頭母親把三件衣服左右掂量了一番，決定先用蓉兒的棉襖去換。她拿著那件粉地碎花棉襖來到一個遠方叫富喜的叔伯哥哥家。富喜家也有一個和蓉兒差不多大小的丫頭，個兒也和蓉兒差不多。富喜家的拿著棉襖翻過來掉過去的看了個遍，誇獎道：「妹妹的針線活真好，不像我們粗針大線的。」又把女兒杏兒叫來，試穿了穿。杏兒剛一上身就說：「媽，我要。」富喜家的看看臉笑的像朵花的女兒，說：「妹子，你說個數。」王石頭母親想了想：「給五升小米吧。」富喜家的說：「家裡米不多了，給三升吧。」王石頭母親說：「衣服是花貢緞的呢！」富喜家的說：「再好的東西莊戶人也穿不出好來，妹子，我加一升，你減一升，就四升吧。」王石頭母親歎了口氣：「四升就四升吧！」

四升米只有十幾斤，王石頭母親雖然每天數著米粒下鍋，十幾斤也只夠吃十幾天，很快，又斷頓了。王石頭母親只好把瑞兒的衣服也換了小米，最後，把丈夫的花達呢上衣也來換米吃，雖然丈夫的花達呢上衣是上好的料子，可當時正是青黃不接的時候，也只換了四升米。

糧食快吃完的時候，王石頭母親對蓮兒說：「蓮兒，你去張大爺家一趟吧，看能不能借點糧食。」張大爺原來是王石頭家店鋪的掌櫃的，人稱張掌櫃，進貨出貨都由張掌櫃負責。解放軍打過來後，店鋪關了門，張掌櫃也就回家種地。張掌櫃家離王石頭姥姥家二十來里地，中途要翻一個大梁和過一條河，路旁都是莽莽叢叢的樹和灌木，經常有豹子、狼、虎一些動物出沒。王石頭母親雖然覺得讓年僅十來歲的女兒走這麼遠路太危險，弄不好會被野獸吃掉，可是，又沒有別的辦法，只好狠著心讓女兒冒這個險。走之前，王石頭母親把剩的不多的麵給蓮兒烙了一個貼餅子，讓蓮兒帶上。王石頭看見貼餅子，張著手叫道：「我餓，我要吃貼餅子！」王石頭母親說：「那是給你姐的，你姐去幫咱們借糧食。」王石頭仍張著手：「我餓！」蓮兒把玉米餅掰成兩半，一半給弟弟。王石頭狼吞虎嚥地吃起來，幾口就把貼餅子吃個精光。

蓮兒上路時，母親特地讓她帶上一根棍子，又叮囑她路上千萬小心。母親抱著王石頭一直把女兒送到路口，看著女兒那漸漸遠去的弱小的身影，忍不住掉下淚來。王石頭看見姐姐走遠了，把手指頭從嘴裡拿出來，說：「媽，咱們把蓮兒賣了，換豆腐吃吧！」昨天，他看見三舅家旺兒在門口吃飯，碗裡盛著豆腐，他饞的直咽吐沫，旺兒也不給他一口。王石頭母親用手擰了一下他的屁股：「你這麼小，就長這麼歪心眼子！把蓮兒賣了，誰給你背糧食割柴禾！」

蓮兒翻過一座梁，又淌過一條河，快到中午時，蓮兒才來到張掌櫃家。張掌櫃一見蓮兒拿著條口袋，就知道幹什麼來了。還沒等蓮兒說話，張掌櫃就說了：「蓮兒，我們家也沒米了，咱們去掰點青棒子吧。」張掌櫃帶著蓮兒來到一片不大的玉米地，玉米剛剛灌漿，裡面的顆粒軟的只有一包水。張掌櫃掰了十幾穗玉米，裝進蓮兒帶著的布袋裡。留蓮兒吃了一頓飯，也是稀稀的小米粥，就打發蓮兒回去了。蓮兒匆匆往家趕，她必須在天黑之前趕回去。因為聽大人講，天一黑，狼就開始上路了。走到半路，一片烏雲遮住了天空，傾刻間，便下起大雨來。蓮兒開始還躲在路旁的樹下，後來，雨越下越大，蓮兒不知道要等多久雨才能停，就冒著雨趕路。大雨下了兩個時辰，停了，天空中烏雲消散，太陽出來了，蓮兒濕透的衣服很快就乾了。當她走到河邊時，愣住了，來時剛沒腳踝的河水，現在卻變深變急，嘩嘩地向前奔流。蓮兒把腳伸到水裡，又退了回來，她不知道河中心的水有多深，她站在河邊希望水能變緩變淺，可是水照樣嘩嘩奔流。蓮兒看看太陽，已離山頂不遠，她還有一段路要走。她必須在天黑前翻過山梁，蓮兒決定涉水過河。她挽起褲腿，脫下鞋，把口袋背在肩上，一隻手拎鞋，一隻手攥著口袋，找了一個水流緩的地方，開始過河。河邊水淺，越往河中間走，水越深，水流也越急，河水沒過了她的小腿，又沒過了她的大腿，快到河心時，已沒過了腰到了胸部，她想往回退，可河水推著她，轉不過身來。就在這時，她看見了旁邊有一段樹幹，就在樹幹經過她時，她雙手抓住了樹幹。樹幹帶著她向下游漂去，漂出幾十米後，河水把她朝到河邊的淺水處，她的腳碰到了河床。她抓住河邊垂下的一根樹枝，停了下來。蓮兒上了岸，才發現鞋和口袋都被水朝走了。蓮兒把上衣脫下來擰了擰，又急匆匆地趕路。

沒有了鞋，路上淨是石子和樹茬子，腳被石頭和樹茬子刺破了，走起路來生疼，腳步也放慢下來。暑氣慢慢沉降下來，兩旁的樹木黑黝黝的，變得深不可測，從裡面不時傳來鳥的叫聲和不知是什麼野獸的叫聲，有時樹枝會喀嚓一下斷裂，讓人毛骨悚然，晚風吹過樹木，發出颯颯聲。蓮兒進村時，天已經完全黑下來了。母親還站在村口焦急地等她。看見女兒光著腳，衣服也是濕的，忙問怎麼了。蓮兒把過河時差點被淹死，玉米和鞋都被水朝走的經過告訴了母親。王石頭母親拉著女兒的手，說：「媽以後再也不讓你出這麼遠的門了。」

第二天，王石頭母親決定去縣城一趟。在丈夫去北平前，全家曾在一個叫車二爺的家裡住過，車二爺原來在王石頭家趕過車，人們便稱為車二爺，也是王家的遠方親戚。她記得丈夫說過，有兩匹沒賣出的布寄放在車二爺家。如果這兩匹布還在，她可以用來換些米吃。從娘家到縣城要走三十多里的山路，中途要過兩個大梁。王石頭母親是小腳，就是走到縣城，布也背不回來。蓮兒又小。更背不動，王石頭母親便和大哥商量。借大哥家的驢，用來馱布，讓大哥的洪兒也跟著去，把布馱回來給洪兒做一身新衣裳。王石頭大舅和大舅媽一聽說給洪兒做新衣服，便痛快地答應了。第二天一大早，王石頭母親便和洪兒上了路，洪兒牽著毛驢，王石頭母親騎在驢上，日頭偏西時，來到了車二爺家。

王石頭母親說明了來意，車二爺把兩匹布拿出來，兩匹布都是上好的海昌藍斜紋布，車二爺還拿出一個小木箱，木箱裡放著地契和做買賣時來往的賬冊。車二爺說：「這是二掌櫃寄放在這兒的，二奶奶把這個也帶走吧。」王石頭母親雖然覺得帶上這些賬冊和地契有些累贅，但覺得車二爺似乎不願再保存這些東西。就說：「行，也帶上吧。」王石頭母親把賬冊和地契用包袱皮包好，挎在胳膊上。洪兒把兩匹布放在驢上馱著，王石頭母親騎著驢，由洪兒牽著出了縣城。

走過第一道山梁時，太陽已落在山頭。王石頭母親看見，梁上站著三四個拿著紅纓槍的兒童團。這些兒童團的任務就是攔住來往路過的人，進行盤查。王石頭母親想往回走，已來不及了。那幾個兒童團已經看見了他們，只好騎著驢上了山梁。兒童團都是半大小子，大的有十四五歲，小的有十一二歲。見他們來了，把紅纓槍對著他們，攔住了去路。王石頭母親從驢上下來，那個年齡稍微大點的問她：「你是哪兒的？」「下坎子的。」王石頭母親說了娘家的地方，沒敢說自己是水杖子的。

「驢上馱的什麼東西？」兒童團問。

「是布。」王石頭母親回答。

「拿下來看看。」兒童團命令道。

洪兒把布拿下來。另一個兒童團說：「這麼多布，肯定是個財主。」那個年齡大些的兒童團看看王石頭母親胳膊上挎著的包袱，問：「包袱裡是什麼？」王石頭母親說：「是賬。」「打開！」「年齡大些的兒童團命令道。王石頭母親解開包袱皮，露出裡面的賬冊。兒童團拿起來翻了翻，發現了裡面的地契，拿起來看了看，可能是不識字，並沒有認出是地契，可又覺得王石頭母親不是普通的農村婦女。便對王石頭母親說：「走，跟我們去趟村公所！」王石頭母親知道到了村公所，那些地契肯定會帶來麻煩，便對兒童團說：「放我們過去吧，再晚了就趕不回去了。」兒童團說：「不行，你要是壞人怎麼辦？」洪兒只好把布放到驢背上，王石頭母親跟在後面和兒童團一起下了山，來到山下的一個村莊裡。兒童團還沒進院子就報功似地喊：「三叔，我們抓住了一個財主婆！」王石頭母親和洪兒進了屋，屋裡有一個中年人和一個年輕人，兩個兒童團把兩匹布放到炕上。中年人仔細地打量了一番王石頭母親，又看看炕上的布，問：「那村的？」王石頭母親說：「娘家是下坎子的。」「你男人呢？」「男人是水杖子的。」「你帶這些布幹什麼？」中年人又問。「換糧食。」「怎麼不讓你男人去。」「男人去山西要債去了。」王石頭母親沒敢說去北平。中年人打開包袱皮，翻了翻賬冊，拿起那幾張地契看了看：「這地契是你們家的？」王石頭母親回答：「是。」中年人一張張認真地看著，說：「你們家地不少，有二百多畝，論成份該算個地主。」他看了王石頭母親一眼：「你男人不是去要債，跑了吧？」「他對那個兒童團說：「福生，這個女的家裡是水杖子的地主，你帶兩個兒童團，把她押到區公所。」中年人又看看放在炕上的兩匹布說：「這些布就放在這裡吧。」他問旁邊的年輕人：「支前的牲口徵夠了沒有？」年輕人說：「還差不少，有人聽說徵牲口支前，都把牲口藏起來了。」「王八羔子。」中年人罵了一句：「正好，就把這頭驢支前吧。」

王石頭母親聽說要把驢支前，連忙說：「這頭驢是借的。」中年人訓斥道：「借的也要支前！」這時站在一旁的洪兒上前阻攔：「這驢是我們家的，我們家還用它推碾子送糞呢！」中年人說：「小王八羔子，你的驢能為地主老財馱布，就更應該為解放軍支前！回去，跟你爹說，驢被解放軍徵用了。」洪兒還想爭辯，那個兒童團用紅纓槍對著他：「快走，要不一槍紮死你！」洪兒眼睜睜地看見驢被拉走了，大姨媽在三個兒童團的押解下越走越遠。

洪兒垂頭喪氣地回到家裡，他向父親說了事情的經過。洪兒父親歎了口氣：「那頭驢是要不回來了！裡面還有驢駒子呢！」洪兒母親說：「我就盤算著要出事，這幾天，要支前的牲口跟要瘋了似地，這回倒好了，衣服沒做上，連驢也沒了。咱們家現在糧食也不多了，兩個孩子又不能看著他們不管，我看，乾脆讓她們去她大姐家，要不，咱們洪兒也得跟著挨餓。」洪兒父親雖然覺得妹妹落難時又把兩個孩子打發走，事做的有點絕，可是，又想不出別的辦法，就把洪兒叫到跟前，說：「你去把蓮兒叫來，先別跟她說你大姨媽被抓走的事。也不要跟爺爺奶奶說，他們要問，就說去你大表姐家了。」洪兒點點頭，出去了。不一會兒，洪兒帶著蓮兒，蓮兒牽著王石頭進來了，洪兒父親說：「蓮兒，你媽去你大姐家了，要住些天，你跟石頭也去吧，把你們衣服也帶上，讓洪兒送送你們。」第二天一大早，洪兒就帶著蓮兒和王石頭上路了。臨出門時，洪兒父親悄聲囑咐洪兒：「路上不要跟蓮兒說，等到了地方把你大姨媽被帶走的事告訴你大表姐。」

洪兒帶著蓮兒、王石頭上了路。王石頭走不動，就由蓮兒和洪兒輪流背著。王石頭大姐家住在良杖子，離下坎子有十幾里路，中途要過一個山梁。王石頭大姐早已出嫁，公公也是個地主，去年土改前，也跑了出去。

傍晚，三個孩子來到王石頭大姐家。王石頭大姐見洪兒帶著弟弟和妹妹來了，不知道出了什麼事。忙問蓮兒：「媽呢？」還沒等蓮兒說話，洪兒便把在路上被截，大姨媽被帶走的經過告訴了王石頭大姐。王石頭大姐聽完，說：「都啥時候了，還要那些幹啥。」王石頭大姐安頓洪兒和弟弟妹妹住下。王石頭大姐家也被抄了，地和房子都被分了，只留給一間小屋，夜裡，大家就擠在一間小屋裡。

第二天一大早，洪兒就回去了。王石頭大姐帶著弟弟妹妹來到算卦先生劉瞎子家，請劉瞎子算一卦，看看母親有沒有難，什麼時候能放出來。劉瞎子聽了王石頭母親出事的經過，掐著手指頭算了算，說：「大小姐，放寬心，二奶奶雖有小劫，但無大難，到了月亮滿時，二奶奶就會回來。」此後，蓮兒就天天晚上領著王石頭到屋外看月亮。月亮剛是個月牙兒。王石頭就問姐姐：「媽怎麼還不回來呀！」蓮兒說：「媽給咱們找餅子去了，找到餅子就回來了。」王石頭又問：「什麼時候才能找到餅子呀？」蓮兒說：「等到月亮圓了就找到餅子了。」王石頭接著問：「什麼時候月亮才圓呀？」蓮兒說：「快了，十五月亮就圓了。」月亮在蓮兒和王石頭的盼望中一天天變得豐滿，他們終於盼到了十五。十五那天，大姐帶著蓮兒和王石頭就到村口等母親回來，等到太陽落山，也沒見母親回來。吃完晚飯，三個人又到村口去等，月亮升起來了，大大圓圓的，把周圍的山巒、樹木、通向村外的小路照得清清楚楚。月亮升到離山頂兩竿子高的時候，他們看見小路上走過一個人。三個人以為是母親回來了，一起迎上前去。走近一看，原來是個男的，再一看，王石頭大姐吃了一驚，原來是自己的公公賀老五，賀老五佝僂著背，淌著鼻涕，流著眼淚，走起路來一瘸一拐。王石頭大姐問：「爹，你怎麼回來了？」賀老五見是兒媳婦，也不搭話，徑直向村裡走去。王石頭大姐急忙上前攔住：「爹，咱們不在原來哪兒住了。」賀老五停下腳步。「咱們的房分給劉老四和張三家了。」王石頭大姐領著公公來到那間小土屋。賀老五的兒子健宗看到爹回來了，也吃了一驚：「爹，你怎麼回來了，現在，想抓你還抓不到呢，你這不是自投羅網嗎？」賀老五擤了一把鼻涕：「抓就抓吧，我哪兒也不去了，我受不了那份罪，有死擋住了。咱們窖裡埋著兩包煙土，你去把它拿出來。」健宗說：「爹，都啥時候了，你還想這個！」賀老五又擤了一把鼻涕：「你不去，我去！」健宗連忙攔住父親：「那不是咱家的院子了，你去了不等於送上門嗎？吃點飯，你趕快走吧！」賀老五說：「今天，我哪兒也不去了，我這腿實在走不動了。」

夜裡，賀老五說出去解手，悄悄溜到自己家的後院，鑽進地窖，當他把兩包煙土從土裡刨出來，揣在懷裡鑽出地窖時，已有兩個身強力壯的民兵在窖口拿著繩子等著他。賀老五剛一出窖口，就被五花大綁地捆起來，送到了村公所。

第二天，蓮兒帶著王石頭到地裡去挖野菜，中午回來時，看見路旁站著一些人。一匹馬從遠處飛奔而來。騎馬的人不停地用鞭子抽打馬屁股。馬後面拖著一個人，那個人雙腳被繩子捆著，頭朝下，衣服被磨的稀爛，頭上身上已血肉模糊。那個人手裡還攥著一根瓜秧，瓜秧綠盈盈的，瓜秧上帶著一個碗大的西瓜，西瓜隨著馬跑在地面上不停地滾動。在路過蓮兒和王石頭不遠時，西瓜撞上了一塊石頭，瓜裂成好幾瓣，露出粉白色的瓜瓤。王石頭掙脫姐姐，揀起一塊，張嘴就啃，蓮兒啪地打掉他手中的西瓜，王石頭哇地哭了起來。蓮兒領著邊哭邊抹眼淚的王石頭來到村口，村口圍著一群人，那匹拉人的馬停在那裡，馬後面拉的人仰面躺在地上，臉上的土和血和了泥，已看不出面目。就在蓮兒領著王石頭路過的時候，一個年輕人舉起鎬頭朝躺著的人砸去，那人的腦袋像西瓜一樣碎了，鮮血濺出老遠。蓮兒趕緊拉著王石頭回了家。剛進屋，就聽見門外有人大聲喊：「賀健宗，你爹死了，去收屍吧！」蓮兒這才知道，那個被馬拉在後面的人是大姐的公公。

晚上，月亮又升起來了，仍然是大大的，圓圓的，蓮兒再也不敢領著王石頭去村口等母親。王石頭問姐姐：「月亮圓了，媽怎麼還不回來呀！」蓮兒說：「快了。」王石頭問：「媽會不會也被馬拉呀！」蓮兒打了王石頭一巴掌：「你胡說什麼！」月亮一天天變瘦，王石頭母親仍沒回來，王石頭大姐說：「這瞎子算卦怎麼不靈了呢？」就在月亮又一次變圓時，王石頭的母親回來了，她在區公所被關了四十多天後，被人放了出來。她回到娘家才知道蓮兒和王石頭都來到了大女兒家，在娘家也沒住，便踮著小腳，趕了十幾里路，來到了大女兒家。大女兒把公公被馬拖又被砸死的事告訴了母親。王石頭母親聽完，知道大女兒家不能久待，第二天，便決定帶著蓮兒和王石頭回娘家。娘家成份好，村裡也沒有地主，不用擔驚受怕。臨走時，大女兒把一枚金戒指交給母親：「媽，這是抄家時我悄悄藏起來的，你帶上，用它換點米吧。」王石頭母親知道，這是大女兒出嫁時，丈夫從北平托人捎回來的。女兒兩付銀鐲子已被抄走了，這是剩下唯一的一件手飾。現在，丈夫沒有任何音訊，娘家又指望不上，雖然覺得收下戒指有點對不起女兒，可也實在沒有別的辦法。便點點頭說：「行，等以後日子好了，再讓你爸給你買一個。」

王石頭母親領著兩個孩子又回到了娘家。王石頭大舅見妹妹又回來了，臉色頓時沉了下來，眉頭擰成一個疙瘩。晚上，王石頭母親說：「大哥，你去把我嫂子叫來。」不一會兒，王石頭舅媽走了進來，王石頭母親從大衣襟裡面的口袋裡掏出一塊手絹，打開，露出了裡面的戒指。王石頭母親拿起戒指，跟嫂子說：「嫂子，這是大姑娘出嫁時的戒指，真金的，上次馱布時，驢被人家牽走了，現在，就把這戒指送給嫂子，也算是補補虧空吧。」王石頭舅媽接過戒指，細心端看著，說：「看你說哪兒去了，你們有難，幫幫也是應該的。」王石頭母親說：「你戴上，看合適不。」王石頭舅媽把戒指套在手指上，把手張開又合上，仔細端看著，臉上露出滿意的樣子。隨後，又把戒指從手指退下：「還是留給大姑娘吧，我們這粗手大腳的，哪配戴這個。」王石頭母親說：「嫂子，我看你戴挺合適的，你就留下吧。就是留給大姑娘，她也不敢戴。」王石頭舅媽說：「那我就先替大姑娘收著。」王石頭舅媽拿著戒指走了，不一會又和洪兒來了，洪兒肩上扛著一袋小米。洪兒把米放到地上，王石頭舅媽說：「家裡糧食也不多了，這些米你們先吃著，再過一個月，等秋糧下來，日子就好過了。」

有了這些米，王石頭母親的心落了地，摻上野菜，三口人能吃一個多月，到那時，丈夫可能會來接她們，即使不接她們，秋糧下來了，大哥也能接濟她們一點。

那袋米還沒吃完，王石頭父親就讓王石頭二哥來接他們來了。到了北平後，王石頭二哥就沒隨著國軍南下，悄悄開了小差。王石頭二哥趕著一輛小驢車，帶著一匹布，做為盤纏，王石頭二哥還帶來了二十幾個燒餅，是白麵的，燒餅外面還沾著芝麻，燒餅大都給了王石頭的姥爺姥姥，大舅家和三舅家也分了幾個，蓮兒和王石頭各分到一個。王石頭從來沒有吃過這麼好吃的燒餅，他問母親：「咱們到了北平，就能天天吃燒餅了吧。」王石頭母親說：「對，能天天吃燒餅了。」

小驢車走了五六天，才到了北平。王石頭父親看到他們的到來，只說了一句：「這回全家又都在一起了！」

王石頭來到北平，盼望著能吃上燒餅。可是，每頓端上來的都是黃澄澄的窩窩頭，就哭著喊著要吃燒餅。一天，王石頭父親見他又要燒餅，就給了他一個耳光，王石頭頓時不哭了。在王石頭父親看來，能吃上窩頭就已經不錯了，王石頭父親來到北平後，帶著兩個孩子借住一個遠方親戚家。兜裡的大洋都交給了國民黨飛行員，又沒有其它生計，遠方親戚開了一個小襪廠，王石頭父親便開始學織襪子，王石頭三姐則用手工縫襪尖和襪跟，每天掙的錢只夠買幾斤棒子麵，這樣的日子過了半年，小襪廠越來越不景氣，織出的襪子沒人買。剛解放的北平一片蕭條，穿洋襪子對大多人來講還是一種奢侈，當人們連肚子都還顧不上時，是不會顧及到腳的。

這種吃上頓沒下頓的日子已過不下去了，一天，王石頭父親對妻子說：「派出所登記移民呢，把咱們也登記上了。」

「移哪兒去？」王石頭母親問。

「可能是察北。」

「察北是哪兒？」

「張市口北面，壩上。」

這是共產黨取得政權後第一次大規模移民。這樣，既可以減輕負擔，也為邊遠地區提供了勞力，更有一種清潔城市的意圖。為大批勝利者和他們的家屬騰出空間。

王石頭父親對移民到西北並沒有太大怨言，甚至還有點積極。一是在北京實在沒有生計，無法養活這一大家子。更主要的是新政權一定會對那些被打倒的階級進行清算，北京是首都，一定會首當其衝。到了邊遠地區，天高皇帝遠，或許能躲過這場清算。這次被移民的人，有不少人都抱著這種打算。他們中有逃亡地主、舊官吏、舊軍官、也有一些閒散人員，他們如同被清掃垃圾一樣，被清掃到荒涼的大西北。

四

一九五一年秋末，王石頭一家來到察北的一個叫馬坊子的村莊。莊稼已經收割，到處一片渾黃，看不到一點綠色。也沒有一棵樹木，村莊不大，約有四五十戶人家，房屋都是土坯壘的，矮矮的，趴在那裡，也是毫無生氣的渾黃色。只有當屋頂升起炊煙，才會顯露出生機，住慣了青堂瓦舍的王石頭母親望著眼前這破敗的的房子，長長地歎了口氣。

王石頭一家被安排在一處農民廢棄不用的土屋裡。說是兩間，實際上只有一間半，外屋只是一個過道，裡屋鍋臺連著炕。外屋和裡屋都沒有門。王石頭父親就把門檻用土坯砌高。夜裡，為防狼進來，在門檻上堵上兩捆蒿子。裡屋則掛上一個門簾。一條炕睡不下王石頭一家七口人，王石頭父親就用一塊木板，搭在炕梢用土坯砌成的糧倉上，讓王石頭和三兒子瑞兒睡在上面。

因為是移民，王石頭一家的糧食就先由政府供給，等來年打下糧食再還。察北屬於高寒地區，氣候嚴寒，無霜期短，只能種莜麥、小麥、蕎麥和穀子，菜也只有土豆，胡蘿蔔和當地叫人灰的白的圓白菜。王石頭母親很快便和當地人學會了用莜麵做各種麵食，推莜麵窩窩，捏魚魚，炒苦累，搓山藥芋子……學會了把胡蘿蔔和圓白菜醃成酸中帶鹹的酸菜。學會了用牛糞燒火做飯。王石頭雖然沒吃上沾著芝麻的燒餅，卻能吃到母親蒸的又大又圓的白麵饅頭和搓的細細的莜麵魚魚，小米粥也是稠稠的。

第二年春天，王石頭一家分到了四十畝地。

王石頭父親在地裡種上莜麥、小麥、蕎麥、油菜籽、土豆、向日葵，還開出一片地種胡蘿蔔和圓白菜。在院子裡搭起豬圈、雞窩，喜歡花兒的王石頭母親還跟村裡人要了一些花籽，在院子裡種上波斯菊、西番蓮和大麗花。一到夏天和秋天，院子裡便花枝搖曳，姹紫嫣紅，溢滿花香。

每天，天剛亮，王石頭父親就把二兒子志兒、三女兒蓉兒叫起來：「志兒、蓉兒，該下地了。」志兒和蓉兒便不情願地揉著眼睛，下炕穿鞋，隨父親去地裡幹活。王石頭的四姐蓮兒和三哥瑞兒則背著母親做的藍布書包走三四里路去一個叫水晶腦包的村子上學。王石頭就待在家裡，母親則操持家務，做飯、餵雞、餵豬。

察北的春天來得晚，到了五月，草才發芽。草全變綠時，草灘上，路旁和車轍的邊上就盛開出一簇簇藍紫色的馬蘭花，山坡上長滿了成片的金針花，間或也會突然冒出幾枝花瓣上如同塗了一層臘質的鮮紅的野百合，夏天，滿地都是金燦燦的菜籽花和被陽光塗抹成金色的向日葵。把整個田野裝扮成眩目的金黃色。

王石頭常和鄰居的幾個孩子到後面的山坡上去玩。山坡上長滿一簇簇帶刺的灌木，灌木的葉子小小的，密密的，刺卻又尖又硬，一到夏天，這裡便成了蟈蟈的樂園。無數蟈蟈發出悅耳的合唱，把太陽叫的暖暖的，亮亮的。天空中還有一種叫百靈的鳥兒，它們的叫聲十分悅耳，悠揚，把天空叫的藍藍的。百靈鳥還有一種特殊的本領，可以在空中停住翅膀，一邊叫一邊後退，叫的聲音也更加悅耳。除了百靈，還有一種叫雲雀的鳥兒，雲雀起的十分早，天剛一亮就飛上雲端婉轉歌唱。到了秋天，一種翅膀閃著雲母光澤的螞蚱便在山坡上飛起落下。它們飛翔時，那閃著黑色光澤的翅膀便一張一合，發出像拍巴掌那樣有節奏的響聲。天空中有時也會出現一兩隻老鷹，它們在天空中不慌不忙地盤旋著，有時會突然俯衝下來，抓走田野裡的兔子和村子裡的雞。每當老鷹在村子上空盤旋時，王石頭和孩子們便一起叫喊：「老雕休，老雕休！那些在外面覓食的公雞母雞便飛快地向雞窩跑去。

王石頭只和父親下過一次地。從那以後，父親就再也不帶他去了。那天下午，父親帶他到菜籽地。菜籽已成熟，飽滿的菜籽莢把一人多高的菜籽杆壓彎了腰。為了不讓王石頭亂跑，王石頭父親就把割下來的菜籽捆好，圍成了一個圓圈，讓王石頭待在中間。菜籽的地壟很長，當他看到父親越割越遠時，便從裡面走出來在地裡玩。這時，一隻螞蚱拍動著雲母般的翅膀落在他前面。王石頭便想去捉它，可當他剛一走近，螞蚱就飛起來，在前面落下。他再捉，螞蚱再飛。王石頭隨著螞蚱越走越遠。在一片灌木叢中，他看見一隻黃狗趴在那裡，他放棄了螞蚱，走到它跟前，黃狗看了他一眼，繼續趴在那裡，他上去摸它的毛，黃狗仍不理他。這時，王石頭看見父親從遠處跑過來，一面跑一面揮舞著鐮刀。那只黃狗這才站起來，懶懶地向山坡走去。王石頭父親氣喘吁吁地跑到跟前，啪地搧了他一個耳光：「你這不知死活的東西，那是狼！」

春種、夏鋤、秋收，王石頭父親總是全村第一個下地，最後一個回家。收工的農民路過他的地頭時，便喊：「王大哥，該回家了。」王石頭父親看看天，便說：「不忙，再幹一會兒。」有時農民便開玩笑：「王大哥，這要是在解放前，你準熬成個地主。」王石頭父親並不回答，仍幹他的活。

王石頭父親帶著兒子和女兒把四十多畝地種的有聲有色，生氣勃勃，田間裡看不到雜草。那年的雨水特別好，風也特別的聽話，小麥長得齊刷刷一片，麥穗緊挨著麥穗，密匝匝地鋪滿田間，莜麥穗結實飽滿，風吹過，便搖起一片黃綠色波浪。這一年，王石頭一家不僅還清了救濟糧，交了公糧，還賣了餘糧。王石頭父親受到了鄉政府和縣政府的表揚，被稱作為移民的榜樣，鄉政府還特別獎勵了王石頭父親十畝地，鼓勵他再接再厲，多打糧食，支援新中國建設。王石頭父親有了自己的計畫，向政府貸款買一頭牛，再用賣糧食的錢買幾隻羊，再過兩年買一匹馬和騾子。

在村裡，王石頭一家也贏得了聲譽。王石頭父親不僅用北京帶來的一種美國藥膏治好了一個農民已爛到骨頭的膿瘡，而且還經常為別人代寫書信，王石頭母親把從北京帶來的襪子送給一個四十多歲的女啞巴。那個女啞巴逢人就豎起大姆指誇王石頭一家。

這是一種安定的生活，雖然沒有了青堂瓦舍，沒有了店鋪和失去了自己經營多年的土地，也沒人再叫他二掌櫃的。可也沒有綁票，沒有日本兵，沒有了八路軍的區小隊，沒有了老齊家的陰損蔫壞和兄弟們的遊手好閒和胡攪蠻纏。更讓王石頭父親高興的是，二兒子志兒考上了幹部培訓班，成了一名幹部。

一天，王石頭二哥志兒去縣裡買農具，看見牆上貼著一個公告：縣幹部培訓班招收學員，文化程度小學畢業以上，年齡十八至三十歲。王石頭二哥覺得自己條件都符合，便進去報了名。回家後，他把報名的事告訴父親。王石頭父親沉吟了一會兒，說：「現在共產黨已坐牢天下，你唸了那麼多書，不該在家裡種地，應該出去做事。可咱們家是地主，他們恐怕不會要。」王石頭二哥說：「我報的是貧農。」王石頭父親說：「這事兒瞞得了一時，瞞不了一世，他們早晚會知道的，走一步看一步吧。」

沒過幾天，錄取通知書下來了，全縣共錄取五名，王石頭二哥排在第一名。王石頭二哥進了培訓班，立刻得到了領導的賞識，很快被安排在專署工作。一個月後，縣長帶著他去張家口專區開會。開完會，專區領導便對縣長說：「這個年輕人我留下了。」王石頭二哥被安排在專區救災辦工作，那年春節，王石頭二哥穿著幹部服，騎著一匹棗紅馬出現在村口時，引起了全村的轟動，王石頭父親也覺得臉上有光。

王石頭二哥說：「過了年，我就要調到北京了。」王石頭父親說：「咱們家成份的事跟上頭說了沒有？」王石頭二哥說：「我和領導說了，領導說，你能主動向組織交待，說明你相信組織，以後要努力工作，不要受家庭影響。」王石頭父親說：「我參加還鄉會的事你沒說吧。」王石頭父親從老家跑到承德縣後，參加了一些流亡地主組織的還鄉會，一旦國民黨回來，便準備回去收回那些被分的田產。這樣做對於王石頭父親來講，似乎天經地義，理所當然。他辛苦掙下的這份家業，不能隨隨便便就讓人分了。沒想到國民黨兵敗如山倒，還鄉會便很快作鳥獸散。王石頭二哥說：「我也說了。」王石頭父親說：「早說比晚說好，紙包不住火，共產黨不比國民黨，他們犄角旮旯都能掃到。」

王石頭二哥調到北京後，唸過兩年私塾的蓉兒也考上了護士班，被分配到張北縣醫院工作。讓王石頭父親不滿意的是，蓉兒剛進醫院就和縣專署的一個叫余生太的幹部結了婚，余生太在縣專署工作，已經結過婚，還有三個孩子。和王石頭三姐認識後，就強迫妻子離了婚，當王石頭父親知道後，生米已煮成了熟飯。

志兒和蓉兒先後參加了工作，激發了王石頭父親那重新出人頭地的野心。為了讓其它幾個孩子更有出息，他決定自己留守在農村種地，讓王石頭母親帶著幾個孩子去縣城讀書，讓他們受更好的教育。

父親的建議得到了蓉兒的贊同，她已有了身孕，正需要母親照顧。

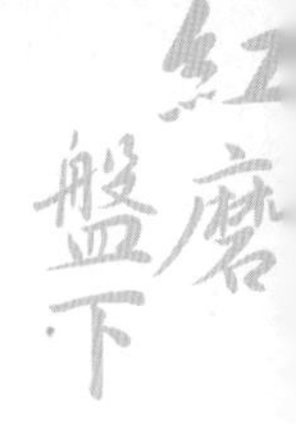

五

王石頭和四姐蓮兒三哥瑞兒一起進了縣城的一所小學，王石頭唸一年級，四姐和三哥唸四年級。剛進學校不久，王石頭就對這所學校產生了厭惡，和農村小學不一樣，他必須每天安靜地、規規矩矩地坐在教室裡聽課。既不能去抓螞蚱也不能滿山瘋跑。一天上語文課時，教師提出了個問題，國民黨好還是共產黨好，讓學生們回答。當時，王石頭正出神地望著窗外樹上的一隻麻雀。老師把他叫起來：「王石頭，你回答！」王石頭用手掏掏耳朵，有些懵懂地看看老師。老師又重複了一遍：「你說，是國民黨好還是共產黨好？」王石頭連想都沒想便響亮地回答：「國民黨好！」

老師對他的回答感到很惱火，他把手中的課本往講臺上一放：「去，到門外站著去！」王石頭回答國民黨好，這並非父親的教唆。王石頭從來沒聽過父親罵共產黨也從來沒聽過父親說國民黨好，他剛七歲，還分不清這兩個政治團體的差別，就隨便回答了一個。

王石頭後來才明白，說國民黨好，共產黨不好是一件多麼大逆不道的事。你可以說父母不好，說親戚朋友不好，說爺爺奶奶姥爺姥姥八輩子祖宗不好，說耶穌不好真主不好，說觀音菩薩如來佛不好，可你絕不能說共產黨不好，即使在它統治下餓死幾千萬人，文革中搞得天翻地覆，讓全國人民遭殃，你也不能說它不好，說它不好你就要遭殃，就要蹲監獄和掉腦袋。

王石頭對到門外罰站並沒有感到不好，相反，他還有些高興，外面的天空藍藍的，雲彩白白的，太陽暖暖的，他可以自由自在地看麻雀在樹上跳來跳去。看膩了麻雀就蹲下看螞蟻。牆根有個蟻窩，成群的螞蟻進進出出，幾隻螞蟻拖著一條蟲子的屍體費勁地向蟻窩移動。他正好有點憋尿，便解開褲子，把尿澆在蟻窩上面。那些螞蟻被尿澆的四散逃命。那幾隻拖蟲子的螞蟻也撇下蟲子迅速逃離。這時，他聽到一個聲音喝道：「你怎麼在這兒尿尿！」站在面前是一個戴著厚厚鏡片的五十多歲的老頭，他就是經常給全校學生講話的韓校長。王石頭被這一聲喝斥嚇的小雞頓時縮了回去。有一半尿尿到褲子裡。聽到校長的聲音，正在上課的老師走了出來，當韓校長知道王石頭被罰站的原因後，兩隻眼睛通過厚厚的鏡片注視著他：「如此頑劣，孺子不可教也！」

從那天夜裡，王石頭就開始尿炕。在王石頭家的窗戶前，經常可以看到王石頭畫滿地圖的褥子。

王石頭上課時，還熱衷於一種把戲：把紙揉成團，塞進耳朵裡，然後再把它掏出來，反反覆覆，樂此不疲。老師的課，頂多有一半灌進他的耳朵裡，這種把戲在二年級後半學期終止了，終止的原因是，他把紙團塞的過深，自己掏不出來，不得不去姐姐的醫院，讓醫生用攝子把紙團夾了出來。這一年，王石頭幾乎所有考試都在六十分以下。那一年，王石頭還學會了偷東西。

他偷東西完全是受班上一個叫鄧和亮的教唆。鄧和亮比王石頭大一歲，第一個入的隊，是他們班班長，還會打拍子，每次班上唱歌都由他指揮，鄧和亮是老師公認的好學生。一天，王石頭正和腦後面留一撮老毛的姓韓的同學踢毽子，鄧和亮走過來，問：「你們想不想偷東西？」王石頭很愚蠢地回答了一聲：「想。」那個姓韓的同學也說想。鄧和亮說：「放學了，我在外面看著，你們倆進去偷。」傍晚，王石頭和姓韓的同學在校門口等鄧和亮，鄧和亮說，他家裡有事，先讓他們偷。王石頭和姓韓的同學悄悄地溜進教室，挨個把學生的鉛筆盒打開，拿走裡面的小刀，鉛筆和橡皮。王石頭還幸運地偷到了一枝自來水筆。這在小學生中，是非常稀罕的東西。倆人把同學的文具洗劫一空後，悄悄溜出了教室。第二天，他們就被發現了，告密的就是鄧和亮，因為他的鉛筆盒也遭到了洗劫。

這次偷東西的後果是，王石頭和姓韓的同學不僅退還了全部贓物，倆人的家長還被叫到學校，被校長狠批了一通。特別是當校長知道王石頭就是用尿澆螞蟻的學生後，很不客氣地對王石頭母親說：「你如果再不好好管教他，將來這孩子可能會蹲監獄。」當晚，王石頭便遭到了母親的一頓暴打。王石頭母親打他除了他偷東西外，還因為他不停地撕本子，雖然學習不好，但王石頭在做作業時卻是一個完美主義者，儘量把每個字寫得盡善盡美，只要有一個字寫錯了，他就把那頁紙毫不吝惜地撕掉。幾乎所有的本子不是用完而是撕完。這對本來就感到拮据的王石頭母親來講，無疑是在撕鈔票。

第二天，在放學的路上，王石頭攔住鄧和亮，王石頭字正腔圓地用本地話罵道：「鄧和亮，我偷你娘！你讓我們偷東西，你不去偷，還去老師那兒告我們！」鄧和亮說：「你們偷東西，把我的鉛筆和橡皮都偷走了！」王石頭說：「我們偷你的可以還給你。可你去告老師，我媽把我屁股都打爛了！」鄧和亮撒腿想跑。王石頭說：「你跑，我就去你家，說你讓我們偷東西。」鄧和亮站住了，說：「你別去我家，我給你買香瓜。」王石頭說：「要買得買兩個。」鄧和亮買了三個香瓜，兩個給王石頭，自己吃一個。王石頭咬了一口說：「這香瓜挺甜。」第二天，王石頭對鄧和亮說：「昨天的香瓜挺好吃。我的屁股還疼呢。你得再給我買一個。」鄧和亮說：「我給你買了兩個。」王石頭說：「你再給我買一個。我以後就再也不跟你要了。」鄧和亮說：「你說話不算數。」王石頭說：「這回肯定算數。我再跟你要，我是王八。」鄧和亮又掏錢買了一個。香瓜很甜，王石頭吃上了癮，鄧和亮不給他買了，自己又沒錢買，他就想起了去城牆上揀子彈殼。當年，解放軍和守城的國民黨軍隊發生過一場激戰，城牆上留下不少彈殼，春天，王石頭上城牆去玩，就揀了五六個彈殼。王石頭登上城牆，城牆是用黃土夯的，很厚也很寬，可以並排走兩輛馬車。隔不遠，就有一個機槍射口。王石頭用帶來的三齒鐵勾子，在機槍射口下面的土裡刨，一上午，他刨出了八個彈殼。換了一個香瓜。第二天放學後，他又去刨。又換了一個香瓜，刨了三天，他就不敢去了，他們學校的一個姓趙的同學也去扒彈殼，扒出了一顆手榴彈。手榴彈上有一根線，姓趙的同學一拉線，手榴彈炸了，炸掉了半隻胳膊和一隻耳朵。王石頭不敢去挖彈殼。吃不上香瓜，王石頭就又想到了偷東西。王石頭家住的院子是偽滿時期的一個發電廠，朝南的一排房子裡面是發電設備。發電設備已被廢棄，散發著一股鐵銹和柴油的混和味兒。發電廠的門缺了一塊門板，王石頭就從缺門板的地方鑽了進去，裡面黑漆漆的，機器散發出的油氣味兒有點刺眼睛。王石頭彎著腰在機器中間尋找著，希望能找到一些能拿走的東西，所有的機器都固定在地上，唯一能拿走的是一個有五六斤重的大秤砣。他拎著秤砣從門的缺口處爬出來，以最快的速度來到一個收破爛的地方。收破爛的用秤稱了稱，給了他貳仟元（相當於現在的兩毛錢）。

王石頭用這貳仟元買了三個香瓜。兩天後，他又一次鑽進發電廠，正在尋找時，看見一條蛇揚著腦袋朝著他。王石頭嚇得魂飛魄散，趕緊鑽了出來，以後再也不敢去裡面偷東西了。

上二年級的時候，王石頭有了一種新的嗜好，捉牛蜂。牛蜂是一種野蜂，個頭很大，是一般蜜蜂的六七倍，飛起來發出一種嗡嗡的聲音。牛蜂的屁股有根毒刺，毒刺很厲害，蟄一下，會鼓起一個大包，非常疼。牛蜂一般不主動蟄人，除非你去招惹它。在縣城東邊，有一個花園，說是花園，實際上是一大片空地，花園的東邊是城牆。在花園中間，有一個用花崗岩砌成的高高的墓碑。墓碑是為一個日本將軍建造的。解放後，墓碑被炸掉了。在花園裡種上大片的花，有西蕃蓮，大麗花，還有波斯菊，一到夏天和秋天，大麗花和波斯菊便蓬勃開放，在陽光下隨風搖曳。開花的時候，牛蜂便到這裡採蜜。王石頭便拿著一塊布悄悄接近它，猛地用布把牛蜂捂住，然後用手捏住牛蜂的前半部，用手指不停地挑逗它的屁股，牛蜂便伸出毒刺，王石頭猛地捏住毒刺，把它拽出來。牛蜂沒有了毒刺，便不再蟄人，王石頭用線拴住它，拽著它滿院子瘋跑。玩夠了，他就把牛蜂肚子掰開，吸裡面的蜜。

縣城的北邊有一條河，人們叫它二道河，二道河水很清，一到夏天，一清見底的河水便嘩嘩流淌。河水裡有魚，個頭都不大，王石頭常和孩子們一起下河用篩子撈魚，把撈出的魚穿起來晾在繩上，晾乾了用鍋煎著吃。

王石頭上二年級的時候，正當抗美援朝，大街上經常有人敲鑼打鼓地送匾，往誰家一送匾，誰家就遭殃，因為這表明他們家有人在朝鮮戰場上被打死了。送匾的敲鑼打鼓在前面走，後面便跟著一群孩子大聲唱：嘿啦啦啦啦，嘿啦啦啦，天空出彩霞呀，地上開紅花呀，中朝人民力量大，打垮了美國兵呀，全世界人民拍手笑，帝國主義害了怕呀！嘿啦啦啦嘿啦啦啦，嘿啦啦啦嘿啦啦啦，全世界人民團結緊，把反動勢力連根拔那麼連根拔！王石頭經常跟著孩子在後面唱，而且唱的比別人都賣勁兒。一次，王石頭又和一幫孩子跟著送匾的隊伍在後面唱。送匾的隊伍敲鑼打鼓地穿過大街，走進一條巷子，拐了一個彎，又進了一條巷子，在一家門口停下了。王石頭一看，原來是鄧和亮家。鄧和亮母親一開門，看見是送匾的隊伍，便身子一歪倒在地上。送匾的人連忙把她扶起來，敲鑼打鼓地把匾掛在大門的上方。掛完匾，領頭的一個幹部高呼口號：抗美援朝，保家衛國，革命烈士，全家光榮！然後把一塊豬肉和一袋子白麵送到院裡。王石頭問站在門口的鄧和亮：「你們家誰去朝鮮了？」鄧和亮說：「我大哥。」王石頭說：「以後，你就是烈士的弟弟了，晚上，你就能吃上白麵饅頭豬肉了。」鄧和亮說：「那我哥也吃不上了。」王石頭說：「我哥年紀太小，要是跟你哥一樣大，也去朝鮮，我也能吃饅頭和豬肉了。」

那一年，一種恐怖的氣氛開始籠罩著縣城，縣城北門外開始經常槍斃人。王石頭每天上學都要路過一個監獄，監獄的大門是黑色的，很大很厚重，大門旁站著兩個持槍的士兵。一天，他正路過監獄門口，看見監獄門口停著一輛馬車，旁邊還有六七個騎著馬端著槍的士兵。王石頭就停下站在旁邊看著，不一會兒，大門打開了，一個四十多歲的犯人被兩個士兵押著從大門出來，那個犯人頭髮挺長，鬍子也挺長。他被五花大綁綁著，腳上帶著腳鐐，腳腕處用帶毛的皮子裹著。犯人被押上馬車，四個士兵把犯人圍在中間。一個士兵趕著馬車向城北駛去，騎馬的士兵跟在兩側。王石頭也跟在馬車後面跑著，他從來沒有看見過槍斃人，這次想看個究竟，馬車在北門外一片荒野前停下。犯人被押下車，騎馬的士兵圍成一個半弧形，持槍的士兵指著前面一個土坑，讓犯人往前走，犯人看了那個士兵一眼，很緩慢地往前走著。曠野裡很安靜，有風輕輕吹過，犯人腳上的腳鐐發出嘩啦嘩啦的聲響。犯人走到土坑前停下，目光呆滯地站在那裡。這時，那個士兵走上來，命令他：「跪下！」犯人便雙膝一彎，跪在土坑前。士兵轉身向前走了十來步，停下，又轉過身來，雙腳微開，端起手中的步槍，瞄準犯人的頭部。王石頭以為他會馬上扣動板機，士兵卻沒有開槍，而是把槍口朝下，嘩地推上子彈，又端起槍，只聽一聲槍響，那個犯人應聲倒地。戰馬聽見槍響發出咴咴的叫聲，揚起前蹄在原地打轉。王石頭和圍觀的人們擁上前去，看見那個犯人的鼻子被打掉一半，濃濃的血染紅了下面的土地。一個士兵解下犯人身上的繩子，卸下腳鐐，把他拖進坑裡。

從那以後，北門外幾乎天天能聽到槍響，新政權已騰出手來，開始收拾那些曾經反對過他們的人。一天，王石頭放學回來，看見鄰居的女孩阮明香眼睛哭得紅紅的，阮明香比他大三歲，是一個很好看的女孩，有一雙大大的眼睛和喜性的面孔，阮明香有個弟弟叫阮明佑，和王石頭一般大，倆人常常一起玩。阮明香的父親在稅務局工作，個子高高的，平時沉默寡言，很少和鄰居交往。阮明香的母親是家庭婦女，個子小小巧巧的，長得白白淨淨十分俏麗。和王石頭母親的關係十分好。王石頭進家對母親說：「我看見阮明香哭了，眼睛都是紅的。」王石頭母親說：「她爹被抓走了。」王石頭說：「不會被槍斃吧！」王石頭母親說：「別瞎說，讓人家聽見了多不好。」王石頭說：「現在老槍斃人，一到晚上北門外的鬼火一閃一閃的。」王石頭母親說：「你是不是又去看殺人了，殺人有什麼好看的，以後再去打斷你的腿！」

晚上吃飯時，王石頭姐姐說：「今天，我們物理老師被抓走了。」王石頭母親問：「他犯了啥法了？」王石頭姐姐說：「聽說過去是給國民黨軍隊修坦克的，他修好的坦克打死了不少解放軍。」王石頭母親說：「那也是各為其主嘛！」王石頭姐姐說：「那個老師看上去就和別的老師不一樣，特別威武，一看就像當過兵的，課也講的特別好。」王石頭哥哥說：「聽說二中的校長也被抓起來了，說他參加過國民黨。」王石頭母親有些生氣地用筷子敲著桌子：「以後吃飯時別說這些！」

第二天上學，剛進教室，和他一起偷過東西的韓老毛就對王石頭說：「魏玉敏他爹被抓走了。」魏玉敏比王石頭高兩年級，是全校最漂亮的女孩子，魏玉敏長得特別洋氣，一點兒都不像縣城小地方的人。每年六一兒童節，都由她代表學生講話。領導來參觀，也讓她給領導戴紅領巾。王石頭問：「你怎麼知道的？」韓老毛說：「他們家就住在我們家旁邊，昨天晚上抓的，來了四五個解放軍，五花大綁給綁走了。」魏玉敏父親被抓的消息很快傳遍了全校。從此以後，這個漂亮的小姑娘就黯然無光了，在一些慶祝活動中再也見不到她的身影，每天默默地來默默地走。王石頭聽老師們說他的父親曾當過國民黨的典獄長。有不少共產黨員從他的監獄裡出來便徹底消失了。魏玉敏的父親不久就被槍斃了。學期還沒有結束，魏玉敏就離開了學校，她和母親一起回到了老家包頭。

星期六下午是音樂課。王石頭最喜歡音樂課，因為教音樂的黃老師長得十分漂亮，秀美的身材，大大的眼睛，烏黑的短髮，而且唱歌的聲音也特別好聽，更主要的是，黃老師是唯一沒有批評過他的老師，還誇他嗓子好，讓他加入了校歌詠隊。

黃老師一邊彈風琴一邊教大家唱：爐火通紅，機輪轉動，我們愉快地勞動。學生便跟著一起唱。黃老師又接著唱：工廠是個大家庭，無產階級都是好弟兄。黃老師剛唱完，門推開了，進來的是韓校長。韓校長對黃老師說：「黃老師，你出來一下。」黃老師站起來，跟著韓校長走出門外，韓校長又回來，對學生們說：「大家先上自習吧！」

黃老師一去再也沒有回來。

一個月後，學校傳播著一個消息：黃老師當過特務，要被槍斃了。王石頭有點不相信，歌唱的那麼好長得又那麼漂亮的老師怎麼能是特務呢！後來，王石頭在大街上看見貼出的佈告，在黃老師的名字上畫了一個大大的紅勾，這表明，黃老師真的要被槍斃了。

槍斃黃老師那天是星期天。槍斃人的時間都在上午。王石頭早早就來到北門外，北門外已經聚集了數百上千人，這一年，北門外槍斃了不少人，槍斃女的還是第一次。特別是人們聽說被槍斃的女人是個特務，長得又漂亮，都想來看看。快十點的時候，一輛卡車駛到了刑場，這次拉犯人的不是馬車，而是汽車，因為經常殺人，殺人也就現代化了。黃老師站在車中間，旁邊是荷槍實彈的士兵。黃老師沒被五花大綁，也沒帶腳鐐，只是戴著手銬。一個士兵跳下車，打開車幫，兩個士兵拉著黃老師的胳膊，半拉半扶地讓黃老師下了車。那一天黃老師依然很漂亮，穿一件天藍色的上衣，黑褲子，腳上穿著白襪子，一雙帶襻的黑布鞋，十分乾淨整齊，可能是風吹的，頭髮有些凌亂，臉色也略顯蒼白，那雙美麗的大眼睛也有些憂傷。夜裡剛剛下過一場雨，田野一片碧綠，空氣十分清新，風吹散朵朵白雲，露出蔚藍色的天空。黃老師主動地走向那個挖好的土坑，她的步子雖不遲疑卻有些慢。前面出現一個不大的水窪，黃老師似乎是怕濕了鞋子，踮著腳尖從水淺處邁了過去，隨後，又低頭看了看，大概是看鞋子濕了沒有。黃老師在土坑前站定。土坑前青草碧綠，一簇淡紫色的野花在離土坑前不遠的地方燦然開放。黃老師那苗秀的身材依然亭亭玉立。風吹髮絲遮住了眼睛。她便輕輕地把頭一擺，把頭髮甩到旁邊。圍觀的人大多投去憐愛的目光，王石頭聽見旁邊一個男人說：「這女子，長得多好，可惜了。」

行刑的是一個年輕的士兵，二十來歲，前額上有一個黃豆大的痦子。這次，沒有像以往槍斃犯人那樣，讓犯人下跪，士兵端起槍，瞄準黃老師的頭部，槍響了，黃老師卻沒有倒下，依然站立在那裡，原來槍打偏了。黃老師回過頭來，看了那個士兵一眼，那目光有些溫柔還帶有一種感激。那個士兵重新推子彈上膛，扣動板機，子彈又打偏了。一個腰間別著手槍的連長朝上來，一腳踹在士兵的屁股上，伸手奪過他手中的步槍，他退出子彈，把子彈在鞋底上使勁蹭。然後，推子彈上膛，扣動板機，砰的一聲槍響，人群中發出一片驚叫。黃老師的整個腦袋被炸飛了。鮮血像噴泉一樣噴向天空，又像雨點一樣落下來。黃老師的頭髮四散飄落，有一綹頭髮掉在離王石頭不遠的草地上，還有一綹落在那簇盛開的淡紫色花朵旁。連長用的是炸子，這是一種極殘忍的殺人不留全屍的手段。王石頭聽見他旁邊那個男人罵道：「這水蛋殼，喪天良吶，連全屍都不給留！」

連長朝那個長痦子的士兵做個手勢，士兵走上前去卸下黃老師的手銬。黃老師的手修長而慘白，沒有一點兒血色。士兵把黃老師拖進坑裡。黃老師的一隻鞋掉了，露出穿著白襪子小巧的腳。王石頭跑上前去，把那隻鞋放到黃老師腳邊，那個連長瞪了他一眼，呵斥道：「小兔崽子，跑這兒來幹什麼？」王石頭對連長充滿了憎恨，心裡罵道：你老兔崽子，雜種操的，早晚也讓你吃槍子。

一連幾天，王石頭都處在悲傷之中，他的面前總是浮現出黃老師那漂亮的面孔和炸飛的腦袋。晚上，母親把一個裝有七八斤麵的口袋交給他：「你去把這些麵送給阮明香家，別讓人看見。」王石頭來到阮明香家，一家三人正在吃晚飯，飯桌上沒有菜，也沒有饅頭，只有稀稀的小米粥和一盤鹹菜，王石頭把麵交給阮明香母親，阮明香母親說：「謝謝你媽媽。」

一個月後，阮明香一家得到了消息，阮明香的父親被判無期徒刑。又過了一個月，阮明香的母親改嫁了。那個男人來接阮明香一家時，王石頭正在門口玩。他被嚇了一跳，那個男人十分老，頭髮已有些花白，起碼比阮明香母親大十幾歲。男人的一隻眼睛是瞎的，眼眶往裡深陷，臉上還有一道大傷疤，把嘴扯的有些歪，看了讓人害怕。這個男人當過解放軍營長，那只眼睛是在戰場上被打瞎的。阮明香看見了那個未來的繼父後，跑到王石頭家，抱著王石頭母親嚎啕大哭：「大嬸，我不願跟我媽去，你收我做女兒吧！」王石頭母親擦掉阮明香臉上的淚水：「好孩子，你去吧，你媽這樣做，也是為了你們，那個男的年紀雖然大點，可是成份好，將來你們也不會受欺負。」阮明香一家隨著那個男人上了汽車。王石頭問母親：「阮明香她媽怎麼嫁給那麼一個男人呀！」王石頭母親說：「那也是沒辦法，要不嫁，娘仨個靠什麼過日子。」

六

秋天到了，王石頭母親離開縣城，回到馬坊子村，幫著丈夫秋收。上午，王石頭母親正在捏莜麵，村長推門進來問：「王大哥在家嗎？」王石頭母親放下手中的莜麵，說：「他一早就下地了，找他有事嗎？」村長遲疑了一下說：「也沒什麼事，我到地裡去找他吧。」

王石頭父親正在地裡割菜籽。因為雨水好，這一年菜籽長的特別好，有一人多高，密密的菜籽夾把菜籽杆壓彎了腰。他割的有些熱，便脫下外衣，放到捆好的菜籽上。這時，他看見幾個人正向菜籽田走來，再仔細一看，走在前面的是村長，後面跟著的幾個人他不認識。王石頭父親似乎意識到了什麼，把剛脫下的上衣又穿上，站在那裡，等著他們的到來。幾個人在他面前停下，其中一個卅多歲的男人問：「你是王少廷吧？」王石頭父親點點頭：「我是。」另一個20多歲的年輕人從腰後抽出手銬，喀地給王石頭父親戴上：「跟我們走吧！」在經過家門口的時候，王石頭父親說：「我去跟家裡人說一聲。」王石頭父親走到窗下，王石頭母親已開門迎了出來，她看見丈夫雙手戴著手銬，便手扶著牆定了定神。王石頭父親說：「你把孩子叫來秋收吧。」走了幾步又回過頭來：「春天借了姚二家三升胡蔴，收了胡蔴別忘了還上。」說完，王石頭父親便被押著上了村口的一輛馬車。

王石頭母親回到屋裡，坐在炕沿上，她並沒有感到多麼突然，這是她早已預料到的事，自從縣城裡不斷發生有人被抓被槍斃的事兒，她就知道，丈夫被抓是早晚的事兒，只是不知道上面會給丈夫定什麼罪，會不會被槍斃。聽說王石頭父親被抓後，村裡的女人們都來安慰王石頭母親，那個女啞巴哇啦哇啦地連說帶比劃，意思是：王大哥是個好人，很快就會被放出來。

晚上，村民們都來到王石頭家，村長也來了。村長說：「王大哥被抓了，犯了什麼法，有政府管著呢！現在地裡莊稼都熟了，王大嫂下不了地，孩子們又都小，幹不了這營生，咱們不能看著不管，王大哥過去幫咱們寫過信，算過賬，還治過瘡。現在，咱們幫著王大嫂把莊稼收了，把場打了，也算是個報答。王大嫂家裡人手少，咱們幫工就不要在王大嫂家吃飯了，幹完活都回自己家吃。」說完，村長便安排起活來：「王老四，你明天去幫著把菜籽割了。姚二，你去把小麥割了。三喜柱，你去看看莜麥熟了沒有，熟了就幫著割了。」有的村民問：「村長，你呢？」村長說：「明天，我去跟你老婆睡覺！」

雖然村長說不讓幫工的在王石頭家吃飯，王石頭母親還是請了幾個大嫂幫她搓莜麵，蒸饅頭。王石頭母親還特地托人從縣裡買了幾斤羊肉，燉蘸莜麵的湯。不出三天，所有的莊稼都收割完了。大家又幫著打了場，到縣城把糧食賣了。賣糧那天，王石頭母親也去了，所有的糧食共賣了二百多塊錢。把一切事情都處理後，王石頭母親回到了縣城。

在王石頭父親被捕後一個月，王石頭二哥被單位的辦公廳叫走，辦公廳一名處長說：「王文志，你交待一下你父親的問題。」王石頭二哥說：「我都向組織交待過了。」處長說：「你再想想，有什麼隱瞞的沒有。」王石頭二哥想了想，搖搖頭：「沒什麼隱瞞的。」處長說：「你父親有過槍。」王石頭二哥說：「是有一把駁殼槍，當時經常鬧綁票，我父親被綁過兩次……」處長打斷王石頭二哥的話：「我不管你父親被綁過幾次，我要求你回答，你父親有沒有過槍？」王石頭二哥說：「有過。」處長說：「你父親參加過還鄉會！」王石頭二哥說：「是參加過，還鄉會還沒來得及反攻倒算，解放軍就解放了承德，還鄉會就散夥了，這些我都向組織交待了。」處長緊盯著王石頭二哥的眼睛：「你父親有過人命！」王石頭二哥愣了一下，很堅決地回答：「沒有，我父親雖然是反動地主，可從來沒有過人命。」處長把一份材料放到王石頭二哥面前：「你是讓組織相信你，還是相信你妹妹！」

王石頭二哥拿起材料看了看，這是三妹蓉兒寫的一份揭發材料，其中有一句是：我的父親有過槍，可能還有人命。王石頭二哥說：「這是我妹妹瞎說，她那時才十幾歲，有些事根本不瞭解。我可以保證，我父親是反動地主，參加過還鄉會，想重新奪回他的土地，可他並沒有人命！」處長說：「你父親的事我們還要進行調查，你好好想一想，回去寫一份詳細的交待材料，要說實話，不許欺騙組織，這也是組織對你的考驗。」

兩天後，王石頭二哥將一份關於父親和家庭的詳細材料交給了辦公廳的那位處長，處長看了後，在附件上寫道：林主任，以上交待的內容和我們調查的內容基本相符。此人是否下放。望批示。辦公廳林主任看完了材料，在附件上批道：此人有能力，不必下放，可控制使用。王石頭二哥本來想寫信數落一下妹妹蓉兒，但想到母親和弟弟妹妹都靠她養活，也就打消了這個念頭。為了避免引起矛盾，也沒把這件事告訴母親。

經過了一年多的大開殺戒後，北門外的槍聲漸漸停止了。被殺的大多是青壯年，他們的鮮血和屍體肥沃了那片土地。一到夏天，青草長得沒過胸脯，篙子長得一人多高。顏色油綠油綠，像塗了層臘質。黃昏，每根草莖都被染紅。風吹過後，無邊的野草如血海湧動。不過，從來沒有人敢去那裡放牛放羊，也沒有敢去那裡打草。一到晚上，裡面便閃起幽幽的綠光。黃鼠狼像鬼魂一樣悠然一閃，狐狸閃動著帶著妖氣的眼睛從草叢中嗖地竄出，蛇吐著長長的信子在草叢中游走。成群的烏鴉在天空中呱呱地鼓噪，還有蝙蝠和貓頭鷹，它們的翅膀劃過夜色上下翻飛。這裡成了一個鬼魅世界。王石頭還聽大人們說，在草叢中，經常看到一個披著長髮，穿著白衣白褲白鞋的女人。這個女人的丈夫被槍斃了，她就瘋了。經常一個人來到草叢，發出淒厲的呼喚：「你快回來呀！」一天，王石頭和韓老毛來到草叢邊上，想看看大人們說的是不是真的。草叢已沒過王石頭和韓老毛的頭部，有的草被壓倒了，像是被腳剛剛踩過。倆人壯著膽子往前走，前面有一片草被拔掉了，顯露出一個墳丘，王石頭和韓老毛不再敢往前走，這時，草叢裡白衣一閃走出一個女的，那個女的披頭散髮，穿著有些骯髒的白衣白褲，腳上卻沒有穿鞋。女人面目瘦削，兩眼深陷，正望著他們。更讓王石頭害怕的是，她左手拿根木棍，右手攥著一條兩尺多長的蛇，蛇不停地吐著信子。王石頭和韓老毛嚇得魂飛魄散，撒腿就跑。倆人幾次被草絆倒，磕磕絆絆地跑出草叢。從此，王石頭再也不敢去北門外了。

七

王石頭母親沒想到，落井下石的是自己的女兒。一天晚上，王石頭三姐蓉兒來到母親屋裡，在母親身邊坐下。說：「媽，余生太要調到張家口了。」王石頭母親放下手中的活計，臉上掠過一絲不安：「你也過去嗎？」王石頭三姐點點頭：「我也過去。」王石頭父親被抓後，全家的生計只能依靠女兒和女婿。「家也搬走嗎？」王石頭母親問。「也搬走。」王石頭三姐回答。王石頭母親若有所思地點點頭。沉默了片刻，王石頭三姐說：「我爸被抓進去了，能不能放出來，什麼時候放出來，都不知道。我看你們還是回馬坊子村吧，蓮兒也大了，給她找個人家，種地也有個幫手。要不，你們就去北京到我哥哥哪兒。」這回，王石頭母親完全明白了女兒的意思，她驚異地望著這個從小她最寵愛的女兒，她生了那麼多孩子，唯一沒打過的就是三女兒。她聽話，勤快。她本以為，丈夫被抓後，三女兒是全家的靠山，可她沒想到，在家裡最需要她的時候，她卻要撂挑子，撒手不管了。王石頭母親說：「你這樣說，是不是不管我們了。」王石頭三姐說：「咱們家是地主，我爸爸又在監獄裡，余生太是黨員，我也寫了入黨申請書，如果再管家，領導會說我們和家庭劃不清界限。我和余生太都和組織說了，從此不和家庭有任何來往，我們表了決心，領導才把我們調到張家口的。」王石頭母親說：「我和你爸爸是地主，你可以和我們劃清界限，你弟弟妹妹又不是地主，也跟他們劃清界限嗎？」王石頭三姐說：「要劃就一起劃。」王石頭母親站起來：「你想劃就劃吧！老天爺餓不死沒眼的家雀兒！」說完，把門一摔出了門。王石頭母親雖然這樣說，但仍希望女兒能回心轉意。她並沒有把三女兒的話告訴其他幾個孩子。如果三女兒真撒手不管，他們還真的很難生活下去。

第二天，王石頭母親把三女兒叫到屋裡，說：「現在，你弟弟妹妹還小，幹活也沒人要，看在兄弟姐妹的情份上，你先幫幫他們，等他們初中一畢業，就不用你負擔了。」三女兒聽了母親的話，低著頭半天沒說話。過了一會兒，從口袋裡掏出三十元錢，放到桌上。說：「媽，這是下月的生活費，以後，我就不管了。」說完，便出了門。

晚上，王石頭母親把蓮兒、瑞兒和王石頭叫到跟前，說：「你三姐要去張家口了，說以後不管咱們了，讓你們回馬坊子種地，要不，就到北京找你二哥。」蓮兒說：「這準是余生太的主意，我早就看他不是個好東西！他根本不是劃清界限，就是不想負擔咱們。」王石頭母親說：「我看，你三姐是鐵了心了。蓮兒，你給你二哥寫封信，就說你三姐要和家庭劃清界限，不管家了。問咱們能不能去他哪兒。」

信發出去了。當時正放暑假，為了貼補家用，蓮兒每天到苗圃剪枝，一天能掙六七毛錢。一天，她剪枝回來，看見母親正坐在灶臺前落淚。蓮兒忙問怎麼了。王石頭母親說：「你三姐今天去張家口了，臨走，都沒到屋說一聲，我怎麼養了這麼個狼心狗肺的東西！」

二十天後，王石頭二哥來信了，信中說，既然蓉兒和家裡脫離關係，不管家了，那就到北京來吧。當時，王石頭二哥已調到政務院下面的一個部門工作，已不再供給制了，改成了發工資。王石頭母親聽蓮兒唸完信後，臉上露出寬慰的笑容：「我覺得你二哥也不像你三姐那麼沒良心。」

因為蓮兒和瑞兒都在上初中，到了暑假才能轉學。王石頭便和母親先去北京。路過張家口時，王石頭母親特地下了車，打算對女兒進行最後一次規勸。王石頭母親帶著王石頭找到女兒工作的醫院。王石頭三姐見母親來了，顯得很緊張。王石頭母親說：「你不用害怕，我們不是來找你要飯的。你二哥讓我們去他哪兒。你二哥掙的也不多，又沒有成家，你能不能接濟點？」王石頭三姐聽了，半天不說話。王石頭母親見女兒已徹底絕情，再說也是白費口舌。便拉起王石頭的手，說：「咱們走！」王石頭三姐說：「吃了飯再走吧！」王石頭母親連頭也沒回，沒好氣地說：「我怕那飯從脊樑骨下去！」

傍晚，王石頭母親和王石頭來到了北京。因為沒有住處，他們只能暫住在四大爺家。在車上，王石頭就憋了一泡尿，下了車，王石頭實在憋不住，便解開褲子，把長長的一泡尿澆在前門大街的馬路牙子上。這時，他聽見一個老頭怒喝：「這孩子這麼大了怎麼還在馬路上撒尿！」王石頭嚇的連忙把褲子提上，半泡尿便撒在褲子裡。王石頭和母親坐上三輪車，來到四大爺家。當他下車時，三輪車夫看到下面的墊子上有一個碗口大的印跡。三輪車夫皺著眉：「這孩子，尿尿怎麼也不說一聲，這還叫我怎麼拉人！」當王石頭穿著抿襠褲，中式小褂，一雙鞋幫子上納滿針腳的土裡土氣的布鞋出現在院子時，立刻引來了孩子們的嘲笑。

晚上，王石頭哥哥來看他們，把蓉兒說父親有人命告訴了母親。王石頭母親恨恨地說：「這個狼心狗肺的東西，早晚要遭報應！」睡覺前，母親叮囑他，夜裡起來撒尿，別尿炕，要不讓人笑話。夜裡，王石頭還是把一泡尿撒在褥子上。第二天，繩子上掛著他新畫的地圖，他以這種方式宣告他的到來。

四大爺家住在離後海不遠的大雜院裡，院子裡住著十幾戶人家，都是織襪子，登三輪車的普通市民。可院子裡孩子們卻對他有一種優越感，叫他鄉巴佬，尿炕精。不願和他玩。他們不和他玩，王石頭就自己玩，他經常一個人來到離家不遠的鼓樓，登上那高高的臺階。鼓樓的一樓是閱覽室，裡面有不少小人書，連環畫，王石頭就坐在那裡看小人書和連環畫，看膩了就到鼓樓後面聽評書，看捏糖人，變戲法。他常常沿著地安門大街走到景山，從最矮的亭子一直爬到最高的亭子，站在亭子上呆呆地望著那一片金碧輝煌的故宮。一次，他來到那棵崇禎皇帝上吊的樹前，那棵樹既不粗壯也不高大，一點都不起眼，樹被一圈半人高的牆圍著，在圍牆上，不知是誰留下了一行粉筆字：「在這裡結束了一個王朝。」王石頭試圖跨進圍牆，被一個白須白髮老人喝住了：「小孩子，不許進！」老人聲色嚴厲，似乎這仍是一個皇朝禁地。景山公園也有牛蜂，它們經常在頭頂嗡嗡飛過。王石頭便折下樹棍，去抽它們，有好幾隻牛蜂都被他殘忍地抽落在地上。他還常常到景山少年宮去滑雲梯，雲梯要比普通滑梯高三四倍。王石頭像小亡命徒一樣，頭朝下，飛快地滑下來，看的一些孩子目瞪口呆。

每當雨過天晴，胡同便有蜻蜓來回飛捉蟲子吃，北京人管它叫老琉璃，王石頭也和別的孩子一樣用網子捕捉它們。他還像當年唱嘿啦啦呀嘿啦啦那樣，搖頭晃腦地喊：「對蝦，對蝦，一對兩毛八，對五對五，一對兩毛五！」

雨後，胡同牆上便爬著不少蝸牛，他便捉住把它們放在地上，一邊看它們爬一邊唱一支剛學會的莫明其妙的歌謠：水妞水妞，先出犄角後出頭，你爹你媽，誰給你買的燒羊骨頭炒羊肉呃！

王石頭還學會了罵人，北京人罵人既不罵雜種操的，也不罵偷你娘，而是罵丫挺的。他不明白丫挺的意思，便問四大娘：「四大娘什麼是丫挺的呀！」四大娘說：「那是罵人的話，快別學。」後來，他才知道：「丫挺的」是省略語。它的全稱是丫頭養的。他不明白，丫頭養的怎麼是罵人話呢！有一次，院子裡的孩子又叫他鄉巴佬，尿炕精，他便字正腔圓地罵道：「你這個丫頭養的雜種操的偷你娘！」旁邊的一個老人聽到了，說：「這孩子罵人怎麼還一套一套的。」

王石頭雖然客居他家，在冰棒和酸渣糕的誘惑下，他又舊病復發，開始偷東西，偷的東西也很不入流，是三分錢一個的牙膏皮，四大娘全家都刷牙，用的不是牙粉，而是牙膏，牙膏用完了，便把牙膏皮放到抽屜裡，已攢了好幾十個。

在胡同，經常有推車的走街串巷賣山渣糕和冰棒，二分錢可買比酒盅大不多少的一小碗山渣糕，三分錢可以買一根紅果冰棒。一聽到賣山渣糕的吆喝聲，孩子們便跑過來買，母親從來沒給他買過，王石頭只能在旁邊眼巴巴地看著。一次，他看見一個小孩用一個牙膏皮換了一小碗山渣糕，他想到了四大爺家那些牙膏皮，便偷偷地用它去換酸渣糕和冰棒。沒過一個月，抽屜裡的牙膏皮便所剩無幾。一天，他正在外屋，聽裡屋四大娘的兒媳婦胖二嫂說：「咱們家的牙膏皮怎麼都沒了，是被那個饞嘴的偷走了。」這時，四大娘小聲說：「你小聲點，讓你六嬸聽見了多不好！」四大娘說的六嬸，就是王石頭母親。雖然王石頭已知道四大爺一家已認定了他偷的牙膏皮，但他並沒有就此停下，直到抽屜裡只剩下一個牙膏皮時，才結束這種偷竊，這不是他改邪歸正，而是王石頭二哥已為他們在機關宿舍旁邊找到了一間平房。王石頭和母親帶著兩個小行李捲，坐著三輪車來到一條小馬路旁的小平房前。房門鎖著，王石頭二哥便去找人開門。王石頭從窗戶向裡面望，房子不大，裡面像是堆過煤，牆上還有沒掃盡的煤灰。一會兒，一個中年人來了。中年人對王石頭二哥說：「韓處長說，這間房子已有安排了，留給機關的勤雜工住，明天，他們就搬過來。」王石頭二哥說：「不是說好了嗎，怎麼又變卦了。」中年人說：「那我就不知道了。」王石頭二哥說：「老劉，你看我們都搬來了。」中年人說：「小王，這是韓處長交待過的，要不，你去問問韓處長，如果他同意，我馬上就開門。」王石頭二哥皺了皺眉，沒再說話，對三輪車夫說：「再拉回去吧！」走出不遠，王石頭聽見二哥憤憤地說：「說話不算，簡直是混蛋！」

王石頭和母親又回到四大爺家。一個星期後，他們搬進了八道灣的一間小平房裡。因為放暑假了，哥哥和姐姐已轉學到北京。這間平房只有五六平米，原來是房東的一個廚房，房子坐東朝西，牆上有一個很小的窗戶，屋子裡搭上一排鋪板，門和鋪板間只有一隻腳的距離。院子裡住著六戶人家，房東也是織襪子的，除了王石頭外，院子裡還有兩個女孩，一個是房東的女兒叫萍兒，另一個是一個搬運工的女兒叫花兒。兩個女孩子和王石頭的年齡差不多，長得雖然不太漂亮，可一點也不欺生，不像四大爺院子裡那些男孩子叫他鄉巴佬，而是很友好地叫他的大名王石頭。

八

王石頭的三哥和四姐來北京不久，王石頭的父親被押回了原籍河北承德。

王石頭父親被抓的消息立刻轟動了水杖子村。一天，王家的死對頭齊老四的老婆來到王石頭大娘家，一進門便叫道：「恭喜呀！你們家老二就要上河套了。」河套就像察北縣城北門一樣，是槍斃人的地方。王石頭大娘冷冷地說：「這事你們老齊家說了不算。沒準過兩天還放出來呢！」

王石頭父親被押回承德後，法院院長在翻閱王石頭父親卷宗時，發現王少廷是水杖子的。除了有二百畝地開了一個雜貨鋪和參加過還鄉會外，並沒有其他罪惡。他記起了一九四三年水杖子那一幕，想看看這個叫王少廷的是不是當年他遇見過的那個掌櫃的。

那天下午，王石頭父親被押到審訊室。法院院長一眼認出了這個戴著手銬的中年人正是那個掌櫃的。他問王石頭父親：「你還認識我嗎？」王石頭父親抬起頭，看看這個穿著一身幹部服的中年人，搖搖頭：「不認識。」「你再想想，咱們民國三十二年見過面。」王石頭父親仔細辨認了一下，仍搖搖頭。「真不認識啦？那年，我們趕著馱子，馱著布，路過你們家門口……」王石頭父親想起來了，這個坐在法庭上的幹部就是當年那隊馱子的頭兒。

一個星期後，王石頭父親被放出來了。法院特地給他拿了路費。出來時，法院院長對他說：「這次放你一是你沒什麼太多的罪惡，二是關鍵時候你幫了我們的忙。你回去後要好好接受改造。」

回北京後不久，王石頭父親便接到察北馬坊子村的一封信，信是全體村民寫來的，下面印著幾十個手印和印章，信中希望王石頭父親仍回馬坊子村，給他們當村長。王石頭父親也給那裡的鄉親回了一封信，表示了感謝，還說了不能回去的原因——他的家人已全部來到了北京。

這封信一連讓王石頭父親興奮了幾天。

王石頭二哥的工資無法維持一家五口人的生活，王石頭父親就打算重操舊業——織襪子。可是，所有的個體襪廠都已公私合營，王石頭父親就給襪廠做一些初加工，王石頭和哥哥常去襪廠背回一捆捆各種顏色的棉線，王石頭父親把線打上臘，撐在紡車上，再繞到線軸上，然後再把線軸送回襪廠，一個月能掙幾十元錢。

因為家太小，王石頭整天在外面四處遊蕩，他很快熟悉了周圍的環境。出胡同往西走幾百米就是紅牆黃瓦的達賴住京辦事處，馬路對面是醇王府。順著達賴辦事處的紅牆往北走不遠就是城牆。城牆是梯型的，下面寬上面窄，城牆有個豁口，王石頭常常從豁口爬到城牆上去玩，城牆很寬，能並排走好幾輛汽車。城牆上長滿了雜草、灌木叢和各種樹木，榆樹、柳樹、桑樹……，樹都不高。王石頭常常順著城牆一直走到德勝門，在上面捉知了，逮螞蚱。

王石頭也常常到離家不遠的後海邊上，後海沿岸種著垂柳，柔軟的柳枝垂到水面，水中的魚兒便游來喋那水中的柳枝兒。風吹過來，柳枝擺動，水面上蕩起一圈圈漣漪。後海邊上有一個航海俱樂部，常常有一些年輕學生到這裡劃舢板，那些舢板隊員在舵手一二、一二的口令下奮力劃槳。有時，他們還會唱一支非常好聽的「水手之歌」：快快劃呀快快劃呀夥伴們，讓我們度過快樂的時光，我們的舢板迎著晚風破海浪，親愛的朋友讓我們一起去遠航，你看那天空多麼晴朗，你看那海鷗自由飛翔，你看那划船的小夥子多麼健壯，他就像真正的水手一樣。有時，王石頭一直待到傍晚，看那落日西沉，把水面鍍成一片霞色。

這種整日遊蕩的日子很快結束了，秋天開學，王石頭進了一所小學——雀兒胡同小學。小學就在後海邊上。王石頭背著母親縫製的藍布書包，穿一件四大爺剛送的月白色襯衫來到學校。班主任積老師把他介紹給大家：「今天，咱們班來了個新同學，叫王石頭。」班上的學生笑起來，大概是笑他的名字。王石頭有些難為情地低下頭。他被安排在靠窗口的座位上。他的旁邊是一個細眉細眼，模樣秀巧的女孩，從她作業本上的名字他知道，她叫米翠琴。王石頭剛坐下，就聽見門口有人高喊：「報告。」進來的是一個男孩子，皮膚黝黑，眼睛大大的，背著一個舊書包，穿一身又長又肥的黑布中山服，顯然是別人穿剩下的，膝蓋和胳膊肘部位補著補丁。腳上的鞋也不合腳，有些大。積老師問：「劉寶祥，你怎麼開學第一天就遲到？」劉寶祥有些不好意思的笑笑，當他走向座位時，朝下面的學生做了個鬼臉。劉寶祥就坐王石頭的前排靠右的位子上，他的旁邊是個很漂亮的女孩子。

下課了，劉寶祥回過頭來，問王石頭：「你丫的是新來的吧。」王石頭覺得劉寶祥怎麼開口就罵人，有點不願意搭理他，可還是點點頭。「你丫叫什麼？」劉寶祥又問。「叫王石頭。」劉寶祥咧嘴一笑，露出一口雪白整齊的牙齒：「這名字好，誰招惹你就用石頭瓶丫的。」

頭一天是發新書，學生們都把新書包上皮，劉寶祥卻把新書往課桌裡一放，東瞅瞅西瞅瞅，又從衣兜裡掏出一些裁好的報紙，疊成用皮筋彈射的紙子彈。下了課，他就把紙子彈套在皮筋上和男生們相互繃著玩。男生們都不叫他劉寶祥，而叫他尿褲子精。後來，王石頭才知道，劉寶祥無冬曆夏總是穿那一身黑衣服，因為長時間不洗，一到夏天，就有一股尿臊氣，學生們就說他尿褲子，給他起了這麼個綽號。

第二天頭一節課是算術課，快下課的時候，老師出了一道算術題，讓大家做，尿褲子精卻趴在桌上。老師問：「劉寶祥，你為什麼不做？」尿褲子精抬起頭來：「老師，我忘帶鉛筆了！」這時，王石頭看見，坐在他旁邊的那個女孩子把一枝中華牌鉛筆放到他的桌子上。尿褲子精也不說謝謝，拿起筆來開始算題。寫了幾個字，可能是寫錯了，便用手蘸著唾沫在紙上蹭。他旁邊的女孩子又遞過去一塊橡皮。女孩叫郭蘆枝，是他們班班長，因為上課時由她喊起立，只有班長才有這種資格。王石頭一來就注意到，郭蘆枝是全班最漂亮的女孩。這個有一雙清澈美麗大眼睛的女孩有一種高貴的氣質，打扮的也比別的女孩子洋氣。郭蘆枝穿一件紅色背帶裙，白色襯衫，繫一條綢子紅領巾，穿一雙黑漆皮鞋，白色短襪。兩條短辮上紮著兩個蝴蝶結。郭蘆枝還是少先隊大隊長，胳膊上別著三道杠的大隊長符號。

下課了，尿褲子精便離開座位，和同學們綳紙子彈。王石頭坐在座位上，這時，一個又壯又結實比一般孩子高半頭叫張解放的男孩子走過來，他的前額有一道明顯的疤痕。張解放看見尿褲子精桌上的中華牌鉛筆，便順手拿走，放在口袋裡。上課了，尿褲子精開始找鉛筆，他問郭蘆枝：「鉛筆你拿走了？」郭蘆枝搖搖頭：「沒有哇。」尿褲子精又回頭問王石頭和米翠琴：「你們看見我桌上的鉛筆了嗎？」米翠琴搖搖頭。王石頭也搖搖頭，沒敢說是張解放拿的。尿褲子精罵道：「哪丫的拿我鉛筆了！」

下課後，尿褲子精找到張解放：「張解放，你丫的拿我鉛筆了，還給我！」張解放說：「誰拿你鉛筆了？」尿褲子精說：「肯定是你拿了！」「你的鉛筆什麼樣我都沒見過！」張解放說。尿褲子精說：「中華牌的！」張解放說：「中華牌的，你丫的也配，你連二分錢一支的鉛筆都買不起，你說說那鉛筆是你偷的還是哪個妞給你的，你說了我就給你。」尿褲子精說：「你丫的甭管誰給的，你不還我跟你丫的沒完！」這時，上課鈴響了，張解放把那枝鉛筆拿出來，用筆尖在桌子上戳了戳，筆尖斷了，他把鉛筆扔到地上：「還給你！」尿褲子精拿起鉛筆，剛要和張解放理論，這時，老師進來了，尿褲子精回到座位上。

王石頭很快就看出來了。張解放是班上的混世魔王，有不少同學都被張解放欺負，有些怕他。張解放的父親是軍人，官還不小，開家長會坐著吉普車來，還有戰士給他開門。張解放已蹲了兩班，每次考試都在六十分以下。他的臉上經常帶著傷，不是在外面打架被人打的，就是闖了禍被他老子打的。張解放經常欺負尿褲子精。尿褲子精父親是蹬三輪的，因為家窮，一放學就去賣晚報。男生們經常拿尿褲子精開心，有的男生還把女生和男生配對，故意把尿褲子精和郭蘆枝配成一對。每當男生起哄時，郭蘆枝那雙美麗的大眼睛便略露出一種慍色，用一種公主般的高貴來回答這種起哄。而尿褲子精則嬉皮涎臉，似乎很願意接受。

一天下課，郭蘆枝剛離開座位往前走，張解放猛地把郭蘆枝後面的尿褲子精往前一推，尿褲子精撞到郭蘆枝身上，郭蘆枝摔倒了，尿褲子精也摔倒了，正好趴在郭蘆枝背上。張解放一邊拍手一邊叫：「配對嘍！配對嘍！」尿褲子精剛要爬起來，張解放又把他推到郭蘆枝身上。這時，班主任積老師走進來，尿褲子精爬起來，壓在下面的郭蘆枝也爬起來。郭蘆枝趴在桌上，傷心地哭起來。

積老師問：「誰幹的？」尿褲子精指著張解放：「是張解放故意把我推倒的！」積老師問：「張解放，你為什麼這樣做！」張解放說：「我沒推，是他故意倒在郭蘆枝身上的。」積老師問班上學生：「是這樣嗎？」班上的男生女生都不說話。這時，王石頭站起來：「我看見了，是張解放故意把劉寶祥推倒在郭蘆枝身上的，劉寶祥爬起來，張解放又把劉寶祥推倒在郭蘆枝身上。」張解放叫道：「鄉巴佬，你胡說！」王石頭說：「誰胡說了，我親眼看見的！」

積老師用手指著張解放：「張解放，你可以回家了，明天叫你爸爸來！」張解放拎著書包，把門一摔出了教室。

王石頭知道張解放肯定會報復他，放學後，他故意晚走了半個小時。走到胡同口，他看見，張解放已在那裡等他。王石頭知道一場惡仗難以避免，便把斜挎在肩上的書包取下來，拎在手裡。見王石頭走近，張解放二話沒說，上去就是一拳打在王石頭臉上。王石頭也撲向前，用手抓張解放的臉和頭髮。張解放揪住他領子，把王石頭摔倒在地，打了他兩拳，又在他腦袋上來了兩個老牛上山。打罷，站起來，一腳把王石頭的書包踢出老遠，然後揚長而去。

晚上，王石頭母親看見王石頭右眼窩發青，便問：「是不是跟人打架了？」王石頭說：「沒有，不小心碰的。」

第二天上學，同學們看見王石頭眼窩發青，眼睛下面還有瘀血，就知道發生了什麼。尿褲子精悄聲問：「是張解放打的吧？」王石頭說：「沒事。」那一天，王石頭覺得所有的同學目光格外友好。下午放學，王石頭在前面走，郭蘆枝追上來，問：「是張解放打的吧？」王石頭說：「沒關係。」郭蘆枝陪著王石頭默默走了一段路，分手時，郭蘆枝望著他說：「謝謝你。」她那雙美麗的大眼睛充滿著感激。

第二天下午只有兩節課。放學後走出校門，郭蘆枝對王石頭說：「到我家玩會兒吧。」郭蘆枝家離學校不遠，倆人在路上走著，王石頭心裡有一種受寵若驚的感覺。就像一個公主邀請一個窮小子。他不知道郭蘆枝是否邀請過別的男孩子。在小學生中，有著明顯的男女界限，如果哪個女生和男生稍稍接觸多一些，就會遭到全班男生的起哄。郭蘆枝主動邀請他，顯然是對他仗義恃言的一種感謝。

王石頭隨著郭蘆枝走進一個大院，進入一座樓裡。這是王石頭到北京後第一次走進樓房。在五十年代，只有有身份的人才能住進樓房。郭蘆枝家十分寬敞，還擺著一對沙發，牆上掛著幾幅油畫，書架上放著很多書，有中文的，外文的，牆上掛著一幅照片，照片中除了一個戴眼鏡的中國人外，還有兩個外國人。王石頭指著那個戴眼鏡的人問：「這是你爸爸吧？」郭蘆枝點點頭。郭蘆枝把王石頭帶進她的房間，屋裡也有一個書架，放著一些童話故事類的書。在房間的椅子上，還放著一架手風琴。郭蘆枝從抽屜裡取出一瓶碘酒，用棉球蘸上，輕輕擦王石頭眼睛下面那塊青紫的地方，一面擦一面問：「疼嗎？」王石頭搖搖頭，上藥時他看見郭蘆枝雙眉微蹙，那美麗的大眼睛有一種憐惜的神情，這讓王石頭感到無比溫暖和感動。

臨走時，郭蘆枝說：「你要是喜歡看書，就拿幾本吧。」王石頭挑了一本《安徒生童話》和一本《卓婭與舒拉的故事》。郭蘆枝說：「你要想看，以後再來拿。」

「六一」兒童節快到了，這是孩子們最快樂的日子。學校組織了一個特別的活動——篝火化妝晚會。學生們可以裝扮成自己喜歡的角色——工人、解放軍、警察、醫生，也可以穿上少數民族的服裝，還可以戴上面具，把自己裝扮成小動物。這個奇妙的晚會讓學生們興奮不已。

王石頭把自己裝扮成海軍。他喜歡那藍色的大海，喜歡那支「快快划呀，快快划呀，夥伴們。」的《水手之歌》。可是扮演海軍要穿海軍服。商店裡雖然有賣兒童海軍服的，可家裡絕對不會給他買。王石頭軟磨硬泡，終於求母親給他買了一件平時也能穿的海魂衫。他向鄰居的孩子借了一頂後面有兩根飄帶的海軍帽，把海魂衫紮在藍色的褲子裡。雖然離真正的海軍服相差很遠，但也說得過去。

篝火晚會在操場上舉行。孩子們穿著各式各樣的服裝，帶著各式各樣的面具。尿褲子精戴了一個猴臉的面具，還拿了一根棍子，把自己裝扮成孫悟空。米翠琴穿了一件白大衣，像一個小醫生。郭蘆枝穿一件紫色鑲金邊的蒙古袍子，像一個十足的蒙古族小姑娘。最出風頭的是張解放，他穿一身有些寬大的軍裝，頭戴一頂大殼帽。讓孩子們羨慕不已的是，他腰間的皮帶上還佩戴著一把手槍，手槍裝在棕色的槍套裡。這讓比孩子們高半頭的張解放顯得十分威風。張解放也覺得終於有了展示自己的機會，顯得趾高氣揚。孩子們如眾星捧月般的圍在張解放身旁，想看看他的手槍。一個同學說：「張解放，你把槍拿出來，讓大家瞜瞜！」張解放從槍套裡把手槍抽出來，讓大家看。王石頭頭一次見到這麼精緻的手槍，它和電影裡八路軍使用的駁殼槍完全不同，只有巴掌大小，閃著黑黝黝的光。尿褲子精說：「這槍這麼小，肯定不能打子彈！」張解放瞪了他一眼：「你懂得屁！這是美國槍！我爸爸從一個國民黨師長那裡繳來的，國民黨大官都用這小手槍！」尿褲子精將張解放：「要是真能打子彈，你打一個試試。」幾個同學也在旁邊附和：「張解放，打一槍讓我們看看！」張解放說：「看看就看看！」張解放從口袋裡掏出一顆子彈，卸下彈夾，把子彈裝上。他把槍往空中一舉，所有孩子的目光都集中在那把小手槍上，有的還捂住了耳朵。張解放一扣扳機，槍沒響，他又一扣扳機，槍仍沒響。尿褲子精有些幸災樂禍：「我說不能打子彈吧！」張解放卸下彈夾，看了看又裝上，把槍舉起來，扣動扳機，和前兩次一樣仍沒響。張解放有些難為情，他仔細地擺弄著那把搶，又試著扣動扳機：「砰」的一聲槍響，子彈把尿褲子精手中的面具穿了個洞。原來，張解放在擺弄手槍時，無意中打開了保險。尿褲子精叫了一聲，像傻了似的站在那裡。張解放也嚇得呆立在那裡。這時，不知是誰喊了一聲：「張解放，你爸來了！」人們看見一個穿軍裝的中年人大步流星地朝他們走來。張解放朝父親來的方向看了一眼，臉上顯出一副驚恐的神情。張解放的父親幾個箭步朝到張解放跟前，劈手奪過他手中的手槍，隨手一個耳光搧得張解放打了個踉蹌：「小兔崽子，我崩了你！槍你也敢隨便拿！」張解放捂著臉，鮮血順著他的嘴角留下來。張解放父親厲聲喝道：「走！回家去！看我怎麼收拾你！」張解放低著頭跟著他的父親離開了操場。這時，班主任積老師也匆匆趕過來，問發生了什麼事。孩子們面面相覷。一個同學說：「張解放拿了他爸的手槍，讓他爸帶走了。」

第二天，張解放沒來上學。第三天仍沒來。一個星期後，張解放又重新出現在課堂上。他的胳膊打著石膏，下面托著一塊板兒，用紗布吊在脖子上，一副滿不在乎的樣子。尿褲子精悄聲對王石頭說：「丫爹夠狠的。」可能是一隻胳膊不能動的原因，張解放老實了許多。兩個星期以後，張解放胳膊上的石膏拆掉了，就又恢復了小惡棍的面目，欺負弱小的同學，常常和郭蘆枝作對，故意把她的書本碰到地上，把墨水灑到她的椅子上。上自習時，由郭蘆枝維持紀律，張解放就故意大聲說話，下座位亂竄。

下半學期，為了幫助一些學習差的同學，班上成立了學習小組，王石頭、郭蘆枝、尿褲子精和米翠琴分在一個學習小組。因為郭蘆枝家房間大，學習地點就設在郭蘆枝家。下午上完課後，他們就一起來到郭蘆枝家，攤開書本做作業。尿褲子精因為要賣晚報，常常不去，學習小組有時就他們三個人。做完作業，郭蘆枝和米翠琴就跳皮筋，踢鍵子，抄拐，王石頭就在一旁看書。有時，郭蘆枝還挎上手風琴，為他們拉曲子，拉《我們的田野》，拉《讓我們蕩起雙槳》，那是一段快樂的時光，一種對異性朦朧的愛慕開始在王石頭心中萌動，他喜歡這個女孩，和她在一起有一種難以名狀的快樂。

快期末考試的時候，郭蘆枝提出一個建議：為了讓尿褲子精參加學習小組，他們一起去幫他賣晚報。這個建議立刻得到了王石頭和米翠琴的響應。小組學習結束後，四個人便一起來到離學校不遠的鼓樓大街旁，每人拿一疊晚報在街上叫賣。郭蘆枝立刻吸引了行人的目光，人們很好奇，這個穿著漂亮、氣質高雅帶著大隊長符號的天使般的小姑娘怎麼會賣報紙。人們都願意從這個小姑娘手中買報紙。郭蘆枝一人賣的報紙比王石頭、尿褲子精、米翠琴三人加在一起的都多。那些天，尿褲子精賣報的收入大增。他們的事蹟登在《中國少年報》上，四個人都成了學校的明星。尿褲子精有點得意忘形，好像這都是他的功勞。經常搖頭晃腦地吹著口哨，特別是在張解放面前表現出一種不屑與他為伍的優越感。期末考試，尿褲子精摘掉了總是不及格的帽子，語文和算術都在75分以上。

那個學期王石頭的學習也突飛猛進，所有期末考試都在95分以上。他那不停撕本子的唯美主義也結出了碩果。他的作業常被老師評為範本，他的作文常常被當做範文在課上朗讀，這個漂亮的女孩子大大激發了他的學習熱情。郭蘆枝被評為校三好學生，王石頭被評為班級三好學生。那是一段快樂的時光，這個漂亮的女孩子以自己的善良和美麗給了王石頭以無聲的鼓勵。只有張解放看不起王石頭。一次，在放學的路上，張解放對王石頭說：「鄉巴佬，癩蛤蟆想吃天鵝肉！」

一天，郭蘆枝對王石頭說：「下星期我就要轉學了。」王石頭有些吃驚，問：「轉到哪兒？」郭蘆枝說了一個很有名的小學。王石頭問：「是因為張解放嗎？」郭蘆枝搖搖頭：「我爸爸早就想讓我轉學。」王石頭心裡感到一陣失望，如果班上沒有了郭蘆枝，這個班就失去了它的光彩。

走的前一天，郭蘆枝把兩本書送給王石頭，一本是《格林童話》，一本是《海底兩萬里》。郭蘆枝說：「我去的那個學校平時住校，星期天，你到我家來玩。」她像大人那樣伸出手來：「再見。」王石頭握住她那柔軟的小手，說：「再見。」

郭蘆枝轉學後，王石頭的學習像是也失去了動力。每走進教室，都像是少了什麼。這個美麗的女孩子已深深地印在了他心上。他把郭蘆枝的轉學歸咎於張解放，如果不是這個留級生，郭蘆枝也可能不會走。王石頭決定報復他，張解放身強力壯，面對面肯定打不過他。王石頭就做了一把彈弓，特地到城牆邊上練了幾次準。一天放學後，王石頭悄悄跟在張解放的後面，張解放背著書包，一邊走一邊踢著石子。快拐彎的時候，王石頭扯開彈弓，把一顆渾圓的石子向張解放的後腦勺射去。只聽見張解放哎喲一聲，用手捂住後腦勺。王石頭迅速拐進另一條胡同，飛快地逃走。

第二天，張解放來了，他腦袋上戴著一頂軍帽，軍帽下面露出白色的紗布。王石頭有點後悔，覺得下手有點狠，尿褲子精看見張解放，幸災樂禍地說：「你丫的讓人開瓢了吧！」

九

一九五六年是王石頭家的多事之秋。春天，王石頭父親得了急性胰腺炎，住進了醫院。住院需要住院費，家裡又沒錢。王石頭哥哥找到辦公廳韓處長，希望能借點錢。韓處長聽了借錢的原因後，說：「按理說，你父親病了，找單位借錢也沒什麼不應該，可是你想過沒有，你父親是地主，是無產階級專政的對象，如果借給你錢，我們還有沒有階級立場！」

王石頭二哥錢沒借到，反而碰了一鼻子灰，心裡很是惱火。可是，父親又住在醫院。沒辦法，只好向同事們借錢，幸好，王石頭父親很快出了院，前後共花了一百多元，這對王石頭一家來講，也是一筆不小的債務。

王石頭父親剛出院不久，王石頭四姐蓮兒就病了。又發燒又嘔吐，王石頭父親帶著女兒去了附近的一家醫院，醫生說，可能是感冒，給開了點藥。藥吃下去後，病不見好，反而越來越重。脖梗子發僵，腦袋往後仰著。夏天小屋熱的喘不過氣來，王石頭父親便讓女兒坐在外面，房東看見這個女孩子兩眼發直，不停地嘔吐，擔心死在院子裡，說：「這姑娘病的不輕，趕快送醫院吧！」王石頭父親背著女兒來到一家大一點的醫院，醫生看了看說，這症狀可能是大腦炎，讓王石頭父親趕緊帶著女兒去安定門外的傳染病醫院。醫院的大夫診斷後，確認是大腦炎，需要立即住院，否則，連三天都熬不過。住院需要一百元押金。可是家裡連十元錢都拿不出。王石頭哥哥只好硬著頭皮再去找韓處長。韓處長皺了皺眉：「你們家怎麼老有人病，這樣吧，單位給你出個證明，證明你們家確實有困難，希望醫院先讓你妹妹住院，等出了院再還。」王石頭哥哥拿著單位開的證明，讓妹妹住進了醫院。

給蓮兒看病的是一個白鬍子老醫生，王石頭父親問女兒的病情。老醫生說：「現在，就看這孩子能不能熬過這三天，如果熬過三天，藥效就能發揮作用，命就可以保住。不過，得這種病的大都會留下後遺症。」王石頭父親忙問：「什麼後遺症。」老醫生說：「因為腦組織受到損傷，可能會變傻或行動不便。」王石頭父親聽了，心裡咯噔一下，如果女兒呆了傻了，那該怎麼辦？他對老醫生說：「大夫，還望你們多費心，不管怎麼樣，一定要保住她的命。」老醫生說：「這點你放心。」

剛到家裡，王石頭父親把醫生的話跟王石頭母親說了，王石頭母親說：「那就看蓮兒的命吧。」全家都處在焦急的等待之中。第三天早晨，一直緊鎖眉頭的王石頭母親臉色突然開朗，她對王石頭父親說：「你放心吧，蓮兒肯定能闖過這關。」王石頭父親問：「你怎麼知道？」王石頭母親說：「現在不能說，等蓮兒好了，我再告訴你。」第三天晚上，昏迷了三天的蓮兒果然醒過來了，又過了一個星期，蓮兒能下地了，到了第二十天頭上，蓮兒出院了，既沒有傻，也沒有殘，除了身體虛，一切都和從前一樣，老醫生說，得了這種病，能不傻不殘的算是百裡挑一。

王石頭父親問王石頭母親：「你怎麼知道蓮兒不會有事的？」王石頭母親說：「蓮兒住院的第二天夜裡，我做了個夢，夢見在蓮兒奶奶屋裡，地上一堆雞毛和一堆蒜皮，我就知道蓮兒不會有大事。」王石頭父親問：「怎麼夢見雞毛蒜皮就沒大事？」王石頭母親說：「人們不是常說，都是雞毛蒜皮的小事嗎？」王石頭父親說：「那你怎麼不說？」王石頭母親說：「夢一說出來就破了，就不靈了。」

蓮兒的病好了，全家都舒了一口氣。可是沒過多久，王石頭又病了，他並沒有覺得有什麼不舒服，只是懶洋洋的，整日無精打採，一到下午就想睡覺。小臉也變的紅撲撲的。王石頭父親說：「這孩子整天老打蔫，是不是病了？」王石頭母親說：「帶他到醫院看看吧，別耽誤了。」王石頭父親帶著王石頭到了一家診所。醫生給王石頭測了測體溫，又用聽診器聽了聽胸部，說：「這孩子有點發燒，先開點藥吧，不好，過兩天再來看。」一個星期過去了，王石頭仍不見好，一到下午，小臉仍是紅撲撲的，吃飯也越來越少。王石頭父親又帶他去了這家醫院。醫生又給王石頭測了測體溫，說：「這孩子燒還沒退，我再開點藥，如果再不好，就去兒童醫院吧。」吃了幾天藥，王石頭連走路的力氣都沒有了，腦袋也耷拉下來。王石頭父親便帶著王石頭來到兒童醫院。一位四十多歲的女醫生為王石頭試了試體溫，又用聽診器聽了聽胸部，然後，把一隻手貼在王石頭胸部，用另一隻手的手指在那隻手背輕輕叩敲著，醫生摘下聽診器，有些責備地對王石頭父親說：「這孩子病的這麼重，怎麼不早來看，趕快住院吧！」王石頭父親問：「得的是什麼病？」醫生說：「還不能確診，胸部有問題，可能是胸膜炎，也可能是肺結核。」王石頭父親為王石頭辦了住院手續，這次，並沒有要押金。王石頭洗了澡，換上病號服，住進了病房。

王石頭並不知道自己的病有多重，讓他感到欣喜的是，這裡的房間那麼寬敞明亮，潔白的床單，潔白的被子，雪白的牆壁，陽光從寬大的玻璃窗照進來，灑滿了整個屋子，窗外，是長長的寬大的陽臺，從陽臺望去，院子前面是一個桃園，桃樹已經結果，因為怕鳥啄，每個桃子外面都罩著一個牛皮紙袋，男孩子病房的隔壁是女孩子的病房，中間也是寬大的玻璃。

每天的飯菜都很豐盛，早晨是牛奶、麵包、雞蛋、還有肉鬆，有豬肉的也有牛肉的，中午是整條的魚，還有半尺長的大蝦。王石頭從來沒見過這麼多好吃的東西，可是他卻沒這個口福，只能眼睜睜地看著其他小朋友狼吞虎嚥，自己那份吃的很少，有的甚至原封不動的端走。

給王石頭看病的是一位姓薛的女大夫，薛大夫四十多歲，有一雙細長的眼睛，眼梢微微上揚，嘴角也微微上揚，使王石頭感到很親切。每天上午，薛大夫都用聽診器聽聽胸部，然後用手指輕輕叩敲著他的胸部。王石頭除了吃藥外，每天下午都要打針，打針的是一位老護士，戴一副白邊眼鏡。每次打針時，她總是輕輕地用手撫摸他的屁股，然後突然把針頭扎進他的屁股。

給王石頭看病的還有一位老教授，老教授六十來歲，慈眉善目，打著一條紫色帶白點的領帶，一次，護士送來藥中有一種類似芥末的黃色粉末，放在一個酒盅大小的杯子裡。老教授在杯子裡倒上水攪勻，端給王石頭，說：「這藥貴的很。」王石頭喝下去，覺得很苦。老教授又往杯子裡倒上水，涮了涮，讓王石頭再喝下去。

常來病房的還有一位蘇聯專家。大約五十來歲，蘇聯專家有一頭金髮，眼睛是藍色的，在白大衣下面露出顏色鮮豔印著大朵花的布拉吉。專家一走進病房，孩子們便七嘴八舌地用俄語叫著：您好！專家也微笑地回答：你好！有時，她還把個子小的孩子抱起來，或彎下腰親親他們的臉蛋。

王石頭的病稍見好時，便讓哥哥把郭蘆枝送給他的《安徒生童話集》和《海底兩萬里》拿來。在別的孩子們下跳棋和玩撲克時，他便靠在床上靜靜地看書。每當他拿起書時，便不由自主地想起郭蘆枝，想起她那雙美麗明澈的眼睛，想起他們在一起度過的快樂時光。這兩本書他翻覆看了好幾遍，後來，哥哥從圖書館借來一些小說——《戰火中的青春》，《戰鬥在沂蒙山區》，蘇聯的《日日夜夜》。這些書伴隨著他度過了那些只能待在病房的寂寞時光。

王石頭對讀書的熱愛也贏得了護士們的好感。護士蘇阿姨常常把書帶給王石頭看。蘇阿姨是護士中長得最漂亮的，身材十分苗條，臉白白的，十分秀麗。蘇阿姨穿一件十分合身的白護士服，腳上是白力士鞋和白色短襪，王石頭總覺得她很像教音樂的黃老師，蘇阿姨總是親切地叫他小石頭，每當王石頭看完她拿來的書時，她便問王石頭這本書好不好，還想看什麼樣的書。給了他姐姐般的疼愛。

每週星期四是家長探視的日子。王石頭開始還希望家裡來人看他。後來，他就不再希望他們來。每當家長探視完後，孩子們的桌上都擺滿了各種吃的，蘋果、梨、餅乾、糖，有的還擺著水果罐頭。

而王石頭的桌上總是空空蕩蕩的，沒有一樣吃的。這讓王石覺得很難堪，因為這表明他家裡很窮。

桌子上擺東西最多的是一個叫毛小東的孩子。在病房的孩子們中毛小東年齡最大，有十三四歲，個子也比別的孩子高得多。毛小東得的是先天性心臟病。走幾步路就呼哧帶喘，所以，他大部分時間都躺在床上。毛小東的父母每星期都來看他。他的父親有四十多歲，長的五大三粗，只有一隻胳膊，另一隻袖子空蕩蕩的。他的母親卻很漂亮，皮膚白白的，個子高高的，總愛穿一件旗袍，鞋跟也高高的。每當他們來時，毛小東的桌子便像辦展覽似地堆滿了各種吃的，這讓王石頭十分羨慕。可毛小東卻不買賬，他把罐頭和蘋果往旁邊一推：「我不要，你們老帶這些我不愛吃的東西。我要吃巧克力！」他母親從包裡掏出一個方盒：「在這兒呢，兒子。醫生不讓你老吃巧克力，說容易上火。」王石頭不知道什麼叫巧克力，是甜的，還是鹹的。他只知道，毛小東把巧克力剝開時，裡面是褐色的，也不是像糖那樣放在嘴裡含著，而是一口一口咬著吃。毛小東常用巧克力當做一種誘餌，哪個孩子聽他的，就給誰吃。一天晚上，毛小東把一泡尿撒在尿壺裡，對王石頭說：「你去幫我把尿倒了，我給你一塊巧克力。」王石頭說：「我不給你倒尿，也不要你的巧克力！」

毛小東常常讓王石頭想起張解放，張解放常常仗自己力氣大欺負同學，毛小東沒這能力，卻採用一些慫蔫壞的辦法給別人使壞。

一天，毛小東的旁邊床位上來了一個叫馬向遠的小朋友，馬向遠長得又瘦又小，是個回民。雖然住了院，胃口卻特別好，每次用餐時，總是吃的特別香，把送來的菜和飯風捲殘雲般吃的乾乾淨淨。這讓胃口和王石頭一樣不好的毛小東十分嫉妒。他知道馬向遠是個回民，每當馬向遠吃飯時，他就大叫：「好香的豬肉喲！」這時，馬向遠就停下不吃了，護士便批評毛小東，說馬向遠是回民，要尊重民族習慣，不要在吃飯時提豬肉兩個字。後來，在用餐時，毛小東不再說豬肉了，而是一邊敲著碗一面學烏鴉叫：「呱、呱。」因為人們常說烏鴉落在豬身上，這等於間接地提到了豬，兩天後，馬向遠便轉到了別的病房。

因為孩子們都不願和他玩，他就使壞，把孩子們的小人書藏起來，把像棋棋子扔到暖氣片後面。還把水倒在小朋友的床上，向護士告狀：「阿姨，他尿床了！」有一天，他來到陽臺，看見下面站著一個護士，他便回到病房從自己的抽屜裡拿出一個爛蘋果，很準確地拽到那個護士身上。那個護士來到病房，問是誰幹的，毛小東躺在病床上，像個沒事人似地看著小人書，別的孩子也都不敢揭發。毛小東雖然有心臟病，一天下午，他卻登上二樓陽臺只有半尺寬的水泥護欄上，雙臂伸平，像走平衡木似地從東往西走。護士們嚇得大氣都不敢喘，又不敢叫他，走到西頭，他從護欄上下來。護士把他拉回病房：「我的小祖宗啊，嚇死人了！」

每到星期六，醫院的家屬院都要放電影。那些病輕的和快出院的孩子們便可以出去看電影，毛小東去不了，他也不讓別的孩子去。孩子們不聽他的，照樣去，看完電影回來，他便挨個走到那些看電影的孩子床前，把每個人都狠狠地掐上一把。孩子們向阿姨告狀，他便朝阿姨大聲叫喊：「誰讓你們不讓我看電影的！」

所有的護士都不喜歡毛小東。一天，王石頭聽一個護士說：「這孩子，長大了也是個禍害。」

又到了探視的時候，仍像往次探視一樣，王石頭家裡沒來人。他不願意看到別的孩子床頭櫃上擺滿了吃的，而自己床頭櫃上空蕩蕩的。就到陽臺上去看書。沒看幾行，蘇阿姨來到陽臺：「小石頭，有同學來看你了！」王石頭抬頭一看，原來是郭蘆枝和尿褲子精。王石頭一陣驚喜，他沒想到，兩個人會來看他，尤其沒想到已轉學的郭蘆枝也來看他。「我回校看同學，才知道你住院了，現在好點兒了嗎？」她像小大人那樣問候他。「好多了。」王石頭回答。像在學校時的打扮一樣，她穿一天淡紫色的背帶裙，白襯衫，黑色漆皮鞋，白色短襪，頭髮後面紮著一個蝴蝶結，胸前是紅綢子領巾，袖子上別著三道杠的大隊長符號。尿褲子精仍穿著他那套寬大的中山服，但比在學校時乾淨。郭蘆枝立刻吸引了全部男孩子和家長的目光。王石頭聽見一位家長說：「這小姑娘可真漂亮！」

郭蘆枝從書包裡拿出兩本書：「我給你帶了兩本書。」她把書遞到王石頭手裡。一本是《鋼鐵是怎樣煉成的》，一本是《古麗雅的道路》。郭蘆枝又從書包裡掏出一個精美漂亮的咖啡色的鐵盒子。盒子上都是外國字。王石頭從來沒有看到過如此漂亮的盒子。看著王石頭那探究的目光，郭蘆枝笑笑：「這盒巧克力是一位叔叔送我的，你生病了，就送給你吧。」巧克力！只有毛小東這樣大官的孩子才能吃上。今天，他也有了巧克力，而且是郭蘆枝送的，王石頭有些不知所措。站在旁邊的尿褲子精有些眼饞的望著那盒巧克力，王石頭聽見了他咽吐沫的聲音。

郭蘆枝和尿褲子精走後，王石頭迫不及待地打開鐵盒，裡面碼放著用錫紙包著的巧克力。王石頭數了數，一共20塊。王石頭把錫紙剝開，裡面是褐色的巧克力。他咬了一小塊，香香的、甜甜的還帶有點兒糊味。他捨不得吃，又用錫紙包好放回鐵盒子裡。毛小東走過來，問王石頭：「你那個同學真洋氣！她送你巧克力，她爸爸一定是大官吧？」王石頭自豪地說：「她家住的是樓房，屋裡還有沙發和電話呢！」毛小東說：「那肯定是大官。大官家裡才有電話。我們家也有。」王石頭把那盒巧克力放在抽屜裡，每天都要拿出來看好幾遍，饞得實在忍不住了才吃一塊。那盒巧克力勝過了他吃的任何藥物。

自打郭蘆枝來醫院看王石頭，毛小東也對他另眼相看，不再欺負他了。

一天中午，護士長來到病房，對孩子們說：「過兩天，專家就要回國了，明天，來看望大家。有不少小朋友的病，都是專家看好的，我覺得大家應該寫封感謝信，明天，專家來告別時，來表達對專家的感謝，你們看，由誰來寫？」站在一旁的蘇阿姨說：「王石頭看了那麼多書，就由王石頭寫吧，大家同意不同意？」所有的小朋友都同意王石頭寫這封信，就連毛小東也不例外。

很快，王石頭就把信寫好了。王石頭把信交給護士長，護士長看完信，說：「寫的挺好，明天，專家來時，你就代表全病房的小朋友唸給專家聽。」

第二天上午，專家來了，陪著專家的還有醫院院長和一些醫生。專家先來到女孩子病房，俯下身一一和女孩子擁抱。一個女孩子把一枚胸針別在專家胸前，然後向專家行了一個隊禮。那枚胸針很精緻，上面是金色的葉子，下面是一串紫色的葡萄。隨後，專家來到男孩子病房。和在女孩子病房一樣，一一和男孩子們擁抱。當擁抱完最後一個孩子時，護士長朝王石頭點點頭，王石頭站在專家面前，行了一個隊禮，開始唸信：

親愛的專家媽媽：

您即將離開我們的國家，回到您的祖國。我們所有的孩子向您表示最衷心的感謝，在中國，您像媽媽一樣關心我們，愛護我們，您用辛勤的汗水挽救了許多中國孩子的生命，我們這些中國孩子將永遠銘記您的恩情。將來長大以後，一定向您那樣，為中國和蘇聯的友誼做出貢獻，讓中國和蘇聯的友誼萬古長青。

王石頭唸的很激動，聲音有些發顫。唸完後，他把信交給專家。翻譯把信翻譯給專家。專家聽後，俯下身，在他的額頭上親吻著，又轉身對翻譯說了幾句俄語。翻譯說：「專家說你的信寫的好極了，她希望你長大能到蘇聯去讀書。」

送走了專家。王石頭在孩子們心目中威信大增。就連毛小東也誇他：「你挺會用詞，把專家叫專家媽媽，專家肯定特別高興。」

十

專家走後一個星期，王石頭也出院了。王石頭在兒童醫院一共住了一百一十天，共花住院費七百七十四元。這筆錢對於王石頭家來講，無異於一筆天文數字。根本拿不出。最後，王石頭父親和醫院達成協議，分期還錢，每月還十元。王石頭算了算，如果全部還完，需要六年。

出院那天，王石頭三哥來接他。王石頭三哥說，現在已經不在八道灣住了，上星期剛搬的家。住在二哥單位的機關宿舍裡。他還頗得意地加了一句：「是樓房。」王石頭聽了也很高興，因為只有郭蘆枝那樣的人家才能住樓房。

王石頭隨著三哥來到一片灰色的樓群中，樓房都是三層的，像是瓦房那樣的坡頂。樓房的間距很寬，樓之間是方磚鋪的路，樓前的木槿樹開滿了紫色的花朵。

王石頭母親見王石頭回來了，連忙讓他上床休息。王石頭仔細打量著房間，它大約有十三四平方米，比八道灣那間小廚房大多了。讓他感到興奮的是，床不是木板搭的，而是有床頭的正兒八經的床，就像在郭蘆枝家看到的一樣，更讓人感到奢侈的是，哥哥還有一張單人床。可讓王石頭感到有些彆扭的是，這間房有些特別，別人家的窗戶是長方形的，它的窗戶卻是拱型的。窗戶下面還有五六級臺階。門也不是一扇，而是六扇，全部打開，能開進小汽車。房頂也出奇的高，大約近四米。原來，這並不是正兒八經的房子，是個門洞改造成的。母親說：「這間屋子分給誰誰都不要，最後就給咱們了。」王石頭感到有些失望，他雖然也住在樓裡，卻不是真正屋子。

為了讓王石頭恢復身體，父親不允許他到外面去玩，只能待在家裡，偶爾，才讓他到外面走走。漸漸的，王石頭熟悉了周圍的環境，這片樓群雖然面積很大，卻十分安靜。往北走，穿過兩座樓，便是一個不太陡的土坡，土坡下是一大片長滿野草的空地，空地中間有一條小河，河水不深，但很清澈，小河邊長滿了茂密的野草，幾乎把小河遮住。青草中，不時傳來青蛙的叫聲，走過那片草地，便是一大片種著玉米、高粱的莊稼地，莊稼地北面，便是一大片村莊。

到了下午四五點鐘，安靜的樓群中便多了孩子們的喧鬧聲。男孩子彈球，拍洋畫，搧用香煙盒疊成的三角。女孩子跳皮筋，抄拐，甩包。王石頭明顯的感到，這裡有著與城裡胡同不同的氣息，男人們都穿著中山裝，有布的也有毛料子的，有的還穿著西裝，打著領帶，不少人腳下都是皮鞋，女的有的穿裙子，有的穿旗袍，還穿後跟挺高的高跟鞋，說話也是南腔北調，很少有城裡胡同那種地道的北京話。這裡的孩子和胡同的孩子也有很大的不同。他們的衣服大都乾淨整潔，很少有打補丁的。特別是那些女孩子，和郭蘆枝一樣，打扮的漂漂亮亮的，花裙子，白上衣，有的還穿著漆皮鞋。那些男孩子雖然也罵人，但很少有人罵丫挺的，即使罵也缺少那種京味兒。

雖然住的房子比八道灣大，但王石頭卻覺得不像八道灣那麼舒展，自由自在。這裡沒有城牆，沒有後海，看不到水面上乘風破浪的舢板，也聽不到「快快劃呀快快劃呀」的歌聲。更主要的是，在那些孩子面前，王石頭覺得自己寒酸，有一種壓抑感。他的衣服打著補丁，樣式也很舊，腳下穿著母親做的鞋幫子納滿針腳的布鞋，也不穿襪子。使王石頭感到更自卑是自己沒有一個當幹部、穿料子中山服和漆皮鞋的爸爸。父親早已失去了年輕時執掌家業的英氣勃發，也沒有了在察北種地時從容自信，甚至沒有了八道灣的普通與隨意，處處顯露出一副破落地主的樣子，頭部已經謝頂，穿一件黑布對襟褂子，一雙黑色布鞋，也不穿襪子。褲子是抿襠的，一束布做的褲腰帶在腰間打個結，把上衣撐得鼓出來一塊。父親見著鄰居臉上便堆起笑容，表現出一副過度的謙卑。王石頭從來不願意和父親一塊出去，怕那些孩子知道他有這麼一個土裡土氣的父親。

使王石頭能找到自信的是在學校。出院後，王石頭就轉了學。學校離家不遠，比雀兒胡同小學大的多，學校是三層樓房，教室寬敞明亮，樓前種著槐樹，槐樹枝椏快伸進了窗口，一到春天，那槐花的香氣就飄滿教室。學校還有一個寬大的操場，四周圍著籬笆。學校的學生大多是機關幹部的孩子，有的還是大官的孩子，王石頭仍然保持雀兒小學時的成績，每次考試都名列前茅，特別是作文，常常被老師表揚。每天放學，作完作業，王石頭便盡情地和孩子們玩耍，疊紙飛機，拍洋畫，彈球，打乒乓球，玩到吃晚飯才回家。

像大多數男孩子一樣，王石頭也迷上了鬥蛐蛐。一隻勇猛善戰的蛐蛐，會給孩子們帶來榮譽。秋天，一到晚上，孩子們便拿著手電筒，紙筒、蛐蛐罩子開始在有磚頭瓦塊的地方尋找著。離樓群不遠曾是一片亂墳崗子。有的墳沒被啟走，走著走著，就可能遇見一塊死人骨頭，被啟走的墳，便留下一個個坑，坑旁邊長滿了青草，坑裡有時還會發現癩蛤蟆和蛇。一到秋天，那裡便成了蛐蛐的樂園。

一到晚上，蛐蛐的叫聲便響成一片，吵啞的，嘹亮的，清脆的。王石頭聽大人說，墳地裡的蛐蛐最厲害，因為他們吃死人骨頭，牙齒特別鋒利。不過，孩子們一般都不敢晚上去，因為怕遇見死人骨頭、癩蛤蟆和蛇。

王石頭決定冒冒險。

一天晚上，王石頭拿著手電筒來到墳地，墳地裡一片漆黑，王石頭從眾多的蛐蛐叫聲中仔細辨聽著，他循著一個略帶沙啞的聲音來到一個堆著石頭瓦礫的土坑旁。那些叫聲清脆嘹亮的牙口往往比較嫩，聲音略帶蒼老的蛐蛐才是老手。他剛停下，叫聲便停止了。王石頭蹲下，一手照著手電筒，一手一塊一塊的翻揀磚頭，揀走了一些磚頭後，他看見了一個死人頭骨。死人頭骨那兩個深陷的眼窩正對著他，王石頭不禁打了個冷顫。當他正準備用一根木棍扒拉開頭骨時，這時，一隻蛐蛐從眼窩裡鑽出來，站在頭骨上。王石頭的手有些顫抖，心也提到了嗓子眼。他取出蛐蛐罩，悄悄地伸過去，突然往下一扣，那隻蛐蛐被扣在罩子裡。他使勁一吹氣，那隻蛐蛐便蹦上蛐蛐罩的頂端，他迅速地把蛐蛐罩的下口堵住，把蛐蛐放進紙筒裡。因為蛐蛐的翅膀呈金色，王石頭給這隻蛐蛐起名叫金虎。

金虎果然不同凡響，它幾乎打敗了附近所有孩子們的蛐蛐，它的牙齒十分銳利，牙根是黑色的。每當勝利，它便振動翅膀，發出嘹亮的叫聲，金虎在附近孩子們中間聲名大振。

一天下午，一個叫王新民的孩子把他叫住：「王石頭，聽說你從死人骨頭裡逮了個蛐蛐，咱們掐掐。」王石頭知道，王新民有個蛐蛐叫狼狗。狼狗也是從墳地裡捉的，狼狗也十分厲害，不少蛐蛐都被狼狗打敗了。可王石頭不想和他掐，王新民是孩子們中的混世魔王，長著一雙眯縫眼，身體卻十分結實。王新民的父親是科長，官並不大，可他卻到處惹事生非。經常有家長帶著被打的鼻青眼腫的孩子去他們家告狀。王石頭親眼看見他怎麼欺負小孩子。一次，他們一起到樓後面的小河溝裡摸魚。王新民下到河裡，摸了半天沒摸著。上岸後，他讓一個外號叫癩八子的孩子幫他看看腿上有沒有螞蝗。癩八子蹲下，專心致志地幫他找。他問癩八子找著沒有，癩八子說沒有。王新民指著大腿內側，讓癩八子再找。癩八子把頭伸進兩腿中間，他卻把一泡尿澆在癩八子頭上。癩八子哇哇地哭起來。王新民威脅癩八子：「不許告訴你媽，要不，我就打你！」

王石頭不想招惹王新民，更不願和他鬥蛐蛐，便說：「金虎掐架時把牙掰歪了，等它的牙好了再掐。」王新民說：「你不敢吧，如果我的狼狗輸了，我圍著樓爬一圈。」王石頭知道，如果王新民輸了，不僅不會爬，還會使別的壞招報復他，便服輸道：「金虎肯定掐不過狼狗，等以後逮著厲害的再跟你掐。」

第二天下午，王石頭正和鄰樓一個外號叫馬三的孩子掐蛐蛐，王新民過來了，他手裡拿著蛐蛐罐，他把馬三拱到一邊：「去，讓我的狼狗和王石頭的蛐蛐掐。」不等王石頭同意，王新民就把馬三的蛐蛐用蛐蛐探子挑出來，把自己的狼狗放到王石頭的蛐蛐罐裡。狼狗剛一跳進蛐蛐罐，金虎就亮起翅，示威般地叫起來，這場大戰很快就見了分曉，僅五個回合，狼狗就敗下陣來。狼狗被金虎追的滿罐亂竄。王新民把狼狗拿出來，放進自己的蛐蛐罐裡蓋上蓋悶著。王石頭拿起蛐蛐罐要走，被王新民攔住：「再掐一次試試，我就不信贏不了你。」王新民把狼狗悶了五分鐘後，對王石頭說：「上次，我的蛐蛐到你的罐裡掐，這次你的蛐蛐得到我的罐裡掐，這樣才公平。」王石頭把金虎放進王新民的蛐蛐罐裡。這次，又重複了上次的結果，只不過比上次少了一個回合。王新民看著被追的滿罐亂竄的狼狗，便用蛐蛐探子戳金虎，金虎被戳的滿罐亂跑，一下子跳到罐外，王新民上去用手一扣，手拿開時，金虎掉了一條大腿。

看著只剩下一條腿的金虎，王石頭嚎啕大哭起來。他抓住王新民的衣服，一邊哭一邊叫：「你賠我金虎！你賠我金虎！」王新民掰開王石頭抓衣服的手：「我幫你抓蛐蛐，又不是故意的。」王石頭說：「你就是故意的！你就是故意的！你掐不過，就使陰的。」就在這時，王石頭聽見一聲斷喝：「跟我回家去！」站在旁邊的是他的父親。父親用一雙嚴厲的眼睛瞪著他。父親依然是那副打扮，光頭，對襟褂子，抿襠褲，布鞋，腳上沒穿襪子。王新民和旁邊的幾個孩子都愣住了，他們不知道這個土氣的老頭就是王石頭的父親，以為王石頭的父親和他們父親一樣。

王石頭趕緊拿起蛐蛐罐，離開了那裡。他聽見有個孩子說：「那老頭是誰呀？是他爺爺吧！」

回到家裡，王石頭父親一把奪過蛐蛐罐，摔到地上：「我讓你不務正業！」蛐蛐罐碎了，一條腿的金虎趴在地上，父親上去一腳將蛐蛐踩死：「去，撮煤堆去！」父親經常這樣處罰他。以往看他不順眼，就讓他用墩布去拖走廊，筒子樓住著幾十戶人家，他用墩布從東頭擦到西頭，再從西頭擦到東頭，這樣的勞動每個月要有三四次。王石頭住的一樓走廊要比二三樓乾淨的多。鄰居們並不知道這是父親對他的懲罰，認為他是熱愛勞動，常常誇他是好孩子，勤快，講衛生。王石頭有苦說不出。他們還經常當著王石頭父母親面誇王石頭，樓裡一個居委會的老太太在開會時還表揚了王石頭，這等於間接地誇了王石頭的父母。這使王石頭父親有了更高的積極性。後來，不僅讓他擦樓道，還打掃廁所。當然只限於男廁所。

家裡沒有鐵鍬，王石頭只能用撮土的鐵撮子，煤堆很大，是用來冬天燒暖氣的，有幾百噸，佔據了半個院子。王石頭用撮子把下面的煤一撮子一撮子撮到上面去。這還不像擦地，起碼能看出成果，這種勞動純粹是一種惡意懲罰。過路的人都有些莫明其妙，不知道這個孩子為什麼幹這個。王石頭扔下撮子，進屋找了一根粉筆，在牆上寫下一行字：打倒老地主！寫完了，他又接著撮，這時，那個居委會老太太打開窗戶，喊到：「石頭，回家吧，別撮了，撮上去還會出溜下來！」

王石頭回到屋裡，看著瞪著他的父親：「邢大媽不讓撮，說撮上去還會溜下來！」

半個月後，王石頭終於對父親這種作法進行了一次反坑。

那天放學回家，王石頭走到樓前時，王新民和癩八子正在踢足球，他路過時，癩八子正好把球踢到王石頭腳邊，他便一腳踢過去。癩八子接過球，又一腳踢給王新民，王新民抬腿一腳，球朝樓飛去，撞到窗戶上，砰的一聲，二樓一家的窗戶玻璃碎了。從窗口探出一個女人的腦袋，朝下面喊道：「誰把玻璃打碎了？誰幹的？」王新民和癩八子都愣在那裡，王石頭也停下，在一旁看熱鬧。不一會工夫，那個女人氣朝朝地來到他們面前，指著王石頭他們仨：「你們說，誰幹的？」癩八子剛要說話，王新民指著王石頭：「是他踢的！」癩八子猶豫了一下，也指著王石頭：「是他！」王石頭愣住了，他沒想到，倆人會合夥給他栽贓，便進行申辯：「不是我，是他！」他指著王新民。「是他把球踢到窗戶上的！」王新民說：「他想要賴，我把球踢給他，他就踢到玻璃上去了！」那個女的一把拉住王石頭的胳膊：「走，找你們家長去，賠我玻璃！」

王石頭使勁掰著那女人的手：「不是我，是他們，他們誣陷好人！」他掰開那女人的手，一溜煙跑回了家。王石頭放下書包，又不放心又走出來，看見王新民和癩八子正領著那個女的朝這邊走來，一邊走，王新民還一邊指點著什麼。王石頭感到一陣害怕，看來，那個女人真是找他家來了。王石頭用手攔住那個女人：「不是我踢的，你少找我們家！」聽到外面的吵鬧聲，王石頭父母出來了。那個女的對王石頭父母說：「你們是孩子的家長吧，他把我們家窗戶玻璃踢碎了！」王石頭爭辯：「不是我！」他指著王新民：「是他踢的！你憑什麼賴我！」王石頭母親說：「要是孩子踢的，我們賠，一塊玻璃多少錢？」那個女人說：「不是八毛就是一塊。」王石頭母親回到屋裡，翻遍了抽屜才湊夠了一塊錢，她把錢交給那個女人，那個女人說：「以後別讓孩子在樓群裡踢球。」

送走了那個女人，王石頭父親一把把王石頭拉進屋裡，脫下鞋，用鞋底子劈頭蓋臉地在他身上猛抽，一面抽一面罵：「雜種操的，我讓你到外面惹事生非！」王石頭用手捂住腦袋，一面躲一邊往門口挪。快到門口時，他猛地一拉門，跑了出去。跑出不遠，他回過頭來，狠狠地啐了口唾沫。

王石頭來到大街上，漫無目的走著，他感到委屈又憤怒。他不明白，每當他和別的孩子打架，父親總是不分青紅皂白地懲罰地，即使他受了欺負，完全占理，父親也從來不敢去和別人理論，而是回來教訓他。走著走著，王石頭來到一所公園，公園裡很安靜，他就在一個石凳上躺下。天漸漸暗了下來，到了吃飯的時間了，王石頭感到肚子有些餓，石凳也越來越涼，他站起來，盤算著是回家還是繼續在外面待著。回到家裡，父親這次也許不會再打他，可以後還會照樣打他，他決定不回家，讓他們著著急。天已完全黑下來了，公園裡靜靜的，高大的松樹下有些陰森，他有些害怕，便走出公園，他的肚子開始咕咕地叫，不止一次動了回家的念頭，可一想到父親那兇神惡煞的樣子，便勸自己一定要堅持住。

王石頭來到一個大水泥管子旁停下，水泥管子很粗，他便鑽到裡面，蜷縮著坐在那裡，王石頭想像家裡發生的事情，他這麼晚不回來，全家人一定會著急，也許母親和姐姐正在四處找他，父親雖然經常打他，但也肯定害怕他出事，因為他已有一個兒子就是挨他打出走自殺的，想到這些，王石頭有些得意。更堅定了他不回去的決心，他一定要嚇唬他們，看他們還敢動不動就打他，想著想著，王石頭慢慢睡著了。

王石頭一覺醒來，天已亮了。他盤算這一天怎麼過，是繼續流浪，還是去上學。去上學就得回家取書包。最後，他決定去上學，自從到北京後，他還從來沒逃過學。

王石頭回到家裡，看見父親正黑著臉坐著，見他進來，瞪了他一眼，卻沒有再教訓他的意思。母親顯得十分高興：「你昨夜去哪兒了，我和你姐姐找了你大半宿，快吃飯吧，吃了飯去上學。」

下午，王石頭放學回來，母親問他：「你昨天夜裡去哪兒了？」王石頭說：「我在水泥管裡睡了一夜。」王石頭母親說：「你別怪你爸爸，咱們家成份不好，能住在這兒不容易。你就是再有理，你爸爸也不敢去和別人爭競，只能打你。以後，你少跟那些孩子玩，放了學，就回家。」王石頭威脅說：「以後，你們再平白無故地打我，我就學我大哥，去自殺！」

從那以後，王石頭再也沒挨過打。不挨打的另一個原因是，街道辦事處組織這些四類分子到順義的一家農場勞動，也給一些微薄的報酬，實際上是一種變相的勞動改造。父親每月回來一次，自然不會再打他。

一個月後的一天晚上，王石頭用彈弓打碎了一塊王新民家的玻璃。

兩天後，王石頭特地到王新民家窗子下面看了看，窗子上一塊玻璃碎了，卻沒有換，只是用報紙糊上了。一天下午，在放學的路上王石頭遇見了王新民，王新民攔住他問：「我們家的玻璃是你打碎的吧？」王石頭說：「你胡說，我根本沒打碎過你們家玻璃，你少誣賴人！」王石頭本以為王新民要找他算賬，王新民卻只是恨恨地看了他一眼，拎著書包走了。後來，王石頭才知道，他的父親被打成了右派，他也不敢在外面橫行霸道了。王石頭不大明白右派的含義，但他覺得肯定和地主差不多。否則，王新民也不會突然變老實了。

沒過多久，王新民一家就搬走了，王新民父親被下放到東北一個很偏遠的地方，全家也跟著一起走，走的那天，王石頭正在外面踢毽子，王新民一家把行李放到兩個三輪車上，全家人的臉都陰沉沉的。王新民拎著一隻裝著雜物的籃子，一副極不情願的樣子，見了王石頭只是看了他一眼，沒有說話。

十一

一九六〇年，王石頭考進了一所男中，學生全都是男生。只有為數不多的女教師。這所學校已有幾十年的歷史，雖有些名氣，校舍卻有些破敗，教室的地板油漆早已脫落，一踩上去還有些顫動。操場也不大，倒是走廊裡掛著幾幅世界著名科學家的畫像。給這所學校增添了學習氣氛。

考進這所學校的都是一些學習比較優秀的學生。他們大多天資聰穎，舉止規矩。沒過多久，王石頭就有點跟不上趟。特別是數學，父母遺傳給他的數學細胞只夠他應付小學用的，到了中學就不夠用了。數學教師姓李，有不太重的男方口音。李老師三十多歲就已經謝頂。這個老師的絕活是，上課從不帶圓規和三角尺。畫圓時，他用粉筆啪地在黑板上戳一個點，然後刷地一畫，一個圓便躍然上面。在每次講課前，他就在黑板的左上角寫上一個2^5，意思是32開的紙一張，然後就開始出題。五分鐘後，他轉身擦去2^5和數學題，這傳達的意思是，從後排往前傳答卷。這種小測驗讓王石頭顏面喪盡，很少答對過，而李老師給的分數只有兩種，5分或0分，王石頭十有八九都吃鴨蛋。

李老師還有一個絕活，在他的粉筆盒裡，放著一些粉筆頭，他講著講著課，右手伸向粉筆盒，然後一面講課一面不動神色把粉筆頭擲向那走神的學生，粉筆頭的命中率幾乎百分之百。王石頭曾經不止一次地被命中過。王石頭厭倦數學，每當上數學課時，他便嘗試著寫詩，寫蘇聯衛星像母雞一樣在天空中飛翔，寫少女的胸脯像高高的山崗。

只有在語文課上，他才感到揚眉吐氣，語文老師姓高，年輕又帥氣，他經常在班上唸他的作文，每次作文都在八十五分以上，這在全班是最高的分數。到了初二後，情況改變了，教語文的換了一個帶眼鏡的女老師，姓劉，劉老師三十多歲，個子不高，相貌平平，還有口臭。她講的課如她相貌一樣乏味，而且一點不識貨，在班上從來沒唸過他的作文。更讓人啼笑皆非的是，劉老師是個結巴。因為生理原因，女人中極少有結巴，讓女結巴教語文，不能不說是這個學校的創舉，也表明這所學校對文科的輕視。

學生們很願意上劉老師的語文課，它常給乏味的課堂帶來樂趣。劉老師唸課文時，每當遇到不好發音的字，她不是像普通結巴那樣，不停地重複那個字，而是停下，在那裡使勁憋氣，好像是遇到了一個高高的門檻，攢足力氣才能跨過，一次，劉老師唸一篇外國散文，當她唸到美麗的多瑙河的多字時，她被卡住了。劉老師就不停地運氣，臉色也由白變紅。彷彿全身心都為過這條河流而努力。這時，學生們也都為她使勁，有一個學生甚至蹦出了一個響屁。突然，她猛地唸出多瑙河這三個字，這條河終於沖過障礙，一瀉千里，劉老師的臉色也由紅變白，然後，遇見坎，再憋氣，再過。上劉老師的課如同上一堂重體力勞動課。

劉老師只教了半學期就不教了，原因是在一次家長會上，兩名家長向學校提出了抗議，因為他們的孩子也成了結巴，說話時常常大喘氣。

劉老師走後，又換了一個邢老師。邢老師五十多歲，也是女的，個子高高的，戴一副金絲眼鏡，邢老師原來是教高中語文的，後來患了健忘症便下到初中教王石頭他們班。講課時，邢老師有時要寫板書，寫完板書，她常用一雙迷茫的眼神望著大家，問：「我剛才講到哪裡了？」這個健忘的老師整整教了他們兩個學期。

那一年，王石頭除了語文、外語外，數學、物理和化學都不及格。這個以分數論英雄的學校，在期末成績冊品德一欄中給他的評價是「中」。

在王石頭父親看他的成績冊時，王石頭三哥在一邊敲邊鼓，說只有小流氓之類的才會得中，為此，王石頭挨了父親一巴掌，並罰他把樓道用拖布拖乾淨。

王石頭剛上初中不久，一場大饑荒開始在全國蔓延。因為家裡困難，很少有副食，糧食也就吃得多，每月除了規定的定量外，還申請補助五六十斤。一天放學回來，母親對王石頭說，咱們以後得省著吃了，糧本上的補助糧全部取消了。又過了一段時間，原來的定量也減少了，王石頭每月28斤，王石頭母親24斤，父親也是24斤。每人比原來減少了七八斤。每頓，王石頭母親都精打細算，恨不得數著米粒下鍋。糧食減少了，肉、油、糖、菜都減少了。每人每月只有二兩油，半斤肉，二兩糖和半斤點心。商店裡的水果糖沒有了，水果沒有了，菜店裡的菜也很少，土豆和白薯都要折成糧食，一斤糧票頂五斤土豆或五斤白薯。

一天，學校宣佈勞逸結合，每天上午九點上課，十一點放學，下午不上課，取消了體育課，老師也不留作業。學校也變得毫無生氣，操場上空蕩蕩的。

王石頭覺得又回到了小時候，每天肚子餓的咕咕叫，早飯吃了盼午飯，午飯吃了盼晚飯，王石頭二哥已經結婚，有了孩子，家裡就更困難了，沒錢買月票，王石頭只能步行去學校。每天從和平里到學校要走六七站地。到了學校，早晨吃的東西早已耗光，餓的忍不住，就開始吃中午吃的餅子。

母親每天給他帶三個小餅子，下第一堂課，吃一個，下第二堂課，又吃一個，下第三堂課，再吃一個，下第四堂課吃午飯時，已經沒有東西可吃了，王石頭就到學校胡同的一個小餐館，喝五分錢一碗沒有一顆油花的飄著幾片乾菜葉的菜湯。

因為饑餓，再加上有病，王石頭母親已無力給王石頭做飯，便讓他到王石頭二哥的機關食堂吃。機關食堂為了讓職工填滿肚子，就採取了一種當時甚為流行的雙蒸發。就是把米蒸上兩遍，讓體積充分膨脹，二兩米蒸出的飯有四兩米那麼多。這雖然讓視覺得到了滿足，也可以把空曠的胃填的滿一些，卻大大破壞了營養。這樣的飯吃下去餓的更快。

一天中午，王石頭因為有事，去食堂時已開始收攤。大桶裡只剩下棒子麵粥。棒子麵粥一兩糧票一碗。因為時間長了，粥變得很稠，盛冒了尖也不會溢出來。王石頭覺得揀了個便宜，要了四碗。大師傅也格外慷慨，每碗都盛的滿滿的，王石頭喝了一碗又一碗，一連把四碗都喝了下去。他覺得胃脹得滿滿的，甚至還有點撐，他已經有很長時間沒有這種感覺了。王石頭心滿意足地離開了食堂。沒走多遠，他就感到肚子裡的棒子麵粥開始往嗓子眼漾，王石頭使勁往下嚥，唯恐棒子麵粥漾出來。走到一個拐彎處，一陣風吹來，他終於憋不住，把一肚子棒子麵粥全部倒了出來。王石頭蹲在那裡，注視著那一灘連顏色都沒變的棒子麵粥，感到無比痛惜，好像那不是棒子麵粥，而是一地黃金。

第二年，饑餓更加嚴重。長時間的饑餓，人們的身體變得很虛弱，不少人出現了浮腫，臉和身上一按一個坑。春天，樹葉剛長出來，人們便去擼樹葉，樓旁邊有一排垂揚柳，孩子們就爬到樹上，把柳葉一把把擼下來。光禿禿的柳枝在春風中擺動，像是少女被脫掉了衣裙。

王石頭也學會了爬樹，他比別的孩子爬的都高，也就能擼到更多的樹葉。王石頭母親把擼回的樹葉用開水焯了，撈出來剁碎，和著棒子麵蒸菜團子吃。王石頭還到土城去擼榆樹葉，榆樹葉好吃，不苦，也有黏性，蒸出的菜團不散，也筋道。

當樹葉變成深綠時，就有些老了。樹葉的苦味更重。王石頭母親用開水焯了後，再放到大盆裡用涼水泡，泡上一天一夜，把苦味去掉，再蒸菜團子吃。

到了夏天，樹葉老的不能吃了，各種野菜開始長起來，王石頭就到郊外去挖野菜，馬莧菜，灰灰菜，豬毛菜，苦菜……待到草長高了，小河溝裡的水多了，王石頭就去釣青蛙，釣的人多了，青蛙就少了，後來，河裡的青蛙就絕跡了，晚上靜悄悄的，再也聽不到青蛙的叫聲。

王石頭還和樓裡一個小名叫保子的孩子用竹竿去捅馬蜂窩。倆人用衣服把頭蒙住，把馬蜂窩捅下來，把裡面的蛹取出來放到勺子裡煎著吃。夜裡，倆人拿著手電筒，登著梯子去掏家雀兒，把家雀去掉毛，燒著吃。王石頭在挖野菜時還捉住了一個刺蝟，把刺蝟外面糊上泥，放到火裡燒，再把皮扒掉，刺蝟的肉很好吃，燒熟的刺蝟一咬一流油比豬肉都解饞。王石頭甚至還捉過一隻烏鴉，後來聽人說，烏鴉肉是酸的，有時還吃死人肉，就把它放了。王石頭唯一不敢下手的是蛇，一天，他在土城挖野菜時，看見一條蛇，蛇剛剛吞進一隻青蛙，腹部鼓出一個大包，吐著信子在菜地裡游走，王石頭拎起籃子，嚇得逃之夭夭。知了也成了王石頭腹內的填充物，他把黏回的知了放進鍋裡爆炒，幾十隻知了一齊發出聲嘶力竭的嚎叫，開始了一場集體狂舞。拼命地向上蹦跳，如打鼓般的敲打著鍋蓋，隨後漸漸平息，王石頭把知了剝開吃裡面的內臟，知了的內臟很腥，王石頭只吃兩次就不吃了。

春天，王石頭買了四隻小雞，小雞毛絨絨的，十分可愛。王石頭的目標是，把雞養大，公雞吃肉，母雞下蛋，這樣，每天都會有蛋吃。他用磚頭和木棍搭了一個雞窩，每天放學，就去挖野菜和揀菜葉子。把菜葉洗淨，剁碎，放到碗裡餵小雞。為了讓小雞快長大，王石頭從牙縫裡摳出了二斤玉米麵，每次往裡面拌一點。小雞一見他端著碗過來，就樸楞著翅膀跑過來，等著吃食。因為營養不良，小雞長的很慢，羽毛也發鏽，可還是一天天長大。

大饑餓時期，人們惜糧如金，一點點糧食碎屑都捨不得丟掉，耗子找不到吃的，繁殖能力大大下降。貓抓不到耗子，便像鬼魂一樣四處流竄，到處找食吃。

一天夜裡，兩隻貓突然闖進王石頭窗下的雞窩，四隻雞叼走了三隻，剩一隻脖子被咬斷。王石頭望著那隻躺在雞窩裡的小雞，充滿了對貓的憎恨，他發誓將來一定讓它們償命。晚上，王石頭母親把那隻小雞燉了，盛了滿滿一碗，雞肉散發著誘人的香氣，王石頭卻吃不下。王石頭母親就把王石頭二哥叫來，把這碗雞肉帶回去給孩子吃。

王石頭一直想找貓算賬，可它們卻像已經知道一樣，一見他就飛快地溜掉。

那天，放學回家，汽車剛一到北新橋站，王石頭看見前面的大車上掉下一隻貓，他匆忙下了車，揀起那隻貓，趕大車的人並沒有發現貓掉下去了，仍趕車往前走。貓有四五斤重，是那種毛色黑灰相間的狸貓。貓的身體軟軟的，王石頭等大車走遠了，才抱著貓準備上下一輛汽車。這時，他感到貓的身體蠕動了一下，一隻爪子在往前伸，兩隻眼睛也睜開了，黃黃的眼珠正看著他。原來，這隻貓並沒有死。貓掙扎著要從王石頭手中掙脫。王石頭想起了那幾隻無辜的小雞，毫不遲疑地雙手使勁掐住貓的脖子，貓閉了一下眼睛，隨後又大大地睜開，兩隻黃眼珠絕望地望著他，四條腿又蹬又踹，王石頭又使勁地一掐，貓的眼睛閉上了，四肢也停止了踹動，一分鐘後，身體又變得軟綿綿的了。

王石頭拎著死貓回到家，他把貓往地上一放：「媽，我揀了一隻死貓。」他沒敢說是自己掐死的，王石頭母親看了一眼地上的死貓，說：「你怎麼什麼都往家拿，快把它扔了！」王石頭說：「我要吃貓肉！」王石頭母親說：「貓有九條命，吃了要遭報應。」王石頭說：「十條命我也不怕，它吃我小雞，它應該遭報應，你不做我自己做。」王石頭母親說：「你敢在家裡做！」王石頭說：「你不讓我在家裡做，我去外面做。」他拎著貓出了門，正遇上癩八子。他把貓往上一拎，問：「癩八子，你想不想吃貓肉？」癩八子說：「想吃。」王石頭說：「想吃，你去拿鍋，咱們煮。」不一會兒，癩八子把鍋拿來了，王石頭說：「你再去拿點劈柴。」癩八子又拿來了劈柴。王石頭從家裡拿來醬油、鹽、蔥。倆人來到離河溝不遠的僻靜處，王石頭用小鏟挖了一個坑，拿了三塊磚頭把鍋架上。然後用一根繩把貓的兩條後腿捆住，把貓頭朝下吊在一個樹杈上。拿起刀，開始剝貓皮，癩八子在旁邊看著，稱讚道：「王石頭，你真能幹兒，剝皮你也會。」王石頭說：「在農村，我看見過剝野兔子皮，他們就這麼剝。」貓皮剝下來了，貓赤條條地掛在樹上。王石頭又把膛開了，把腸子和心肝肺扔到一邊。王石頭說：「這回算是為我的小雞報仇了。」王石頭拎著貓，到小河溝把貓洗乾淨，放到鍋裡，放上蔥，醬油和鹽。癩八子把火點著。不一會兒，鍋裡便冒出熱汽，有了肉的香味。癩八子咽了口唾沫：「這味兒還挺香。」

一個小時後，貓肉熟了，兩人吃起來，王石頭問癩八子：「好吃不好吃？」癩八子說：「挺好吃，就是有點腥。」王石頭說：「應該擱點酒，我媽燉帶魚就往裡面放酒。」癩八子說：「你說貓有九條命？」王石頭說：「加上咱倆的，一共十一條命，我六條，你五條，咱們都能活二百多歲。」貓肉吃完了，倆人撐的直打飽嗝。癩八子說：「我已經好久沒這麼吃肉了。」王石頭說：「以後再逮著貓，咱們還這麼做著吃。」癩八子說：「那我們就長生不老了。」

十二

一九六一年夏天，王石頭三哥瑞兒高中畢業了。按當時的家境，瑞兒本應該參加工作，減輕家裡的負擔，可王石頭二哥覺得弟弟學習門門優秀，還是市銀質獎章獲得者，不上大學太可惜了，決定讓他繼續讀書，報考大學。在填志願時，學校的校長親自為王石頭三哥選定學校，讓他報考清華大學。王石頭三哥所在的學校是一所三流學校，每一屆考上大學的學生超不過十人，更沒有人考上清華、北大的。校長鼓勵王石頭三哥考清華，覺得他有這個實力，考上了能為學校爭光。王石頭三哥想報考物理系，但校長建議他報建築系，因為建築系對政審沒物理系嚴。

考完試後，王石頭三哥算了算分數，覺得考上清華應該沒問題。

一天，王石頭去土城黏知了回來，看見三哥正和一個女的在路旁聊天。那個女的王石頭見過，是小三他姐，王石頭去找小三時，見過她。倆人有說有笑，聊的十分投入，王石頭路過他們身邊時，哥哥竟沒有發現他。

原來，暑假期間，街道辦事處召集一些學生去幫忙，填寫辦事處的戶籍卡片。王石頭哥哥也參加了這項工作。填寫卡片的有十幾人，都是高中生，坐在王石頭三哥旁邊的是一個女二中的學生，叫楊曉琳，楊曉琳也是高中應屆畢業生，家住在林業部宿舍，和王石頭家只隔兩棟樓。楊曉琳也報考了大學，第一志願是北京航空學院。楊曉琳長得很漂亮，也很大方，有一種幹部家庭培養出的特有氣質。王石頭三哥快被這個姑娘吸引了，楊曉琳也喜歡上了這個帥氣的小夥子。早上，倆人一起去辦事處，下午，倆人一起回家。

王石頭一進家門，就向母親告狀：「媽，我三哥搞對象呢！」王石頭母親說：「瞎說，你怎麼知道？」王石頭說：「我看見他和一個女的在一起聊天，我從他們身邊過都沒發現我。」王石頭母親說：「聊天也不一定是搞對象。」王石頭說：「昨天，我還看見我哥在路口等那個女的。」王石頭母親問：「那個女的長得什麼樣？」王石頭說：「挺好看的，她爸爸還是個局長。」王石頭母親問：「你怎麼知道的？」王石頭說：「我去過他們家，他是小三的姐姐。他們有好幾間屋子，還有電話，當局長的家裡才有電話。屋裡還有廁所呢！」王石頭母親說：「胡說，屋裡有廁所多臭。」王石頭說：「大官家屋裡都有廁所。是單獨一間屋子，一點兒都不臭。」王石頭母親說：「那也不乾淨。」過了一會兒，王石頭母親自言自語說：「那個姑娘的父親要是局長，這事更成不了！」

王石頭母親是從二兒子志兒的兩次談對象的經歷中得出這個結論的。第一次是一九五五年，他們剛來北京不久。一天，志兒把一張照片拿給她看：「媽，你看這個女的怎麼樣？」照片上的女的有一雙大大的眼睛，鼻子和嘴也很端正，留著短髮。王石頭母親點點頭：「模樣不錯，多大了？」「二十五。」「在哪兒工作？」王石頭母親問。「在南京，是勞動局的，出差時認識的。」王石頭母親說：「就是遠點。」王石頭二哥說：「成了，可以把她調到北京來。」王石頭母親說：「以後，你少給家十塊錢吧，攢點錢，留你們結婚用。」但這樁婚事很快就吹了。因為那個女的瞭解到，王石頭二哥不僅出身不好是地主，還養活一大家人。後來，又有人給王石頭二哥介紹了一個，是幼稚園的老師，叫徐明麗。王石頭母親並沒有相中，因為這個女的右眼長個矇子，王石頭母親覺得相貌堂堂的兒子不應該找一個眼睛有毛病的人。即便這樣，這門親事還是吹了，原因和上次一樣。

既然一個眼睛有矇子的人都不願找自己的兒子，更何況一個局長女兒。

八月中旬，王石頭三哥接到了錄取通知書，錄取他的不是清華，而是在當時毫無名氣的剛剛建立的工業大學。他在志願書上根本沒填寫過這所學校。王石頭哥哥像是挨了一悶棍。他找到校長，校長說：「我也沒想到是這種結果，我們看了你的分數，你比清華的錄取分數線高出30分，應該沒問題，沒錄取你很可能是因為你的出身。前天，我遇到了教育局長，說起了這種情況，他說，今年政審很嚴，有兩百多名超過錄取分數線的，都因家庭出身沒被清華錄取，看來，現在對出身要求越來越嚴了。」

第二天，王石頭三哥看見楊曉琳正在路口等他。楊曉琳一臉喜悅，問：「我收到通知書了，你收到了嗎？」王石頭三哥把沒考上清華的消息告訴了她。楊曉琳有些驚訝地問：「分數不是夠了嗎？」王石頭三哥把自己的出身告訴楊曉琳。楊曉琳沉默了一會兒說：「你報的不是建築系嗎？」王石頭三哥說：「因為考慮到出身，才報建築系的。」王石頭三哥問：「你報的是哪個系。」楊曉琳說：「是動力系。」王石頭三哥說：「動力系是保密專業吧？」楊曉琳點點頭。倆人默默走著，他們彼此都明白，他們之間的友誼不可能再往前發展了，一個保密專業的人在選擇對象是有政治條件的。她不可能嫁給一個地主出身的人。

八月中旬，辦事處的填表結束了，楊曉琳約王石頭三哥去看電影。走出影院，倆人默默地走著，楊曉琳說：「你別太難過，工業大學也挺好的。」王石頭三哥笑笑，沒說話。走到路口，楊曉琳伸出手來：「再見。」王石頭三哥也伸出手來：「再見。」

此後，倆人再也沒有聯繫過，雖然倆個年輕人都剛滿十八歲，但在政治問題和家庭出身上卻表現的相當理性和成熟。

受了雙重打擊的王石頭三哥像霜打了的黃瓜，整天耷拉著腦袋。王石頭依然每天瘋玩，去河溝裡釣蛤蟆，去土城黏知了，和同伴們拍洋畫。一天，他用省下的飯錢買了一隻笛子。這是受到一個外號叫黑子的影響。黑子能吹一手好笛子，晚上，黑子便坐在樓前的臺階上吹笛子，那悠揚的笛聲傳的很遠很遠。王石頭的笛子只有兩毛錢，笛子孔的距離不太標準。再加上王石頭初學乍練，把一支優美的《讓我們蕩起雙槳》吹的斷斷續續，刺耳難聽。躺在床上兩眼呆呆望著天花板的王石頭三哥不耐煩地訓斥他：「別吹了！」王石頭並不理睬，照樣吹。王石頭三哥猛地坐起來：「我讓你別吹了，聽見沒有！」王石頭說：「我吹笛子，礙你什麼事？你憑什麼不讓吹！」「就憑你吹得難聽！」王石頭說：「難聽你別聽！」王石頭把笛子放到嘴邊，剛吹出第一個音符，王石頭三哥跳起來，一把奪過笛子，喀嚓一下撅成兩截，扔到地上：「我讓你吹！」望著斷成兩截的笛子，王石頭揪住三哥：「你賠我！你賠我！」王石頭三哥一把把他推開。王石頭的後腰撞在桌子上。王石頭一邊捂著後腰一邊喊：「你搞對象，臭不要臉，考不上清華，活該！」王石頭三哥回轉身，猛的一拳打在他的鼻子上，王石頭的鼻子頓時鮮血直流。王石頭三哥瞪了他一眼，把門一摔走了出去。

王石頭母親回到家裡，看王石頭鼻子下都是血，問：「又跟誰打架了？」王石頭說：「是我三哥打的。」王石頭母親用毛巾擦去王石頭臉上的血，問：「他為什麼打你？」王石頭說：「我吹笛子，他不讓吹，把我的笛子撅了。我說他搞對象，沒考上清華。」王石頭母親說：「你嘴欠，盡揭他傷疤，他還不打你！」

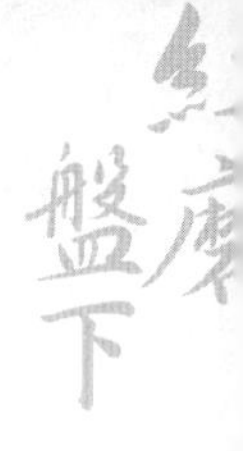

十三

在大饑餓年代，北京的春天怪異又荒誕，醜陋又美麗。一場毀綠與造綠運動同時在京城上映。樹葉剛一長出來，人們就迫不及待地把一抹抹綠色撕扯剝落下來，塞進空曠的胃中。同時，又掀起一場更為熱烈的城市綠化運動，那些幹部脫下制服，拿起鐵鍬、鎬頭，在樓間、路旁、溝邊，在每一塊能開墾的地方，開出一片片空地。在空地上種上玉米、高粱、白薯、豆角、茄子、番茄，一片片綠色蓬勃而起。

人們從樓裡接出管子澆地，管子夠不著的就拎著桶澆，常常為了地界和澆水發生爭執。

王石頭父親等別人把能種的地方都佔了，才在兩塊地之間的一片磚頭瓦礫中開闢出一片空地。王石頭母親也幫著清理，踮著小腳把一塊塊磚頭堆到一邊。這片地約有一分多，因為夾在兩塊地之間，為了分清界限，王石頭就在兩塊地之間碼了一溜磚頭。過了兩天，王石頭拿著鐵鍬去翻土，發現擺著的磚頭被移動了，整個地被侵佔了三分之一。王石頭就把磚頭重新碼回原處。正碼著，一個戴眼鏡的中年人走過來，用一雙陰鷙的眼睛看著王石頭，慢悠悠地說：「你小小年紀就學會佔別人的地了，是遺傳吧！」王石頭爭辯說：「這地是我們開的，是別人佔了我們的地。」中年男人又站著看了一會兒，什麼也沒說就走了。回家後，王石頭才知道闖了禍，那個戴眼鏡的就是辦公廳的韓處長。第二天，王石頭父親連忙把磚頭往自己地塊這邊挪，比原來讓出的更多。王石頭說：「憑什麼把咱們開的地給他？」王石頭父親說：「你小孩子懂什麼，他管著你二哥。」以後，每次澆地時，王石頭父親都替韓處長把地澆了，還幫著鋤草。韓處長家的豆角和玉米長得又多又好。韓處長有個母親，七十多歲了，沒事就拄著拐棍在地邊轉悠，有時也摘回點豆角，她對王石頭母親說：「這麼多地，就數你家種得好。」

王石頭父親沒有種玉米和白薯，他覺得玉米和白薯容易被偷，就是知道誰偷了也不敢跟人去理論。一分多地都種上了蘇子，蘇子是一種油料，有點像芝麻。到了秋天，把蘇子籽用棍摔敲出來，炒熟，碾碎，放點糖，包在麵裡，做成和點心一樣的蘇子餅，既好吃又有營養。蘇子葉也可以食用，隨著蘇子不斷長高，就可以將下部的蘇子葉採下來，用開水燙了，放上鹽和醋拌著吃，或做成菜包子。這一片蘇子為王石頭家提供了源源不斷的胃部填充物。

在地邊，王石頭父親還種上了貓耳朵扁豆，貓耳朵扁豆比別的扁豆結得多。一到夏天，貓耳朵的枝蔓順著竹杆和樹棍攀援而上，開滿了一串串粉色、紫色、白色的豆角花，在綠色逢勃的蘇子四面圍起一道花牆。風一吹來，那些花便隨風搖曳，給那苦澀的日子帶來一些芬芳。

冬天到了，沒有了樹葉，沒有了蘇子葉，也沒有了野菜。卻是揀白菜幫子的好季節。大白菜也變得稀缺，每人只供應五十斤，可菜站地上有不少菜幫子，這些菜幫子便成了孩子們爭搶的對象，每天放學後，王石頭就拎個籃子去揀菜幫子。賣菜的老頭兒姓楊，頭髮已花白，有些謝頂，牙也少了一顆，大家都叫他老楊頭。王石頭經常看見他，不是在菜站，而是在王石頭樓門口。老楊頭經常到二樓的一個老紅軍家。二樓的老紅軍五十多歲，姓李。人又矮又瘦，一隻眼睛還有毛病，但老紅軍資格很老，上過井崗山，二幾年就是紅軍。因為是文盲，眼睛也不好，扛不了槍，就一直給領導餵馬。他餵的馬又壯跑的又快。老紅軍有個媳婦是農村的，比老紅軍小20多歲，臉色又青又黃，還是羅圈腿。因為老紅軍掙的錢多又住樓房才嫁給了他。可老紅軍功能不行，一次打仗時一顆子彈打掉了半根雞巴，等於是個廢人。

老楊頭每次來老紅軍家都不空手來，總是帶著商店最新鮮的蔬菜，黃瓜下來了帶黃瓜，番茄下來了帶番茄，老紅軍家總有吃不完的菜。王石頭母親很看不起老紅軍的老婆，說她不正經。王石頭母親討厭這個女人還有另一個原因，這個黃臉婆警惕性極高，每當王石頭父親出去時，她便說：「看看這個老地主搞什麼破壞去了。」王石頭每次去揀菜時，老楊頭並不攔他，一天下午，王石頭剛進樓門，看見老紅軍把一棵剝的很乾淨的白菜從樓上扔下來，砸在王石頭的腳邊。王石頭覺得像天上掉了個餡餅，連忙把白菜揀起來。這時，那個黃臉婆從樓上衝下來，一把把那棵菜奪過來。差點把王石頭推個大跟頭。王石頭說：「菜是我揀的，你憑什麼推我？」黃臉婆說：「炕頭上揀被子，美的你，小地主崽子！」王石頭也回罵了一句：「破鞋！」黃臉婆一下子揪住王石頭：「你罵誰破鞋？你罵誰破鞋？」王石頭母親連忙出來，說：「這孩子不懂事，你別生氣，我打他！」王石頭母親抄起旁邊的苕帚，劈頭蓋臉地朝王石頭打來。王石頭抱著腦袋，跑出了樓門。黃臉婆依然不依不饒，指著王石頭母親：「你這個地主婆子，我要到你兒子單位去告你！」

晚上，王石頭二哥來了，親自去老紅軍家登門道歉。回來對王石頭說：「你怎麼隨便胡說八道，老李以前給中央領導餵過馬，連部長對他都十分客氣。」

過了幾天，王石頭又去菜站揀菜，老楊頭便趕他：「去去去，不許揀。」可卻允許別的孩子們揀，還當著他的面把菜幫子往別的孩子籃子裡裝。有一次，趁老楊頭不在，王石頭又去揀菜，揀到半籃子時，老楊頭來了。他劈手奪過菜籃子把菜倒在地上：「快躲開，誰讓你到這兒揀的！」王石頭揀起菜籃子恨恨地說：「你要是再敢去老紅軍家，就讓老紅軍打斷你的腿！」

從那次和黃臉婆吵架後，老楊頭再也沒去過老紅軍家，一天，老紅軍在門口遇見王石頭，從口袋裡掏出一把水果糖：「來，小鬼，吃糖。」

十四

王石頭買麵回來，看見樓門口站著一個瘦骨嶙峋的中年男人，男人兩眼有些呆滯，穿著打補丁的衣服，手裡拎著一個不大的包袱。見王石頭過來，就問：「王文志是住這兒吧？」問話的聲音也顯得有氣無力。王石頭說：「他是我二哥，你找他有什麼事嗎？」中年男人說：「你是石頭吧，我是你大姐夫呀。」王石頭把大姐夫領進家裡：「媽，我大姐夫來了。」王石頭母親仔細端看著：「他大姐夫，你怎麼瘦成這樣了，都脫了相了。」王石頭母親忙著去做飯，把剩下的窩頭熱了熱，又煮了一碗掛麵湯。王石頭大姐夫狼吞虎嚥地吃起來。王石頭母親在旁邊看著：「玉貞和孩子們都好吧。」王石頭大姐夫說：「這年月，沒餓死就算好。」

晚上，王石頭二哥也來了，王石頭大姐夫講了只有在舊社會才出現的情景：隊裡的糧食除了種子外，全都被收走了，到了三月，人們就沒吃的了，就開始吃樹皮，草根，樹皮、草根也沒有了，有的人就餓的起不來炕了。頭天晚上睡覺還活著，第二天早上就沒氣了。「你們村也有餓死的嗎？」王石頭母親問。「我們隊比別的隊強，隊長交公糧時留個心眼，沒全交，那些全交了的，不少人都餓死了。人死了也沒力氣埋，就拉出去扔到野地裡，連席子也沒得蓋。」王石頭二哥說：「大姐夫，餓死人的事在家裡說說就行了，千萬別到外面去說。咱們家成份又不好，說了會出事。」王石頭大姐夫說：「我知道。我就是跟你們說，這事不能和外人說。」

王石頭大姐夫來的目的不言而喻，王石頭母親做出決定，每人拿出八斤糧票，買點棒子麵，讓王石頭大姐夫帶回去，先救命要緊。

第二天，王石頭去糧店買了三十斤棒子麵和五斤白麵，王石頭大姐夫急著要趕回去。臨走，王石頭二哥說：「下了車，別讓人看見。」王石頭大姐夫說：「我知道，下了車，我先藏在棒子地裡，等半夜再回去。」

第二天，王石頭把大姐夫說的話告訴了同學，他只說吃樹皮和草根，沒敢說餓死人。下午，老師把王石頭找去：「王石頭，你都跟同學說了什麼了？」王石頭說：「我沒說什麼呀？」老師說：「有人反應你跟同學說農村沒有吃的，餓的吃樹皮和草根？」王石頭點點頭：「我說了。」老師說：「以後再也不許說了，現在你是學生，要是工作了，要犯大錯的。」王石頭點點頭：「我知道。」老師又說：「你出身是地主吧？」王石頭點點頭：「是。」老師說：「那就更不能說了。」出門時，老師又把他叫住：「聽老師的話，絕不能再說了。」

王石頭拿出八斤糧票給大姐夫後，每天只能吃六七兩糧食。早晨二兩，中午三兩，晚上二兩。每天肚子都餓的咕咕叫。餓極了，他就在開水裡放點醬油，再放點蔥花，喝用醬油朝成的湯。喝下去雖然胃變得不那麼空曠，但很快就變成尿撒出去了。

樓西邊馬路旁的溝渠邊上種著許多蓖麻，蓖麻是一種油料作物，據說，它的籽榨成油能做飛機的潤滑油，學校號召學生在路旁、溝邊都種蓖麻，作曲家還專門寫了一首歌：你把向日葵種在荒地，我把蓖麻籽種在路旁，我們要購買最好的拖拉機，建設紅領巾拖拉機站，讓拖拉機也戴上紅領巾，為社會主義歌唱。蓖麻很好活，也容易生長，不施肥不澆水就能長一人多高。蓖麻寬大的葉子有點像荷葉，下完雨上面會滾動著晶瑩的水珠。八月份，蓖麻籽就開始成熟，它外面被細細的密密的絨毛包裹著，剝開，裡面就是油亮油亮的帶著黑白花紋比黃豆略大一些的蓖麻籽。蓖麻籽的皮很薄，剝開，裡面是臘質般的白白的果肉。王石頭像神農嘗百草一樣吃遍了各種野菜，卻從來沒有嘗試著吃蓖麻籽。難以忍受的饑餓使他決心試一試。他摘下一些蓖麻，剝開，放進嘴裡，蓖麻既不甜也不酸，有一種讓人起膩的生油味。王石頭坐在蓖麻葉遮擋的陰涼下，一顆一顆地吃著，吃了一把以後，覺得有些噁心，便把剝下的蓖麻放到口袋裡，回家拿上竹竿到土城黏知了。

下午，王石頭覺得肚子開始疼，自打三歲起，王石頭幾乎隔一兩年就犯一次心口疼。有一次竟疼了三天三夜，到醫院醫生也查不出什麼原因。王石頭母親以為王石頭的心口疼又犯了，就忙著給他朝了一碗生薑紅糖水，王石頭喝下去，便大口地嘔吐起來，疼得他滿床打滾，汗珠順著臉往下滾。王石頭母親急忙叫來王石頭二哥，王石頭二哥背著王石頭來到醫院。醫生問：「你都吃什麼了？」王石頭說：「吃了棒子麵粥和窩頭，還有西葫蘆。」醫生說：「你再想想還吃過什麼？」王石頭說：「上午吃了點蓖麻籽。」醫生對旁邊的護士說：「趕緊給他洗胃。」洗完胃後，王石頭覺得胃疼的好些了。醫生說：「蓖麻籽有毒，你吃得少，再吃多點，連命也沒有了！」

國慶日到了。雖然全國處於大饑饉年代，無數人被餓死，但「五一」、「十一」照樣白天舉辦遊行，夜晚在天安門廣場狂歡，一片歌舞昇平。

上中學後，王石頭最盼望的就是「五一」和「十一」，它不僅可以放假，還可能和女孩子們接觸，和她們一起跳舞。這對於處於青春期的男孩子們來說，比節日本身更快樂。男中的校友是一所頗有名氣的女中，兩所學校相隔不遠，女中的不少學生都和王石頭同路，住在和平里。每天在車上都會遇到這些女孩子。她們嘰嘰喳喳，青春活潑，雖說不上個個漂亮，但大都氣質高雅，顯得有教養。

九月一日開學後一個星期，學生們便開始練習集體舞，舞步很簡單，但卻要手拉手。王石頭和許多男孩子一樣，都期待這次青春的約會，這是他們一年中為數不多的和同齡女孩子的接觸。

國慶日下午，王石頭和班上的同學便早早來到天安門廣場。兩個學校的舞圈在紀念碑北面，女中的白底紅字和男中的黃底紅字校旗在晚風中迎風飄揚。

當廣場的夜空被華燈照亮，大家便手拉手在悠揚的舞曲中翩翩起舞。那是情竇初開的年華，是異性初次美妙的接觸，雖然只有手與手的觸碰，但那接觸異性的感覺仍像電磁波一樣蕩漾開去，在心中激起漣漪。那些女孩子的手有的柔軟，有的纖細，有的掌心微微發潮，還有的因羞怯指尖微微顫動。她們的裙裾在舞步中旋轉，柔發在微風中輕輕飄動。跳舞時，雖然因羞澀不會直視對方，但舞步走錯時，便會抱以歉意地嫣然一笑，讓你怦然心動。

在跳舞的間隙，學生們會表演節目。一個穿著藍色裙子的女孩子跳了一個獨舞，女孩子身材苗條，舞姿阿娜，吸引了所有男學生的目光。隨後，又有七八個女孩來到舞圈中央，她們表演的是小合唱，《革命人永遠是年輕》。一個女孩拉手風琴伴奏。她背對王石頭，王石頭只能看到她的背影，女孩子身材修長，小腿勻稱，穿一件白襯衫，藍裙子，白力士鞋和一雙白色短襪，她的短髮隨著樂曲的節奏在晚風中輕輕擺動。一曲拉完，當她回過身時，王石頭感覺到，女孩子的長相極像郭蘆枝，特別那雙眼睛。就在女孩隨著合唱隊要去別的舞圈的時候，王石頭大膽地走上前去，問：「你叫郭蘆枝吧？」女孩子有些驚異地望著王石頭，突然驚喜地叫道：「你是王石頭！」她看了看那飄揚的校旗：「你考上這所學校了。」郭蘆枝還想說什麼，一個女孩子叫她：「郭蘆枝，快走吧！」郭蘆枝跟那個女孩子往前走了幾步，又回過頭來對王石頭說：「我在三一班，有時間去找我！」隨著那些女孩子去了另一個舞圈。

整個晚上，王石頭都處在興奮之中，他沒想到，會在廣場上遇到郭蘆枝。她長得比小時候更動人了。眉目、神情和身材上都帶有一種少女的風韻。三四年不見了，她對他仍像以前那麼熱情，還主動地提出讓他有時間去找她，一個女孩子絕不會隨隨便便邀請一個男孩子的。從那天晚上見面後，王石頭就有點兒魂不守舍。他心中常常升起一種按捺不住的想去見她的渴望與衝動。可是他知道，一個男孩子去找一個女孩子是犯忌的。這被認為是一種不端的行為。況且，她又在女校，會認為他是不好好學習的小流氓，可是，他卻難以控制自己的情感，每當路過女中所在的胡同時，他總是忍不住往裡多看幾眼，希望能看到郭蘆枝的身影。

王石頭決定去找她。

那天，他特地換上了一身乾淨的衣服——一件半新的襯衫，一條沒有打補丁的藍褲子，腳上是一雙剛刷過鞋幫已有些退色的籃球鞋。下午，他特地逃了一堂自習課，以便能在放學前趕到女中。王石頭站在離女中校門有三四十米的一棵大柳樹下面，粗大的樹幹正好遮住了他的身子。望著靜靜的校門，王石頭有些忐忑不安，甚至想打退堂鼓，覺得這樣見郭蘆枝有些不光明正大。他告誡自己，絕不要在郭蘆枝一出校門就去見她，那會引起其他女生的注意。他要在後面跟著她，等人少了再去見她。

女中放學了。成群的女孩子花團錦簇般的湧出，她們青春洋溢，正值芳華，和男中有著不一樣的氣息。王石頭躲在樹後目不轉睛地看著。終於，他看到了郭蘆枝。在成群的女孩子中，她依然那樣出眾，引人注目，以致他第一眼就認出了她。她頭戴一頂軟邊兒白色遮陽帽，穿一條紫色的裙子，一件白上衣，上衣的下擺紮在裙子裡，顯出纖細的腰身，腳上是一雙黑漆皮鞋，白色短襪，背著一個多兜的書包，顯得高貴與洋氣。按照開始的設想，王石頭此時應該遠遠地跟在她後面，可是他卻沒有這樣做，郭蘆枝與眾不同的高貴氣質讓他望而卻步，他實在沒有這份兒勇氣。他看看自己，不高的個子，普通的相貌，略顯寒酸的衣服。他去見她如同一個窮小子去見一個公主。而這種見面的方式，也顯得突兀和笨拙，有明顯專門找她的痕跡。如果他假裝在胡同口偶然與她相遇，就像在天安門廣場相遇那樣，會自然些。

王石頭呆呆地站在那裡，直到郭蘆枝走遠才離開。

十五

下午踢球時，王石頭把鞋踢成了蛤蟆嘴，走起路來蛤蟆嘴一張一張的，他不得不用一根繩兒把鞋頭綁上。進了家，王石頭說：「媽，我的鞋不能穿了，給我買雙新的吧。」王石頭母親看著王石頭的鞋：「你穿鞋怎麼這麼費，跟吃鞋一樣。」王石頭把手一伸：「媽，您快給我錢，一會商店就關門了。」王石頭母親說：「月底了，家裡哪有錢，昨天都買棒子麵了。再過幾天，等你二哥開支了，再給你買。」王石頭說：「那我明天穿什麼？」王石頭母親拿起王石頭的鞋，整個鞋的前半部分全部開綻，她就到樓梯底下的小倉庫找出一雙鞋說：「你明天先穿這雙吧。」那是王石頭姐姐穿過的一雙涼鞋，涼鞋沒有後跟，帶子細細的，顏色也很扎眼，向日葵那樣的黃色。王石頭說：「這是女鞋，我不穿！」王石頭母親又從庫房裡找出王石頭父親的一雙尖口鞋，鞋幫上納滿針腳，鞋尖也破了，王石頭把腳伸進去試了試，鞋大的沒法走路，王石頭說：「這鞋跟船似的，太大了。」王石頭母親說：「家裡沒鞋了，就這兩雙。」

第二天，王石頭只好穿上姐姐那雙涼鞋去上學，路上，他看見不少人都往他腳上看。等車時，他就把腳緊緊地並在一起，使勁往裡縮，把書包拎在手裡，讓書包擋住腳面。到了學校他的鞋立刻引起同學們的嘲笑，一個外號叫草雞頭的學生說：「王石頭，你怎麼把女鞋穿來了。多娘們氣呀！」出操時，王石頭故意沒去，他怕成為全校學生關注的目標。放學回家，王石頭就逼著母親買鞋。王石頭母親拉開抽屜：「咱們家的錢都在這兒，錢夠你就買去。」王石頭數了數，一共才一塊多錢，一雙最便宜的球鞋也要四五塊。

第三天，王石頭仍穿著那雙涼鞋上學。同學們看慣了，也就沒人笑話他了。放學後，王石頭剛走出校門，就聽見有人叫他：「王石頭。」他抬頭一看，天吶，原來是郭蘆枝！郭蘆枝仍像上次她在女中門口見到的那樣，穿一件白色襯衣，紫色裙子，戴一頂很洋氣的白色遮陽帽，挎著一個有很多兜的書包。王石頭感到一種極度的難堪。他萬萬沒想到，郭蘆枝會來找他，而且在這個令他最尷尬的時候。他下意識地收攏一下腳尖，郭蘆枝似乎也意識到了他的難堪，她的目光有意識避開他的腳。正在走出校門的學生都把目光投向了他們，一個漂亮的像個公主，一個穿著女式涼鞋和打著補丁衣服的窮小子。這有點像小說和電影中的情節。「我去找一個同學路過正好看看你。」郭蘆枝做著解釋。王石頭腦子裡一片混沌，也不知說什麼好。只是啊啊了兩聲。郭蘆枝說：「我們走走吧，你坐幾路。」王石頭說：「13路。」倆人走著。郭蘆枝似乎有意打破這種尷尬，問：「學習忙吧？」王石頭有些心不在焉地回答：「挺忙的。」「快升學考試了。你還報男中嗎？」郭蘆枝問。「想報。」此刻，他根本無心考慮和回答這些問題。他唯一的念頭就是儘快來到13路車站，趕快離開這個讓他十分想見的女孩子，不再讓她看到自己的狼狽和那雙讓他顏面盡失的米黃色細帶女涼鞋。謝天謝地，他們終於到了13路汽車站。王石頭覺得這段時間像一個世紀那樣漫長。碰巧，一輛13路汽車開進了車站。王石頭如見了救星一樣，甚至忘了和郭蘆枝說聲再見，如逃跑般地上了汽車。車開後，他長長舒了口氣，覺得全身上下都是汗。

回到家，王石頭把書包往床上一扔，對母親說：「我明天不上學了！」王石頭母親問：「你不上學幹什麼？」王石頭說：「同學們都笑話我，說我是二尾子！」王石頭母親說：「他們說就讓他們說去。」王石頭說：「反正我明天不去了！」王石頭母親又找出那雙穿成蛤蟆嘴的球鞋說：「先把這鞋縫縫吧，再過兩天，你二哥就開支了。」母親用錐子扎眼，用麻繩把裂開的蛤蟆嘴一針一線縫起來，縫完的鞋像是鯰魚頭露出了一排細密的牙齒，雖然十分難看，總比穿那雙女涼鞋強。

第二天放學，王石頭沒想到郭蘆枝又在門口等他。她手裡拿個紙盒，用一種很隨便的口氣說：「這是我父親給我買的運動鞋，我穿著大，你穿著肯定合適。」沒等王石頭說話，郭蘆枝就把紙盒塞在王石頭手裡。「我還有點事，再見。」說完，轉過身匆匆走了。

王石頭打開紙盒，裡面是一雙嶄新的白網球鞋，是男孩子最喜歡的那種，這種網球鞋要比一般的運動鞋貴得多。他們班只有一個學生穿過，他的父親是一位大官。王石頭明白，這雙鞋就是郭蘆枝特地為他買的，說她爸爸給她把鞋買大了只是一個善意的謊言。

王石頭捧著鞋盒，心裡充滿了對郭蘆枝的感激，還有一種說不出的暖暖的感覺。這個女孩子對他真好。可是，這雙鞋該放在哪兒呢？放在學校，肯定不行，穿回家，母親一定會問這雙鞋是從哪裡來的，還會懷疑他偷來的，他曾經有過偷同學東西的前科。如果實話實說，是一個女孩子送的，母親更不相信。如果有女孩子送鞋給三哥，母親還覺得有可能。王石頭決定把鞋藏在書包裡帶回家，因為母親從來不翻他的書包。書包裡裝不下鞋盒，他就把鞋拿出來，裝進書包，再把鞋盒折好，也放進書包。回到家，他又把鞋盒放進樓梯下那個小倉庫裡。

第二天上學，王石頭走出家屬區，找到一個僻靜處，把網球鞋換上，他頓時覺得滿腳生輝。網球鞋不大不小，正合腳，他在地上踩了踩，又左右端詳了一下，然後把那雙鯰魚頭塞進書包，大踏步地甚至有些趾高氣揚地向車站走去。為了展示這雙鞋，王石頭特地把褲子往上繫了繫，讓鞋全部展露出來。等車時也不像穿涼鞋那樣儘量把腳縮著，而是擺出一種稍息的姿式。到了學校，王石頭的新鞋招來班上所有同學的目光。他們的目光透露出不解和驚奇，昨天還穿著女涼鞋，今天卻換上了網球鞋，而且是那種一般同學買不到也穿不起的網球鞋。這如同一個窮小子突然變成國王般的離奇，王石頭暗自得意，如果他們知道這是一個漂亮的女孩子送給他的，一定會羨慕死他。王石頭覺得一掃前兩天的恥辱，有一種翻身得解放的感覺。他一下課就來到操場，他的鞋吸引了不少羨慕的目光。讓他稍感沮喪的是，在課間操做跳躍運動時，他前面的草雞頭不知是無意還是故意，踩了他腳尖一下，留下了一小塊污漬。他氣憤地推了草雞頭一把：「你眼睛長腚上去了！」

下午，放學回家，快到家屬區時，他就找個僻靜的地方，把網球鞋脫下，換上那雙露出牙齒的鯰魚頭。

三天後，母親給了王石頭五塊錢，讓他去買鞋，王石頭買了一雙球鞋。他捨不得再穿那雙網球鞋，就把它用紙包起來，放到小倉庫裡。

一天放學回家。一推門，看見父親坐在床上，旁邊擺那雙網球鞋。原來，王石頭父親從農場回來找鞋，便翻出了那雙網球鞋。王石頭並沒驚慌，他知道家裡早晚會發現這雙鞋，他早已做好應對的準備。王石頭父親問：「這雙鞋哪兒來的？」王石頭說：「買的。」王石頭父親又問：「買的怎麼藏在倉庫裡。」王石頭說：「怕你們說我臭美。」「你哪來的錢？」「吃食堂省的。」王石頭父親說：「我就知道給你錢不好好吃飯，盡買些不中用的東西。從今以後，每月減少兩塊。」王石頭雖然暗暗叫苦，心裡也有一絲欣喜，從此，這雙網球鞋就可以合法化了，雖然合了法，王石頭卻一直捨不得穿。因為它包含著一個女孩子的美好情感，這雙鞋就像那兩本書一樣，成為他人生中最永久的紀念。

在擺脫二分與饑餓的掙扎中，王石頭度過了晦暗的三年。一九六三年夏天，該填升學志願了，王石頭二哥對他說：「我看你就不要考高中了，按你的成績，就是上了高中，也考不上大學，等於白唸，你就報師範和中專吧。」

王石頭二哥給他圈了兩所學校——北京師範學校和北京原野學校。這兩所學校吃飯不要錢。王石頭不想報師範，也不想報原野學校，這所學校在所有中專中排名老末，只有學習最差的學生才上這所學校。王石頭二哥說：「如果你不想報這兩所學校，那就報技工學校，出來當個技術工人，也挺好。」王石頭明白，二哥讓他報學校，並不在哪所學校適合他，而在哪所學校吃飯不花錢。

王石頭只好在志願表上填上了原野學校。他知道，從此，他和郭蘆枝的距離越拉越大了。

第二部　瘋狂歲月

十六

雖然報考了原野學校。學校還沒有發通知，還沒有變成現實，王石頭每天仍然瘋玩瘋跑，和孩子們踢球，去土城捉知了。那天上午，王石頭剛從土城黏完知了回來，忽然聽到門外有人喊：「王石頭，信！」他打開門，一個身穿綠制服，騎一輛綠自行車，背一個綠挎包的郵差站在他家門口，手裡拿著一個白信封。郵差看了他一眼，問：「你叫王石頭嗎？」王石頭點點頭。王石頭從郵差手中接過信封，掃了一眼信封下方北京原野學校那一行紅字，就像扔擦屁股紙一樣把它仍到地上，然後像挺屍一樣咣噹躺在床上。雖然他有心理準備，知道這隻烏鴉早晚會飛到他身旁，可是它一旦飛來了，還是覺得難以接受。其實，這並不能怪這所學校，他一連三個志願報的都是這所學校，這就像是選老婆，既然你執意要選一個醜八怪，就不能怪她非要和你一起上床睡覺。

自打接到通知後，王石頭都把自己關在家裡，像個坐月子的女人足不出戶。他羞於見人，一見到熟人就遠遠躲開。他最怕人問他考上了那所學校。他不出去捉蛐蛐，也不再去黏知了。謝天謝地，他沒把家裡的地址告訴郭蘆枝。如果她知道自己被原野學校錄取了，一定看不起他。土城的知了為此放聲歌唱：那個整天舉著個破竹竿，後腦勺長個疤瘌的壞小子，再也不會用黏乎乎的膠黏它們的翅膀，把它們下鍋炒著吃嘍！

儘管王石頭極不情願，九月一號他不得不去學校報到。因為有學上總比沒學上好。這所學校在北京遠郊區，離最近的車站還有十二里地。一條彎彎曲曲的土路通向學校，道路兩旁是茂密的玉米林，中途要經過好幾個村子。

學校周圍都是莊稼地和農村，幾座樓孤零零地矗立在一片空曠的原野上。

王石頭報到時才知道，他原來報的園藝專業取消了，他被分配到農學專業，就是天天和玉米、小麥、水稻、白薯等大田作物打交道，這就終結了他心中僅存的一點詩意和浪漫。

他拎著行李來到三樓的男生宿舍，剛放下行李，突然聽見二層床鋪上有人叫他：「王石頭！」他抬頭一看，原來是他小學同學尿褲子精。

尿褲子精從二層床鋪上一躍而下：「你丫的不是在男中嗎，怎麼也考這兒了？」王石頭不好意思說家裡困難，便撒謊：「報了幾個好學校都沒考上，就分配到這兒來了！」「完了，你丫的從天上掉到地上，又玩到井裡了。」王石頭說：「你不也考這兒了嗎。」

尿褲子精說：「我也不想考，想去當工人，老家兒非逼著我考。」尿褲子精說的老家兒就是老北京對父母的稱呼。

看見了小學的同學，王石頭的心情稍微好些，他特別不習慣的是，這個學校不把班主任叫老師，而叫隊長。在書卷氣十足的男中，他們一律稱老師為先生。這種稱謂使學校帶有一種濃濃的學堂氣氛。而隊長則讓人想起農場。

晚上在食堂打飯時，王石頭發現，這個學校的女生漂亮的很少，無論從相貌和氣質上，都遠不如他中學的校友——女中的學生。那所女中的學生大多氣質高雅，活潑娟秀，青春飛揚，少有市俗氣。他忽然想起了郭蘆枝，他不知道她考取了哪所學校，是本校女中還是其他學校。但他相信，她一定會考取高中，而且會考上一個不錯的學校。

一起排隊打飯的尿褲子精也有同感：「操，這個學校的妞兒盡他媽醜八怪！」

第二天是參觀學校。它給人印像最深的就是廣袤，它占地大約有兩千多畝。王石頭覺得，這可能是中專學校中面積最大的學校，除了教學樓和宿舍樓外，其餘的全都是耕地。

一個姓劉的隊長帶他們先來到稻田。稻田大約有三四百畝，稻子已進入臘熟期，沉甸甸的稻穗低垂著，在微風中輕輕擺動。稻田南邊是一大片葦塘，蘆葦密匝匝地宛若一片綠色的海洋。東邊是玉米地，玉米的葉子已經低垂發黃，穗上的紅纓已經乾枯，它標誌著玉米已經接近成熟。讓人難以恭維的是果園，只有幾棵梨樹結著稀稀拉拉的果子。劉隊長解釋說，樹還沒到結果期。王石頭想，怪不得學校取消了園藝專業。

最吸引人的是那片葡萄園。它占地約有四五十畝，葡萄園搭的不是葡萄架，而是一根根水泥樁，在水泥樁之間綳上五六道鐵絲，葡萄藤便爬滿了鐵絲。葡萄已經成熟，一嘟嚕一嘟嚕的掛在藤上，讓人看著眼饞。王石頭聽見旁邊尿褲子精咕嗵一聲咽了口唾沫。正在講解的劉隊長看了尿褲子精一眼，不失時機地提醒：「這麼大的葡萄園從來沒有學生偷吃過一粒，即使是在收葡萄時，也沒有人偷吃。也希望新同學能向老同學學習，能自覺地抵制資產階級思想的誘惑。」

在參觀的路上，王石頭看見一些高年級的女學生正在勞動，其中一個身材苗條的女學生正在用勁把一輛三輪車往坡上推。她的身體使勁向前傾，褲腿挽起，露出一截被太陽曬的黝黑的小腿。

最後參觀的是學校的豬場。上百頭豬都長得膘肥體壯。幾頭豬甩動著尾巴不停地拱著柵欄門，發出哼哼的叫聲。一個中年男子正從大鍋裡舀豬食，盛到一個大桶裡，鍋裡蒸騰出一種有些像腐葉的味道。還有兩個人在切豬菜，其中一個是三十多歲的婦女。他們見學生來了顯得很漠然，一句話不說，依然低頭幹自己的活。一名留級生悄悄對王石頭說：「他們都是右派。」

參觀完回來，尿褲子精往床上一躺：「這他媽的哪是學校呀，整個一個農場！」

下鋪的留級生說：「你算是說對了，它原來就是一個農場。」原來，這所學校的前身是青年農場，農工大多是沒考上高中或因家窮上不起學的北京中學生。青年農場原來在天津茶澱勞改農場旁邊，有的領導就是從勞改農場調來的。後來，為了培養農業技術人才，就把青年農場改為原野學校，搬到北京郊區。一些表現好的農工就留在學校當班主任。叫他們隊長一是因為他們當老師不夠資格，二是要指導學生們下地勞動。

晚上，尿褲子精像發現了一個天大的秘密：「你丫的知道嗎，劉少奇的兒子也在咱們學校。」王石頭覺得尿褲子精在瞎吹，劉少奇的兒子上這所學校，就如同一個公主嫁給了乞丐。留級生說：「別看咱們學校，藏龍臥虎著呢！」他又說了兩個將軍的孩子。後來證明，倆人都沒瞎說，只不過留級生說的不是學生，而是隊長。

劉少奇的兒子就和他們住在同一層，相隔四五個門。這位太子爺高高的個子，瘦瘦的，臉頰和鼻子都挺像劉少奇。這位太子爺一點都不端架子，經常穿一件有些肥大的洗的有些發白的灰布中山裝，估計是他爸爸穿剩下的。腳上穿一雙廉價的黑塑膠涼鞋，也不穿襪子。洗漱時，也沒有臉盆，拿著一個掉了磁的把缸子，一條有些發灰的毛巾。洗臉時，接著水管子一擦完事。王石頭不明白，這位太子爺上什麼學校不成，偏上這所倒楣的學校，真不知搭錯了哪根筋。他知道，不少大官的孩子都在四中、一〇一中、清華附中、師大女附中……不知道他們是真的學習好還是因為他們的老子地位顯赫。在男中上初二時，班上突然來了一個插班生，個子高高的，皮膚白白的，有一副娘娘腔。娘娘腔坐在最後一排，每天都顯得魂不守舍，有人說，他經常砸圈子，砸圈子是社會黑話，意思是和一些不正經的女青年胡搞。娘娘腔開始還天天來，後來就晚來早走，再往後就乾脆不來了。後來，人們才知道，他父親是個將軍。班上的同學都納悶，一個將軍怎麼養出個娘娘腔來。

劉少奇的兒子成為一些學生炫耀的資本，每當有人擠兌這所學校時，往往得到的回答是，劉少奇的兒子也在我們學校。這位太子爺成為不少失意學生的心靈慰藉，成為這所學校的金字招牌。

入學的第一個週末晚上，學校舉辦了一次歡迎新生聯歡會，參加表演的都是高年級的學生。學校有一個不錯的民樂隊，舞蹈跳的也有一定水準。這得益於這位太子爺，每逢週末他都帶著舞蹈隊去戰友文工團學習舞蹈。這位太子爺在舞蹈中扮演了一個喝醉酒的美國大兵。他那劉少奇式的鼻子再加上高高的個子，一化妝還真有點像美國鬼子。

在舞蹈隊中，還真有幾位相貌和氣質都不錯的女生。無論是民樂隊，還是舞蹈隊，大多是六五級的學生。從相貌和氣質上，六五級的學生都比其他年級的學生略勝一籌。它緣於教育局給這所學校吃的偏飯。那年招生時，中專學校的招生簡章中只有這所中專學校。那些沒考上高中又服從分配的學生僅著這所學校挑。它網絡了一批相對優秀的學生。在這所學校錄取完後，其他中專學校才開始招生。王石頭由此得出了一個結論：無論是男女，相貌特別是氣質和文化成正比。

星期一，王石頭和班上的同學參加了入校後的第一次勞動。任務是起豬糞。出工前，全班列隊，聽隊長講話。隊長姓李，原來是青年農場的工人，據說因為農活幹得好，就被提拔為隊長。

李隊長站在隊前，清了清嗓子，說：「今天，是同學們第一次參加勞動，勞動的內容等到了現場再講。現在我要求的是，出工的路上，大家一定要情緒飽滿，有了飽滿的熱情，才能把活幹好。因此，我希望大家在出工的路上一定要步伐整齊，手臂擺齊，口號喊齊。就像出征的戰士開赴戰場！」李隊長講完話後，全班同學就在軍體委員一二一的口令中和全班學生齊喊「努力勞動，建設祖國」的口號聲中開赴豬場。路上，尿褲子精悄聲說：「要是喊努力勞動，重新作人就更對了。」

在豬圈旁，李隊長又開始講話：「今天讓大家起豬糞，幹這種有些髒的活兒，為什麼第一次勞動就幹這個呢！因為這不僅僅是起豬糞，更主要是培養勞動人民的思想感情，培養同學們不怕苦髒累的革命精神！我們經常吃豬肉，但不知豬是怎麼生長的。」說著，李隊長輕捷地一跨，跳進豬圈。「這些豬糞，準確地說，是豬糞和土的混合物，要先在圈裡墊上一層土，這樣，既乾淨，豬又感到舒服，豬舒服了，就會長得快。豬把糞和尿拉到土上，等上面鋪滿了一層糞便後，再鋪上一層土。這就像我們吃的金銀卷，一層棒子麵，一層白麵，又一層棒子麵，又一層白麵，當達到一定厚度時，我們就把它卷起來，不，把它鏟出來，這就是上好的肥料。」他瞥了一眼戴白手套的高個子學生：「對於城裡來的同學來講，可能覺得有些髒，不太習慣，我們就是要在艱苦勞動中培養鍛鍊我們自己，不要怕手上磨繭子，不要怕臭味兒熏鼻子，沒有豬糞臭，哪有豬肉香。好，同學們開始幹活吧！」李隊長又輕捷地一跳，跳出豬圈。

豬圈臭哄哄的，因為豬的踐踏，豬糞被踩得很瓷實。鐵鍬挖不動，要用四齒爪子用力刨。沒刨幾下就汗流浹背。九月的太陽依然灼熱，被刨起的豬糞被太陽一曬，蒸騰起一股屎、尿和說不清道不明的臭味兒，熏得人喘不過氣來。沒幹多久，王石頭的手掌便磨出了血泡。

這次起豬圈的唯一樂趣是，他們目睹了一頭公豬和母豬進行交配。這對農村來的學生來講已司空見慣，卻使那些從城裡來的學生大開眼界。因為起豬糞要把一個圈的豬轟到另一個圈裡去，這就給這頭公豬提供了耍流氓的機會，這頭公豬十分壯碩，名叫巴克夏。豬圈裡有一半兒都是它的後代，巴克夏精力旺盛，性欲極強，飼養員便給它起了個綽號——色鬼巴克夏。

色鬼巴克夏一進豬圈，便瞄準了一頭不大的母豬，並瘋狂地發動了攻勢。那頭母豬並不情願，被色鬼巴克夏追的嗷嗷叫著滿圈亂竄。最後，色鬼巴克夏終於把氣喘吁吁的母豬逼到圈角，它厚顏無恥地將兩條前腿搭在母豬背上，那頭母豬還想拼命擺脫，但色鬼巴克夏死死地扒住母豬不放。那頭母豬掙扎著往前走了幾步，便站著不動了，任憑巴克夏的擺佈。後來陶醉地閉上了眼睛。有的學生放下了手中的活，還有的俯下身去觀看母豬和公豬如何交配。這時，一個飼養員拎著根棍子來到豬圈，對使勁聳動的色鬼巴克夏當頭一棒，棒打鴛鴦般地將它們打散。並試圖把色鬼巴克夏趕出豬圈。還沒有盡興的巴克夏發出尖厲的叫聲在豬圈裡狂奔，最後，在棍棒的威嚇下終於被趕進了另一個豬圈。飼養員之所以拆散它們的好事，是因為那頭母豬還沒有發育成熟，沒有到交配年齡。按人類的刑罰標準，屬於強姦少女。

這頭一次勞動讓學生們印像深刻。在這個道貌岸然的年代，在臭哄哄的豬圈裡，這些處於青春期的學生，同時受到兩種教育：一個是用勞動培養無產階級思想感情；一個是一頭公豬以耍流氓的方式對他們進行了一次性啟蒙教育。有意思的是，學生們對公豬和母豬的交配遠比培養無產階級思想更感興趣。兩年後，事實證明，豬的教育遠比無產階級教育更富有人性，即便是這種耍流氓式的教育。

上午，全班起了四個豬圈；下午，又起了四個豬圈。王石頭兩手共打了四個血泡。

傍晚收工時，李隊長做總結：「這是同學們入校後的第一次勞動，可以說，普遍表現都不錯。不少同學的手上都打了血泡。高年級的同學曾豪邁地視作為繳獲的美國鬼子的大炮，打了幾個泡，就是繳獲了幾門大炮。我看見，有的同學雖然帶來了手套並沒有戴，有的同學帶來了口罩也沒有戴，這說明同學們能夠自覺地抵制資產階級思想。今天，我要表揚一個同學，他就是林少安同學，他從始至終地埋頭苦幹，手上磨出了血泡也不歇一歇，同學們都要向他學習，一不怕苦，二不怕死，努力把自己培養成一名可靠的共產主義接班人。現在，大家就要收工了，雖然大家很累，我希望，同學們仍能以飽滿的熱情，走出氣勢來！」

於是，全班學生排成隊，在軍體委員一二一的口令聲中，在學生們齊喊「努力勞動，建設祖國」的口號聲中回到學校。

晚上，王石頭和尿褲子精到淋浴室洗澡。尿褲子精一邊搓身上的泥一邊說：「我他媽的不想唸了，起豬糞誰不會，還用到這兒學！」在一旁洗澡的留級生說：「你還別不習慣，起豬圈是輕的，還沒讓你鑽老玉米筒子呢，裡面又潮又熱，玉米葉子還拉人，進去一趟，跟水裡撈出來似的，其實，你當時應該報農機專業，他們比咱們勞動少。咱們農學的每年最少也得有一百多天勞動，一到春天、夏天更多，每個星期最少有三天。」

尿褲子精說：「那不把咱們當成農工了？」

留級生說：「你算是說對了，要不，白讓你吃飯呀！」

吃完晚飯，王石頭和尿褲子精沿著一條水渠往前走，尿褲子精說：「我真他媽的不想唸了！按瞎驢說的，每年一百多天勞動……」

王石頭打斷他的話：「誰是瞎驢？」

尿褲子精說：「就是那個留級生呀！你沒聽人家瞎驢瞎驢地叫他。」尿褲子精接著說：「就按每年勞動一百天，如果在工廠，就按小工算，每天也至少一塊錢，一百天就是一百塊錢。咱們每月伙食費就按十二塊計算，去掉兩個假期，一年也就一百塊錢，這不是小孩吃拳頭自吃自嗎！」

王石頭說：「你在這兒唸四年，畢業能給你個中專文憑，你當四年工人，頂多是個二級工，能給你中專文憑嗎？」

尿褲子精把嘴一撇：「大雞巴！我問瞎驢了，他說咱學校的畢業生大多數都分到農場當工人，就算是當技術員，也是分到延慶、昌平一些遠郊區，還不如在工廠當工人呢！既然當工人，我幹嘛不直接去工廠當工人，脫了褲子放屁，唸四年書再當工人。我看，你丫的也退學得了，你也不是幹農活的料！像不像，三分樣，你連一分樣都沒有，刨豬糞跟雞搗米似的。」

王石頭說：「我寧願去農場當工人，也不願去工廠當工人。」王石頭說的是實話。去年，二•七大罷工紀念日時，男中組織學生到長辛店二七機車車輛廠參觀，一進廠房，滿地都是油污，空氣中也有一種刺鼻的汽油味兒，震耳欲聾的噪音面對面說話都要大聲喊，工人們一個個身上油漬麻花。他考上農校後，哥哥說，如果他不想上，可以幫他轉到技校，那裡吃飯也不要錢。他還是選擇了農校，起碼還能呼吸到新鮮空氣，也沒有那震耳欲聾的噪音。他的真正願望是當個記者：「十一」和「五一」在天安門廣場，當中央領導講話時，每個人都默然肅立，唯有記者可以自由走動。他喜歡無冕之王那種令人矚目的優越感和照片、文字見報後的成就感，而不是默默無聞地當個工人。

快到水渠盡頭時，兩個女生從對面走來，其中一個身材窈窕。他不由地想起了郭蘆枝。他問尿褲子精：「後來你見過郭蘆枝嗎？」尿褲子精說：「沒有，就是那次去醫院看你。以後再也沒見過。你見過她？」

王石頭點點頭：「去年『十一』，在天安門聯歡時，我見過她，她去我們舞圈裡表演節目，拉手風琴。」為了不使尿褲子精瞎猜想，王石頭沒有把郭蘆枝找他和送他鞋的事告訴尿褲子精。

尿褲子精問：「她高中考哪兒了？」

王石頭說：「不知道，她初中是在女中，可能又考本校了吧。」尿褲子精說：「郭蘆枝對你挺好的。」王石頭說：「她對你也挺好的。還幫你賣報紙。」尿褲子精說：「好跟好不一樣。她那是同情我，對你不是，是喜歡你。」停了一會兒，尿褲子精又說：「如果郭蘆枝還在女中，人家現在是天鵝。你丫的就是癩蛤蟆了。」王石頭沒有說話。他有些默認了尿褲子精的比喻。

進校兩個多星期，王石頭總覺得和這所學校有一種疏離感。他融不到這所學校中去。他總覺得這所學校不大正規，也不習慣這裡的生活環境。他們宿舍有個叫劉震海的學生，他的拿手好戲就是用舌頭把唾沫和痰彈到很遠的地方。他經常在宿舍裡表演這種技藝，把痰和唾沫彈的滿宿舍都是。他覺得，這和他小時候用尿澆螞蟻差不多，都是一種頑劣的行為。

班上有不少農村來的學生，他們帶來不少葷段子，什麼四白，四累，四蔫……四白中的一白就是女人的屁股，四累是拉大鋸，人拉犁，洞房之夜，脫土坯。還有四蔫，太陽底下的花兒，老太太的咂兒，流了慫的雞巴，丟了職的官兒。在男中，學生們絕不會談這些葷段子，他們談論的是普希金、果戈理、托爾斯泰、傑克•倫敦，說巴金，矛盾已經是很沒品味了，如果說王曉棠、王丹鳳就讓人很看不起了。

轉眼，國慶日到了。學校沒有組織任何活動，放假兩天。

國慶日晚上，王石頭還是獨自去了天安門廣場。在男中和女中的校旗下，找到了他們的舞圈。他看到了考上本校高中的幾個同學，其中一個叫郭德明的熱情地拉住他的手，驚訝地望著他：「你怎麼曬得這麼黑。」郭德明陪他聊了一陣，又去跳舞。王石頭在旁邊看了一陣兒，不知是羡慕還是失落，便離開了廣場。他沒有見到郭蘆枝，也不知她是否仍在女中，即便在，他也不願意讓她看見。

國慶過後，學校便開始了秋收。全校停課一個星期，所有的課程只剩一個內容——勞動。相比起國慶來，這才是學校真正的節日。

早晨八點，全校一千多人便列隊開赴稻田。一二一的口令和勞動光榮，建設祖國的口號聲此起彼伏，響徹天空。北京的秋天，豔陽高照，金風送爽，天空藍的透明。稻田裡彩旗飄揚，廣播室也搬到稻田，大喇叭裡播放著豪氣朝天的革命歌曲，播音員用煽情的語調播放著各種鼓勁的稿件。學生們揮舞著鐮刀將成熟的稻穀齊刷刷地割下，另一些人則把稻子捆好，挑到地頭，再用車拉到脫穀場。於此同時，一些學生則去掰棒子、刨白薯和收花生。農學專業的學生都是去收稻子。王石頭看見，劉少奇的兒子也毫無例外地在這個行列，這個高個子青年，正在把捆好的稻子背往地頭，這位太子爺一點也不惜力，背著稻子深一腳淺一腳地走著。

秋收期間，學校的伙食也大為改善。雖然學校養著上百頭豬，平日，菜裡卻難得見葷腥。現在，中午可以吃到米粉肉，主食也不再是一毛四分八一斤的糙米，而是學校生產出的稻米。在王石頭記憶中，從來沒有吃過如此好吃的稻米。來農校前，雖然過國慶和春節每人配給兩斤小站米，但那卻無法和學校的稻米相比。中午，一進食堂門口，那濃濃的米香便撲面而來。盛到碗裡，每一粒都是那樣晶瑩、飽滿，富有質感。彷彿一粒粒細小的珍珠堆砌在一起。它黏黏的，卻又顆粒分明，有一種羊脂玉米般的光澤。放到嘴裡，既筋道又柔軟，在長達二百多天的生命週期中，它飽吮了陽光、雨露、汗水，凝聚了天地之精華，滿含著秋天的芬芳。還有那米粉肉，碾碎的細米被豬油浸的透透的，放到嘴裡香而不膩。這對只吃白菜，蘿蔔，土豆的學生來講無疑是一次盛宴。這樣的盛宴往往要持續一個禮拜，直到秋收結束。王石頭說：「要是天天能吃上這樣的飯就好了！」尿褲子精說：「夜壺鑲金邊，美了你的嘴兒！」

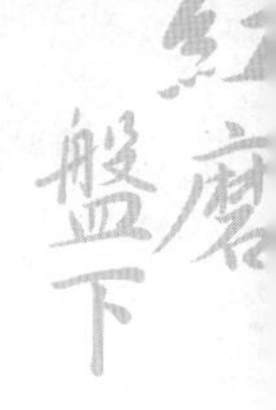

十七

在稻田南邊有一大片濕地，長滿了蘆葦。春天，葦葉如劍簇般竄起，升騰起一片綠色。常有一些水鳥在葦塘裡安家落戶，生兒育女。一到夏天，蘆葦如一片綠色的汪洋，風吹過來，綠濤湧動，萬千蘆葦一齊搖曳。葦葉散發著淡淡的清香，端午節前，常有學生們來這裡採葦葉帶回家包粽子。在葦塘裡，還能捉到一斤左右的白鱔。待到十一月，葦葉變得枯黃，塘面開始結冰，學校便組織學生割葦子。來年春天把割下來的葦子編成葦牆，在水稻育秧時做為屏障以遮擋北面的寒風。

割葦子是件苦差事，往往由農學專業的學生完成。

葦子一人多高，要用鐮刀貼根部放倒，割下的葦子要捆好後再背到葦塘邊，用車拉走。冰面上又光又滑，塑膠底鞋走在上面經常摔跟頭。凜冽的寒風凍得手腳發僵。最苦的差事是捆葦子，折斷的葦茬極其鋒利，稍不留神手就會被割破。王石頭和尿褲子精被分配捆葦子。尿褲子精一面捆葦子，一邊罵：「學校真把咱們當勞改犯了！」

一天下來，倆人手上大大小小割了五六個口子。雖然都不深，但卻挺疼。

晚上去食堂的路上，尿褲子精對旁邊的王石頭說：「我他媽的明天不去了，你丫的也別去了。問咱們，就說肚子疼，拉稀！」拉稀、肚子疼是大多數裝病學生採用的伎倆，你不能說感冒、發燒一類的病，因為感冒發燒一測體溫就會露餡兒，而肚子疼是沒法查驗的，說拉稀是因為醫生絕不會跟你去廁所看你拉屎。

第二天出工前，倆人向勞動委員請假，說肚子疼，拉稀。勞動委員就是在第一次起豬糞時被表揚的林少安，林少安當了勞動委員後，便死心塌地為學校服務，有的學生背後叫他二鬼子。二鬼子用一種不相信的目光看了倆人一眼，沒說話，那意思分明是說，倆人在裝病。

同學們出工後，倆人來到醫務室開假條。沒有病假條，就算是曠工。倆人手捂著肚子，彎著腰走進醫務室。醫生姓李，三十多歲。李醫生一看倆人這副模樣，就問：「怎麼了？」「肚子疼！」尿褲子精緊鎖著眉頭，作出一副不堪忍受的病苦狀。醫生又問王石頭：「你呢？」「也是肚子疼。」王石頭用手使勁按著肚子：「夜裡一連拉了五次稀。」說的比尿褲子精還邪乎。李醫生用一種狐疑的目光打量著他倆：「你們倆沒吃什麼不乾淨的東西吧？」尿褲子精兩手捂著肚子：「別的沒吃，就是前天有一個肉籠沒吃完，就一人一半分著吃了，吃時就有點餿味兒，可我們不願意浪費糧食，沒捨得扔。」尿褲子精瞎話張嘴就來，說的有鼻子有眼，而且態度誠懇，跟真的一樣。李醫生瞥了一眼尿褲子精手上那一道道口子，說：「我給你們開點黃蓮素，一次兩片，一天三次。」李醫生把一瓶藥遞給尿褲子精。尿褲子精又裝出一副可憐的樣子：「大夫，給我們開份病號飯吧，米飯不好消化，還有病假條。」李醫生給倆人各開了一份病號飯和病假條。

倆人出了醫務室，尿褲子精還用手捂著肚子。王石頭說：「你應該考戲校。」

倆人在宿舍裡睡了一上午覺。中午，倆人從食堂各端了一碗麵條，倆人沒敢回宿舍吃，怕遭同學的白眼，不勞動還吃好的。

下午，倆人繼續在宿舍裡裝病。裝病的滋味兒並不好受，只能在宿舍裡待著，和關禁閉差不多。兩點多的時候，尿褲子精憋不住了，提議出去走走。王石頭說：「讓隊長和同學們看見怎麼辦？」尿褲子精說：「他們收工還早呢！咱們出去一會兒就回來。」

出了校門，倆人沿著一條水渠走著。水渠已經乾涸，渠底積了一層厚厚的淤泥，渠邊一些枯黃的草在寒風中抖動。倆人沿水渠走到一個離學校不遠的叫馬廠的村莊，來到一個小商店。倆人搜盡了口袋，只湊了四毛錢，買了幾塊核桃酥和十來塊水果糖，吃完核桃酥開始往回走。在村邊，看見一輛吉普車，好像是剛停在那裡的，一個年輕的司機站在外面抽著煙。走出離村莊約五六十米，迎面來了三個學生，其中一個被倆人攙著，走近一看，被攙的原來是劉少奇的兒子。這位太子爺戴著棉帽子，臉上捂著大口罩，裹著軍大衣，一面走一面不停地咳嗽，攙著他的是他們班的學生，其中一個是三瓣嘴，外號叫兔子嘴，兔子嘴平時總喜歡和這位太子爺在一起。他的父親是個團長。三個人朝那輛吉普車走去。倆人站在路邊看著，快到吉普車時，那個司機連忙打開門，太子爺坐進汽車。尿褲子精有些納悶：「幹嘛不把汽車開到學校裡。」王石頭說：「可能是怕影響不好吧！」尿褲子精說：「我要是劉少奇的兒子，我他媽才不上這所學校呢，天天幹活，跟勞改犯似的。」王石頭說：「就算上了這所學校，將來也不會去農場當工人。」尿褲子精說：「那倒是，就算去了農場，不用兩年，就能當場長。」

倆人邊聊邊往回走，到了宿舍，李隊長正待在門口等他們：「你們去哪兒溜達去了？」李隊長把溜達那兩個字說的特別重。尿褲子精說：「哪兒也沒去，本來想去割葦子，走到半路肚子又疼起來了，就回來了。」李隊長說：「你們要是有病就好好在宿舍休息，別東遊西逛的，讓別人看見了，還以為你們泡病號呢！」

傍晚，同學們收工回來，看見他倆，沒有一個人理睬他們，更沒人問他們得的什麼病，好點沒有。大家的共同態度是，不搭理你，好像你是一個不勞而獲的寄生蟲，一堆臭狗屎。

晚上，倆人沒敢再吃病號飯，第二天，倆人乖乖出了工，任務仍然是捆葦子。

期末，倆人的勞動分數都是三分，這是全班最低的分數。

十八

對學生而言，冬天才是黃金季節，雖然天氣很冷，北風揚起漫天黃塵，沙粒打著窗櫺，周圍是毫無生氣的黃褐色，樹木只剩下光禿禿的枝幹。只有此時，校園才恢復了它應有的模樣，學生們坐在課堂裡靜靜地聽老師講課。陽光透過玻璃照進教室，溫暖而明亮。

除了一些基礎課外，還開了一些諸如植物、氣像、土肥一類的專業課。這些專業課讓王石頭明白了小麥要抽穗就必須經過春化階段和光照階段，否則就只能長成不結果實的麥草。這就像一個女孩子如果沒發育成熟，就不能生孩子一樣。王石頭還明白了為什麼菜籽的花粉落在玉米花的雄蕊上，既不能長出菜籽也不能長出玉米來，因為它們不屬於同一科，就像驢和豬交配不能生出驢和豬一樣。學生們還懂得了一些氣像知識，天上勾勾雲，地下雨淋淋。一出工王石頭就希望天上佈滿勾勾雲，因為一雨淋淋就可以不出工，他最不希望天空出現瓦塊雲，因為瓦塊雲曬死人。王石頭實在不明白為什麼還要學數學，數學對農學專業的學生來講，充其量是數一米長的麥苗有多少棵，一千粒小麥有多少克，小學水準就能應付。

王石頭最喜歡上植物課。植物課不枯燥，沒有那麼多令人厭煩的公式，而且，教植物課的林老師長得也十分漂亮。林老師有個優雅的名字——林子思。她常常讓王石頭想起小學時的音樂黃老師。倆人長得十分像，都是高挑的身材，白皙的皮膚，黑黑的頭髮，大而聰慧的眼睛，嗓音也都十分好聽。只是林老師比黃老師打扮得更漂亮。夏天，林老師總喜歡穿一條淡藍色印有水波紋的裙子，一雙半高跟棕色船鞋，走路時腳下便發出清脆的響聲。那水波紋的裙子便蕩漾開來，蕩漾開來。在這個土氣十足的學校裡，林老師顯得十分出眾。讓王石頭不明白的是，林老師這麼漂亮為什麼三十多歲還沒結婚。

林老師不僅長得好，教的課也特別有趣，課堂上，她常常向他們展示各種植物和昆蟲的標本，告訴他們這些植物屬於什麼綱什麼科，哪些昆蟲是益蟲，哪些昆蟲是害蟲。有一堂課是蝗蟲解剖課，她帶著學生們去大堤的草叢中捉蝗蟲。這堂課更像是郊遊和遊戲。藍藍的天空，綠綠的草地，婀娜的垂柳撒下片片綠蔭。他們快樂地奔跑、捕捉，把捉住的蝗蟲放到瓶子裡。林老師站在一棵大柳樹下，用草帽搧著風。一隻蝗蟲在王石頭的捕捉下飛到林老師身旁。林老師朝王石頭擺擺手，示意他別動。她伏下身，用手輕輕一扣，將捉住的蝗蟲放到王石頭的瓶子裡。回到課堂，他們把蝗蟲放到下面埋有氰化鉀的鋸末上。看著蝗蟲蹬了幾下腿，便一命嗚呼。

最受歡迎的是品嚐課。林老師像一個美麗優雅的公主，端一個大托盤美味佳餚走到你面前，請你品嚐，天哪，那是多麼愜意。托盤上放著蒸熟的各類品種的紅薯，一三八、百麗紅、勝利百號……薯瓤的顏色有的發白有的杏黃，口感有的甘甜，有的乾麵，有的柔軟。你可以正大光明地品嚐，而且是以科學和學習的名義品嚐。尿褲子精揀了一塊勝利百號，一口吞了進去，噎的直翻白眼。林老師說：「同學們吃慢點，要細細地品它的味道，它的口感，它的甜度。勝利百號最大的特點是含澱粉多，同學們吃時要細嚼慢嚥，不要被噎著了。」

比品嚐白薯更愜意的是品嚐葡萄。那些葡萄如一串串珍珠，有的深紫，有的淺綠，有的綠中微黃，散發著淡淡的清香，它們形狀不同口味各異。紫色的玫瑰香顆粒雖小，甜度卻最高，彷彿是把玫瑰花粉溶進它的汁液中，有一種玫瑰花的香氣。如果說，玫瑰香是葡萄家族中的小家碧玉的話，龍眼就是粗使喚丫頭，外表粗放卻缺乏內涵，它顆粒碩大，每一串都有一斤以上，但它的口感卻索然無味，像是朝淡了的白糖水。秋蜜則是這個葡萄家族中的公主，它的果肉呈淡淡的黃綠色，味道帶有蜂蜜般的清香，又彷佛有一種甜醇的酒香。林老師還講了關於秋蜜的美麗傳說：在一個大葡萄園裡，一個青年種了一千棵葡萄。天上一個叫秋蜜的仙女路過這裡，她被滿園的葡萄吸引，就坐在葡萄架下品嚐起來，後來，仙女竟然醉倒在葡萄架下。那個青年來到葡萄架下，見熟睡著一個美麗的仙女，便默默地守在那裡，仙女醒來，看見守在旁邊的青年十分英俊，心生愛慕便不想再回天上。後來，倆人結為夫妻，並給仙女吃過的葡萄起名叫秋蜜。

林老師的故事讓大家聽的都入了神，以後，每當給葡萄澆水和鋤草時，同學們都要仔細辯認哪棵是秋蜜。

除了植物課，王石頭也十分喜歡語文課。語文老師叫張永安。三十多歲，厚厚的鏡片後面有一雙熱情又充滿探詢的眼睛。張老師才華橫溢，出口成章，講課時充滿激情，他能大段地背誦莎士比亞戲劇中的臺詞。張永安更鍾情於美術，報考大學時，他報了美院。憑才氣，他本應被錄取。可是他有邁不過的一個坎，他的父親是被共產黨鎮壓的，最後，只能被分配到政審不那麼嚴格的師範學院。像他這樣的出身，額頭上已烙上火印，註定要被新政權打入另冊，他本應該三緘其口，起碼也要謹言慎行，夾著尾巴做人。可他卻不識時務，鬼迷心竅，沒事找事，自作多情，鹹吃蘿蔔淡操心地憂國憂民，非要拿自己的熱臉貼當政者的冷屁股，向黨組織遞了一份交心書，對國內國外政治形勢談了自己的一些看法。對於他這樣出身的人，即便你有一千條讓黨感到乘心，有一條讓黨感到不那麼舒心，那你就是反黨反社會主義，你就要倒楣。

結果是，畢業時，其他同學都走上了工作崗位，他卻被分配到原野學校的豬場養豬，和其他幾個右派為伍。由於他勞動態度積極，又有才氣，校長李宗生便讓他去教課，當了語文老師。

集中上課的時間十分短暫，放完寒假，農忙開始了，當柳條還沒有泛綠，小草還沒有發芽，水渠裡的水還有冰碴的時候，便開始進行水稻育秧。先是在秧田北面立起一道道葦牆，以抵擋北面來的寒風，聚攏南面的陽光。然後就開始頂凌耙地。水冰冷刺骨，學生們赤腳踩在水裡，一會兒就被凍的雙腳麻木。他們整出一塊長方形的苗床，在苗床中間開有水溝，以便水能不斷地將苗床侵潤。然後在苗床上撒上密密的稻穀種子，在種子上蓋上一層均勻的沙土，上面再蓋上草簾子。隨後，便期待著幼苗出土。接著，便是育白薯秧。育薯秧先要盤炕，盤好炕之後，把白薯一個挨一個的擺滿，薯炕要燒得暖暖的，這樣才能發芽。當白薯秧長到半尺高時，便採下來，插到大田裡。這時，大田便變得繁忙起來。玉米、棉花需要播種；冬小麥開始澆水、追肥。四月初，待到水稻秧長到三四十公分時，插秧開始了。

又是一個連續一周的勞動。

隨著農作物的生長，田野裡出現越來越多忙碌的身影，校園又成了農場。

當水稻長到一尺多高時，便開始撓秧。撓秧的工具是四齒彎曲的撓子，目的是把根部撓鬆，讓秧苗汲取更多的氧氣。夏天，特別是中午，催命的鈴聲將學生從午睡中叫醒，大家便排好隊，雖無精打採卻強打著精神喊著口號向稻田走去。太陽曬的頭頂冒油，知了發出刺耳的叫聲。沒有人戴草帽，因為那是怕吃苦的表現。同學們一字排開，邊撓秧邊拔草。稻田裡的草一般有三種：蘆葦、稗草和三菱草。三菱草和蘆葦比較好分別。拔三菱草時一定要把根部的核摳出來，這樣才能斬草除根。蘆葦雖然好辯認，但根部卻紮得深，而且盤根錯節，往往使勁一拔根就斷了，根除根本不可能。一到來年，它們又蓬蓬勃勃，恣意生長。稗草和稻秧最難區別。稗草的葉片、高度幾乎和稻秧毫無二致，只是在陽光的照射下，稻秧依然呈現出穩重的綠色，而稗草在陽光下卻顯出輕佻有些透明的淺綠。最讓人難以忍受的是每一趟下來，腿上都要趴著四五隻螞蝗。你不能用手拽，越拽它就越往肉裡鑽。對付它們的辦法是用鞋底拍打它盯的部位，它們才會下來。最苦最累的是鑽老玉米筒子，當玉米長到一人多高時，需要施肥和根部培土，以免玉米倒伏。鑽老玉米筒子正值伏天，站著不幹活都會大汗淋漓，老玉米筒子裡密不透風，但你必須穿著長袖衣服，否則，老玉米葉子會把胳膊拉出道道血印子。汗水一漬，生疼。每一趟下來，身上的衣服就像是水裡澇出一樣。

比較輕鬆的是棉花打杈和翻白薯秧，但這種活兒很少，因為學校種的大都是稻子和玉米。

下午，勞動委員在隊前安排農活：「今天下午是去葡萄園鋤草，首先，要把草鋤乾淨，另外，我提醒大家一句，現在，葡萄快熟了，去葡萄園大家該注意什麼，我就不多說了。」

按照學校的邏輯，這片葡萄園不僅僅是葡萄園，還是一片資產階級的樂園，甚至是裝成美女的毒蛇，是伊甸園的禁果，你必須抵擋住它的誘惑。

午後的太陽格外灼人，地面被曬得燙手。小草全都打了蔫兒。一鋤下去，就帶起一股土煙兒。汗珠順著臉滴噠嘀噠地往下掉。學校沒有任何防暑措施，甭說綠豆湯，就連涼水也沒有。在那些打蔫的葉子下，是一串串珍珠般的葡萄，每粒葡萄都是鼓鼓的，圓圓的，裡面飽含的酸酸的、甜甜的汁液，它充滿誘惑，卻又唾手可得。王石頭聽見尿褲子精不停地咽唾沫，而且在賊眉鼠眼地尋摸著什麼。前面，是一株秋密，秋密成熟的早，青中已泛淡黃色，突然，尿褲子精的手像蛇捕食般地一伸，幾個葡萄珠被拽了下來。葡萄藤像撥動的琴弦般發出一陣顫動。尿褲子精正把葡萄放到嘴裡時，被他前面的趙光腚回頭看見。趙光腚大名叫趙光福，因為睡覺不穿褲衩，加上長的像乾柴棒，學生就管他叫趙光腚。

下午收工時，勞動委員站在隊前總結：「今天大家幹得不錯，以後要繼續保持。」

第二天，全班仍是去葡萄園鋤草，勞動委員卻派王石頭和尿褲子精去家屬區掏廁所。家屬區是教師和員工住的地方，因為是平房，使用的都是公廁。掏廁所歷來被看做是一種懲罰性勞動。如果勞動委員認為誰勞動不好，就分配他去掏廁所。

路上，倆人開始分析，勞動委員讓他倆掏廁所，肯定尿褲子精吃葡萄的事被人告發了，誰告的呢？尿褲子精說：「我估計肯定是趙光腚丫的告的。你想，我旁邊是你，後面是小六，你不會，小六也不會，趙光腚平時就事媽，愛打小報告。」王石頭說：「我估計也是趙光腚。」尿褲子精說：「丫的跟我玩陰的，我早晚給丫的點顏色看看。」王石頭說：「你好歹還吃了葡萄，我又沒吃葡萄，跟你一起陪綁。」

尿褲子精說：「你犯的是包庇罪，看見我吃葡萄不揭發。」

倆人來到廁所，每人挑兩個糞桶，拿一把掏糞勺子。掏廁所既沒有口罩，也沒有手套，更沒有工作服。男廁所一共有六個茅坑，每個糞坑裡都堆滿了糞便。倆人一進去，一股惡臭直衝腦瓜頂。成群的綠豆蠅轟地飛起，在他們身邊、頭頂飛舞、盤旋，發出嗡嗡的叫聲，像是在抗議他們驚動了它們的美餐。綠豆蠅還不時地落在他們的頭上、臉上，還有一隻落在尿褲子精的鼻尖上。在糞坑邊和牆角，成堆的大尾巴蛆在蠕動。倆人先在有蛆的地方撒上白灰，然後開始掏大糞。倆人把大糞勺伸進坑裡，將又稠又黏的大糞舀到桶裡。被攪動的糞便發出令人窒息的惡臭，讓人喘不過氣來。舀不了幾下，倆人不得不放下糞勺，到外面透透氣。大糞裡還有蛔蟲，一根長長的蛔蟲搭拉在尿褲子精拿的糞勺邊上，讓人頭皮發麻，渾身起雞皮疙瘩。尿褲子精大罵勞動委員：「林少安，我操你祖宗！」

倆人以最快的速度裝滿糞桶，挑到廁所外面。然後還要再挑一里多地，把糞便倒進菜園旁漚肥的大坑裡。

掏大糞的唯一好處是自由，沒有監工，挑累了，可以到樹蔭下休息一會兒，磨磨洋工。倆人在一片柳樹蔭下放下糞桶，尿褲子精脫下鞋，使勁在地上蹭沾在鞋幫上的糞便，一邊蹭一邊罵勞動委員：「我的褲腰帶昨天夜裡肯定落他們家了，丫的才這麼整咱倆。」

倆人把糞桶挑到菜園的漚糞坑邊上，把糞倒進糞坑，倒糞時，手必須接觸桶，糞桶上又沾著大糞，這樣手上就會沾上糞便。幸好菜園裡有道水渠，可以洗手。倆人洗完手，又回去接著掏糞。一上午，倆人各掏了三擔，才把男廁所的糞便掏盡，然後又用笤帚將廁所掃淨，在茅坑邊和地面上灑上消毒用的白灰。

倆人洗完澡後，鋤草的同學也都收工了。

中午飯是饅頭和白菜，王石頭總覺得手上有股大糞味兒，就用筷子夾著饅頭吃，尿褲子精卻不在乎，吃的津津有味兒。

下午，出工時，王石頭和尿褲子精本以為可以跟大家一起去鋤草，可是勞動委員仍讓他們接著掏廁所，而且是女廁所。一般來講，下午應該換兩個人，讓別人去掏，這等於是雙倍的懲罰。尿褲子精嘴裡咕噥了一句，像是在罵勞動委員，同學們排隊走後，尿褲子精對王石頭說：「你等一會兒，我去宿舍拿點東西。」不一會兒，尿褲子精下來了，手裡什麼也沒拿。

王石頭問：「東西呢？」尿褲子精指指口袋：「在這兒呢！」王石頭問：「什麼東西？」尿褲子精說：「到時候你就知道了。」

倆人接著掏女廁所。女廁所只有四個茅坑，糞便也不像男廁所那麼滿，但手紙卻比男廁所的多，而且色彩斑斕，有的鮮紅，有的深紅，氣味也比男廁更噁心，散發著一種臭帶魚那樣的腥臭味兒。王石頭說：「女人怎麼這麼多長痔瘡的。」尿褲子精說：「你丫的真不懂還是裝不懂！」王石頭問：「怎麼了？」尿褲子精把一糞勺大便倒進桶裡：「不知道就甭問了，下午就這點活兒，咱們快點幹，早幹完早收工。」

倆人各挑了兩趟，把最後兩桶挑到糞坑邊上時，太陽剛剛偏西。

尿褲子精把一桶糞便倒進糞坑裡，另一桶卻沒倒，跑到水渠邊洗了手，從口袋裡掏出一個小瓶，他把瓶蓋打開，從樹上折下一根樹枝，從糞桶裡挑起一塊大拇指大小的糞便，裝進瓶裡，然後又挑起一塊，放到小瓶裡，一連挑了六七塊，然後把蓋擰緊，尿褲子精從口袋裡掏出一張紙，把小瓶包好，又折了一個樹枝，連同小瓶一起放到口袋裡。

王石頭不知尿褲子精在搞什麼名堂：「你裝屎幹什麼？」

尿褲子精說：「你甭管了，到時候你就知道了。」

倆人把糞桶放到菜園的庫房外面，回到宿舍，宿舍裡沒人，去鋤草的同學還都沒收工。尿褲子精沒回自己的宿舍，而是走進勞動委員的宿舍。他對王石頭說：「你在外面看著點，有人來了你就咳嗽。」王石頭在外面站了一會兒，看看走廊沒人，便推門進去。勞動委員床上的褥子已被掀起，露出下面的稻草墊子。為了防潮，每個學生的床上，都鋪著一個厚厚的草墊子，尿褲子精正用木棍從小瓶裡舀屎，往草墊子上抹。看見王石頭進來，尿褲子精說：「給丫的攤個屎煎餅，保證丫睡得香。」王石頭說：「那不一聞就聞出來了。」尿褲子精說：「有褥子蓋著呢，聞不出來。」說著，尿褲子精把褥子放下，又把窗戶打開。王石頭說：「你可夠缺德的。」尿褲子精說：「我缺德，丫的才缺德呢，讓咱們掏女廁所。我奶奶說了，男人見了那種紙會倒運！」

從勞動委員宿舍出來，尿褲子精又走進趙光腚的宿舍，把剩下的屎都倒在趙光腚的草墊子上。一邊抹一邊解著恨說：「讓你丫的當漢奸。」尿褲子精放下褥子時，把王石頭叫過來：「你看看！」他指著褥子上一圈一圈的印痕：「怪不得丫的那麼瘦，夜裡盡畫小人了。」說著他打開窗子，把那個小瓶從窗口撇了出去。

倆人到浴室洗澡，尿褲子精一面搓身上的泥，一面吹著口哨，尿褲子精的口哨吹得十分悅耳動聽，音律也極準，他吹的曲調是：《真是樂死人》。

第二天仍是勞動。出工前，勞動委員特別表揚了王石頭和尿褲子精：「昨天，王石頭和劉寶祥把廁所掏的十分乾淨，特別是女廁所掏的更乾淨，受到了家屬區老師們的好評。」全班的同學一起哄笑起來，尿褲子精罵了一句：「臭丫的。」但嘴角露出一絲笑意，他肯定想起了給勞動委員和趙光腚攤的屎煎餅。

十九

一年多的學校生活，王石頭已經摸透了這所學校的脾氣。它倡導的是一種苦行僧和清教徒式的生活方式和勞動至上的理念。它不在乎你學習好不好，主要看你勞動好不好。勞動已成為這所學校衡量學生的一個尺度。這並不全是學校有上千畝地需要耕種，更重要的是把勞動看作你是否有勞動人民的思想感情。學習不好是因為你不聰明，頭腦不聰明是可以原諒的，因為頭腦聰明的人不大可能報考這所學校。而勞動不好證明你好逸惡勞，因為勞動人人都會，人人都會的事你卻做不好，那就證明你思想有問題。在學校看來，勞動不僅是生產稻米、玉米、小麥和葡萄，更重要的是改造思想。因為所有犯了法的人或者思想有問題的人都讓他們去勞動改造，去幹那些苦髒累的活兒，絕不會讓他們去看電影和去旅遊。因此，你不僅僅是去勞動，而是去淨化心靈，獲取養分，從而樹立共產主義偉大理想，成為一個合格的無產階級事業接班人。

這個學校崇尚樸素和節儉。一次在食堂洗碗時，王石頭旁邊的一個學生剛要把沒有一點油水的剩菜湯往水池子裡倒，被旁邊正在洗碗的教導主任看見了，教導主任連忙把碗拿過來，把裡面的剩菜湯一飲而盡，那神態，好像喝的不是剩菜湯，而是玉液瓊漿。

在學校，你不必為自己穿著打著補丁的衣服而自慚形穢，這符合學校的美學原則。當然，你也可以穿花裙子，打扮的與眾不同，也不會有人阻攔你。但那你就等於宣佈畢業時要到最苦最累的地方，因為那些地方絕不會有機會穿花裙子。一些愛美的女生只好把有色彩的衣服穿在裡面，讓那些美麗在領口與袖口羞澀地綻放。也有大膽綻放的，但不是在校園裡，一次，在城裡坐車時，王石頭看見一個比他高一級的女生大膽地穿了一件天藍色連衣裙。連衣裙的領口開的比較低，裙擺也在膝蓋上面，露出白白的頸項和修長的腿。微微緊收的腰部勾勒出她那苗條阿娜的身材。可是，到了學校，就像含羞草把葉片合攏，她便是另一副打扮，雖然依然是裙子，但卻要長得多，當然，她也不敢再露出那白白的頸項。

在這所學校，黑色的皮膚受到推崇，這是離革命最近的顏色。它代表不怕酷日的暴曬，你如果不能把自己曬成尚比亞人坦尚尼亞人肯亞人，起碼也要把自己曬成印度人和印第安人。這些理念不僅來源於當政者的宣導，也來源於校領導的工作經歷。他們其中有的來自於勞改農場，認為勞動是最好的防腐劑。

學校極度鄙視那些好佔便宜、好吃懶作的行為。食堂發給學生們的不是飯票，而是飯證。上面有全月的定量，每頓吃幾兩劃幾兩。劃飯證的都是學生，如果這些學生不那麼恪盡職守或來點徇私舞弊，虛晃一槍不給你劃，你就可以再打一份。沒有人那樣做，即使是再好的朋友也不會那樣做，如果誰這樣做了，將會受到全班同學的鄙視，讓你抬不起頭來。

剛來學校不久，王石頭就聽過學校有一句著名的口號：大抬子底下煉紅思想。一九六四年秋天，他終於領教了這句口號的真實含義。

學校的西邊有一塊鹽鹼地，一遇上乾旱，鹽鹼地便白花花的一片。它就像一個有缺陷的婦女，無論種子多麼強壯，生下來的也是侏儒。玉米長得像小孩的雞雞，棉花只稀稀拉拉的掛幾個棉桃，穀穗長得像狗尾巴草，還大面積的缺苗斷壟，像是癩痢頭。學校決定對它進行改造。改造的方法是把大面積的鹽鹼地分割成一塊塊長方形的台田。在台田之間挖深二米的溝渠，把挖出的土墊到田地上面。這樣，下雨時鹽鹼便順著水滲入到地下，隨著溝裡的水排走，從而大大降低土壤中堿的含量。可以說，這裡面頗有技術含量，像是農業學校做的功課。這門功課要靠學生們特別是農學專業的學生來完成。王石頭和同學們終於見到了這些煉紅思想的大抬筐，它應該是勞改農場的衣缽，校領導不僅帶來了勞動改造思想的理念，也帶來了傢伙。

這些抬筐碩大無比，它的直徑約有七十多公分，起碼是普通抬筐的兩倍。筐的深度也是普通抬筐的兩倍，有了面積，有了深度，自然就有了容量。班上雖然有不少農村來的學生，但他們都沒見過這麼大的抬筐。

抬筐編織的十分縝密，用的也不是普通的柳條，總之，它非常結實，不管土裝的多滿，你甭想用重量來撐垮它。與抬筐相匹配的扁擔又寬又長，寬度大約是普通扁擔的一倍半，長度大約也是一倍半。扁擔是用硬榨木製成，木頭的紋理比較粗而且毫無彈性，它和大抬筐完全匹配，不管是多麼重的抬筐，也甭想壓斷它。抬起這樣裝滿土的筐，你就會實實在在地感受到革命重擔挑在肩。那扁擔死死地扣在你的肩上，似乎每個細胞都被壓扁，阻斷了血流，它如同一座山，如果你沒有足夠的體力，會被它壓的踉踉蹌蹌，步履蹣跚。

當然，你可以裝得少一些，但那會被認為是偷懶，怕累，不能吃苦，是資產階級思想在作祟。因此，不管你是高矮，強壯還是瘦弱，你必須把抬筐裝得滿滿的。

尿褲子精的搭檔是勞動委員。勞動委員雖然有意識地把筐往自己這邊挪，尿褲子精還像是喝醉了酒似地，被壓得東搖西晃。下午快收工時，不知尿褲子精是真的還是裝的，下坡時，腳下一絆蒜，身子一晃，來了個狗吃屎。他像一隻死狗似地，趴在地上半天不起來。

第二天出工前，勞動委員問尿褲子精願不願去掏女廁所，尿褲子精忙不迭的答應，好像不是去掏廁所，而是去赴一次盛宴。

這樣的勞動一共進行了十多天，王石頭和尿褲子精肩上都腫起了一個大包。

第二年，南台田獲得了大豐收。白薯長得像小枕頭。

大抬筐雖然沒有把王石頭的思想煉紅，但卻使他受益匪淺，成為一生的戒惕，使他不僅改變了小偷小摸的習慣，而且徹底打消了他大偷大摸的念頭。一九六八年下鄉後，一年冬天，他回到哥哥家，一個一塊插隊的同學攛掇他去溜門撬鎖。那個同學的理論是，反正下鄉比勞改農場強不了多少，就算抓進去，也還省得作飯呢。王石頭有些動心，開始準備撬鎖的傢伙，可到準備行動時，他打了退堂鼓，他想起了那副大抬筐，他的身體是經不住它的壓迫的。一九八〇年後，王石頭開始在一家報社當記者，過上了一種體面的生活。一次，他去南方採訪，因為是第二天的飛機，他晚上便去逛夜市。回賓館時，一位中年婦女執意要讓他上她的三輪車。中年婦女把他拉到一條暗暗的掛著紅燈籠的門前停下。門口站著一個袒胸露背的女人，她的肌膚猶如羊脂玉般細潤。高聳的乳房正像他曾在詩中描寫的那樣「像兩座高聳的山峰。」那深深的乳溝猶如一道欲望的深壑。當他的腳步邁入門檻那一剎那，又猛地把腳收了回來，他想起了那付大抬筐。它再一次挽救了他的一次墮落，使他的生命之舟繞過礁石，免於沉沒。

二十

一九六四年秋天，王石頭決定開始一種新的嘗試，或者說是重操舊業——寫詩。這緣於六四級學生畢業分配對他的刺激。他第一次感受到出身對一個人的影響。畢業分配時，最主要的是看出身，雖然平時沒顯出什麼差別，可關鍵時候就見了分曉。那些出身不好的學生幾乎是全軍覆沒，全都去了遠郊區，出身與艱苦的程度成正比，出身越差，分配的地方越遠，根本不看你的成績和膚色。只有一個例外，一個出身富農的學生分到農場當了文書，這並不是他的專業課學得好，而是他在北京晚報上發表了一塊豆腐塊大小的文章，內容也和農業風馬牛不相及，寫的是如何防止煤氣中毒。王石頭覺得自己的未來已經明確，不會有好的前程，除非他能幹出什麼驚天動地的事蹟來。比如在馬路上攔了受驚的馬或者有人溺水時把人救上來。攔馬一定要在熱鬧人多的地方，比如王府井和前門大柵欄，溺水的人最好不是普通百姓，是有頭有臉的人物，比如北京的大官，或是大官的父親母親兒子女兒侄子外甥老爺娘舅小姨子大姨子都行。把人救上來時最好自己要淹個半死，而且在沉下去之前一定要有個造型，高舉右手，頭部拼命地竄出水面，清晰而響亮地高喊一聲「毛主席萬歲」，然後再往下沉。最後的結局當然是自己掙扎著上來，如果被別人救上來等於救人和被救相抵就不那麼動人。當然也可以有另一種模式，一連救了三個人因體力不支又被人救起。不管是自己上來還是被救上來，毛主席萬歲和亮相必不可少。可是，王石頭覺得這兩樣他都做不到。一來他膽小還有點怕死，別說是去攔驚馬，就是看見一頭驢都躲著走，生怕被踢著。下水救人更不可能，因為他自己根本不會游泳，連狗爬都不會。一入水沉底的首先是他自己。如果通過發表文章改變命運還有點門兒，起碼比攔馬救人和下水救人靠譜。他正處在一個崇尚文學的年代，只要你在報刊發表了那怕是一篇文章，立馬就會有人對你刮目相看甚至是肅然起敬，而且很可能贏得姑娘的芳心。如果他能走通這條路，他就大大縮小了和郭蘆枝的距離，他可以大膽的去找她，把自己發表的文章或詩給她看。她那雙美麗的大眼睛一定會充滿驚喜。他雖然變不成白天鵝和她一起比翼飛翔，起碼也能成為一隻喜鵲或是當隻鴿子什麼的。王石頭覺得自己有這種潛力，在中學時，語文老師就經常誇他作文寫得好。

王石頭翻閱了北京的報刊，來選定自己的主攻方向。《人民文學》和《北京文藝》肯定不行，這兩家刊物發表的都是小說、散文等大塊文章，而且都被名家霸著。剩下的就是兩張報紙，《北京日報》和《北京晚報》。他決定選定《北京日報》，一是它比晚報名氣大，二是它有個叫「廣場」的文藝副刊，還有最重要的一點是每個班都定了一份北京日報，他只要在上面發表了文章，全學校都會知道。

選定了主攻方向後他便確定主要內容，他當然不能寫女人的胸脯像高高的山崗一類的詩，每首詩一定有時代的氣息，反應時代的脈膊和主旋律，要不遺餘力地歌頌黨歌頌社會主義特別是歌頌偉大領袖毛主席。他上課寫，下課寫，勞動時也構思，一次給穀子鋤草時，他鋤掉了一大片穀苗，勞動委員差點罰他去掏廁所。

王石頭的投稿像雪片一樣寄給報紙，他寫小麥，金色的麥浪像一片海洋，是毛澤東思想給了你雨露和陽光……寫玉米，你長得那麼茁壯，是毛澤東思想的陽光雨露照耀你成長，你每一根玉米都像一根雞巴，直插進美帝蘇修的褲襠。他覺得這樣寫雖然解氣，也很形像，但報紙肯定不會登，就改為，你的每一根玉米都是一發炮彈，在美帝蘇修的心臟炸響。幾年後，偉大領袖在詩中罵蘇修「不許放屁」，他才感到後悔，當時過於謹慎，讓老人家開了髒話入詩的先河。

寫蘆葦，在蘆葦蕩裡，這裡雖然沒有革命的火種，但我們卻聽見水鳥在啁啾鳴唱，鳴唱著社會主義的天堂。

王石頭還寫了一首給植物林老師的詩，啊，你就像波斯菊在風中輕輕搖曳，搖曳出千般嫵媚，萬種風情，大自然的靈魂都被你攝去……當然，寫林老師的詩不能寄給報社。

他最滿意的一首詩是「致稻田」，而其中最得意的兩句是：在萬頃稻浪中，那沉甸甸的稻穗總是謙虛地低下頭，而淺薄的稗草卻總是把頭高高昂起。這次，王石頭得到的不再是千篇一律的鉛印退稿信，而是編輯親筆寫的信：王石頭同志，你應該用自己的語言寫詩，而不要把別人的詩當作自己的東西……言外之意他是剽竊。王石頭覺得很委屈，為了寫這首詩，他到稻田去了四五次，專門觀察稻子和稗草的形態，想了幾個晚上才想出了這兩句，怎麼就成了別人的東西。但他還是小心翼翼地把信疊好保存起來。不管怎樣，這說明編輯看了他的詩，而且還提了意見。批評他是證明關心他，關心他證明心裡有他，在報社編輯那裡有他一號。他應該再接再勵，寫出更好的詩來。

厚積薄發，醞釀了一個月，他終於寫出了一首自認為最好的詩來，他把這首詩起名叫「秋夜」。

農村的秋夜啊，這樣迷人。
萬里湛深碧藍的天空，
掛著圓月一輪。
陣陣清風送來了泥土的芳香，
彷彿都睡去了，
起伏的山崗，天邊的白雲。
是誰，是誰打破了這秋夜的寧靜，
那登登有力的腳步聲，
那樣急 那樣重，
像要把整個村莊震動，
大叔，咱們的送糧隊可不能落後啊，
放心吧，姑娘，
一杆長鞭震落了滿天繁星。

大隊的送糧隊出發了，
滿載著豐收，滿載著笑語，滿載著歌聲，
滿載著貧下中農對黨的深情。

王石頭對這首詩十分滿意，他甚至找來沒有文學細胞的尿褲子精來聽。唸完，他問尿褲子精：「你覺得怎麼樣？」

尿褲子精點點頭：「還行。」他又想了一會兒：「你說一鞭子打落了滿天星星。」「不是打落，是震落。」王石頭糾正他：「也不是一鞭子是一杆長鞭。」尿褲子精說：「都是鞭子，你的意思是不是天亮了。」

王石頭說：「對，就是那個意思。」

尿褲子精說：「我覺得天亮的快了點兒，剛才還是夜裡，怎麼一下子天就亮了，還有，我覺得最後那句也應該改，你說大車拉著歌聲，拉著笑聲，歌聲和笑聲怎麼拉，我覺得應該寫拉著玉米，拉著白薯，拉著花生，更實在點兒。」

王石頭說：「你不懂，跟你說你也不懂。」

尿褲子精說：「你丫的一點都不謙虛，白居易寫詩還唸給老百姓聽呢！」

王石頭說：「你還知道白居易？」

尿褲子精說：「你丫別小瞧人，朝辭白帝彩雲間，千里江陵一日還……」

王石頭說：「那是白居易的詩呀，玩勺子去吧！」

王石頭小心翼翼地把信封封好，為了保險他特地步行十二里到長辛店去寄，還掛了號。稿子發出去後，他就像一個熱戀中的情侶盼望著情書，又像是即將臨盆的母親期待著嬰兒的第一聲啼嗚。

一個星期後，他覺得應該回信了，就天天往傳達室跑，大約過了半個月，他終於等來了報社的信，他哆哆嗦嗦地打開，心頓時涼了，仍是一封退稿信！

晚上，王石頭一個人來到稻田旁，夕陽給稻田鍍上一層金黃。他坐在稻田旁，揪下一根毛有子草，一下一下把它扯斷，心情沉重的像是一個女人做了無數次愛才懷了胎又突然流了產一樣。他不明白這麼好的詩報社為什麼不用，這條路對他來講實在太艱難。

看見王石頭失魂落魄的樣子，尿褲子問他：「又退回來了吧！」王石頭沒說話，尿褲子精說：「我跟你丫說過，你寫的太虛，要是按照我說的去改，準能登。」

王石頭說：「你懂個屁！」

二十一

星期天，王石頭和尿褲子精沒有回家。倆人到永定河大堤閒逛。正是晚秋時分，豔陽高照，天空藍的出奇。不時有鳥兒飛過。有的樹葉已經發黃，大片的毛有子草在秋風中湧動。

倆人在佈滿沙礫的河灘上走著，尿褲子精問王石頭：「你知道咱們種的大米都哪兒去了嗎？」

王石頭從來沒有考慮過這個問題，問：「哪兒去了？」

「全他媽的進貢了！」尿褲子精說的斬釘截鐵。

「進貢給誰了？」王石頭問。

「誰管咱們學校進貢給誰。」

王石頭問：「你怎麼知道？」

尿褲子精說：「你想，咱們學校稻田有三、四百畝吧，就按三百畝算，每畝地產量按八百斤，除去稻殼，怎麼也得剩六百斤。六三一十八，那就是十八萬斤。學生就按一千二百人算，每人每年吃三十斤，這才三萬六千斤，老師每人一百斤，一百名老師也就是一萬斤。去掉種子一萬斤，這一共還不到六萬斤。學校又不繳公糧，你說，那剩下的十二萬斤大米哪去了？」

王石頭一想也對，尿褲子精雖然出身底層，卻有著洞悉社會和人性的驚人的能力，往往能看到事物的本質。

下午，倆人從大堤回來，路過稻田時，看見地裡晾著一片灰糊糊的東西，走近一看，原來是白薯乾。薯乾已經黴變，變成灰黑色。王石頭揀起一塊，掰開，裡面也是灰黑色。聞了聞，一股發黴的氣味兒，放到嘴裡，味道又苦又辣。尿褲子精罵道：「這是哪個傻X幹的！在稻田裡晾白薯乾，這不是誠心讓它發黴嗎，這幫丫的也太不拿咱們的勞動當回事了！」尿褲子精用手摸摸肩膀，他大概想起抬大筐時摔個狗吃屎的情景。

白薯乾的面積大約有一、二畝，這些白薯都來自於那片被改造的台田，他們的苦，他們的累，他們的汗水，他們的勞動果實全都漚了糞。

尿褲子精說：「回去，你丫的寫張大字報，貼在食堂門口，批批這幫丫的。」

王石頭贊成尿褲子精的建議，可給校領導貼大字報，不是件小事，得回去跟班長張萬海商量商量。

星期天下午，班長張萬海剛回校，王石頭就拉他到稻田來看。張萬海拿起一塊薯片，掰開，聞了聞，說：「太不像話了，咱們的勞動，就這麼白白糟蹋了。這麼吧，我回去跟吳雲輝商量商量，看看怎麼寫。」吳雲輝是班裡的團支部書記。

星期一下午，張萬海找到王石頭：「我和吳雲輝商量了，由你來寫，寫完了全班通過一下。語言不要太激烈，要以提建議的方式，讓校領導知道咱們是一片好意。」

王石頭利用晚自習，寫好了「致校領導的建議。」

校領導：偉大領袖毛主席教導我們，貪污和浪費是極大的犯罪。我們看了那麼多白薯乾都發了徽，感到十分痛心，那是全校師生用辛勤勞動換來的勞動果實，現在，卻這樣的浪費掉了。

我們是農業學校，應該有這方面的常識，我們黨的教育方針是：教育為無產階級政治服務，教育與生產勞動相結合。這說明學校沒能把教育與生產勞動很好的結合。我們剛剛度過三年困難時期，深感糧食的寶貴。現在雖然我們吃飽了，但全世界仍有三分之二的人民處於水深火熱與饑餓之中，如果我們把糧食支援給他們，就是支援世界革命，就可以讓共產主義在全球早日實現。我們希望校領導能理解我們的一片心意。也希望校領導給全校師生一個滿意的答覆。

班長和團支書看完後，建議把最後一句刪掉，在校領導前面加上「尊敬」二字。這封建議信得到全班學生的一致通過。

大家找來一塊木板，把建議信貼在板上，然後放到食堂門口。這樣，所有的學生都能看到。

上午把建議信放在食堂門口，還沒到中午吃飯，建議信就被拿走了，放到了學生食堂後面的教師食堂門口。校方的解釋是，既然是給校領導的建議信不是給學生的，放在教師食堂門口更合適，因為這樣校領導都能看的到。這顯然是校方的一個伎倆，不想讓更多的學生知道，但卻又言之有理，使你無可辯駁。班上的同學雖然表示不滿，卻又無可奈何。中午吃飯時，王石頭和尿褲子精特地來到教師食堂門口，想看看老師的反應，結果很失望。有的老師停下來掃一眼，還有的像是怕燙著似地看都不看一眼，便匆匆走過。有兩個老師雖然看完了建議信，卻沒有任何反應。後來，王石頭才知道，這些老師不是不明是非，他們都經過一九五七年的反右，知道給校領導提意見的後果。學校裡有現成的榜樣，去豬場養豬還是在講臺上講課，他們十分拎得清。

二十二

一九六五年五月的一天，全校師生到階梯教室聽報告。天氣異常晴朗，既沒有勾勾雲，也沒有瓦片雲，如洗過般的乾淨。南來的風帶來陣陣莊稼和青草的氣息。

做報告的是校黨委書記邢玉娟。無論是校長李宗生還是黨委書記邢玉娟，很少在全校大會上講話，平時講話的通常是那位喝學生菜湯的教導主任。

開會的內容是邢玉娟宣讀一份文件。

王石頭有意坐在後面。他打開《北京文藝》，專注於那篇沒有讀完的小說，這是他對付大多數開會的辦法，因為他覺得那些報告十有八九都是廢話。小說描寫的是師生戀，文字雖一般，故事卻吸引人，那個女學生尋死覓活地纏住了那個把她從處女變成了一個女人的男老師，王石頭很想知道這個圖一時快樂管不住「老二」的倒楣蛋該怎麼收場。

雖然是在看雜誌，但邢書記的聲音仍不時地傳入耳朵。他看著看著，目光便離開了雜誌，因為邢書記宣讀文件的聲調讓他有些吃驚。邢書記平時說話溫和，在大會上講話也是慢慢的，語調平和。現在的聲音卻有些變腔，還有些發顫，像是宣佈一場可怕的災難就要來臨：中國的赫魯雪夫就睡在我們身邊，照這樣下去，不用幾年，我們黨和國家就會改變顏色，就會有千百萬人頭落地，我們犧牲了千百萬烈士打下的社會主義江山就會毀於一旦……會場上一片肅靜，只有邢書記微微發顫的聲音在階梯教室回蕩。人們的臉上也是一片肅穆。王石頭不知道為什麼會有這樣危言聳聽的報告，煌煌世界，朗朗乾坤，天高雲淡，日朗風清，怎麼說得這麼血雨腥風，會有千百萬人頭落地。地主階級早已被打倒，資產階級已被消滅，他們都成了死老虎，連死老虎都不如，是死老鼠。王石頭至今還記得父親拿到選民證，表明他不再是無產階級專政對象那種樂的屁顛屁顛的神情。讓中國千百萬人頭落地的只能是美帝和蘇修，但他所受的教育表明，要是他們敢來冒犯，便會立即陷入人民戰爭的汪洋大海，千百萬人頭落地的將是蘇修和美國鬼子，而不是中國人。

報告結束後，學生和老師們走出光線陰暗的階梯教室，外面的太陽亮的有些晃眼，大喇叭裡開始播放吃中午飯的開始曲——《喜洋洋》。學生們很快從報告的恐怖中走出來，有說有笑的去食堂排隊打飯。尿褲子精從後面用手掌朝王石頭脖梗上一砍，喊了一句：「讓千百萬人頭落地！」倒是那些老師，臉上仍是一片肅穆，好像是真的要千百萬人頭落地，殺的就是他們。

就在邢書記做報告後不久，王石頭家裡發生了變故，王石頭二哥的頂頭上司——韓處長將王石頭二哥找去。他用那雙陰鷙的眼睛從厚厚的鏡片後面看著王石頭二哥，問：「你父親不在農場勞動了吧？」「不在了。」王石頭的哥哥回答。王石頭的父親去農場勞動是街道辦事處組織的，成員都是四類分子，雖然也掙一些微薄的工資，但主要目的是勞動改造。王石頭父親六十歲後，街道便不讓他去了，但也沒閒著，居委會安排他清掃所在樓層的兩個廁所。王石頭父親清掃的極其認真，所有的地面每天用水朝洗，大小便池擦拭的光潔照人，比旁邊的公用廚房的面盆還乾淨，深受住家的好評。

韓眼鏡擺弄著一支紅藍鉛筆：「現在，全國都在學大寨，你父親不能在城裡當老太爺，好吃好喝地養著，這樣對貧下中農不公平，也不符合我們黨的階級路線。我看，還是讓你父親回老家，繼續勞動改造。這樣，也減輕了你的負擔。還有，你那個小弟弟也不小了，也讓他回去，我看他挺能幹活的。你父親也好有個照顧。」王石頭二哥知道，韓處長仍記得爭地的那件事，便說：「我小弟弟正在上中專，再有兩年就畢業了，就不要讓他回去了。」韓處長用紅藍鉛筆在桌上戳了幾下：「那也行。你母親就還留在北京吧，幫你帶帶孩子。你要理解組織的意思。」

王石頭二哥連連點頭：「我知道，我知道。」

在父親走前，王石頭回家一次。讓父親回老家，王石頭並沒有感到意外，在這個部委宿舍院內，父母一直低著頭過日子，他沒想到韓眼鏡也讓他回去，這老東西一定還記著跟他爭地的事情。他暗下決心，一定要懲罰這個老雜種！

王石頭的父親背著一個小行李捲回了老家。王石頭父親躲過了初一，躲過了十五，卻沒躲過越來越加碼的階級鬥爭。就在父親走的那天下午，王石頭從樓梯下面的小倉庫裡找出已經幾年不用的彈弓。他拉了拉，皮子的彈性依然很好。晚上，當天已經徹底黑下來後，他悄悄溜進韓眼鏡家對面的玉米地裡。為了避免韓眼鏡懷疑，他先把韓眼鏡鄰居的玻璃射碎兩塊，然後再瞄準韓眼鏡的窗口，他心中一邊發狠，我讓你轟我回老家！我讓你轟我回老家！一邊把石子射向韓眼鏡的窗口。他選的石子又大又圓，射的又準又狠，玻璃碎的聲音在夜晚格外響亮悅耳，讓他無比興奮。當射到第二塊時，韓眼鏡的窗口傳出喊聲和叫罵聲。王石頭一邊發著狠，一邊把石子射向叫罵的地方。他一連射了六塊玻璃才離開，第二天天還沒亮，他就離開家，坐上了開往學校的公共汽車。

王石頭父親被轟回老家在全公社引起轟動，這個當年坐著飛機跑了的二掌櫃又回來了。不過，那個穿著大褂，氣宇軒昂的王二掌櫃早已消失的無影無蹤。頭髮已經全白，穿著打著補丁的衣服，肩上背著一個小行李捲，顯得落魄又頹唐。王二掌櫃讓當地的一些貧下中農著實興奮了一陣子，但這種興奮很快就過去了。這個王老二現在房無一間，地無一壟，浮財就那麼一床被子和幾件打著補丁的衣服，已沒有任何油水可撈，生產隊裡還得分給他一份口糧。生產隊的糧食本來就不夠吃，現在又多了一張嘴，又沒有政策規定可以把他餓死。他們最希望的是王老二那些少爺小姐們回來，他們現在仍在外面，有的在北京，有的在上海，都是大城市。不像他們的孩子一樣，頂著日頭，打著赤腳，汗潑流水地耪大地。如果能讓王老二那些崽子回來，讓他們也頂著日頭耪大地，再給他們戴上一頂四類子女的帽子，那才叫貧下中農翻身得解放。

自從父親被轟回老家後，王石頭覺得階級鬥爭的氣氛越來越濃，階級鬥爭的弦也越繃越緊。廣播裡不僅對蘇修大加伐撻，還一再強調階級鬥爭要天天講，月月講，年年講。電影《青松嶺》，《千萬不要忘記》，話劇《年青一代》都在反覆講述資產階級思想對人們心靈的毒害，讓人們提高警惕。學校還特地組織全體學生到城裡看電影，一部是《保爾・柯察金》，另一部是《年青一代》。《年青一代》是描寫蘇聯青年在和平環境下戀愛與生活的故事。把兩部片子對照著看，意在揭露蘇修正在用資產階級思想荼毒蘇聯青年的心靈，使他們放棄了共產主義的偉大理想，成為垮掉的一代。

在大力宣導不忘階級鬥爭，批判資產階級思想的同時，對毛主席的崇拜也越來越濃。同學們中間開始興起一股抄毛主席語錄熱。大家相互傳抄，字跡工整，像是基督教徒在抄聖經。學校也開始頻頻請人來做學習毛主席著作的報告。

幾乎所有的歌曲都離不開歌頌毛主席和毛澤東思想，音樂已到了無毛主席和毛澤東思想不歌的程度。大喇叭裡一遍又一遍地播放著《大海航行靠舵手》。歌頌偉大領袖的各類肉麻的辭語充斥著人們的眼睛，灌滿了人們的耳朵。生下來說的第一句話就是毛主席萬歲，寫的第一行字也是毛主席萬歲，會唱的第一支歌是《東方紅》，成為報刊、廣播經常的話語。誰都知道，這並不是事實，因為它不符合幼兒的發聲和學話的本能。可是就像皇帝的新衣一樣，誰也不敢說出來，誰說出來誰就是反對毛主席，全社會都像被施了魔法，隨著個人崇拜的魔棍起舞。

放寒假王石頭和另一個叫華滿貴的學生參加了學校組織的挖電纜溝勞動，華滿貴出身富農。比地主低一個層級，挖一天電纜溝可以掙到五毛錢。倆人一共挖了十幾天，每人掙了七、八塊錢。倆人便各拿出三元錢買了一張毛主席像和一個鏡框，然後，把毛主席像端端正正地掛在教室正面牆上。

學生們對政治越來越狂熱。經常在教室和宿舍裡熱烈地討論著世界革命，有人提出把中國的毛劉朱周陳林鄧七名政治局常委派往世界各大國，領導那裡的人們幹革命，留級生反駁說，根本不用中國的領導人去，讓毛主席的警衛員和廚師、理髮師去就行了。

在各班級，自我批判和自我檢查也開始盛行。人們紛紛檢討和批判自己頭腦中的非無產階級思想，一個外號叫花孔雀的女生也加入了學習毛選積極分子的行列，還在全校做了報告。花孔雀是六六級學生，她長著一雙很風情的眼睛。她的綽號是因為愛穿花衣服得名，有一次，花孔雀竟然放肆地穿了一條沒有過膝蓋的短裙，露出兩條性感的大腿，吸引了不少男生的目光。在報告會上，花孔雀發誓要和花裙子一刀兩斷，徹底洗新革面，做無產階級革命接班人。而且說做就做，她脫下了時髦的花裙子，換上了一身打著補丁的藍衣服，頓時把自己從一隻花孔雀變成了一隻灰母雞。

向黨交心把自己交到豬圈的張老師也好了傷疤忘了疼，以更大的熱情歌頌偉大領袖毛主席，他編了一個朗誦劇，名字叫《萬歲，毛澤東》。由他教的兩個班來演出。儘管他的父親在解放後吃了槍子，他又到豬圈當了一年多豬倌，但這並沒有降低他對偉大領袖的一片深情。朗誦劇充滿了極盡歌頌之能事，有著岩漿般熾熱的情感。……天翻了一個個兒，地打了一個滾兒，日月山川拍手笑。我們偉大領袖衣不卸甲，馬不停蹄，身不離鞍，一個長征接著一個長征，一個二萬接著一個二萬……毛主席高舉三面旗，總路線、大躍進、人民公社，就像三顆太陽當空照……撒哈拉的沙漠，剛果河邊的古道，委內瑞拉的森林，越南南方的泥沼……遊擊隊員們正在朗讀著毛主席的雄文四卷，萬歲！毛澤東！已成為全世界人民的戰鬥口號。在列寧的故鄉，老布爾什維克在心中默念著這個口號：萬歲，毛澤東！在法國的交際場中，真正的馬克思主義者在散發著這個口號：萬歲！毛澤東！在伊拉克的反革命絞刑架下，伊共產黨員在高呼著這個口號：萬歲！毛澤東！在阿爾卑斯山的岩石上，義大利工人在岩石上刻著這個口號：萬歲！毛澤東！在每一個有壓迫的地方，在每一個有剝削的地方，在每一個有反抗、有鬥爭的地方，在每一個正在革命，已經革命的地方，都在回蕩著這個口號：萬歲！萬歲！萬萬歲！偉大的領袖毛澤東！劇中最後設計了一個場景，燈光熄滅，一個深情的女聲從幕後款款流出：當萬籟俱靜人們已進入了甜蜜的夢鄉，中南海的燈光依然明亮，啊，我們的紅太陽毛主席，正在謀劃著世界革命，將全世界帶入偉大的共產主義。這時，用佈景做的窗戶上，映現出偉大領袖吸煙思考的剪影。此刻，全場掌聲雷動，王石頭看見，他身邊的一個女生哭的一把鼻涕一把眼淚，還把也分不清是鼻涕還是眼淚甩在他的袖子上。

朗誦劇的結尾是亞非拉人民齊上陣，共同高唱《東方紅》。

受到張老師的感染，王石頭又開始寫詩。這次寫詩的境界也和以前大不相同，以前是為了改變命運，現在純粹是出於對偉大領袖的熱愛，儘管他的父親在貧下中農的監督下正在田野裡勞作。

那天下午，全班去豬圈起豬糞，一頭老母豬生下了十二個豬崽，個個活潑健康。這些豬崽的父親就是色鬼巴克夏。母親則是那個被巴克夏強暴過的母豬。現在，兩頭豬終於修得正果。王石頭有感而發，再加上受了作家老舍給豬寫快板的啟發，便寫了一首養豬詩。當他準備把詩寄到報社時，突然覺得有一句不妥，那句詩是「啊，有了偉大領袖的精神和力量，養豬事業才如此蓬勃興旺」，他覺得這句應該改成「啊，是偉大領袖為養豬事業指明了前進的方向，養豬事業才如此蓬勃興旺」。他打開信封，抽出稿紙，準備修改，他覺得後腦勺發麻，冒出了一身冷汗。蒼天有眼，蒼天有眼，他沒有把這首詩就這樣寄出去。要是這樣寄出去，他肯定會被抓起來，因為那句「啊，有了偉大領袖毛主席的精神和力量」被他寫成了「有了偉大領袖毛主席的精子和力量」。這句詩就成了「啊，有了偉大領袖毛主席的精子和力量，養豬事業才如此蓬勃興旺。」這是對偉大領袖的極大污辱。世界幾百年，中國幾千年才誕生的一位偉大領袖，是為了領導全世界人民幹革命，實現偉大的共產主義，而他卻讓偉大領袖當巴克夏，去和豬交配。十惡不赦！十惡不赦！他把稿紙撕的粉碎，扔進廁所的茅坑裡，直到看著那撕碎的紙屑被徹底朝淨才離開。他回到宿舍，仍不放心，又到廁所看了一遍，看到茅坑裡確實沒有一片紙屑才離開。

王石頭躺在床上，想讓自己靜一靜。突然，他又猛的起身，他想到了那首詩的底稿。每次寫詩，為了怕詩稿寄丟了，他都要留底稿。他把每份底稿都保存起來。他不知道底稿是怎麼寫的，是精神還是精子。這首詩是在晚自習時寫的，按照習慣，它應該放在課桌裡。他來到教室，把課桌裡的書、本子、雜誌都翻了個遍，卻沒有找到底稿。他又重新把每本書和本子都抖落了一遍，還是沒有。他感到一種極度的焦灼和恐懼，如果這底稿被同學看見了，特別是趙光腚看見了交到隊長手裡，他就徹底完了。

在教室沒找到，王石頭又回到宿舍，把褥子下面，枕頭底下，床鋪下面都找了個遍，還是沒有。他把底稿放到哪裡了呢？整個下午，他都感到魂不守舍，心煩意亂。吃晚飯時，他只喝了一碗棒子麵粥，把饅頭給了尿褲子精，尿褲子精咬了口饅頭，問：「你丫的怎麼了，跟丟了魂似的。」王石頭沒說話。晚上，他一個人來到操場，仔細地回憶寫詩的每一個細節，卻無論如何也想不起底稿究竟放在哪裡了。

上完晚自習回宿舍的路上，尿褲子精又問：「你丫的到底怎麼了，是不是家裡出了什麼事了？」王石頭本想把寫詩的事告訴他，可話到嘴邊又咽了下去。他倒不是怕尿褲子精出賣他，他怕得是萬一尿褲子精嘴上把門不牢，說漏了嘴，他的麻煩就大了。他猶豫了一下便說：「我母親病了。」尿褲子精有些不太相信地看著他：「真的是你母親病了？」王石頭說：「真病了！」尿褲子精說：「你還不請假回家。」王石頭說：「等等再看吧。」尿褲子精臉上露出一種狐疑的神情，沒再問下去。

第二天早自習，王石頭沒去，他又把床鋪翻了個遍，還是沒有。上午是勞動，拔水稻田裡的稗草，拔到半截，勞動委員突然把他叫住：「王石頭，你看看，你這幾壟的稗草和蘆葦怎麼都沒拔！」

晚上，他做了一個惡夢。夢見公安局來人抓他，他從夢中驚醒，嚇出了一身冷汗。

第二天，王石頭特地留意趙光腚的表情，趙光腚並沒有什麼異常。王石頭覺得，只要是趙光腚沒揀著，問題就不大。

一個星期過去了，一切如常。王石頭的心漸漸平靜下來。雖然沒有底稿的下落，卻也沒有被人告發的跡像。也許，那份底稿真的被當廢紙扔掉了，現在，正在垃圾堆裡隨風起舞呢！

下午，班長通知王石頭，說李隊長找他，讓他去辦公室一趟。王石頭心裡不由一沉，沒準有人把詩的底稿交到隊長那裡了。

王石頭忐忑不安地走進隊長辦公室，他告誡自己，只要隊長不拿出底稿，他就堅決不說，決不主動繳械投降，自投羅網。要像他自己的名字一樣，做一塊冥頑不化的石頭。

李隊長見王石頭進來，臉上露出一種和藹的微笑，王石頭不明白這微笑意味著什麼，是故弄玄虛還是欲擒故縱，抑或他根本就什麼都不知道。李隊長原來是農場的工人，年齡比學生大不了多少，加上文化水準也不高，學生們對隊長往往不像對老師那樣尊重。為了樹立自己的威信，讓學生們不敢小覷，有時，故意在學生面前假裝老練和玩深沉，甚至模仿外國電影那種用笑態可掬的神態來宣佈一件冷酷的事。

李隊長讓王石頭坐下，問：「課餘時間都做些什麼呀？」

「沒做什麼，有時看看書。」王石頭覺得李隊長叫他決不是對他業餘時間感興趣。

「聽同學們講，你經常寫詩，還往報社投稿。」

王石頭的心不由地一沉，李隊長很可能知道了那首養豬詩，他囁嚅地說：「有時寫一點，寫的不好，報紙從來沒登過。」

李隊長說：「寫詩是好事，我在農場也寫過，場報上還登過。不過——」王石頭擔心這「不過」的後面可能是找他談話的真正目的。可是，李隊長並沒有往前走，而是拐了個彎兒：「不過，寫詩的目的不應該是為了成名成家，而是要歌頌偉大的社會主義祖國歌頌偉大領袖毛主席。」

王石頭連忙點頭：「我知道，我知道。」王石頭心裡有些犯嘀咕，他不知道李隊長葫蘆裡賣的什麼藥，是故意賣關子，引而不發，還是他根本就什麼也不知道。他抱定那個宗旨，你不說，我就裝傻充愣，也不說。

李隊長點點頭：「那就好。」他突然把話鋒一轉：「我聽說，你用寒假挖溝的錢買了張毛主席像，還買了一個鏡框。」王石頭暗暗鬆了口氣，看來，他確定不知道那首詩，但不知道他為什麼提起這件事。便說：「不是我個人買的，是我和華滿貴一起買的。」

李隊長臉上再次露出和藹的笑容：「你做的很好，這表明你對偉大領袖毛主席有很深的感情，你雖然出身地主，但並沒有影響你對偉大領袖毛主席的熱愛，這說明你和家庭劃清了界限。我們黨的路線是有成份論，但不唯成唯論，重在政治表現……」聽到這兒，王石頭徹底鬆了一口氣，看來，自己是虛驚一場，這個矮矮胖胖的隊長既不是賣關子也不是故弄玄虛，他真的什麼也不知道。李隊長接著說：「現在，全國都在學毛選，我看你的事情也很典型，打算讓你在班上作個報告，內容就是一個地主的後代是怎樣選擇背叛自己的家庭，又怎樣努力樹立無產階級感情的。」

這回，王石頭徹底踏實了，他有點受寵若驚地說：「我怕講不好，再說，那張像和鏡框是我和華滿貴一起買的。」李隊長擺擺手：「你不要有太多的顧慮，就講你為什麼不去買餅乾和汽水，而要買毛主席像，關鍵是要講出對毛主席的熱愛來。」

回到班上，尿褲子精問：「找你談什麼了？」

王石頭說：「讓我說為什麼買毛主席像而不買餅乾和汽水。」

半個月後的一天中午，王石頭正在睡覺，留級生用手指把他捅醒，留級生把一本《北京文藝》還給他，問：「那首養豬詩是你寫的吧。」王石頭像是受了驚嚇似地猛地坐起，打開雜誌，那首養豬詩的底稿就夾在裡面，他找到了那一行，蒼天保佑，上面寫的精神而不是精子。他跳起來，興奮地打了留級生一拳：「你拿雜誌也不跟我說一聲。」

留級生被打的哎喲一聲，手捂著胸部：「我怎麼沒跟你說呀，是你忘了。」王石頭用手幫著留級生揉著胸部：「星期天，我請你去長辛店喝啤酒！」

二十三

一九六六年的春天和往年沒什麼兩樣，大自然依然遵循著它亙古不變的時序更替，只是雨水比往年稍多一些。牆邊的小草在暖陽下早早就吐出新綠，河灘上開放著星星點點叫不出名的野花，葦塘裡甚至出現了幾隻紅嘴巴、白羽毛的水鳥，它們很冒失地撲楞楞從葦塘裡飛出，白色的翅膀優雅地滑過藍天。

學校如往常一樣，播種，育秧，喊著口號出工，喊著口號收工。但政治氣候卻有些異常，學校裡放映了《早春二月》、《武訓傳》、《清宮秘室》幾部電影讓大家進行批判。雖然報紙上和廣播裡把幾部片子說的一無是處，認為是宣傳資產階級人性論和賣國主義。可是在學生中間卻沒有引起多少共鳴，大多數男生都惜香憐玉，覺得老慈禧太殘忍，光緒皇帝太窩囊，竟眼睜睜地看著一個天仙般的妃子被推到井裡。

學校的廣播裡播放的不再是評蘇修的公開信，而是槍口對內，播的是《評三家村紮記》、《評海瑞罷官》。廣播員的聲音宏亮有力，像是在讀一篇檄文。

在這個春天，使學生們更感興趣的不是這些批判，而是學校裡發生的一件緋聞，一名女學生在實習時和當地的一個農業技術員發生了性關係。這在以清教徒和苦行僧為治學方向的學校看來，無疑是大逆不道。但學校寬宥了這位女生，並沒有給她任何處分。但她卻成了學生們議論的對象，一次去食堂打飯時，尿褲子精指著一個梳著短辮，身材不高的女生說：「就是她被幹了。」那個女生並不漂亮，但卻有一種說不出的撩撥人的勁兒。

五月底，王石頭從城裡回來，看見食堂門口圍著一群人，人們正在看一張大字報，大字報的題目是：向修正主義教育路線開火！大字報是一個家住北大的學生貼的，大字報的結尾富有號召力：同學們，我們快去外面看看吧，我們不能再沉溺於這個世外桃源，快到外面去經風雨，見世面！在王石頭的記憶中，入學三年多來，除了他們班因白薯乾發黴給校領導貼了一張大字報外，還沒有別人貼過大字報，更沒有人膽大妄為地直接向校領導開火，這個學生真是吃了豹子膽了。那個貼大字報的學生正神情激昂地向周圍人演講：「北大的大字報都貼滿了，咱們這兒一點動靜都沒有，太跟不上形勢了！」

傍晚吃飯的時候，食堂的門口已經貼出了五、六張大字報，矛頭都是指向校領導，批判學校執行了一條修正主義教育路線。尿褲子精看完後，對王石頭說：「我看他們丫的都沒說到點兒上，咱們學校執行是勞改路線，把學生當成勞改犯！你還不來一張，就批丫的大抬子底下煉紅思想！」

第二天，更多的大字報出現在食堂門口和宿舍樓的牆上，還不斷有人把大字報貼出來。人們亂哄哄地議論著，傳遞著從城裡帶來的各種消息。上課鈴響了，沒有人去上課，更沒有人去幹活，學生們浸淫在一片混亂的亢奮之中。人群中，一個學生喊了一聲：「咱們去北大看大字報吧！」人們便忽喇喇走了一大片。

校領導有點發懵，他們從來沒有經歷過這種陣仗。他們不希望這種混亂的局面再持續下去，便召開了一個全體教職員工會議，要求學生們回到課堂去。但很快遭到了學生們的抗議，更多的大字報鋪天蓋地的貼滿了校園。

所有的老師都保持沉默，沒有一個人站出來貼大字報，他們都經歷過一九五七年反右，覺得這又是一場引蛇出洞的把戲。在那場把戲中，不少人都中了計，至今仍戴著右派帽子勞動改造。他們覺得用不了多久，上面就會組織反擊。

果然不出所料，上面很快派下了工作組，由工作組主導成立了文化大革命領導小組。向絕大多數學校一樣，領導小組的頭頭由高幹子女擔任。劉少奇的兒子理所當然地當上了領導小組頭頭，當然工作組也沒忘了工人階級和貧下中農這塊招牌，第一把手由一個出身工人名叫張奮的學生擔任，劉少奇的兒子只是二把手。這位太子爺除了帶舞蹈隊去一個軍隊文工團學習舞蹈外，一直默默無聞，現在終於有了出頭的機會，被委以重任。

工作組對這場運動似乎也不得要領，有點像無頭蒼蠅，他們只要求學生們每天讀報紙社論，還組織學生去北大參觀取經。北大校園裡到處都貼滿了大字報，已完全陷入無政府狀態和革命的狂熱之中。校領導已被群眾專政，在學生的看管下勞動。北大校長陸平亦在其中。這位昔日的校長神情頹唐，衣著不整，襯衣上面的扣子不知是掉了還是沒繫，露出一大塊發胖的胸脯。一綹頭髮搭拉下來，被汗水黏在額前。他正在太陽的曝曬下拔路邊的野草，但卻不得要領，像是和野草較勁。這個以自由之思想，獨立之精神為傲的學府此時早已斯文掃地，成為人類文明最冷酷的殺手。它給了那些參觀的學生這樣的啟示：你們可以這樣對待自己的校領導。

回來時，在公共汽車上，王石頭看見幾個年齡和他相仿的學生上了車，他們每人的胳膊上都裹著一個紅袖標，袖標是毛邊的，上面也沒有字。幾個人上了車也不買票，一副目空一切的神態。下車時售票員也不敢管他們。王石頭後來才知道，這就是最初的紅衛兵，他們大多數是高幹子女。

七月底，王石頭接到哥哥一封信，讓他回家一趟。回到家後，哥哥告訴他，單位有人給他貼了大字報，說他和反動家庭劃不清界限，至今仍讓地主婆在北京享福。哥哥說他打算把母親送回老家，王石頭也想不出別的辦法，只好同意。

晚上，母親仍為他趕制坎肩。在燈光下，一針一線地縫著，坎肩裡外三新，黑色的斜紋布面，藍布裡子，棉花也是新的。母親縫完最後一針，讓他試試大小。坎肩軟軟的，綿綿的，彷彿仍帶著母親的手溫。試完後，母親把坎肩疊好，囑咐他：「天涼了，就穿上，別著涼。」王石頭點點頭：「知道了。」

母親又說：「你胃不好，少吃涼東西，夏天睡覺時，別晾著肚子。」王石頭又點點頭。母親又囑咐：「咱們家成份不好，遇事忍著點兒。」王石頭說：「我知道。」

第二天一大早，王石頭便幫母親收拾東西。母親只有一個小行李捲和一個用包袱皮包著的幾件打了補丁的衣服，再就是王石頭哥哥穿了十幾年袖口已經磨破的短大衣——那是帶給父親的。王石頭母親走到門口又回過身來望著屋裡，像是怕漏掉什麼東西。轉身時，王石頭看見母親擦了擦眼睛。望著頭髮花白、背有些佝僂的母親，王石頭心裡一陣難過，這是母親第二次被掃地出門，而且要回到第一次掃地出門的地方。母親一路上都默默無語，眼神充滿了淒苦與恐懼。王石頭對那個寫大字報的女人充滿了憎恨，他聽母親說過，那個女的曾和哥哥做過鄰居，和嫂子因為使用廚房吵過架，這場革命給了一些人公報私仇的機會。

送走了母親。傍晚，王石頭回到學校。學校裡到處是三三兩兩的人群，在宿舍樓門口，他看見一張題目字大如斗的大字報：沒有貧農就沒有革命。貼大字報的是六九級的學生。一九六五年後，學校不再從城裡招生，而是招一些農村的學生，這些學生也不必通過統考，而是由公社和大隊推薦，畢業後國家不負責分配工作，從哪兒來回哪兒去，被稱為社來社去。被推薦上來的大都是公社和大隊幹部的子女和親屬，年齡也往往比考來的學生大一些，這些農村來的學生大多土裡土氣，但有的偏偏喜歡搔首弄姿，假裝城裡人，像是不倫不類的城鄉雜種。運動開始，這些社來社去的學生貼的第一張大字報就是砸爛修正主義路線，要求摘掉社來社去的帽子和城裡的學生一起參加分配，掙工資吃商品糧。工作組來校後，領導小組沒有一個社來社去的學生，他們覺得受到歧視，便貼出了這樣一張大字報。

回到宿舍，尿褲子精告訴他工作組已經撤走了。

工作組走後，學生們迅速分為兩大派，一派叫東方紅，一派叫紅旗，還都給自己安了個挺大的頭銜——兵團。兩派都把自己封為毛主席革命路線的捍衛者，雙方用大字報，廣播喇叭相互攻訐，互相辱罵，相互抵毀，充滿了不共戴天的深仇大恨，揚言要把對方油炸、火燒、煎炒，不過，雙方打的都是口水戰和筆墨戰，沒有人敢動真格的。

工作組撤離後，劉少奇的兒子一下子又變得默默無聞，他似乎已完全袖手事外，既不寫大字報也不參加辯論，此時他已清楚，毛澤東的《炮打司令部》要炸的就是他父親，這顆新星還沒完全升起便迅速隕落。

學校亂哄哄地鬧了半個月，八月十七日晚，學校接到通知，十八日到天安門廣場集合，聽說毛主席要接見廣大學生。那兩天，王石頭正在拉肚子，一上午要跑五、六次廁所。雖然天安門廣場的歷史博物下面有廁所，中學「五一」和「十一」狂歡時他曾經去過。可是廣場太大，拉稀又是說拉就拉，容不得工夫，他怕萬一憋不住，拉到褲子裡，時值伏天，穿的又少，後果可想而知。到時候他一定會丟人現眼，臭名遠揚，成為屎褲子精。可是他又實在捨不得這個機會，能見到偉大領袖毛主席，那是一種何等的幸福啊！比見到情人還激動，比跟女人做愛還高興。王石頭思來想去，決定冒這個險，能見到偉大領袖，這個險值的一冒。臨走時，他又在外面加了兩條褲子，這樣，即便拉到褲子裡，也不會馬上滲出來。他又往褲兜裡揣了不少報紙。王石頭和同學們一起在院子裡等車，快九點的時候，十多輛大卡車開進了校園。學生們按班級排好隊等著上車。班長張萬海手裡拿著一份名單站在隊前對大家說：「今天我們去天安門廣場，準備接受偉大領袖毛主席的檢閱。我知道，每個同學都非常想去，可是學校只借來了十輛大卡車，如果都去就裝不下。所以，有的同學只能留下來。下面，我唸到的同學去前面上車，沒唸到的就留下來看大字報。」張萬海一個一個的唸著。王石頭發現，開始唸的都是出身好的，不是工人就是貧下中農。接下來就是職員、中農。名字唸完了，全班最後只剩下九個人出身都是地主、富農、小業主和舊職員。大家相互看了看，都明白是怎麼回事。王石頭回到宿舍，脫下外面那條褲子，把兜裡的報紙也掏出來。這回，他再也不用擔心憋不住，把稀拉到廣場上。王石頭從褥子底下拿出彈弓，到樹林裡去打鳥和知了。中午回校吃飯時，廣播喇叭裡傳出山呼海嘯的歡呼聲和播音員那興奮激昂的聲音。偉大領袖正在天安門接見學生。王石頭感到一陣深深地失落和惋惜。

晚上，同學們仍沉浸在一種興奮和激動之中，在宿舍裡談論著偉大領袖接見紅衛兵的情景。趙光腚說：「我敢說，全校屬我離毛主席最近了，我都看到毛主席下面那顆痦子了。」屎褲子精說：「你丫的少吹牛X吧。你丫的在我後面，我連毛主席影兒都沒看見。你丫的就看見痦子了。」

晚上，王石頭從廣播裡才知道劉少奇靠邊站了。早晨洗漱時，王石頭看見了劉少奇的兒子，這位太子爺仍拿著一個掉了瓷的把缸子，一條髒的顏色有些發灰的毛巾，表情上也沒有什麼變化。他大概事前已知道了他父親地位的變化。

八月十八日，由於偉大領袖穿上了軍裝，戴上了紅衛兵袖章，一場紅衛兵運動迅速在北京興起。

黃軍裝和紅袖章成了這場運動的標誌，一時間，軍裝成了最時髦的裝束。人們想方設法弄一套黃軍裝，當然必須是四個兜的，如果是兩個兜的，那將受到嘲笑，因為那是士兵穿的。如果你能成龍配套，軍裝、軍帽，再配上有銅皮帶鉗子的武裝帶，把自己打扮成一個準軍人，那你就會成為人們羨慕的對象。

尿褲子精不知從哪裡弄來了一套八成新的軍裝，而且是四個兜的，顯得趾高氣揚。王石頭問：「偷的吧？」尿褲子精搡了他一把：「你丫的才是偷的呢！這是我表哥的，我表哥是連長。」

趙光腚也弄來了一套軍裝，人模狗樣的穿在身上。不過那是仿的冒牌貨，顏色不正，扣子也不一樣。尿褲子精擠兌趙光腚：「瞧你那操性，這狗屎黃你丫的也好意思穿！」

那個把自己從花孔雀變為灰母雞的女生又恢復了她追求時髦的本性，也穿上了一套軍裝，而且是男式的。她那極為風情的眼睛和豐腴的胸部使這套軍裝增添幾分脂粉氣，使人想起電影《英雄虎膽》中的阿蘭。

黃軍裝雖然什麼人都可以穿，但紅衛兵袖章卻不是什麼人都能戴的。它有著嚴格的階級界限，必須出身是紅五類，也就是革軍，革幹，工人，貧農和下中農。它的核心成份是革軍和革幹子女，雖然工人和貧下中農出身的也都能加入，但成色稍差一些。因為他們的父輩沒有跟著偉大領袖出生入死過，只是解放前日子過得窮。而且是革軍革幹把他們解放的。

紅衛兵發起者和最核心的部分是一些高幹子女，他們呼風喚雨，不可一世，表現出天下者，我們的天下，舍我其誰的盛氣凌人的架式，並祭起了「老子英雄兒好漢，老子反動兒混蛋」的血統論的大旗。儘管他們的父輩中的絕大數都曾經是屁股用瓦蓋的泥腿子。

趙光腚不僅穿上了一套狗屎黃軍裝，還戴上了紅衛兵袖章，原來有些菜色的小臉像打了雞血一樣整天脹得通紅。在校三年多來，他學習一般，勞動一般，因為睡覺不穿褲衩——那是窮人的習慣——而被人叫了三年趙光腚，現在，他終於翻身了。他覺得從來沒有這樣風光過。他當著全班宣佈，他從此改名叫趙衛東，保衛的衛，毛澤東的東。以後誰也不許再叫他趙光腚，叫趙光腚就是對貧下中農的污辱，特別是那些出身黑五類的人，趙光腚是你們叫的嗎？再說，自從加入紅衛兵後，他睡覺時已穿上了褲衩。以後再叫他趙光腚就是階級報復，他就對他們不客氣。那些出身好的人並不理這個茬，仍一口一個趙光腚地叫著。倒是那些出身不好的學生被他震住了，不敢再叫他趙光腚，而稱呼他的新名字——趙衛東。

那個和劉少奇兒子一班的豁唇三瓣嘴也因為父親是團長而變得不可一世。三瓣嘴平時說話時像個破風箱一樣撒氣漏風，即使不說話，他的嘴也像是兔子吃草般地不斷地嚅動。三瓣嘴曾為自己的缺陷辯白，說他父親早就參加了革命，他媽懷他時正趕上鬧災荒，家裡沒有糧食只能吃草根，草根吃多了就把他生成了這個模樣。以前三瓣嘴自慚形穢，一見女生就趕忙把頭低下，看到漂亮的女生更是恨不得把腦袋紮到褲襠裡。現在不僅敢放肆地盯著女生看，還大膽地向比他低一班一個出身軍人的漂亮女生示愛：「咱們革軍只能嫁給革軍，這樣才能龍生龍，鳳生鳳，才不會老鼠生出的兒子會打洞。」那個女生費了好大勁才聽清他說的話。微微一笑說：「那要是生出個兔子呢？」說罷翩然而去。

隨著紅衛兵運動的興起，北京開始了一場暴虐血腥的抄家運動。既然有了偉大領袖「要武嘛」的鼓勵，他們可以施展身手，大開殺戒了。首當其衝的是五類分子——地富反壞右，還有資本家和那些歷史上有問題的人。儘管他們中不少人都經歷了疾風暴雨的土改、肅反、鎮壓反革命、三反、五反、工商改造、反右等運動，早已被沒收了生產資料，剝奪了政治權利，被清算、掃地出門、關押和管制，被打入另冊，一直小心翼翼、戰戰兢兢、像狗一樣夾著尾巴過日子，但每次運動都要老賬新算，把他們拎起來批鬥一番，這次更是先拿他們開刀。

紅衛兵拎著皮帶蝗蟲般地湧向北京的每一條街道，每一個小巷，每一座居民樓。那些被稱為小腳偵緝隊的街道婦女和老太太便成了紅衛兵的熱心嚮導，哪家是地主，哪家是富農，哪家是右派，哪家是資本家，小業主，誰解放前在舊政府中幹過事，誰家有海外關係，誰家的女人紅杏出牆，誰家的男人偷雞摸狗，誰家的孩子蹲過局子，進過大獄，誰家婆媳不和，子女不孝，她們都門兒清。解放後，這些小腳偵緝隊成為政府最可靠的基層力量。他們大多數沒文化，斗大的字認不了一升，但卻對政府狗一般的忠誠，而且往往聽風就是雨，搬弄是非，蜚短流長。她們特別樂意看見他們的鄰居特別是那些日子比他們過得好的鄰居倒楣。在抄家時，他們顯的格外積極，踮著小腳，扭動著屁股為紅衛兵領東指西。她們常常挾私報復，借助紅衛兵的皮帶收拾一下和她們不和的鄰居。

一時間，北京城哀聲遍野，血雨腥風。這些人的家被抄，門被封，在紅衛兵飛舞的皮帶下皮開肉綻，血肉橫飛，有的當場斃命。他們被押上火車，遣返回原籍。比王石頭高一年級的一個姓藏的學生，他的爺爺成份是地主，七十多歲了，被轟回老家。大隊幹部一看，轟回來的是一個七老八十的老棺材瓤子，既不能下地幹活，又沒有油水可撈，又把他轟回了北京。街道的小腳偵緝隊馬上告訴了紅衛兵，紅衛兵搧了他兩個耳光，勒令他當晚必須離開北京。這位地主老爺子只好去新疆投奔他的女兒。女兒的單位聽說來了個老地主，把他女兒狠狠教訓了一頓，說新疆是邊疆地區，哪能是地主分子避難之處，現在階級鬥爭這麼複雜，蘇修亡我之心不死，將來給國外特務通風報信誰負責。又把老地主轟回了北京。老人走投無路，就在回北京的當天晚上，在院子裡的一棵老槐樹上上了吊。

趙光腚成了抄家的急先鋒，這個三代貧農不知從哪里弄來了一條帶有銅皮帶鉗子的寬皮帶，紮在腰上耀武揚威地進進出出。尿褲子精也加入了抄家的行列。

由於學校離城裡遠，他們便先抄附近農村地主、富農的家。

一天下午，趙光腚抄家回來，王石頭看他在洗臉間裡洗皮帶上的血污。吃晚飯時，趙光腚興高採烈地講著抄家的經過：「操，那老地主真不禁打，兩皮帶就趴下了。」晚上，王石頭問尿褲子精：「你們今天又打死人了吧，我看見趙光腚擦皮帶上的血。」尿褲子精說：「我今天沒去。丫的下手黑著呢，前天，抄一個老地主的家，丫的一皮帶鉗子下去，那個老地主的背上的肉像開了花似地翻了起來。」

畢竟附近只有幾個村子，地主富農也不多，而且家裡就是一些鍋碗瓢盆。於是，這些抄家的便轉戰城裡，去城裡抄家。

一天傍晚，尿褲子精把王石頭叫到操場，說：「讓你丫的開開眼。」他從兜裡掏出一張顏色已有些發黃的照片，照片是兩個一絲不掛的女人和一個一絲不掛的男人。那個男人把頭紮在其中一個女人的小腹下面，另一個女人則用嘴叼著那個男人脹得如同大香腸般的陽具。尿褲子精問：「怎麼樣，黃不黃？資產階級吧。」他用手摸了一下王石頭的褲襠：「老二硬了吧！」王石頭打開他的手：「你們抄家就抄這個？」尿褲子精說：「就你丫的純潔，你知道高長江的手錶是哪兒來的嗎？」高長江也是紅五類，他的父親只是稅務局的小頭頭，他便自封為革幹，也變的趾高氣揚，不可一世。「哪兒來的？」王石頭問。「抄家抄來的。」尿褲子精說。

王石頭說：「你怎麼知道？」

「你想想，一塊瑞士表好幾百塊，把丫的賣了也不值，不是抄來的是哪來的，丫的以前怎麼沒戴過。」

「抄家的東西不是歸公嗎」？王石頭問。

「那是開始，你沒聽說在天安門城樓上還揀到金條，那肯定是紅衛兵抄家抄來的。」快到宿舍時，尿褲子精突然說：「上次抄家時，我看見一個女的，你猜像誰？」

「像誰？」

「特像郭蘆枝。」

王石頭停下腳步。自從上次給他送鞋後，一晃四年多了，他再也沒見過她，也沒有她的任何消息。前兩天他還在想，這次她家也可能被抄，她父親是美國回來的，很可能被戴上一頂美國特務的帽子。

王石頭問：「會不會真是郭蘆枝。」

尿褲子精說：「肯定不是，郭蘆枝多洋氣，哪個女的一點都不洋氣。」

王石頭問：「你沒試著叫她一聲？」

尿褲子精說：「沒有。後來，我問那個帶著抄家的老太太，她說這家姓王，不姓郭。」

「那後來抄了嗎？」王石頭問。

尿褲子精說：「我們沒抄，一幫中學生抄的。那天上午抄完一家後，本來想回去了，一個傻X老太太過來，說她家旁邊有一個歷史反革命，讓我們去抄。這幫傻X老太太對抄家特積極，有的還特壞，誰家跟她有仇就帶你去抄誰家。有的根本不是黑五類。上次抄家，在胡同口看見兩撥紅衛兵打起來了，原來是一個街道老太太跟他的鄰居有仇，就叫來一幫紅衛兵抄那個鄰居的家。其實那家是工人，結果那家不幹了，也讓自己的孩子帶來一幫紅衛兵把那個老太太家抄了。兩撥紅衛兵就打起來了，皮帶板磚一塊上，兩個紅衛兵腦袋都被花了。這次，我們也怕上當，問那個老太太，這家是不是真的歷史反革命。老太太說肯定是，我們跟著老太太進院一看，已經有人在抄了，是一幫初中生。我本來想走了，一看牆角站著個女學生，長的特像郭蘆枝，特別是眼睛。嚇得小臉煞白，腿還直打哆嗦，就沒走。站在一邊看著，帶頭抄家的是一個女學生，長得跟醜八怪似地，穿一件狗屎黃，一看就是冒牌貨。她正逼那個男的交出電臺來。其它幾個人正在翻箱倒櫃。那個男的五十來歲，他從口袋裡掏出一張獎狀，說自己是北平解放有功人員。獎狀是北京市政府發的。那個女中學生拿過來看也沒看就撕了，說你還敢把北京叫北平，不是反革命是什麼。說著，就抽了他一皮帶。然後，她把皮帶交給那個女學生，說，去跟你的狗爹劃清界限。那個女學生接過皮帶，哆哆嗦嗦，不知是抽還是不抽，那個醜八怪在旁邊大聲叫，抽哇！抽哇！我覺得這醜八怪太過了，上前攔住她，說你丫的差不多就行了。丫的瞪我一眼，問我是哪個學校的。我說，你是哪個學校的，她說是十七中的。我一聽就知道是爛學校。我說，我是一〇一的。」王石頭問：「你怎麼不說自己原野學校的。」

尿褲子精說：「這校名一聽就土鼈，一〇一多牛X，盡是革軍和革幹。丫的看我穿的是四兜軍，又是一〇一的，有點認慫，可還嘴硬，說，你是不是看上她了？我說，我看上你媽了！你丫再不走，我抽你丫的。她一看我們都是男的，又比她們年齡大，就撤了。她們一撤，我們也撤了。」

王石頭問：「你們抄的那家是哪個街道的？」

尿褲子精說：「哪個街道我不知道，是宣武區的。」

王石頭放心了，因為郭蘆枝家在西城區，而且她父親也不是北平解放有功人員。

二十四

自從北京開始抄家後，血統論愈演愈烈，連辯論時都要報出身，出身不好的根本沒資格參加辯論。王石頭覺得，既然他已被稱為狗崽子，他又何必用熱臉去貼人家的冷屁股，他還沒有癡迷到為了革命當狗也欣然的程度。雖然有一些出身不好的學生寫大字報表示要和家庭劃清界限，大罵自己的父母，一個姓王的學生把自己改名為王向東，另一個姓蔣的學生覺得自己和蔣介石一個姓實在是大逆不道，就連姓都不要了，改名叫紅革命。不管你怎樣表白自己，標榜自己，即使你日自己八輩子祖宗，甚至掘了自家的祖墳，但骨子裡你仍是黑五類子女，是不可救藥的狗崽子，不會得到信任。

一些出身非紅五類的女生以「紅色娘子軍」的署名寫了一張大字報，題目是：要嫁就嫁紅五類。並挑釁性地貼在男生宿舍樓門口。這些女生揚言，即使她們打光棍，也不會嫁給那些狗崽子，不給他們傳宗接代，並在結尾惡毒地詛咒：讓那些狗崽子向隅而泣，去斷子絕孫吧！晚上，不知是哪個膽大的學生在署名處又加了一行字：一群老母豬。這引發了紅色娘子軍的憤怒，她們很快用娘子軍的口吻給予回擊：有種的站出來，別偷偷地打黑槍！

也有一些非紅五類的學生成立了一個組織，叫「紅戰友」，並戴上了印有紅戰友的袖章，表示自己是紅衛兵的友軍，完全服從於紅衛兵的領導。王石頭覺得這樣做有點下三濫，只是把自己從狗崽子升格為狗。

因為無事可做，王石頭經常一個人來到稻田旁，稻田因為沒人管理。沒人拔草搔秧，已變得荒蕪。蘆葦、稗草、三棱草撒著歡兒瘋長，蘆葦的葉子如劍般地伸向天空，稗草的穗子輕佻地在風中搖曳，三棱草趁機猛竄個頭。它們一起在風中起舞歌唱，歌唱這無拘無束、盡情生長的好時光。

傍晚，晚霞把稻田染成一片嫣紅，青蛙發出哏呱哏呱的叫聲，各種昆蟲在草間快樂鳴叫，有的嘹亮高歌，有的低吟淺唱，空氣中彌漫著稻禾和青草的氣息。風吹過來，稻禾便微微漾動，發出輕輕的刷刷聲，彷彿在輕輕絮語。當夜幕降臨，偶爾有螢火蟲在夜空劃過，降落在草叢裡或稻禾上，遠離塵囂，遠離爭鬥，遠離暴虐，大自然以她特有的寧靜與安祥淨化著人們的心靈。

在稻田旁，王石頭經常遇到兩個人，一個是老蔫，一個是啞三。啞三是學校的農工，三十出頭，有點缺心眼，說話也含混不清。啞三曾是個流浪兒，當時在茶澱農場當領導，後來成為校長的李宗生看著他可憐，就把他領回農場，當了農工。因為沒有姓名，農場的工人就管他叫啞三。啞三身體強壯，有股子蠻勁兒，幹活不惜力氣，二百斤重的麻袋，一上午能扛上百袋，像個搬運機器。原野學校成立後，李宗生任校長，也把啞三帶了過來。校長的母親對啞三如同對自己的孩子，冬天給他縫棉衣，做棉鞋，幫他補衣服。逢年過節，總是把啞三叫到家裡一起過節。文革開始後，學生們都造了反，不下地幹活了，啞三仍忠於職守，每天拿把鐵鍬到稻田裡灌水，放水。老蔫和王石頭是同班，家是農村的，出身也是地主，可能是在農村長期受壓的原因，老蔫性格內向，平時很少說話。同學們便給他起了個老蔫的外號。老蔫是班上的學習委員，不僅學習好，勞動好，人緣也極好。運動以來，老蔫更像個悶葫蘆，沒寫過大字報，也不參加辯論，別人辯論時，他只是在旁邊聽，聽了一會兒就走開。老蔫吹的一手好笛子，傍晚時，他經常來到稻田邊，找塊石頭坐下，那悠揚的笛聲便飄過草尖，飄過稻田，在黃昏的暮靄中宛轉悠揚。這時，啞三也過來聽，雖然王石頭也經常來稻田，但老蔫從不和他一起來，也不和他一起回。王石頭心在明白，他倆出身都是地主，怕別人說他倆搞小集團。

一天下午，王石頭在稻田看見啞三，他正在稻田放水。王石頭問：「啞三，你怎麼不去參加運動。」啞三愣了一會兒，彷彿明白了王石頭問話的意思，啞三兩眼一瞪，伸出小拇指：「打人，這個！」又伸出大拇指：「不打人，這個！」

傍晚，王石頭從稻田回來，脖子上被叮了一個包。他沒在意，那個包越腫越大，開始潰爛，流出了黃水。學校的醫務室已經癱瘓，沒有醫生看病。他只好回城裡去看。他先去找哥哥要錢，在哥哥所在單位門口，他看見那個韓處長正在掃地，韓四眼脖子上掛著個木牌，上面寫著「叛徒」兩個字。他的眼鏡一邊沒了鏡片，另一邊沒有眼鏡腿，用一根細繩栓在耳朵上，模樣十分狼狽。王石頭心裡暗暗高興，心想，你這老東西也有今天。

從哥哥那裡取了錢，他去醫院掛號，醫療本上不僅要填姓名，年齡，還要填出身，他想了想，填了一個職員。在醫療室裡，醫生對他的傷口做了處理，抹上藥，用紗布包上。去取藥時，在樓道裡，看見一個渾身是血的中年人，躺在一個長椅上。他的臉和頭部已被血污糊住，一隻眼球冒了出來。一個穿白大衣的女醫生正在訓斥一個中年婦女：「你趕快拉走，我們這是人民的醫院，不給反革命看病！」那個中年婦女苦苦哀求：「大夫，你行行好，他不是反革命，他只是右派，現在已摘了帽，摘了帽就不是右派了，就是人民內部矛盾了，你看，他還有選民證。」中年婦女把一張白卡片遞給女醫生看。「大夫，你行行好，他過去也是個醫生。」可能是最後一句話打動了女醫生，她走過去，俯下身，用手撐開另一隻眼睛的眼皮，說：「沒氣了，拉回去吧！」她往前走了兩步，又回過頭來：「你們把椅子上的血擦乾淨！」

王石頭走出醫院，天已中午，他在附近找了一家飯館，跟開票的說要碗麵條，開票的說，這裡不供應麵條。他說那就要份炒餅。那個開票的頗不滿地瞪了他一眼，說炒餅也沒有，只有窩頭。這時，他才知道，飯館裡已根據紅衛兵的要求，取消了白麵和大米，因為吃細糧被認定是一種資產階級生活方式。無奈，他只好要了兩個窩頭和一碗菜湯。吃完飯，他剛要走，一個戴紅袖章的女服務員把他叫住，讓他把自己的碗和筷子都洗了，還讓他把桌子擦乾淨。因為資產階級才讓別人侍候。

王石頭登上一輛公共汽車，準備回學校。車開到一個十字路口，停下了。路口堵滿了車輛，一群人聚集在十字路口的崗亭旁。王石頭下了車，擠進去想看個究竟。崗亭旁圍著六七個戴紅袖章的紅衛兵，有好幾個是女的，看樣子像初中生。他們正和一個年輕的交警爭執，要求交警改變指揮，讓紅燈行，綠燈停，因為紅色代表革命，紅燈停就是革命停。年輕交警說，他沒接到上級命令，所以只能執行現行的交通規則，紅燈停，綠燈行。紅衛兵說，那些交通規則都是修正主義的，我們就是要砸爛這些規則。雙方爭執不下，車越堵越多。這時，一輛摩托車開到路邊停下，一個五十多歲的老交警分開人群，來到崗亭前。他雙腳一磕先對那些紅衛兵行了一個標準的敬禮，然後又耐心溫和地說，他非常佩服和支持紅衛兵小將的革命行動，他回去一定向領導反應紅衛兵小將的革命要求。然後，他耐心地解釋說：「你們想想，如果這個路口紅燈行，綠燈停，別的路口仍是紅燈停，綠燈行，那就容易發生車禍。出了車禍，如果死傷的是地富反壞右和走資派，那是活該。如果傷的是革命群眾，那誰高興呢？不用我說你們也知道，肯定會讓美帝蘇修、地富反壞右高興。咱們不能讓他們高興，你們說對吧。」一個女紅衛兵講：「公共汽車是人民的公共汽車，根本就不應該讓地富反壞右和走資派坐車，也不能拉他們的狗崽子，以後上車時應該一律報出身！」老民警說：「小將們說的對，我回去一定把你們的意見向領導反應，現在，你們看，路上堵了這麼多汽車，車上最少有百分之九十五以上都是革命群眾，他們很可能到單位去搞文化大革命，批鬥走資派，如果把車堵在這裡，他們去不了單位，開不了批判會，那誰高興呢？對，肯定是走資派最高興。咱們不能做讓走資派高興的事，你們說對吧！」幾個紅衛兵不說話了，把路讓開。

二十五

因為游離於運動之外，王石頭每天無所事事，東遊西逛。那把彈弓又派上了用場。他經常拿著它到大堤的樹叢中打鳥和知了，那些知了倒了大霉，在他的彈弓下，它們那嘹亮的歌聲嘎然而止，一個個掉落在地上。樹叢中還有小巧的羽毛發綠的黃鶯樣的小鳥，在樹叢中跳來跳去，婉轉歌唱，這些小精靈有不少也做了他的彈下鬼。他還極殘忍地打下一隻落在電線上的燕子。那只燕子被打落在地後，幾隻燕子繞著它飛來飛去，並在他頭頂示威似地盤旋，俯衝，把一泡屎拉在他的肩膀上。王石頭偶爾也到教室裡待上一會兒，偌大的教室空無一人。在教室裡，劉少奇的兒子也經常一人呆坐在那裡，這位落難公子已不能再回中南海。

上午，王石頭拿著彈弓去水渠邊的一片小樹林打知了。快中午時，他回學校食堂吃飯。在校門口，他看見一個女孩站在那裡向校門裡張望。女孩大約有十三四歲，長得十分俊秀，大大的眼睛，白白的皮膚，紮著兩個小辮，上身穿一件紫色碎花上衣，下身一條藍布褲子。女孩看見王石頭，問：「大哥哥，這是原野學校嗎？」女孩的聲音甜甜的，十分好聽。王石頭回答：「是呀，你找誰呀？」女孩說：「我找齊海明。」

齊海明就是老蔫，王石頭想，這個小女孩可能是他妹妹，因為眼睛長得非常像。

「你是他什麼人呀？」王石頭問。

「我是他妹妹，他是我哥哥。」女孩回答的十分乾脆。

王石頭說：「那跟我走吧。」王石頭領著小女孩來到老蔫的宿舍，老蔫正躺在床上看書。

王石頭說：「老蔫，你看誰來了？」女孩驚奇地看了王石頭一眼，好像是奇怪為什麼管她哥哥叫老蔫。老蔫見是妹妹，騰地從床上坐起來，以為家裡出了什麼事，有些緊張地問：「你怎麼來了？」

女孩說：「爸爸讓我叫你回去，本來想給你寫信，怕來不及，就讓我來了。」

王石頭覺得不便聽兄妹倆說話，便走了出去。過了一會兒，他看見老蔫和他妹妹出了校門。

老蔫一連走了四天，第四天傍晚，王石頭在稻田旁又遇到了老蔫。老蔫呆呆地坐在那裡，見了王石頭也沒反應。

王石頭問：「你回來了？」

老蔫表情木木的，像是沒有聽見，眼睛直勾勾地望著前方。王石頭問：「是不是家裡出了什麼事了。」以老蔫家的成份，家裡被抄和父母挨批門是很正常的事，老蔫仍不做聲。等王石頭再問時，老蔫哇地一聲哭了起來。王石頭說：「到底怎麼了，出了什麼事了。」

老蔫好不容易才止住哭聲：「我們全家都沒了。」王石頭有點不敢相信：「沒了，怎麼沒了？」老蔫又哭起來：「全被殺了。」

王石頭感到一陣毛骨悚然。頭髮像是炸了起來，開始抄家後，雖然打死人如同撚死一隻螞蟻，已司空見慣，不再能刺激人們麻木的神經，可是滿門抄斬的事還是第一次聽說。「你妹妹呢？」王石頭想起了那個穿著紫花上衣，蹦蹦跳跳的小姑娘。「也沒了。」老蔫哭得更厲害了。天哪，她還是個孩子啊，他們怎麼下得了手！

老蔫好不容易才止住哭，向王石頭講述了事情的經過。

上個星期三，也就是他妹妹來校找他的前一天，大隊書記來到他家，問他在不在家。他父親說沒在家，在學校沒回來。大隊書記說，你讓他這兩天回來一趟，公社有個表讓他填。他父親也沒敢問填什麼表。大隊書記臨出門時又說，一定要讓他回來自己填，別人不能代填。

他父親本來想寫信叫他回來，可又怕來不及和收不到，因為到處都在鬧革命，來大隊送信的郵差也經常不能按時來。父親就叫他最小的妹妹去學校叫他回來。回到村裡，他問父親填什麼表，父親說他也不知道。他就在家裡等。回來的第二晚上，一名大隊幹部來到他們家，簡單地問他一些學校的情況，臨走時，對他說，表還沒下來，讓他別著急回學校，等填完了表再走。大隊幹部的態度平和親切，臨走時還打量了一下院子，看到院牆的牆皮有的掉了，說應該抽空抹一抹，這樣院子才顯得規整。

第二天，公社的表仍沒下來。傍晚時，他去另一個村去找一個叫王貴的同班同學。他的父親是大隊的民兵連長。王貴因為沒考上高中，就在村裡當代課教師。王貴見他來了，吃了一驚，問他是什麼時候回來的，他說前天回來的，大隊讓他回來填一張表。王貴也沒讓他進屋，匆匆帶他出了門，帶著他拐上了一條小路，看看周圍沒人，就帶他鑽進了一片玉米地。王貴的舉動讓他感到莫明其妙，不知道為什麼把他帶到玉米地裡。王貴停下，神色嚴肅地對他說，你別回家了，順著這片玉米地往西走，出了玉米地就是大路，現在走還能趕得上公共汽車，趕不上也不要回家。還有，千萬別讓你們村的村幹部看見。他不明白，王貴為什麼不讓他回家。他說，大隊讓我回來填表……沒等他說完，王貴就打斷他的話，填個屁表，再填表你就沒命了。他問王貴，到底發生了什麼事，王貴說，你甭問了，讓你走你就趕快走，說完，王貴就往回走。走了幾步又囑咐他，記住，千萬不能回家！他一邊鑽老玉米筒子，一面琢磨王貴的話，為什麼不讓他回家。他回來，就聽父親講，附近的幾個公社都對地主、富農進行了抄家和批鬥，有些人雖然逃過土改那一劫，卻沒逃過這一劫，有的被當場打死。他們村卻一直沒有動靜，他父親還說趕上個心腸好仁義的書記，沒讓他們挨批鬥。也許，今天晚上公社和大隊要進行聯合抄家。王貴的父親是大隊的民兵連長，一定知道內部消息，大隊要他回來，可能是讓他陪鬥。

當他快走出玉米地時，太陽已經西沉。

被太陽曬蔫的老玉米葉子又支楞起來，成群的蚊蟲和小咬也開始活躍起來，團團地在他面前滾動飛舞。當他趕到大路邊上的公共汽車站牌下時，天已經黑下來了。這時，他有些猶豫，是按王貴說的，趕快回學校，還是回家，看看究竟會發生什麼。沒等多久，一輛公共汽車開了過來，車在站牌旁停下，當他的腳已經邁上踏板時，又把腳收了回來，他決定回村，即使不回家，也要看看究竟會發生什麼事情。他躲進村邊的一片玉米地裡，正是做晚飯的時候，屋頂上升起了炊煙，空氣中彌漫著一種柴草的煙味兒，廣播裡播放著社員都是向陽花、學大寨、趕大寨之類的歌，整個村莊沒有任何異樣。

天已經徹底黑下來了，家家屋裡亮起了燈光。他的肚子也開始咕咕地叫了起來，他極力抑制住回家的欲望。時間一分一秒地過去，大喇叭也停止了廣播，天空中滿天的繁星閃爍，村子裡變得靜謐而安祥。蚊蟲不停地對他進行騷擾，他揪下幾片玉米葉子，不停地抽打著。

村裡的燈光一盞盞熄滅，村子裡黑黑的一片，沒有一絲兒動靜。看來，今天晚上不會發生什麼事情了。他決定回家，因為肚子已經餓的前心貼後心了。他走出玉米地，向村裡走去，村裡一片寂靜，快走到村中間時，聽見一陣雜遝的腳步聲，有幾道手電筒光在晃動，他急忙躲進旁邊的一間碾房裡。腳步聲在離碾房不遠的地方停下了，影影綽綽地，大約十幾個人，每人手中都拿著棒子，有的還拿著繩子。有人擦了根火柴在點煙，煙頭一亮一亮的。他聽見一個人說，把人都帶到大井哪兒，一個也不要跑了。大井是前幾年打的澆地井，因為沒打出水來，就廢了，大井的口子很大，旁邊堆著高高的土堆。他已經意識到，這不是開批鬥會，因為開批鬥會一定會通過喇叭廣播讓全體社員參加，再說平時開會都是在大隊部前面的空場上，開批鬥會也不需要這麼詭秘。一定會有比批鬥會更可怕的事情要發生。他想起了王貴「再填表你就沒命了」那句話，而且讓他千萬不要回家。把人都帶到大井旁，會不會要把人都活埋了，他不敢再往下想。那群人分成三撥，一撥向西，一撥向東，一撥向北。他家就在西邊，他應該趕快通知家裡，讓家裡人趕快逃走，即使逃不走，也不能束手待斃。他溜出碾房，飛快地溜到村外，迂回著往家裡趕。當他跑到屋後院牆時，聽見前院傳來一陣嘭嘭的敲門聲。接著他聽到了母親的聲音：「誰呀？」「開門！我們是大隊的！」他聽出來了，說話是大隊民兵連長、王貴的父親。吱扭一聲，他聽見門被打開了。那個民兵連長在喊：「跟我們走，快點！」「這麼晚去哪兒呀？」這是大妹妹的聲音。「你甭管，一會兒就知道了。」「我妹妹還小，讓她看家吧。」又是大妹妹在說。「不行，都得去。」民兵連長的口氣十分蠻橫。他突然又問道：「你們家大小子呢？」「已經回學校了。」這是父親的聲音。他知道，這是父親在保護他。「不是讓他在家等嗎？」「他學校有事，就回去了。」父親回答。隨著一陣雜遝的腳步聲，人都出了院子，他聽見了大門被關上的聲音。他迅速地從村邊向那個大井奔去，他躲進大井對面的一片高粱地裡，朦朧的月光下可以看見土堆的輪廓，還可以看到土堆旁站著的人。大約過了十來分鐘，一陣雜亂的腳步由遠而近，一群人隱隱綽綽地朝大井走來。他屏住呼吸，眼睛一眨不眨地盯著前邊，這些人走到大井旁，他聽到一個人說：「你們的好日子到頭了！」話音沒落，他便聽到一陣棍棒打擊的聲音。一聲聲慘叫劃破夜空，轉瞬間便歸於沉寂。接著就是腳步移動的聲音和土流到井裡沙沙的聲音，然後便是一件沉重的東西扔到井裡的聲音。現在，他徹底明白了大隊為什麼讓他回來，明白王貴為什麼不讓他回家。可是，他父母怎麼辦，他兩個妹妹怎麼辦，他們也將遭此毒手，他衝出去，只能是白尋死路，他像一個被困的野獸在那裡團團打轉，卻想不出辦法。前面，又出現了一撥人。大概是那些被押到井邊的人已聽見了那些慘叫聲，他聽見一個聲音在哀求：「陳書記，把我女兒留下吧，她剛十……」下面的話沒說完，一陣鈍物的打擊聲使那聲音嘎然而止。「我操你們祖宗！我跟你們拼了！」一個聲音高喊著劃破夜空。從聲音聽出那喊叫的是地主王石寬的二小子王福根，王福根比他大兩歲，長得十分強壯。接著便是一陣扭打的聲音和棍棒打擊的聲音，隨後便是一聲慘叫。他聽到一個人說：「我眼睛怎麼了，怎麼看不見了。」他看見手電筒亮了，一個聲音說：「眼珠子被打冒了，快去醫院吧。」接著便是一聲喊：「我讓你們翻天！」隨後便是更淒厲的叫喊。他看見，幾人人影影綽綽地向村裡走去。接著又出現了一撥人。還沒到井邊，就聽見一陣棍棒的打擊聲。這時，一個嬰兒的哭聲劃破夜空，那聲音極其嘹亮，像是在呼喚著什麼，它撕碎夜幕，穿透長空，具有極強的穿透力。突然那聲音變成一種極為淒厲的叫聲，那是嬰兒被撕劈成兩半才會有的聲音。他覺得，整個天空，整個大地，整個玉米林還有那朦朧的月色和星光都隨著那聲慘叫發出一陣顫慄。又一撥人走了過來，那正是他的家人，他的父親、母親、大妹妹、小妹妹。他強烈抑制住自己衝出去的欲望。他知道，那等於是白白送死。他不敢再看下去，磕磕絆絆地向玉米地深處走去。他的大妹妹是全大隊最漂亮的姑娘，去年，大隊陳書記托人到他們家提親，父親嫌陳書記的兒子好吃懶做，不著調，就藉口大妹妹還小，婉言謝絕了，如果當時答應了，大妹妹就會逃過這一劫。現在，他唯一的希望就是，陳書記能網開一面，即使把大妹妹一個人保下來也好。一陣淒厲的叫聲徹底擊碎了他的希望：「姐——」那是小妹妹的聲音。他像被電擊中了一樣，全身發出一陣劇烈的顫抖。他跪在地上，雙手緊捂耳朵，把頭死死地頂在地上。全身像篩糠一樣的抖動。不知過去了多久，他慢慢地把頭抬起，周圍死一般地寂靜，他的靈魂彷彿已飛出軀殼，大腦已被掏空，內心一片死寂。直到一隻烏鴉不知是被什麼驚動還是嗅到了死人氣息，呱呱叫著飛過夜空，他的意識彷彿才被喚醒。他必須趕快離開這裡，在天亮前逃出這個公社的地盤。他不敢走大路，也不敢走小路，在玉米地裡深一腳淺一腳地走著，有兩次都走錯了方向。

天濛濛亮時，他終於走到一條通有公共汽車的大路旁。車還沒來，他到路旁稻田的溝渠裡洗了把臉，把身上的泥土擦拭乾淨。車來了，他上了車。車上只有兩三個乘客，一個女售票員在座位上打著盹。太陽已經升起，周圍是一片綠油油的稻田，中午，他回到了學校。

老蔫講完，長長地歎了口氣：「要是我趕早回去就好了，救不了全家把兩個妹妹救出來也好。」說完，目光又呆呆地注視著前方。王石頭也呆呆地望著前方。他想起了被轟回老家的父母，不知道他們怎樣了，會不會也遭此下場。他和哥哥姐姐從來不敢往家寫信，怕被當地幹部抓住把柄，告他們的刁狀，說他們反攻倒算；家裡更不敢給他們來信，怕信落在單位或學校手裡，說他們劃不清界限。王石頭對老蔫說：「你的事班上有人知道嗎？」老蔫搖搖頭。王石頭說：「那就別跟他們說了。」

老蔫全家被殺的事很快在全校傳開了，因為學生中有好幾個都是那個公社和附近公社的。他們把這件事說的繪聲繪色，還說老蔫能掐會算。老蔫每天總是像木頭一樣呆呆地一個人坐在教室裡，他的目光沒有哀痛，沒有悲憤，也沒有仇恨，只是呆呆的，木木的，像是死魚眼睛。老蔫偶爾也去稻田，也只是坐在那裡，卻再也聽不到他那悠揚的笛聲。一天吃飯時，趙光腚對班長張萬海說：「我看見他都害怕，我覺得應該把他送進專政隊，避免他報復。」張萬海說：「你憑什麼把他送進專政隊，他又沒做什麼。」尿褲子精把一塊剩白菜幫子從碗裡挑出來，甩到趙光腚腳邊：「我要是老蔫，要殺就先殺你丫的！」

二十六

當紅衛兵對五類分子進行地毯式的抄家後，那些五類分子被打死的打死，自殺的自殺，遣返的遣返。他們開始槍口對內，清算單位的領導。偉大領袖發動這次鬥爭的目標當然不是那些早已被打翻在地，被踩了無數遍沒有任何戰鬥力的死老鼠，而是那些曾把腦袋別在褲腰上為他打天下甚至和他一個鍋攪勺子的戰友，這才是他的主戰場。橫掃五類分子的抄家運動只不過是一次小小的熱身，真正的大戲還在後頭。

幾乎每個單位的領導都被戴上走資派帽子，大到國家主席小到只有十來個人的街道紙盒廠的頭頭。只要你是領導，你就是走資派，你是走資派，就要被打倒，被批鬥。這就是文革的邏輯，也是革命群眾的邏輯。

文革一開始，校長李宗生和那位做「千百萬人頭落地」報告的女書記以及那位喝學生剩菜湯的主任就已被打倒，成了第一批被專政的對象。那時紅衛兵忙著到外面抄家，沒顧上他們，現在，紅衛兵該對準大方向了。

紅衛兵做的第一步就是抄家，讓他們享受和五類分子的同等待遇。這次抄家不是抄那些子虛烏有的所謂變天賬，地契，手槍和電臺，而是反動日記和銀行的存摺，當然也不放過那些手錶，首飾和其他細軟。不過，這些抄家常常讓他們感到失望，這些人的傢俱大都是公家配備的，也找不到金銀財寶，不像那些資本家有壓箱子底的東西。衣服也都是一些普通的衣服，最多能抄出幾件女人穿的布拉吉，很少有時髦的玩意兒。

那位喝剩菜湯的教導主任是個單身，他的罪名除了貫徹修正主義教育路線外，另一項罪名就是他三十多歲還沒有結婚。紅衛兵的結論是：三十多歲還沒結婚是以單身明志，等著蔣介石打回來。儘管這風馬牛不相及，根本挨不上邊兒，但這就是紅衛兵的邏輯。既然是單身，無家可抄。那沒關係，紅衛兵早從老祖宗那裡學會了誅連九族的本領。他常去姐姐家，那就抄他姐姐家。這位主任的姐夫在一家駐外機構工作過，家裡有一些洋貨。紅衛兵連同那些從國外帶回來的有些性感的女人內衣也裝上了汽車，做為他走資本主義道路的佐證。

除了走資派外，紅衛兵手裡還有多頂帽子：叛徒、特務、黑幫分子、反動學術權威、走資派的黑幹將，甚至還有流氓和破鞋。無論哪一頂帽子加在你頭上，都夠你喝一壺的，死不了也要扒層皮。更要命的是，給你戴任何帽子不需要證據，更不容辯解。只要有人揭發，不管多麼無厘頭，多麼荒誕不經，先把你關起來再說。紅衛兵口含天憲，他們有著關打鬥罰至高無上的權力。一名副校長，解放前曾是地下黨，紅衛兵便認定他是叛徒。理由很簡單，白色恐怖那麼嚴重，那麼多人被逮捕，被殺害，你卻能活下來，你肯定出賣過組織，不是叛徒是什麼。一名叫高邁遠的老教師，六十多歲了，平時並不教課，只做一些教研工作。這位老教師曾在大學當過老師，老師們都尊稱他為高老。這個小老頭長的極像胡志明，面部清瘦，目光睿智，下巴也留著一撮花白的山羊鬍子。他也被紅衛兵關進了專政班。理由也很簡單，既然你在大學裡教過書，為什麼會下放到這所學校來，那你肯定有問題，即便沒問題，定你個反動權威也絕不為過。紅衛兵用剪子喀嚓一下剪掉了他的山羊鬍子，一邊剪一邊罵：「你丫的還想裝胡志明，胡志明是你裝的嗎？」

他的家自然也被抄，抄家的紅衛兵頗為沮喪，因為高邁遠有大大小小九個孩子，家裡窮的叮噹響。抄家時，尿褲子精也去了。他抄家回來一邊洗手一邊說：「還高老呢，家裡跟狗窩似的，就幾床爛被子。一個桌子還他媽的三條半腿，那半條腿用幾塊磚頭墊著。」

最倒楣的是一個叫劉海芸的女教師。劉海芸並不教課，只在教務處工作。劉海芸原來在教育局工作。一九六五年底調到學校。劉海芸喜歡打扮，燙著一頭大波浪，裡面的粉色襯衣領子像是兩隻蝴蝶翅膀一樣很招搖地翻到外面，還經常穿一雙高跟鞋。說話時也有點嗲聲嗲氣。紅衛兵認定她是因生活問題才下放到學校的，而且認定她肯定和某領導有一腿。為了迎合紅衛兵的口味，少受點皮肉之苦，她便順著紅衛兵說，說她確實和某領導有一腿，那個領導不僅摸了她的大腿和屁股，還摸了她的乳房。說的紅衛兵一個個心旌搖動。她不僅被定為破鞋，還外加上黑幫情婦的罪名。一個紅衛兵拿來一把剪子，她苦苦哀求紅衛兵，別剪她的頭髮，那個紅衛兵幾剪子下去，噗嗤一聲笑了，把她拉到玻璃窗前，她看見一半頭髮搭拉在額前，另一半光禿禿地露出了頭皮，一副人不人，鬼不鬼的樣子，哇地一聲哭了起來。

紅衛兵和造反派不斷擴大戰果，很快專政班就有了二三十人，走資派，黑幫分子，叛徒，反動學術權威一應俱全。在這個專政班中，除了校領導外，沒有一個出身紅五類，階級路線向晴空下的天際線一樣分明。這些人每天在紅衛兵糾察隊的看押下幹活。糾察隊是清一色的紅五類。因為地裡已沒什麼農活，就讓他們掃樓道，掃院子，掃廁所，把磚頭從西頭挑到東頭，再從東頭挑到西頭。

這是一支雜駁古怪的隊伍，是二十世紀六十年代這個古老民族最古怪的影相。他們一個個灰頭土臉，神情沮喪，衣著不整，男的鬍子拉碴，女的被剪成了陰陽頭，在紅衛兵的淫威下，在棍棒和皮帶下，他們低眉順眼，卻又察言觀色，一個個惶恐不安卻又畢恭畢敬。這是一場亙古未有的虐師運動。

在幹活前，他們先要排好隊，唱牛鬼蛇神歌，以表示自己要好好改造。在熾熱的陽光下，他們規規矩矩地站成兩排，神態極為虔誠，像是在唱一支聖歌。牛鬼蛇神歌由劉海芸起頭，她似乎很願擔當這個角色，這證明她受到了紅衛兵的重用，受到重用就意味著可以少挨皮帶。劉海芸提高嗓門用尖細的嗓音高喊一聲：一、二，全體人員便一齊唱了起來：

我是牛鬼蛇神，
我是牛鬼蛇神，
我有罪，我有罪，
人民對我專政，
我要老老實實，
我要低頭認罪，
要是我不老實，
把我砸爛砸碎！

歌詞中充滿著惡毒的自我詛咒和自我作賤。這些人有的五音不全，調子有高有低，嗓音有粗有細，旋律醜陋難聽，再加上唱的荒腔走板，猶如鬼哭狼嚎。攝於紅衛兵的棍棒與皮帶，他們又唱的極其認真，十分賣力，特別是最後那句，把我砸爛砸碎，音調陡然升高八度，這些穿的破衣爛衫，蓬頭垢面的人們便一起伸直脖子聲嘶力竭地嚎叫起來，像是把自己砸爛砸碎一樣。

用音樂作為自我作賤，自我羞辱的工具，這在人類大概還屬首次。在人類歷史上，還沒有哪個國家哪個民族把音樂變成一種惡，這真是前無古人，後無來者。

除了牛鬼蛇神歌，還有謝飯歌。吃飯前，他們在食堂門口站成一排，集體誦唱：

感謝人民，賜我一餐，
好好幹活，絕不愉懶。
要是偷懶，不給吃飯。

唱完，才能去食堂打飯。

對這些被專政的校領導和老師來說，可怕的不是自我作賤自我羞辱和苦役，而是挨打。不知什麼時候，紅衛兵的皮帶就會劈頭蓋臉地將他們暴打一頓。

一天上午，王石頭路過三樓圓廳，聽見裡面傳出一陣淒厲的嚎叫聲。王石頭推開門，看見四個男紅衛兵正在用皮帶狠抽劉海芸，其中一個是兔子嘴。四個人圍著劉海芸，皮帶像雨點般落在她身上。因為發狠，兔子嘴的三瓣嘴不停地嚅動著。劉海芸被打的滿地打滾，她緊緊地抱著頭，那半頭波浪式長髮像亂麻一樣抖動。她的上衣的扣子被揪掉了，露出了雪白的乳房，兔子嘴一皮帶抽到她的乳房上，劉海芸發出一聲慘叫，雙手捂住乳房，身子弓起，屁股高高蹶起，雙肩發出劇烈地顫抖，然後，身子慢慢舒展，最後雙腳猛地一蹬，身子猛地一沉，躺在地上。兔子嘴踢了劉海芸一腳，和其他三個人揚長而去。王石頭以為劉海芸被打死了，連忙去叫尿褲子精。倆人來到圓廳時，看見劉海芸正慢慢地爬起來，她捂著胸部，臉色蒼白，半邊卷髮搭拉在額前。她驚恐地望著王石頭和尿褲子精，看見倆人手裡並沒拿著皮帶，便用衣服遮住胸部，低著頭一瘸一拐地走了出去。這種殘忍的暴行並不應完全歸罪於紅衛兵的暴戾與冷酷，在這方面他們都是偉大領袖的好學生。他們是喝階級鬥爭狼奶長大的一代，他們從小就被播撒了階級鬥爭與階級仇恨的種子。當一個時代結束後，新政權不是彌合裂痕，化解仇恨和矛盾，而是對過去那個時代及那個被打倒的階級進行無休止的清算，用消滅肉體和暴戾的手段對待他們，製造新的仇恨。學校更是製造宣傳和延續這種仇恨的課堂。親不親，階級親，打斷骨頭連著根，牢記階級苦，不忘血淚仇，千萬不要忘記階級鬥爭，以階級鬥爭為綱，階級鬥爭一抓就靈。灌輸仇恨的口號與言論以及渲染階級仇恨的書籍、戲劇、電影、文學、歌曲泯滅了他們的善良。他們的天真、爛漫在一波又一波的政治運動和不停歇的階級鬥爭的魔咒中已異化為獸性，文革中，那本被奉為紅色聖經的小紅書更是激發他們把獸性變為獸行。馬克思主義的道理，千頭萬緒歸根結底就是一句話，造反有理。革命不是請客吃飯，不是做文章，不是繪畫繡花，不能那樣溫良恭儉讓，革命是暴動，是一個階級推翻一個階級的暴烈的行動。凡是反動的東西，你不打它就不倒，這就像掃地一樣，掃帚不到，灰塵照例不會跑掉。每當紅衛兵施暴時，他們都要唸上幾段紅色聖經，以表明他們的正確和對毛主席的忠誠，既然你是走資派、叛徒、地富反壞右，你就是反革命，你是反革命就不能對你溫良恭儉讓，就要對你採取暴烈的行動，就可以批鬥你，甚至打死你。而最兇狠的往往是那些高幹子女，他們的老子曾跟著偉大領袖打過天下，自認為是最革命的一群，他們才最有資格往死裡打人。

在偉大領袖的思想澆灌下，在如中世紀的暗夜中，惡之花盡情綻放。

二十七

批判校長李宗生的大會在禮堂進行。

李宗生被押上講臺，這是他被打倒後的第一次批鬥會。李宗生脖子掛著一個大木牌子，細細的鐵絲勒進肉裡。牌子上寫著走資派李宗生，李宗生三個字被打了一個大大的X。這位曾在京郊打過遊擊的遊擊隊長依然顯得威嚴，滿是絡腮鬍子的臉頰被刮的鐵青。他的兩隻胳膊被兩個身強力壯的紅衛兵翻擰到背後押上講臺。他剛一上臺，一陣震耳欲聾的口號聲便響徹禮堂：打倒黑幫分子李宗生！打倒走資派李宗生！無產階級文化大革命萬歲！偉大領袖毛主席萬歲！李宗生抬頭往臺下看了一眼，一個押他的紅衛兵便使勁把頭往下一按，又朝他脖子上一巴掌：「老實點兒！」

第一個上臺批判李宗生的是一名叫邱玉棟的政治老師。邱老師家在農村，有些土氣，一張扁平的臉很像蒙古人。邱玉棟是政治老師，出身又是貧農，覺得自己第一個上臺批判責無旁貸。他一上臺就調動起大家的神經：「李宗生，你說，為什麼劉少奇把自己的兒子安插在這裡，劉少奇給過你什麼黑指示！」這位前遊擊隊長抬起頭來，用一種平靜但又帶有辯駁的口氣說：「劉少奇的兒子考進原野學校是通過正常渠道錄取的。一九六三年，劉少奇要過一份教學大綱，學校送去一份，後來也沒見劉少奇有任何批示。」

「劉少奇兒子那麼多知名學校不去，為什麼要考進這所學校！」邱政治問。

李宗生說：「不知道。」

邱政治像是被噎了一下，突然振臂高呼：打倒劉少奇！打倒劉少奇的黑爪牙李宗生！李宗生不老實就叫他滅亡！這往往是批鬥者遭遇尷尬時慣用的手法，沒詞了，就喊口號。

邱政治剛下去，另一個叫江曉的物理老師跳上講臺，指著李宗生說：「李宗生，你就是黃世仁，是地主階級的孝子賢孫！」李宗生抬頭看了江物理一眼又低下頭，沒有任何反駁的意思。江物理接著說：「去年，你媽死的時候，你不讓埋，專門在菜園邊上修了一個磚房，把你那個地主媽放到裡面，說以後送回老家，葬在你那個地主爹旁邊。你說，這不是地主階級的孝子賢孫是什麼！你當地主階級的孝子賢孫，也逼我們當地主階級的孝子賢孫，讓我們去給你那個地主媽抬棺材！」一直低著頭的李宗生抬起頭來，看著江物理，冷冷地說：「是你自己非要去的！」江物理也被噎了一下，也採取邱政治的作法，振臂高呼：打倒現代黃世仁李宗生！打倒地主階級的孝子賢孫李宗生！然後跳下講臺。

第三個上來的是一位化學老師，他控訴的是三年困難時期，他每天早晨起來，做的第一件事就是到李宗生倒垃圾的地方揀煙屁股。他語調淒慘地說：「在那種困難時期，他還抽大前門，他知道我天天去揀煙屁股，每個煙屁股都剩的特別短。」他用手指比劃了一下。「他這是天天吃肉，連湯都不讓我喝呀！」說著，他用手擦了擦眼淚。這段回憶可能使他感到過於辛酸，口號也忘了喊就下去了。

第四個上來的是語文老師張永安。人們認為這個被李宗生從豬圈裡拯救出來的語文老師會反戈一擊，爆出什麼料來，可是他的炮火對準的不是校長李宗生，而是自己。他聲嘶力竭地自我詛咒：「我是一個貨真價實的狗崽子，我們家的老狗雖然被鎮壓了，可我身上仍沾滿著狗腥氣，我要徹底地和老狗劃清界限！」他的語調堅決，一綹頭髮從前額垂下，目光通過鏡片噴射一種誓不兩立的決絕：「我一定要在階級鬥爭的摸爬滾打中去掉狗腥氣，換上革命氣，讓紅太陽毛主席的光輝照亮我的前程！讓毛澤東思想的偉大光芒將我心中的每一個角落照亮！」這位語文老師再一次展示了他的激情和演講才能。

張永安剛下臺，一個叫馬福雲的老師便跳上講臺，他一上臺就高呼：打倒馬福雲！油炸馬福雲！台下的人有點發懵，不知道他唱的哪一齣，開了那麼多批判會，他們還是第一次看到自己打倒自己。喊了兩句口號後，馬福雲開始自己批判自己：「我出身資本家，我就像稻田裡的螞蝗，是吸工人階級的血長大的。我討厭自己，憎恨自己，我還不如一堆臭狗屎！我要重新作人，我要悔過自新。一個舊的馬福雲倒下去，千萬個，不，一個新的馬福雲站起來！打倒劉少奇！打倒李宗生！打倒舊的馬福雲！」

這些出身不好的老師輪番上臺，自我謾罵，自我羞辱，自我作賤，他們一個比一個罵的凶，一個比一個對自己下手狠。站在一旁的李宗生看的目瞪口呆。若不是胸前這個沉甸甸的大牌子，他已經忘了這是一場批判自己的批鬥會。他沒想到，他的下屬具有如此的表演才能。

這場戲的高潮是一名姓李的數學老師。李數學一上臺就對自己大打出手，左右開弓抽了自己六個嘴巴。他說自己的母親是個開窯子的老鴇，有多少良家婦女都遭害於這個母老虎之手，他覺得自己特對不起天下的婦女，這六個嘴巴就是替天下婦女抽的。隨後，他高呼口號，可能是把自己抽暈了，他把打倒劉少奇喊成了打倒毛主席。台下頓時一片死寂，隨後便爆發出一陣憤怒的口號聲。七八個學生衝上臺，對他一頓拳打腳踢，隨後像拖死狗一樣把他拖下臺。

第二天，李數學出現在專政隊伍中，他鼻青臉腫，扛把鐵鍬一瘸一拐地走在校長李宗生旁邊。

第二天，有人貼出大字報，說昨天的批鬥會上一些李宗生的馬前卒用心險惡，他們以批判自己的拙劣表演來轉移鬥爭大方向，保護走資派李宗生，用一種巧妙而又惡毒的手段向革命師生倡狂進攻。隨後，這些老師——包括邱政治的宿舍和辦公室被抄。這次既沒有抄出反動日記，也沒有抄出反動書籍。那些當時被認為犯禁的書籍早被這些老師處理掉了。他們只從張永安那裡抄出一些用雞毛黏成的仕女，一個個長項蜂腰，亭亭玉立，或翹首凝望，或展臂投足，十分俊俏，他們被造反派黏在大字報上，下面寫著：請看張永安的資產階級思想！

但從邱政治那裡抄出的一本日記讓他們大喜過望。這個土裡土氣的老師竟用詩一般的語言描寫了他和老婆作愛的過程：……我們像久旱逢雨露的禾苗，像澆了油在陽光下曝曬的乾柴，我一觸碰到她那最美妙的部位，那多情的情水便流了出來。她一次又一次地興風作浪，我一次又一次地翻江倒海……我們的小木床就像一條小船，在愛的波濤中顛簸搖晃，發出吱吱呀呀的歌唱……早晨醒來，我望著有些慵倦的她，說自己有些餓，她用一雙調皮又挑逗的眼睛望著我，那意思像是說，誰讓你夜裡那麼淘氣呢！

這篇豔記被好事者抄成大字報，貼在牆上。標題是：請看修正主義教育路線下一個政治老師的醜惡嘴臉。一時間，大字報觀者如潮，男生往往是從頭看到尾，女生大多數看一眼就羞著跑開。它啟蒙了這些青年男女對性的渴望，不久，在玉米地裡，在階梯教室裡，人們便開始品嚐禁果，享受著邱政治式的歡愉。

邱政治也因此獲得了「邱淘氣」的綽號，學生還為他編了順口溜，每當他打飯路過教學樓外面的臺階時，一群在那裡吃飯的學生便一邊敲著飯盆一邊喊：周淘氣，要吃飽，小心老婆跟人跑！這時，邱政治便低著頭匆匆走過。後來，乾脆就繞過教學樓繞過水塔又繞過一個倉庫，然後去教師食堂打飯。從那次批判會後，邱政治便在各種批判會上徹底地銷聲匿跡了。

張永安雖然躲過了初一，卻沒躲過十五。不久，這位熱情謳歌紅太陽的老師嘗到了謳歌給他帶來的苦果。大字報是張永安頗為賞識的一名女學生貼的，題目極具殺傷力：張永安惡毒攻擊偉大領袖毛主席罪該萬死。大字報寫道：張永安是一個不折不扣的反革命，對偉大領袖毛主席有著刻骨仇恨，在一次講課中，他惡毒地說，史達林說，一切比喻都是瘸子，我們把毛主席比做太陽，太陽也有落山的時候，他希望我們偉大領袖毛主席落山，好讓劉少奇蔣介石上臺，讓新中國重新回到萬惡的舊社會，為他死去的狗爹報仇，是可忍，孰不可忍！讓我們對張永安說，你這是白日做夢，毛主席紅太陽永不落，光輝千秋照萬代！王石頭記得，這個比喻張永安在他們班也講過，張永安的原意是，把毛主席比做太陽，但太陽要落山，而毛主席是永不落山的太陽，因此，太陽遠不如毛主席偉大，根本不是像大字報說的那樣，是頌揚毛主席，而不是攻擊毛主席。

晚上吃飯時，王石頭對尿褲子精說了自己的想法，尿褲子精說：「你丫的知道這叫什麼嗎？」「叫什麼？」「叫人嘴兩張皮！」

貼出大字報的當天下午，張永安就被關進了專政班。和張老師同時被關進專政班的還有教植物的林老師，她的一個罪名是，根子不正，父親是資本家，在北大上學時出賣過進步學生；另一個罪名是三十多歲不結婚是在等去了臺灣的大學戀人。盼著蔣介石打回來好和她的戀人結婚。在揭發林老師的大字報旁還貼出一張她上大學時和那個戀人的合影。照片已發黃，林老師端莊秀麗，留著齊耳的短髮，大大的眼睛清澈明亮。上身穿一件那個時代的白色斜開襟中式上衣，下身是一條深色裙子，腳上是黑色皮鞋、白色長襪。他旁邊的青年相貌十分俊朗，高高的個子，穿一身立領學生裝，腳下也是皮鞋。一看就是有教養的富家子弟。據知情的老師說，那個男青年根本就不是林老師的戀人，是他的弟弟。現在也不在臺灣，在香港。林老師確實蹲過國民黨的監獄，但那是參加反內戰遊行被抓進去的，但很快就被放出來了。林老師被關讓王石頭心裡十分傷痛，他瞭解看管專政班那些紅五類的暴虐和殘忍。他們常常以拿老師尋開心為樂趣。林老師難免會受皮肉之苦。

晚上，在教學樓門口，王石頭看見那個寫大字報的女生正和一個男的談笑風生。這是一個無恥的年代，任何背叛、出賣、栽贓、誣陷、無中生有、落井下石都毫無愧疚感甚至還會得到贊許和支持，被認為是革命的表現。

而妻子揭發丈夫，兒子揭發父親，學生揭發老師，朋友揭發朋友，統統都會受到鼓勵。所有這一切都是以革命的名義。這也是一個發洩私憤，公報私仇的好時機。任何卑鄙、齷齪都可以披上革命的外衣。王石頭慶幸當初他幸好沒將那首養豬詩告訴尿褲子精。否則，他心裡將背上一個沉重的包袱。即使是最好的朋友，在這個瘋狂的年代，也有可能被出賣。

新政權成立後，最無恥，最卑鄙，最冷酷，最齷齪，最王八蛋，最雜種操的狗娘養的就是這兩個字——革命。

二十八

中午，王石頭正在睡覺，尿褲子精風風火火地進來，把他叫醒：「走，快看看去，楊二愣把李宗生媽的墳刨了。」楊二愣真名叫楊順財，據說他一見漂亮的女生下面的老二就支楞起來，班上的男生就給他起了個綽號——楊二愣。楊二愣屬於那批社來社去的學生，光初中就上了五年，因為他父親是大隊書記，他就被保送上了這所學校。楊二愣天生一副色鬼性，臉頰削瘦，頭髮有些發黃，一雙色迷迷的肉泡眼。工作組撤離後，楊二愣就把學校的資料室砸開，成立了戰鬥隊，起名叫農奴戟，它來源於偉大領袖的兩句詩：紅旗卷起農奴戟，黑手高懸霸主鞭。楊二愣最喜歡的不是這兩句詩，而是那句「可以到地主小姐的牙床上蹦一蹦。」他覺得老人家過於仁慈，光蹦一蹦一點都不實惠，也不過癮，應該抱著地主家小姐美美地睡上一覺，那才叫真正翻身得解放。不過，一九四九年後，楊二愣這個願望沒法實現了，因為地主老爺都被老人家消滅了，別說是小姐的牙床，連木床都沒有像樣的了。他們村一個地主的土炕上鋪的席子都是破的，他們的女兒專門被派去幹那些苦髒累的活，臉曬的像驢糞蛋，讓老二一點也支楞不起來。

雖然摟不上地主的小姐，資料室有不少學生卡片，每張卡片上都有一張照片。他拿起卡片一張張地看，照片上是男的，就扔到一邊。是女的摸樣醜的，就說一聲二分，也扔到一邊，模樣中上的，就說一聲四分，在照片上親一口。看到模樣俊的，就說一聲五分，連親兩口。看到特別中意的，就把照片撕下來，揣進口袋裡。楊二愣特別喜歡胸脯高、屁股大的女人，他的農奴戟戰鬥隊成立後，也有五、六個女生。楊二愣就一個個找她們談話，說參加農奴戟戰鬥隊最重要的就是站穩無產階級立場，說著說著就去摸她們的胸脯。幾個女生都被他摸跑了，只剩下一個外號叫六六六的女生。六六六叫王桂芳，也是社來社去的，來校前是村裡婦女隊長，年齡也比城裡的學生大五六歲。人們叫她六六六是因為她飯量大，早中晚三餐都不低於六兩。六六六長得五大三粗，臂力過人，腳長的像大白薯，二百斤的麻袋扛起來就走，晃都不打。六六六長著一個大屁股，但胸脯卻不大合楊二愣的口味，不是那種乳房高高聳起、俊俏的那種，而是像一片高原普遍隆起，連乳溝都沒有。楊二愣喜歡她是因為一摸她的胸脯時，她就發出一陣像母雞下蛋般的咯咯咯的浪笑。

王石頭和尿褲子精出了校門，直奔他們倒大糞的那片菜園。李宗生的母親死後，李宗生原本打算把母親送回河北老家，和父親葬在一起。因為當時忙著參加「四清」，抽不出空來。他就讓人在菜園邊用磚頭砌了個不大的磚房，把母親的棺材放到裡面，等放暑假，再把母親送回老家安葬。六月份，文革一開始他就被專了政，送母親回家安葬的計畫也就不能實現。李宗生做夢也想不到，有人會把他母親從棺材裡扒出來。

王石頭和尿褲子精趕到時，屍體已被拖到路旁，老人仰面躺著，滿是皺紋的臉已經發黑，卻並沒腐爛，只是有些風乾。她的白髮像枯草一樣披散著，遮住了半邊臉，身上穿的藍布衣服被扯破了，還有好幾個洞，可能是用鉤子勾的。一隻腳上的鞋和襪子都脫落了，露出裹足的小腳，腳已變成灰黑色。九月的天氣依然炎熱，屍體已開始發出一種臭味兒，成群的蒼蠅蹤在臉上，手上，腳上。旁邊一個路過的女生看了一眼，便蹲在路邊哇哇地吐起來。楊二愣正在用一個樹棍撥弄那隻小腳，小腳微微顫動，楊二愣一邊撥弄一邊說：「嘿，還有彈性呢！」尿褲子精說：「二愣，你丫的踹寡婦門，扒絕戶墳，你把李宗生他媽扒出來，也不怕遭報應！」楊二愣站起來：「操，丫的地主婆子，走資派的媽，就是再厲害，也沒有毛主席和貧下中農厲害。我這是革命行動！」尿褲子精說：「夜裡你丫的留點兒神，小心李宗生他媽敲你的門。」楊二愣說：「她敢。你幫誰說話呢，你丫的什麼出身？」尿褲子精說：「你丫的什麼出身？」楊二愣把脖子一揚：「我們家貧農。」尿褲子精說：「我們家貧貧農！」楊二愣說：「我們家八輩子是貧農！」倆人正爭著，一個人哇哇叫著從南面跑過來，一把鐵鍬飛過空中，滑出一條拋物線，長方形的鍬頭斜落在楊二愣腳邊，鍬起一塊泥土。楊二愣嚇的往旁邊一跳。跑過來的是啞三，他一邊跑，嘴裡一邊含混不清地罵著什麼。啞三來到屍體旁，兩隻眼睛瞪的溜圓，怒視著在場的每一個人。王石頭聽清了其中的幾個字：我操你們祖宗！啞三蹲在老人身旁，趕走落在上面的蒼蠅，把老人零亂的衣服拽平整。看見老人光著腳，就四處尋找著，看看周圍沒有，他就把屍體抱起來，把老人放在墓穴旁邊。把掉到墓穴外面的一隻鞋給老人穿上，又抱起老人，頭朝裡慢慢地放進墓穴的棺材裡，然後，把扔到外面的棺材蓋蓋上。他用那些被拆下來的磚重新把墓穴口堵上，又從菜園旁的庫房裡拿出一個水桶，從水渠裡打水和泥。他一邊和泥嘴裡一邊嘟囔著什麼。和好泥，把墓穴口用泥抹上。尿褲子精對旁邊的楊二愣說：「你丫的就會折騰死人，有本事你丫的再從裡面把屍體拽出來，這才算你有種。」楊二愣說：「丫的傻X一個，我跟他爭！」尿褲子精說：「你丫的不敢。」楊二愣說：「我吃蔥吃蒜不吃王八薑（將）。」尿褲子精說：「你丫的敢拆一塊磚頭，我爬著回學校。」楊二愣說：「那老婆子是你媽呀，你那麼向著她。」尿褲子精說：「是你祖宗！」楊二愣說：「是你祖宗的祖宗！」尿褲子精邊挽袖子邊說：「你丫的再說，我抽你丫的！」楊二愣也擺出一副不服的架式：「你敢！還不一定誰抽誰呢！」王石頭趕緊把尿褲子精拉到一邊，他覺得，要打起來，尿褲子精可能不是楊二愣的個兒。剛幹完活的啞三從倆人的爭吵中似乎聽明白了誰扒的墳，他走過來，一把揪住楊二愣的脖領子，使勁一按，就把楊二愣摔了個狗吃屎，啞三怒視著正在往起爬的楊二愣，指著那個墓穴，抄起鐵鍬做了一劈人的動作。楊二愣爬起來，罵罵咧咧地走了。

這次扒墳掘墓對楊二愣的最大損失是，六六六不再讓他摸自己的胸脯。六六六說：「你摸過死人，現在又來摸我，我不讓你摸。」楊二愣說：「我沒摸過死人，我是用鉤子把那老婆子勾出來的。」六六六說：「那我也不讓你摸，你身上有股死人味兒。」楊二愣聞了聞自己的衣服：「什麼味兒都沒有。」說著，又伸手去摸六六六的胸脯。六六六把眼一瞪，拿出扛麻袋的架式：「你敢！」楊二愣趕緊縮回了手。不過，六六六並沒有堅持多久，第三天，倆人就鑽進了玉米地，因為除了楊二愣外，沒人願意摸她的胸脯。

二十九

九月底，學生們開始大串聯，他們三五成群，搭幫結夥，開始了這次免費的全國紅色旅遊。那些出身好、狂熱的學生去的都是共產黨發跡的地方，也就是所謂的革命聖地，韶山、井崗山、延安、重慶……有的紅衛兵為了表示革命熱情，放棄交通工具，步行去延安、井崗山。他們舉著印有長征隊的紅旗，意氣風發地踏上征途，猶如伊斯蘭教徒去麥加朝聖。

由於出身，王石頭對這場革命從滿懷熱情到逐漸冷漠，因為這場革命的對象不僅有他父母，還有他自己，他還沒有癡迷到願意自己打倒自己的程度。尿褲子精雖然出身好，但他對所有革命教育都不感興趣，認為那些步行串聯的學生純粹是白磨鞋底子。十月底，倆人決定不能白白放棄這次免費旅遊的機會，也打點行裝準備出發。

倆人選擇的第一站是上海，這並不是因為這裡有共產黨的一大舊址，中國的航船從這裡起航，而是王石頭的姐姐在上海工作，他可以藉此到上海看望姐姐。

在上海，倆人住在為學生安排的一所中學裡。在上海待了三天之後就坐車去重慶。他們上小學時就讀過《在烈火中永生》，會背誦葉挺將軍的詩：為人進出的門緊鎖著，為狗爬出的洞敞開著……他們好奇多於虔誠，也想看看渣滓洞和白公館到底什麼樣。

倆人上了開往重慶的火車。車上擁擠的像沙丁魚罐頭，塞滿了去串聯的學生。行李架上，過道處，車廂聯結處，廁所裡都擠滿了人。王石頭和尿褲子精沒能搶到座位，只好站在車廂聯接處。車嚴重超載，而且每站都停，車速又慢，幸好一些小站沒什麼人上車。車行至傍晚，王石頭和尿褲子精的腿都站麻了，他們讓旁邊兩個男學生挪了挪，找個空坐下。對面，一對青年男女似乎已經睡著，女的腦袋靠在男的肩膀上，男人的手放在女人的膝蓋上。倆人的年齡也比中學生大的多，男的有二十七八歲，女的有二十四五歲。

兩個穿軍裝的紅衛兵走了過來，一個高個，一個矮個。高個上衣是一件將校呢軍裝，肩上還有兩個固定肩章的扣，下身是一條布軍褲，沒戴帽子。矮個穿一身八成新的四兜軍裝，腰間紮著武裝帶，頭戴一頂將校呢軍帽。倆人都很健壯，表明家裡能為他們提供豐富的營養。臉上都帶有一種睥睨一切的神態，那是權勢家庭從小培養出的一種特有氣質。倆人這身裝束表明，他們都出身於軍人家庭，即所謂革軍，在紅五類中坐頭把交椅。而且他們父輩的軍階都不低，最起碼也在校官以上，都有著把腦袋別在褲腰帶上的經歷，別的時間還不短。有這身裝束的人，在文革中往往能呼嘯聚眾，打起人來敢下死手。八月十八日，偉大領袖接見紅衛兵後，王石頭在一個胡同口，看見一群穿軍裝的紅衛兵正對一個戴眼鏡的中年人大打出手，為首的是一個女紅衛兵。她穿一件男式將校呢軍裝，手握皮帶，用皮帶嵌子狠命向那個男人的頭部抽去，那個男的頭部頓時開了個窟窿，鮮血咕嘟咕嘟往外冒，她上去又是一皮帶嵌子，那個男的抽搐了幾下，躺著不動了。她用腳踢了踢那個男的，見沒動靜，便騎上放在旁邊的鳳頭車，帶著一幫人呼嘯而去。

倆人走到那對青年男女身邊停下。那個高個子用腳踢了踢那個男的：「起來，你們怎麼在這兒搞破鞋！」那個男的睜開眼睛，睡眼惺忪地望著高個子，不知道發生了什麼事情。高個子又踢了他一腳：「問你呢！你們怎麼在這兒搞破鞋！」那個男的這回聽明白了，用夾生的普通話說：「儂說誰搞破鞋！」矮個子說：「沒搞破鞋你倆摟著睡覺。」女的也醒了，用上海話爭辯道：「阿拉是夫妻，夫妻搞破鞋，阿拉還是第一次聽說。」「有證明嗎？」高個子問。「阿拉是去串聯，參加文化大革命，阿拉不曉的要帶什麼證明。」矮個子說：「你們不像學生，是哪個單位的。」「阿拉都是老師，十八中的。」女的說。高個子有點不耐煩，用一種不容置疑的口氣說：「下一站，你們下車！」「儂憑什麼讓我們下車？」女的並不示弱：「阿拉不下，阿拉到了重慶才下！」矮個子開始解腰間的皮帶。這種皮帶只有校級軍官才有，它曾在文革中大顯身手。這種皮帶用的都是上等牛皮，質地堅韌細密，比一般皮帶寬得多，皮帶嵌子是用黃銅作的，沉甸甸的頗有份量。用這種皮帶打人有兩種方式，一種是把皮帶對折，手攥著皮帶嵌子那一端，用皮帶抽人。這種方法往往只讓你受皮肉之苦，不會致命。另一種方法是用皮帶嵌子那一端抽人，這種方法輕者把骨頭打斷，重者使人喪命。抄家時，他們往往更喜歡用後一種，因為那更能刺激他們的神經，感到更過癮。

矮個子已把皮帶解下，打成對折，手握著皮帶嵌子那一頭。兩個上海人看到這陣勢，不敢再爭辯，他們當然知道這個動作的含義。

車開進一個小站。

高個子指著那個男的：「下車！」那個男的還想爭辯，矮個子已揚起皮帶，男的只好下了車。那個女的也準備下車時，卻被高個子攔住了：「你下一站再下，免的你們接著搞破鞋。」車開了，那個男的一面跟著車跑，一面朝車上喊著什麼。尿褲子精上前搭訕：「哥們兒，哪個學校的？」高個子不屑地看了尿褲子精一眼：「清華附的，你哪兒的？」「一〇一的」。尿褲子精回答。高個子瞥了尿褲子精一眼，沒再搭理他，轉身走向他所在的座位。擁擠的車廂裡，人們自動讓出一條路。

車走了兩天一夜才到了重慶。倆人先去了渣滓洞，白公館，紅岩村。還到枇芭山看了夜景。四天後，倆人坐車來到桂林。他們在一個小學住下。住的學生都是打地鋪，他們旁邊是兩名北京的學生，一個姓王，一個姓李。第二天傍晚，王石頭和尿褲子精去七星岩回來，看見那個姓李的學生一人坐在那裡發愣。倆人叫他一起去吃飯，姓李的學生依然呆坐在那裡，一動不動。王石頭問：「你怎麼了，出了什麼事了？」姓李的學生突然大哭起來，邊哭邊說：「王德死了。」王德就是和他一起的同學。尿褲子精問：「怎麼死的？」姓李的學生用手擦了擦眼睛，說了事情的經過：早晨倆人去七星岩，路過一個岩洞時，看見洞口掛著一個木牌，上面寫著：危險，切莫進入。倆人決定冒冒險，特地到商店買了一個手電筒。倆人彎腰走進岩洞，裡面黑咕隆洞，沒有一絲兒光亮。只聽見地河嘩嘩的流水聲。越往前走，洞也越低，水聲也越大。倆人只能匍匐前進。那個同學拿著手電筒在前面爬，他在後面緊揪住同學的衣服。倆人大約爬了二十米左右，突然，他覺得那個同學猛地往前一傾，他拽著的衣服猛地往前一拉，掙脫了他的手，接著，便沒有了動靜。他在哪兒愣了幾秒鐘，然後大聲叫他同學的名字。回應他的是空曠的回聲和嘩嘩的流水聲。他只好順著原路慢慢退回到洞口。王石頭和尿褲子精聽完後，知道那個學生肯定掉到地河裡了，絕沒有生還的可能。他倆還是帶著那個學生來到接待站，說明了情況。接待站找到了當地的解放軍，解放軍派了三個戰士帶著照明燈和繩子進入洞口，但很就出來了，戰士們說，地河很深，他們把繩子繫下四五十米還沒觸到水面，而且水流很急，掉下去根本沒有活的希望。

第二天，王石頭和尿褲子精把那個學生送到開往北京的列車上，倆人也在下午搭車去了南寧。

他們只在南寧待了一天，便去了邊疆城市憑祥。憑祥不接待串聯的學生，他們只好第二天回去。回去前，他們悄悄溜過友誼關，來到越南一方。尿褲子精做的第一件事就是在一棵大樹下拉了一泡尿。王石頭也撒了一泡尿。尿褲子精一邊用傳單擦屁股一邊說：「咱倆一塊兒施肥，保證中越友誼萬古長青。」拉完屎，他又用小刀在大樹上刻下一行字：劉寶祥、王石頭到此抗美援越。倆人剛回到中國境內，就聽到空中傳來飛機的轟鳴聲。純淨的藍空中，一架美國飛機已飛到邊境上空。頃刻，兩架中國飛機凌空起飛，美國飛機在空中飛了一個S型，便揚長而去，頃刻便消失的無影無蹤。

當天，他們就回到了南寧，隨後，便回到了北京，結束了這次免費旅行。

三十

一九六六年底，串聯結束了，學生們都回到學校。校園裡又充滿了喧囂和十足的火藥味兒。不少學生都紛紛成立了自己的戰鬥隊。這是一個落草為寇、占山為王的年代，只要是出身好，誰都可以拉杆子，立山頭，一個人也可以成立一個戰鬥隊。戰鬥隊的名字也極具革命色彩，井崗山、紅延安、紅色娘子軍、紅衛東……雖然名字都挺革命，可是卻尿不到一個壺裡去。大家各自為王，誰也不聽誰的，誰也不怕誰，誰也管不了誰。尿褲子精也成立了一個戰鬥隊，取名祥子。還煞有介事地刻了枚公章，祥子戰鬥隊既沒人馬也沒地盤，只有他一個光杆司令。尿褲子精就把公章揣在兜裡。閒著沒事，看見空白紙，就掏出公章，啪地蓋上一個。

任何狂熱都不會持久，時間一長，人們對這場革命的熱情也慢慢消退。雖然兩大派的頭頭和一些鐵杆們依然互相攻訐，互相謾罵，但大多數學生已沒有了那份熱情，他們不再參加辯論，不再寫大字報，只有在偉大領袖又發表了最新指示時，彷彿又點燃了大家的熱情，他們才像撒臆症似地敲鑼打鼓慶祝一番，隨後便很快歸於沉寂。

這是一段最無拘無束的時光，既不用出工也不用學習，更不用抬大筐掏茅房。一天仨飽倆倒，想什麼時候睡就什麼時候睡，想什麼時候起就什麼時候起，打撲克、下像棋、打鳥、捉知了、逮蛤蟆……。

這個學校長期宣導的自律和苦行僧式的生活竟如此不堪一擊，就像一個純情少女，轉眼就變成了娼妓。過去，多打一份飯會被認為是大逆不道。現在，只要食堂做了好吃的，學生們就三份五份地打，每當食堂做懶籠和包子，那些懶籠和包子不僅填滿了學生們的肚子，也像辦展覽似地擺滿了學生宿舍的窗臺。最後變餿被倒掉。以至食堂不敢再做好吃的，因為那要多準備出三到五倍的數量。食堂不做好吃的，他們就去食堂把錢和糧票領出來，自己過小日子，煮掛麵、包餃子……每個宿舍都有一個電爐子，因為超負荷，一到晚上，學校便斷電，整個學校漆黑一片，於是，宿舍樓裡便發出敲盆敲碗和起哄架秧子鬼一樣的喊叫。

農機的學生們把他們學來的鉗工手藝用在作刀具上，他們用鋼銼和砂輪打磨出一把把鋒利的匕首。那些吸煙的學生則熱衷於製做煙斗。他們不知從什麼地方找來一種花紋多姿，質地堅硬的叫馬梨疙瘩的樹根，一點點雕琢，一點點打磨。有的煙斗做的大小如小孩的拳頭，能裝半兩煙絲，他們彼此切磋，互相炫耀，叼著它像一群無賴一樣東游西逛。

一些女生則拿來毛線織毛衣，給相好的男生拆洗被子，還有的帶來麻繩，納鞋底子。還有的學生把自己的狐朋狗友帶到學校安營紮寨，在教學的配樓，住著幾個匪裡匪氣的寧夏農十三師弟兄，其中有一個目光陰鷙，滿臉橫肉，像個殺人犯。

王石頭宿舍隔壁有個叫郝加真的學生，弄來了一台留聲機和一大疊唱片：《山楂樹》、《紅莓花兒開》、《莫斯科郊外的晚上》、《三套車》、《鴿子》、《船夫曲》……他在放留聲機的桌子上放著一個紙板，上面寫著：批判修正主義文藝路線。還有兩段偉大領袖的語錄：凡是反動的東西你不打，它就不倒。要想知道梨子的滋味就必須親口嘗一嘗。在聽之前，一定要先唸這兩段語錄。一到晚上，這些優美的旋律在宿舍裡輕聲蕩漾，尿褲子精是這裡的常客，他很快便會唱了所有的歌，整天搖頭晃腦地吹著口哨。

王石頭則拿著彈弓去樹林打鳥和知了，他有時也能遇到劉少奇的兒子，拎著杆汽槍在小樹林消磨時光。這位太子爺的舉動被紅旗兵團的一個頭頭看見了，覺得他不是在打鳥，是在向革命群眾示威。下午，這個頭頭以紅旗兵團的名義在男生宿舍樓門口貼出了一張大字報。大字報讓劉少奇的兒子必須回答兩個問題，第一個問題是他身為劉少奇的兒子，為什麼不上別的學校，而來原野學校唸書。第二個問題是他給劉少奇提供過什麼材料，劉少奇給學校下過什麼黑指示。回答問題的時間是當天下午五點，地點是男生宿舍門口。下午五點，劉少奇的兒子準時來到男生宿舍樓門口，這時門口已聚集了上百人。這位太子爺不卑不亢、神態平和，他先回答了第一個問題。他說，上初中時，因為不用功，學習成績不好，沒考上高中。他本想去學攝影，劉少奇不同意，主張他學一門專業知識。他就報考了這所學校。接到學校錄取通知書後，劉少奇很高興，還專門為他召開了一個家庭會議，鼓勵他好好讀書，做一個對社會有用的人。接著，他又回答第二問題。學校改為半工半讀後，他跟劉少奇說了，劉少奇說要一份學校教學大綱。他跟校領導說了，校領導給了他一份，他交給了劉少奇，劉少奇也沒對教學大綱提過什麼意見。

這位太子爺回答問題時，周圍靜悄悄的，人們都以一種好奇心來聽他解釋的。他講完後，人們既沒有喊口號也沒說他為劉少奇反案，隨後，便散去了。以後，王石頭再也沒見到這位太子爺拎著汽槍在樹林裡打鳥。

這些精力旺盛的學生們除了打撲克、下像棋，每天逍遙外，文革也給他們提供了一個談情說愛的舞臺。

他們把革命的友誼轉變為性愛，不僅跨班級，還跨學校，那只花孔雀早已忘記了「要做一個高尚的人，純粹的人，脫離了低級趣味的人」的誓言，不僅飛出了校園，還飛到一個大學老師的床上。這些青年男女為這場暴虐革命增添了娛樂和性愛色彩，把它演繹成一個娛樂文革和桃色文革。每到夜幕落下時，他們便成雙成對地淹沒在這綠色的青紗帳裡，甜言蜜語和著綠葉的沙沙細語，兩性相悅的快樂呢喃和紡織娘的歌唱在葉尖上隨風徜徉，一片片玉米被他們壓倒，避孕套隨便丟棄在地裡，豐富的蛋白質把旁邊的玉米滋養的又粗又壯。他們盡情地享受著文革給他們帶來的歡愉和自由。

最倒楣的是那些被專政的校領導和老師，有的學生們閒著沒事，就拿他們尋開心，找刺激。這些學生大多是劣等生，留級生，小流氓，也有自認為高人一等的革軍革幹子女，他們都有一個好出身——紅五類。

這些學生也是看人下菜碟，柿子揀軟的捏。那些強壯的、年輕的、平時就威嚴的老師他們不大去惹，年紀大、個子又小的高邁遠就成了這些人的玩偶，他們把他像狗一樣呼來喚去。這個燕京大學的老大學生上午剛被兩個紅衛兵叫去，訓了一頓，讓他學狗爬。下午就被一個外號叫地拉排子和一個外號叫死人腦袋的學生叫去。倆人都是社來社去的農村學生，出身都是貧農，也都有一個當大隊幹部的父親。地拉排子和死人腦袋學習都不好，尤其是死人腦袋，每次考試都超不過三分。期末考試化學老師為了讓他過關，就事先把考題透露給他，讓他照著背，到時候填到卷子上就行了。即使這樣，考試時，他還是考了個不及格。化學老師拿著卷子，指著他說：「你連這個也不會，你真是死人腦袋！」從此，死人腦袋就在全班叫開了。文革開始後，他把那個管他叫死人腦袋的老師打個半死，一邊打一邊解恨：「我讓你叫我死人腦袋！我讓你叫我死人腦袋！」地拉排子和死人腦袋既不是一個班，也不是一個專業，不知他倆怎麼混到了一起，成立了紅太陽戰鬥隊。

倆人把高邁遠叫到一間屋子裡，讓他站在一把椅子上，高邁遠戰戰兢兢地站在椅子上，他那胡志明式的山羊鬍子被剪掉後，就再也沒敢把它留起來，下巴光光的。一綹白髮搭拉在額前，兩隻眼睛惶恐不安地望著地拉排子和死人腦袋。地拉排子問：「你知道我叫什麼嗎？」高邁遠眼睛怯懦地望著他，想了一會兒，說：「你叫紅衛兵。」地拉排子一拍桌子：「我是紅衛兵爺爺。」高邁遠畢恭畢敬地重複：「你是紅衛兵爺爺。」「我呢？」死人腦袋問。高邁遠看著死人腦袋：「你也是紅衛兵爺爺。」

「下來！」死人腦袋命令道。高邁遠慢慢從椅子上下來。兩眼望著死人腦袋和地拉排子。不知道他們還要幹什麼。「把衣服脫了！」死人腦袋命令道。高邁遠順從地把上衣脫了，露出乾瘦的上身。「還有褲子！」高邁遠猶豫了一下，把褲子也脫了，露出乾柴棒似的雙腿，只剩下一條褲衩。「把褲衩也脫了！」死人腦袋又一次命令。這次，高邁遠不再順從，他雙手抓住褲衩，眼裡露出一副祈求的神情。這位燕大畢業的老師似乎想守住羞恥的最後底線。死人腦袋上前一把將褲衩扯下：「都他媽老幫材了，還裝什麼大姑娘！」高邁遠連忙用手捂住下面。「把手拿開！」高邁遠遲疑了一下，仍用手捂住下面。「你拿不拿？」死人腦袋掄起巴掌。高邁遠嚇得一哆嗦，連忙把手拿開。地拉排子打開一瓶墨汁，把墨汁全部倒進碗裡，用排筆沾滿墨汁：「今天給你一個重新做人的機會！」地拉排子在高邁遠的後背、大腿上塗抹著。高邁遠呆呆地站在那裡，臉上露出一副驚恐的神色。他不知道這兩個學生到底要幹什麼。地拉排子塗完後面又塗前面。最後用排筆把臉也塗成黑色。只剩下眼仁和牙齒是白的。地拉排子噗嗤笑了：「整個他媽的一個黑老鴰。」死人腦袋問高邁遠：「看過非洲舞沒有？」高邁遠搖搖頭。地拉排子說：「給你個當革命群眾的機會。我告訴你，就是胳膊大腿一塊兒動。」地拉排子做了一個示範。「跳一個！」高邁遠抬了抬腿伸了伸胳膊。「行，就這麼跳！」地拉排子拿起一個臉盆，說：「我敲多快，你就跳多快！」高邁遠隨著敲擊的聲音不停地在原地彎腰、舉手、抬腿、踢腳。正是暑天，不一會兒高邁遠被墨汁染黑的汗水像小河一樣順著身子向下淌，染黑了下面的水泥地。隨著敲擊的點數越來越快，高邁遠往前一栽，倒在地上。

不僅是紅五類，這連出身非紅五類的學生也常拿高邁遠尋開心。一天，高邁遠挑著一筐磚頭經過男生宿舍樓門口，他被幾個學生叫住。一個學生拿過扁擔，對高邁遠說：「你順著這根扁擔爬上去。」扁擔比高邁遠長不了多少，又沒法兒固定在地上，高邁遠拿著扁擔，兩眼可憐巴巴地望著那幾個學生，不知道怎麼爬。一個學生訓斥他：「你他媽的不是教授嗎，連這個也不會爬！爬！」高邁遠拿著扁擔，愣愣地站了一會兒，兩隻手開始順著扁擔從下往上捯，捯到了頭，兩隻手又從下接著往上捯。捯了三個來回，一個學生問：「上去了嗎？」高邁遠說：「上去了。」「那就下來吧！」高邁遠兩隻手又從上往下捯，又捯了幾個來回。那個學生問：「下來了嗎？」高邁遠說：「下來了。」那個學生說：「你他媽的還真會想轍，滾吧！」高邁遠彎下腰挑起兩筐磚頭一搖一晃地走了。

就連地主出身的王石頭也要拿高邁遠耍笑一番。一天，王石頭看見高邁遠又挑著兩筐磚走過宿舍樓門口，正在端著飯盒吃飯的王石頭把高邁遠叫住。高邁遠放下擔子，怯生生地望著王石頭，不知道又要受什麼懲罰。他的上衣被汗水濕透了，前額上有一塊傷痕剛剛結痂，一條褲腿挽著，露出細瘦的小腿。王石頭說：「你是學物理的，我問你一個問題。」高邁遠眼睛一眨不眨地看著王石頭，等著王石頭提問。「你說，世界上還有比原子彈更厲害的武器嗎？」高邁遠連想都沒想就忙不迭地回答：「有，有哇。」

「是什麼？」王石頭問。

「戰無不勝的毛澤東思想。」高邁遠回答完了，有些得意地望著王石頭，似乎對自己的回答很滿意。「算你聰明，走吧！」高邁遠挑起兩筐磚頭走了。

這個小老頭的怯弱和順從並沒有使他逃過這場劫難。一天，他挑著兩筐磚經過宿舍樓門口時，一個學生拿杆汽槍，朝他喊了一聲：「高邁遠，著標！」他一抬頭，那顆汽槍子彈正中他的右眼，他哀嚎一聲，手捂著眼，蹲在地上。一個星期後，他又出現在專政隊伍中，只是一隻眼睛瞎了。

三十一

一天傍晚，楊二愣來到專政隊：「林子思，你出來一下。」文化革命給了任何一個組織或個人——當然必須是紅五類——提審被專政人的權力。被專政的人常常被某個戰鬥隊叫去，叫他們去並不是讓他們交待所謂問題，而是拿他們尋開心，耍笑一通，遇上暴戾的學生便會遭一頓暴打，不少人都被打的鼻青臉腫，甚至頭破血流。他們每聽到有人喊他們的名字都嚇得戰戰兢兢，因為有可能會受皮肉之苦。

林子思走出來，用一種冷峻的目光看著這個黃毛學生。林老師雖然被關進了專政班，但在那些灰頭土臉的專政隊伍中依然保持著典雅和端莊，有一種凜然不可侵犯的氣質。她的端莊和美麗，使她少受不少皮肉之苦，一些男紅衛兵惜香憐玉，不忍心折磨她。

林子思隨著楊二愣來到農奴戟戰鬥隊，楊二愣坐在椅子上：「林子思，你要老實交待你的問題，你出賣過多少革命同志！」林子思望著這個裝腔作勢的學生，似乎已明白他要幹什麼，因為屋裡除了他們倆人之外，再沒有別人。

林子思冷冷地回答：「我一個人也沒出賣過！」

楊二愣說：「那你為什麼被放出來！」

林子思說：「當時被抓的學生都放出來了。」

楊二愣說：「進過監獄的人都是受不了敵人的嚴刑拷打，才出賣革命同志，讓我看看你身上有沒有疤癩。」

林子思說：「我沒被敵人拷打過，身上也沒有疤癩。」

楊二愣說：「耳聽是虛，眼見為實。有沒有疤癩不是你說了算。」說著，就上前去解林子思的上衣。林子思緊緊地捂住衣服，楊二愣拼命撕扯，林子思一個巴掌打過去，楊二愣的右臉上頓時留下五個指印。楊二愣猛地撕開林子思的衣服，衣服扣子四散飛去，露出了那雪白豐滿的胸脯。林子思的胸部乳峰高聳，豐滿俊俏，不像是六六六那種連乳溝都沒有的高原。楊二愣一頭紮進林子思的胸前，用嘴拼命地吮吸著。林子思揪住楊二愣的頭髮，使勁往起拉，楊二愣就像是被吸在上面一樣，拉也拉不開。就在這時，六六六帶著被楊二愣摸過的幾個女生闖了進來。六六六揪住楊二愣的脖領子，像拎小雞一樣把他拎起來，然後狠狠一巴掌，她那小簸箕般的巴掌搧的楊二愣轉了一個圈兒，左臉頓時出現了五個指印。六六六指著楊二愣破口大罵：「楊二愣，你這個地痞流氓無賴二流子，你缺德帶冒煙……」她看見，楊二愣雖然被她罵的狗血淋頭，左右臉上各五個指印，頭髮被揪下一大撮，仍像掉了魂似地兩眼直勾勾地望著林老師走出去的背影。她突然雙手一拍大腿，嚎啕大哭起來，一邊哭一邊罵：「你這個二流子流氓臭無賴呀！你不是革命的好後代呀！你忘了偉大領袖毛主席呀！你白披了貧下中農一張皮呀，你吃著碗裡的看著鍋裡的盯著勺裡的，你是偷雞的黃鼠狼是見了草驢就嗷嗷叫的大叫驢呀！你——」她突然停下了，因為楊二愣早已悄悄溜出了門，不見了蹤影。

第二天，在男生宿舍樓的牆上，貼出一張大字報，題目直截了當：楊二愣是個大流氓。大字報說貧下中農出身的楊二愣被資產階級的糖衣炮彈打中，做了資本家小姐美色的俘虜，忘記了偉大的革命理想。大字報還添油加醋地說楊二愣不僅脫了林子思的上衣，還脫了林子思的褲子。大字報下很快聚集了很多人。在這個無所事事，百無聊賴的日子裡，沒有比這種新聞更能吸引人們的目光和刺激人們的神經了。人們很快把它進行了發揮，說楊二愣強姦了林子思。

晚上，楊二愣把六六六拉進了玉米地，楊二愣說：「我只是想看看林子思身上有沒有疤癩，你們卻說我脫了她的褲子，你們必須為我恢復名義。」六六六說：「你光是想看她身上的疤癩嗎，我看見你把腦袋紮在人家懷裡，把人家的乳頭都咬了，你是看疤癩嗎？」楊二愣說：「我沒脫她的褲子。」六六六說：「你想脫，我們進去了你沒來的及。」楊二愣說：「那幾個女的鼓搗你寫大字報，是因為我摸了你的胸脯，沒摸她們的胸脯，她們報復我！」六六六吐了一口唾沫：「呸！你當你是誰呀！」說完，站起來要走。楊二愣急忙拉住六六六：「我真沒想脫她的褲子……」說著，就去摸六六六的胸脯。六六六打開他的手：「你又想佔便宜，你摸了資本家小姐，又來摸我……」楊二愣說：「我保證以後不摸別人，只摸你。」說著，解開了六六六的衣扣。六六六說：「我只怕你狗改不了吃屎。」楊二愣說：「我要是再摸別人的，天打五雷轟。」六六六說：「你發誓還不如放屁。」六六六已把衣服敞開，露出了一大片高原。楊二愣把手放到六六六的胸脯上，望著面前白花花的一片，感到一陣膩歪，林子思的胸脯多俊俏，多銷魂，兩個乳房像兩個雪白的富強粉饅頭，又圓又有彈性。兩個乳房之間還有那麼深的乳溝，就像是兩座山峰中的峽谷，哪個男人掉進去也爬不出來。他又瞥了一眼六六六的乳房，像塊大發糕，雖然宣騰卻沒有彈性，摸完林老師的乳房再摸六六六的乳房，就像吃了小站米又吃窩頭，吃了米粉肉又吃白菜幫子。六六六看見楊二愣手放在上面不撫摸直愣神，突然把他的手拿開：「你是不是又想那個資本家小姐了！」楊二愣趕緊回過神來，連說沒有。六六六說：「那你為什麼不動？」楊二愣一面撫摸一邊發誓：「以後只摸你的胸脯，別人胸脯再好也不摸，就像是寧要社會主義的草，也不要資本主義的苗。」六六六說：「我不是社會主義的草，我是社會主義的苗。」她擺弄了一下楊二愣下面那軟不拉塌的東西：「你這才是社會主義的草呢！」

第二天早上，在男生宿舍樓門口又貼出一張大字報，大字報的題目很長：資本家小姐叛徒林子思妄圖拉貧下中農下水，貧下中農巋然不動安如山。下面的署名是王桂芳，那正是六六六的大名。

三十二

下午，王石頭來到大堤下面的河灘上撿石子。經過河水長期朝刷，河灘上遍佈一些鵝卵石，王石頭專門撿彈球大小的石子，這些石子圓潤光滑，正好用在彈弓上。王石頭撿了十幾枚石子，來到一棵大柳樹下，掏出彈弓瞄準前面一棵楊樹的葉子，拉弓射彈，那片樹葉便飄然落下。他又連著射了十幾次，幾乎次次中靶。這次來大堤撿石子並非無的放矢，他要做一件重要的事情，那就是懲罰楊二愣。自從楊二愣凌辱林老師的事情發生後，王石頭就充滿了對楊二愣的憎恨。文革中對老師的羞辱和打罵早已見怪不怪，有時，自己也加入了圍觀的行列，但他們大多是拿老師開心解悶兒，還沒有學生做出如此禽獸不如的劣行。幾天來，一種深深的哀痛和憤懣在他心中激蕩，他心中升起一種強烈的要為林老師報仇的念頭。這個念頭如此強烈，以致他忘了自己的出身。這是一種懲惡揚善、路見不平、拔刀相助的義舉？似乎有點兒，但也不全是。如果被凌辱的不是林老師，而是其他老師，他會這樣嗎？他肯定會憎惡卻不會為她冒險報仇。這裡更多的是一個男孩子對自己所愛慕的女性遭受凌辱所激起的憤恨。就像當年他憎恨打死黃老師那個連長和用彈弓教訓欺負郭蘆枝的張解放那樣。

王石頭開始謀劃報仇的方法。以自己的出身，正面衝突肯定不行，而且也打不過他。他只能用一種暗算的辦法，他想起了用彈弓，就像當年他用彈弓敲碎韓處長家的玻璃和打破張解放的腦袋一樣，悄悄地隱藏在一個地方，用彈弓射他的腦袋或其它地方。這樣，既不暴露自己又能為林老師報仇。

有了方案，下面便是選擇動手的時機。這是一個難題，因為他不知道楊二愣什麼時候在哪裡出現。即便知道了，當時現場有沒有人，適不適合動手，會不會被發現，否則就可能報復不成反而暴露了自己。最終他選中了宿舍。王石頭的宿舍在三樓，斜對著食堂，窗口距離食堂大約有六七十米，每天去食堂的學生都從他窗口右側方經過，雖然有一定的角度，但卻在彈弓的有效射程之內。在食堂開飯時，楊二愣肯定會從窗前經過。而這段時間宿舍的同學都去食堂打飯了，正便於他下手。

打完了兜兒裡的石子，王石頭又到河灘撿了些。看看天色不早，便開始往回走。

回到學校，食堂已開晚飯。學生們陸陸續續走進食堂。在食堂門口，土肥老師陳友盛正在看一張已經貼了好幾天的大字報。在他旁邊，靠牆放著一把稻田放水用的長方形鐵鍬。陳老師是個單身，四十多歲還沒有結婚。陳友盛長著一副典型的南方人的面孔，平時少言寡語，性格內向。臉上經常帶著溫和有些靦腆害羞的微笑。陳友盛出身職員，加上平時不愛說話，教的又是專業課，接觸的學生也少。在文革中幾乎沒有受到什麼衝擊。他沒貼過大字報，學生和老師也沒給他貼過大字報。在這場暴虐的運動中，他似乎被人遺忘了。

陳友盛似乎有些心不在焉，他一面看大字報，一邊用眼睛瞄著進進出出的學生。

被專政的老師和校領導排著隊從食堂前經過，林子思也走在隊伍中間，她低著頭，神情明顯地有些憔悴。楊二愣和幾個學生有說有笑地朝食堂走來，這個二流子沒有絲毫羞愧感，他似乎為自己做了一件令全校矚目的事而洋洋自得。就在他走到食堂門口，和陳友盛擦肩而過時，陳友盛突然飛快地拿起鐵鍬，照著楊二愣的頭部狠狠劈去。楊二愣連叫都沒來得及叫就被劈倒在地。陳友盛又狠狠地朝他頭部劈了一鐵鍬。在場的人全都驚呆了，當他們回過神來，陳友盛已拿著鐵鍬向二百米外的大煙囪跑去。他似乎是怕人追上來，一邊跑一邊回頭看。這時，人們才回過神來，有的學生扶著被劈倒的楊二愣，另一些學生開始追陳友盛。陳友盛此時已站在大煙囪下面，他回頭望著追上來的學生，轉身踩上大煙囪的腳蹬，迅速地向上爬去。當學生追到下面時，他已經爬到了十幾米的高處。他回過頭來，下面是越聚越多的學生。一個學生朝他喊：「陳老師，您下來，楊順財沒有死！」陳友盛並沒有理會學生的喊話，他往下看了看，似乎在測量他所站的高度。他又往上爬了十幾米，已到了大煙囪的半腰，從這裡可以看到教學樓的水泥屋頂。落日正在西下，把田野鍍得一片金黃，遠處的稻田和葦塘升起一片淡紫色的暮靄。兩隻歸巢的鳥兒從空中飛過。他用手抓住鐵蹬兩旁的扶欄，轉過身來，又看了看下面，所有的學生都向上仰望著，他凝視了片刻，像是鳥兒展翅一樣，雙臂一展，縱身一躍。人群中發出一聲驚叫，紛紛向後退去，陳友盛重重地落在地上。他四肢展開，頭部觸地，鮮血從他的口鼻耳噴濺出來，侵染了下面的土地。兩個學生把陳友盛翻過身來，陳友盛滿臉鮮血，眼睛大睜著，彷彿在發出天問。

人們弄不明白陳友盛為何對楊二愣有如此的深仇大恨。他沒教過楊二愣，楊二愣也沒整過他。不僅楊二愣，所有學生都沒整過他，甚至沒貼過他一張大字報。陳友盛死後，紅衛兵查抄了他的宿舍，從他的箱子發現了三本日記，兩本文革前的，一本文革中的。人們才從中找到答案。在日記中，陳友盛充滿了對這場革命的厭惡，……為什麼要鬥老師，為什麼要掘墳，讓死人也不得安生，為什麼把女老師剃成陰陽頭，他們犯了錯誤，可以批評他們，為什麼要採取這種手段？

日記中記的最多的是他對林老師的愛慕與讚美。

……她高貴的像一個公主。今天，她穿一件淡藍色的裙子，一雙低跟皮鞋。她那麼秀麗，風姿綽約，就像一個女神，她的秀髮那麼黑，那麼亮，那麼柔軟，還有她那秀長的腿和纖足。

……她吃飯的姿勢那麼優雅，我幾次想把飯菜端到她坐的桌上，可是，我還是打消了這個念頭，我不敢去，覺得在她面前我自慚形穢，在她面前，我為什麼這樣自卑，這樣怯懦。

……今天她端著飯在餐桌前坐下，還問了我一句：陳老師，你怎麼吃得那麼少，她的話語中充滿著溫情。天啊，這是一頓多麼美妙的午飯，如吃聖餐，如飲甘露，可是，我卻顯得拘謹，甚至不敢抬頭看她。

……今天，和她一起吃飯的還有一個男的，那個男的長的很帥氣，年齡也和她差不多，我不知道是她的男朋友還是什麼。後來，我聽那個男的叫她姐姐，我的心才踏實了，甚至還有一種歡愉。

……今天，有人貼了她的大字報，說她是叛徒，出賣過同志。這怎麼可能，她那麼聖潔，高貴，絕不會幹出那種事情，真沒想到，她那麼勇敢，也曾上街遊行，她的樣子一定像林道靜，穿著月白色上衣，黑色的裙子，白色的襪子，慷慨激昂地喊著口號，烏黑的頭髮隨風揚起。

……她進了專政隊，我終於敢大膽地和她在一桌吃飯了。她顯得很漠然，沒有和我打招乎，低著頭默默吃著。我不知道，她是不願意理我還是怕連累我。她黑了，也瘦了，但她仍然保持著那種高貴的氣質。我幾次想說，林老師，你要挺住，可話到嘴邊又咽了回去，直到她吃完離開也沒說出口，我真沒用！

……今天，我看見她和另一個老師抬一筐磚，那筐磚很重，她顯得十分吃力，她的上衣都被汗水濕透了，我真感到心疼。我多麼想上前去替換她，如果能讓她休息一會兒，即使受再大的苦我也心甘情願。

……今天，我看見了那個叫楊二愣的畜牲，這個無賴長得那麼下流，那麼難看，林老師那麼高貴，那麼聖潔，她怎麼能夠忍受，她的心一定很苦很苦。我要是年輕，我要是身強力壯多好呀，我一定把這個流氓打個半死，替林老師報仇。

……我已經想好了怎麼懲罰這個無賴。我要替她報仇！我一定要替她報仇！為了她，我寧願犧牲自己的一切。我只希望，在她未來的生活中，她會記住一個姓陳的老師，我就心滿意足了。」

陳友盛的日記被抄成大字報貼在學校裡，標題是：一個修正主義教育路線下的犧牲品。大字報貼出後，幾乎所有學生和老師都來觀看，大多數學生都對陳友盛表示同情，有幾個女生還掉了淚。

在陳友盛的日記被貼出的第二天傍晚，林子思對看管他們的一個紅衛兵說：「同學，我求你一件事。」那個紅衛兵用一種警覺的目光看著她：「什麼事？」林子思說：「我想去看看陳老師。」那個紅衛兵愣了一下，林老師又輕輕解釋說：「我想去看看陳老師離開的地方。」那個紅衛兵猶豫了一下，點點頭。

在紅衛兵的跟隨下，林老師來到大煙囪下，暮色已經降臨，天還沒有完全黑下來，地上的血跡依稀可辨。林子思蹲下身，用手把土撮到一起，然後用手捧起，輕輕撒在血跡上。林子思又從衣兜裡取出一個用白色手絹編成的白花，放在上面。她站起來，深深地鞠了三個躬。然後，對站在旁邊的紅衛兵說：「謝謝你，我們回去吧。」

楊二愣被劈倒後，送進了醫院，醫生說，只要再深劈一毫米，腦漿子就出來了。楊二愣雖然保住了一條命，卻變得眼斜口歪，還動不動就躺在地上口吐白沫，不醒人事。六六六也不再理他，後來，楊二愣昏倒的次數越來越多，不得不退學回家。尿褲子精把這一切歸咎於楊二愣那次扒墳掘墓：「我知道，丫的早晚得遭報應。」

三十三

一天傍晚，工程兵的文工團到學校演出，演了四五個歌舞後，一名女演員走到台前，挎著一架手風琴，表演手風琴獨奏。女演員長得很漂亮，苗條的身材，瀏海下有一雙秀媚的大眼睛。她拉的第一支曲子是《革命人永遠是年輕》。她的手在琴鍵上嫻熟靈活的擺動，風箱一張一合，頭微微側著，彷彿專注於那一排排琴鍵。烏黑的秀髮隨著節奏輕輕跳動。王石頭不由地想起了郭蘆枝，她拉琴時也是這個樣子。

手風琴獨奏演完後，王石頭便無心再看，一個人來到操場上。學生們都看演出去了，操場上很靜，滿天的繁星閃閃爍爍。他和郭蘆枝已經有四年多沒見面了，不知道她現在怎麼樣了。他心中突然升起一種急切想見到她的願望，這場革命拉近了她和他的距離，她不再高高在上。現在，沒人在乎你上那所學校，因為大家都不上學了。就家境而言，王石頭本能地感覺到，她的處境也不會比他好多少。她的父親是從美國回來的，單這一點就很難逃過這場劫難。可是，她現在在哪裡呢？自從那次在校門口見面後，就再也沒有聯繫過，她仍在原來的學校女中，還是上了別的學校？他只在上小學時去過她家，現在，可能早搬家了。想見郭蘆枝的願望一旦產生，就強烈地佔據了他的心。第二天一大早，他就離開學校進了城，他決定先到女中去找。

他來到女中門口，校園裡很靜。開始那種瘋狂的熱情早已雲消霧散，校園裡的大字報早已斑駁。只有幾個女學生在操場上打籃球。他來到傳達室，問兩個正在下棋的老頭，認不認識一個叫郭蘆枝的女學生。其中一個老頭抬頭看了他一眼，搖搖頭說不認識，低頭又去下棋。他來到操場，問其中一個打籃球的女生，那個女生問是哪個年級哪個班的？王石頭說是高三的，哪個班他也不清楚。那個女生說，她是高一的，高三的她不認識。王石頭一直等到中午，學校又來了十來個學生，她們都說不認識。無奈，他只好回到學校。

第二天，王石頭照樣早早進了城，他沿著小時候的記憶，找到了郭蘆枝曾住過的地方。一個中年婦女說，原來是住在這兒，可是，文革一開始就搬走了。王石頭問搬到哪兒了，中年婦女說，她也不知道。王石頭只好又來到女中門口，看門的老頭仍在下棋，仍像上次一樣，抬頭看了他一眼，沒說什麼。操場上沒人，王石頭決定找個老師問問。他走進教學樓，好不容易才碰見一個老師。那個老師說，他教初中，高三的他不認識，讓他去教導處問問，王石頭來到教導處，門鎖著，沒人。

傍晚，王石頭回到學校。尿褲子精一見他就問：「你丫的去哪兒了，找你一天也沒找到你。劉老右自殺了！」劉老右是養豬場的一個右派，文革一開始，家就被抄，後來老婆又離了婚，兒子也和他劃清了界限。王石頭問：「怎麼死的。」「喝敵敵畏，死在豬圈裡。上午，幾個學生把他扔到菜園邊上的大糞坑裡，耳朵，鼻子裡都灌滿了大糞，下午，就躲在豬圈裡喝了敵敵畏。」王石頭說：「老婆離了婚，又老挨打，死了不用受罪了。」尿褲子精說：「你這兩天到底去哪兒了，連個人影都不見。」王石頭說：「我到女中找郭蘆枝去了。」尿褲子精問：「找到了嗎？」「沒有，學校裡沒什麼人，我也不知道她高中是不是還在女中。」尿褲子精說：「那你找個屁呀！」王石頭說：「我估計可能還在女中。」

第三天，王石頭又來到女中，看門的老頭看見他來了，指著剛剛走進校門的兩個女學生說：「同學，前面那兩個學生就是高三的，你問問她們。」

王石頭快步走上前，問：「同學，我打聽個人，你們認識一個叫郭蘆枝的嗎？」

倆人打量著王石頭：「認識呀，跟我們一班，你是誰呀？」王石頭說：「我是她小學同學，有點事兒想找她。」其中一個女生說：「不知道她今天來了沒有，要是來了，我跟她說一聲。」倆人說著進了教學樓。

王石頭站在操場等著。不一會兒，一個女生從教學樓快步走了出來。他一眼認出了，是郭蘆枝！幾年不見，她長高了不少，越發顯得亭亭玉立。她步履輕快地朝他走來，郭蘆枝也認出了他：「王石頭！」她叫著他的名字，臉上露出驚喜。她雖然只穿一件普通的藍布衣服，但絲毫沒有減低她的優雅和高貴，只是辨子剪成了短髮，使她有一種男孩子般的帥氣。「你怎麼來了？」她音調透著喜悅。

「我過來看看。」王石頭說。

「走吧，我們到外面走走。」郭蘆枝帶著王石頭出了校門，街上行人不多，沒走多遠，郭蘆枝說：「要不，去我家吧，離這兒不遠。」

王石頭說：「昨天，我去你原來住的地方，說你搬家了。」郭蘆枝點點頭：「搬了半年了。」

倆人走進一個小胡同，來到一個院子，走進一個不大的房間，房間大約只有十二三米，可謂家徒四壁，只有兩張床，一個掉了漆的小桌子和兩個凳子。牆上沒有照片，窗臺上也沒有花，也不見那架手風琴。王石頭覺得，這肯定不是她原來的家，可能是被抄家後轟到這裡的。王石頭不知說什麼好，郭蘆枝似乎也不願做解釋。倆人默默地坐了一會兒，王石頭問：「沒見到咱們小學同學吧？」郭蘆枝說：「就遇到過一次張解放，他正帶著一幫人去抄家，說了兩句話就走了。後來，又到學校找過我一次。」王石頭說：「你還記得劉寶祥嗎？就是尿褲子精！」郭蘆枝笑笑：「怎麼不記得。」王石頭說：「他現在跟我一個學校。」郭蘆枝一臉驚奇：「是嗎，他挺好吧？」她並沒有問他們在哪一所學校。「挺好的，他父親是城市貧民，家裡也沒受到什麼衝擊。他說班上那麼多同學，數你心眼最好，又給他鉛筆，又給他本子，還幫他賣報紙。」郭蘆枝笑笑：「代我問他好。」王石頭說：「有一次抄家，看見一個女學生跟你長的特別像，他還特意保護了那家。」郭蘆枝眼裡閃過一種感激：「是嗎？」倆人又坐了一會兒，王石頭忍不住問：「你父母好吧？」郭蘆枝搖搖頭：「我父親被關著，說他是美國特務。」「你媽媽呢？」王石頭問。這也是王石頭縈繞已久的一個疑問。無論是小時候去過的郭蘆枝家，還是現在這個簡陋的小屋，都不曾見過一個母親留下的痕跡。

「我媽媽在美國。」

「沒跟你爸爸一起回來？」

「沒有。」郭蘆枝搖搖頭，臉上掠過一絲哀傷：「當時我外公正生重病，外婆已經不在了，媽媽就留下來照顧外公，等外公走了再回來。外公走了後，媽媽本想回來，我爸爸看國內形勢越來越不好，就沒再要求我母親回來。」

「現在還有聯繫嗎？」「前些年有，後來就不敢聯繫了。就是這樣造反派還說我爸爸往國外送情報，是美國特務。」

王石頭心中不免一陣感慨，這是不少人回國後的命運。他們本來滿懷熱情地想投入新中國建設，卻被無端猜疑，得不到信任。更有一些人在反右和文革中慘遭不幸，甚至丟掉了性命。王石頭安慰郭蘆枝：「你不用太擔心，你爸爸也許很快就會放出來，我們校長就放出來了。」他撒了一個謊。郭蘆枝輕輕地嘆了口氣：「你父母還好吧？」「他們早被轟回老家了。」王石頭說。

一縷陽光從不大的窗口照射進來，屋裡顯得不再那麼昏暗。像是要拋掉這些不快似地，郭蘆枝說：「中午在我這兒吃飯吧！」王石頭十分想留下來和郭蘆枝多待一會兒，卻又怕給她添麻煩。便說：「不了，我也該回去了。」「幹嘛那麼客氣！咱們吃簡單點，西紅柿麵。」說著，郭蘆枝走進一個搭建的小廚房。小廚房很小，也很矮，裡面放著一個蜂窩煤爐子，一個簡陋的木桌上放著砧板、菜刀和碗筷。郭蘆枝用爐鉤子從爐底下攪了攪灰，讓火更旺一些。又從下面的筐子裡取出西紅柿、黃瓜和兩個雞蛋。望著郭蘆枝一系列動作，王石頭心中一陣感慨。這個天使般的姑娘已經落下雲端。

可能是廚房熱，郭蘆枝脫掉外衣，露出了白白的頸項和修長的手臂。裡面是一件淺藍色的半袖圓領衫，圓領衫很合身，勾勒出一個青春女孩曼妙的曲線。她的腰很細，胸部微微隆起，烏黑的柔發，俊美的面容和她起伏有致的身材搭配得完美無瑕。那雙美麗的眼睛，不時閃過一絲哀傷，更讓人心生愛憐。王石頭心中漾起一種異樣的情感，能和這樣的姑娘生活在一起，那將是何等的幸福。

郭蘆枝開始做飯，把西紅柿和黃瓜切成片，把蔥段切成蔥絲，雞蛋打到碗裡，很快麵做好了。紅紅的西紅柿，散發著清香的黃瓜片，散落的雞蛋花，浸滿湯汁的麵條。它不僅散發著食物的香氣，更融進了比友誼更深的情誼。王石頭細細地品味著，他吃過無數次麵都不及這一次讓他心生愉悅，甘之若飴。

吃完麵，郭蘆枝去洗碗了。王石頭獨自待在屋裡，他心中升起一種深深的哀痛與惋惜，這個美麗的姑娘應該有著公主般的生活，而不應該一個人待在這小屋裡，備受孤寂。

王石頭該回去了。郭蘆枝把王石頭送到公共汽車站：「回去，代我問劉寶祥好，有空，讓他一起來。平時，我都在家裡。」

車來了，王石頭上了汽車。在車上，他一直默默想著郭蘆枝，想著她那憂鬱的目光和輕聲的歎息，他不知道應該怎樣幫助她，幫助這個曾幫助過他的美麗的姑娘。

車路過一個文化用品商店，商店的櫥窗裡擺著一架手風琴和其他樂器。他突然萌生了一個願望，送她一架手風琴，平時拉拉曲子解解悶。車一到站，他就下了車，走進商店，一問價錢，他就泄了氣，價格最便宜的也要一百二十元。現在，哥哥每月給他五元零用錢，他就是攢一年也只能買半架手風琴。

回到學校，尿褲子精問：「找到了嗎？」

王石頭說：「找到了，她還在女中。」「她家被抄了嗎？」「抄了。父親被關著，把她轟到一個小平房裡。」尿褲子精說：「那她可慘了。」

王石頭說：「我現在要是有一百二十塊錢就好了。」尿褲子精問：「要一百二十塊錢幹什麼。」

王石頭說：「給郭蘆枝買一架手風琴，讓她拉著解悶。她平時特喜歡拉手風琴。她那架手風琴可能被抄走了。」

尿褲子精說：「那還用買？」

「不買怎麼辦？」

「偷哇！」

「偷誰的？」

「偷紅旗的，反正ㄚ的也不是好來的。」

紅旗兵團有一個宣傳隊，宣傳隊裡有不少樂器，其中有兩架手風琴。這些樂器有的是文革前校軍樂團的，也有抄家抄來的。為此，學校的另一派東方紅還和紅旗進行了一場樂器爭奪戰，最終以紅旗的勝利而告結束。王石頭雖然沒有參加任何組織，但他對紅旗兵團的印像更差。因為它比東方紅更講血統論：「嫁人就嫁紅五類」就是紅旗兵團幾個女生寫的。對尿褲子精的主意，王石頭倒是贊同。文革後學校裡偷竊成風，學生們不僅偷老玉米、偷白薯、偷花生，有的社來社去的學生甚至把水利試驗室十幾萬元的精密儀器也偷回家。偷竊不僅不受到譴責，反而成了一種時髦。可是怎麼才能偷到手風琴呢？尿褲子精好像把握十足：「你看我的。」

倆人經過一番偵察之後，摸清了紅旗宣傳隊存放樂器的地點——教學樓一樓的閱覽室裡。晚上，倆人裝作若無其事的樣子來到教學樓一樓，整個走廊靜悄悄的，只有他倆的腳步聲。尿褲子精走到閱覽室門口，用手擰了擰門把，又用身子撞了撞門，門關的很緊，而且是暗鎖。倆人又來到樓外的閱覽室窗子下面，尿褲子精用手推了推窗子，窗子也關的很緊。王石頭看看尿褲子精，尿褲子精沉默了一會兒說：「咱們今晚幹還是明晚幹？」王石頭說：「要幹就今晚幹，可是，門窗都鎖著……」

尿褲子精打斷他的話：「這個你就甭管了，到時候準能把手風琴偷出來。」

倆人決定在夜深人靜時行動。

快到夜裡兩點時，倆人悄悄來到教學樓。校園裡沒有了白天的躁動和喧鬧，變得十分安靜。宿舍樓的燈光大多數都已熄滅，只有兩三個窗口依然有燈亮著，雲彩遮住了月光和星星，正是作案的好時機。為了不被人發現，倆人從教學樓側面的階梯教室旁邊的門進去繞著走。走到門口，裡面傳出一陣呻吟聲和粗粗的喘息聲。尿褲子精說：「正幹呢！」尿褲子精還想聽，王石頭示意一個快走的動作。倆人躡手躡腳地來到閱覽室門口。尿褲子精拿出一個化學墊板，斜插進門縫，慢慢地往裡推，然後一擰門把，門開了。王石頭朝尿褲子精伸了伸大姆指。尿褲子精打開手電筒，手電筒前面的玻璃用硬紙殼擋著，只在燈泡處留一個不大的圓孔，這樣，手電筒就不會散光，免得光從窗口流泄出去被外面的人發現。倆人在牆角的桌子上找到了那架手風琴。尿褲子精拎起，倆人悄悄地溜出來，把門又輕輕撞上。手風琴到手了，可是放在哪裡呢？放回宿舍肯定不行，可以先放到校園外面的玉米地裡，等天亮了取出來，再去城裡。可是，從學校到車站有十二里地，學生們現在來去自由，這麼長的路肯定會遇到來往的學生，那等於自我揭發。最後，尿褲子精想出了個主意，連夜趕路，因為夜裡肯定不會遇見同學。王石頭摸摸兜，裡面還有兩元錢，足夠倆人來回的路費。倆人便上路。

天上的雲彩不知什麼時候已散去，夜空掛著一輪明月，路旁是黑魆魆的玉米林。白天的暑熱已經消退，夜變的有些清涼，草叢中紡織娘和喇喇咕不停地鳴唱。王石頭本來要自己背琴，尿褲子精說：「你丫的出身不行，我背，被抓住也不敢怎麼樣。」尿褲子精顯得挺仗義。為了避免萬一遇上同學，尿褲子精讓王石頭走在前面，自己背琴走在後面。倆人相隔五六十米，如果遇見人，王石頭就咳嗽一聲，尿褲子精就趕緊躲進路旁邊的玉米地裡。一路上沒人，只有兩人的影子跟著他們移動。倆人走到車站，天還黑著，估計也就是三點多鐘，離頭班車還有三個小時，倆人就繼續往前走。快走到廣安門時，天才大亮。倆人在一家早點鋪前要了兩份豆漿和油餅，補充一下能量。王石頭覺得現在無論是去郭蘆枝家還是去女中，時間都太早，於是提議繼續向前走。尿褲子精說：「這回，咱倆也算是長了一次征。」然後高聲唸道：「偷了紅旗的手風琴，劉寶祥用兵真如神。」隨後，尿褲子精吹起了口哨：吹的仍是那支《真是樂死人》。

快到郭蘆枝家時，王石頭囑咐尿褲子精：「在郭蘆枝面前，你可千萬別說琴是偷的。」尿褲子精說：「那說怎麼來的。」王石頭說：「就說你從委託商店買的。」尿褲子精說：「怎麼不說是你買的。」王石頭說：「我上次跟郭蘆枝說，上小學時你常給劉寶祥本子和鉛筆，劉寶祥特感激你，再說，沒有你，這琴也拿不出來。」尿褲子精說：「你丫的別往我身上推，咱們還沒被抓住呢！」王石頭說：「要是被抓住，我就說是我偷的，跟你沒關係。」尿褲子精說：「你丫的太虛偽，想和郭蘆枝好，又不好明說，拿我當幌子。」

快九點的時候，倆人來到郭蘆枝住的小院，郭蘆枝不在家，倆人就在外面等著。快十點時，郭蘆枝回來了。見到他們倆，驚喜地叫道：「劉寶祥！」又問：「你們什麼時候來的？」「來了一會兒了。」王石頭說。郭蘆枝打量著尿褲子精：「長這麼高了，都快認不出來了。」尿褲子精不好意思地笑笑：「光長個，不長心眼。」郭蘆枝說：「快進家吧。」倆人進屋坐下。郭蘆枝看看放在桌上的手風琴：「是到城裡演出的吧。」尿褲子精笑笑：「別寒磣我們了，我們哪有那本事呀！」王石頭說：「劉寶祥上個月從委託商店買了架手風琴，練了一個月只會1234567，他聽我說你會拉，就給你送來了。」郭蘆枝說：「我也好久沒拉了。」王石頭說：「你試試，看這琴有沒有毛病。」郭蘆枝把琴挎上，拉了一隻簡單的曲子，說：「挺好的，這琴挺貴吧。」尿褲子精說：「不貴，委託商店買的。」郭蘆枝把琴放下：「那我給你錢。」尿褲子精急忙攔住：「你要給錢我就拿走了。」王石頭說：「你給我們拉只曲子吧。」郭蘆枝重新把琴挎上，拉了一支《我們的田野》。

她那纖巧的手指靈活地在鍵盤上跳動，美妙的樂曲便從指尖下汩汩流出：我們的田野，美麗的田野，碧綠的河水，流過無邊的稻田，無邊的稻田，好像起伏的海面。拉琴的時候，她的頭微微側著，那雙美麗的大眼睛盛滿歡樂與柔情。隨著頭的輕輕擺動，她那烏黑的秀髮滑落到額前，她便把頭輕輕一擺，把滑落的頭髮甩到後面。這是一支少年時代的歌曲，在一次全校歌詠比賽中，他們班唱的就是這首歌，郭蘆枝擔任領唱，她穿一條紅色的背帶短裙，像一個高貴的小公主。在那次比賽中，他們班獲得了一等獎。拉完了《我們的田野》，郭蘆枝又拉了一支《讓我們蕩起雙槳》。美妙的樂曲在小屋裡蕩漾，他們彷彿又回到了無憂無慮的少年時光。拉完《讓我們蕩起雙槳》後，尿褲子精說：「來一個《莫斯科郊外的晚上》。」郭蘆枝朝窗外看了看，把音量降低，拉起了那支《莫斯科郊外的晚上》。尿褲子精還想聽《紅梅花兒開》，被王石頭攔住了：「咱們該回去了。」郭蘆枝說：「幹嘛著急回去。」尿褲子精說：「還有別的事呢。」

郭蘆枝把倆人送到車站，說：「以後有時間常來，反正現在我待著也沒事。」倆人點點頭。車來了，倆人跟郭蘆枝說聲再見，上了車。車上，尿褲子精說：「郭蘆枝比小時候更漂亮了，怪不得你丫的為她偷手風琴呢！」王石頭說：「我看你今天還挺斯文的，一句丫的也沒說。」尿褲子精說：「一見郭蘆枝我就覺得髒話說不出口，不過，我覺得你丫的希望不大，她盤兒那麼靚，肯定有不少人盯著她，你不是說張解放找過她嗎？那傻Ｘ肯定也在打郭蘆枝的主意，丫的是革軍，你沒法比。」過了一會兒，尿褲子精說：「郭蘆枝根本不相信手風琴是我買的，肯定認為是你給她的，你拿我當幌子。他知道我不會花這麼多錢買這種洋玩藝兒。」王石頭說：「那不一定，這麼多年了，她哪兒知道你喜歡什麼！」

回到學校已是傍晚了，雙方的喇叭正在高分貝地相互攻擊。王石頭一聽，就是為了那架手風琴。紅旗說東方紅是賊，偷他們的手風琴是阻止他們宣傳毛澤東思想，是反革命行為。東方紅說紅旗是監守自盜，還把屎盆子往別人身上扣，是地道的流氓行為。雙方各不相讓，都使勁把大帽子往對方腦袋上扣。尿褲子精有點幸災樂禍：「讓丫的掐吧！」王石頭有點擔心，如果這事鬧大了，雙方真為這件事發生衝突，再發現手風琴是他和尿褲子精偷的，偷的手風琴又送給了一個美國特務的女兒。尿褲子精出身好，不會有什麼事，扳子一定打在他的身上，落個挑動群眾鬥群眾的罪名，被認為是階級報復，送進專政班，那可就慘了。

幸好雙方的攻擊到第二天就偃旗息鼓了，王石頭那顆吊著的心才放了下來。

三十四

中午，王石頭吃完飯正在食堂洗碗，尿褲子精找到他：「王石頭，有兩個小孩找你。」王石頭急忙走出食堂，看見一男孩和一女孩正站在離食堂不遠的一棵樹下。男孩大約有十五六歲，女孩大約有七八歲。他匆匆走到他們跟前，見他來了，那個男孩迎上前來，用帶有晉北口音的普通話問：「你是老舅吧，我是余智慧。」原來是三姐的兩個孩子余智慧和余曉平，兄妹倆神情倦怠，衣服大概長時間沒洗，髒兮兮的。余曉平站在哥哥旁邊，怯生生地看著他。一九六〇年後，王石頭再也沒見到三姐一家，平時信也很少，前些時去哥哥家，哥哥說：「你三姐來信了，問問家裡的情況，說自己的情況以後再談。」王石頭當時就有一種預感，三姐和姐夫余生太的日子不會好過，因為余生太在一所中專學校裡當頭頭，挨批鬥是免不了的。現在，兩個孩子突然來找他，一定是家裡出了什麼事了。王石頭看見，余曉平的眼睛直直盯著路過學生手中端著的飯菜，就說：「咱們先吃飯吧。」他打了兩份飯，找一個地方坐下，倆個孩子狼吞虎嚥地吃起來。吃完飯，王石頭問：「你爸爸媽媽還好吧。」余智慧說：「我爸媽都不在了，都自殺了。」對余生太的死他並不感到驚訝，因為落到學生手裡，絕不會有好結果，可是三姐為什麼自殺，她只是個普通醫生，解放時剛十幾歲。「他們怎麼——沒的？」王石頭話到嘴邊，把那個死字咽了回去。「吃安眠藥。」王石頭知道姐姐是醫生，有這樣的便利。「因為什麼？」王石頭問。「他們說我爸爸是叛徒，天天挨打，眼睛被打瞎一隻，耳朵也聽不見了。有兩次，爸爸是被抬著回來的，臉上身上全是血，傷口把衣服都黏住了，晚上脫衣服時，爸爸疼的大聲喊叫。有一天晚上，我聽見爸爸朝我媽喊，你快幫幫我吧，我實在受不了啦。一天早上，媽媽對我說，你們好久沒去奶奶家了，我和你爸走不開，你們倆就回去看看吧，媽媽給我帶上兩盒點心，又給我五十塊錢。臨走時，囑咐我，你要好好照顧妹妹。我媽把我們送到車站，又把我們送上汽車。奶奶家在萬全縣，我們到奶奶家的第二天，大隊幹部讓我和妹妹到公社去一趟。我們來到公社，一個幹部對我們說，你們的父母都自殺了，讓我們趕緊回去。我們回到家裡，母親已被送進醫院太平間了。一個阿姨說，母親被發現時還有一點氣，可是沒救過來。父親的屍體在操場上放了三天，後來不知道拉到什麼地方埋了。爸爸媽媽都不在了，我們又回到了奶奶家，奶奶和二大爺一起過，二大爺說，他們家也有好幾個孩子，生活也挺困難，還是讓我們回張家口去找學校。我們又回到學校，學校說他們也不管，我們就來找二舅和老舅了。」

「你媽——挨打了嗎？」

「沒有」。余智慧搖搖頭。

「那你媽為什麼要走這條路呢？」王石頭問完，有點後悔，他覺得不應該和一個小孩子探討這樣的問題。王石頭的另一層意思是，三姐不應該丟下了兩個孩子一走了之，就像十幾年前為了減輕自己的負擔，聽信余生太的話，和家庭斷絕關係一樣。

「一個阿姨講，如果他們知道父親吃的安眠藥是我媽給的，我媽也會挨鬥。」余智慧說。這樣的解釋雖然有道理。可是王石頭總覺得三姐不該走這條路，因為倆個孩子都還小。說話間，妹妹余曉平已靠著牆睡著了，她的一個小辮子鬆開了，頭髮蓬鬆著，睡著的小臉也是一副愁眉不展的樣子。王石頭忽然想起老蔫的小妹妹。文革，使多少這樣的孩子失去了父母，失去了童年的歡樂。

王石頭對余智慧說：「你和妹妹先在這裡住兩天，我看看有什麼辦法。」其實，王石頭明白，想辦法只是個託辭，處在這樣的時候，不僅是他，就連哥哥也不會有什麼辦法，可他又不能立即讓他們回去，那樣做未免太冷酷。他找一個叫李麗的女同學，請她在女生宿舍幫余曉平找個床位。李麗很爽快地答應了，帶著余曉平去了女生宿舍樓。

第二天早上，王石頭到女生宿舍找李麗，李麗已帶余曉平吃了早飯。余曉平臉洗的乾乾淨淨，衣服也整整齊齊，頭梳得光溜溜的，辮梢上還紮著個蝴蝶結。王石頭本來想讓李麗換根頭繩，後來一想算了。因為他不想說出不紮蝴蝶結的原因，甚至連尿褲子精也不想讓他知道。下午，他看見那個蝴蝶結不見了，辮梢上是一根灰藍色的頭繩。李麗有些抱歉地解釋說：「我不知道她父母都已經不在了。」

兄妹倆又住了一天，王石頭決定送他們回去。他現在沒有一分錢的收入，讓他們在學校長住也不是辦法，現在，班上的同學都知道這倆個孩子的父母是在文革中自殺的，那些紅五類出身的對他已經有了議論，說他庇護反革命家屬。

第三天中午吃過午飯，王石頭把兩個孩子帶到操場邊上，他鼓了鼓勇氣才把話說出口：「你們看到了，現在學校亂哄哄的，不可能讓你們長期住下去，你二舅哪兒也不行，他有兩個孩子，也沒地方住。你姥姥姥爺也不在北京，被轟回老家了。我看，你們還是先回奶奶家，如果奶奶家不行，你們就去找你媽的單位，實在不行，我們再想別的辦法。」王石頭從口袋裡掏出一個紙包：「這裡面是二十塊錢和二十斤糧票，你們帶上。」說著，王石頭把錢放進余智慧的上衣口袋裡，又用一個別針把口袋別上：「路上注意，別丟了。」王石頭覺得這樣做實在有些殘酷，可是他實在沒有別的辦法。如果當年三姐不那樣無情，和家裡人保持來往，那家裡人一定會勸她別走這條路。余智慧沒說話，只是點點頭，臉上卻流露出一種極度失望的表情，然後，拉起妹妹的小手。

王石頭把他們送到車站，買了票，又給倆人買了兩包餅乾，送他們上了車。

車開了。王石頭面前突然浮現出三姐的面孔，她會責怪他嗎？他實在沒有辦法。

三十五

吃完晚飯，尿褲子精對王石頭說：「今天我路過葡萄園，看見有的葡萄都熟了，晚上，咱們去摘點。」王石頭說：「不是有人看著嗎？」為了防止學生偷葡萄，入秋後，葡萄還沒有成熟，校革委會就組織學生把葡萄園看起來，特別是晚上，葡萄園周圍都有人巡邏。尿褲子精有些不屑：「咱們連手風琴都能偷出來，甭說偷幾顆爛葡萄了。」倆人商定，九點後開始行動。

葡萄園東邊是一大片玉米地，倆人決定先進入玉米地，再從玉米地潛入葡萄園，這樣，不容易被人發現。

倆人很容易就潛入了葡萄園。

夜晚的葡萄園靜謐而安祥，只有秋蟲在快樂的歌唱。葡萄園散發著一種淡淡的酒香，那是葡萄掉到地上發酵後散發的氣味兒。倆人彎著腰順著葡萄巷子悄然躬行。月亮被一層薄薄的雲罩著，這樣的夜色正好偷葡萄，既可以看到一串串葡萄，又不容易被發現。葡萄園週邊種的都是龍眼，它是葡萄家族中的六六六，雖然個大卻缺乏味道。尿褲子精摘下一顆，放到嘴裡又把它吐掉。倆人又轉入另一道巷子，巷子裡都是玫瑰香，玫瑰香雖然成熟期晚，卻含糖量高，七八分熟就能吃，特別是葡萄串頂的那一粒，因為養分充足，長的又大又圓，也最甜。倆人正吃著，突然聽見一陣吆喝：「誰在裡面！」倆人趕緊趴下，那個聲音又喊：「快出來吧，我看見你了！」尿褲子精朝王石頭擺擺手，悄聲說：「甭理他，詐咱們呢！」隨後，一把石子在他們身邊落下。一顆小石子恰巧砸在王石頭的頭上。過了一會兒，他們聽見腳步聲向東邊去了。倆人爬起來，王石頭拉了一下尿褲子精，示意一個走的動作，尿褲子精並不理會，在他耳邊悄聲說：「秋蜜。」然後貓著腰沿著葡萄巷子悄悄找著。連走了兩個巷子，倆人終於找到了秋蜜。已經接近成熟的秋蜜一嘟嚕一嘟嚕掛在葡萄架上，在月光下猶如一串串珍珠。倆人各摘了一大串，躲在葡萄架的陰影下，細細地吃起來。尿褲子精一面吃一面吧嘰嘴，王石頭示意他小聲點。開始還一串一串地吃，後來就乾脆吃每串下面那顆最大的。尿褲子精一面吃一面說：「真他媽奢侈！」倆人吃的肚子滾瓜溜圓，嗓子眼齁的發乾，腰都直不起來，才心滿意足地離開。臨走，尿褲子精把長長的一泡尿澆在一串葡萄上，一面澆一面說：「給它喝點葡萄酒，誰吃了保證成仙。」王石頭說：「你他媽缺德吧！」

倆人悄悄溜回玉米地，剛走出幾步，就聽見撥弄玉米葉子的聲音。倆人以為是有人來偷葡萄，趕忙蹲下。那聲音突然停住了。王石頭示意往回走，尿褲子精使勁朝他擺手，讓他別動。沒過多一會兒，從那邊傳來一個女人的聲音：「我知道你就想幹這個，你慢點，急什麼呀！」接著便是用嘴吮吸的聲音。那個女的用一種挑逗的聲音說：「沒出息，這麼大了還吃這個。」尿褲子精悄聲說：「吃咂兒呢！」那個女的又問：「好不好？」那個男的一面吮吸著，一面含混不清地說：「好，好……」「我是你小媽，叫我媽。」那個女的說。「媽，媽……」那個男的含混不清地叫著。王石頭覺得下面一陣鼓脹，硬的像個棒槌。尿褲子精在他耳邊悄聲說：「我說一二，咱倆就一塊喊，我是你爸爸。」尿褲子精低低地說了聲一、二，倆人就一起大喊：「我——是——你——爸——爸。」倆人的嗓門那麼大，驚的兩隻夜宿的鳥兒樸楞楞地飛向夜空。那邊頓時變得鴉雀無聲。倆人強忍著笑，從玉米地裡竄出。跑出玉米地，倆人一屁股坐到地上，笑的前仰後合。笑完了，倆人開始往回走，沒走幾步，尿褲子精又停下來：「別著急，咱們看看到底是誰。」倆人又悄悄潛回玉米地。大約過了十幾分鐘，他們聽到一陣撥弄葉子的聲音，一男一女走出了玉米地，借著月光，王石頭看清了，一個是花孔雀，一個是紅旗的頭頭。這隻花孔雀又飛回了校內。

回來的路上，可能是受到剛才的刺激，尿褲子精忽然搖頭晃腦地唸起張永安老師在閱讀欣賞課上唸的一首詩來，這首詩十分優美，不少男生都會背。尿褲子精不是唸，而是粗脖大嗓地喊：「噢，這是愛情的手掌叩擊著年輕的胸膛……不對，應該改成，噢，這是紅旗頭頭的嘴親吻著花孔雀的胸脯。」尿褲子精停了一下，又接著唸下去：「含羞草，不對，應該是老玉米，老玉米的葉子合攏了，吮吸著甜蜜的露珠。姑娘避開……花孔雀避開深情的眼睛，用頭巾把嘴唇遮住……操，這句也不對，花孔雀避開風騷的眼睛，用手把胸脯捂住。倦舞的人悄然四散，去尋找竹影花叢。」尿褲子精可能是沒詞了，把這兩句照著原樣唸了下來。他停了一會兒，又接著唸下去：「藤蘿把梨樹纏裹，婀那的莖鬚輕輕顫動。」王石頭打斷他：「你有點文化好不好，不是婀那，是婀娜多姿的娜。」「婀娜的莖須輕輕顫動。心兒耐不住早寒，手兒把披氈……手兒把花孔雀緊抱，抱住夜來的溫暖，抱住花孔雀的歡笑。噢，老二硬了！」尿褲子精把一首優美高雅的情詩改的面目全非，粗俗不堪。他似乎對自己的改動很得意，又搖頭晃腦地吹起了口哨。這次，他吹的不是《真是樂死人》，而是古巴民歌《鴿子》。與唸詩不同，他吹的極有韻味兒，每個音符，每個節拍都吹的極為準確，有的地方還恰到好處地加了裝飾音，把一支情歌吹的宛轉悠揚，還稍帶野性。優美的旋律乘著悅耳的口哨在夜空中隨風飄蕩。看著尿褲子精那如醉如癡的樣子，王石頭也高聲唸道：「今天的夜晚如此美妙，誰把夜壺掛上了樹梢！」

對於所有學生來講，這是一個豐饒的秋天。他們不僅盡情地享受著性愛，還盡情享受著那些被專政的校領導和老師種出的果實。他們肆無忌憚地在地裡刨花生，刨白薯，掰玉米……樓道裡飄散著煮玉米、花生和白薯的味兒。那些社來社去的學生則不屑吃那些在家裡已吃膩了的玉米和白薯，他們更熱衷於怎麼把公家的東西變成自己的，六六級畢業後，騰出來大量的床鋪，這雖然不是地主小姐的牙床，他們同樣喜歡。這些學生把床拆掉，把床板鋸斷，釘成一個個木箱，沒幾天功夫，所有的床鋪都被拆光，宿舍裡如同木匠房，鋸子鐵錘響叮噹。

但這種好日子在一九六八年春天來臨時，便嘎然而止了。

二月的一天，四名戴著紅領章的解放軍雄糾糾氣昂昂地來到了學校，其中最大的官是個姓袁的連指導員，袁指導長著一顆碩大的腦袋，大概因為找不到型號合適的帽子，那頂軍帽只是單擺浮擱地頂在腦袋上。只要有大一點的風，這位指導員就用一隻手拉住帽沿，以免被風吹走。學生們很快就送給了他一個綽號——袁大頭。

袁大頭一行四人雖徒手而來，腰上沒別著手槍，也沒紮著皮帶，可是卻帶來了比手槍和皮帶更厲害的武器——權力，還帶來了比權力更可怕的東西——階級鬥爭。袁大頭使這年的春天和夏天變的寒冷而恐懼。

學生們很快就領教了袁大頭的厲害。進校的第三天，袁大頭就召開了一次全校大會，給學生們一個下馬威。他摘下帽子，把它往講臺上一摔：「我聽說，有的學生不好好搞革命，做了不少匕首。」他把帽子拿起來戴在頭上，似乎是來證明自己的身份：「還有的學生把床上的木板都鋸了，做成了木箱子，你們剛多大年紀，就給自己做棺材！有不少學生追求資產階級生活方式，自己開起了小灶，現在，全世界還有三分之二的勞動人民餓肚子，你們卻身在福中不知福，嫌飯菜不好吃。散會以後，凡是有匕首的、木箱和電爐子的學生，要把這些東西統統交上來，否則，別怪我對你們不客氣。我還聽說，在教學配樓裡住著一些不三不四的人，學校不是藏汙納垢的地方，讓他們趕快離開，從哪兒來還回哪兒去！我也奉勸一些學生晚上待在宿舍裡，好好學學毛選，別男女搭幫老去玉米地。」

整個會場從始至終鴉雀無聲，這些散漫慣了的學生終於遇上了硬茬。一散會，學生們便熄火撤灶，把電爐子、匕首、木箱子統統交了上去。用床板做的木箱堆滿了整整一個教室。配樓的那幫寧夏農十三師的弟兄也都溜之大吉。王石頭除了把那把小匕首交上去外，還把那個陪伴他十來年，曾打破過張解放腦袋、打碎過韓四眼家玻璃、打死過一隻燕子和十幾隻柳鶯以及無數隻知了的罪惡累累的彈弓也交了上去。尿褲子精打了兩把匕首，卻只交了一把。王石頭問：「你不是有兩把嗎？」尿褲子精把眼一瞪：「你丫的才有兩把呢，那把丟了！」

為了便於發號施令，袁大頭要求每個班都成立一個三至五人的核心小組。核心小組成員必須是清一水的紅五類。曾一段沉寂的趙光腚雖然沒進核心小組，但因紅五類受到重用又變的趾高氣揚，青黃色的小臉又像打了雞血，脹得通紅。

隨後，袁大頭又使出了更厲害的一招，殺雞給猴看，欽定幾名學生，把他們送進了專政班。這幾名學生都是對文革有不滿言論，其中一個叫高年倫的，父親是個幹部，常和聯動混跡在一起。聯動由一些高幹子女組成，也有一些級別低的幹部子女。這些幹部子女在文革初期有不少都充當了打手，抄家的急先鋒，不少人都死在他們的皮帶鉗子下。後來，隨著他們的父母被打倒和失勢，也淪為狗崽子時，他們又一次造反，這次的目標不是五類分子，而是中央文革，特別是江青。他們的父輩中有不少人都在延安待過，知道江青的底細。高年倫最大的罪狀是：惡毒攻擊文化大革命的偉大旗手江青同志，說江青是婊子，和不少人都幹過，是現代的妲己。這等於把偉大領袖說成了荒淫無恥的紂王。另一名學生是被趙光腚檢舉進去的。這名學生就是在宿舍裡播放《紅梅花兒開》，《莫斯科郊外的晚

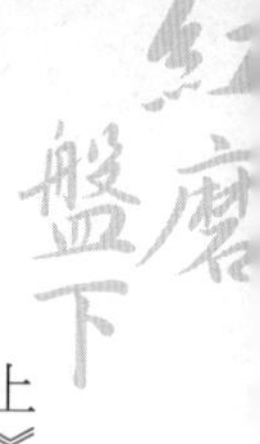

上》的郝加真。趙光腚曾幾次提出要把他的留聲機和唱片砸爛，因為人們都願意聽才沒敢下手，現在他終於有了機會。

袁大頭幾板斧過後，校園裡一片蕭條。人們戰戰兢兢，小心翼翼，也沒人再敢去玉米地，因為此專政班非彼專政班，過去的專政都是群眾專政，而這次專政卻是解放軍專政，帶有定性意味，進去的就可能被定為反革命。

一天下午，學校的大喇叭突然響起，讓所有的學生和教職員工立刻到禮堂開會。大家不知道又發生了什麼事情，是傳達偉大領袖的最新指示還是有什麼人要倒楣，這二者常常是聯繫在一起的。

人們很快地到了禮堂。袁大頭神情嚴肅地走上講臺，把一個疊的方方正正的紙包放在講臺上。照例先是紅色祝禱。袁大頭舉起毛主席語錄，操著帶有山東口音的普通話，揮動手臂：「祝偉大領袖毛主席萬壽無疆！」下面成千隻手臂一起揮動：「萬壽無疆！萬壽無疆！萬壽無疆！」袁大頭又揮動手臂：「祝林副統帥身體健康！」下面的手臂又一起揮動：「永遠健康！永遠健康！永遠健康！」袁大頭把語錄揣進口袋，摘下帽子，啪地往桌子上一摔：「今天，我們學校發生了一起嚴重的反革命事件！」學生們面面相覷，不知誰又觸犯了天條。

袁大頭像是賣關子似地把話打住，開始打開紙包，所有人都斂息屏氣地注視著袁大頭的動作。袁大頭像是變戲法似地打開一層，又打開一層，再打開一層，像是裡面包著什麼寶貝。當他打開第四層後，裡面露出了一張疊好的報紙。袁大頭停下了，神情激昂地說：「毛主席是我們的偉大導師、偉大領袖、偉大統帥、偉大舵手，是全中國人民的紅太陽、是世界人民的大救星、是全人類的希望。現在，卻有人幹這勾當！」袁大頭啪的一拍桌子，拎起報紙的一角，抖了抖，那張報紙便展開：「你們看看，這是什麼！」報紙上是一張大幅的毛主席的照片，這類照片處處可見，天天可見，人們如墜五里霧中，不知道袁大頭玩的什麼把戲。

看看大家沒什麼反應，袁大頭指著照片：「你們再看看這照片上是什麼東西！」

這時人們才發現，照片好像被什麼東西模糊了，人們伸長脖子，努力辯認照片上的東西。尿褲子精悄聲在王石頭耳邊說：「是屎。」

袁大頭舉起那張報紙，像舉起了一面旗幟：「有人用我們偉大領袖擦……」話到嘴邊，袁大頭又改了口：「用這樣的報紙擦屁股！」這時，人們才知道那模糊了照片的東西是大便。偉大領袖的眼睛、鼻子、嘴上都沾滿了屎，嘴上那塊更明顯。這樣做雖然對偉大領袖有些不恭，似乎也不能全怪這名學生，在偉大領袖的英明領導下，有不少人都還餓肚子，有的地方學生連課本都沒有，更遑論用手紙擦屁股。偉大領袖還沒有讓他的子民富裕到用手紙擦屁股的程度，比起農村用磚頭和桔杆擦屁股來講，用報紙擦屁股已屬一種奢侈。袁大頭又拍了一下桌子，厲聲說：「這是什麼行為，是地道的不折不扣的反革命行為！」袁大頭朝後面一擺手，一個學生被兩個身強力壯的學生反擰著手臂押上講臺。這名學生是六七級的，叫柴富華。原來，柴富華上完廁所剛起來，另一個學生剛好去大便，他看見便紙簍裡的毛主席像上沾滿了屎，就把報紙拿到袁大頭那裡。

這時，台下有人喊起口號：「打倒柴富華！誰反對毛主席就叫他滅亡……」突然，低著頭的柴富華猛地掙開擰他手臂的那兩個學生，一下子衝到臺前，袁大頭嚇了一跳，猛地往旁邊一躲，柴富華拿起那張報紙，撲通一聲跪在地上，瘋狂地在那幅照片上舔著，他舔的那麼貪婪，好像上面不是屎，而是蜂蜜。他一面舔一面說：「我該死，我有罪！我該死，我有罪……」所有的人都驚呆了，袁大頭也目瞪口呆地站在那裡。王石頭聽見他旁邊一個女生嗓子眼咕一聲，好像是什麼東西漾到嗓子眼又咽了回去，另一個女生連忙用手捂住嘴。袁大頭好一陣才回過神來，喝道：「搞什麼名堂，把他拉下去！」兩個學生上前，其中一個把那張已舔破了的報紙放到講臺上，把柴富華拖了下去。

袁大頭這時才完全冷靜下來，他又像揮動旗幟那樣揮了揮那張報紙：「以後，誰再這樣做，就是現行反革命！」隨後，他又把那張報紙像包寶貝一樣地用紙包好。接著，袁大頭清了清嗓子：「我宣佈，我校文化大革命進入下一階段，明天開始清理階級隊伍。每個教職員工和學生都要鬥私批修，在靈魂深處爆發革命，深刻批判自己的非無產階級思想，特別是那些在文革中犯了錯誤，說了錯話的人，有歷史問題和出身不好的人，要爭取主動。現在，六七、六八屆學生面臨畢業分配，希望大家能過好清理階級隊伍這一關，使自己能夠順利畢業。」袁大頭又加重語氣：「像柴富華這樣的反動學生，不僅不能畢業，還要對他進行無產階級專政！」袁大頭的話讓不少人都出了身冷汗。

當天晚飯，食堂照例是棒子麵粥和饅頭。王石頭發現，有不少女生都只要了饅頭，棒子麵粥剩了兩大桶。

第二天，柴富華目光呆滯地出現在專政隊裡。

從那次批判會後，王石頭每次上廁所大便時，都會想起柴富華舔報紙的情景，他都要把報紙翻過來掉過去仔細看個遍，唯恐將老人家一起出了恭，給自己弄個反革命。後來，他發現，即使報紙上沒有老人家的照片，他擦起來也不放心。因為所有版面都充斥著對老人家的讚頌，紅太陽毛主席，偉大領袖毛主席，人類的大救星毛主席，戰無不勝的毛澤東思想，光焰無際的毛澤東思想。即便能躲開這樣的詞句，也躲不開盡是黑體字的毛主席語錄，拿對偉大領袖的頌揚和語錄擦屁股也可以定為反革命。可是，在報紙上實在找不到那怕是肛門大小沒有聖像、聖名、聖言的可供他選用的地方。他一拿起報紙就感到一種恐懼，手就哆嗦，就有一種犯罪感，肛門就一陣陣發緊，拉不出屎來。以後，王石頭就徹底放棄了用報紙擦屁股的習慣，改用教科書，生物學、化學、氣像學、土肥學、數學……待到離校時，除語文和政治外，所有的教科書都被他擦了屁股。

三十六

為了創造清理階級隊伍的氣氛，袁大頭決定在全校開一個憶苦思甜大會，各班都可以推薦一個根紅苗正、苦大仇深的學生來作演講。全校共推薦了二十四名，經過篩選剩下五名。又經過進一步篩選，只剩下兩名——趙光腚和六六六。袁大頭仔細權衡，倆人各有千秋，趙光腚是三代貧農，形像佔優勢，連皮帶肉也只有七十五斤，瘦的皮包骨，活脫脫窮人標本，不說話就能教育人。六六六是五代貧農，比趙光腚多了兩代，也就是從康熙爺年代就是窮人，可謂超級的根紅苗正。篩選時有人提出她和楊二愣有一腿，口碑不太好。袁大頭說這倒沒什麼關係，都是貧下中農，有一腿就有一腿。六六六的不足是身體超重，體重超過一百五十斤。這樣的形像上去憶苦總讓人不太信服，儘管這身肉是解放後吃出來的。為了形式和內容的統一，袁大頭決定還是讓趙光腚來憶苦，憶完苦再開一個思甜大會，由六六六來思甜，這樣，倆人各得其所，也更有說服力。

開憶苦會前，袁大頭特地找趙光腚談了話，讓他好好準備，一定要把對舊社會的仇恨充分表達出來。

第二天，趙光腚從家裡拿來一個瓦罐子，瓦罐子磚灰色，邊沿還有個缺口，兩邊的耳朵上拴著一根髒的發黑的繩子。趙光腚把瓦罐子擺在窗臺上。尿褲子精進來看見窗臺上放著個破瓦罐子，說：「光腚，你丫的從哪揀來個破尿罐子供在窗臺上。」趙光腚有點生氣：「這是尿罐子嗎？這是我爸解放前要飯的瓦罐子。」尿褲子精拿下瓦罐子，往褲襠下一放：「行，晚上省得上廁所了！」趙光腚搶過瓦罐子：「你還有沒有階級立場！」尿褲子精說：「你丫的少把它擺在窗臺上，你要擺，我就把它當夜壺。」趙光腚只好把它放在自己的床頭。

憶苦思甜、不忘階級苦、牢記血淚仇大會在禮堂舉行。「天上佈滿星，月牙亮晶晶，生產隊裡開大會，訴苦把冤伸，萬惡的舊社會，窮人的血淚恨……」一曲哀婉淒怨的訴苦歌曲在禮堂裡回蕩，烘托出悲涼淒慘的氣氛。趙光腚捧著那個破瓦罐子走上講臺，他是今天的主角，特地把自己捯飭一番，身穿那身屎黃色假軍裝，頭戴一頂屎黃色假軍帽，因為身體太瘦，那身衣服顯的鬆鬆垮垮，帽子也有些大。他鄭重地把破瓦罐子擺在桌子上，像是基督徒放上耶穌的聖杯。趙光腚把帽子往後推了推，開始發言：「同志們，革命的戰友們，階級兄弟姐妹們！我是一個苦命的孩子，我的兩個哥哥和一個姐姐都在萬惡的舊社會被餓死了。我出生在一個破廟裡，我媽說，我剛生下來時，瘦的像只小貓。因為營養不良，我三歲還不會說話。為了能讓我活下來，我父親出去要飯，被地主老財的狗咬傷了腿，可他還得一瘸一拐地出去要飯。」趙光腚把那個罐子舉起來：「這就是我父親當年要飯的罐子，是萬惡的舊社會剝削勞動人民的鐵證。解放後，我父親成為一名新中國的汽車工人，過上了好日子。我父親一直保存著它，就是為了不忘階級苦，牢記血淚仇，不忘毛主席共產黨的恩情。」趙光腚放下瓦罐子，振臂高呼：「牢記階級苦！不忘血淚仇！感謝共產黨！感謝毛主席！」他停了一下：「我現在要告訴大家一個秘密，我本來不想說，可是，為了控訴萬惡的舊社會，不吃二遍苦，不受二茬罪，不走回頭路，把文化大革命進行到底，我不能不說，我一定要說！」趙光腚停了一下，似乎是在醞釀感情，積蓄仇恨：「我媽被地主老財強姦過！」台下頓時變的鴉雀無聲，隨後便發出一片議論聲。「當時，我媽正在碾房給地主老財推碾子磨麵，地主老財就把我媽拖到碾道後面的過道裡，同志們，革命的戰友們，階級兄弟姐妹們！那天，我媽正來月經，女人來了月經是不能幹那事的！我媽苦苦哀求，說今天身子髒，可是禽獸不如的地主老財還是硬扯開我媽褲帶，脫下——」這時，旁邊的袁大頭俯在他耳邊小聲說：「這些可以說的簡單點。」尿褲子精小聲對王石頭說：「袁大頭真事媽，讓丫的說下去！」

趙光腚咳嗽了一聲，往上推了推遮住前額的帽子：「我知道，一些階級敵人想鑽這個空子，特別是那些地主階級的狗崽子，說我是地主老財的孽種。可是，我要正告這些人，你們打錯了算盤，這是白日做夢！」他用一種無可辯駁的口氣說：「我母親被強姦是一九四三年，我生下來時是一九四六年，有常識的人都知道，強擰的瓜不甜，一個被強姦的人是不容易受孕的！況且，哪天我媽來了月經，來了月經是不能排卵的！」所有的男生都瞪大眼睛，雖然文革給了他們男歡女愛的機會，但大多數學生在這方面還是懵懵懂懂。王石頭看見，一旁的袁大頭不停地皺眉。趙光腚並沒有意識到這一點，繼續說下去：「退一萬步講，即使那天我媽受了孕，豬三狗四羊五人十，十月懷胎，一朝分娩，我絕不可能在我媽肚子裡待上三年。因此，我是地地道道的貧農的兒子，是貨真價實的貧下中農後代！那些階級敵人打錯了算盤，是白日做夢！可是有的階級兄弟忘記了階級仇恨，說我這是尿罐子，還要往裡面撒尿，這是對貧下中農的污辱！我希望這名同學懸崖勒馬，回到無產階級革命隊伍中來。」尿褲子精對旁邊的王石頭說：「丫的倒沒說他奶奶被八國聯軍強姦過，我早晚砸了丫的尿罐子。」

趙光腚的控訴在一片「不忘階級苦、牢記血淚仇」的口號聲中結束。

就在趙光腚訴苦後的第二天，那個瓦罐子摔到了地上，碎成七八片。趙光腚把瓦罐子包起來，出門時，正被王石頭看見。趙光腚瞪了王石頭一眼，匆匆下了樓。王石頭找到尿褲子精，說趙光腚把瓦罐子包起來，可能是去找袁大頭去了。尿褲子精有些不屑：「丫的告我能怎麼樣，都是紅五類，丫的三代貧農，我四代貧農，我老祖從十五歲就給內務府抬轎子，從我太爺起就開始盼著共產黨。」王石頭說：「你太爺那時還沒共產黨呢！」尿褲子精說：「沒有才盼呀！丫的拿個尿罐子，我明天拿個打狗棍子，裝丫的誰不會呀！」

趙光腚包著被摔碎的瓦罐子，找到袁大頭，說他剛訴完苦瓦罐子就被摔了，這說明擊中了階級敵人的痛處，是階級敵人在報復。他們針對的不是瓦罐子，是毛主席打下的紅色江山。他本想訴完苦後把瓦罐子送到歷史博物館，作為控訴萬惡舊社會的教材，現在卻被打碎了，歷史博物館肯定不要了。袁大頭對趙光腚在會上的訴苦並不滿意，而且，他的母親被地主強姦過，對他的貧農血統的純正性也有了懷疑。他問：「你能知道是誰摔的嗎？」趙光腚說：「是尿褲子精，他的大名叫劉寶祥。」袁大頭問：「你有證據嗎？」趙光腚說：「他早就說這是尿罐子，早晚摔了它。昨天，我在會上訴苦，說的就是他。」袁大頭問：「他什麼出身。」趙光腚說：「是城市貧民，可他是旗人，祖上肯定在清朝做過大官。」袁大頭說：「不要這樣苛求別人，只要他父親和爺爺都是貧民，他就是貧民。他可能不是有意識的，都是階級兄弟，不要鬧不團結，馬克思說，全世界無產階級聯合起來，你們倆為什麼不能團結起來。」趙光腚說：「可是他跟一個地主出身的王石頭特別好，一點也沒有階級立場。」袁大頭說：「毛主席要求我們團結百分之九十五以上的群眾，那他是幫助他，對於出身不好的人，我們不能把他們趕出地球，最好的辦法是，要團結他們，教育他們，改造他們，使他們能和我們站在一起。好了，我還忙著，你先回去吧。」

趙光腚拎著破瓦罐子回到宿舍，尿褲子精正美滋滋地吹著口哨：《真是樂死人》。

憶苦大會開完後，便開始了以班為單位的清理階級隊伍。像每次運動一樣，鞭子最終落在那些出身不好或有歷史問題的人身上。那些出身紅五類的似乎有天然的免疫力，只要沒有明顯的反對毛主席、江青、林副統帥的言論，都能輕易過關。即使幹了一些出格的事，也被認為是認識問題。而出身黑五類的則不然，一個小小的錯誤，都會被認為是與生俱來的反動立場，必須進行深刻檢討。結果，這次清理階級隊伍便成了那些出身紅五類訴苦的舞臺。那些出身貧下中農的學生就控訴如何受地主的剝削，出身工人的則控訴如何受資本家的盤剝和壓榨，儘管他們那時只有兩三歲。而出身黑五類的則拼命批判和作踐自己的父輩，把他們罵的狗血淋頭，儘管他們那時也只有兩三歲。一個姓王的學生父親是地主，他控訴自己的父親，說每年過大年時都要給長工們燉一鍋肥膘的豬肉，在肉出鍋前，在翻開亂滾的鍋裡澆上一桶涼水，頓時把油漬在肉裡，長工吃了這樣的肉，就永遠不想再吃肉。從此，他們家就省下了肉錢，在他們家扛過活的長工都變成了素食主義者。

一個姓楊的學生父親是小業主，平時人緣又不好，為了能過關，他拼命地把屎盆子往自己腦袋上扣。他說，他上幼稚園時就有了反動思想，一看見那些穿的破的小孩就叫他們小叫花子，他還對那些窮孩子大打出手，把他們打的鼻青眼腫，這實際上就是一種階級仇恨的反應。

一個叫謝玉財的學生父親是富農，謝玉財平時少言寡語，人緣也好，不會成為揪住不放的對象，只要他對富農父親作些批判就能過關。可是他卻頭腦發熱，急於過關言多語失說過了頭。他說，小時候聽他父親講過，在乾隆下江南時，乘龍舟過一條大河，龍舟行至河中間時，剛才還風平浪靜的河面突然狂風大作，巨浪滔天，幾次要把龍舟掀翻。下面的大臣上奏乾隆，說河中興風作浪的是一隻五百年老龜。乾隆站在船頭，把一枚扳指投到河中，許願說，二百年後讓它當皇帝。話音剛落，河面頓時風平浪靜。他父親說，毛主席就是當年那只興風作浪的老烏龜。由此可見，他的富農父親是多麼反動。

中午吃飯時，尿褲子精說：「謝玉財他們家肯定栽了。」王石頭問：「你怎麼知道？」尿褲子精放低聲音說：「你想想，他爸爸說毛主席是老烏龜托生的，老烏龜是什麼，是王八，王八是什麼，就是老婆跟別人幹，被人戴綠帽子。丫的講話時，我直給丫的遞眼色，丫的跟傻X似的，還一個勁往下講，他們家肯定栽了。」尿褲子精沒說錯，星期天，謝玉財回家，一進村口就看見正批鬥他的父親，他父親胸前掛著個木牌，上面寫著：老富農、現行反革命。

下午，輪到王石頭了。中午，從食堂回宿舍的路上，核心組組長張萬海囑咐他：「你在檢查時一定要深刻點兒，說過火點沒關係。現在，班上有人反應你和家庭劃不清界限，你母親被轟回老家時，你還回去送，你姐姐和姐夫在文革中自殺，你卻留他們兩個孩子在學校裡住了一個星期。毛主席八・一八接見紅衛兵後，有的女生寫了一張要嫁就嫁紅五類的大字報，後來有人在那張大字報下面寫了一群老母豬，有人反應是你寫的。」王石頭申辯說：「我哪兒寫過呀！肯定是趙光腚說的，他不敢惹劉寶祥，就想整我。」張萬海說：「是誰說的你就甭猜了，你心裡明白就行。檢查深刻點兒對你有好處。」

下午，王石頭早早就來到教室，他拿出一疊寫好的檢查放在桌上，以表示自己對檢查的重視。其實，那疊紙中有一半是什麼都沒寫的白紙。他發現，除了班上的同學外，校革委會的一名成員也來聽他的檢查。他心裡暗暗告誡自己，不管心裡多麼不情願，在態度和表情上一定要裝的誠懇。他一開始就語出驚人：「我出身於萬惡的地主家庭，我父親就是王扒皮，他雖然沒有像周扒皮那樣半夜雞叫，不是他不想叫，也不是他學不來，是因為家裡沒有公雞。為什麼沒有公雞呢？因為我父親覺的公雞光吃糧食不下蛋，養著不划算，所以就不養公雞。我們家的母雞都讓別人家的公雞來踩蛋。如果我們家有公雞，他一定比周扒皮還周扒皮。」說到這裡，王石頭看看下面的人，有的聽的入神，有的聽的發懵。便接著說：「我父親就是葛朗台，是那個臨咽氣還捨不得燒兩根燈草的老財迷！大家想想，一個連公雞都捨不得養，自己家的母雞都讓別家的公雞踩蛋的人能不盤剝長工嗎？」說到這裡，王石頭心裡有些過意不去，覺得這樣詛咒父親有些大逆不道。真實的情況是，父親對長工並不苛刻，一九六五年父親回老家後，過春節時，那兩個過去扛活的長工還悄悄拿著黏豆包去看他。不過，為了過關，他只好對不住父親，昧著良心繼續把謊話編下去。他突然加大聲音：「我母親是被我父親搶來的！」全場的人都吃了一驚，尿褲子精則悄悄豎了豎大拇指，意思是誇他講的好。王石頭繼續說下去：「一次村裡演戲，母親去聽戲，那時母親才十七歲，出落的花容月貌，被父親看見了，就派人去提親。當時母親已許了人家，是本村的一個後生。那年，正遭旱災，父親就用兩石米逼著那家退了婚。這不是霸佔良家婦女是什麼？我父親就是水杖子的黃世仁！」他說的慷慨激昂，義憤填膺。他看見，坐在前排的幾個人不停地擦臉上的唾沫星子。其實，王石頭知道，父母的婚姻完全是父母之命，媒妁之言，母親完全是明媒正娶，根本不存在什麼逼婚。王石頭這樣說，一方面是為了控訴地主階級的罪惡，另一方面也說明自己有一半是貧農的血統，血管裡有一半貧農的血液，是地主與貧農的雜種，並非純種的狗崽子。

台下鴉雀無聲，講到這兒，按原來的想法，本應該結束了。可是，他看見下面那麼多人聽的入迷，就有一種前所未有的成就感，一種開閘放水、剎不住車的感覺。他發現，編故事講瞎話也能上癮，而且有一種進入角色的亢奮感。他清了清嗓子，開始即興發揮：「我生下時，母親就沒奶，家裡人就給我找奶媽，我的奶媽是村裡一個長工的老婆，因為欠下我們家的租子，不得不拋下自己的孩子來給我餵奶。大家知道，奶是血變的，這表明我從小就是一個小吸血鬼。我長到四歲時，一個叫小翠的丫環專門伺候我，可是我卻對她又踢又咬，把小翠咬的青一塊紫一塊。我不是狗崽子，我是狼崽子。一九五九年，我得了胸膜炎，在兒童醫院住了一百多天，因為病情重，醫院就經常給我輸血，我的身上流的幾乎都是勞動人民的血液。直到今天，我花的七百七十元錢都沒有還。是黨和毛主席給了我第二次生命，並沒有因為我出身地主而拋棄我。」說到這裡，王石頭似乎被自己的故事感動了，居然把自己說的掉了幾滴眼淚，淚水啪嗒啪嗒掉到發言稿上。他用手擦了擦眼睛，突然話鋒一轉：「可是我對不起黨和國家，對不起偉大領袖毛主席，對不起貧下中農。我母親被轟回老家時，我卻劃不清界限，放下革命不搞，去送那個地主婆。我姐姐和姐夫在文革中畏罪自殺，自絕於人民，自絕於黨，我卻讓他們的兩個孩子在學校待了一星期。這就是庇護反革命家屬。毛主席接見紅衛兵後，有的女生寫了一張大字報，要嫁就嫁紅五類。後來，有人惡毒攻擊這些女生，在下面署名的地方寫了一群老母豬。這雖然不是我寫的，但我心裡卻十分贊成，這實際上和我寫沒什麼區別。現在，我堅決支持這些女同學的選擇，不嫁紅五類，莫非嫁黑五類不成！像我這樣的人，就不配要老婆，就應該打一輩子光棍！」王石頭清了清嗓子，接著說下去：「解放軍進校以後，通過這一段鬥私批修，我確實認識到自己的內心深處有著多麼骯髒的資產階級思想，我必須痛下決心，洗心革面，進行脫胎換骨的改造，使自己成為一名合格的無產階級事業接班人！」

王石頭講完了，核心小組組長張萬海開始發言：「我覺得王石頭的自我剖析比較深刻，出身不由己，道路可選擇，我們黨的政策是有成份論，不唯成份論，重在政治表現，我們希望王石頭能和他的地主家庭徹底劃清界限，做一名無產階級事業接班人。」校革委會那名成員也表了態：「我認為，王石頭的檢查比較深刻，認識到了自己身上的剝削階級思想，和剝削階級思想作鬥爭是個長期的任務，我希望，王石頭同學能化語言為行動，徹底背叛自己的家庭。」

王石頭檢查完了，該輪到老蔫了。這時鈴聲響了，張萬海說：「今天發言就到這兒，明天上午再接著發言。」

散會後，去食堂的路上，尿褲子精看看旁邊沒別人，對身旁的王石頭說：「你丫的真能編，將來，你最好去寫小說。」王石頭說：「我說的都是真的。」「真個大雞巴！你說你四歲還請丫環，你四歲時承德都解放了，你丫的還敢請丫環！」王石頭說：「我確實在兒童醫院住過院，現在還欠著四五百塊錢。」尿褲子精說：「你丫的神哨半天，就這幾句是真的。」

什麼都瞞不過尿褲子精。

第二天一大早，人們在大煙囪下發現了老蔫的屍體。他匍匐在地上，側著臉，兩隻胳膊平展地伸開，一條腿蜷曲著，鮮血染紅了下面的土地。

他用死做了最後的發言。

袁大頭也來到現場，問：「這是哪班的？」張萬海說：「是我們班的。」袁大頭說：「通知他們家屬來一趟。」張萬海說：「他們家沒人了。」袁大頭不解地看了看張萬海。張萬海解釋說：「全家人都死了。」袁大頭聽了一愣：「都死了？」張萬海說：「都被打死了。」袁大頭想了一下：「那就叫他親戚來，親戚不來，就送火葬廠。」

沒有人收屍。

第二天上午，班上的同學把老蔫抬到卡車上，他的臉被擦洗乾淨了，因為老蔫乾淨的衣服都打著補丁，也就沒換，只是把沾血的地方擦了擦。去八寶山需要兩個人，除了張萬海外，還需要一個人。尿褲子精自告奮勇地跳上車：「我去！」車快開時，王石頭突然說：「等一下。」他飛跑到宿舍，從老蔫的枕頭邊拿起那根笛子，又飛跑到車旁，把笛子遞給了尿褲子精。

車開出校門，在後面揚起一路黃塵。

車快到長辛店時，尿褲子精問張萬海帶錢沒有。張萬海說：「帶了。」尿褲子精從自己口袋裡拿出三塊錢，又跟張萬海要了三塊。車過長辛店時，尿褲子精讓司機停車，他飛快地跑進一家商店，一會兒，從商店出來了，手裡拿著一雙黑布鞋。尿褲子精把老蔫的鞋脫下來，把兩隻新鞋給老蔫穿上。

一面穿一面說：「我奶奶說了，穿上新鞋，才能走的遠。」他拿起那兩隻舊鞋，像是扔掉一個惡夢似地，把他遠遠地撇進路旁的玉米地裡。

晚上，王石頭一個人來到操場邊，耳邊彷彿又響起了老蔫那幽怨的笛聲，還有那個穿著紫色碎花上衣叫他大哥哥的小姑娘。現在，老蔫可以和他的父母、妹妹在一起了。他以這種慘烈的方式去和他們團聚了。

清理階級隊伍繼續進行。

三十七

一九六八年夏天，一些中學已刮起一陣上山下鄉風，王石頭在男中的一個同學，在年初就和一幫子學生自願到內蒙古西盟安家落戶。這股風越刮越大，原野學校也有一些人報名去了北大荒。雖然國家下了文件，中專畢業的學生按招生簡章上的規定進行分配，也就是說，他們由國家分配工作，不必上山下鄉。王石頭並沒有感到多麼高興，去年年末，六六屆畢業生分配了工作，全部都當了小學教師。有不少都分到了遠郊區縣農村，出身越不好的分配的越遠，條件也越差。有的學校只有兩三名教師，桌子都是泥臺子。劉少奇的兒子被分到遠郊的一個小學，他連當老師資格都沒有，只能在學校當一名普通的職工。對照自己的條件，王石頭覺得自己不會比劉少奇的兒子好到哪兒去，肯定是最苦最累最差的條件在等著他。不過，他也願意趕快離開這個倒楣的學校，離開袁大頭的統治，省得每天戰戰兢兢地過日子。

一天，袁大頭請來一個人到學校來做報告，做報告的人叫趙慶國，是內蒙古某縣的一名幹部，他負責到北京房山縣接收一批上山下鄉的初高中學生。按理說，中專生並不在上山下鄉的徵召之列。不知道袁大頭為什麼也把他請來做報告。

這個操著一口晉北口音的中年人把那個地方說的天花亂墜，說那里地廣人稀，不僅可以看到風吹草低見牛羊，還可以風吹草低見雞蛋，因為那裡雞到處下蛋，一撿就是一大筐。趙慶國的報告雖然打動了一些有浪漫想法的年輕人，但大多數人並不大買賬，通過串聯，他們明顯感到了外地與北京的差別，況且，中央已下了文件，不少學生仍希望在北京分配工作。

在趙慶國做完報告的第二天上午，尿褲子精突然向張萬海請假，說母親病了，他回家看看。

袁大頭對學生們這種不太積極的反應十分不滿。他召開了一次全校大會，拿著那份中央文件走上講臺，他把那份文件啪地放到桌上：「有的學生說中央有文件，按照招生簡章的規定進行分配。不錯，是有這樣的文件，我認為這個文件是修正主義的，不是無產階級的，它起碼不適合農業學校。農業學校的學生不去農村，不去廣闊天地大有作為，而留在城裡，就是修正主義！」袁大頭拿起那份文件，又啪地往桌子上一摔：「文化革命中，有不少同學都犯了這樣那樣的錯誤，如果願意積極下鄉，到農村去改造自己，那就將功補過，一切既往不咎。如果堅持留在城裡，那就在檔案上記上一筆，看哪個單位會要你！」台下鴉雀無聲，人們已經明顯感受到了威脅的口吻，除了那些根紅苗正，苦大仇深，在文革中又沒什麼言論的紅五類外，不少人都被袁大頭嚇的倒吸了一口冷氣。袁大頭可謂打中了人們的七寸。誰都知道檔案的厲害，特別是文化革命中，那些被打被鬥被抄家被打死的人有不少都是檔案記有一筆的人。如果真在檔案上記上一筆，那怕是小小的一筆，就會像袁大頭所說的那樣，不會有單位要你。更可怕的是，這個污點將像鬼魅一樣終生糾纏著你，尾隨著你，把你帶進地獄。你不僅難找到工作，而且也很難成家，因為沒有人願意嫁給一個有歷史問題的人。更可怕的是，偉大領袖說了，七八年再來一次，他們才二十來歲，活到五十歲還要經歷四五次。批鬥、抄家、皮帶嵌子、坐飛機……死不了也要扒層皮。

袁大頭的威懾確實起了很大作用，除了一些純正的紅五類外，大多數人都報了名。

最興奮的是那些社來社去的學生，這回，他們和城裡的學生不僅扯平了，還高出他們一塊，他們去的是內蒙，他們卻仍留在北京。

中午，王石頭和幾個同學正在教學樓臺階前吃飯，看見一輛三輪板車在男生宿舍樓門前停下，蹬車的是一位頭髮花白的老人，車上坐的竟是尿褲子精。尿褲子精用一隻拐拄著地面，艱難地下了板車。王石頭和同學們紛紛走上前去，張萬海問：「你的腿怎麼了？」「沒事，騎自行車時摔斷了。」尿褲子精輕描淡寫的說。他又對那個頭髮花白的老人說：「爸，這是我們班長。」老人朝張萬海點點頭。「爸，您回去吧，路上，您騎慢點。」尿褲子精表現的很禮貌很孝順。那個老人朝大家彎彎腰，用一種標準的老北京話說：「讓各位費心了。」

尿褲子精一隻胳膊架著拐，一隻腳懸著，在張萬海和王石頭的架護下一蹬一蹬上了樓。回到宿舍，張萬海問：「你的腿怎麼骨折的？」尿褲子精說：「晚上，我騎自行車給我媽去抓藥，不知哪個孫子把井蓋拿走了，我一下子摔出十幾米。後來，被送進醫院，打了石膏。我本來想請假在家養傷，又怕耽誤報名上山下鄉，就讓我爸把我拉來了。」下午，尿褲子精就報了名。但他理所當然地沒被批準。理由是，學校不能把一個瘸子送到貧下中農那裡，加重他們的負擔。尿褲子精顯得垂頭喪氣，好像是一次盛宴沒有了他的份兒。張萬海勸他別著急，先把傷養好再說。

尿褲子精謝絕了王石頭為他打飯的好意，每天堅持拄著拐一瘸一點地去食堂打飯。全校的學生都知道尿褲子精摔斷了腿。

第四天頭上，張萬海對尿褲子精說：「現在，清理階級隊伍已經結束了，學校也沒什麼其他事，你在學校養傷不方便，我看還是先回家去養，軍代表也同意了。」尿褲子精點點頭：「行，那我就先回去。」

因為學校離車站有十二里路，尿褲子精走不了，王石頭特地從食堂借了輛三輪板車，送尿褲子精。正是三伏天，太陽要把人烤焦，王石頭揮汗如雨地蹬著平板車，尿褲子精坐在車上。兩旁是深綠色的玉米林，尿褲子精悠然自得地吹起了口哨，他吹的是《我們的田野》。王石頭蹬的滿頭大汗。爬坡時，他實在蹬不動，就下來推著。尿褲子精像一個無賴一樣，一步也不肯下來走。好像是王石頭把他的腿摔斷的。王石頭一直把他送到車上。

去內蒙的時間是九月十八號。九月十四號，王石頭拿著插隊證明，到北京東單一個專門發放知青服裝的地方領了一套藍面白裡的市布棉服，然後回到哥哥家。哥哥給了他二十塊錢和一個裝衣服的柳條箱子。第二天，他來到尿褲子精家和他告別，尿褲子精住在西城一個胡同的平房裡。院子不大，卻是獨門獨院。一進院子，看見尿褲子精正從平板車上往下搬蜂窩煤，他不僅沒有拄拐，那條受傷的腿還十分利索。王石頭問：「你的腿好了？」尿褲子精說：「在家就好了，一去學校就不好了。」王石頭沒聽明白這話的意思。尿褲子精說：「根本就沒折！我是紙糊的X糊弄大雀子！」他說了一句從農村學生那裡學來的粗話。王石頭大吃一驚：「你是裝的！」他沒想到尿褲子精裝的那麼像，把一個騙局演的天衣無縫。更可氣地是，他拉著他在大日頭下走了十二里地，他居然毫無愧色，還悠然自得地吹著口哨。王石頭說：「你他媽的太缺德了，讓我拉你十二里地。」尿褲子精說：「我還幫你偷手風琴呢！我爸說了，去哪兒也不如北京，去時容易，想回來就難了。那些傻X現在忙著報名，不出三個月準後悔！」王石頭問：「你的腿沒斷，醫院怎麼給你打石膏？」尿褲子精說：「根本就不用醫院，我用牛皮紙在腿上一層一層地裹，裹了十幾層，在上面再刷上白漆，表面上跟石膏一樣。」王石頭說：「你不怕被人發現？」尿褲子精說：「誰能發現，就是發現了，丫的能把我怎麼樣，他還能定我個反革命？大不了跟你們一塊兒下鄉！」

王石頭臨走時，尿褲子精取出那把沒上交的匕首：「內蒙那地方野，拿著它防身。」又問：「趙光腚報名了吧？」王石頭說：「報了。」「分配時別跟丫的分到一起。」

送王石頭出門時，尿褲子精又拄起了拐，望著王石頭那困惑的神情，尿褲子精說：「街道這幫老娘們一個比一個事兒媽！」

到了車站，尿褲子精問：「你去郭蘆枝哪兒了嗎？」王石頭說：「我打算明天去。」尿褲子精說：「我估計她也得去插隊。」

車來了，尿褲子精說：「你走那天我就不去車站了。」王石頭點點頭，轉身上了車。

第二天，王石頭來到郭蘆枝住的地方，郭蘆枝正好在家。她的臉色有些蒼白，神情也有些憔悴。王石頭猜想，她一定遇到什麼過不去的坎了，或許是她父親遭到了不幸。便問：「家裡出什麼事了嗎？」郭蘆枝的目光一下子暗淡下來：「我爸爸——不在了。」「什麼時候？」「上個月跳樓自殺了。」王石頭一陣默然。在這場暴虐的運動中，生命就像狂風中的花朵，隨時可能凋零。他安慰她：「你不要太難過。」郭蘆枝點點頭，長嘆了一口氣。沉默了一會兒，王石頭說：「我要去插隊了。」郭蘆枝顯得有些吃驚：「你們學校不是中專嗎，怎麼也去插隊？」王石頭說：「學校非動員大家去。」

「去哪兒？」

「內蒙。」

「什麼時候走？」

「九月十八號。」

「那麼快？劉寶祥去嗎？」

「他不想去，假裝把腿摔斷了。」王石頭說。

郭蘆枝囑咐他：「到了內蒙來信。」隨後，郭蘆枝找來一張紙，在上面寫下了自己的地址，交給王石頭：「這是我的地址。」她的目光又變得憂鬱起來：「我將來肯定也得去插隊，只是不知去哪兒。」

倆人沉默了一會兒，王石頭說：「你給我那兩本書我一直保存著，還有那雙球鞋。」郭蘆枝臉上露出難得的笑容：「那雙鞋早小的不能穿了。」

「可它還挺新的，我一直沒捨得穿。」

郭蘆枝明白了話中的含義，臉上掠過一絲羞赧，臉色也微微潮紅，眼裡盛滿了感動與深情，這使的她更加動人。她輕輕地說了聲：「謝謝你。」

郭蘆枝沉默了一會兒，突然說：「我給你拉支曲子吧。」她拿起手風琴，拉了一支蘇聯歌曲：《小路》。隨後又拉了一曲《太陽落山》。王石頭熟悉它的旋律和歌詞：太陽落在山的後面，在河灘上已經升起了薄霧炊煙，沿著道路，沿著草原，蘇維埃戰士正從戰場返回家園……這是一支戰爭勝利後戰士返鄉的歌曲，而他卻要離開家鄉去遠方，王石頭的心中不免有些悽楚。郭蘆枝拉的很動情，很從容，不像上次那樣顧忌著窗外，怕被人聽見。接著，她又拉了一支《鴿子》，她隨著音樂輕聲地唱起來：當我離開可愛的故鄉哈瓦那，你想不到我是多麼悲傷……她的音色很美，淒惋中帶著感傷。那優美的歌聲和琴聲在小屋裡輕輕蕩漾。

九月十八日下午快四點的時候，王石頭來到火車站。整個列車都是去插隊的學生。車站上擠滿了送行的人們。王石頭仔細尋找著，希望能見到郭蘆枝。在擁擠的人群中，他終於發現了她。郭蘆枝像是在尋找什麼。她那白皙俊美的面孔和亭亭玉立的身材在人群中仍那麼引人注目。王石頭跳下火車，擠到她前面。郭蘆枝說：「昨天忘了問你是哪節車廂了。」說著，從一個挎包裡拿出一條淺灰色的圍巾，遞給他：「內蒙天氣冷，這個帶上吧。」又加了一句：「我爸爸的。」王石頭接過圍巾。他懂得這裡面包含的情誼，一陣憐愛湧上王石頭的心頭，他真想留下來，陪伴這位可愛的姑娘。可是，他的戶口已註銷。他已是一個內蒙人了。再者，他留下來又能怎麼樣呢！他深情地望著她，低聲說了聲「你多保重。」他看見，她的眼裡也含滿了淚水。

車在一陣鑼鼓聲中輕輕啟動。他看見，她仍佇立在那裡。車越開越快，漸漸一切都模糊了視線。

王石頭和他的同學們帶著清理階級隊伍尚存的驚懼，帶著仍殘存的些許的革命激情，帶著對家鄉眷戀，帶著迷惘也帶著失落離開了他們的家鄉——北京。此刻，不管是紅旗、東方紅，紅五類、黑五類，他們都擁有一個共同名字——知識青年。

第二天，《北京日報》刊登了一條消息，大意是：北京原野學校的學生主動放棄了畢業分配，到內蒙古草原插隊落戶。這是文化大革命的偉大勝利，是毛主席革命路線的又一豐碩成果。

第三部　流放歲月

三十八

坐了一夜火車和半天汽車，原野學校和其它兩所中學的學生來到只有兩條馬路的縣城。縣城土烘烘的，看不到一點兒綠色，除了幾家商店的房子是磚的，街道兩邊的房子都是土坯的，顯得毫無生氣。街上停著幾輛馬車，趕車的已穿上厚厚的棉衣。街上行人表情木訥，像看怪物那樣看著這些北京知青。知青們被分配到各個公社。原野學校的一些學生仍滿懷著革命的激情，要求到最艱苦的地方去。這正中當地政府的下懷，因為縣裡那些富裕一些的公社，早已安排了當地的知青。

王石頭、趙光腚和一個水利專業外號叫棺材板的學生被分配到北部山區一個叫豁牙溝的大隊。王石頭雖然想避開趙光腚，但冤家路窄，倆人還是分到一個戶，這是學校的有意安排，三個人中王石頭出身是地主，棺材板的父親是開棺材鋪的小業主，唯有趙光腚出身是貧農，這有點好賴搭配的意思。

這是一個落後而偏遠的山村，有五六十戶人家。村子三面都是丘陵和不太高的山。地大都是一些山坡地。九月的原野已是一片蕭瑟，莊稼大都已收割，地裡碼放著稀稀拉拉的麥個子。有兩塊還沒收割的麥田，麥子長的又矮又稀，細細的麥杆上頂著小小的麥穗。倒是毛有子草長得很高，忽忽悠悠地在秋風中擺動。這景色對王石頭來講，一點兒也不陌生，在插隊的縣城西邊一百多裡，就是察北。兩地的景色十分相似。只是當年察北的莊稼長的十分茂盛，地裡也沒有那麼多草。

這裡種的農作物也和察北完全相同。小麥、莜麥、穀子，菜是土豆、胡蘿蔔和被當地稱為灰的白的圓白菜。房子也是矮不塌的土坯房，甚至連口音和罵人的話也都一樣。只是比察北的「水蛋殼、偷你娘」還多了一個「灰哥刨」，是野種的意思。

安排知青的房子還沒蓋。王石頭他們就先住在一個姓朱的大爺家。朱大爺成份不好也不賴，是個中農。老人沒有孩子，只有一個老伴兒。院子很大，房子是老房。雖然也是土坯房，卻比別的土房高。房頂的檁子和椽子都很結實，表明這曾是個殷實的人家。

王石頭進村住下後的第一件事就是給郭蘆枝寫信，他介紹了這裡的大致情況，問她現在怎麼樣，並在信下面留下了他的詳細地址。他把信送到大隊，再由郵遞員把信帶走，小隊會計劉志亮告訴他，郵遞員一個星期來一次，如果天氣不好時間可能還要更長。

來村後，趙光腚以自己的出身便自封為戶長。每天早晨出工前，便帶著王石頭和棺材板站在炕上，手拿語錄，對著牆正中的偉大領袖像，由趙光腚領唸：祝偉大領袖毛主席萬壽無疆，然後三個人便一齊揮動語錄，萬壽無疆！萬壽無疆！萬壽無疆！趙光腚再接著領唸：祝林副統帥身體健康！三個人又一齊揮動語錄：永遠健康！永遠健康！永遠健康！唸完，便下地出工。

頭一天勞動是收胡蔴。胡蔴是高寒地區的一種油料作物，胡蔴長得不高，胡蔴杆上頂著一些小燈籠一樣的果實，小燈籠裡面便是類似芝麻一樣的胡蔴籽。胡蔴籽榨出的油顏色和芝麻香油一樣，呈暗紅色，又香又好吃。胡蔴產量低，胡蔴杆長得也不高，割倒的胡蔴不能捆，因為一捆就容易爆籽，只能用叉子把它們叉到一起，然後裝上車，拉到場院。

由於在原野學校打下的底子，一天下來，王石頭並沒有感到累。收完工，他去大隊看那封信走了沒有，劉志亮說，郵遞員沒來，估計還得等兩天。劉志亮告訴他，如果著急，明天車倌翟二牛去縣城裡買農具，可以讓翟二牛把信帶到縣裡，直接送到郵局，這樣快一些。

第二天早晨，王石頭拿著信找到翟二牛。翟二牛三十出頭，中等個，正在飼養院套牲口。王石頭把捎信的事說了，翟二牛接過信，說：「行，到了縣裡我就把它歡歡送到郵局。」歡歡，在當地就是趕快的意思。

胡蔴收完，該收山藥了。山藥就是土豆，收完山藥，農田裡的活就結束了。收山藥時，婦女們都會出來，因為收山藥的活不累，還可以弄點小秋收。她們拿著筐子跟在犁後面，把犁出的山藥揀到筐子裡。在農田幹活時，她們大都喜歡圍一種方形的頭巾，把頭巾兩角對折，從頭頂拉下，在下巴處挽一個結。頭巾的顏色也十分鮮豔，蔥心綠、粉紅、大紅，為渾黃毫無生氣的田野增添了絢爛的色彩。

在王石頭旁揀山藥的是一個叫粉花的年輕媳婦——王石頭聽見別人都這麼叫她。粉花大約有二十七八歲，穿一件藕荷色碎花上衣。雖說不上漂亮，卻十分耐看，小巧的鼻子，微微上挑的眼睛，精巧的下巴。她圍一塊粉紅頭巾，她不是像別的婦女那樣系住頭部，而是系在脖子上，露出了額前齊齊的流海，這就給她平添了幾分嫵媚。

王石頭拎著筐子，跟在犁後面揀山藥，筐子裝滿後，便把山藥倒在地頭，大車就會把山藥拉走。可能是山藥裝得過多，王石頭在拎筐子時，筐繫的一頭抽了出來，王石頭便雙手抱著筐子去倒山藥。這時，剛倒完山藥的粉花走過來，說：「這後生，咋裝這麼多？」她把筐裡的山藥倒進自己筐裡，把抽出的筐繫子插進筐裡，從口袋裡掏出一根紅線繩，把筐和筐繫子緊緊地綁在一起。她的手十分靈巧，動作十分麻利。她用手拎了拎筐繫子，說：「就先這麼用吧，別裝太多了，回去用鐵絲綁一綁。」

太陽落山了，西邊的天際升起紫色的霧靄，村子裡已經升起了炊煙，一天的勞動結束了。婦女們挎著筐子，有的坐著馬車，有的步行向村裡走去。她們的筐子裡大都不是空的，裡面裝著山藥，上面蓋著雜草作掩護。快到村口的時候，劉志亮臉上露出狡黠的壞笑，對旁邊的王石頭說：「一會兒看稀罕吧！」這時，有的婦女露出不安的神情，悄悄議論著：「黑頭在村口呢！」黑頭就是大隊書記高悅，高悅五短身材，有點像水滸中的宋江，因為人長得黑，婦女們私下就叫他黑頭。高悅是老黨員，解放前打過遊擊，婦女們都有些怕他。

車快到村口時，車上的婦女就對車倌說：「四小，把車趕的歡歡的。」車倌姓紀，排行老四，社員們都叫他四小。紀老四是四類子弟，父親是富農，一解放就病死了。他對後面的婦女說：「高書記在哪兒呢，我可不敢。」

車到了村口，高悅讓車停下，指著一個中年婦女說：「大小他媽，你筐子裡裝的甚？」這是當地農村的稱呼習慣，結了婚有了孩子的婦女一般不再叫本人名字，而是在孩子的名字前冠以「他媽」兩個字，大小他媽從筐子裡抓起一把雜草：「甚也沒甚，給兔子拔點草，咋了？」高悅上去，從大小他媽手裡拎過筐子，筐底朝下一倒，十幾個山藥嘰哩咕嚕地滾了一地：「甚也沒甚，這是甚？你們這幫灰女人，手腳咋那麼不乾淨！」高悅朝著其他婦女：「咋，還不趕快倒出來！」婦女們紛紛把山藥倒在車上。高悅朝著另一個中年婦女說：「春花媽，這幾天家裡的山藥窖都滿了吧？」春花媽說：「看高書記說的，就這幾個山藥蛋蛋連耗子洞都填不滿。」坐在紀老四後面的一個婦女用胳膊碰了碰紀老四一下，示意他趕車走。紀老四剛要趕車走，高悅說：「咋，還沒倒完就想走！」婦女們相互看看，一個婦女把筐子倒過來：「咋沒倒完，連土渣渣都沒有了！」高悅說：「根蛋他媽，看你嘴硬的跟男人的球頭子似的，褲襠裡的山藥都讓你燜熟了！」粉花和那些沒拿山藥的年輕媳婦在一旁吃吃笑起來。高悅說：「咋，還讓我去你褲襠裡掏。」根蛋他媽解開裡面褲子的褲腿，山藥滾了一地。其他的婦女也都把褲腿解開，每個婦女的腳下都有十幾斤山藥。原來，這些中年婦女揀山藥時都穿兩條褲子，把裡面那條褲腿紮上，褲腿就成了口袋，如果不走路，坐在車上看不出來。

婦女們把山藥揀到筐裡，剛要往車裡倒。高悅說：「這騷哄哄的，你們不拿回去，讓誰吃？」他對旁邊的劉志亮說：「給她們記上賬，分山藥時，每人扣五十斤，看她們還偷不偷。」幾個婦女叫起來：「幾個山藥就五十斤，殺人吶！」高悅說：「你們吵吵甚，把前幾天偷的加在一起，一百斤都不止！」

山藥收完了，農田的活就結束了，剩下的農活是打場，就不用早出晚歸了。

十幾天過去了，王石頭仍沒收到郭蘆枝的回信，他不知道是信沒寄到還是郭蘆枝也去插隊了。王石頭又寫了兩封信，一封給郭蘆枝，另一封給尿褲子精，他讓尿褲子精到郭蘆枝住的地方去看看，看郭蘆枝還在不在。為了保險，王石頭特地步行二十多里地，到縣郵局發的掛號信。

三十九

農閒開始了，農村的夜寂寞又漫長，社員們天一黑就睡覺，村裡寂靜的沒有一點聲音，只有風兒輕輕吹過，漆黑的夜空綴滿又亮又密的星星，寂廖而空曠。

一天晚上，棺材板打開收音機，裡面正播放著偉大領袖的最高指示：一個人有動脈，靜脈，吸進氧氣，呼出二氧化碳……意思是黨也要吐故納新，新陳代謝。在學校，每當發佈了最高指示，全校都要敲鑼打鼓地慶祝一番。可是，在農村卻鴉雀無聲，沒有半點動靜。趙光腚站在門外，一副英雄無用武之地的神情。過了一會兒，進來說：「這也怪不得貧下中農，村裡沒有廣播，貧下中農連最新指示都聽不到。乾脆，咱們把最新指示抄下來，給貧下中農送去。」

王石頭和棺材板都同意。

最新指示不長，有二、三百字。每過半小時播送一次，三個人圍在豆大的油燈前，隨著播音員的聲音，把最新指示各自記下來，然後，三個人核對一遍，最後，又和廣播裡唸的再核對一遍，認定準確無誤時，抄成四十五份。這是全村貧下中農的戶數，中農上中農一律不給，更甭說地主富農了。

抄完了，已經十點多了。棺材板提出明天早晨再給貧下中農送去，趙光腚不同意，說要宣傳最新指示不過夜。

王石頭他們剛來不久，哪間房子住的是貧下中農還不十分清楚，為了避免送錯，便把已睡下的劉志亮叫起來，讓他帶著認門。

劉志亮帶著三個人一戶一戶地送著。農民大都早已睡下了，他們被叫起來，站在凜冽的寒風裡，睡眼朦朧，迷迷瞪瞪地看著王石頭他們，不知發生了什麼事情。當趙光腚把最新指示遞給他們時，有的竟一點反應都沒有，這使趙光腚十分掃興。

劉志亮帶著他們來到一間歪歪斜斜、破爛不堪的土房前。劉志亮說，這是狗三家，問趙光腚送不送。狗三是個傻子，三十多歲，王石頭他們來那天，狗三站在村口，第一個歡迎他們，他嘴裡流著口水，又跺腳又拍巴掌。趙光腚問，狗三是不是貧下中農。劉志亮說是。趙光腚說，是貧下中農就送。

劉志亮敲了半天門才開。狗三披了件破棉襖，赤著下身旁若無人地掏出傢伙就撒，尿澆在冰冷的地上，騰起一股極臊的霧氣。尿罷，咧著嘴，用一種古怪的神態看著王石頭他們。趙光腚把最新指示交給狗三，狗三兩隻眼睛向上翻著沒有接的意思。劉志亮說：「知識青年給你送毛主席語錄來了！」狗三眼睛仍往上翻著，兩隻手擺弄著下面的傢伙。劉志亮大聲說：「知識青年給你送毛主席語錄來了，還不快接！接了給你娶媳婦！」狗三這才放下手中的傢伙，接過了最新指示，當四人轉身要走時，狗三突然喊了一聲：「毛主席萬歲！」嚇了大家一跳。劉志亮說：「咱們快走吧，這傢伙又犯病了！」

最後一戶是替王石頭捎過信的翟二牛家。翟二牛是貧農，老婆就是給王石頭綁笸繫子的粉花，屋裡燈黑著，估計早已睡下了，四人來到房前，聽到屋裡傳出一陣呻吟，像是女人的，高一聲低一聲，聲音顫顫的。經過文革的洗禮，王石頭對男歡女愛並不陌生，似乎也明白屋裡在幹什麼。劉志亮故意高聲咳嗽了一聲，屋裡頓時沒了聲音。劉志亮在窗外說：「知識青年給你們送毛主席語錄來了。」過了一會，門開了，出來的是粉花，粉花神色有些慌張，頭髮也有些凌亂，她兩眼怯怯地望著。劉志亮又重複一遍：「知識青年來給送毛主席語錄來了。」她的神色才安定下來，趙光腚把語錄交給粉花，她連忙接過來。直到他們走遠了，粉花才把門關上。

語錄送完了，四個人回去睡覺。

夜裡，王石頭睡不著，雖然在學校的葡萄園和階梯教室裡也遇到過類似的情景，卻不像這次這樣撩拔人。半夜睡在他旁邊的趙光腚的被子瑟瑟抖動，估計是在自我發洩。

第二天是上山背石頭。路過村口翟二牛家時，棺材板問王石頭：「你知道翟二牛昨晚在家幹什麼嗎？」王石頭知道棺材板話中的意思，故意問：「幹什麼呢？」棺材板說：「你別裝蒜了，昨夜你肯定沒睡好，你說，是不是夜裡支帳蓬來著？」

王石頭和棺材板剛出村口，聽見趙光腚在後面叫他們：「你們過來看看！」倆人走過去，看見趙光腚正用樹棍撥弄著夾在樹根枝椏中的一張白紙，旁邊是一泡屎。趙光腚用樹棍把紙展開：「你們看看，這是什麼？」王石頭和棺材板蹲下去，這正是他們昨天抄語錄的紅格紙，紙上沾滿了屎，這就是說，有人用語錄當手紙擦了屁股。

拉屎的地方正是翟二牛的房後。

趙光腚有些義憤填膺：「咱們辛辛苦苦抄的語錄，卻被擦了屁股。晚上，咱們應該開個批判會，批判這種反革命行為！」王石頭覺得，趙光腚肯定是想效仿袁大頭的做法，他雖然覺得用語錄擦屁股對他們的勞動有些不尊重，可也不贊成開批判會。便說：「你知道是誰拉的，就開批判會！」趙光腚看了看周圍：「這還用問，肯定是翟二牛拉的！大冬天的，誰吃飽了撐的大老遠的跑到他們家房後拉屎。」棺材板說：「那可不一定，紙上又沒寫著名字。再說，翟二牛是貧農，咱們是來接受貧下中農教育的。」趙光腚說：「貧農更應該熱愛毛主席！這麼吧，今天收了工，咱們到各家把語錄收回來，就說少了兩個字，改完了再送回去。如果翟二牛的語錄在，那就不是他家，如果別人家語錄都在就翟二牛家沒有，那就可以肯定是翟二牛用毛主席語錄擦了屁股。」

王石頭和棺材板都同意。

冬天收工早，太陽還沒落山，就收工了。

三個人挨家挨戶去收語錄。收到翟二牛家時，發出去的四十五張語錄已經收回了四十三張半，有半張被一個社員當捲煙紙了。原以為狗三會把語錄扔了，沒想到狗三把語錄拿出來了，還疊的方方正正的。現在不去翟二牛家也可以斷定，被擦屁股的那張語錄就是翟二牛家的。為了慎重起見，趙光腚還是敲開了翟二牛家的門。

開門的是粉花，粉花一見是三個北京知青，神色像昨天晚上一樣，顯得有些慌張。趙光腚說明了來意，粉花便回屋去找。過了一會，她出來了，說那張語錄不見了，可能是被孩子撕了。趙光腚說，找不著就算了。現在已明白無誤，那張擦了屁股的語錄就是翟二牛家的。趙光腚顯得十分興奮，像是終於找到了用武之地。他對王石頭和棺材板說：「你們誰也不能說出去，劉志亮也不能告訴。就說今天晚上開會是宣傳毛主席的最新指示。」

開會的地點是小學校教室。社員們都來了，把一間教室擠得滿滿的。翟二牛和粉花也來了，翟二牛站在後面，叼一根煙袋。粉花坐在一群姑娘媳婦中間，低著頭納著鞋底子。

劉志亮宣佈，現在由北京知青給大家開會。

趙光腚站在講臺前，擺出一副當年袁大頭開批判會的架式，他先打開毛主席語錄，唸了兩段語錄，一段是革命不是請客吃飯，另一段是凡是反動的東西你不打它就不倒，都是火藥味十足的。唸完後，趙光腚清了清嗓子，說：「昨天夜裡，在我們村發生了一起嚴重的反革命事件！」教室裡一下子靜了下來，所有的社員都看著趙光腚。趙光腚的嗓門提高了八度：「有人用我們偉大領袖毛主席的最新指示擦了屁股！」趙光腚把講臺上的一個紙包打開，用手拎著那張信紙的一角，抖開：「大家看看，毛主席三個字上都沾了屎！這是對偉大領袖毛主席的最大污辱！」和昨天送語錄時一樣，會場上反應冷淡，並沒有出現那種義憤填膺的場面。所有的社員都伸長脖子看那張紙，想看看毛主席那三個字上是不是沾著屎。翟二牛和粉花也沒有特別的反應，翟二牛仍然叼著他那根煙袋，粉花往臺上看了一眼，仍納她的鞋底子。趙光腚抖動著那張紙：「這到底是誰幹的？」

沒人搭腔。

這種冷場讓臺上的趙光腚有些不自在，他把那張紙放下，說：「毛主席教導我們，坦白從寬，抗拒從嚴，拒不認罪，罪加一等。別以為我們不知道是誰幹的，我們已經掌握了證據！」

社員們面面相覷，仍沒人吱聲。

趙光腚見沒人說話，就用手指著翟二牛：「翟二牛，這張紙是在你們家房後找到的，你說，是不是你幹的！」

翟二牛露出一副不屑的神情：「別冤枉人嘛！我昨天和二禿小去縣里拉麻餅，今天才回來，我咋能半夜跑回來到房後屙屎，不信，你問二禿小。再說，莊戶人屁股哪有那麼金貴，用白生生的紙擦。」旁邊的二禿小連忙作證：「昨夜我和二牛一起住在縣裡，今天晌午才回來。」

趙光腚臉上掠過一種驚異的神色。王石頭和棺材板相互看了一眼。這麼說，昨天夜裡翟二牛不在家，那和粉花幹那事的是誰呢？

趙光腚鎮靜了一下自己，問：「粉花，翟二牛昨天夜裡不在家，你說，這事是不是你幹的？」

粉花望著臺上，怯怯地答道：「不是。」

趙光腚冷笑一聲：「翟二牛不在家，又不是你幹的，你說半夜三更的，誰憑白無故跑到你們房後拉屎，再說，我們昨天一共發出四十五張毛主席語錄，現在收回來四十四張，那一張又是在你家房後找到的，你說，不是你是誰。」

如果這時候粉花能夠回答是自己，就能守住秘密，趙光腚也不會再繼續追問下去。頂多會被趙光腚批判一通，可粉花卻沒轉過這個彎來，她仍然怯怯地但又固執地回答：「不是我。」

趙光腚拍了一下講臺，質問道：「不是你，那幹這事的是誰？昨天夜裡你們家那個男人是誰？」像是往會場裡扔了一個炸彈，人們一陣騷動。人們對男歡女愛的事比對偉大領袖的最新指示熱情更高，所有人的目光都投向了粉花。

這比什麼都更能擊中一個女人要害。

粉花的臉一下子變的慘白，她低下頭，兩肩聳動，嚶嚶地哭起來。「我打死你這個狗日的！」後面的翟二牛像一隻受傷的豹子衝上前來，分開眾人，一把揪住粉花的頭髮，把粉花揪倒在地，一邊踢她的下部一邊罵：「我不在家你給老子賣X，我打死你這個賣X貨！」會場一時大亂，人們連忙抱住翟二牛，幾個姑娘媳婦把粉花拉起來。粉花掙脫拉她的人，捂著臉跑了出去。

批判會只好草草收場。

回來的路上，王石頭問棺材板：「回家後翟二牛不會再打粉花吧！」棺材板說：「不一定。」王石頭對趙光腚說：「我覺得你根本不應該問最後那句。翟二牛已經說他不在家了，你還這麼問，肯定會出麻煩。」棺材板說：「粉花也傻，她承認自己不就完了！」

趙光腚說：「說出來也沒什麼不對，本來亂搞男女關係就不對，按理說，應該讓她交待那個男的是誰，開那個男的批判會！」

第二天一大早，劉志亮便來敲門，他的臉色有些難看，他告訴他們一個驚人的消息：昨天夜裡，粉花上吊了。在林業隊旁邊的一棵樹上吊死的，今天早上發現的。

王石頭怔怔地站在那裡，他萬沒想到會是這樣的結局。如果知道這樣，他無論如何也要阻止這次批判會的召開，實在阻止不了，也一定會事先告訴粉花，讓她有個準備。棺材板也感到有些愧疚：「咱們不開這個批判會就好了。」唯有趙光腚不以為然：「這也賴不著咱們，咱們開批判會也沒什麼不對，誰讓他們用毛主席語錄擦屁股的！」

這一天，社員們都沒出工，王石頭，棺材板只好躲在屋裡，趙光腚雖然嘴硬，卻也不敢出去。村裡唯一活躍的是狗三，他揮舞著一張紙，在村子裡一圈又一圈地跑著，一邊跑一邊喊：「粉花死了！毛主席萬歲！粉花死了！毛主席萬歲！」

晚上，三個人睡下了，窗外一個聲音不厭其煩重複：「粉花死了！毛主席萬歲！粉花死了！毛主席萬歲！」趙光腚想衝出去，被棺材板攔住了：「你出去，狗三打了你，你也白挨！」趙光腚這才忍住了。夜裡，王石頭難以入睡，他萬分懊悔，他面前總是浮現出粉花的面容：「這後生咋裝這麼多！」還有她幫自己綁筐繫的樣子。

第二天，粉花下葬了。不知是有意還是無意，粉花的墳就在王石頭他們屋子對面的山坡上，一出門就能看到。一連好多天，社員們都像躲瘟疫那樣躲避著他們三個，特別是對趙光腚，一見他就遠遠地走開，見了面也不搭理他。

從粉花死的那天起，早請示、晚彙報也終止了。

一天，王石頭去大隊看有沒有來信，正好劉志亮在，劉志亮說：「你們開批判會咋不跟我說一聲，要是我知道，說甚也不讓你們開。那個男的叫李青，原來在豁牙溝住，後來搬到柳家溝，倆人上學時就相好。後來李青當了兵。倆人本來已訂了婚，文化大革命開始後，李青的父親被人揭發入過一貫道，部隊便讓李青復員回家。粉花的父親嫌李青家成份不好，怕女兒跟著受罪，就退了婚，把粉花嫁給了翟二牛。粉花和李青私下相好的事，村裡人都知道，就連翟二牛也知道。只不過沒人捅破這層窗戶紙，現在被你們捅破了，翟二牛哪裡受的了！早知道這樣，我那天晚上就不帶你們去翟二牛家了。」

四十

尿褲子精來信了，信中說，他接到王石頭的來信後就去了郭蘆枝住的地方。小屋的門鎖著。鄰居講，郭蘆枝已插隊去了。去哪兒他也不知道。他又去女中問，女中的老師講，高三的學生一部分去了陝北延安，還有一部分去了河北豐鎮。至於郭蘆枝去了哪裡，學校也不太清楚，信中說，他過不久也得去插隊，打算也來王石頭插隊的地方，有同學總比沒同學強。

王石頭把尿褲子精也要下來插隊的事情跟趙光腚和棺材板說了，趙光腚有些幸災樂禍：「我就知道，劉寶祥早晚得下鄉，我們有個街坊家裡就一個獨子，還下鄉了呢！」當趙光腚聽說尿褲子精要來豁牙溝插隊時，卻顯得一百個不樂意：「到這兒來幹嘛，去雲南西雙版納多好，天天吃香蕉，就是到內蒙也不到農區來，去牧區天天騎馬，吃手把肉，那才牛X呢！」

兩個星期後，尿褲子精來了，他看看周圍的環境：「我就知道趙慶國丫的吹牛X，遍地揀雞蛋，揀個球！」尿褲子精無師自通地很快就學會了用當地話罵人。

王石頭說：「你裝腿折也白裝了，躲得過初一躲不過十五。到頭來還得下鄉。」尿褲子精說：「街道那幫傻X老娘們兒天天找我們老家兒，逼我下鄉。我妹妹正好初中畢業，也可能下鄉。我爸覺得我妹太小，剛十五歲，就讓我下鄉，想把我妹妹留下。沒想到，我妹妹瞞著我爸，早就報了名，結果老爺子雞飛蛋打，誰也沒留住。」

王石頭把趙光腚送語錄、開批判會、粉花上吊的事兒跟尿褲子精說了，尿褲子精說：「丫的傻X一個，農村跟城裡不一樣，親戚連著親戚，有丫的倒楣的時候。」晚上睡覺時，尿褲子精和趙光腚挨著，因為炕不大，睡四個人有些擠，尿褲子精有意往趙光腚那邊擠，趙光腚被擠急了，坐起來，大聲叫道：「尿褲子精，你再擠我跟你不客氣，你是後來的，這裡沒你的份！」尿褲子精騰地站起來：「我擠你丫的你能怎麼著，不就是你媽被地主強姦過嗎，你以為這是在學校哪，有袁大頭護著你！」第二天，趙光腚就搬到了林業隊的一間小屋裡，和看林的一個老漢住在一起。

尿褲子精來不久，一件事在知青中引起震動。一天，兩名軍人來到縣知青辦，他們拿出一張部隊的介紹信，說是奉命把一名叫郝振高的北京知青接走。

郝振高是六八級的學生，比王石頭低一級，郝振高五短身材，其貌不揚，眼睛還有點近視，可是他有個好老子，他的父親是個校級軍官，有著把腦袋別在褲帶上為共產黨出生入死的經歷。他幫著打天下當然不是為了讓兒子到一個貧困的地方受苦，於是決定讓兒子去當兵，離開這個又窮又苦的地方。雖然郝振高並不合格，但這並不妨礙他成為人民軍隊中的一員。當時，穿軍裝的人是最走紅的，他們權傾一時，安排自己的子女和朋友的子女當兵只是小菜一碟。六十年代末七十年代初，部隊裡出現了一大批少爺兵和小姐兵，就是這些當官的人的子女。

縣知青辦看到介紹信上蓋的是軍隊的大印，不敢怠慢，迅速地辦好了手續。

兩名軍人來到郝振高插隊的村子，準備接他走，這一下讓知青們炸了窩。他們質問兩名軍人：「你們憑什麼把他接走，這是不是破壞知識青年上山下鄉？」其中一名軍人嚴肅地說：「我們是來執行上級命令的，讓郝振高離開這裡是革命的需要，你們這樣亂扣帽子，是要犯錯誤的！」雖然郝振高正在和一個女知青在談戀愛，那個女知青聽他要走哭得眼睛跟爛桃似的，郝振高也有點捨不得那個女知青。但他還是決定離開這裡，當兵還是當農民，孰好孰差他分得清。

當消息傳到豁牙溝時，尿褲子精破口大罵：「操他媽的，這幫孫子抓反革命逼咱們下鄉，他們丫的卻把自己的孩子弄走去當兵，這幫孫子就會耍弄咱們老百姓！」王石頭說：「你表哥不也是個當官的嗎，你找找他，也把你弄走。」

尿褲子精說：「我表哥是連長，權力太小，要是團長，我早不在這兒了！」

轉眼，冬天到了。王石頭真正明白了什麼叫滴水成冰，寒徹心骨。他們插隊的地方是個風口，外蒙的冷空氣毫無遮擋地長驅直入，最冷時，溫度往往在零下三十幾度。北京發的那套棉衣風一打就透，王石頭從北京帶來的栽絨帽子根本不起作用，出去挑趟水，耳朵凍的跟貓抓似地疼。當地人戴的都是狗皮帽子和狐皮帽子，穿的也是厚厚的老羊皮襖。冬天，磨盤大的井口因結冰會縮成碗口大小，連打水的柳條水斗子也都伸不進去，只能用冰戳子把井口戳大。如果不戴手套，手一摸桶，就會黏下一層皮。最可怕的是被當地人稱為白毛糊糊的大風雪。六七級徹骨的寒風裹挾著雪塵如萬條雪龍在大地上狂竄，相隔幾米就看不見人。在王石頭他們來的頭一年冬天，一個叫孔福的社員在風雪中迷了路，被凍死在野地裡，大雪把人埋的嚴嚴實實，第二年雪化了才發現他的屍體。

一天，王石頭去公社，回來後耳朵凍得又大又薄，像是豬耳朵。隊長趙富對保管員楊老漢說：「看把那孩凍的，這地勢不戴皮帽子咋行，咱們隊裡還有幾張山羊皮，給後生們一人做一頂帽子吧。」生產隊找了兩個年輕媳婦，為四個人每人縫了一頂山羊皮帽子，山羊毛是灰色的、粗粗的，一點都不柔軟，外面也沒有掛面，是光板皮子，還散發著一種揉皮子發酵後酸臭的味道。這樣的帽子連當地人都不會戴。

趙光腚本來臉瘦，戴上山羊皮帽子越發顯得臉只剩下一窄條，尿褲子精說：「你丫戴上帽子整個一小爐匠！」

尿褲子精雖然這樣說趙光腚，他卻故意把自己打扮的比貧下中農還貧下中農。不知是反叛還是嘩眾取寵，抑或是對上山下鄉的不滿和反抗，他花五元錢買了一件光板皮坎肩，也不知從哪裡討換來一雙踢死狗的舊大頭鞋，弄了一頂狗皮帽子，帽耳朵一個耷拉著，一個支楞著。腰間紮一根草繩子，徹底抹去所有北京知青的印跡。尿褲子精語言天賦極強，本地話說的和當地農民一樣地道。如果他不說話十有八九會認為他是當地農民，如果他說話，會百分之百認定他是當地農民。尿褲子精還學會了當地的討吃調，討吃調是乞討者要飯時的一種說唱形式，唱的都是男女私情和兇殺之類的事，有時，社員們還專門把唱的好的請到村裡來，每家拿出一碗麵，聽要飯的唱上半宿。討吃調和聽房一樣，是當地農民的一種文化娛樂。

一天，王石頭和尿褲子精去縣城買東西。買完東西倆人沒吃飯就往回趕。走到半路，倆人都覺得有些餓，路過一個村莊時，尿褲子精說：「咱們要點吃的去。」王石頭跟著尿褲子精走進村中間的一家院子。尿褲子精清了清喉嚨，便唱起了討吃調：東方紅公社王家灣，有個後生叫王三，娶了個媳婦賽天仙，長著一雙毛毛眼，櫻桃小口一點點。王三的媳婦一進門，讓公公看的好心疼，這一天王三出了門，到後草地去趕生靈。老公公闖進了媳婦門，心肝寶貝抱著親……尿褲子精唱的是老公公扒灰的故事，雖然沒有二胡和竹板，但尿褲子精唱的聲情並茂，韻味兒十足。不一會兒，院子裡就圍滿了人。王石頭聽見身後兩個媳婦議論：「這倆人可能是北京侉子。」另一個說：「那個穿藍棉襖的像，那個穿皮坎肩肯定是咱們莊戶人。」尿褲子精唱完了，一位大嬸端出一碗莜麵和兩個饅頭。尿褲子精二話不說，拿起那兩個饅頭，用普通話說：「石頭，咱們走！」這時候人們才知道，唱討吃調的也是北京侉子。一個媳婦說：「咿呀，這北京侉子咋和咱們一樣樣的。」

冬天刮白毛糊糊時，大隊就成了年輕後生們的好去處，大隊裡有一個爐子，燒的雖然是品質不好的烏達煤，可比家裡要暖和的多，人們在這裡下棋，打撲克，聊些男女之間的事。前兩天，鄰村王家溝的一個女人和丈夫吵架，女人上了吊。人們的話題自然落在了這上面。「你說，這女人尋死咋就喜歡上吊？上吊也不知是甚滋味兒？」坐在火爐旁的黑小子問大夥。黑小子大名叫齊貴，二十歲出頭，因為人長得黑，人們就叫他黑小子。黑小子母親是個瞎子，父親是全村有名的懶漢。生產隊每人有半畝自留地，社員們把自留地視為命根子，精耕細作，拾掇的地裡沒有一根雜草，自留地打的糧食高出生產隊的三、四倍。齊貴家的自留地卻連生產隊的也趕不上，雜草長的比莊稼還高。因為糧食少，各家的女人都精打細算，農忙時吃乾的，農閒時吃稀的。齊貴家則不然，有乾的就不吃稀的，一年的糧食不到半年就吃完了。後半年，便拎著棍子出去要飯，要飯時專門去公社幹部家要。大隊書記高悅因此被公社書記訓過好幾次。後來，大隊就想個辦法，別人的糧食都是半年發一次糧，齊貴家一個月發一次。齊貴家往往是上半個月吃的肚子滾瓜溜圓，下半個月則是餓的前心貼後心。

聽了黑小子的問話，在一旁烤火的三根柱說：「上吊甚滋味，要不你試試。」黑小子說：「試又咋呀！」三根柱說：「你要是試，我給你十斤莜麵。」

當時正是月底，黑小子已經好幾天沒吃到莜麵了，每天是小米煮山藥，把臉都吃綠了。十斤莜麵對黑小子十分有誘惑力。黑小子對三根柱說：「你把莜麵稱來我就試。」三根柱也不含糊，真的找來秤，從家裡端來瓷瓷實實一秤盤子莜麵。黑小子對三根柱說：「你先去買兩個麻油餅，我吃了再上吊，我要是真吊死了，也得做個飽死鬼。」三根柱說：「我給你買麻油餅，麵就減去二斤，只能給你八斤。」黑小子想了想：「八斤就八斤。」三根柱從代銷點買了兩個麻油餅，黑小子坐在爐子前，狼吞虎嚥地吃起來。大隊管理員從庫房裡拿來一根指頭粗細的繩子，黑小子吃完了麻油餅，又喝了一碗水，把繩子搭在房樑上。三根柱說：「黑小子，咱們先說清楚，你要是真上吊死了，可跟我沒關係。」黑小子說：「死了就死了，省的餓的眼睛灰藍藍的。」他又囑咐道：「我要是死了，你把麵給我娘就行了！」三根柱對屋裡的人說：「黑小子的話大家聽清楚了？」屋裡人齊刷刷地回答：「聽清楚了！」

聽說黑小子要上吊，屋裡屋外都圍滿了人，一些大姑娘小媳婦也來看熱鬧，王石頭也跑來看。屋裡站不下，就擠在窗外看。黑小子登上板凳，對三根柱說：「我上去，只要一伸手，就馬上把我放下來，我要是不伸手，就沒事兒！」說完，黑小子把脖子往繩套裡一伸，吊在了房樑上。吊起來的黑小子雙腳下垂，兩隻胳膊也搭拉著，手伸的挺直，兩隻眼睛緊閉著。所有人都仰著頭看黑小子的反應。一個社員拿著旁邊小學校的鬧鐘，讀著秒數。半分鐘過去了，黑小子沒伸手，一分鐘過去了，黑小子還沒伸手，站在一旁的社員說：「這小子還真能挺。」兩分鐘過去了，黑小子仍沒動靜。人們才覺得不好，三根柱跳上炕去，一把托起黑小子，另一個社員把黑小子的頭從繩套裡退出來。黑小子仍緊閉雙眼，身體也軟綿綿的。人們趕緊把他平放在炕上，又掐又捏，好一會兒，黑小子才慢慢睜開眼睛。屋子裡的人長長出了一口氣。三根柱問黑小子：「你咋樣？」黑小子搖搖頭。三根柱又問：「你咋不伸手呢？」黑小子有氣無力地說：「後腦勺麻了一下，就甚也不知道了。」

三根柱和幾個後生扶黑小子下地，黑小子的腿軟的跟麵條似地，無論如何也邁不開步子。三根柱把黑小子背起來，另一個社員拎著那秤莜麵，黑小子娘聽到院裡一陣雜遝的腳步聲，忙問道：「這鬧哄哄的，咋了？」黑小子妹妹對母親說：「我哥學上吊，差點死了，讓人送回來了。」黑小子母親說：「這挨千刀的，上吊也是學的。」三根柱把黑小子放到炕上。黑小子娘在他臉上、身上摸著，又把手放到嘴上，說：「以後，可不敢這麼著。」黑小子對母親說：「娘，今晚，咱們吃莜麵吧。」

離開黑小子家，王石頭問身旁的劉志亮：「黑小子怎麼這麼傻，為十斤麵就上吊？」劉志亮說：「那孩也是餓的。今年年景還算不錯，遇到災年時，五斤麵就能搭一次夥計。你們來的時間短，時間長了就知道了。」

為了十斤麵，黑小子在炕上趴了半個月。

四十一

漫長的冬天過去了，春天到了。這裡的春天來的格外遲，五月樹木才展葉，小草才發芽。即使是最貧窮的地方，它的春天依然美麗。當春風拂過田野，陽光也變的和煦起來，冰封的土地開始解凍，在朝陽的山坡上，小草開始吐出嫩芽。這時候，人們便開始播種，依次種下小麥、莜麥、菜籽……到五月下旬，樹葉開始展綠，杏樹開始吐蕾，在佈滿沙礫的山坡上，開滿了地衣般密匝匝的紫色小花，像絨毯一樣鋪滿山坡。一場春雨過後，滿山遍野都是一片醉人的綠色，樹葉在陽光下閃著光亮，杏花開出一片雲霞，隨後，馬蓮花便開的如火如荼，在山坡上，原野上，甚至在車轍旁和蜿蜒的小徑邊都綻放出那醉人的紫色。蟄伏一冬的百靈鳥和山雀也活躍起來，它們飛上天空，在藍天白雲間婉轉歌唱，此刻，最灰暗的心情也會被這春色點亮。

知青們開始了一種完全農民式的生活。每天和社員們一起出工、收工、種地、鋤地……他們的臉被曬的黝黑，皮膚也變的粗糙，手上磨出了繭子，如果不說話有的已看不出是知青。他們學會了做飯，學會了捏莜麵魚魚，搓莜麵窩窩，打拿糕，炒苦累，還學會用山藥和莜麵做成的山藥魚魚，他們對未來感到惶惑和迷茫，不知是要永遠在這裡待下去還是有一天能夠離開，有的知青已經結婚，但更多的知青卻是過一天算一天。

開春，生產隊用上面下撥的木料為王石頭他們蓋了新房，房是土坯的，一共兩處，每處兩間，外間是灶子，里間是炕，因為地勢的原因，兩處相隔二三十米，王石頭尿褲子精和棺材板三人誰也不願意和趙光腚住在一起，結果趙光腚住了兩間，王石頭、尿褲子精和棺材板住了兩間，住進新房後，王石頭在灶臺上題寫了一首灶臺小詩：

油炸，清蒸，爆炒，
一個山藥，能做百樣佳餚，
兩個蘿蔔，能出千種味道。
糖醋排骨好吃，
紅燒鯉魚更妙。
美餐，美餐，只有夢中吃，
知青，知青，何時仰天笑？

一天，公社通知全體知青去公社聽報告，做報告的是一個叫汪雲霞的女知青，汪雲霞是原野學校的學生，在胡家灣插隊。汪雲霞在學校名不見經傳，連個小造反派頭頭都不是，可到農村後，卻顯得特別積極。去年剛到時，生產隊正把地裡捆好的麥個子一車車拉到場院，準備脫粒，汪雲霞看見拉個子和往車上挑個子的都是男社員，便向生產隊長提出，她要去地裡跟車挑個子。生產隊長說，挑個子是力氣活，都是男人幹，還從來沒見女人幹過，勸她去地裡揀山藥。汪雲霞振振有詞地說：「毛主席說，婦女能頂半邊天。男女都一樣，男人幹的活我們女人也能幹！」隊長拗不過她，只好讓她跟車試試。汪雲霞跟著車，當她正往車上挑個子時，被從縣裡剛開會回來的公社書記高照祥看見了，高照祥下了馬，熱情讚揚汪雲霞打破傳統敢於闖先的精神，高照祥這次去縣裡開會，正是縣裡要求在知青中選拔一批不怕苦不怕累，紮根農村幹革命的先進典型。沒想到，這樣的典型被他在路上遇到了。高照祥要求胡家灣大隊報材料，胡家灣就把汪雲霞天花亂墜地吹捧了一番。說她是新時代的鐵姑娘，貧下中農的好女兒，知青中的好榜樣。高照祥把材料報到縣裡，縣裡一看汪雲霞出身工人，又是女的，就被樹為知青中的先進典型。汪雲霞和縣裡的其他一些知青被召集到縣裡開會，好吃好喝好招待後，便讓他們回到各自的公社做報告。汪雲霞沒想到自己挑了兩天個子就成了先進典型，她也決心順杆爬，當典型不是什麼壞事，起碼開會時好吃好喝還能記工分。況且，當典型就表明自己堅決跟黨走，跟黨走雖然有不少人倒了黴，但如果豁出去良心，都會得到好處。

王石頭、尿褲子精、棺材板、趙光腚來到公社。其他大隊的知青也來到公社，大家當然不是為了聽報告，而是趁機聚一聚，沒有比這樣的聚會更讓他們感興趣了。汪雲霞的報告沒做到一半，人已走了一多半。大家聚集在公社所在地的知青點，傳播著各種消息和本村的見聞。野貓灣的二寶說：「老讓咱們接受貧下中農再教育，我以為貧下中農多純潔呢！原來是他媽一個大染缸，我們大隊書記光相好女人就有好幾個，日完了這個日那個，一個禮拜不重樣！」公社所在地的張曉民說：「你們原野學校的盡事媽，昨天，汪雲霞來我們大隊，我們戶的女知青好心好意地讓她到她們哪兒去住，那個汪雲霞把頭一擺，來了一句，我要和貧下中農住在一起，她也不怕貧下中農日了她！」尿褲子精則給大家唱起了討吃調。知青們最終的話題是，他們將來的命運如何，是能離開這裡還是真在農村當一輩子農民。不知是誰起的頭，知青們唱起了一支懷念北京的歌：晚霞映紅了天空，鳥兒在枝頭輕輕歌唱，微風從田野裡輕輕吹來，我的心兒飛向遠方，啊，北京，在這美妙寧靜的夜晚，我想念著你啊，祖國的心臟。

從公社回來，王石頭、尿褲子精和胡家灣的郭凱同路。郭凱也是原野學校的學生，個兒不高，長著一對小眯縫眼。他的父親雖然是個工人，可解放前卻參加過國民黨，也屬於共產黨不待見的那類。尿褲子精說：「你們村的汪雲霞裝什麼孫子，我覺得應該治治丫的！」郭凱問：「怎麼治？」尿褲子精說：「她不是養了幾隻雞嗎，偷丫的。」郭凱說：「我們一個村的，偷了雞去哪兒吃呀！」尿褲子精說：「拿我們村吃！」郭凱說：「你倒會撿便宜。」尿褲子精說：「你也去吃呀！」郭凱想了一會兒，又說：「不行，如果汪雲霞發現她的雞沒了，我又不在村裡，肯定是懷疑我幹的。」尿褲子精說：「要不這樣，我和王石頭去，偷了雞就走，你第二天再過來，我們給你留著雞肉。」郭凱說：「這倒是個辦法，不過，你們去時，不要讓她發現，如果她看見你們來了，又丟了雞，肯定會懷疑你們幹的。」尿褲子精說：「我們等天黑了再去，偷完雞，第二天天不亮就走。這樣，她肯定不會發現是咱們幹的。」

第二天，天一擦黑，王石頭和尿褲子精就上路了。豁牙溝離胡家灣相隔八里路，中間要翻一個山梁和過一個村莊。倆人順著小路慢慢走著。夜晚寧靜而安祥。路旁是一片起伏的山坡，山坡上開放著一簇簇起燈花。起燈花是當地老鄉起的名字，因為頂端的花蕾像是火柴頭，老鄉就叫它起燈花，起燈花的花朵雖然不大，卻十分香濃，特別是沒有風的夜晚，整個山野都彌漫著濃濃的花香。

倆人走了大約一個小時，便來到胡家灣村邊上。社員們還沒有睡，土屋裡閃著昏黃的燈光。為了不被發現，倆人從村後進了村子，又悄悄溜進了郭凱的屋子。和郭凱住在一個屋子的是一個叫張若平的知青，張若平老家在上海，外號叫小赤佬，小赤佬有些遊手好閒，在知青中人緣不太好，特別是汪雲霞，覺得他太落後，十分看不起他。小赤佬雖然恨汪雲霞，可是對王石頭偷她的雞並不熱情，因為他知道如果汪雲霞丟了雞，第一懷疑的就是他。

王石頭和尿褲子不敢聲張，靜悄悄躺下。因為汪雲霞和一個女知青就住在隔壁。

半夜過後，尿褲子精、王石頭和郭凱起來，三個人躡手躡腳地來到汪雲霞房前。雞窩就在窗戶下，郭凱做了個手勢，示意倆人先別動手，他輕輕地走到房門前，掏出鐵絲把門劃子拴住。這樣，即使裡面知道外面有人偷雞，也出不來。尿褲子精打開雞窩口的擋板，把手伸進去，雞發出一陣騷動。尿褲子精抓住一隻雞的脖子，拎出來，用手一擰，雞就斷了氣，王石頭接過來裝進挎包裡，尿褲子精又掏出一隻，交給王石頭。當他伸手掏第三隻時，郭凱擺擺手，示意別掏了，尿褲子精重新把擋板擋好，郭凱解開拴住門劃子的鐵絲，三個人又躡手躡腳回到屋裡。王石頭把裝雞的挎包放在灶膛邊，三個人上炕睡覺。剛躺下，就聽見挎包裡發出撲棱撲棱的響動，接著，一隻雞發出一聲長長的啼鳴，從灶臺邊飛到炕上，原來有隻雞並沒有死。聽見雞的叫聲，小赤佬叫了一聲：「媽呀！」用被子把腦袋包住。王石頭連忙伸手去抓，那隻雞從炕上飛到地下，又從地下飛到炕上，尿褲子精用被子將雞捂住，拿出來，抓住脖子使勁一擰，雞頭被擰了下來。小赤佬把頭伸出來，說：「王石頭，你們快走吧，隔壁的汪雲霞肯定聽到了，明天，汪雲霞發現你們在這兒，肯定認為是我們把你勾來的。」尿褲子精說：「得，我們不連累你，石頭，咱們走。」倆人悄悄出了門，月亮被薄雲罩著，影影綽綽地能看出房屋的輪廓。王石頭和尿褲子精出了村，順著來路往回走。小路在夜色中依稀可辨。空氣中滿含潮氣，倆人順著小路往前走著，慢慢的，倆人發現有些不對，雖然走的是原路，周圍的環境卻不同。前面開始出現山的輪廓，這條路前面不應該有山。越往前走，山的輪廓越明顯。倆人停下腳步，仔細打量著周圍，尿褲子精說：「不對，咱們怎麼走到山裡來了？」

倆人又順著原路往回走，退回到胡家灣村口。仔細確認了是來時走過的路後，又往前走。倆人邊走邊注視著腳下，以免走岔了，再走到山裡去。走著走著，前面又出現了黑黢黢的大山，走的仍是剛才那條路。倆人感到有些害怕，他們早聽說鬼打牆的故事，如果遇上鬼打牆，那是無論如何也走不出去的。王石頭問尿褲子精：「咱們不是遇上鬼打牆了吧。」尿褲子精沉默了一會兒，說：「咱們一定是在哪條岔道上走錯了，咱們再走一次試試。」倆人又順著原路退回村口。他們仔細觀察了一下周圍環境，順著路往前走，倆人一面走一面辨別著方向，特別注意著腳下的岔道。走著走著，又走到了山裡。尿褲子精有些緊張，對王石頭說：「咱們別走了。」倆人不能回胡家灣，回豁牙溝又找不到路，尿褲子精看了看周圍，離路不遠，是一條被洪水朝成的河床，河床早已乾涸，尿褲子精說：「咱們就到下面待會兒吧。」倆人跳下河床，河床有一層細細的沙子。倆人剛躺下，地面一股寒氣襲來，王石頭把沙子刨了個坑，從挎包裡取出一隻雞，放到坑裡，墊在屁股底下。他把另一隻雞交給尿褲子精，尿褲子精也刨一個坑，墊在屁股底下。雞的體溫還沒完全散盡，再加上雞毛，屁股下暖融融的。倆人躺在河床上，望著滿天的星星，不一會兒，倆人睡著了，不知過了多久，他們被一陣吆喝聲吵醒，那是放夜牛的開始往回趕牛。倆人坐起來，東邊的天際已微微發亮，早起的雲雀已飛上天空婉轉歌唱。

倆人爬上河床。這時才發現，他們走錯了方向。本應向北走，卻拐到了西邊的岔路上。王石頭說：「你說邪門不邪門，我記得清清楚楚，路分岔時，咱們頭一次走的是東邊那條，結果走到了這兒。第二次，咱們走的西邊那條，結果又走到了這兒，第三次，咱們又改成東邊那條，結果還是走到了這兒。」倆人往前走不遠，尿褲子精往前一指：「你看那是什麼？」王石頭看見，離山腳不遠的地方，有一座墳。倆人都感到害怕，急匆匆地加快了腳步。直到走遠了，尿褲子精長喘了一口氣：「還真是鬼打牆。」

經過雙井子村時，天色已大亮，天空下起細濛濛的小雨。走到一個岔道時，尿褲子精突然停下腳步，對王石頭說：「咱們不能回豁牙溝。」王石頭問：「為什麼？」尿褲子精說：「你想想，咱們吃雞，給不給趙光腚吃，不給他吃，他沒準會告咱們，給他吃，也沒準會告咱們。」王石頭說：「咱們就說是買的。」尿褲子精說：「昨天咱倆一夜不在，早晨拿回兩隻雞，說是買的，誰信呢！我看多一事不如少一事，乾脆到野貓灣二寶哪兒去吃，讓丫的連味兒都聞不到。」

倆人來到野貓灣，二寶和其他兩個知青見王石頭他們到這兒煮雞吃，十分興奮，二寶說：「哪家貧下中農倒楣了？」尿褲子精說：「是汪雲霞的。」二寶說：「該偷！誰讓丫的假積極裝孫子！」幾個人有的燒火，有的退雞毛。王石頭想讓二寶去胡家灣把郭凱叫來一起吃，被尿褲子精制止了：「郭凱一出來，汪雲霞沒準就會懷疑他，以後，咱們去別村偷了雞，再叫他。」

鍋裡的熱氣慢慢溢出來，屋子裡飄著雞的香味，到農村後，生產隊除了入冬天前把過不了冬的羊殺了分給社員外，平時難得見葷腥。雞還沒有完全煮爛，大家就把雞撈出來，狼吞虎嚥地吃起來。因為缺少佐料，加上又是掐死的，沒放血，雞肉有些腥，可對知青們來講，仍是一頓難得的美餐。吃完了雞，王石頭和尿褲子精開始回村，路上，尿褲子精搖頭晃腦的吹起了口哨，他吹的仍是那支《真是樂死人》。

晚上，郭凱和小赤佬來到豁牙溝，郭凱興奮地說：「汪雲霞根本沒有懷疑是咱們幹的！她以為是我們村趙二幹的，前幾天，汪雲霞說趙二老婆私心太重，讓豬去地裡吃莊稼，是剝削階級思想。趙二是村裡的大姓，又是貧農，哪吃她這一套，和她吵了起來。汪雲霞認為是趙二報復她，偷了她的雞。」尿褲子精說：「昨天偷的雞你沒吃著，今天，咱們再幹一次！」

王石頭，小赤佬和郭凱都贊成。

兔子不吃窩邊草，這次，他們選擇的是土臺村。土臺村離豁牙溝十二三里地。屬於另一個大隊，即使被發現了，也不會得罪村裡人。

晚上九點多，他們出發了，去土臺村路過野貓灣，他們決定把二寶叫上，二寶已睡下，當他聽說去偷雞時，立刻穿好衣服，跟他們出了門。

和昨天夜裡一樣，天氣晴朗而涼爽，繁密的星星點綴在天空，晚風輕拂，送來起燈花的香氣，他們沿著小路走著，一種臨戰的感覺讓他們感到興奮又刺激。到了土臺村，他們選定了一戶靠村邊的人家，這樣，一旦發現了，他們便能迅速地逃跑。而且這家的雞窩在房子的右側，偷起來不容易被發現。像偷汪雲霞的雞一樣，郭凱先用鐵絲把門劃子拴住。尿褲子精仍然擔當抓雞的角色，王石頭則在旁邊撐著布袋，二寶站崗放哨，注意周圍的動靜。尿褲子精很快就抓出一隻，吸取了上次雞炸窩的教訓，尿褲子精把雞脖子幾乎扭斷，然後又把雞頭別在翅膀後，這樣即使沒死，也不會炸窩。尿褲子精連抓出八隻。郭凱示意行了，尿褲子精把雞窩口用土坯堵住，郭凱擰開鐵絲，四個人悄悄地溜出村莊。又一次得手讓大家感到異常興奮，他們一路說笑著，尿褲子精聲嘶力竭地唱起了歌：毛主席呀，您像燦爛的太陽，我們像葵花在您的陽光照耀下盡情開放，您是光輝的北斗，我們像群星緊緊地圍繞在您的身旁……歌聲驚起一群夜宿的鳥兒，撲楞楞地向夜空飛去。

到了野貓灣，已是後半夜，五個人就擠在一條炕上。上午，大家燒火煮雞，五個人八隻老母雞，每個人都吃的有些撐，尿褲子精更是撐的直打飽嗝。

吃完雞，王石頭和尿褲子精離開野貓灣回豁牙溝，路上，尿褲子精搖頭晃腦地吹著口哨，王石頭則在構思一首偷雞詩。快到村裡的時候，他對尿褲子精說：「我想好了一首詩，你聽聽怎麼樣。」尿褲子精停止了吹口哨，王石頭便唸起來：

大地沉睡了，
人們已進入了甜蜜的夢鄉。
踏著夜色，頂著星光，
邁開輕捷的步伐，直奔前面的村莊。
越過壕溝，翻過院牆，
我彷彿聞到了雞肉的芳香。
小心，謹慎，利索，穩當，
把窩口堵住，把肥雞偷光。
明天，你站在街頭破口大罵，我坐在家裡吃肉喝湯。

尿褲子精聽完了，樂的直拍巴掌：「好！好！你這首詩比別的詩寫的都好。最後那兩句寫的最好。」尿褲子精一遍又一遍地背著，進村時，已經全背下來了。晚上做飯時，尿褲子精對拉風箱的棺材板說：「我給你唸首詩。」他把偷雞詩唸了一遍，問棺材板：「怎麼樣，有意思吧？」棺材板說：「挺有意思的，誰寫的？」尿褲子精說：「王石頭寫的。」

尿褲子精成了偷雞詩的熱心傳播者，這首詩很快在知青中流傳開來，它給知青們單調乏味的生活帶來了些許樂趣。知青們並把它化為行動，一股偷雞風在全縣彌漫開來，受害的當然是當地的農民，他們的雞常常被偷，卻又無可奈何，只能把他們叫二茬土匪。王石頭也因此名聲大噪，成了知青中頗受歡迎的人。

中午，二寶從野貓灣來找王石頭。二寶說：「明天，老鷹溝孫四眼和柳莊梅結婚，他們請你去。」孫四眼叫孫錢文，戴一副眼鏡，大家就叫他孫四眼，孫四眼和柳莊梅都是老初三的，剛滿十八歲，和二寶是同學。在公社一百多名知青中，算是第一對。王石頭有些吃驚：「他們那麼小，幹嘛著急結婚？」二寶說：「孫四眼把人家肚子鬧大了，不結婚行嗎？」王石頭答應明天和二寶一起去。

夜裡，王石頭睡不著，孫四眼和柳莊梅結婚的消息使他深受觸動，這是對未來的絕望，還是一種涉世未深的輕率，難道他們甘心和當地的農民一樣，娶妻生子，在這塊土地上永遠生活下去，那是一件多麼可怕的事情。一首詩迅速在心中醞釀而成。第二天，他到野貓灣跟二寶一起去老鷹溝，路上，王石頭說：「我寫了一首婚禮祝辭，你聽聽怎麼樣。」他把那首詩唸了一遍。唸完，王石頭說：「有些喪氣吧！」二寶說：「有什麼喪氣的，本來就是這樣！」

婚禮沒有任何儀式，只是請了十幾個知青在一起吃飯。酒是當地又辣又嗆的白薯乾酒，菜是山藥粉壓成的粉條，還有幾隻雞，是知青們從外村偷來的。主食是黃米麵做成的油炸糕。婚禮上沒有多少喜慶的氣氛，相反，卻有些哀傷，知青們用粗瓷大碗和茶缸子大口大口地喝著酒。喝的眼睛有些發紅的二寶對大家說：「來，咱們請石頭唸一首送給四眼和柳莊梅的詩。」王石頭沒想到二寶讓他在這種場合唸，連忙推辭：「不行，不行，詩寫的不好，再說，也不合適。」二寶霍地站起來，佈滿血絲的眼睛瞪著王石頭：「有什麼不合適的，唸！」別的知青也跟著起哄：「石頭，唸給大家聽聽！」王石頭說：「等一會兒散了，我再唸，行不行？」這時，孫四眼站起來，很誠懇地對王石頭說：「石頭，唸吧，沒事。」王石頭清了清喉嚨，唸起來。

舉起喜慶的酒杯，
我感到無限地惆悵，
在這婚禮的喜宴上，
沒有吉祥的祝辭，
只有心中的悲傷。
青春的花兒開放了，
但禁不起生活的風霜，
未來家庭的重擔壓彎脊樑，壓斷臂膀，
子子孫孫將永留在遙遠的異鄉。
歡樂的笑語將變成貧困的歎息，
杯中的甜酒將化為淚水流淌，
舉杯狂飲，醉臥桌旁，
只有這，才是最美好的時光。

王石頭唸完了，知青們沒有任何聲音，默默地坐在那裡。突然，一個女知青嚶嚶地哭起來。這時，鴨子站起來，鴨子叫劉少中，是知青中的活寶。鴨子的父親是全國有名的勞模，文革中被打倒。鴨子和尿褲子精一樣，語言模仿能力極強。他指著王石頭，學著當地老鄉的腔調：「瞧你這灰後生，唸的甚的個球詩，把新郎哥哥的球都唸哥（龜）縮了，讓新郎哥哥咋種籽籽。來，甭聽那灰哥刨的，他是娶不上媳婦坑的，管球它異鄉不異鄉，喝！」他把「喝」字喊的十分響亮，富有號召力。

沒有人端起碗。

晚上，王石頭和其他知青住在一起，喝的酩酊大醉的二寶和鴨子把一首《毛主席的戰士最聽黨的話》唱的鬼哭狼嚎。

第二年七月的一個早晨，一個小生命誕生了。王石頭又為這個小生命寫了一首詩。《致第二代》

在這百花盛開的七月，
在這曙光微熹的黎明，
在村邊這窄小的土坯裡，
傳來嬰兒落地的第一聲啼鳴，
是這樣震動著知識青年的心靈。
從繁華的京都來到這遙遠的邊地，
從離開家庭到建立新的家庭，
人生的道路啊，
經歷了這樣曲折多變的歷程。
看來路崎嶇呀，
望前面道路更加泥濘。
挑起這副生活的重擔吧，
它擔著悲傷，也擔著貧窮。

像偷雞詩一樣，這兩首詩也在知青中廣為流傳。王石頭也因此聲名遠揚。有一次，他遇見幾個知青，大家在一起聊天。當那幾個知青知道他就是寫詩的王石頭時，便握住他的手，臉上露出一副敬佩的神情：「你就是王石頭哇！」那神態，就像是俄國人遇見了普希金。這兩首詩也讓不少知青都打消了結婚的念頭。那些同居懷了孕的女知青，要麼把孩子打掉，打不掉的就生下來送人，或著給那些願意收養的人，換取一百元二百元的補償。

四十二

秋天到了，這是一年中最忙的季節。知青們吃了一年的國家供應糧後，從這個秋天，開始吃生產隊的糧食，這意味著知青們從戶口到口糧，已徹底完成了城市人向農民的角色轉變。不過，他們還有所優待，當政者似乎明白這些有著造反經歷的年輕人不會服服帖帖地像農民那樣餓著肚子當順民，從口糧上對他們加以照顧，在農村，農民最低口糧標準是每年每人三百斤帶皮的毛糧，皇恩浩蕩，即便顆粒無收，每個社員也能吃到國家供應的三百斤糧食。不過，你不可計較糧的品質，因為絕大多數是一口氣能吹上天的癟穀子和一些陳年玉米，有時，也能吃到少量的加拿大小麥。在這種年景下，知青們的口糧定為四百六十斤，比農民高出二分之一強。如果生產隊能自給自足讓社員吃到三百斤，知青的口糧就定為五百斤。如果年景稍好一些，農民的口糧能超過三百斤，那麼知青就可以吃到五百五十斤。不過，知青們多吃的糧食一律由生產隊出。這雖然是對知青們的優待，也凸顯了當政者完全明白他們給農民規定的口糧根本填不飽肚子，而一直處於半饑餓狀態。

最先收割的是小麥，和王石頭在北京經歷的麥收不同，它不是用鐮刀割，而是用手拔。

這是一個讓王石頭從來沒有看到過的老婆孩子齊上陣的場面，幾乎家家都是傾巢出動，上至六七十歲的老人，下到七八歲的孩子，平時不常下地的婦女也齊刷刷地出現在田間地頭。孩子們拔不了四壟麥子就拔兩壟或者一壟，他們蹶著屁股，用手使勁把麥根從土裡拽出來。可是這樣也常常落在後面，他們的父母拔到地頭，就趕緊回過頭來幫孩子拔，人們如此地積極並不是為了秋收的進度，而是為了幾個饅頭。

臨近秋收，也是社員們最饑餓的時候，家家的糧食所剩無幾，有的已經斷頓，只能天天煮山藥吃。拔麥子時，生產隊規定，參加拔麥子的每人每天一斤白麵，而且這些糧食不入口糧，等於白吃。對於饑腸轆轆的農民來講，還有什麼比這更有號召力呢！生產隊把剛剛拔倒還沒有乾透的麥子拉到場院，碾壓，脫粒，磨麵，然後分給大家，晚上，每個大人和孩子手裡都拿著熱騰騰的饅頭，對於農民來講，這就是難得的聖餐。

王石頭和尿褲子精、棺材板、趙光腚都參加了拔麥子。沒拔半天，王石頭手上就起了泡。一天下來，兩手起了四五個泡。尿褲子精、棺材板和趙光腚的手卻像鋼打鐵鑄的一樣，一個泡都沒起。第二天，隊長趙富看著王石頭磨出鮮血的手，說：「這後生，手比大姑娘的肚蛋子還嬌嫩呢，拔完麥子，這手還不全爛了，你去碼個子吧。」碼個子就是把捆好的麥子戳在一起，讓它晾著。這一年收成不好，麥子又矮又稀，麥個子也就稀，王石頭幾乎有一半時間在閒著。晚上評工分時，王石頭得了婦女的分數，七分。而尿褲子精、棺材板、趙光腚都是九分。

評完工分回去的路上，劉志亮說：「石頭，我看你去耕地吧，那活不累手，有罪沒苦，只是熬陽坡，時間長。」王石頭問：「那工分呢？」劉志亮說：「魏虎子和崔老漢是四類，都是九分，二老漢不是四類，是十分，你是知青，也能十分。」

第二天，王石頭去找隊長趙富，提出去耕地。趙富說：「莊戶人全靠著一犁地呢，你能行？」王石頭說：「我先試試，不行，再幹別的。」趙富說：「耕地起的早，看見圪頭就下地，卸了犁還要放牛，天黑了才能收工。」王石頭說：「我知道。」趙富說：「那你就試試吧，明天，讓魏虎子和二老漢吆喝你一聲。」

第二天，二老漢就到窗前叫王石頭：「後生，該下地了。」王石頭連忙穿上衣服出門，魏虎子和崔老漢已把牛從飼養院趕下來，天剛濛濛亮，啟明星還在空中閃爍，空氣中彌漫著一種潮氣，草尖上掛著晶瑩的露珠。

三個老漢中，王石頭和二老漢和崔老漢比較熟，二老漢就住在知青房的前面，王石頭經常去二老漢家要沾蘸麵的酸菜。崔老漢會針灸，一次，他患肚子病，崔老漢給他紮過針。比較生疏的是魏老漢，魏老漢住在村東頭，因為是四類分子，不太敢和知青們說話，王石頭只和他拉過兩次石頭，他比王石頭大三十來歲，卻很謙卑地把王石頭叫哥，弄的王石頭十分不好意思。魏老漢長的人高馬大，有一米八以上，背有些駝，長著一副關公的紅臉膛。村裡人說，魏虎子年輕時臂力過人，能雙手舉起碾麥子的碌碡。而且十分勤快，無論春夏秋冬，總是天不亮就起來，家裡雖然有些地，卻從不雇短工，更甭說長工。別人種地時，需要三個人，一個人在前面拉牲口，以免牲口走錯了壟，一個在牲口後面搖耬播種，還有一個拉著牲口在後面打拉頓子，就是拉著三個槽的石滾子壓墒，讓種子和土壤更好地吻合，好快發芽。而這三個人兩個牲口的活魏虎子一人和一個牲口就幹了。他用兩根草繩拴在牛犄角上，然後把草繩繫在腰上，雙手搖耬，牛往左偏了，他就用手拽一下右邊的草繩，牛往右偏了，就拽一下左邊的草繩。他的腰間除了拴著調正牛方向的草繩外，還繫著一根粗粗的麻繩，後面拉著打拉頓子，前面搖耬，後面壓墒，他就用這種方法掙下了一份家業。解放後他被定為地主時，不少人都替他喊冤。

路上，二老漢對王石頭說：「這些後生，唸了那麼多書，下放到這地方作甚！」二老漢是上中農，身材不高，腦袋圓圓的，像個小西瓜。雖然是秋天，卻帶一頂氊帽。二老漢外號叫二洋罐，意思是裝大煙的罐子。其實，二老漢從不沾大煙。連旱煙都不抽，抽大煙的是他的哥哥老大，人們叫老大大洋罐，也就順著叫他二洋罐。二洋罐解放前家境殷實，有二百多畝地。可老大是個大煙鬼，再殷實的家也架不住老大手中的煙槍，眼看著家裡的土地變成了大煙泡，二洋罐便提出分家。老大噴了一口煙，慢悠悠地說：「等我死了你再分哇！」二洋罐想保住家產卻又當不了家。當大洋罐準備將載杆山下一片最好的地也換成大煙時，二洋罐想出了一個解決的辦法。那是一個春末的傍晚，他叫剛吃完飯的大哥跟他去窖裡提山藥，準備明天下種，大洋罎剛吸足了大煙，正在精神頭上。他跟著二洋罎來到院子後面的山藥窖旁，二洋罎打開窖口，把一個筐子扔到窖裡，說：「大哥，你到下面裝山藥。我往上提。」大洋罎知道自己在上面提不動，便兩腳蹬著窖幫，慢慢地往窖底下。當大洋罎快下到窖底時，二洋罎拿起早已準備好的一根撬棍把砌窖沿的一塊石頭撬了下去。只聽下面喊了一聲便沒了動靜。他接著又撬下兩塊。一袋煙後，二洋罎下到窖底，見大洋罎腦袋已血肉模糊，早已沒了氣。他爬上來，把撬棍拿回屋裡，才哭天喊地地大喊救人。鄰居們七手八腳把大洋罎用繩子拽上來，看看滿臉是血的大洋罎，有人說了一句：「這回省的賣地了。」二洋罎用這種方法保住了那片地，也中斷了他邁向貧下中農的步伐。劃成份時，有人給他算了算，如果那片地賣了，他很可能變成貧下中農，成為共產黨在農村依靠的對象，而不是現在姥姥不疼舅舅不愛離被專政只有一步之遙的上中農。

王石頭和三個老漢來到地裡。二老漢教王石頭怎樣套犁，如何用拴在牛犄角上的撇繩調整牛的方向。他對王石頭說，耕地一定要會使喚牛，牛走得直，壟才耕的直。「來來來」是讓牛往裡走：「噠噠」是讓牛往外走。往裡，就拽裡面那頭牛的撇繩，往外，就拽外面那頭牛的撇繩。牛脖子上的套繩不能鬆了，鬆了，使不上勁，也不能緊，緊了，會把牛勒的喘不過氣來。說完，二老漢蹲下，把昨天耕過的地用手把耕松的土撥拉開，對王石頭說：「你看看，地耕透了，下面是平的，耕不好，下面有圪塄。」

王石頭握緊犁把，拉起撇繩，吆喝著牛開始耕地。雖然開始不得要領，牛也不聽使喚，不是往左就是往右，把地耕的跟麻花似地，但經過了幾個來回之後，也摸出些門道，牛開始聽從吆喝，耕出的地也有了模樣。雖然耕地要不停的行走，慢慢熬陽坡，卻不再受皮肉之苦。

太陽升到兩杆子的時候，開始讓牛休息。四個人也都坐下來。崔老漢拿出煙鍋和火鐮，叭噠叭噠抽著旱煙，魏老漢則拿個筐子把牛拉的糞拾到筐子裡，二老漢用皮繩擰鞭子。王石頭半躺在地上，嘴裡叼著一根毛有子草，看著兩隻黑白相間的叫皮嘎拉的鳥兒在壟溝裡跳來跳去的找蟲子吃。二老漢在皮繩上打了一個結，看了看王石頭腳上的鞋，說：「後生，你這鞋不行，穿不了幾天就磨破了，你看我這鞋。」他把鞋脫下來，有點兒炫耀地拿給王石頭看。這是一雙鐵鞋，鞋幫的針腳十分縝密，敲起來噹噹響，鞋底的前掌和後掌都釘著半釐米厚的鐵片，磨的鋥亮。「這鞋穿兩年咋也不咋。」二老漢有些得意地說。

「牲口釘馬掌，二老漢釘的也是馬掌。」坐在一旁抽煙的崔老漢在鞋底上磕了磕煙灰，用一種嘲笑的口氣說。崔老漢長得十分精瘦，可以說是皮包骨，脖子上露出兩根青筋，嘴上兩個門牙往外呲著。他本來是貧農，解放前，參加了一個會道門——一貫道，還被選為壇主。解放後，新政權把一貫道定為反動會道門，壇主被定為反革命。他也就加入了四類分子的行列。二老漢看看太陽，吆喝魏虎子：「魏虎子，都拾成地主了，還拾吶？」魏虎子挎著筐回來，四個人便開始耕地。

大約十一點的時候，卸了牛具，牛該吃草了。牛吃草需要人看著，以免跑到地裡吃莊稼。四個人分成兩撥，每撥兩個人，一撥中午，一撥晚上，二老漢和魏虎子一撥，王石頭和崔老漢一撥，王石頭因為眼睛近視，選擇了中午放牛，兩人輪換著吃飯。崔老漢說：「後生，你先回去吧。」王石頭說：「我先放吧。」他心裡有個小九九，如果現在回去，他就得做飯，等崔老漢吃完飯回來換他，尿褲子精和棺材板可能已把飯做好了，他可以吃現成的。

王石頭把牛趕到山坡上。雖說高寒地區，八月的草依然碧綠，有的已開始打籽。一片片金色的麥田覆蓋田野，莜麥成熟的晚一些，仍呈現出黃綠色。菜籽也接近成熟，在一片綠色中仍有遲開的菜籽花星星點點地閃爍其間。王石頭雙手墊在腦後，躺在山坡上。秋天的陽光暖暖地照著，沒有風，天空碧藍而悠遠，起燈花已凋謝，山菊花卻在盛開。溫暖的陽光和山野的青草氣息使他有一種微醺的感覺。可能是因為起的太早的緣故，他慢慢地睡著了。睡的正香時，突然被崔老漢的叫聲驚醒了：「後生，牛把莜麥都吃了！」王石頭騰地坐起來，幾頭牛已跑到坡下的莜麥地裡，大口嚼著莜麥，崔老漢正在把牛往外趕。王石頭也把另外兩頭牛趕到山坡上去。崔老漢指著這幾頭牛說：「這些畜生可灰了，看不住就往地裡跑。」把牛趕到山坡，崔老漢說：「後生，快回家吃飯吧。」

王石頭回到村裡，尿褲子精和棺材板已經吃過了，莜麵在鍋裡熱著。尿褲子精問：「耕地累不累？」王石頭說：「累倒是不累，就是熬時候，中午晚上還得放牛。」尿褲子精說：「要是那樣，我還是拔麥子吧！」吃完飯，王石頭回到地裡，三個老漢已耕了一個來回。王石頭趕緊給牛套上犁，開始耕地。下午休息時，放羊的伍羊倌從山坡上下來和幾個老漢聊天，伍羊倌五十多歲，無論從相貌和身材來看，都有點像猩猩，因為長得醜，家又窮，五十多歲還是光棍，伍羊倌放了三十多年羊，他有一個木棍做把的小鐵鏟，鏟起石子，說打哪頭羊就打哪頭羊，幾乎是百發百中。一百多隻羊中，他讓哪隻羊上膘哪隻羊就上膘，讓哪隻羊掉膘就掉膘。一切都在這把小鐵鏟上。如果他想哪隻羊上膘，他就鏟起石子把它趕到前頭，吃頭茬草，如果他想讓哪隻羊瘦下來，他就鏟起石子把它逼到後面，讓它吃末茬草。這一前一後，一秋天同樣的羊能差六七斤。

伍羊倌看著麥子拔完後地裡隨風擺動的毛有子草，說：「現在的人良心都壞了，把地種成甚了！」王石頭問：「伍老漢，你解放前吃的飽還是解放後吃的飽。」伍老漢說：「那還用說！解放前，我給十幾戶人家放羊，每家輪著吃，八月十五，光月餅就吃半個多月，家家是羊肉蘑菇燉湯子，莜麵窩窩捏的比窗戶紙還薄，哪像現在盡吃稀粥煮山藥。現在也不知咋了，全村的糧食也打不過以前幾戶好人家。」二老漢說：「後生，你回北京向上反應反應，把地都給莊戶人分了，分了大家都能吃飽，你看那自留地長得多好，麥茬齊整整的，地上沒有一根草。」

幾個老漢準備起身耕地時，一個幹部模樣的人騎著馬從路上走過，二老漢說：「日他媽的，又下來催糧了！」

上午，王石頭和三個老漢耕一片山坡地，為了吃飽肚子，生產隊年年偷著開荒，把莊稼都種的上了山。這片坡地大約有35度，一片麥田從山腳直鋪到半山腰，這樣陡的坡牲口會特別累，兩頭牛把眼睛瞪的雞蛋大，喘著粗氣掙命似地往前走。耕了兩個來回，當王石頭耕到坡頂時，崔老漢的牛也到了坡頂，崔老漢剛轉身甩犁，準備插犁往下耕時，其中一頭牛突然把頭一低翹起尾巴發瘋似地向山下衝去。另一頭牛也被帶著一起向山下朝。緊握犁把的崔老漢被牛帶的磕磕絆絆地往前跑，想拼命地把犁鏵插進地裡，好讓牛拉不動停下來。可是兩頭牛卻容不得他這樣做，他幾次想插犁卻插不進去，牛仍發瘋似地往前奔，崔老漢被拉的摔倒在地，只好鬆開犁把，眼睜睜地看著兩頭牛拉著躺在地上的犁一路向山下奔去，直到山下，兩頭牛才停下。崔老漢慢慢地爬起來，王石頭和二老漢和魏虎子也放下犁來到坡下，那兩頭牛站在那裡瞪著眼，大口地喘著粗氣。拉在後面的犁雖然沒有散架，犁面卻打了，只剩下一小片。王石頭問二老漢：「這牛咋了？」二老漢說：「被蜢子螫了。」崔老漢蹲在地上，看著被打碎的犁面，一副闖了大禍的樣子，不停地說：「這可咋辦呀！這可咋辦呀！」王石頭說：「回去換一個不就行了嗎？」二老漢說：「別人打了，咋也不咋，四類打了，就麻煩了，少說也要扣七八天的工分。」王石頭說：「又不是故意的，這麼吧，我去隊裡換，就說是我打的。」二老漢說：「那敢情行，你是知青，打了也沒關係。」崔老漢站起來：「那咋行，咋讓你……」王石頭說：「百不咋。」他特地用了一句本地話，意思就是沒關係的意思。

王石頭拿著破了的犁面找到保管員，保管員什麼也沒說，打開庫房給他拿了一個新犁面。王石頭拿著新犁面回到地裡，崔老漢感動的不知說什麼好。魏虎子說：「這後生心眼真好。」

晚上，崔老漢的老伴送來了三個用山藥粉壓的粉坨子。每年，山藥下來時，家家婦女都把山藥磨成澱粉，用來壓成粉。這種山藥粉又滑溜又筋道。社員們只有逢年過節或招待客人時才吃。

開鐮沒幾天，公社幹部便下來催糧，公社幹部騎著馬，到各大隊像催命似地催社員們趕快收割，趕快打碾，趕快交公糧賣餘糧，好像中南海正在等米下鍋，交晚了就會有人餓死。公社幹部都分到大隊包隊，大隊幹部分到小隊包隊。他們除了催糧的任務外，還有一項任務就是像防賊一樣防著生產隊瞞產私分。這樣，才能保證國家多收糧食。

包豁牙溝大隊的是公社一個叫楊守旺的幹部。楊守旺長得五大三粗，在農民吃不飽肚子的年月，他卻吃的大腹便便。社員們都叫他楊胖子。楊胖子是公社特派員，雖然不穿軍裝，卻總斜挎著一把手槍。手槍是早已過時的王八擼子。王石頭不明白，現在早已換成了五四手槍，他怎麼還挎一把王八擼子，楊胖子每當給社員開會訓話時，手總是習慣地摸著王八擼子，好像是誰要不好好聽，就會掏出手槍把他崩了似地。因為他有王八擼子，社員們比怕別的公社幹部更怕他。

楊胖子十分願意和北京知青交往。有時，他會從槍套裡掏出手槍，把推上子彈的手槍交給知青：「來，放兩槍。」知青們也就接過手槍，朝著天上砰砰放上兩槍。然後，他就滿意地把槍插進槍套裡。

楊守旺下來的第一天中午，生產隊就殺了一隻羊。九月初，正是羊肥的時候，楊守旺吃的滿嘴流油，他往嘴裡掫一口酒，對大隊書記高悅說：「老高，任務就交給你了，十天之內，交第一批糧食，十五天之內，把所有的公糧都交了，今年年景不錯，二十天之內，把餘糧也賣了，行不行？」高悅頻頻點頭：「行！行！」楊守旺出門上馬：「我還得到胡家灣去，這兩天我就不來了。」說完，騎著馬噠噠噠往胡家灣方向走了。

高悅趕緊給各生產隊下達任務，豁牙溝要在七天內交第一批公糧。生產隊也不敢怠慢，趕緊把還沒有完全乾透的小麥拉到場院，脫粒，打碾。碾出的麥粒還有些發潮，也容不得曬一曬，就裝進麻袋，然後裝上車，送到糧庫。糧庫的收糧員用手抓了一把小麥，發現還潮乎乎的。說：「這麥子不能收，水分太大。」送糧的保管員說：「這麥子是剛碾下的，你刨去點份量，收了吧，上面催著讓交糧，我們也是沒辦法。」收糧員說：「這我不管，我得對糧庫負責，這樣的麥子收到庫裡會發黴，把別的麥子也傳染壞了，你們拉回去，等曬乾了再來。」保管員只好讓車倌把麥子再拉回生產隊，場院已鋪滿要碾的麥子，沒地方攤曬，那兩天正好又陰天，隊長趙富就出了個主意：「分給各家吧，每家二百斤，攤在炕上烘乾。」除了王石頭他們外，每戶社員都把麥子背回家攤在炕上。背麥子時，趙富警告社員：「麥子乾了要過秤，每一百斤只能少三斤，不夠了自己補，誰也別想耍小九九！」

兩天後，生產隊把麥子收上來，又拉到糧庫，經炕一烘，水分沒了，麥粒變的有些癟，收糧員抓起一把麥子，用手指頭撥拉了一下，皺了皺眉：「這麥子咋這麼癟，四等。」

忙活了十幾天，終於把公糧交完了，剩下該賣餘糧了，無論是大隊和生產隊，都顯得有些消極。這是一個中等年份，每畝地產量也就八九十斤，全村刨除公糧，口糧，飼料，種子，大致算下來，幾乎剩不了多少糧食，如果現在就賣餘糧，很可能就把口糧賣了，因為種子和飼料是必備的。賣了口糧，雖然政府會把賣的口糧返回來，但賣出去的是小麥，莜麥，返回的卻是一口氣能吹上天的癟穀子、陳年玉米和白薯乾。社員們不止一次吃過這樣的虧。所以，生產隊一般都拖著，等糧食產量全部出來，全部打碾入庫，才能知道有沒有餘糧可賣。而縣裡和公社卻不管這些，他們必需完成交糧計畫，至於是不是賣了過頭糧，他們並不考慮。二十天過去了，餘糧顆粒未交。楊守旺又騎著那匹馬來到了豁牙溝，他先把大隊書記高悅臭罵一頓，然後召集全體社員在小學校教室開會，他從槍套裡抽出那把王八撸子，啪的放到講臺上：「你們的良心都被狗吃了！前年受災時，政府給你們發救濟，吃了國家幾萬斤救濟糧，今年，年景好了，你們就忘本了！到現在一粒餘糧也不賣，咋呀，想造反哪！」楊胖子往上推了推帽子：「你看人家胡家灣，公糧交了，餘糧也賣了好幾車，麥子，莜麥全割倒了，你們豁牙溝的頭咋那麼難剃！五天之內，你們把莜麥、麥子全部放倒，十天之內，把餘糧賣了，完不成，別怪我不客氣！」說完，楊守旺把槍插進槍套，騎上馬走了。

出了小學教室門，三根柱對王石頭說：「日他媽的，不管莊戶人死活，就知道要糧食，石頭，你要是當了幹部，可別學這些灰哥刨！」

上午，王石頭和三個老漢趕著牛到西山坡耕地，西山坡的小麥剛剛拔完，山坡下有一片窪地，有一百多畝，種著莜麥，窪地的莜麥比坡地的莜麥成熟晚，仍然黃中夾綠。

四個人套上犁，耕了五六個來回，社員們拿著鐮刀陸陸續續來到那片窪地。王石頭吆喝牛停下，問二老漢：「這莜麥還綠著，咋就要割？」二老漢停下犁，說：「上面催著呢，讓三天全部割完。」

王石頭說：「公社幹部都瞎了眼了！這莜麥還綠著，割下來，最少減產三分之一。」二老漢說：「那有甚辦法呀，莊戶人就像這牛，讓耕地就耕地，讓拉車就拉車！」王石頭放下犁杖，說：「我去看看去！」二老漢說：「後生，你就別管了，挨餓的又不是你一個，再說，你們糧食多，咋也餓不著。」王石頭沒理二老漢的話，向那片莜麥地跑去。到了地頭，社員們已經開割，王石頭揪下一把莜麥萎子，用手搓了搓，裡面的麥粒還是軟的。王石頭找到正在割莜麥的隊長趙富，問：「這莜麥還綠著，咋就割了？」趙富說：「球才想割了，你沒見昨天楊胖子把槍都掏出來了。高書記說，這片地正對著大隊，楊胖子一來就能看見，要是不割，怕又挨楊胖子罵。」王石頭說：「要是楊胖子看見，就更不應該割了，他沒長眼睛，不知道這莜麥還沒熟。」趙富說：「大隊讓割的，生產隊也沒辦法。」王石頭說：「你先讓大家都停下，我去找高書記說。」

王石頭攥著那把麥粒，一溜小跑來到大隊。高悅正在。王石頭指著那片莜麥說：「高書記，那片莜麥還綠著呢，現在割了，得減少一半產量。」他把手中的麥粒拿給高書記看，高書記接過麥粒，從窗口往山坡那邊看了看：「可不，現在割了，可惜了，可楊胖子過兩天要來檢查，一看沒割倒肯定又發火。」王石頭說：「高書記，楊胖子來了，你就這麼說，說下鄉的知青有個學農業的，那個知青不讓割，割了，產量會減少一半，到時候，就更賣不了餘糧了。」高悅想了想，說：「行，石頭，你去跟趙富說，那片莜麥先別割了，楊胖子來了，大不了再挨一頓罵。」王石頭又一溜小跑趕到地裡，對趙富說：「高書記說了，這片地先別割了。」社員們拿著鐮刀三三兩兩地往回走。三根柱說：「還是北京侉子行。」

兩天過去了，楊胖子沒來，一個星期過去了，楊胖子仍沒來，十天後，楊胖子來時，那片莜麥已熟透，割倒了。

楊胖子騎著馬，看看已全部露出褐色土地的原野，回到大隊。生產隊又殺了一隻羊，楊胖子吃的酒足飯飽，對高悅說：「你們隊雖然比胡家灣差點，後面還是趕上來了。老高，你有個毛病，就是黃米耳朵，心腸太軟，對待社員心軟了不行。」

這一年，豁牙溝社員們的三分之一口糧都被當餘糧賣了，冬天，那三分之一的口糧又返銷給社員，他們用小麥和莜麥換回的是玉米和顏色已有些發灰的癟穀子。

傍晚，王石頭放牛回來，在村口遇到劉志亮。劉志亮問他：「趙侉子沒跟你說過生產隊分糧的事吧！」可能是出於對知青的尊重，社員們並不把趙光福叫趙光腚，只叫他趙侉子。王石頭搖搖頭，說：「沒有，咋了？」劉志亮說：「不知哪個好事的到公社告了一狀，說咱們隊瞞產私分，高書記挨了一頓批。」滿產私分，就是把產量報低，把分給社員的一部分糧食不入口糧賬，這是一些生產隊為了使社員多吃點口糧，抵制國家過度徵收的一種手段。採取的手段也比較巧妙，分糧時，不是用秤稱，而是用秤盤子往口袋裡撮，撮一秤盤算十斤。因為秤盤子撮的滿滿的，實際上能達到十三四斤。如果一人分五十斤，實際分的糧食就能有近七十斤。前兩天，隊裡分了一次小麥，採取的就是這種辦法。

「如果不是趙侉子，可能就是生產隊光棍幹的。」「光棍不也分糧了嗎？」王石頭問。

「分是分了，可他們不划算。」

「咋不划算？」王石頭問。

劉志亮說：「就拿翟亮和愣成來說，翟亮全家有八口人，一人多分十五斤，就是一百二十斤，愣成一個人，只能分十五斤。這些糧食都不算產量，不算產量也就不算收入。全隊如果私分一萬斤，每斤按一毛三分錢，那就是一千三百塊錢。這一千三百塊錢不算生產隊的收入，那每個工的工錢就少了。分紅的錢也就少了。像翟亮家，八口人兩個勞力，連口糧錢都掙不回來，根本分不了紅。分紅的都是勞力多的，分紅最多的是光棍，他們肯定有意見。」王石頭說：「要是這樣，肯定不是趙光腚，他在學校數學經常不及格，根本就不會往這兒想。」劉志亮說：「他跟你們不一樣，粉花家那張紙跟他有甚關係。」

晚上，王石頭把劉志亮和他說的事跟尿褲子精說了，尿褲子精說：「那也沒準，丫的幹的出來。」

一天傍晚，王石頭正在井邊打水，劉志亮匆忙走過來：「侉子，我帶你去看稀罕去！」王石頭放下水桶，跟著劉志亮往飼養院走。王石頭問：「看什麼稀罕？」劉志亮說：「一會兒你就知道了。」倆人來到飼養院旁邊，在後牆的拐角處停下。王石頭看見，愣成正牽著一頭驢沿著飼養院的後牆走。愣成有一副不大健康的黃白面孔，患有哮喘病，一到冬天，喉嚨裡便絲絲地拉弦子。因為家窮，再加上缺心眼，四十來歲還沒娶上媳婦。村子裡有人給他說過幾次媒，可女方一接觸便都打了退堂鼓。有一次，劉志亮又給他介紹一個，女方是豁唇，說起話來有些撒氣漏風，一條腿還有點瘸。女方和愣成見了面後，有些動心。臨走時，女方父母往出送愣成，走到院門口，愣成對女方父母說：「他姥姥、他姥爺回去哇！」女方父母一聽這話，第二天就回了這門親事。王石頭剛來不久，就聽社員說，他和驢搭夥計，他的哮喘病也是鬧驢作下的。人們還給這頭驢起了個名字，叫棗花。王石頭不太相信，因為他怎麼也無法相信人怎麼和驢交配。秋天，王石頭磨麵，從飼養院拉來一頭驢。剛給驢蒙上眼睛，經過碾房的劉志亮說：「石頭，你咋把愣成的媳婦棗花拉來了，一會兒他就會把驢換回去。」王石頭將信將疑，果然，剛磨了幾圈，愣成就牽著一頭驢從飼養院下來了，他把驢牽進磨房，對王石頭說：「驢有駒子呢！」說著，就把那頭驢卸下來，把牽來的那頭驢套上，拉著那頭驢去了飼養院。這時，王石頭才相信，社員們的話可能是真的。

愣成把那頭驢牽到牆根一個碌碡旁，驢似乎已熟悉要幹什麼，靜靜地站在那裡。愣成從口袋裡掏出一把東西，把手掌展開，伸到驢嘴邊，驢在他手掌心舔吃著，王石頭看不見餵的什麼，悄聲問劉志亮：「給驢餵什麼呢？」「莜麥。」劉志亮說。「這跟人一樣，想搭夥計，得先給點好處。」驢吃完了，愣成又掏出一把，一連餵了三把。愣成登上碌碡，用手拍了驢屁股兩下，驢的尾巴便翹起來，愣成便解開褲子，把那東西放了進去，然後，身子不斷地聳動著，那頭驢的蹄子不停地移動著，尾巴也越翹越高。大約五分鐘後，愣成從碌碡上下來了，那頭驢的尾巴也慢慢放下來了。愣成親暱地拍了拍驢的脖子，又從口袋裡掏出一把莜麥，餵那頭驢，然後像撫摸情人那樣撫摸著驢的脊樑，那頭驢也靜靜地站立在那裡，任他撫摸，還不時用頭部在愣成身上蹭著，像是一對情人在耳鬢廝磨，纏綿親暱。這一幕看的王石頭目瞪口呆。劉志亮說：「咋，稀罕吧，北京沒有吧！」王石頭說：「沒有。」

往回走的路上，王石頭問劉志亮：「愣成和驢交配，會不會生出個怪物？」劉志亮說：「不會，愣成跟這頭驢好也不是一年兩年了，去年還下個駒子呢，跟別的驢一樣樣的。」

王石頭到井臺上擔水回家。尿褲子精說：「你挑水挑哪兒去了，我以為你掉到井裡淹死了呢！」王石頭把剛才見到的跟尿褲子精和棺材板說了，尿褲子精說：「真有這事，那生出的驢會不會跟人一樣。」王石頭說：「不會，跟別的驢沒什麼區別。」棺材板說：「我在學校時看過一部小說，《黃金果的土地》，好像馬克•吐溫寫的，寫的是巴西種植園，有個黑人就跟驢交配，我原來以為是瞎編的，看來是真的。」尿褲子精說：「這也算接受貧下中農再教育，可讓咱們開了眼了！」

以後，王石頭常常注意那頭驢，看它肚子一天天脹大。春天，那頭驢下了一頭小驢，那頭小驢確實跟別的驢一樣樣的。不過，那不是愣成的功勞，而是另一頭叫驢的種子。愣成鬧驢的事在知青中傳為笑談，這種再教育也讓他們大開眼界，在這落後的山村，生活是如此貧困、原始、落後與粗糙。

四十三

漫長而寒冷的冬季開始了。社員們雖然天天出工幹活，做的卻是無用的工，生產隊人均土地十幾畝，大田都種不好，卻偏要到兔子不拉屎的山上修梯田。社員們冒著零下二三十度的嚴寒，在山上撬起一塊塊石頭，在山坡上壘起一道道圪塄，美其名曰梯田，以應付公社幹部來檢查農業學大寨的成果。除了修梯田外，還在根本打不出水的地方打大井。社員們知道打不出水，也就磨洋工，除了幾個社員有一下沒一下的往上面撩土，做做樣子外，大多數社員杜著鐵鍬在寒風中無精打採地站著，等待著太陽落山。社員們把這叫做「八路軍哄共產黨。」王石頭、尿褲子精、趙光腚、棺材板也天天跟著出工，因為不出工，就沒有工分。

新年剛過，尿褲子精接到家裡的來信，說他父親病重，尿褲子精便準備回家。王石頭以為又是尿褲子精耍花招，就問：「是真病了還是假病了？」尿褲子精瞪了王石頭一眼：「沒病我說有病，這不是咒老家嗎！」

一個月後，春節臨近了。王石頭哥哥來信，讓他回北京過春節。一天，胡家灣的郭凱和小赤佬來找王石頭，問他回不回北京，王石頭說回，郭凱說出自己的打算，偷幾隻雞，帶回北京過年。王石頭也正愁回北京沒什麼帶的，覺得這個主意不錯，既不用花錢，又能帶回東西，當即定下日子，到時候一起行動。

臨回北京的前三天，王石頭來到胡家灣，這時，他不必避開汪雲霞，因為她早已沒有了剛來時的激情。

他們選定的目標是野貓灣，選中野貓灣一是離胡家灣比較近，在寒風刺骨的冬夜他們不想走的太遠，以免迷路會被凍壞，二是二寶已回北京探親，不會懷疑是二寶勾他們過來的。

因為這次偷的雞要帶回北京，三個人商定，這次不能像以往那樣，當場把雞捏死，那樣的雞沒放血，肉不好吃。這次要活雞，回村殺了，再帶回北京。這樣，既要保證是活雞，又不讓雞出聲，偷起來就比較難。

午夜時分，三個人上路了。前兩天，剛下了一場大雪，地上積雪有四五釐米厚。踩在上面發出咯吱咯吱的聲音。雖沒有風，天氣卻出奇的寒冷，呼出的氣很快在帽耳兩旁結成了白霜。正是月中的時候，一輪明月高掛在空中，加上雪的輝映，周圍亮的如同白晝。從胡家灣到野貓灣有四五里路，是一馬平川。沒有任何可以隱蔽的地方，俗話說，偷風不偷雪，這不是作案的天氣。王石頭提出是不是等一等，遇上陰天再動手。郭凱果斷的一揮手：「死活就是它了！」

三個人踩著厚厚的積雪往前走。快接近村莊時，郭凱示意王石頭和小赤佬放輕腳步，可是放輕腳步卻無法掩蓋身影。在月光雪色中三個人顯得猶為顯眼。三個人繞過第一排房子，來到第二排，悄悄地走近一所院子。院子四周是半人高的土牆，院前有一個柵欄門。院子裡三間土屋一字兒排開。西牆的牆根下是一個雞窩，王石頭用眼睛瞄了瞄，雞窩不算深，這樣雞就容易被抓住。郭凱用手推了推柵欄門，裡面反劃著。郭凱伸手將劃子撥開，三個人輕輕地進了院子，郭凱摸了摸口袋，發現拴門劃子的鐵絲忘帶了，他比劃了一下，王石頭和小赤佬都擺擺手，示意他們也沒帶。郭凱從地上揀起一個木棍，把門劃子別上。三個人開始動手。郭凱把擋雞窩的石板拿開，把手伸進去，轉瞬間便拎出一隻。這是一隻黃母雞，叫九斤黃，個又大又肯下蛋，郭凱把雞脖子彎過來，把腦袋別在翅膀底下，放進小赤佬撐開的布袋裡。前五隻一直挺順利，當抓到第六隻時，郭凱沒把雞腦袋在翅膀下別緊，那隻雞在口袋裡拼命地撲楞，發出一種古怪的叫聲。這時，屋子裡發出一聲喊：「有人偷雞！」郭凱手裡剛抓出第七隻雞，聽見叫聲，郭凱作了一個撤的手勢，拎著雞翻過了西邊的院牆。王石頭也翻過院牆，小赤佬把裝雞的口袋遞給王石頭，也翻過了院牆。這時，屋裡已有人出來，高喊：「快，抓偷雞的！」三個人慌忙向胡家灣方向跑去。月亮已升到中天，天地間一片素白，在月光的照耀下，三個人的身影在空曠的雪地裡如同白紙上的墨點那樣顯眼。三個人拼命跑著，厚厚的積雪讓他們邁不開腳步，沒跑多遠就氣喘吁吁。郭凱跑的最快，手拎著布袋的王石頭和個矮腿短的小赤佬落在後面。這時，他們聽見後面傳來喊聲，兩個人騎著馬向他們飛馳而來。郭凱喊了一聲：「咱們分開跑！」他把手中的那隻雞向空中一扔，向東邊跑去。雞落在雪地上咯咯地叫著往前跑。王石頭也把布袋口朝下，把幾隻雞倒在雪地上，轉身向西邊跑去。有幾隻腦袋別在翅膀後面的雞在原地打撲楞，另外幾隻腦袋已掙脫翅膀，在雪地上咯咯叫著四處奔跑。小赤佬依然一直向前奔跑。工石頭一邊跑一邊回頭看。他看見，兩匹馬中的一匹馬已經停下來，騎馬的下來正在抓雪地上的雞，另一匹馬依然對小赤佬緊追不捨。王石頭往前跑了幾十米，當他再回頭看時，那匹馬已停在小赤佬前，小赤佬蹲在雪地上，追小赤佬的人正在用腳踢他。王石頭覺得他們抓住了小赤佬，不會再來追他，便停下腳步，遠遠地看著。他看見小赤佬站起來，被那個人拉著，牽著馬向村子的方向走去。他再朝郭凱跑的方向望去，早已不見了郭凱的蹤影。

累的不想邁步的王石頭蹲在雪地上，盤算著下一步怎麼走。他估計郭凱仍會回到村裡，而小赤佬則會把他們全供出來。如果他去胡家灣找郭凱，野貓灣的人也可能帶著小赤佬到胡家灣找郭凱，那他無異於自投羅網。他想了想，決定三十六計，走為上計，先回豁牙溝，第二天一早就回北京。先躲過這段時間再說。雖然他們偷雞摸狗的事村人皆知，可是，一旦野貓灣的人帶著小赤佬找上門來，他還是覺得十分難堪。

王石頭仔細辨別了一下方位，判斷豁牙溝在西邊，便向西邊走去。月光如水銀般地從空中瀉下。風兒也悄然無語。雪地裡只有他咯吱咯吱的腳步聲。這聲音在月色中傳的很遠，使他有些害怕，擔心會把狼引來。聽村裡人說，這些天常有狼出沒。前幾天鄰近一個生產隊的羊圈就有狼光顧過，咬死了四五隻羊。王石頭一邊往前走，一邊前後左右地觀察著。他有些後悔，把那幾隻雞都扔了，如果留下兩隻，遇見狼，他可以把雞餵給狼，讓自己脫身，如果遇不上狼，他可以帶回北京。王石頭就這樣忐忑不安地在雪地裡走著，直到他爬上山梁，看見被雪掩蓋的村莊，心裡才踏實下來。

回到豁牙溝時，東邊的天際已微微發白，天就要亮了。王石頭回到屋裡，棺材板還在睡著。王石頭開始收拾行裝，行裝很簡單，只有兩件換洗的衣服。睡的迷迷瞪瞪的棺材板睜開眼睛，問王石頭：「這麼早，你去哪兒呀？」王石頭說：「回北京。」「不是說後天回嗎？」「夜裡偷雞，小赤佬被抓住了，天亮了沒準就來找我，我得趕快走。」棺材板打了一個呵欠：「要是那樣，你還是趕快走吧！」

豁牙溝離火車站有四十多里路，他來到火車站時，已經快十一點了。車站座落在一個不大的小鎮上，小鎮只有一條街，街兩旁有幾家店鋪和飯館。王石頭走進一家飯館，要了一碗麵，吃完了麵，王石頭便來到車站。這是一個小站，候車室很小，有一個火爐子，幾個等車的人圍在爐子旁烤火。小站沒有直達北京的車，需要到集寧再倒車。王石頭便花了一塊四毛錢買了一張到集寧的火車票。下午一點多的時候，車來了，王石頭上了車。車是從二連浩特開過來的，車廂裡坐的都是農牧民，老羊皮襖散發出一種很濃的膻氣味。王石頭找個座位坐下，外面是一片莽莽雪原，只有一簇簇芨芨草尖冒出頭來，在凜冽的寒風中抖動。一個多小時後，車到了集寧，王石頭下了車，準備倒從包頭開來去北京的火車。王石頭來到賣票的窗口，一問，才知道從集寧到北京要十一塊錢，這相當於他在農村幹四十天的工錢。他決不能做這樣的冤大頭，況且，他原本應該在北京工作，根本不應該到這兔子不拉屎的窮地方來。可是不買票，他進不了站，王石頭便花了一塊二毛錢買了一張到一個小站的短程車票，盤算著上了車一直往下坐，等查出來再說。

兩點多鐘，王石頭上了車，車上坐滿了人，有不少人站在過道和車廂連接的地方。王石頭在過道找了一個地方站著。在旁邊的座位上坐著四個知識青年，聽口音像是北京的，因為說話時有兩個人帶丫挺的，只有北京才有這樣的罵人話。四個人一邊抽著煙一邊打撲克，其中一個穿著一身軍裝，頭頂歪扣一頂軍帽。車到宣化站，四個人便把牌收起，拎著包下了車。王石頭不明白，這四個人為什麼不坐到北京而在中途下車。四個人一走，王石頭趕緊坐了上去。下一站柴溝堡，柴溝堡是個大站，上下車的都比較多。車剛開出站，睡意蒙朧的王石頭便聽見有人喊：「醒一醒，醒一醒，把票拿出來，查票啦！」王石頭站起來，看見一個查票員和一個解放軍從車廂的南端開始查票，王石頭這才明白那四個知青為什麼下了車。王石頭站起來，趕緊躲到另一個車廂。沒過多一會兒，那個查票員和解放軍便查到了這節車廂。王石頭便躲進廁所。廁所充滿了難聞的氣味兒。裡面已有一個人，看樣子也是知青，倆人相互看了一眼，都明白彼此的目的。「你老也是躲查票的吧？」他操著一口天津口音，問王石頭，一副自來熟的樣子。王石頭點點頭。「你老在嘛地方插隊？」天津知青又問。王石頭說了插隊的地名。「好嘛，天津有幫知青也在你們哪兒，冬天冷的能把耳朵凍掉，穿的都是老羊皮襖。」王石頭問：「你在哪兒插隊？」「豐鎮，吃的不如你們哪兒，可比你們哪兒暖和。」王石頭想起尿褲子精來信說過有些女中的學生也在豐鎮插隊，便問：「你們哪兒有北京女中的吧。」天津知青說：「我們公社沒有，她們都在侯家溝公社。你們北京姐們兒比天津的強多了，要條有條，要模樣有模樣，不像天津的，一個個長的跟水桶似地，天生就是插隊的料。」天津知青十分饒舌。停了一會兒，又問：「你老是不是認識女中的姐們兒。」王石頭說：「認識一個，可不知是在豐鎮還是去了陝西。」天津知青說：「要是那樣，可就不好找了。」倆人默默地站著，天津知青似乎耐不住寂寞，打開廁所門口往外看了一眼，說：「來了，咱們怕是逃了初一逃不了十五。」不多一會兒，廁所的門把被扭動了，倆人都緊張起來，開門的是一個中年婦女。看見王石頭和天津知青站在裡面，愣了一下，沒說什麼，又把門關上了。天津知青又開始饒舌。「我以為是查票的，鬧了半天是個大媽，嚇我一大跳。」當門把再次扭動時，門口站著查票員和那個解放軍戰士。「你們在廁所幹什麼？」查票員早已明白了倆人的目的，卻明知故問。

「車廂裡太擠，廁所裡閒著也是閒著，我們就到廁所來了。」天津知青說。「誰說廁所裡閒著，一會兒有人上廁所怎麼辦？」查票員瞪了天津知青一眼：「你們的票呢？」王石頭從口袋裡拿出票，遞給查票員。查票員看了一眼：「你這是到蘇集的，你知道現在到哪兒了嗎？」王石頭搖搖頭：「不知道。」「你是裝不知道，你們知青盡玩這套把戲，你的票呢？」查票員問天津知青，天津知青裝出一副很可憐的樣子：「我也想買票，人民鐵路雖說是為人民，可也不能白坐，可我們哪兒遭了災，每天掙兩毛錢，連買口糧都不夠，我媽又病了，我是我們家老大，不回去是我不孝順。這麼吧，您老先記上我的名字，等明年我們哪兒豐收了，我再補上，我在察右前旗紅旗公社哈馬蘇大隊插隊，名字叫馬國華，國家的國，中華的華。」天津知青還要往下說，查票員打斷他：「沒票就別廢話，你們下站下車！」倆人被帶到乘務室的小屋外面站著。天津知青還在饒舌：「大哥，出門在外，大家都不容易，你老抬抬手，放我們過去就行了，您積積德，我們給您燒高香。」查票的並不理天津知青的饒舌，一副油鹽不進的神態。

車到了柴溝堡站。查票的把倆人帶下車，交給一個穿鐵路制服的中年男人：「這兩個是逃票的，你們處理吧！」中年人帶著兩個人走過月臺。月臺兩旁的各種顏色的信號燈鬼眼般閃爍。在月臺兩旁的鐵軌上，停著兩列悶罐子車。王石頭和天津知青被帶到月臺旁一間小屋子裡，中年人說：「現在有兩條路，一是補票，二是當小工，把票錢掙夠了再放你們走。看你們選哪一條。」

王石頭和天津知青相互看了看，王石頭說：「我們真的沒錢，有錢早買票了。」「那你們就去篩沙子吧，一天一塊錢，每人幹五天，把車票錢掙夠了再走。」天津知青從煙盒裡抽出一支煙，遞上去：「你老行行好，我們就這一回，下次再也不敢了，你看我們響應偉大領袖毛主席號召的份上，把我們放了吧！」就在這時，門打開了，進來一個穿鐵路制服的小夥子，他看了王石頭和天津知青一眼，湊在中年人耳邊，低低說了幾句話。中年人臉色勃然一變，眉頭皺起來，披上大衣，朝王石頭和天津知青做了一個讓他們走的手勢：「你們走吧，記住，下次不許再逃票。」王石頭和天津知青如同被大赦一樣，趕緊出了門。隨後，那個中年人和年輕人也出了門。王石頭感到奇怪，剛才還聲色俱厲的中年人為什麼會突然大發慈悲，把他們放了。倆人沿著月臺沒走多遠，看見幾個人匆匆從他們身邊走過，王石頭聽見其中一個人問：「四個都凍死了嗎？」另一個說：「都凍死了。」那個人又問：「是知青嗎？」「是知青。」幾個人跳下月臺，穿過鐵軌，向停在那裡的一列悶罐車匆匆走去。在悶罐車旁，還站著三四個人。王石頭這才明白了中年人匆匆放了他們的原因。天津知青罵道：「媽媽的，這不是殺人嗎！」倆人不著急出去，決心看個究竟，在夜色中，他們看見一幫人抬著一個體積很大的物體費力地穿過鐵軌，向月臺走來。王石頭和天津知青趕緊躲到一邊。抬上來的果然是四個人的屍體，他們相互緊緊擁抱在一起。半截紅色的圍巾和一條長辮從屍體上搭拉下來，王石頭判斷，那肯定是個女知青。為了看的更清楚些，倆人還想往前湊，那個中年人發現了他們，厲聲喝道：「你們看什麼，還不快走！」倆人往前走了幾步，又停下來，看見那些人把知青的屍體抬上一輛運行李的平板車，車開走了，王石頭和天津知青才默默地走出月臺。天津知青不再饒舌，沉默了好一會兒，才說：「也不知是哪裡的知青。」王石頭默默地搖搖頭，他有一種兔死狐悲的感覺。他們肯定是為了省下車票錢才進悶罐車的，在這徹骨的寒冷中，行駛的悶罐車無異於一個冰窖，他們該是怎樣的絕望和經受了怎樣的痛苦啊！他感到一種深深的憂傷，也升騰起一股深深的怨恨。此時，如果那個查票的再那樣審問他，他絕不會像剛才那樣順從，甚至會不顧一切地大打出手。

王石頭和天津知青站在候車室裡等下一輛火車。雖然被查了一次，倆人誰也沒去買票，王石頭覺得，這個社會欠他們一筆血債，他們理所應當白坐車。不買票只是對社會一個小小的報復。車來了，他們上車時，比有票的還理直氣壯。

路上，王石頭面前總是浮現出那條搭拉下來的辮子和那半截紅圍巾。那可能是個受美又漂亮的姑娘，在這徹骨的寒夜中，幾個年輕的生命在寒夜中凋零。

天津知青也像啞巴了一樣，一路上沉默不語，只是偶爾歎口氣。

一路上，他們沒有遇到查票，出北京站時，也沒受到阻攔。出了站，倆人就要分別了，天津知青緊緊握住王石頭的手，說：「我叫夏洪剛，在豐鎮紅太陽公社向豐大隊插隊，咱們就算是患難之交了，以後，有時間去找我。」王石頭也告訴對方自己插隊的公社和大隊，倆人揮手告別。

回到北京，王石頭住在哥哥家裡。第二天，王石頭就去找尿褲子精。尿褲子精正在從爐子裡往外掏煤灰。見王石頭來了，拍拍手上的煤灰，問王石頭生產隊的情況。王石頭把偷雞差點被抓，坐火車逃票和知青被凍死的事和尿褲子精說了，尿褲子精罵道：「昨天，街道那幫傻老娘們兒還問我什麼時候回去，讓我回去過革命的春節，我當場就把這幫傻×轟了出去。」

臨走，王石頭囑咐尿褲子精：「你可別把知青被凍死的事往外傳，要不，該說咱們破壞上山下鄉了。」尿褲子精說：「破壞怎麼了，還有比當農民更倒楣的嗎！監獄裡還有人給做飯呢！」

第二天上午，王石頭來到郭蘆枝住過的小院，他希望郭蘆枝也能回北京探親。一走進院子，發現那間小屋的門沒上鎖，他感到一陣欣喜，以為郭蘆枝回來了。趕緊上前去敲門，門開了，出來的是一個老太太。老太太上上下下打量著王石頭，問他找誰。王石頭說，他找一個叫郭蘆枝的姑娘，她原來就住在這兒。老太太搖搖頭，說她搬來一年多了，以前誰住她也不知道。說完就把門關上了。王石頭又敲開旁邊一間屋子的門，出來的是一個四十多歲的中年女人。王石頭問中年女人，原來住在這兒的那個叫郭蘆枝的姑娘哪兒去了，中年女人說，早就去插隊了，這間屋子一直沒人住，就被街道收回了，分給了一個孤寡老太太。王石頭問：「您知道她去什麼地方插隊了嗎？」中年女人說：「具體去哪兒插隊，我也不清楚。你去學校問問吧。」說完，也把門關上了，王石頭悵然若失地離開這個小院，決心再到女中去問一問，他來到女中，和以前來一樣，那個把門的老頭正在和一個中年人下棋。王石頭想進學校去問問，老頭說：「現在學校都放假了，學校裡沒人，開學再來吧。」

在北京待了幾天，王石頭總有一種異鄉異客的感覺，北京不再屬於他，他也不再屬於北京。他已成了這座城市的棄兒。他對生活在北京的人們充滿了羨慕和嫉妒，即便是一個搖煤球的也讓他羨慕不已，因為他有一個北京戶口。

絕大多數回來探親的知青都有這種心態，他們像侯鳥般的飛回來，以一種另類的方式發洩他們的不滿，宣誓他們的存在。那些幹部子弟把父親壓箱子底已不敢再穿的料子中山服和皮鞋拿出來，人模狗樣地穿在身上，趾高氣揚地招搖過市，表明他們仍是貴胄之後，而不是什麼新型農民。還有的知青把一種本應翻卷起來戴的老頭帽全部展開，像頂痰盂那樣戴在頭頂上，戴的越高越有份兒。他們聚眾鬧事，打架鬥毆，溜門撬鎖。在知青中還流行一種拍婆子，就是勾引女孩子，這並不是有什麼齷齪的目的，只是為了填補空虛或在同伴面前炫耀一下自己。他們雖然是逢場作戲，百分之百地沒有真情，卻常常為此大打出手。一天，王石頭正在等車，旁邊站著一男一女。兩人的年齡大約在十七、八歲。男的個兒不高，長著一副小白臉兒，上身穿一件藏藍色呢子中山裝，下穿一條軍綠色褲子，戴一副黑皮手套，腳上三接頭皮鞋擦得錚亮，肩上背一個軍挎。女孩子長得白白淨淨，中等偏上的個子，不胖也不瘦，上身的棉衣外面罩一件素雅的藍布衫，淡紫色的襯衣領子翻在外面，下面也穿一條軍綠褲子，這是當時北京一些女孩子的時尚打扮。女孩子長得十分嫵媚，彎彎的細眉下有一雙很風情的眼睛，嘴唇豐滿而性感，上唇和下唇之間微微開啟，彷彿隨時準備和人接吻。特別惹眼的是，在這個禁欲的年代，她居然圍一條鮮紅的長圍巾，彷彿向全中國發出挑逗，也把她的臉映襯的十分嬌豔。她雖然和那個小白臉兒站在一起，卻目不斜視地注視著前方，一副高傲的神態。

這時，一個二十歲左右的男青年走過來。男青年人高馬大，臉上長滿粉刺。穿一件軍大衣，戴一頂國防綠軍帽，下身也是一條軍綠褲子，腳上是一雙軍官穿的那種高腰皮鞋，也背著一個軍挎。他站在那裡眼睛卻不停地瞥站在旁邊的女孩子。按照規矩，如果一個男的帶一個女孩子，另一個男的是不能多看那個女孩子的，如果多看，那就視為挑釁和叫板，對叫板的不作反應那就是認慫，被女的瞧不起。小白臉做出了反應。他用一種警告的口吻對軍大衣說：「哥們兒，你眼睛能不能老實點兒？」軍大衣也不示弱：「怎麼了，我又沒看你！」「她更不能看！」「我要是偏看呢？」軍大衣把頭一揚，語調中明含著一種挑釁的口氣。那個女青年用她那母鹿般的眼睛回頭瞥了倆人一眼，並沒有上前規勸的意思，相反，她似乎很願意這倆個人在她面前爭風吃醋，大打出手，爭出個勝負。「那就看它讓不讓你看了！」小白臉猛地從軍挎裡掏出一個扳子，上去就是一扳子，軍大衣往旁邊一躲，扳子擊中了他的肩膀。軍大衣「哎喲」一聲，跳開兩步，也從軍挎中掏出一把鋼絲鎖，這是鎖自行車用的，卻成了一些年輕人鬥毆的工具。軍大衣揮動鋼絲鎖，朝小白臉掄去。小白臉肩膀上挨了一鋼絲鎖，女青年仍沒上前制止，只是往旁邊躲了躲，似乎是為他們騰出場地，打個你死我活。小白臉揪住軍大衣的領子，伸手就去抓軍大衣的臉。軍大衣把頭一偏，帽子掉了，揮手就是一拳，血順著小白臉的鼻子和嘴流出來。小白臉噗地一口，把滿嘴的血污噴在軍大衣的臉上，軍大衣剛一低頭，小白臉就朝他肩部就是一扳子。倆人正打的難解難分時，一輛公交車開了過來。那個女青年連看都沒回頭看一眼，逕直上了汽車。然後，若無其事地注視著窗外，好像這件事完全與她無關。車開走了，小白臉才發現那個女的不見了，他鬆開軍大衣的衣服，朝車開走的方向大罵：「破鞋，我早晚花了你丫的！」軍大衣撿起地上的帽子，拍了拍小白臉的肩膀，用一種嘲弄的口氣說：「哥們兒，那姐們兒認識你嗎？」這時，王石頭看見軍大衣額頭上有一道疤痕。他再仔細辨認，差點兒喊出聲來，原來是張解放！張解放並沒有認出王石頭。他拍了拍帽子上的土，戴在頭上，把鋼絲鎖揣進挎包，左右張望了一下，過了馬路。

王石頭在北京待了一個月，該回去了，北京畢竟不是久留之地，況且，又住在哥哥家，嫂子已表現出明顯的冷淡，不歡迎他再繼續住下去。臨回內蒙前，王石頭去商店買了十條當地婦女喜歡戴的方頭巾——這是他回北京前幾個姑娘媳婦托他帶的，還買了兩大瓶止痛片。這是大隊書記高悅托他帶的。高悅解放前抽過鴉片，現在仍有這種嗜好，止痛片裡含有微量的鴉片，他常常把止痛片碾碎和煙葉滲在一起，卷起來抽。有時則把止痛片像嚼冰糖那樣放在嘴裡嚼，村子前排住著一個叫王忠的農民，院子裡種著一些菜和各種花，西蕃蓮、大麗花、波斯菊，其中還有兩棵罌粟。這是王石頭第一次見到罌粟，它開著粉嘟嘟的花朵，十分俏麗惹人，花凋謝後，便長著圓圓的綠色的果實。高悅常常來到這裡，摘下一個果實，把它紮破，吮吸裡面流出的白色的奶子，那神態比饑餓的嬰兒吮吸母親的乳汁還貪婪，然後，閉上眼睛，一副微醺的樣子。

坐了一夜半天的火車，又步行了四十里路，王石頭回到村裡，想到偷雞的事，心裡有點忐忑不安，也有些難為情。可村裡人沒有任何異常的反應，他們熱情地跟他打招呼，特別是那些大姑娘小媳婦聽說他從北京帶回了她們渴望的頭巾，更是歡天喜地，紛紛來到他的屋裡，端看著，比試著，迫不及待地戴在頭上。那些沒讓他帶的婦女則問他還有富餘的沒有，後悔沒托他捎帶一塊。大隊書記高悅看見王石頭給他帶回兩大瓶止痛片，笑的黝黑的臉上直泛紅光，他擰開瓶蓋，抓了四五片放進嘴裡，喀嘣喀嘣地嚼著，那神態，真比嚼冰糖還甜。

下午，那些拿頭巾的婦女都走了，王石頭正準備去劉志亮家，常彩梅進來了，常彩梅三十四五歲，是全大隊有名的破鞋。常彩梅長得並不漂亮，卻十分性感，高胸脯，翹屁股，特別是那雙腳十分嬌小，不少男人都被她的腳迷倒。常彩梅十分淫蕩，不少男人去她哪兒不是因為她的相貌，而是領略她的浪勁。她能把年近半百的半截老漢調動的像後生一樣威猛，也能把那些精壯的後生折騰的像一堆稀泥軟蛋。常彩梅年輕時，不少公社幹部甚至縣裡幹部都是她的常客。用社員的話來說，把和她幹過的男人的球頭子割下來，能裝半口袋。前兩任公社書記也是她的常客，其中一個姓趙的書記把豁牙溝當成了第二辦公地點，只不過辦公的地方是在炕上，趙書記是個知恩圖報的人，為了報答她的丈夫，趙書記把她丈夫洪貴仁提拔成大隊長。洪貴仁和他的名字一樣，有一副寬廣仁厚的胸懷。他對所有給他戴綠帽子的男人都抱以寬容和友誼。他的最大本事是，當那些野男人在炕頭把炕板子墩的咚咚作響時，他卻能在炕梢平靜地安然入夢，有時甚至對那些和他老婆睡覺的男人施以援手。那幾年階級鬥爭的弦繃的正緊，公社幹部和大隊幹部常常半夜叫開社員的門進行查夜，看有沒有陌生人住在社員家。一天，洪貴仁在公社開完會，公社要求公社幹部和各大隊隊長去幾個村查夜，其中就有豁牙溝，洪貴仁進村後趕快回到家裡，他老婆果然正和一個外村的年輕後生抱在一起睡的正香。他用手撥拉醒那個年輕後生，說：「你還不快起來，公社查夜的來了。」那個後生迷迷瞪瞪地睜開眼睛，一看是洪貴仁，跳下炕就要下跪。洪貴仁一把拉起他：「查夜的來了，你還不快走！」那個後生一面穿褲子一面說：「謝謝大哥，你的心真大！八月十五，我給你送條羊腿。」那個後生果然不食言，八月十五，真的送來了一條羊腿。當晚也就住在洪貴仁家。洪貴仁在炕梢，年輕後生在炕頭抱著常彩梅。最近一些年，常彩梅人老色衰，公社幹部光顧的少了，一些娶不上媳婦的後生和中年光棍便成了她那裡的常客，對於年輕後生，她不收任何東西，而中年光棍則不然，不能空著手來。除了散客之外，常彩梅還有一個固定夥計，固定夥計是一名外村的會計，四十多歲，叫徐貴三，徐貴三長著一副好傢俱，壯碩如電棒，人稱電棒三。徐貴三三十多歲便死了妻子，是常彩梅的常客，常彩梅從不和電棒三要東西，和他在一起純粹是為了快活。王石頭下鄉的前一年，年近五十的徐貴三覺得年紀大了，不能再這樣下去了，常彩梅雖然能解決生理問題，卻解決不了生活問題，他需要找一個老伴和他好好過日子，幫他操持家務，洗衣做飯。有人給他介紹了一個鄰村的寡婦，徐貴三也滿意，當他正準備迎娶這個寡婦時，常彩梅知道了，她拿著一瓶農藥來到徐貴三家，仰起脖就要往嘴裡灌，徐貴三嚇的連忙給她跪下，發誓不娶那個寡婦了。常彩梅仍不放心，隔三差二來找他。徐貴三為了躲避常彩梅，便遠走西盟去給人拉駱駝，直到一年後才回來。

常彩梅進了裡屋，問王石頭：「你帶的頭巾還有沒有，賣給我一條。」王石頭說：「沒有了，你想要，等我回北京再給你帶。」常彩梅打量了一下屋內，說：「我不信一條都沒剩，要是三喜媳婦你早給了。」三喜媳婦是全大隊最漂亮的女人，她也托王石頭帶了一塊頭巾，王石頭剛一回來，三喜媳婦就把頭巾拿走了。王石頭說：「真沒有了，剛才三根柱媳婦來，想買一塊，我也說沒有了。」常彩梅又打量了一下炕上：「夜裡一個人睡覺，心裡不麻煩？」常彩梅話裡帶有明顯的挑逗。王石頭說：「有什麼麻煩的？」常彩梅向前走了一步，臉上露出一種狐媚的神情：「你看，高佬子多好，白天有人刷鍋做飯，晚上有暖被子的，你咋不找一個？」常彩梅說的高佬子也是原野學樣的學生，來的第二年就和一個女知青結了婚。她的眼睛大膽而放肆地看著他，身上的雪花膏香氣直衝他的鼻子，高聳的胸脯離他只有半步之遙，王石頭感到有些不知所措。常彩梅用那雙風情的眼睛看著王石頭：「你們這大地勢的看不起我們這山溝溝的。」這時，劉志亮進來了，他看見常彩梅，愣了一下，便問：「石頭，我妹妹想要塊頭巾，你還有沒有。」王石頭說：「沒有了，一塊都沒有了。」常彩梅說：「我想要一塊也沒要著。」說著，出了門。常彩梅剛走出不遠，劉志亮問：「石頭，她幹甚來了？」王石頭說：「她想買塊頭巾，我說沒有了。」劉志亮說：「你可小心點，搭上這熱婊子，想甩都甩不掉。」

一天收工回來，王石頭剛一進村，三根柱告訴王石頭，有一個女知青在院子裡等他。王石頭匆匆往回趕。在學校時，因為男女分班，王石頭很少與女生交往。即便在文革期間，不少男女生打破了班級界限，在一起成立了戰鬥隊，有的甚至談起了戀愛，王石頭仍然很少與女生交往，他不知道誰會來找他。來到屋前，他看見來找他的是和他同級的胡小娥，胡小娥的父親是一名作家，王石頭不明白，一個作家的女兒怎麼也到這所倒楣的學校來讀書，胡小娥的父親在文革中也落了魄，因為專業班級不同，王石頭在學校從沒有和胡小娥有過交往，甚至沒說過一句話。胡小娥在雙井坡公社插隊，離豁牙溝四五十里，他不知道，胡小娥為什麼長途跋涉來找他，胡小娥一見王石頭，就說：「我告訴你一件事，有人把你寫的詩反應給北京慰問團了，說你散佈消極情緒。」前些天，北京慰問團也到王石頭他們公社來過，他還寫了一首《致北京慰問團》，其中最後幾句是：故鄉的山，故鄉的水，故鄉的風情。啊，親愛的故鄉人，你可曾帶來那張農村大學的畢業文憑？「誰反應的？」王石頭問。「王雷。」王雷在學校就是積極分子，還差點入了黨，下鄉前，她還代表全體下鄉知青向袁大頭表了決心。

王石頭心裡一陣害怕，他的那首偷雞詩倒沒什麼，頂多說他禍害老百姓，但如果給那首《婚禮致辭》和《致知青第二代》上綱上線，說他破壞上山下鄉，也不是沒有道理，王石頭問：「這幾首詩傳播的廣嗎？」胡小娥說：「挺廣的，咱們學校和外校的都會背，你們班的劉同學一邊拉風箱一邊唸你的詩。」王石頭說：「你回去和你們村的知青講，別讓他們再傳播了。」胡小娥點點頭。晚上，王石頭讓胡小娥住在鄰村的一個女知青那裡，第二天一大早，胡小娥就走了。

四十四

一九七二年夏天，招工開始了。這給希望離開農村的知青們帶來一絲希望和亮光。在知青中激起了巨大的波瀾，這也是當政者的被迫選擇。那些廣闊天地，大有作為的謊言已哄騙不了這些年輕人。稍有頭腦的都明白，偉大領袖所說的接受貧下中農再教育只不過是因為文化大革命使經濟凋敝無法就業的一種騙人的口號，因為小學生都知道，社會的進步是農村走向城市，而不是城市走向農村。現在，這些年輕人心中湧動著對自己遭此命運的強烈的不滿，偉大領袖領教過這些年輕人的巨大能量，他們曾為他衝鋒陷陣，幫他打倒了他的政敵。為他立下了汗馬功勞。精於權術的偉大領袖當然也明白，這些年輕人絕非永久的死忠派，他的謊言也不可能維持長久，一旦他們的利益受到嚴重侵犯，他們會毫不猶豫拋棄他，背叛他，甚至造他的反，以拉杆子造反起家並贏得天下的統治者也最怕別人拉杆子，儘管他們現在沒這個膽量，但他們絕不會甘於長期待在社會最底層，隨時會成為引爆的炸彈。他必須為他們打開一扇窗和一道門，以舒緩他們的不滿。這扇窗既可以讓那些正在插隊的知青不至於感到絕望而鋌而走險，也可使那些即將畢業的學生們不至於拒絕下到農村。它還是一個誘餌，這一撥輪不到你，可以等下一撥，使你不至於輕舉妄動，為自己離開設置障礙。它還是一個篩子，篩掉那些黑五類子女，讓他們真正地紮根農村。而他們也絕不敢造反，因為他們父輩已做出了榜樣。

來縣裡招工的是一家耐火材料廠，而且是一家帶福利性的工廠，廠裡有不少工人都是瞎子和聾子。如果不是在農村，這樣的工廠打死也不去，可現在卻成了香餑餑。它可以重新讓你回到城市，掙工資，吃商品糧，有了城市戶口，在城市娶妻生子，重新過上城市人的生活。尿褲子精對這次招工充滿信心，因為這次招工的條件主要看出身，他出身城市貧民，在農村就是貧農，是共產黨最喜歡的階級，雖然偷過兩次雞，在表現上沒出什麼大格，跟大隊生產隊，社員的關係也不錯。尿褲子精又開始搖頭晃腦地吹口哨，吹的仍是《真是樂死人》。棺材板也躍躍欲試，不過，他沒有尿褲子精那樣自認為有把握。心情有些忐忑。他的出身是小業主，雖然夠不上資產階級，卻也有個人資產，儘管是一個只有幾個夥計的棺材鋪，可棺材鋪也是資產。他父親的階級和共產黨的關係有些曖昧，算不上朋友可也不是敵人，王石頭則連想也不想，他知道，共產黨早已把他打入另冊，全公社一百名知青招九十名，也輪不到他。可是趙光腚的反應讓人有些費解。在四個人中，最有希望的就是趙光腚，他出身貧農，父親要過飯，母親被地主強姦過，是可以和共產黨洞房花燭、同床共寢那類。可趙光腚卻顯的十分沉悶，既沒有趾高氣揚，小臉也沒有泛紅光。王石頭和尿褲子精有些摸不著頭腦，尿褲子精說：「趙光腚丫的怎麼了，怎麼蔫屁了。」王石頭說：「可能他不想去耐火材料廠，想以後找個更好的工作吧！」尿褲子精說：「我才不等呢，過這個村就沒這個店了，就是進城掏大糞也比待在這兒強！」

為了瞭解招工的情況，尿褲子精特地去了趟縣裡。回來時，尿褲子精把挎包往炕上一扔，問王石頭：「你知道趙光腚為什麼蔫屁了嗎？」王石頭說：「不知道。」「他爹被抓起來了，丫的這輩子也走不了啦！」王石頭將信將疑：「不可能吧，他爹不是貧農嗎？」「貧農就不被抓呀！」「因為什麼？」王石頭問。「他爹耍流氓強姦女學生！」見王石頭滿臉疑惑，尿褲子精接著說下去：「他爹不是在汽車廠當工人嗎，廠裡往學校派工宣隊，就把他爹派去了，他爹到了學校，借著和出身不好的女學生談心，就動手動腳，還把一個女生幹了。那個女學生告到工宣隊，就把他爹抓起來了！」尿褲子精說的有鼻子有眼。王石頭問：「你怎麼知道的？」「是縣知青辦老姚跟我講的。你想要是他爹沒出事，丫的能這麼老實，早就滿世界顯擺了，這回，丫的徹底栽了，就是他媽讓美國兵強姦了也不管用了！」王石頭心裡一陣幸災樂禍，這真是報應，這回也該讓他嘗嘗當狗崽子的滋味了。王石頭說：「我想起來了，前些天，趙光腚接到一封信，下午就沒出工，一連蔫了好幾天，那封信說的可能就是他爸被抓的事。」

第二天出工時，尿褲子精故意氣趙光腚：「光腚，咱們四個我覺得你走的希望最大，你爹要過飯，你娘又被那什麼過，你想想，你走不了誰能走。」趙光腚說：「走不走我覺得無所謂，我聽說耐火材料廠是制耐火磚的，又髒又累，有不少工人都是瞎子和啞巴，去那地方還不如在農村呢！」

收工回來的路上，王石頭對尿褲子精說：「這幾天你別擠兌趙光腚，你把他惹急了，他沒準會到縣裡打你的破頭血，告你的狀。」尿褲子精說：「他告我什麼？」王石頭說：「他告你偷老鄉的雞，出身好的多的是，告了你換個別人跟吃麵條似的。」尿褲子精點點頭：「你說的對，丫的在學校就當漢奸，我還真得防著他點。」

錄取通知下來了，豁牙溝大隊只有尿褲子精一人被招走。趙光腚沒走成的原因迅速在社員中傳播開來，因為粉花的死，很少人對他表示同情，倒是不少社員為此幸災樂禍。

錄用通知下來後，劉志亮找到王石頭，說想給尿褲子精介紹一個對象，對象是揚家溝大隊一個叫翠翠的姑娘，翠翠是劉志亮的表妹，長得十分漂亮。不少人給翠翠提親，翠翠父母都不同意，覺得這朵花不能在農村裡長著，應該到城裡開放才對，一心想讓翠翠嫁給一個城裡人。嫁城裡人，是農村姑娘最大的夢想。劉志亮還特地讓王石頭跟他到楊家溝去幫著相親。翠翠長得確實漂亮，高挑的身材，粉裡透白的面孔，一雙大眼睛十分嫵媚，鼻子和下巴十分精巧。王石頭沒想到，在這窮山溝能出落如此花也似的姑娘。回村後，王石頭跟尿褲子精說：「劉志亮想把他表妹嫁給你，我去看了，那個女孩長得的確漂亮，咱們公社的女知青沒有一個能比的上她，要不，你去看看。」尿褲子精說：「你別哩哏楞了，我在城裡，找個農村的，弄個半半戶，就是天仙我也不要。」王石頭說：「那女的長得特別漂亮，在城裡那麼漂亮的肯定不會嫁給你。」尿褲子精說：「漂亮管什麼用，你想想，我去了呼市，她還在農村，讓她進城又沒有戶口，沒戶口就沒糧票，沒糧票吃什麼？」王石頭說：「沒糧票可以把她的糧食賣了，換成糧票呀！」尿褲子精說：「就算能換成糧票，我不能不要孩子吧，生了孩子還是農村戶口，再說，去城裡住哪兒，如果她還住在農村，我又不能經常回來，她長得又那麼漂亮，漂亮女人都熬不住，那還不盡給我綠帽子戴，到時候給我生下一堆小哥刨，我他媽才不自討苦吃呢！」

臨走前，尿褲子精特地去縣城買了五斤酒，還在村裡買了十來斤雞蛋，有的社員送來了粉坨子。尿褲子精還用莜麵換了十幾斤黃米麵，請劉志亮老婆和三根柱老婆來幫他做炸糕。晚上，尿褲子精請了大小隊幹部、劉志亮、三根柱和一些社員。劉志亮說：「你到了大地勢了，以後當大官別忘了窮老百姓。」尿褲子精喝的有點高，他抹了抹嘴說：「我要是當了大官，全讓你們進城，天天吃油炸糕！」

第二天上午，隊裡派車送尿褲子精去縣城，尿褲子精把一個小行李捲放到車上，安慰王石頭：

「你別著急，早晚大家都能走，摸底撈稠的，沒準你還能回北京呢！」趙光腚沒有來送尿褲子精，他對尿褲子精的走甚至有些高興，因為以後再也沒人擠兌他了。

王石頭看著送尿褲子精的車越走越遠，一直消失在路的盡頭，一種從來沒有過的失望彌漫在他心頭，把希望帶走，把失望留下，他不知道自己還要在這裡待多少時候。

胡家灣的汪雲霞也被招走了，她早已捨棄了紮根農村的誓言，走的乾脆而義無反顧。

郭凱和小赤佬都沒走成，郭凱的父親參加過國民黨，小赤佬的父親是民國政府的舊職員，都屬於共產黨不待見的人。野貓灣的二寶也沒能招走，他的父親曾是閻錫山軍隊中的藥劑師。招工的認為，治好了國民黨士兵的傷和病就是要了共產黨士兵的命。這些都屬於共產黨認定的殘渣餘孽，通通被打入另冊。和二寶一個戶的王文軍也沒走成。雖然他的父親三十年代就把腦袋別在褲腰上跟著共產黨鬧革命，卻被認為別的不牢，有過動搖。還有一個原因是王文軍在瞭地時打斷了母豬的一條腿，這頭母豬恰恰是村婦聯主任家的，而婦聯主任又和公社書記高照祥有一腿。婦聯主任找到王文軍，讓他賠豬。王文軍便揭了她的老底，說你別以為你和公社書記有一腿就可以讓豬去地裡吃莊稼，北京知青不吃這一套。婦聯主任跑到高照祥那裡，哭得一把鼻涕一把眼淚。高照祥幫她擦去臉上的淚水，安慰她：「不咋，他這樣說，就讓他好好瞭地吧。」

鴨子也沒能走成，他的父親雖然是全國勞模，卻被造反派定為走資派，被鬥得趴了炕。他便在農村跟著陪綁。倒是一名工讀學生被招走了，除了他的父親解放前窮得叮噹響外，他還檢舉了兩個知青利用看場時偷了生產隊的胡蔴。

這次招工全公社共招走十幾個人，這種招工對王石頭來講，就像是一次盛宴，雖然餓得饑腸轆轆，卻只能眼巴巴地望著，有時雖然讓你入席，卻又不許動筷子，又像是關在監獄裡的犯人，看別人一個個刑滿釋放，而自己卻不知還要關多久。每次招工都像是一次精神凌遲，讓他備受折磨。從此以後，知青胡作非為，窮歡樂的時代結束了。偷雞行動也停止了。他們誰也不會為了飽一時口福而斷送了自己的前程。

讓王石頭感到格外鬱悶的是，在歡送知青走的大會上，縣革委會主任不指名地批評了他：「有的知青不僅偷老百姓的雞，還寫了偷雞詩，宣傳資產階級思想，像這樣的知青，就永遠別想走，在農村好好接受貧下中農再教育。」等於宣佈了他要在農村待一輩子。讓王石頭稍感欣慰的是，革委會主任沒提到他的《婚禮祝辭》和《致知青第二代》，如果提到這兩首詩就不是宣傳資產階級思想問題了。

在尿褲子精走後不久，秋天，又招了一次工。這次招工的是縣裡，招的人也不多。這個窮的叮噹響的縣幾乎沒有什麼像樣的工業，只有一家拖拉機修配廠，一個小型機械廠和一些鑄造犁鏵等一些農具的鐵業社，棺材板在這次招工中被招走。按照棺材板的出身，這次招工本輪不到他，這次錄用他純屬揀漏。因為被抽上來的知青一聽分到棺材鋪，都不願意去，他們寧願回農村種地，等下次機會，也不願到那個喪氣的單位。縣知青辦在棺材板的檔案中發現他父親當過棺材鋪的掌櫃的，於是，就錄用了他。棺材板對錄用他的棺材鋪十分不滿意，他覺得這種子承父業有些不光彩，不太想去。縣知青辦的老姚很嚴肅地對棺材板說：「論你的出身，這次錄取你應該是破例，不少人想進棺材鋪還進不來呢！讓你來是因為你父親有這種手藝，如果你不想來，那沒關係，你就先回村，以後再等機會。」言外之意是他別不知好歹，不識抬舉。棺材板也想到了，如果這次拂逆縣知青辦的意思，那知青辦就有可能把它冷凍起來，不一定猴年馬月才能被抽調上來，他們畢竟掌握著抽調大權。棺材板的父親也勸棺材板，說做棺材是件積陰德的事，他做了一輩子棺材，沒有什麼不光彩的。人死了躺在一個舒適的棺材裡，就跟活人住在一個好房子裡的感覺是一樣的。中國是重視喪葬的國家，皇帝一登基就連忙給自己做棺材建墳墓，一些大戶人家一入四十就把棺材做好了，然後每年用油漆油一遍，等到死時油漆有幾釐米厚，這樣的棺材在地下埋多少年也不會腐爛。棺材板父親鼓勵他好好幹，孝敬好死人比孝敬好活人更重要，因為死人離閻王老子近，如果遇上麻煩，它會替你消災解難。而且會長命百歲，他的爺爺做了一輩子的棺材，活到一百零二歲，這都是積陰德積的。

棺材板剛進棺材鋪不久，便有人給他說媒，姑娘的名字叫春梅，是豁牙溝鄰近大隊的，模樣雖比不上翠翠，卻也長得十分俏麗。棺材板同意了這門親事，春梅卻哭哭啼啼的不願意，覺得嫁給一個做棺材的不好聽。春梅的父親卻堅持把女兒嫁給棺材板：「做棺材的有什麼不好，一樣掙工資，一樣吃公家糧，我和你媽死了都會有一副好板材！」在父親勸說下，春梅只好同意。棺材板把他和春梅拍的照片寄回家裡，棺材板父親來信說，你娶了個這麼俊的媳婦，就是你爸積德積的。

四十五

中午，王石頭收工回來，看見門前站著一個人，走近一看，原來是傻三，傻三叫魏家山，來自北京一所盛產小流氓的學校。傻三在家排行老三，因為學習不好，又有點愣頭愣腦，平時喜歡小偷小摸，可是每次偷東西都被人逮住，人們就叫他傻三。

傻三在知青中名聲不好，平時遊手好閒，說起話來雲山霧罩，他把生產隊分給他的糧食都賣了，賣的錢三分之一抽了煙，三分之一喝了酒，剩下三分之一在村裡搭了個夥計。因為沒有吃的，傻三便到處打遊飛，到各個知青點蹭飯吃。知青們都不歡迎他。王石頭平時和傻三沒什麼來往，也不願搭理他。只是在知青聚會時見過幾次，傻三卻能把他的詩背的一字不差。王石頭以為傻三今天又來蹭飯吃，沒想到，傻三卻像闊佬那樣，嘴裡叼著香煙，還喀嘣喀嘣嚼著冰糖。進了屋，傻三從挎包裡取出一落蔴油餅，一包冰糖，還取出一頂狐帽，他把狐帽戴在自己頭上試了試，又取下來捋捋狐帽的毛問王石頭買不買，給他五塊錢就行。這種狐帽在商店裡要賣二十幾塊，王石頭說不買。他不明白今天傻三怎麼這麼大方，不僅不蹭他的飯，還給他帶來一堆好吃的。王石頭吃著傻三帶來的蔴油餅。傻三又從一個錢夾子裡拿出一張照片，照片上是兩個年輕女孩，大約有十七八歲，其中一個長得還挺漂亮。

傻三把照片遞給王石頭，說這是他兩個表妹，也在內蒙插隊，前些天他去了表妹那裡一趟，她們特別喜歡王石頭寫的詩，如果王石頭願意，他可以把兩表妹介紹給他。王石頭聽了，只是笑笑，因為他知道傻三說話向來不靠譜。

中午吃完飯，傻三還沒有走的意思，王石頭雖不願接待他，卻又不能趕他走，因為這不符合知青的待客之道，況且，他還吃了傻三的兩個蔴油餅。

下午，王石頭照樣出工，不向來了別的知青那樣，不出工陪著。傻三卻像呆在自己家一樣，躺在炕上呼呼大睡。王石頭沒叫醒他，希望傻三醒來後，看見他不在，會自己離開。傍晚收工回來，王石頭發現傻三並沒有走，門前還停著一輛小驢車。進門一看原來是林建國到豁牙溝來放電影。林建國是北京知青，他的父親是工人。林建國對電和機械有一種無師自通的天生的悟性。一次，公社辦公室掛在牆上的一個掛鐘掉在地上不走了，公社沒人會修理，便找來林建國，問他能不能修。林建國也從來沒修過掛鐘，他說試試吧。就把掛鐘拿回了知青點。下午，他把那個掛鐘重新掛在了公社辦公室的牆上，掛鐘嘀嘀噠噠的竟然完好如初，公社幹部都嘖嘖稱讚他有奶子功。去年，公社買了一部腳踏式電影放映機和一台放電影用的汽油發動機。需要兩名放映員，公社便選擇了林建國，還給他派了一名叫二奎的當地農民給他當助手。林建國不用下地幹活了，每天趕著驢車，到全公社各大隊放電影。每次來豁牙溝放電影，林建國都住在王石頭這兒。林建國看見傻三也在，便悄聲問王石頭：「你招惹他幹什麼？」王石頭說：「是他自己來的。」

在偏遠落後的農村，看電影是最受人們歡迎的事情。夏天的夜晚變的涼爽，晚風中飄拂著起燈花的香氣。鄰近村子的男女老少、大姑娘小媳婦便成群結隊地帶著小板凳從各村像趕集一樣趕來。他們打逗著，說笑著，在溢滿花香的山路上，充滿著歡聲笑語。

電影是《地道戰》，王石頭已看過好幾次，閒著沒事，也就跟著再看一遍。放映的地點是在大隊部前，兩根杆子中間扯起一塊幕布。幕布前坐滿了人群，後面的人則站著，王石頭也拿個板凳坐在靠後的地方。他剛坐下不久，後面便有人擠到他旁邊坐下，一隻手在他肩膀上用力地捏了一下。他側臉一看，坐在他旁邊的原來是常彩梅。她的腿緊挨著他的腿，王石頭有意地往旁邊挪了挪，常彩梅雖然沒挪小板凳，但那條腿有意往他腿上靠。那條腿的溫度透過薄薄的褲子傳導到他的腿上，她的一隻腳也伸到他腳旁，輕輕地撥弄著他的腳。王石頭並沒有把腳挪開，一任那小巧的腳輕輕撥弄，身上升起一種麻酥酥的感覺。常彩梅的一隻手伸過來，抓住王石頭的手，在她的大腿上輕輕摸挲著，她的手很小，微微有些發涼，大腿豐滿又富有彈性。常彩梅引導他的手，伸向大腿內側，又慢慢往上移，一直到大腿根部。王石頭感到一種麻酥熱辣的感覺彌漫全身，她又引導他的手，觸碰那個最隱秘的部位，王石頭的下部也變得支楞起來，她側身看了王石頭一眼，輕輕呻吟了一聲，眼睛也變的迷離起來。這時，他聽到旁邊有人大聲叫道：「石頭，有人找你。」他回頭一看，是劉志亮，他站起來，分開人群走到外面，劉志亮也走過來。他見了王石頭問：「咋，憋不住了吧！」王石頭已從剛才的感覺中走出來，不好意思地笑笑。劉志亮說：「上次拿頭巾時我就覺得常彩梅對你有意思，今天，我看她往你哪兒一坐我就知道她要勾搭你。我看半天了。石頭，你可要小心，到時候纏著你，將來想走也走不了。」

王石頭不再看電影，回到屋裡，仍在回味剛才那一幕，他暗暗告誡自己，為了前程，以後決不可再犯這樣的錯誤。

電影放完了，林建國和傻三也回到屋裡，林建國說他還要去生更營再放一場，生更營離豁牙溝四五里路，屬於牧區，那裡住的大都是蒙古族人。為了搞好民族關係，每次到豁牙溝來，都要去那裡放一場。林建國問王石頭想去不想去，王石頭不願意和傻三在一起，就說想去。傻三也提出跟著去，被林建國不客氣地回絕了：「你去幹什麼？」

三個人趕著小驢車，拉著放映機上了路。生更營在豁牙溝南邊，是一馬平川。小驢車在路上不緊不慢地走著，林建國問王石頭：「你家裡沒有什麼東西吧，別讓傻三偷了。」王石頭說：「就有一些白麵，還有兩塊醬油磚。他總不能把鋪蓋卷也抱走吧。」林建國說：「那倒不至於，我看他那頂狐帽和冰糖，就不是好來的。」

到生更營放完電影，已是半夜了。生更營的幹部為三個人找好了住處，林建國卻執意要回豁牙溝住。三個人又趕著小驢車上了路。來時月明星稀，回去時已是滿天雲彩，月亮偶爾露一下臉，又躲進了雲層。夜色很靜，沒有一絲兒風，只有驢蹄子踏在路上和小車碾過的聲音，農民二奎趕著驢車，王石頭和林建國走在車後，大約走出二里地的光景，驢突然不走了。耳朵不安的擺動著，二奎用手拍了拍驢屁股，吆喝驢往前走。驢一邊走，一邊使勁往二奎身上貼，耳朵仍不停地擺動著。二奎狠狠拍了驢脊樑一下：「這牲口是咋了，咋使勁往身上貼！」林建國走到前面問：「這驢是不是餓了？」二奎說：「在生更營剛剛餵的草。」林建國說：「讓我來趕。」他用手拍了一下驢的脊樑，吆喝著驢快走。驢仍緊緊地貼著他的身子。林建國回過頭叫二奎把鞭子拿來，就在他回頭的瞬間，看見車的後右側有兩雙綠幽幽的眼睛。林建國喊了一聲：「狼！」用手電筒往後照著，兩隻狼站著不動了，卻沒有離開的意思。林建國讓王石頭和二奎走到前面，驢仍然緊緊地貼著他的身子，狼也不緊不慢地跟著，車走，狼也走，車停，狼也停，始終跟他們保持十來米的距離。三個人有些緊張，他們知道，狼不會永遠這樣跟下去，它們會伺機撲過來，而他們手裡什麼家什都沒有，如果赤手空拳地和狼較量，肯定不是狼的對手，兩隻狼似乎也有些不耐煩了，和他們的距離越來越近，再走下去，沒準什麼時候，狼就會撲過來，林建國說了聲：「有了。」他讓車停下，上了驢車，狼也停下了，離車只有五六米，四隻綠眼睛望著他們，林建國把起動發動機的繩子繞在軸上，拼命一拉，發動機的馬達頓時轟鳴起來，發動機上的燈炮驟然雪亮，照亮了原野。當他們再回頭看時，狼早已不見了蹤影。

回到村裡，已是後半夜，離屋子不遠時，王石頭看見一個人走出院子，樣子很像是常彩梅。進了屋，傻三正在四仰八叉地躺著，嘴上叼著煙，一副陶醉的樣子，屋裡有一種雪花膏和煙的混合氣味兒。王石頭問：「是不是有人來過？」傻三說：「沒有。」王石頭說：「什麼沒有，我看見一個女的剛出去！」傻三說：「她是來找你的！」王石頭用鼻子嗅了嗅：「你們是不是幹那事了？」傻三說：「你沒在，就跟我幹了一次。」王石頭說：「你他媽不是人，在我屋裡幹這個，那個女的是狗皮膏藥，不能讓你白幹，明天，就跟你要錢！」傻三騰地從炕上坐起來：「我可沒錢！」王石頭說：「那你還不快走！」傻三說：「大半夜的，我去哪兒，明天一大早就走！」天還沒大亮，傻三就匆忙起身離開，沒過一會兒，又回來了，在炕上尋找著：「那頂狐皮帽子呢？」王石頭說：「早被那個女人拿走了，你以為讓你白幹吶！」

早晨，王石頭挑水時遇見劉志亮，王石頭問：「常彩梅怎麼和什麼人都幹，夜裡還和我們那個傻三來了一回。」劉志亮說：「這個女人就喜歡撒野球！」

第二天上午，王石頭正在地裡幹活，大隊派一個社員來地裡找他，說讓他去大隊。王石頭來到大隊，屋裡坐著一個中年人和一個年輕人，說他們是縣公安局的，王石頭心裡一陣緊張和害怕，以為他寫的詩出了問題。前些天，他就聽知青們說，有一個南京知青寫了一首關於知青的歌，被抓起來了。中年人問：「昨天有一個叫魏家山的知青到你這兒來過？」王石頭一愣，這才想起魏家山就是傻三，便點點頭說：「來過。」心裡也舒了一口氣，原來不是調查他寫的那些詩的。「他給你留下什麼東西沒有？」中年人又問。「沒留下什麼東西。他就帶來了一些冰糖和幾個蒜油餅。」「還有別的沒有？」中年人接著問。「還有一頂狐帽。」王石頭說。「狐帽呢？是不是在你這兒？」王石頭本來不想說傻三和常彩梅的事，可是如果不說，自己就摘不清，便把傻三和常彩梅睡覺的事說了。中年人皺皺眉：「哪有女的讓你們白佔便宜的！你們這些知青來農村，別的沒學會，偷雞摸狗都學會了。」說完，就讓王石頭出去了。

一個星期後，王石頭聽說傻三被抓走了，他撬了一家供銷社，偷了些冰糖、蒜油餅和一頂狐帽。像往常作案一樣，他又把物證留在了現場——一頂自己戴的狗屎黃軍帽，公安局依照這頂帽子，很快就破了案。

傍晚，王石頭去大隊看報紙，大隊書記高悅對他說：「石頭，剛才公社通知，每個大隊要兩名社員去修鐵路，每月三十二塊錢，每天補助一斤糧食，你願不願去，你要想去，大隊把你報上。」高悅見王石頭有些猶豫，又說：「修鐵路掙的比生產隊多，又不用自己巴鍋做飯，你是知青，幹好了沒準還能把你留下。你要是在村子裡，不敢定什麼時候才能輪到你。」

王石頭覺得高悅的話在理，即使沒有那首偷雞詩，論他的出身，招工也十分渺茫，每月掙三十多塊錢，對他也有吸引力，況且還不用自己做飯。他說：「那就先報上吧。」和王石頭一起報名的還有一個其他小隊的李瞎子，李瞎子個子不高，是天生的近視眼，兩隻眼睛總是眯縫著，一臉濃重的絡腮鬍子，李瞎子四十多歲還沒結婚，掙的工分錢都搭了夥計，聽人們說，他和常彩梅還有一腿。

參加修鐵路要到縣裡集中，王石頭發現，去參加修鐵路的大都是一些沒成家的後生和一些三四十歲的光棍漢。他們上了汽車，汽車把他們拉到一片空曠的野地裡，野地裡支著十幾頂帳篷。雖然是中秋剛過，草已全部枯黃，天氣有些寒冷。王石頭和幾十個農民一起住進一個大帳蓬。帳篷有二十幾米長，七八米寬，面對面兩個大通鋪。在農村插隊四年多來，王石頭雖然天天和社員們一起出工，卻極少和社員一起住過。只是去年秋天，王石頭和劉志亮被派到一個叫紅旗溝的小隊查賬，在社員家住了一夜。那一夜，他幾乎沒睡，他不習慣男女老少都睡在一條炕上，也更不習慣蓋他們的被子，社員家的被子幾乎從不拆洗，特別是被頭，污漬和油泥把被頭滋的油亮油亮，潑一碗水像潑在油布上一樣，水珠會簌簌地落下，保證被子不會浸濕。被子還散發著一種頭油、汗臭和一種說不出道不明的氣味兒。他不得不把被子蓋在胸部以下，上面蓋上自己的棉襖。

王石頭不想和農民睡在一起，就自己在帳篷西北角弄了張單人鋪，和大通鋪有半米的距離。在兩個通鋪中間，是一個用磚砌的一米見方的取暖爐子，爐口有臉盆大小，爐膛能裝下一百多斤煤。伸出帳篷頂的爐筒子有碗口粗細。爐子用的都是上好的大同口泉煤，熾熱的火焰能把爐筒子燒紅。晚上，農民們睡在大通鋪上，因為帳篷裡熱，他們就赤身裸體四仰八叉地躺在鋪上，所有的農民都沒有褲衩，一律光屁股睡覺，他們吸著當地劣質的旱煙，說著葷段子。最讓王石頭受不了的是他們為了消滅蝨子，把襯衣襯褲脫下來，放在水桶裡煮。當地農民一輩子不洗澡，穿衣服的習慣是從穿到身上一直到爛幾乎從來不洗，內衣上面浸透了油漬和污垢。王石頭他們來農村後，經常拿著盆到井邊洗衣服，社員們就說，這些侉子把好好的衣服都洗爛了。

每到晚上，便是農民煮衣服的時候。大桶裡咕嘟咕嘟冒著熱氣，一股腥臊，屎臭，汗漬，人油混和在一起的氣味在帳篷裡彌漫升騰起來，這種氣味鑽進鼻子，直衝腦門，令人窒息，讓他嘔吐，王石頭用被子緊緊地把頭蒙住，可是那種腥臭的氣味頑強地鑽進被子，他就把頭朝下緊緊地貼在帳篷和床的縫隙間，汲取從地面滲進帳篷的一絲涼氣。農民睡覺時從不熄燈，兩個一百度的大燈泡明晃晃地照著，帳篷裡比白天還亮。實在難以忍受時，王石頭就穿上衣服，來到帳篷外面。無邊的夜色，空曠的原野，風吹過帳篷發出低低的嗚咽。王石頭有一種被拋在荒郊野外的感覺，感到深深的憂傷和孤獨。

修鐵路是重體力勞動，雖然每天能掙一塊錢，可活卻比農村累多了，抬鋼軌，抬枕木，拉石子，還要用十字鎬把石子使勁砸進鋼軌與枕木間。工地上有食堂，不用自己做飯，主食雖是饅頭，菜卻是土豆、圓白菜和胡蘿蔔，一個星期也難得吃一回肉。王石頭有幾次打算不幹了，可一想到每天能掙一塊現錢，就又留下了。王石頭已不再希望鐵路把他留下，與其修鐵路，還不如在農村種地，這樣的風餐露宿和重體力勞動對他已沒有任何吸引力。

一天傍晚，吃完飯後，李瞎子來找王石頭，問他：「侉子，想不想吃馬肉？」王石頭說：「想吃，哪兒有？」李瞎子說：「你要是想吃，夜裡咱們去弄。」王石頭說：「行。」半夜，王石頭睡的正香，李瞎子把他叫醒，帳篷外已站著六七個人。他們帶著繩子，拿著手電筒，還有一個人拿把斧頭。王石頭心裡有些害怕，對李瞎子說：「不是去偷馬吧？」李瞎子說：「誰敢去偷馬，不要命了！你去了就知道了，不犯法。」

一行人摸著黑，借著星光，沿著草灘往東走。前面是一片曠野，靜靜的，讓人覺得有點瘮人。大約走了一個小時，他們在一個深坑前停下來。深坑直徑約有十幾米，一個人用手電筒往坑裡照了照，大坑最少有幾十米深。黑洞洞看不清裡面有什麼東西。拿手電的問大家：「誰下？」一個叫楞柱的年輕人說：「我下。」一個人用繩子拴住楞柱的腰。楞柱把斧頭別在後腰上，把手電筒揣進口袋裡，三個人拽著繩子，從坑口順著坑壁把楞柱慢慢地往下繫，大約過了七八分鐘，下面傳來喊聲：「行了，到底了。」接著便傳來大坑下面砍剁的聲音，不一會，下面喊到：「遞下一把刀來！」一把砍刀拴在繩子上順著坑壁繫了下去。接著又是一陣砍剁的聲音，過了一會兒，砍剁聲停止了，下面的聲音叫道：「拴好了，往上拽吧！」一條馬腿從坑裡面拽了上來。隨後，人們又把繩子繫下，又一條馬腿拽了上來，下面傳來聲音：「還砍不砍？」那個拿手電的人說：「行了，先上來吧！」人們繫下繩子，把楞柱拽了上來。拿手電的問：「裡面馬多不多？」楞柱說：「有二三十匹。」

回來的路上，王石頭問李瞎子：「怎麼把馬都扔到坑裡。」李瞎子說：「這些馬都得了馬鼻疽，馬一得這病，就互相傳染，得趕快處理，要不，一群馬都得死。」王石頭問：「那人吃了不會也傳染吧？」李瞎子說：「百不咋，拿開水一煮就沒事了。」

回到住處時，天已經快亮了，人們從食堂拿來兩個鐵桶，把馬肉切成大塊放到桶裡，放到爐子上煮。不一會兒，桶裡咕嘟咕嘟冒起熱氣，一股肉的香味開始彌漫開來。等吃早飯時，馬肉煮熟了，帳篷裡的人每人分到一大塊，王石頭也分了一塊。馬肉煮的很爛，都是大板絲，雖然不如牛羊肉好吃，可對長期見不到葷腥的人來說，也十分解饞。

吃馬肉很快在各個帳篷中流行開來，人們明目張膽地去大坑裡割馬肉，每個帳篷都散發出馬肉的香味兒。但這種大餐很快就結束了，一天，工地來了兩個公安局的人，所有的民工都被召集起來，公安局的人給大家訓話：「你們知道不知道，這些馬是得了馬鼻疽才扔到大坑裡去的，你們去割馬肉，就等於散佈馬鼻疽。以後，誰敢再去割馬肉，就把他抓起來，以破壞生產論處。現在大坑裡噴灑了滅鼠藥，如果誰再去割，吃死了活該！」

第一個月，王石頭拿到三十二元錢，他留出十二元錢當伙食費，把剩下的二十元錢縫在棉襖裡，以免丟了。那些農民則到離工地三十多里路的一個鎮子去買毛嗶嘰，這是當地姑娘出嫁時必要的彩禮。李瞎子光棍一個，一個人吃飽了全家不餓，他和兩個三十多歲的單身漢去一個叫高集的村子搭夥計，高集離工地有十幾里地，村子裡有一個綽號叫小紅鞋的女人。李瞎子眼睛雖然不好，找女人卻像貓找魚腥味一樣靈。他每個星期去一次，每次十塊錢，把掙的錢都給了小紅鞋開的朝天銀行，還拉下一些饑荒。一次，李瞎子找王石頭借錢，王石頭說：「你怎麼把錢都搭夥計了！」李瞎子說：「你不去不知道，跟那女人鬧一回，死了都不屈了！」

三個月後，工程了結束了，王石頭攢下六十塊錢。李瞎子則一分不剩，還欠下王石頭五塊錢。

他們離開後的第二年春天，馬鼻疽開始在當地大規模的流行，牲口大批大批地被活埋。

四十六

天落下一場透雨，一連下了一天一夜。在這十年九旱的地方，這樣大的雨實屬罕見，下雨讓人們感到興奮，因為這意味著收成。早晨，雨後放晴，太陽明亮地照著，田野一片耀眼的翠綠。天空藍的醉人，纖塵不染，如洗過般的乾淨。雨後的土地變的鬆軟，村裡的姑娘小夥子挎著筐子，拿著鏟子上山去挖藥材，社員們把藥材賣到供銷社，換回燈油、肥皂、鹽、火柴等日用品。

王石頭也挎著籃子和劉志亮上了西邊的百靈山。插隊四年多來，王石頭第一次上百靈山。他沒想到，雨後的百靈山如此美麗，青山疊翠，綠草像絨毯一樣從山頂鋪下，浸透雨水的山坡也變的像草毯一樣鬆軟，青青的草地灑滿了露珠，在陽光照耀下如珍珠般地閃耀。山坡上，開著一片片金針花，間或冒出一簇火紅的野百合花，它那微微蜷曲的花瓣如塗了胭脂般嬌豔。不時有被驚動的鳥兒飛上天空，讓悅耳的歌聲在雲端悠揚婉轉。還有野兔和田鼠，它們見了人，野兔便驚慌失措地跑開，田鼠則哧溜一下鑽進洞裡。雨下過後，山坡上和草地上還會長出一圈圈蘑菇，是當地有名的口蘑，它們在雨後破土而出，圓圓的蘑菇圍成一個圓圈，像是田野中的小精靈，口蘑個兒都不大，白白的，嫩嫩的，味道十分鮮美，把口蘑切成小塊，和羊肉放到一起，放上蔥花和鹽，放到鍋裡蒸熟後，用它來蘸莜麵窩窩和莜麵魚魚，就是當地最好的美食。

一群羊散落在山坡上，悠閒地吃著青草，一個羊倌斜靠在山坡上望著羊群。劉志亮說：「山坡下有一個蘑菇盤，不知被人採過沒有，咱們去看看。」倆人順著山坡往下走，在離羊倌不遠時，劉志亮告訴王石頭，那個羊倌就是粉花相好的李青。王石頭十分想看看那個男的長得什麼樣，就對劉志亮說：「咱們到他身邊坐會兒去。」王石頭和劉志亮來到羊倌旁邊，羊倌轉過身，見是劉志亮，又看看他們挎的籃子，便說：「三哥，揀蘑菇來了。」王石頭看了羊倌一眼，羊倌長的可以算得上英俊，眼睛富有神採，下額棱角分明。有一種不同於農民的氣質，像是一個教師，怪不得粉花喜歡他，王石頭想。

劉志亮說：「今年的蘑菇不如往年多。」羊倌從身邊拿起一個布袋：「這是我剛摘的，拿去燉湯子吧。」羊倌看了看王石頭。劉志亮說：「這是知青王石頭，北京的。」羊倌看了王石頭一眼，不再說話，又側身靠在山坡上，臉上沒有了剛才的溫和，眼神也變的十分冷漠。劉志亮在他身邊坐下，說：「今年的雨水比往年多。」羊倌點點頭。「草也比往年長的好。」羊倌仍點點頭。「草好了，就能把羊群穩住，羊也好放。」羊倌不再點頭，眼睛注視著羊群。劉志亮看了王石頭一眼，說：「李青，我們走了，有空去串門。」羊倌點點頭。他手裡拿著一根節節草，把它一截一截地折斷。走到坡下，劉志亮說：「我一說你是北京知青，他就不說話了，他還恨你們呢！」王石頭說：「他不像農民，像個老師，怪不得粉花喜歡他。」劉志亮說：「也怪那孩倒楣，要不，現在起碼是營長了。他父親也有點冤，解放前，窮的連炕席都沒有。也不知咋就入了一貫道，還是臨解放時入的。」「那時入一貫道的多嗎？」王石頭問。「咋不多。當時，說它能消病去災，別人一入，也就跟著入了。咱們村的崔老漢還當了壇主，那也是別人讓他當的，一貫道是個甚，他也不懂。」

走到半路，剛才還晴朗的天空突然烏雲密佈，轉眼黃豆大的雨滴從空中齊刷刷地砸下，接著便是分不清雨點的瓢潑大雨，騰起的雨霧淹沒了天地，周圍白花花的一片。倆人沒處避雨，便冒雨往山下走，雨越下越大，還下起了冰雹，倆人就把籃子頂在頭上，迎風冒雨地往前走。走到村口，洪水已經朝下來，渾濁的洪水帶著草葉、樹枝和石塊從村前的河灘滾滾流過，一直向南奔去。

大雨足足下了兩個小時才停下。

傍晚，林建國又來放電影。王石頭拿著小板凳來到大隊部前的空場上看電影，發現人們在神秘地議論什麼。王石頭問劉志亮發生了什麼事情，劉志亮說：「五女子不見了，上午上的山，到現在也沒回來。」王石頭問：「那能去哪兒呢？」劉志亮說：「現在派人去附近的親戚家找了，如果還沒有，可能是被洪水朝走了。」

五女子姓謝，叫春香，剛滿二十虛歲。五女子個不高，身材也不苗條，平時不愛說話，顯得有些老氣。五女子小時父親就去世了，母親帶她長大。去年，她母親把五女子許給村裡一個叫滿生的後生，滿生二十三歲，人很精幹，相貌也不錯，只為家窮拿不出彩禮錢，介紹了幾個外村的姑娘都沒成。五女子母親就把女兒說給滿生，滿生不願意，嫌五女子長得不好，性格發悶。可滿生父母都十分贊同，因為五女子母親提出只要兩身衣服，一頂狐帽，一百元彩禮錢。滿生雖然不願意，但架不住父母的逼迫，也就勉強同意了，倆人訂了婚。訂婚後，滿生仍對五女子十分冷淡，從來沒和她親熱過。五女子心裡十分委屈，卻也說不出，性格更悶了。去年，滿生被選為小隊長，常彩梅的丈夫洪貴仁是指導員，滿生就常去常彩梅家商量生產上的事。一次，滿生來到常彩梅家，常彩梅的丈夫不在，常彩梅就把滿生抱在懷裡，摸他的下部，隨後倆人便上了炕，常彩梅的淫蕩使滿生成了她的常客。這些自然瞞不過五女子。上山的頭天晚上，滿生又去常彩梅家。五女子和滿生吵了一架，說如果這樣，就把婚退了。滿生說，退就退，要退先把那一百塊彩禮錢還回來。吵完架後，五女子哭了半宿。第二天，大家上山挖藥材，五女子也去了。早晨，很少打扮的五女子像是要做新娘一樣，穿了件花布新衣裳，鞋也是新的，頭髮也梳得溜光。五女子母親責怪女兒：「你上山穿新鞋幹什麼，快換下來。」五女子並沒理睬母親，穿著花衣服和新鞋上了山。

電影放完了，去到各親戚家找五女子的人也都回來了，都說沒找到。村裡的人都認為凶多吉少，五女子肯定出事了。

第二天，天剛亮，人們就順著村前的河灘往前找，山洪已經退去，河灘留下朝刷下來的淤泥、石塊和柴草，人們在離村子三里路的河灘裡，發現了五女子的屍體。五女子趴在河灘上，下半部埋在淤泥裡，她的碎花衣服被撕成了碎片，鞋和襪子都沒有了，頭髮也被泥沙糊住了。人們把五女子翻過身來，她的兩隻眼睛睜著，都看不到眸子，眼眶裡滿是泥沙。人們把五女子抬回村，五女子母親一見女兒這樣子回來，叫了一聲：「五兒！」頓時就昏了過去。五女子母親醒來，看見女人們正在為女兒清洗，便哆哆嗦嗦地坐下來，讓別人都不要管，要為女兒親自清洗，五女子母親輕輕擦去女兒眼眶裡的泥沙，把五女子睜著的雙眼輕輕合攏，把堵在耳朵和鼻孔裡的泥沙掏出來。用布輕輕擦著臉上的劃痕。把裹在頭髮裡的草葉和柴棍摘掉，用梳子一次一次地篦去頭髮裡的泥沙，然後把頭髮放在水中清洗。她洗的專注而認真。完了，五女子母親正準備起來換水。抬頭看見坡下井臺邊站著常彩梅。五女子母親的臉頓時變的鐵青，拎著桶不露聲色地向井臺走去。常彩梅並不認為五女子的死和自己有什麼關係，她正和一個女人講五女子不應該下大雨時到溝裡避雨。五女子母親走到常彩梅身後，一手拎著桶梁，另一隻手抄著桶底，把一桶泥水狠狠地向常彩梅身上潑去。正在和別人聊天的常彩梅被兜頭潑來的泥水澆懵了，她轉過身來，抹了一把臉上的泥湯子，這才看清是五女子母親。五女子母親破口大罵：「你這個萬人偷的東西，你償我閨女的命！」常彩梅又抹了一把臉上的泥湯子：「五女子死跟我有甚關係，你咋跟瘋狗似的亂咬人！」五女子母親罵道：「是你這個萬人偷的東西勾引滿生，滿生才不理五女子！」常彩梅說：「那東西長在我身上，我想讓誰日就讓誰日，你想讓人日還沒人稀罕你呢！你家沒有拴騾子的木橛子，就別怪騾子往外跑！」倆人罵著，常彩梅的丈夫來了，他指著常彩梅：「你在這兒胡沁甚，還不趕快回家去！」常彩梅忿忿地走了，一邊走一邊罵：「五女子死了就是因為你太缺德，你就是把天哭塌了，五女子也回不來了！」

第二天，劉志亮來找王石頭：「石頭，五女子後天就要埋了，現在還沒有棺材，那孩兒挺可憐的，總不能讓身子挨著土，你去找找劉侉子，買一口便宜點的棺材。」

王石頭到縣城去找棺材板，棺材板一見他就問：「是不是來買棺材來了？」王石頭問：「你怎麼知道？」棺材板說：「你身上帶著死人的晦氣。」王石頭說：「你還記得五女子嗎？」棺材板說：「怎麼不記得，個兒不高，長得不好看，怎麼了？」王石頭說：「她死了。」棺材板說：「這麼年輕就死了，怎麼死的？」王石頭說：「下雨到溝裡避雨，被洪水朝走，淹死了。」棺材板說：「要什麼材料的？」王石頭說：「要便宜點兒的。」棺材板說：「柳木和榆木的都貴，便宜的是楊木的。楊木做的棺材不經年月，人稱薄酥脆，可是最便宜。」王石頭說：「那就要楊木的吧，多少錢？」「三十二塊。」「能不能便宜點？他們家讓我來，就是想便宜點。」棺材板說：「棺材不講價，這是規矩，免得死人聽了不高興。」棺材板說的一本正經。王石頭說：「那就要三十二的吧，什麼時候送，五女子後天就下葬了。」棺材板有些不滿地看了王石頭一眼說：「你沒幹過這行，盡說一些外行話，棺材哪有人送的，那不是罵人嗎，都是自己拉，皇帝老子也是自己拉。」

第二天，五女子下葬了，她就埋在粉花的墳旁邊。

滿生在五女子死後，便沒了蹤影，半個月後才回到村裡。

四十七

春節快到了，王石頭決定回老家去看望父母。這一年年景不錯，每個工四毛三分二厘五，去掉口糧錢，王石頭還能分到六七十元錢。雖然生產隊現金極缺，劉志亮還是想方設法給他兌了現。王石頭花十二元錢買了一隻羊，能出十五六斤肉。社員們幫他把羊殺了，把骨頭剔了。把羊肉卷成卷，塞進羊肚子裡，這樣路上好帶，又花十元錢買了六隻雞，殺了，把毛退乾淨，也準備帶回北京和老家。

這次，王石頭規規矩矩買了票。他帶這麼多東西，只想順順當當地回家，不希望找麻煩。

王石頭在北京哥哥家住了兩天，便起程回老家。他先在大姐家住了一夜，第二天，便往家趕。自從他四歲離開老家後，這是第一次回到他出生的地方。除了在籍貫上需要填上這個地方外，他對老家沒有任何感情。它既是父親的發祥地，也是父親的落難地，七十來歲還要在監督下參加勞動。當王石頭踏上這片土地後，才感受到她的美麗與貧困，她像一個容顏明媚卻又衣衫襤褸的美女，讓人愛又讓人憐。從承德市過來，便是一路的高山，因為是冬天，山上沒有任何綠色，渾黃的土路和蜿蜒的山路把王石頭帶到一個叫水杖子的村莊——那就是他出生的地方。比起插隊的地方那渾黃低矮的土房，老家的房子還算規整，牆雖然大都是土牆，房屋卻建的比較高，屋頂上苫的都是茅草。村子不大，有百十戶人家，一條不寬的土路穿村而過。村子後面，一條挺寬的大河從村後流過。河面有的地方已經結冰，沒結冰的地方河水十分清澈，下面的石子粒粒可數。王石頭順著一個孩子的指引來到村東頭的一間土屋前，土屋不大，四面用樹棍圍成了一個小小的院子，院子裡十分整潔，柴禾、秸稈堆放的十分整齊。在院子的前面有兩棵大揚樹，院子右側有一個豬圈，一頭七八十斤的豬正趴在裡面曬太陽。王石頭推開柴門，走進院子，王石頭母親迎出來，看見王石頭，像不認識似地仔細地端詳著他。說聲：「你瘦了。」淚水便掉下來。母親的頭髮已經花白，背也有些佝僂，明顯的老了。王石頭放下提包，問：「我爸呢？」「打茬子去了。」茬子就是玉米，高粱或穀子的根，莊稼割倒後，這些根就留在地裡，冬天人們把它刨出來燒火做飯。王石頭母親忙著給兒子做飯，母親把一切都準備好了，砧板上放著切好的細細的肉絲，細細的酸菜絲，蔥絲、薑絲也切好了，麵條也切好了，似乎很長時間以來，就期待著給兒子做這頓飯。鍋燒熱了，小屋裡瀰漫著菜的香氣，不大功夫，一大碗肉絲酸菜麵便放到王石頭的面前。王石頭狼吞虎嚥地吃起來。他已經多年沒有吃到母親做的酸菜肉絲麵了。王石頭母親坐在兒子對面，端詳著王石頭，那種眼神就像是幾輩子沒見到自己的兒子了。正吃著，王石頭父親挑著滿滿兩筐玉米茬子走進院子，他看見王石頭，說了聲：「來了。」便開始往院子裡堆放茬子。堆完茬子，進了屋，問王石頭：「那個地方比察北還冷吧？」王石頭說：「差不多。」王石頭母親說：「我和你們老爺子一聽說你去了那地方就都掉淚了。」王石頭說：「那地方吃得好，都是白麵和莜麵，就是小米不好吃，熬多長時間也熬不黏。」王石頭母親說：「今天晚上我給你熬小米粥。」

晚上，王石頭母親熬了一鍋稠稠的小米粥。小米粥黏黏的，黃黃的，米湯上像是浮著一層油脂，喝起來又黏又香。主食是玉米麵貼餅子，菜是酸菜炒肉。吃飯時，王石頭母親把貼餅子放在一個瓦盆裡，用布蓋住，上面蓋上蓋簾，吃一個拿一個，窗外一有腳步聲，母親會迅速地把手中的貼餅子放到盆裡面。那樣子，就像是貼餅子是偷來的。雖然這裡解放了二十多年，家家卻都吃不飽，全村人甚至包括隊幹部家裡晚上都是稀粥，如果發現這個地主家晚上還有貼餅子吃，那就會有沒完沒了的小鞋給你穿。王石頭父母雖然被轟回農村，在生活上仍保持著溫飽水準，不像當地人那樣餓肚子，隔一個月王石頭的哥哥姐姐就會寄來一些錢和糧票，不過，這些糧票和錢並不直接寄到水杖子，那不僅收不到，還會招來麻煩甚至禍患，他們絕不允許這個地主分子比他們生活得好。糧票和錢都是寄到王石頭大姐家，再由大姐的女兒送過來。

晚上，王石頭剛剛睡下，就聽見窗外有人喊：「王石頭，小隊幹部讓你去小隊一趟！」王石頭不明白小隊幹部晚上找他幹什麼，也不大想買賬，便說：「我已經睡下了。明天再說吧！」窗外的人停了一會兒，便走了。王石頭母親說：「他們又是找尋人呢！」過了一會兒，窗外又有人喊：「王石頭，小隊幹部讓你現在必須去！」口氣裡明顯含著命令的成份。王石頭母親悄聲說：「你三哥回來時也是這樣，你快去吧。」王石頭穿上衣服出來，院子外面站著一個人，王石頭嚇了一跳，叫他的人有二十多歲，面目有些猙獰，臉頰上有一個大傷疤，扯的嘴有些歪，一隻眼睛往上吊著，一隻耳朵沒了，一隻袖子也是空的。王石頭跟著這個面目恐怖的人，走進一間屋子。在昏暗的油燈下，王石頭看見炕上坐著幾個人。一個三十多歲的人讓王石頭坐下。問道：「是剛從北京來的吧？」王石頭點點頭，中年人又問：「聽說你在內蒙插隊？」王石頭又點點頭。「內蒙那地方比咱們這兒還冷吧？」王石頭說：「比咱們這兒冷，最冷時零下三十多度。」「你插隊幾年了？」「五年」。「也沒成家？」「沒有。」王石頭有問必答，態度不卑不亢，他知道父母在他們手中，不能得罪他們，卻也不想表現出順從，因為他從來沒有把他們放到眼裡。「聽說，你三姐不在了？」中年人突然問。「是，不在了。」「聽說是自殺？」中年人又問。「對，是自殺。」王石頭回答。三姐離開老家時才十一二歲，現在活著也才三十多歲，和問他話的人年齡相仿。他們一定還記著那個穿著雪青色衣服，長長的辮子上繫一根紅頭繩，眉清目秀的女孩子，甚至還可能在一起玩過。「你三姐年輕輕的，怎麼那麼想不開。」王石頭聽出，這句話沒有幸災樂禍的意思，甚至還有一點惋惜。停了一會兒，中年人又問：「你在家要多待一陣子吧？」王石頭說：「過完春節就回去。」中年人說：「叫你過來隨便問問，你回去睡覺吧。」王石頭回到家裡，王石頭母親問：「叫你幹啥？」王石頭說：「問我三姐的事。」王石頭母親說：「你三姐的事他們早知道了，還問你幹什麼？」

半夜，王石頭睡的正香，被窗外的一個叫聲吵醒了：「王少廷，讓你到北灣送信去！」王石頭父親摸著黑穿上衣服，出了門。北灣離水杖子四里路，而且都是山路，王石頭明白，在這個山村，不會有什麼重要的事情非得大半夜去送信，早晨送也完全來得及，他們這樣做，是做給他看的，讓他明白他們才是這裡的主宰者，可以任意驅使他的父母。

王石頭父親出門後，王石頭問母親：「有什麼信非要半夜去送？」王石頭母親說：「你三哥回來也是這樣，半夜讓你們老爺子送信。」王石頭低低罵了一句：「這幫王八蛋！」

天快亮時，王石頭父親才回來，神情平和自然，對這種作法似乎早已習慣了。

早飯仍是黏黏的小米粥，貼餅子，還有一種叫瓜肌的鹹菜，細細的肉絲，細細的鹹菜絲，放在鍋裡炒，臨出鍋時，放上蔥絲，淋上香油，盛出來放涼了就著粥吃。王石頭父親的早飯更有營養，在一個大把缸子裡打個雞蛋，放上白糖，調勻後，放上黏黏的米湯把雞蛋朝開，這在北京也算是奢侈的早餐。這種超越當地人的飯食也算是對屈辱生活的一種補償。

吃完早飯，王石頭正準備去叔伯哥哥家，一個身材瘦高、細眉細眼年輕人來找他：「王石頭，李書記讓你去大隊一趟。」有了昨天的經驗，王石頭知道不去不行，就跟在他後面去大隊。王石頭隨著年輕人來到大隊，大隊書記四十多歲，他上下打量著王石頭，問：「你叫王石頭？」王石頭點點頭，說：「是。」

「現在在哪兒工作？」

「沒工作，在內蒙插隊。」「你有介紹信嗎？」大隊書記問。「沒有，走的急忘開了。」王石頭本想去公社開證明，可覺得來回還得跑四五十里路，就偷了個懶。

「那你怎麼證明你是在內蒙插隊，又怎麼證明你是王少廷的兒子呢？」大隊書記一臉嚴肅，兩隻眼睛盯著他。王石頭覺得這是有意刁難，口氣也變得不那麼順從：「如果我不是他們的兒子，他們怎麼會讓我在哪兒吃住」。

「那不一定，現在階級鬥爭這麼複雜，你父母又都是四類分子，你又是從內蒙來的，那裡離蘇聯近，沒有介紹信，讓我們怎麼相信你！」王石頭說：「你要是這麼說，我就沒什麼辦法了。」這句略帶頂撞的話讓這位書記感到惱怒。口氣也變的強硬起來：「這麼吧，你寫信給你們公社，讓他們寄一份證明來。如果寄不來證明，那你就不能在這兒過年了。」王石頭明白，這根本是一件不可能做到的事情，現在離過年還有一個多星期，他們那裡郵遞員一星期來一次，遇上雪天時間更長，加上信在路上要走幾天，慢說十天，就是二十天也不能打個來回，王石頭不再說什麼。大隊書記說：「你把你的姓名，插隊的縣和公社大隊寫下來，我們備個案。」王石頭留下地址，大隊書記揮揮手：「沒什麼事了，你先回去吧，我們有事再找你。」

回到家裡，王石頭把讓他寄證明的事告訴了母親。母親歎了口氣：「唉，連年都不讓過消停。」

下午，王石頭來到叔伯哥哥四海家。四海的父親已去世，因為家裡成份不好，三十多歲還沒成家。在四海家，王石頭真切地感到地主階級確實被共產黨打倒了。四海一家四口住在一個房子不像房子、窩棚不像窩棚的地方，房子不大，只有一間半，歪歪斜斜的，外面是灶臺，裡面是炕，房子的窗戶很小，還是朝北開的，棚頂是發黑的茅草，已經多年沒有換過。門是木板釘在一起的，也不嚴，裡面掛個布簾子，牆是泥土的原色，屋裡光線很暗，也很冷。炕上放著一個缺了邊的火盆，一家子正圍著火盆烤火。火也不旺，快燒成白灰的木炭閃著幽微的紅光。在四海家對面，就是原來王家的房子，現在住著一個大隊幹部，房子的下部是大塊的青石，上面是青磚，屋頂是灰瓦，它坐北朝南，雖然經歷了四五十年風雨滄桑，依然端莊穩重地坐落在那裡，安祥而厚重。從這個院子裡出來的大人和孩子不再像以前的主人那樣，衣著整潔，體面乾淨。院子裡幾個孩子正在玩耍，他們的衣服打著補丁，一個流著鼻涕的男孩手裡拿著塊涼白薯正吃的津津有味。共產黨把富人變成了窮人，卻沒能把窮人變成富人，甚至變的更窮，連飯都吃不飽。

雖然當政者打著革命的旗號淡化了中國的傳統節日，卻無法淡化千年來的傳統習慣和人們對美好生活的憧憬和嚮往。雖然家家都不貼春聯了，也不貼「福」字了，人們也沒什麼新衣服可穿，但人們仍想辦法把春節過的熱鬧些，還沒過小年，家家就開始蒸豆包，烙黏糕餅子，做豆腐，有的家還殺了豬。皇恩浩蕩，國家還發給每人二斤麥子，用來包餃子。王石頭父母也分到了四斤小麥。吃完早飯，王石頭便隨父親一起去壓碾子，把小麥磨成麵粉，四斤小麥灑在偌大的碾盤上，粒粒可數。王石頭父親推著碾杆，不厭其煩一遍又一遍地碾著，一邊碾一邊把壓在碾邊的麥粒掃到裡面，唯恐掉到地上一顆麥粒。好像那不是麥子，而是珍珠。磨完後，王石頭父親用笤帚把麵輕輕掃到一起。王石頭父親掃的極其細緻，碾子碾盤都一遍一遍地掃過，碾盤的每個紋理也被用笤帚細細地清理出來。然後放到細籮裡一遍又一遍的籮，直到籮得麥麩如水淘過般的乾淨，王石頭父親還把豬骨頭放在碾子上，碾成骨粉，把骨粉摻到雞食裡，讓雞多下蛋。王石頭不願意跟父親推碾子，便和四海去上山割柴禾。

早晨，王石頭來到四海家，四海一家正在吃早飯，雖然來回要走二十里路，回來時還要挑百十斤柴禾，早飯卻沒有乾的，只是高梁米碴子粥，粥很稀，每人端著個大碗唏溜唏溜地喝著，充其量只能喝個水飽。喝完粥，四海為王石頭找來一把鐮刀、一根扁擔和捆柴禾的繩子，倆人把繩子拴在扁擔頭上，拿著鐮刀出了門。

割柴禾的大賈山要走十多里路，一路都是上坡，還要翻過一個山梁。天氣很晴朗，沒有風，太陽暖暖的照著，路的兩邊都是落葉松，落葉松樹幹筆直，下面落滿了松針。出村不遠，四海指著前面一片茂盛的松樹，說：「那就是咱們家的祖墳，爺爺，奶奶，我爸爸和三叔都埋在那裡。」那片松林面積不大，大約有二十幾棵，卻長的很高，也很茂盛。在冬天毫無生氣的渾黃色的山崗上顯得格外青翠。四海說：「以前，咱們家的墳地比這大好幾倍，松樹也比這多，他們說咱們家的人都在外面，還都在大城市，北京上海天津都有，二哥還在中央機關，就想把風水破了，在墳地邊上建個磚廠，從咱們家的墳地裡取土，把松樹也砍倒了燒磚。磚廠剛建起不久，燒了幾窯磚，磚窯就塌了，砸死一個砸傷一個，砸傷那個人說，在窯裡他看見一個穿著長袍馬褂的人一閃就不見了，接著窯就塌了，從那以後，沒人敢去燒窯了，說王家的風水不能破，誰破誰遭殃，這樣，磚廠才停了，剩下的墳地才保住了。」四海轉過身來，指著村後流過的那條河：「你看，咱們家的墳地正對著那條河，風水先生說過，咱們家發外不發內，村子裡的小人太多，當時，大哥勸我二叔賣掉地去城裡做買賣，也是因為風水先生跟大哥說過。你看，現在出去的都比在家裡強。」王石頭問：「那天叫我去大隊的那個人叫什麼來著？」「叫孫連生，是民兵連長。」「聽說跟咱們家還有點關係。」四海說：「他是三叔的私生子，跟三叔長得一模一樣，他跟他哥哥吵架時，他哥哥就罵他，你不是孫家的種，你是王老三的犢子！」王石頭聽母親說過，三叔二十多歲就死了。三叔年輕時不著調，吃喝嫖賭樣樣不落。一次王石頭父親讓他去收賬，他把收來的錢全輸了，衣服也讓人扒了。回家全身只披一個麻袋片兒。王石頭說：「既然是三叔的私生子，應該對咱們家好點才對呀！我聽說數他對咱們最凶。」四海說：「他恨還恨不過來呢！他是三叔的種，可人卻姓孫。他心裡肯定恨咱們。文化大革命開始時，最不是人揍的就是他！批鬥我二叔時，他一拳差點把我二叔眼睛打瞎了，我二嬸也被叫去陪鬥，回來路上，我二嬸就用剪子豁了脖子，當時倒在路上，我把我二嬸背回來，幸虧豁得不深，要不，就沒命了。」王石頭說：「他倒沒控訴地主少爺欺男霸女。」四海說：「他哪有臉說呀！這丟人的事想瞞還瞞不住呢！當時，三叔把店裡的好布都偷著送給了他媽，不少人都知道，還好意思往外抖落！」王石頭說：「我們班有個學生就上臺控訴他媽被地主強姦過。」四海說：「那也不是人！」前面出現個山梁。爬過山梁，四海說：「這地方人，看咱們家人都在外面，恨得牙根癢癢，恨不得都讓你們回來受苦，我二嬸回來後，村裡人就放出風來，說公社和大隊已給天津老叔單位去信了，讓他們把老叔也轟回來，接受貧下中農批鬥。他們不想想，天津是大城市，製藥廠那麼大的單位就聽你們一幫鄉下人的，你們讓誰回來誰就回來，在農村，貧下中農尿的尿比腦袋高，在大城市就是幾個螞蚱，看都沒人看你。過了兩個月，見老叔還沒回來，就又說，老叔在天津被批鬥呢，打折了一條胳膊，那天晚上叫你那個滿臉疤癩的人，去天津托老叔找人看傷，回來漏了底，說老叔還在廠裡當工程師，一家人過的好著呢！這地方的人就這麼下三爛，你過不好，瞧不起你，過的比他們好，就恨不得扒了你的墳！我二嬸回來時，帶回一件短大衣被大隊沒收了，幾個大隊幹部輪著穿。這地方人眼皮子就這麼淺！」王石頭問：「那個人滿臉疤癩是怎麼弄的？」四海說：「手榴彈炸的，他原來是民兵排長，一次訓練，手榴彈沒扔出去就炸了，炸掉了半條胳膊，受傷後，去天津找老叔，老叔好吃好喝好招待，帶著他四處看傷，回來後才對咱們家好點。對咱們家不好的都是村裡那些不著調的，我二叔剛回來那年，給咱們家放過羊的劉老四過年時還揣著豆包去看我二叔，文化大革命那麼厲害，也沒說過咱們家一句不好。有人勸他揭發我二叔，劉老四說，揭發啥呀，我沒啥揭發的。」

大賈山到了，這是一片連綿不斷的群山，山坡上長滿了臻樹、槐樹、榆樹和一些叫不出名的樹木。樹都不高，屬於次生林，還有成片成片的灌木叢。王石頭放下扁擔，揮動鐮刀，砍倒一些灌木和小樹，四海則砍一些大一些的樹。山中寂靜無人，太陽暖暖地照著。山坡上散發著衰草和落葉的混合氣味。一些不知名的小鳥啁啾著在樹間跳來跳去。四海說，一到春天，滿山都開滿了杜鵑花，十分好看。有時，在山上還會看到孢子，孢子特別傻，它見了人，跑一段，就回頭看，再跑一段，又回頭看，如果有獵槍，就很容易把它打倒。四海指著不遠處的一座山峰，說山峰中間，有一個深潭，深不見底，潭裡夏天是冰，冬天是水，深潭四周，長著無數奇花異草，有一條缸口粗的大蛇，常在那裡出沒……。太陽偏西的時候，四海割滿了一捆柴，王石頭也砍了一小捆，四海幫王石頭把柴捆好，又砍下兩根長長的樹棍，把樹棍的一頭和那捆柴捆在一起，又用鐮刀砍下一根木棍，讓他扛在肩上拉著走，這樣省勁些。過山梁時，迎面過來兩個半大小子。王石頭聽見其中一個說，那個就是王老二的犢子。王石頭站住，放下柴禾等著他們。那倆小子走到他跟前時，王石頭問：「你們說誰是犢子！」倆人站住相互倉惶的看了一眼，趕快從王石頭旁邊溜走了。王石頭問四海：「這兩個是誰家的？」四海說：「老齊家的，都是一些不著調的東西。你要是生氣，能把你氣死！」倆人回到家裡，太陽已快落山了，王石頭母親已在院裡等他，看見王石頭砍了一捆柴，臉上滿是贊許的笑容，好像他幹了什麼了不起的事情。母親忙著讓他進屋，小炕桌上已擺好了一碗酸菜肉絲麵，王石頭也確實餓了，便狼吞虎嚥地吃起來。吃完飯，王石頭到四海家，四海正在烙麩子餅。他在鍋裡抹點豬油，用手把加了水的麩子來回拍著，和王石頭父親推麵剩下的麩子一樣，麩子皮乾乾淨淨，黃黃的麩皮看不到一點白色，沒有麵的黏力，麩子拍來拍去都是散的，成不了個，四海就把它放進鍋裡，最後鏟上來麩子餅也都是散的，四海卻吃的津津有味兒，好像那不是麩子餅，而是美味的糕點。

從四海家出來，王石頭特地經過民兵連長孫連生家，想看看當年三叔的情人是什麼樣子，孫連生的母親恰好在院子裡餵豬，這是一個滿臉都是皺紋的老人，頭髮花白散亂，背佝僂著，穿著一身髒兮兮的黑棉衣棉褲，王石頭無論怎麼也想像不出她年輕時有什麼樣的風韻讓三叔沾花惹草，還生下一個孩子。

那次砍柴後，王石頭又跟著四海上了兩次山，他喜歡那灑滿山坡的暖洋洋的陽光和衰草與落葉的氣息，喜歡那永恆般的寧靜與安祥。平時閒著沒事，他也常常爬到後山上，坐在被陽光溫暖的山坡上，望著遠處藍色的山巒和下面那流動的河水。

春節到了，大隊幹部似乎也表現了某種溫和，他們既沒有問王石頭證明寄來了沒有也沒催他離開，王石頭和父母度過了一個平靜的除夕。

只是在大年初一的半夜，隊裡又讓王石頭的父親去送信，似乎在提醒他們，即使過節，也不要忘了自己是被專政的對象。

過了正月十五，王石頭該回去了，走那天，母親把王石頭送到村口，一直望著他漸漸消失在路的盡頭。

王石頭沒有直接回北京，而是來到縣裡，他想到縣公安局查詢一下父親的檔案。一九七二年招工前，縣知青辦對每個知青的家庭進行了調查，因為父母已轟回老家，王石頭就把老家的地址給了知青辦，縣知青辦得到當地公社的回函是：王石頭父親是地主分子、歷史反革命、國民黨支部委員。父親這三頂帽子等於三座大山壓在王石頭身上，宣判了王石頭將終身在農村勞動，永無出頭之日。其實，王石頭父親只是地主，其它兩頂帽子都是當地公社強加的。他們知道，寫得越嚴重也就越影響他兒子的前程。王石頭父親在一九六三年就有了選舉權，不再屬於專政對象。也就是不再屬於公安六條的「殺關管」之列。王石頭希望當地縣公安局能根據檔案再給縣知青辦發個函，說明父親的真實情況，以使自己面前仍有一絲光亮。

到了縣公安局，一個中年人聽了王石頭的講述後，說：「你父親的檔案可能還在北京，轟回來的一般都不帶檔案，我們查查吧，等有了結果我們會通知你，如果你父親的檔案不在縣裡，公社無論寫了什麼，我們也無法糾正，因為我們沒有憑證。」王石頭連說了不下十個謝謝，留下了縣知青辦和自己的地址，離開了公安局。

回到北京，王石頭又來到街道辦事處，請他們幫他查查父親的檔案還在不在。辦事處的一個二十七八的姑娘接待了王石頭。她聽完王石頭的講述後，臉上露出一副十分同情的樣子，說：「我們查一查，看你父親的檔案還在不在辦事處，如果在，我們會按檔案的結論給你們縣知青辦發函。如果檔案不在，我們也沒辦法了。你把縣知青辦的地址留下，我們只要查到就一定會儘快發函。」王石頭又一連聲說了不下十個謝謝，離開了辦事處。

四十八

王石頭在哥哥家住了兩天，準備回內蒙。王石頭哥哥讓王石頭順路到萬全縣去看看外甥余智慧和外甥女余曉平，還給了王石頭二十元錢，讓他捎給兩個孩子。王石頭答應了，不過，他沒告訴哥哥，他去的第一個地方不是萬全，而是豐鎮。回老家之前，王石頭就想好了，這次回來一定到豐鎮找一找郭蘆枝，如果找不到，他也就死心了。臨走前，他還特地到商店買了一條天藍色的毛線長圍巾。他覺得郭蘆枝圍上它一定會很好看。到豐鎮已是下午，他立即來到知青辦，問在豐鎮插隊的學校有沒有北京女中的，知青辦的一個中年婦女打量了一眼王石頭，說：「有倒是有，你打聽這幹什麼？」王石頭心裡燃起一線希望，說：「我小學的一個同學是女中的，我來找找她。」中年婦女問：「她叫什麼名字？」王石頭說：「叫郭蘆枝，高三的。」中年婦女朝外喊了一聲：「小王，在咱們縣插隊的有沒有一個叫郭蘆枝的？是女中的。」一個戴眼鏡的小夥子走了進來，他看了一眼王石頭說：「有。在侯家溝。」中年婦女對小夥子說：「這個知青想找她。」小夥子說：「她前天剛辦了手續，轉到安徽去了，現在走沒走，就不知道了。」王石頭心裡一陣發涼，心想自己早兩天來就好了。王石頭問：「侯家溝遠嗎？」他決定去一趟，萬一這兩天她沒走呢。「挺遠的，離縣裡有三十多里路，又不通汽車，你到天黑也走不到。」小夥子說。王石頭突然想起了那個天津知青，問：「這裡離紅太陽公社向豐大隊遠嗎？」「不遠，有十五六裡。」小夥子給王石頭出主意：「去侯家溝正好路過向豐大隊，你今天可以在那裡住一晚上，明天再去侯家溝。」王石頭問了向豐大隊的大致方向，在街上買了兩個燒餅，便匆匆上了路。到了向豐大隊，天已經擦黑了。按照當地老鄉的指引，王石頭找到了知青點，和大多數知青點的房子一樣，這裡的知青點的房子也有些破敗不堪。有的牆皮已經脫落，窗戶的玻璃破了。用塑膠布繃著，特別醒目的是，在房子正面牆上，用白土子寫著兩個大字「知府」。在暮色中泛著白光。王石頭推開門，幾個正在炕上打牌的知青抬起頭來，上下打量著他。「王石頭！」一個知青興奮地叫著他的名字，跳下炕來，一把抓住他的手：「你怎麼來了？」王石頭也認出了夏洪剛。雖然是在屋裡，夏洪剛仍戴一頂破皮帽子，一個帽耳搭拉著，另一隻帽耳支楞著，棉襖沒繫扣子，腰間用一根繩子紮著，一副玩世不恭和落魄的樣子。「怪不得今天早晨喜鵲叫呢，我就知道今天有貴人來。」夏洪剛向其他三個知青介紹：「這是北京知青王石頭，火車上的難兄難弟！我跟你們說的北京知青就是他！從柴溝堡到北京，我們一路綠燈，查票的見我們就躲著走！」夏洪剛還是那麼饒舌。王石頭說：「你也沒抽走，我還以為找不找你了呢？」「抽調嘛呀，我爸爸是個小業主，不是紅五類，你說一個解放前賣布的招誰惹誰了？人家就是不要。要說，我爸爸也算是愛國人士，天津解放時，我爸敲鑼打鼓歡迎解放軍進城，我爸還給解放軍捐獻了五百條大褲衩子，也算是為文明之師做出了貢獻。現在，嫌我爸爸是業主，那五百條褲衩子也白捐了！」夏洪剛大概想起了王石頭還沒吃飯，說：「就顧著說褲衩子了，你還沒吃飯吧！」他對炕上一個知青說：「小六子，你去把那只黃母雞殺了，咱們好好招待客人。」那個叫小六子的知青剛出去，夏洪剛又叫道：「可別殺錯了，咱們還指著那只黑母雞下蛋呢！」

王石頭向夏洪剛說了這次來豐鎮的目的，夏洪剛又饒起舌來：「我說嘛，你無事不登三寶殿，鳳凰不去沒梧桐的地方，你找那個女的，不是跟她處對象吧！不是我多言，要是處對象，我看你拉倒吧，你沒聽過那首詩吧，舉起吉慶的酒杯，我感到無限地惆悵，在這婚禮的喜宴上，沒有吉祥的祝辭，只有心中的悲傷……還有那首生孩子的，在這百花盛開的七月，在這曙光微熹的黎明，在村邊這窄小的土坯裡，傳來嬰兒落地的第一聲啼嗚……」夏洪剛把兩首詩背的一字不落，加上他的天津口音，給這兩首詩加了些調侃成份。王石頭感到一陣滿足，他想不到他的詩傳播的這麼遠，郭蘆枝也一定知道這兩首詩，如果知道是他寫的，一定會對他刮目相看，明天如果能見到她，他一定要告訴她。王石頭沒有告訴夏洪剛這兩首詩是他寫的，他克制住虛榮的欲望，不能為贏得尊敬而招來禍患。

雞做熟了，夏洪剛又弄來一瓶白酒，他撕下一個雞大腿遞給王石頭：「石頭，吃！」一邊吃一邊喝，一瓶酒很快見了底，夏洪剛又弄來一瓶：「今天咱們喝它個一醉方休！」第二瓶酒喝完後，大家都喝的有些高，夏洪剛靠在牆上，唱起了那首《南京之歌》：藍藍的天空，白雲在飛翔，雄偉的揚子江畔，是可愛的南京古城，我的家鄉……其他三個天津知青一起唱起來，剛才那熱鬧的氣氛瞬間變得哀傷。

第二天一大早，王石頭告別夏洪剛和其他三個知青，便匆匆往王家溝趕。天氣很冷，又是逆風，王石頭卻像腳底生風，走的滿頭是汗，恨不得一步邁到侯家溝。快中午的時候，王石頭來到了侯家溝。這是一個不大的村落，房子大都是土坯房。一個揀糞的老人指給王石頭知青的住處。王石頭走進院子，院子不大，打掃的乾乾淨淨，繩子上晾著兩件衣裳，一看就像是女知青住的地方。王石頭感到一陣期待和緊張，他急切想見到郭蘆枝卻又害怕願望落空。王石頭鎮定了一下自己的情緒，走到屋前，輕輕敲門。門開了，一個戴眼鏡的女知青站在他面前，女知青長的很文靜，眼鏡後面一雙探詢的眼睛望著王石頭，意思是在問：你找誰。「郭蘆枝在這裡嗎？」王石頭問。女知青又打量了一下王石頭，說：「她不在，轉走了。」女知青的聲音不高，也很平靜，對王石頭來說，卻像是一盆冰水，把一路上的急切和希望全部澆滅，王石頭感到一種極度的失望，這種失望比他沒能被抽調還要強烈百倍。「什麼時候走的？」「前天。」王石頭感到一種說不出的懊悔，如果他早來兩天，他就能見到她。王石頭努力鎮靜了一下自己的情緒。女知青說：「你先進來吧。」王石頭走進屋子，屋子不大，很溫暖，處處顯出女知青的細緻和用心，炕上放著疊放整齊的被子，繩上掛著毛巾，牆上還貼著一副攝影作品，夕陽西下的河灘上，有一隻孤獨的小舟，卻沒有發現郭蘆枝留下的任何痕跡。「她沒說去哪兒嗎？」王石頭問。「聽說是去合肥。」女知青回答。「你有她的地址嗎？」「沒有。」女知青搖搖頭：「她剛走兩天，可能剛到那裡。」王石頭站了一會兒，說：「那我走了，謝謝你。」王石頭出了門，那個女知青也沒有挽留他。王石頭剛走出院子，女知青便追上來，問：「你是她男朋友吧？」王石頭搖搖頭：「不是，我們小學是同學。」女知青用一種意味深長的目光望著王石頭：「我聽說，讓她去合肥的也是她的一個同學。」王石頭點點頭，說：「我知道了。」

王石頭在路上慢慢走著，感到一種極度的失落和萬念俱灰。他所有的力氣彷彿已經消耗殆盡。轉到別的地方，這是一些知青對抽調無望的一種無奈的選擇，他們希望到有親戚朋友的地方改變他們的生存狀況，即使抽調不走，也不會這樣孤苦伶仃，舉目無親。王石頭後悔沒早來兩天，可是，他轉念一想，他早來兩天，又能怎麼樣呢？他能拉住郭蘆枝不讓她走嗎，他自己還不知將來會怎樣，又怎能把她也留下。如果他是紅五類，如果他能被招走，那可能是另一種樣子，他會堅定不移地去爭取她能嫁給他，可是，他自顧不暇，黑五類的帽子像一座大山壓在他頭上，把一切美好的願望壓得粉碎。

天漸漸暗下來，風也變的寒冷，王石頭知道，這註定是一次無望之旅，無論郭蘆枝在還是不在，唯一不同的是，如果郭蘆枝在，他能見上她一面，相見時難別亦難，那可能使他會更痛苦。王石頭像是突然想明白了，要把一切失望和痛苦都甩掉一樣，大步流星地往前走。他要在夏洪剛那裡住上一夜，明天，趕到萬全去看外甥和外甥女。他推開天津知青屋門，夏洪剛便問：「見到了沒有？」王石頭搖搖頭：「前兩天剛走。」夏洪剛說：「好嘛，大老遠的跑一趟，連個人影都沒見到，石頭，你也別喪氣，現在這年月，爹死娘嫁人，各人顧各人。我們點有個女知青，為了回城，嫁給了一個比她大十幾歲的軍人，等於給自己找了個二爹。我跟你說你別不願意聽，你們這是沒緣分，這朵花再好看，不是你的，你也摘不了，還沒準那天這枝花就插到了牛糞上，那就叫緣分！」

在知青點睡了一夜，早晨王石頭便往縣城趕，他要去趕開往萬全的汽車。下了汽車，又步行了二十里路，到了村子時，已是傍晚了。這是一個大村子，有幾百戶人家。王石頭問幾個正在牆根抽煙的老人：「大爺，這個村有沒有一個叫余智慧的男孩子，他還有個妹妹叫余曉平。」其中一個老人說：「姓余的人倒有，你說的都是大名，他們的小名叫什麼。」王石頭說：「小名我不知道，他們的父親叫余生太。」老人聽了，說：「余生太我知道，前些年自殺了，他媳婦也自殺了。」王石頭說：「余智慧和余曉平就是余生太的孩子。」老人恍然明白：「你說的是那倆個孩子呀，他們就住在哪兒。」老人用手指了指前面一間挺大的土房子。土房子屋頂有炊煙升起，王石頭估計家裡有人。王石頭推開房門，看見一個小姑娘正在灶前燒火，屋子很大，空蕩蕩的，挺大的炕上放著一床鋪蓋。小姑娘看見有人進來，站起來，用一種有些驚懼的目光看著王石頭。王石頭有些認不出外甥女了，她長高了，也瘦了，小臉又黑又黃，頭髮有些凌亂，沒有什麼光澤，王石頭走到外甥女跟前，問：「你是曉平吧，我是你老舅。」看見余曉平仍用那種驚懼的眼睛看著他，便又說：「就是你和哥哥去學校找的那個老舅。」余曉平沒說話，只是呆呆地看著他。顯然，她已不大認識王石頭了，已經過去五六年了，那時她才七八歲，王石頭把在縣城裡買的一包點心打開，問：「你哥哥呢？」「我哥哥不在，他在康保縣。」也許是認出了他，也許是那包點心拉近了他們的距離，余曉平怯生生地回答。

「這裡就你一個人嗎？」余曉平點點頭。

「為什麼不跟爺爺奶奶住在一起呢？」

「二大爺二大娘不讓。」余曉平低低地說。

王石頭感到心中一種說不出的滋味兒。他更明白了什麼叫世態炎涼。「怎麼不和你哥哥在一起？」

「哥哥去插隊時，也把我帶去了，工廠招人時，看我哥帶著我，就都不要他，哥哥就讓我回來了。開始和奶奶住在一起，二大爺二大娘也和爺爺奶奶住在一起，二大娘不願意讓我在他們家住，就讓我出來自己住。」

鍋裡開始冒氣，余曉平把鍋蓋掀開，往裡放了點小米，又蓋上鍋蓋，蹲下往灶子裡填了把柴。「每天，都是你自己做飯？」王石頭問。余曉平點點頭。「誰給你糧食呢？」「我掙工分，生產隊給。」余曉平不像剛才那樣驚懼和拘謹，說起話來也變得自然。

王石頭環顧四周，一問大屋子除炕上一個鋪蓋卷，地下一個水缸，一個小板凳和一個油燈還有灶臺旁放著幾雙碗筷外，再也沒有別的東西。「晚上就你一個人睡？」王石頭問。余曉平點點頭。「不害怕？」「有時也害怕，平時，村裡的女孩子也來住，可是一下大雨就不來了，怕房塌了。冬天她們也不來，嫌我這裡冷。」王石頭看看頂棚和牆壁，房子已十分破舊，不少牆皮已經脫落，頂棚有的地方已經透亮，椽子已經發黑，在牆角，掛著兩個蜘蛛網。王石頭心裡感到一陣酸楚，一個十二三歲的小姑娘，就要承擔起如此的艱辛，王石頭不由地責怪起三姐，為什麼這麼狠心，留下兩個孤苦伶仃的孩子。面對外甥女，王石頭也感到無能為力，他不可能把余曉平接到他那裡，那等於多了一根繫在農村的繩索，除非他真的不想走了。王石頭從兜裡取出二十元錢，交給余曉平：「這是二舅給你的，你要保存好，不要讓你大爺大媽知道。」余曉平點點頭。余曉平掀開鍋蓋，用勺子在鍋裡攪了攪，說：「老舅，你就在這兒吃吧，我再給你把貼餅子熱一熱。」余曉平用勺子把粥盛進一個瓦盆裡，把鍋刷乾淨，從一個盆子裡取出兩個玉米麵貼餅子，在下面燒了一把火，又從缸裡取出一塊鹹菜，切了切，放到碗裡。王石頭看著這一切，心想，若不是「文革」，這還是在母親旁撒嬌的年齡，現在，這個弱小的肩膀卻挑起生活的重擔。天已黑下來，余曉平把油燈點著，小小的火苗發出微弱的光亮，使這個房子顯得更加幽暗和空曠。

吃完飯，余曉平洗了碗，又把灶子旁邊的柴禾堆放整齊，用笤帚掃了地。一切收拾停當，她對王石頭說：「老舅，今天你就睡在這兒吧。」王石頭看看天色已晚，趕回城裡已不大可能，村子裡又沒有其它住的地方，便點點頭，問：「你住哪兒呢？」「我去姑姑家住。」余曉平出門又回來，對王石頭說：「廁所就在院子裡，火柴在這兒。」她把火柴放到炕沿上。

王石頭合衣躺下，夜靜的有些讓人不安。但這種不安很快就變成了恐懼，偌大的房子，不時發出輕微的斷裂聲，還有悉悉索索的聲音。屋頂靠前坡的地方，有兩處月光從屋頂瀉下來，打在地上。王石頭最怕有蛇，他點亮燈，四處照看著，像是受了驚動，屋頂上有什麼跑過，一縷塵土灑落下來。王石頭不敢再熄燈，就這麼待著，他不知道十三歲的外甥女在這個有些恐怖的屋子裡如何成眠，也不知道她的未來是什麼樣子，就像不知道自己的未來是什麼樣子一樣，他甚至難以為她祝福，王石頭忽然覺得應該為外甥女寫點什麼。他從挎包裡取出筆和紙，很快，一首詩寫成了：

多麼堅強的性格，
多麼令人感歎的境遇，
儘管你還是隻雛燕啊，
卻已展翅飛翔，迎接著生活的風雨，
在這間快要倒塌的屋子裡，
記錄著你童年苦難的經歷。
在風雨喧囂的夜裡，
別人去都不敢去啊，

你卻在那裡，期盼著東方的晨曦。
或許，沒有人為你分擔苦難，
卻一定有人為你祝福，
終於有一天，希望的太陽會在你面前升起。

王石頭把寫好的詩放進口袋裡，他現在還不能給外甥女，她還太小，她需要的是真切的幫助，而不是詩。

天剛亮，余曉平就來了，開始點火做飯。王石頭幫著燒灶，看到她那熟練麻利的動作，王石頭稍感安慰。這是一個生命力和生活能力都很強的小姑娘，或許，不應該太為她擔心。

臨走時，王石頭把那條本想送給郭蘆枝的圍巾給余曉平圍上，亮麗的天藍色頓時使她漂亮起來，她立刻顯現出女孩子愛美的天性，左右端看著，臉上第一次有了笑容。王石頭把除去路費僅剩的十二元錢和五斤糧票給余曉平留下，囑咐她：「夏天下雨時，千萬不要住在屋裡，去姑姑家和奶奶家住。」余曉平點點頭：「我知道。」

余曉平把他一直送到村口。

坐上開往內蒙的火車，王石頭感到一種說不出的沮喪，窗外灰濛濛的天空，毫無生氣的渾黃色的原野，沒有一絲生命跡像，和外面灰暗的景色一樣，這註定是一次灰暗的旅程。老家的刁難，郭蘆枝的轉走，余曉平的處境，像一塊塊沉重的鉛石壓在他心上。一個女乘務員走到王石頭身邊，王石頭以為她要查票，剛要從兜裡掏票，乘務員開口了：「你是知青吧？」王石頭點點頭。他不明白她要幹什麼。女乘務員從口袋裡掏出一張紙，說：「這是知青寫的一封信，你是知青，能不能宣傳宣傳。」王石頭接過紙，粗粗地看了一遍，這是一封鼓勵知青紮根邊疆的號召信，信中充滿著革命的詞句和豪言壯語，他不知這是知青寫的還是有人編造的，王石頭有一種本能的反感，他把信還給乘務員，冷冷地說：「誰寫的你還是讓誰唸吧。」說完，便扭頭看著窗外，乘務員碰了釘子，沒趣地走了。沒過多久，一個男乘務員走過來，問王石頭要票：「票呢？」王石頭把票遞到他手上，兩眼仍注視著窗外。男乘務員反覆看了看票，把票交給王石頭，走了。

回村半個月後，王石頭去了趟知青辦看承德縣公安局和北京街道辦事處來函了沒有，縣知青辦的老姚告訴王石頭，承德縣沒有來函，北京街道辦事處的函來了，說辦事處沒找到王石頭父親的檔案，估計是轉走了。承德縣公安局沒回函，王石頭也預料到了，他們才不會為一個地主兒子的前途費那麼大勁呢！王石頭也想明白了，回不回函都已不重要，一頂地主出身的帽子足以把他壓倒了，即使少了那兩頂，他也不會被招走，比他出身好的多得是。

春天，王石頭接到哥哥從五七幹校寄來的一封信，信中向他傳遞了一個好消息：王石頭哥哥的上司——一位姓孔的處長，從五七幹校調到內蒙海渤灣一家煤礦當黨委書記，孔處長答應招工時把王石頭招走，四月份煤礦就要到王石頭插隊的縣招工。雖然是煤礦，可總比插隊強，王石頭高興之餘，也不免忐忑。孔處長真的能把他招走嗎？去年，哥哥還沒去幹校時，內蒙古勞動廳的一個處長到北京開會，哥哥也托那個處長想辦法把王石頭招上來，可是一年過去了卻沒有任何消息，這次，會不會也是這樣。

四月一天天臨近，王石頭天天期待著煤礦招工的消息，四月份快過完了，仍沒有任何消息。王石頭來到縣知青辦，打聽海渤灣煤礦到沒到縣裡招過工。縣知青辦的人說，前一個星期就把人招走了，一共招了十幾個。王石頭明白，孔處長雖然表面上答應了哥哥，可根本就不想招他，這也難怪，如果招了他，就等於拿了塊燙手山芋，讓他下井吧，似乎有點對不住哥哥，況且，他是高度近視，也不適合下井挖煤，讓他在井上吧，又怕人家說階級路線不清，把一個地主兒子安排到一個好崗位。最好的辦法就是不招，不接這塊燙手山芋，這樣做雖然食言，卻減少了將來的麻煩。

王石頭給哥哥寫了封信，說煤礦來招過工了，他一點兒都不知道，那個孔處長根本就沒想招他。

王石頭哥哥回信說，不要怪孔處長，他有他的難處，像咱們這樣的出身，誰都怕沾包。

夏天，大學開始招收工農兵學員。這次招生，政審更嚴，過去，一些小業主、舊職員還有可能做一些點綴，這次，則是清一色的紅五類出身。雖然是進大學，但它比的不是學習和智商，而是比的誰根紅苗壯，誰的祖宗三代更窮的叮噹響。公社只有兩名知青被招走了，他們都是響噹噹的紅五類。那個和王文軍吵架的婦聯主任也被招走了，雖然她只讀過小學三年級，連字都識不全，可公社高書記有情有義，不能讓她白白為自己獻出青春和身體。王文軍則仍在生產隊瞭他的地。這次招生，在王石頭心中沒有激起任何波瀾，甚至連個水波紋都沒有，當一個人連褲衩都穿不上時，他絕不會夢想穿綾羅綢緞。

四十九

早上，王石頭和趙光腚早早就出了門，他們要去縣知青辦打聽一個消息，他們辦的病退北京給復函了沒有。自打招工起，知青的心就像長了草一樣，他們無時無刻地希望趕快被招走，但招走的畢竟是少數。一些知青便轉插到別的地方，有的女知青為了離開農村而嫁給了當地工人和幹部，還有的嫁到了外地，人們使出了各種招數，殊途同歸，都是為了進城。那些走不了又沒有門路的知青便想辦法辦病退回城，他們為自己健康的身體製造種種疾病，借此達到回城的目的。王石頭和趙光腚也辦了病退，這就像連窩頭白菜都不給吃你卻想要饅頭、燉肉一樣，有點異想天開。可是，除此之外倆人再也沒有別的出路，只能死馬當活馬醫。

趙光腚自打他父親被抓起來後，便被踢出了紅五類的大門，老實了許多。王石頭和他的來往也就多了起來，王石頭辦的是高度近視。趙光腚辦的是肝炎，趙光腚的肝炎百分之百是造假，王石頭辦的高度近視卻是名符其實。為了使證明更有說服力，他特地通過熟人到盟裡的一所醫院開的證明。給他開證明的是一個戴眼鏡的四十多歲的中年醫生，他完全明白王石頭的來意，對知青的處境十分同情，他用儀器檢查了一下他的眼睛，說：「你的確是高度近視，你打算開多少度？」王石頭說：「我的左眼是六百度，右眼是七百度，我看各增加二百度吧。」中年醫生想了想，說：「這麼吧，我左眼給你開九百度，右眼給你開一千度。你看行不行。」王石頭忙不迭地說行。開完了診斷後，醫生又在診斷書下方寫了一行字：不適合參加重體力勞動。王石頭拿著醫院的證明，又寫了病退申請，交到縣知青辦，再由知青辦給北京東城區知青辦發函。東城區知青辦批準了才能回到北京，如果不批準，就會把申請退回縣知青辦。讓縣知青辦發函並不難，他們巴不得這些知青趕快離開，省的給他們添亂。而北京卻十分苛刻，其批準率大約為十分之一。特別是對那些出身不好的知青，更不會讓他們揀這個便宜。除非他已病入膏肓，回來只是找個安葬的地方。

倆人來到縣知青辦，剛一進屋，縣知青辦老姚就知道倆人幹什麼來了，他表現出一副同情的樣子，說：「你們倆的病退申請都退回來了，縣裡也想讓你們走，可北京方面很嚴。」他從抽屜裡取出一疊申請：「你們看，這都是退回來的，我們報上去十四個，就批準了一個。」這雖然是在王石頭意料中的事，他仍感到一陣失望。趙光腚問：「最近有招工的沒有？」老姚說：「沒聽說，如果有了，我們會立刻通知公社。你們放心，我們都希望你們走，你們在這裡，對我們有什麼好處？可是，僧多粥少，我們也沒辦法。」

出了知青辦，倆人開始往回走，一種極度的失望佔據了他們的心，倆人走起路來也變的無精打採。出了城門，倆人才想起還沒吃飯，感到有些餓。可周圍已沒有飯館，趙光腚看看天，說：「馬上要下雪了，咱們回去再吃吧！」倆人匆匆上了路，沒走多遠，天便下起雪來，先是鵝毛般的雪花飛舞著從空中落下，轉瞬便起了風，強勁凜冽的西北風卷起雪花，把天地攪得一片混沌，越往前走，雪越大，風也越猛，幾米外就看不見路，形成了當地望而生畏的白毛糊糊。風把雪片撕碎，捲起的雪粉打在他們的臉上，身上，倆人彎腰，弓背，低頭，頂著風往前走。強大的風力噎的人喘不過氣來，他們有時不得不背過身倒著走。厚厚的棉衣如同薄紙被寒風打透，倆人雖然都帶著手套，手指仍凍的有些麻木。他們希望能遇上一輛馬車，可是沒有，除了他倆，路上沒有一個行人。倆人頂風冒雪走了大約有一個小時，離村子還有十幾里的路程，王石頭感到一股寒氣正在從裡往外擴散，血液似乎已停止流動，整個身體都變的冰冷，衣服裡像灌了涼水。趙光腚的嘴唇變的青紫。前面有一座橋，趙光腚嘴唇哆嗦著，說：「咱……咱們……到橋下……避避風吧。」倆人來到橋下，橋下雖然風沒那麼大，但更寒冷徹骨，站了一會兒，王石頭感到，他的全身已經僵化，頭部開始發緊，眼前一陣陣發黑，他聽老鄉說過，凍的厲害了不能停下，越停下越冷，越冷就越不想走，最後就會被凍死。他用手僵硬地做個手勢，說：「咱們走吧。」倆人艱難地爬上坡，又繼續向前走，沒走多遠，趙光腚突然蹲下去，停下不走了。他看著王石頭，眼裡露出一種乞求的神情，意思是想待一會兒。王石頭拉著他的胳膊往起拽：「不行，你待在這裡會凍死的！」趙光腚站起來跟著王石頭走了幾步，又蹲在地上，他的臉上露出一副古怪的神情。王石頭一陣害怕，他想起了車站上那幾個凍死的知青。突然，趙光腚站起來，向路旁的一叢止棘走去，止棘是這裡特有的一種植物，止棘的莖杆堅挺有韌性，農民把它割下來紮成掃帚，長年累月，止棘根部便形成了一個個小小的土丘，雪已把土丘掩蓋，只有一些乾枯的止棘莖杆在寒風中抖動。趙光腚在止棘土丘前蹲下，把手伸到上面，像是在烤火。王石頭聽人說過，當人凍的神志不清時，就會產生幻覺。還有的人把一塊塊石頭堆到一起，當成煤烤火。如果這樣，這人離死就不遠了。王石頭拼命地往起拉趙光腚，趙光腚像釘在那裡一動不動。王石頭叫道：「光腚，你要是不起來，會凍死的！」趙光腚用那雙毫無生氣的眼睛望著王石頭，搖了搖頭。天越發顯得有些暗，肆虐的風雪如萬條銀蛇在曠野上狂舞。王石頭一時不知該怎麼辦，他去村子叫人，這裡離最近的村子也有五六里路，來回最少需要一個多小時，到那時趙光腚肯定已經凍死了。如果在這兒守著，他也會被凍死，可是他又不能拋下趙光腚不管。就在這時，王石頭聽見一聲鞭響，在這彌漫的風雪中，鞭聲並不響亮。王石頭以為是幻覺，接著又是一聲鞭響，一輛大車正從路上跑來。王石頭急忙站在路中央，高舉起雙手，車在他旁邊停下。車倌全身上下都被皮襖裹著，戴一頂幾乎遮住眼睛的狗皮帽子。王石頭用手指著蹲在地上的趙光腚，那人撩起帽子，露出一雙眼睛，原來是粉花的丈夫二牛。二牛跳下車，走到趙光腚跟前，他一看是趙光腚，猶豫了一下，然後一下子把趙光腚拉起來。王石頭幫著二牛把趙光腚抬到車上，二牛隨即脫下皮襖蓋在趙光腚身上，自己只剩下一件棉襖。二牛揚起鞭子，一個響鞭在拉梢的牲口頭頂炸響，三匹馬迅速地跑起來。王石頭坐在趙光腚旁，用皮襖將趙光腚裹緊。一路上，二牛不停地甩著響鞭，三匹馬揚起蹄子拼命地奔跑。車輪捲起的雪片甩在王石頭的頭上、身上。十里路，很快就到了。二牛把車停在趙光腚的屋前，抱起趙光腚把他放到炕上。他拿起一個臉盆，到外面裝了一臉盆雪。二牛讓王石頭把趙光腚的衣服脫掉，只剩下一條褲衩。二牛抓一把雪放到趙光腚胸前，用手使勁在胸上搓，雪很快溶化，胸部的皮膚也開始變紅，二牛又抓起一把雪，繼續搓，搓完前胸搓後背。趙光腚慢慢睜開眼睛，二牛長出了一口氣，說：「這回沒事了。」他又在趙光腚的前胸後背，腿和胳膊上上下下搓了一遍，直到趙光腚的皮膚全部變紅才離開。

趙光腚身體恢復了後，王石頭說：「你真得好好謝謝二牛，他救了你的命。」趙光腚也感動地點點頭：「我沒想到，二牛會這麼仗義。」

天氣轉好後，趙光腚特地去縣裡買了兩條牡丹煙，打算送給二牛。他走進二牛家，二牛正和兩個孩子推莜麵窩窩。自打粉花死了後，二牛一個人照顧兩個孩子。二牛見是趙光腚，抬頭看了一眼，又繼續推莜麵窩窩。趙光腚拿出煙，對二牛說：「二牛，你救了我，我也沒什麼東西謝你，這兩條煙是我特地從縣裡買的……」二牛抬起頭，沒等趙光腚把話說完，就說：「煙你拿回去，你也不用謝我，慢說是一個人，就是一條狗也應該救！」面對不給好臉色的二牛，趙光腚不好再說什麼，就把煙放到炕上準備走。二牛拿起煙，塞到趙光腚手裡，說：「我說不要就不要，你們知青以後少禍害人就行了！」王石頭看見趙光腚又把煙拿回來，問：「二牛不要吧？」趙光腚說：「不要。」王石頭說：

「我估計他就不要，他還記咱們的仇呢！」晚上，趙光腚來找王石頭，說：「我想了一下午，覺得應該寫篇報導，把我被救的事寫出來，寄給報社，沒準能給登，這樣二牛一定會高興。」王石頭說：「這倒是個辦法，如果真能登出來，也算是報答了二牛。」趙光腚說：「我寫完了，你幫我修改修改。」王石頭說：「行。」

第二天，趙光腚就把寫好的文章拿給王石頭看，文章的題目挺吸引人：貧下中農是我再生爹娘。文章不長，有一千多字，前後寫了他怎麼在雪天裡差點被凍死，貧農二牛怎麼把他抱上車，脫下皮襖給他穿，又怎麼為他用雪擦身，文章最後寫的挺革命：是貧下中農給了我第二次生命，他們就是我的再生父母，我要聽偉大領袖毛主席的話，在廣闊天地裡紮根一輩子，做一個新時代的農民！王石頭看完，問趙光腚：「你不是在辦病退嗎？怎麼還說紮根一輩子。」趙光腚說：「這也就是說說，誰還那麼認真，你看那些說紮根一輩子的，招工的來了，哪個跑的不跟兔子似地！再說，不這樣寫，報社可能就不給登。」王石頭見趙光腚這麼說，就點點頭：「倒也是，那就寄給報社試試吧。」

半個月後，王石頭正在燒火做飯，趙光腚拿著一張《內蒙古日報》興朝朝地走進屋門，他揮動著那張報紙，像是報一個特大喜訊：「登了！報社給登了！」王石頭接過報紙看了看，趙光腚的文章登在報紙的顯著位置上，題目也改成了「紮根農村一輩子，報答再生父母恩。」旁邊還配一篇短評，號召廣大知青在農村紮根幹革命。這樣，就把一篇以感恩為主的文章變成了一篇紮根文章。趙光腚表現出一副得意洋洋的樣子。王石頭把報紙還給趙光腚，說：「光腚，好好幹吧，這回報社給你套上夾板了。」

趙光腚寫的文章很快被公社高照祥書記看到了，縣知青辦主任也給高照祥打來電話，說現在知青返城風刮的很厲害，過去的一些先進典型都被招工招走了，縣裡和盟裡都需要在農村紮根的新典型，希望公社整理出個材料，他們要進行宣傳。一份材料很快送到了縣裡，材料中加油添醋甚至無中生有地把趙光腚說成是吃苦耐勞、與貧下中農打成一片的先進典型。材料從縣裡報到盟裡，盟裡正籌備全盟知識青年先進典型大會，趙光腚立即被選中，並讓他在大會上作典型發言。這突如其來的變化，讓趙光腚感到受寵若驚，他似乎已徹底從父親被抓的苦悶中走出來，又像打了雞血一樣，小臉脹的通紅。趙光腚先到縣裡做報告，又到盟裡作報告，一通好吃好喝還帶回來兩張獎狀。過了兩個月，他又到自治區參加了全區的知識青年先進典型大會，又拿回了一張獎狀和幾張合影，其中一張是知青代表和自治區領導的合影。他把大大小小的獎狀和合影都貼在正面牆上，一進門就能看到。

趙光腚紅了。他從此也在公社知青中獲得了一個新的稱號——知賊。

一天，在收工回來的路上，劉志亮對王石頭說：「石頭，我看你就不行，心眼實的跟石頭似的，你看人家趙光腚，差點被凍死，把自己弄的跟脹了的球頭子似的，當了這麼大的典型，下次招工肯定能走！」

趙光腚當了典型後，成為公社的座上賓，大隊書記高悅也要敬他三分。趙光腚知道光靠嘴說紮根不行，他應該給自己積攢點看得見摸得著的資本，幹出點名堂才行。一天，他向大隊書記高悅提出想種塊實驗田，名字都起好了，叫北京知青試驗田，希望大隊能給他撥塊地。高悅當即表示支持，給他撥了靠近村邊的一塊一畝左右的好地。那塊地離村邊的大井很近，乾旱時可以用大井的水澆地。高悅還給他派了一個年輕後生當他的助手。

趙光腚有了地，有了人，煞有介事地種起了試驗田。他把地進行了深耕，又從飼養院拉來兩車糞，從縣裡買回一口袋良種，這片高水高肥的試驗田沒有任何推廣價值，純屬花活，可是趙光腚需要它，公社需要它，縣裡需要它，甚至自治區和中央都需要它。每當公社書記高照祥來時，大隊可以不去，夥計家可以晚去，這塊試驗田是必看不可的。

秋天，小麥熟了，收下來的麥子單打單算，一過秤，這塊地共打糧三百五十斤，是普通麥田的三倍多。縣裡特此發了簡報，向全縣推廣。趙光腚留下五十斤麥子做種子。剩下的磨成麵，請村裡的大嬸大嫂蒸成一斤大的饃，一共蒸了三百個，起名知青饃，每戶貧下中農都可以得到五個饃，中農和上中農一家一個，地主富農包括已分家另過的地富子女，一律不給。

就在這個秋天，包頭的幾家企業又到縣裡招了一次工，趙光腚躊躇滿志的報了名，他覺得自己頂著知青先進典型的光環，肯定能被招走。他對王石頭說，等他走了，試驗田就交給王石頭，由王石頭來種，但結果卻讓他大失所望，招工的單位不看表現，只看出身，招工的一看他父親還在監獄裡關著，就連磕巴都沒打就把他的名字刷掉了。他那頂知青典型帽子遠不如他父親那頂帽子的份量重。趙光腚被兜頭潑了一桶冷水，像霜打的山藥秧子一下子蔫了下來，小臉也不再紅的發光。可是他已經上了馬，難以中途跳下，當典型總比不當典型強。除了昧著良心說謊外，他也不用付出什麼過多的代價。他相信，總有一天，這個光環能大放光彩，遮住他父親的陰影。

春天，北京給有北京知青插隊的縣撥了一些慰問物資，有收音機，縫紉機，還有小型拖拉機。縣知青辦把一台小型拖拉機撥給豁牙溝大隊，專門給趙光腚的試驗田使用。趙光腚又恢復了原來的神態，每天開著拖拉機嘟嘟嘟地跑來跑去。

五十

早晨，太陽還沒露頭，孫四眼和柳莊梅便悄悄出了村，刮了一夜的沙塵仍沒有停歇的意思，漫天的沙塵把天空變的渾黃，沒走多遠，沙塵便糊住了兩人的耳朵眼和鼻孔。這是當地有名的黃毛糊糊，是白毛糊糊的姊妹，只不過一個是在冬天，一個是在春天。彌漫的黃沙擋不住倆人的腳步，他們要去縣裡辦一件很重要的事情。近幾年來招過幾次工，孫四眼和柳莊梅都沒能走成，沒走成的原因不是他們的出身，孫四眼出身是城市貧民，柳莊梅出身是工人，過早的愛情和婚姻害了他們。王石頭在倆人婚禮上唸的那首《婚禮祝辭》似乎一語成讖，倆人的婚姻和孩子把他們牢牢地拴在這塊土地上。那些招工的一看倆人結了婚，又有了孩子，連考慮都不考慮就「拍司」了。他們既然有一大批出身好的單身可以招，為什麼要招這對已結過婚有孩子，一進工廠就得給他們安排房子，平添一些累贅呢！這幾年，倆人只能眼睜睜地看著別的知青遠走高飛，懊悔自己當年的懵懂與輕率。現在，一個有可能改變命運的機會正在向他們走來，他們必須抓住這個機會。

早晨，孫四眼起來，去上廁所，剛開門，看見一個叫邱秀雲的女知青站在門口，眼睛哭的有些紅腫，邱秀雲是本縣知青，初中畢業便來到老鷹溝插隊，她之所以來到老鷹溝插隊，是因為她的大姨在這裡，希望有個照應。邱秀雲平時就在她大姨家吃住，因為是知青，閒著時便常來柳莊梅和孫四眼這裡串門，關係也就比較熟。孫四眼看見邱秀雲站在門口，又剛哭過，就知道可能找他們有事，就讓邱秀雲進屋。邱秀雲一進屋，就又忍不住哭泣起來。孫四眼覺得邱秀雲有些話當著自己不好說，就說上廁所，做了回避，等他上完廁所，在外面轉了一圈回來後，邱秀雲似乎也說完了，仍坐在炕沿上不停地哭泣，柳莊梅見孫四眼進來，就說：「劉長勝真是個畜牲！」孫四眼馬上明白發生了什麼事情。劉長勝是老鷹溝的大隊書記，已當了十幾年。全村人有一半都姓劉，根基很深，和公社幹部的關係也都不錯，劉長勝雖然年過五十，卻仍經常沾花捏草，和村裡的好幾個女人都有不正當關係，其中就有邱秀雲的大姨。

柳莊梅安慰仍在哭泣的邱秀雲：「你先回去，這件事就不要跟別人說了，我們一定想辦法幫助你。」邱秀雲擦擦臉上的淚水，走了。孫四眼忙問柳莊梅到底怎麼回事。柳莊梅說：「劉長勝把邱秀雲強姦了！」孫四眼說：「邱秀雲剛多大呀！」柳莊梅說：「要不說他是個畜牲呢！」

接著，柳莊梅便把事情的原委說了一遍。昨天夜裡，邱秀雲的姨夫不在，劉長勝就去她大姨地裡過夜。邱秀雲知道大姨和劉長勝的關係，見劉長勝來了，就躲到另一個房間去睡。半夜，劉長勝便進屋鑽進了她的被子，然後強姦了她，劉長勝走了後，她大姨對她說，這事千萬別說出去，說出去最受影響的是她自己，因為她還是個姑娘，將來想嫁人都沒人要。邱秀雲實在忍受不了，就來找他們。

孫四眼聽完：「這劉長勝也太大膽了，不是說法院的周有明是她舅舅嗎？他也敢強姦。」柳莊梅說：「我覺得咱們現在就應該去縣裡找她舅舅。」孫四眼說：「如果告了劉長勝，咱們在這裡就待不下去了，村裡有一半人都是他親戚。」柳莊梅說：「那就更好了，咱們就以這個理由找知青辦讓他們給咱們分配工作。」倆人商量完後，吃了點東西，便悄悄出了村。

倆人到了縣城，已是傍晚時分了，來到法院，法院已經下班。倆人從看門的老頭那裡打聽到周有明的住處。倆人推開周有明的屋門，周有明正在吃飯。倆人說自己是老鷹溝大隊的北京知青，想找他反應些問題。周有明忙起身讓座，倆人就把劉長勝強姦他外甥女的事說了。周有明聽了破口大罵：「這個老王八蛋，我把外甥女送到老鷹溝，本想讓他照顧，沒想到他就這麼照顧，我明天就去公安局，先拘了這個老王八蛋！」罵完了，他才想起這兩個知青趕了一天路還沒吃飯，就連忙讓老婆做飯。孫四眼和柳莊梅說：「不用了，我們到外面吃點就行了。」周有明說：「那怎麼行，這麼大的事，你們來反應情況，我得好好謝謝你們。」當他聽說倆人一直因為結婚沒能被抽調時，說：「這事包在我身上，我跟知青辦老姚很熟，下次招工，兩個我不敢說，肯定讓你們走一個！下次要是走不了，我到你們老鷹溝種地去！」當晚，周有明為孫四眼和柳莊梅安排了住處。第二天上午，派了一輛吉普車把倆人送到離村子二里路的地方。倆人下了車，他們走進村時，村裡已經炸了窩。他們看見劉長勝帶著手銬，被押上了一輛汽車。

孫四眼和柳莊梅回來的當天晚上，一塊石頭穿過窗戶砸進屋裡，掉到炕上。第二天，孫四眼和柳莊梅拿著石頭來到公社。公社高書記立刻讓特派員揚守旺到老鷹溝大隊調查。楊守旺開了一個全村大會，他把那塊石頭和那把王八擼子啪的往桌上一放：「這是誰幹的，你們想報復知識青年，是不是也想蹲大獄了！」沒有人搭茬，因為他們確實不知是誰幹的。在楊守旺走的第四天夜裡，又一塊石頭穿窗而入，砸在炕上。這次，孫四眼和柳莊梅沒去公社，而是把石頭放在知青辦老姚的桌上。知青辦的老姚來到公社，和公社高書記商量後決定把倆人轉到別的大隊。孫四眼和柳莊梅堅定地說：「我們哪兒也不去，就在老鷹溝大隊，我們不相信邪能壓正！」

一個月後，呼市到縣裡招工，柳莊梅被招走了。就在柳莊梅走的那天，劉長勝也被押上了一輛汽車去監獄服刑，他因強姦罪和破壞知識青年上山下鄉罪被判十二年。又過了兩個月，孫四眼辦病退回到了北京，他病退的原因是高度近視。儘管他的近視只有四百度，而砸進屋裡的那兩塊石頭，孫四眼回北京後自己道出了實情，是這對夫婦的自導自演：「操，我本來還想扔第三塊，怕演過了，就沒扔。」

五十一

早上，社員們紛紛趕往飼養院。王石頭問三根柱：「出了什麼事了？」三根柱說：「昨天夜裡狼進了羊圈，咬死了十幾隻羊。」

王石頭來到羊圈，見羊圈外面擺放著十幾隻羊，有大羊，也有剛下不久的羔子。狼是從羊圈頂跳進羊圈的，羊圈頂夏天全敞著，冬天，才用柴草蓋一蓋，仍留著通風的地方。

羊倌數了數羊，除了活著的和死了的，還有兩隻羊被叼走，那才是它們的食物，把其它的羊放倒是為了喝它們的血。羊倌說，這兩隻狼前幾天就在羊群邊上轉悠過，現在正是母狼產崽的季節，母狼可能下崽了，出來打食給自己下奶。隊長趙富讓人把羊剝了皮，每個社員分了半斤肉，初春，是羊最瘦的時候，羊肉並不好吃，特別是那些小羊，肉是發黏的。沒過幾天，旁邊的劉家溝大隊同樣遭到了洗劫，又有十幾隻羊被咬死。狼闖進羊圈和叼走羊的消息不斷從各村傳來。鬧的人心惶惶，天一擦黑，孩子們就不敢外出，唯恐被狼叼走。

公社決定成立一個打狼隊，除掉這兩個禍害。一天，羊倌向大隊反應，說在百靈山腳下發現了狼窩，他看見兩隻狼鑽進一片茅草中就不見了。第二天，他到那裡去看了看，果然有一個洞口。大隊書記高悅讓劉志亮帶兩個民兵去看看。王石頭聽說打狼，也跟著去了，幾個人在羊倌的指引下來到離狼窩有四五十米的地方停下，隱蔽起來，等著狼出現。山野靜靜的，沒有一絲風。從下午一直等到傍晚，狼一直沒有出現。太陽慢慢落下，暮靄漸漸升起。光線漸漸暗下來，這時，兩隻狼出現在對面的山坡上。它們往下跑了一段路，像是發現了什麼，突然停下了。它們注視著對面的山坡，警惕地站在那裡。劉志亮告訴旁邊的王石頭，左邊的那隻狼是公狼，旁邊的是母狼，公狼的個頭要比母狼大一點。兩個民兵早已把子彈上膛，瞄準著兩隻狼，因為狼和他們的距離有八九十米，天色又暗，沒有把握能擊中它們，如果再靠近二三十米，擊中的希望就更大一些。狼似乎意識到了危險，仍一動不動地站在那裡，沒有下來的意思，暮靄越來越濃，天越來越暗，如果再不開槍，就更難瞄準了。劉志亮說：「看樣子今天是不下來了，打那龜孫子吧。」一個民兵說：「我打左邊那個，你打右邊那個。」倆人同時扣動板機，兩聲槍響，那隻公狼就地打了一個旋兒，帶著那隻母狼飛快地逃走了。

沒打著大狼，幾個人就進到洞裡把五隻小狼抱走，王石頭把五隻小狼都帶回屋，放在炕上。小狼十分可愛，毛絨絨肉呼呼的，毛色發灰，脊背的毛色要黑一些，小狼除了耳朵尖尖外，其它地方和小狗毫無二致，可能是山洞裡黑，又剛睜開眼睛，一見燈光，就嚶嚶叫著往暗處爬。

豁牙溝掏了狼崽子的消息很快傳到了公社。公社的特派員楊守旺來到豁牙溝，把四隻狼崽子抱走了，只給王石頭留下一隻。胡家灣的郭凱知道了掏狼的消息，來到了豁牙溝，死說活說把那隻狼崽子抱走了，給它起名叫小灰。小灰還沒斷奶，郭凱就把白麵熬成糊糊餵它。小灰不喜歡吃麵糊糊，嚶嚶叫著四處爬。夜裡，郭凱和小赤佬悄悄鑽進羊圈，用手電筒照著，看哪隻母羊奶子大，就把羊抓住，拉到屋裡，然後把四蹄捆住，肚子朝上放到炕上，讓小灰爬到肚子上吃奶。小灰含著乳頭，拼命地吮吸著。吃飽了奶，小灰雖然仍在炕上到處爬，卻不嚶嚶叫了。以後，郭凱每天從羊圈拉回一隻母羊，供小灰吃奶。在羊奶的滋養下，小灰一天天長大。兩隻眼睛有了野性，毛色漸漸發黃，有了狼的特徵，四條腿也變得結實有力，在炕上竄上竄下。小狼斷奶後，郭凱便餵它饅頭，小灰嗅了嗅，睬都不睬。當時正值產羔期，因為生產隊沒餵的，大羊和羊羔常常死掉，郭凱就把死羊羔拿回來，餵給小灰吃。小灰見到死羊羔，變的異常興奮，它迫不及待地用牙齒把死羊羔撕開，喉嚨裡發出護食的低低的嗥聲。如果是大羊，因為瘦的只剩一層皮，它就把羊的腹部撕開，把頭紮進去吃裡面的內臟。小灰一天天長大，郭凱怕它傷人，就用鎖鏈子把它鎖在一間閒房裡。產羔期過了，天氣也變暖了，風也變的和煦，田野裡，山坡上長出了嫩嫩的綠草，羊的美好季節到了，它們追逐著青草，再也不會因為缺少草料而餓死了。

沒有了死羊，小灰也就沒有了食物，郭凱把饅頭放到它面前，它嗅了嗅，就把臉扭向一邊，寧肯餓著也不吃。可能是饑餓，也可能是對自由的嚮往，夜裡，小灰常常發出長長的嗥叫，嗥叫聲淒厲、瘆人，在寂靜的夜裡，傳的很遠很遠。社員們擔心，這種嗥叫會把大狼引來。

一天早晨，天剛亮，就有人從窗外叫郭凱：「郭凱，你出來看看！」郭凱出來，看見社員滿柱提著兩隻死兔子，旁邊站著他媳婦翠蘭。翠蘭說：「你快把那狼崽子弄死吧，我們家的兩隻母兔子讓狼叼走了，還咬死了兩隻，你看這咋辦呀！莊戶人還等著賣兔子買燈油呢！」郭凱來到前排的滿柱家。滿柱媳婦指著地上狼的爪印：「你看，這是狼爪印，這次咬死的是兔子，要是咬了人咋辦呀！」郭凱說：「狼咬死了你們家的兔子，我賠，現在沒有錢，給你們點莜麵和衣服行不行？」滿柱說：「什麼賠不賠的，以後別讓它叫就行了。」郭凱進屋，從麵袋裡倒出十幾斤莜麵，又拿出兩件舊衣服，說：「你看，這樣行不行？」滿柱不說話，滿柱媳婦說：「那母兔子還懷著一窩小兔子呢！」郭凱又進屋裡，往口袋裡勺了幾碗麵，問：「這回行了吧！」滿柱媳婦拎著麵拿著衣服走了。

郭凱怕小灰再叫，晚上，他就用細麻繩把小灰的嘴捆上，被捆住嘴的小灰發瘋似地又蹦又跳，兩眼放出凶光，用嘴使勁拱地，爪子拼命地在地上撓，想把繩子掙脫掉。夜裡一聲長長的狼嗥把郭凱驚醒。他打開門，小灰已把捆嘴的繩子掙脫，並把它咬成幾段，站在窗臺上，發出求援的嚎叫。

第二天，在村子邊的山坡上發現了一頭被咬死的母豬，母豬被開膛破肚，腸子流了一地，豬的四條腿只剩下兩條前腿，兩條後腿和整個豬屁股都沒有了。這次，郭凱賠的不是莜麵而是北京慰問發給知青的一台縫紉機。

郭凱決定處死小灰，因為他已無力承擔小灰帶來的賠償。還可能有更壞的後果，誰也不知道大狼下一步的目標是不是人。如果咬了人，那就不是東西能擺平的了。因為小灰讓郭凱破了不少財，處死小灰的方法也頗為殘酷，他在小灰的肛門裡插上一根雷管，雷管後面結上一根長長的藥撚，郭凱把藥撚點著，迅速解開拴在小灰脖子上的繩子，說了聲：「找你爹媽去吧！」小灰不知是因為肛門疼痛，還是因為獲得自由的興奮，它跳躍，撒歡，飛快地向前奔跑，這種自由也就十幾秒鐘，隨著一聲爆響，小灰一頭栽倒，屁股被炸的稀爛，腸子和血流了一地。郭凱把血淋淋的小灰拎回院子，開始剝皮，然後，把小灰的肉剁成塊，放到鍋裡煮。郭凱把王石頭和二寶都叫來，和他一起來品嚐狼肉，狼肉的味道和狗肉差不多，只是有點腥。吃完狼肉，社員們紛紛來要狼骨頭，說是狼骨泡酒能治腰腿疼。

第二天早晨，呈現在社員面前的是一幅血淋淋的圖景：兩隻豬死在豬圈裡，七隻羊死在羊圈裡，一頭牛死在牛圈裡，除了它們的喉嚨被咬斷外，所有的屍體完好無損，狼沒吃一口肉。被咬死豬的社員們默默地接受了這一切，他們不再找郭凱索賠，因為他們都拿了狼骨頭。

小灰留下的最後紀念是郭凱用狼皮做了一件毛朝外的皮坎肩，他把狼的面部縫在背後，眼睛上鑲了兩個玻璃球。

五十二

因為上一年大旱，社員們不得不吃國家的救濟糧，年景不好，餵牲口的桔杆也就少，牲口也和人一樣忍饑挨餓。沒到青草長起，隊裡的桔杆已經吃完了，春天，正是用牲口的時候，剛冒出的小草還不夠羊吃的，為了讓牲口能幹活，生產隊就讓社員們去刨草根，把草根刨了，就等於刨了草的子孫，是一種殺雞取卵的做法。可是為了讓牲口活命和幹活，生產隊不得不這麼做。

草根紮的很深，為了挖草根，生產隊鐵匠爐特地打造了一種四齒爪子，爪齒有一尺來長，重約七八斤，這樣才能刨的深，把草根刨出來。社員按草根的份量記工分。中午和傍晚收工時，會計在飼養院前給每個社員的草根稱份量。

每天早晨，王石頭便腰間繫根繩子，扛著爪子去刨草根。手裡還拎著一個布袋，裡面裝著蒸熟了的白薯乾，這是國家給受災的社員供應的口糧，都是一些類似牲口料的劣質糧食。

雖然插隊七年了，王石頭並沒有把自己鍛鍊成一個合格的農民，既缺乏力氣也缺乏韌性，更沒有技巧，手上雖然磨出了繭子，可是一旦輪起七八斤四齒爪子，還是起了泡，他只能用布把手纏上，因為隊裡沒有別的活幹，不去刨草根，就掙不到工分。春天，凍土層已化，刮起沙塵常常讓人睜不開眼睛，王石頭輪起四齒，把紮在土壤深處的草根一根根勾出來，雖然他費盡了氣力，但每次背回來的只有一小背，像個老鴉窩。

一天傍晚，王石頭背著草根來到飼養院過秤。饑餓和勞累讓他疲憊不堪，他把草根往地上一扔，一屁股坐到地上。正碰上大隊書記高悅到飼養院牽馬。高悅看看他旁邊那一小捆草根和用布纏著的手，說：「這後生哪兒幹得了這個。」他對王石頭說：「你明天去林業隊吧，把那片樹給咱們好好看起來，就剩下倆倖子了，咋也得照顧照顧。」王石頭喜出望外，看樹林和耕地一樣，是一件有罪沒苦的營生。

第二天，王石頭便來林業隊上工。林業隊有樹木幾百畝，大都是一些不能成材的樹，西邊的山窪裡，是一大片杏樹，杏樹是一九五八年種的，因沒有嫁接過都是野杏，杏林連綿起伏，鋪滿了整個山窪。一到五月，滿山遍野的杏花開了，每棵樹，每根枝條都綴滿了密匝匝粉嘟嘟的花朵，它們喧笑著，擁擠著，在春風的吹拂下競相開放、搖曳，把整個山窪變成一片粉色的海洋。剛來時，知青們都為這一片花海所打動，王石頭還寫了一首小詩：

純潔，喧鬧，芬芳，
醉煞人了，五月花的海洋。
手兒攀著枝頭，
心兒隨著春風遐想，
當凋謝的花瓣從你身邊飄落，
你會更加珍惜，更加珍惜這青春的時光。

來的第二年，杏花開放時，王石頭就把杏枝折下來，插在瓶子裡，放在窗臺上，粉粉的花朵能開一個星期。後來，隨著知青的不斷離去，也就沒了這個興致。

杏林的東邊是一片楊樹林。楊樹林也是一九五八年種的，因為氣候寒冷，再加上乾旱，五月下旬樹才展葉，九月下旬便匆匆落葉，雖然已有十幾年的樹齡，最粗的也就小碗口粗細。這片楊樹有二百多畝，是大隊的小金庫，需要錢的時候，就可以伐上幾棵樹，賣了換錢。再往東，就是一排柳樹，柳樹不高，卻很密，形成了一道柳牆。柳牆的東邊是幾十棵東北小蘋果，也稱沙果，是全大隊僅有的果樹。在果樹旁邊還有兩棵梨樹，樹齡已有十幾年，卻從來沒開過花。梨樹的南邊是幾棵榆樹，最粗的一棵被砍掉了，粉花就是在那棵榆樹上吊死的，榆樹的根部又滋生出幾棵小榆樹，長的十分俊秀挺拔。果樹的南面是一排柳條，每年割下用來編筐和大車送糞用的囤圍子。

王石頭的任務就是看住這些樹，特別是那片杏樹，十幾年來，這片杏樹年年結杏，卻從沒給大隊帶來過收益。那沙果也是顏色還沒變黃，便被人摘個精光。上工的頭一天，高悅就給王石頭下達了任務：「石頭，你給咱們把那片杏樹看住，秋天收了杏核咱們換酒喝！」

算上王石頭，林業隊一共四個人。其他三個人都是老弱病殘。一個叫李樹義，是河北唐山人，李樹義五十多歲，腿有點瘸，走路時總是拄著一根拐棍。在楊樹林中間有一間看樹的土房，李樹義一直住在那裡。李樹義是解放前來到這個縣的，做些小買賣，因為有些文化，解放後就在供銷社工作。不知因為什麼就早早退了休，他每月仍有十二元的退休費，這在當地是一筆令人羨慕的收入，可他的錢都從褲襠流走了，把錢不僅給了女人，也給了男人，李樹義是個雙性戀者，王石頭他們剛下鄉時，李樹義在村裡經營個代銷點，賣一些燈油、火柴、糖塊、鹽之類的日用品。代銷點的本錢是大隊的，一共三百塊，大隊知道他以前在供銷社幹過，就把代銷點交給他經營。大隊並不指望著代銷點賺錢，不賠不賺給社員提供個方便就行了。卻沒想到，兩年後，李樹義居然把三百塊錢賠個精光，這個代銷點楞是被喝酒給喝倒了。李樹義自己並不太愛喝酒，常來喝酒的是幾個老頭，喝完酒後，他就讓老頭親他，摸他的下面和他親熱一番，就算是付了酒錢。這幾個老頭雖然不喜歡這樣，可是又忍不住饞酒，兩年後，代銷點被喝垮了，大隊便辭了他。李樹義腿腳不好，大隊就安排他到林業隊看樹、編筐子。林業隊另一個成員是大隊書記高悅的弟弟，高光。高光三十七八歲還是個光棍，有點缺心眼，高光五短身材，小眉小眼，嘴裡經常流著口水，腦袋光光的沒有一根發跡，像是吹脹了的豬尿泡。高光來林業隊，也是為了照顧他，因為他幹農活連女人的工分也掙不了。林業隊的另一個成員是個五十多歲的老頭，叫常三保。常三保長著一顆大大的蒜頭鼻子，眼睛小的像用小刀拉的，讓常三保看樹是因為他有一杆獵槍，可以嚇唬人。

每年一到春天，杏花開了，整個山窪都被粉霧覆蓋，接著，便是沙果花開了，粉粉的花朵綴滿枝頭，為這渾黃的田野帶來盎然春意。半個月後，杏花落了，便結出小小的杏子，杏子長到手指頭肚大，便有了味道了，酸酸的可以吃了。這時，各村的孩子、大姑娘小媳婦便挎著籃子風擺揚柳般地結伴而來摘杏子，李樹義腿瘸攔不住，只能拄著拐棍站在杏林邊上央求那些大姑娘小媳婦：「行了，摘點就行了！行了，摘點就行了！」那些媳婦們便拿他耍笑：「李老漢，你讓我們摘，我們給你說個老伴。」李樹義便笑的合不攏嘴，連聲說：「那敢情好，那敢情好。」常三保一看見姑娘媳婦們進了杏林，便罵道：「這幫母雞嘎子，又來偷杏來了，看你常爺爺不崩了你們！」說著，扣動板機，嘭的一聲，嚇的人們四散逃跑。開始人們還怕他，後來，才知道他放的是空槍，就不怕他了，任他在外面怎麼罵，人們照樣摘。高光巴不得那些大姑娘小媳婦來摘杏，一見她們來，他便跟在後面，嬉皮笑臉叫著那些年輕媳婦的名字：「鳳花，桂花，你高哥這兒有兩個大杏，你摘不摘！」那些年輕媳婦便回罵他：「瞧你腦袋亮的跟豬尿泡似的，那兩顆杏回去留給你媽吃吧！」

王石頭來就是要扮演一個真正護林人的角色。高悅許諾每年給他四百個工的工分，這相當於一個壯勞力全年的工分。王石頭知道，這是大隊對他的照顧，他必須把這片杏林看好，高悅那句用杏核換酒喝的話不全是說著玩的。

杏花剛開，王石頭就走遍了全大隊的五個自然村，挨門挨戶地通知：今年，誰也不要去摘杏，如果摘杏被發現，每人每次罰十斤莜麵。十斤莜麵對社員來說，可算是一種很重的懲罰。人們並不太相信王石頭真會這麼做，可是當王石頭抓住兩個孩子和一個叫彩雲的媳婦並毫不含糊地走進這三家秤出三十斤麵時，人們才相信這個北京侉子不是嚇唬他們，是動真格的了。彩雲逢人便說：「咿呀，那侉子進家就秤麵，攔都不敢攔，他們連狼都敢養，甚不敢幹！」

王石頭的做法得到了大隊書記高悅的贊許，為了讓他更好地看樹，大隊讓幾個人給王石頭在沙果樹邊上蓋了一間七八平方米的小屋，王石頭從大隊的庫房搬來一張木床，又到鐵匠爐打了把梭標，晚上，用梭標把門頂上。自從三個人被罰了麵之後，杏林一片安寧。王石頭白天在樹林邊上巡邏，走累了，就在樹林邊坐下，望著綴滿野杏的枝條，聽風兒吹動樹葉的沙沙絮語，有時，就躺在山坡的草地上，望著藍天白雲，懶懶地享受著暖暖的陽光。傍晚，王石頭便坐在柳牆邊，望著落日西沉，紫色的暮靄漸漸升起，夜裡，他躺在小屋裡，月光從窗口灑進來，靜謐地可以聽到樹葉落的聲音。

東線無戰事，西邊卻不太安寧。

山梁西邊是劉家溝大隊，已不屬於豁牙溝的管轄，也許是不知道偷杏罰麵的規定，也許是知道卻認定罰不到他們，三幫兩夥，經常襲擾。當王石頭發現他們，氣喘吁吁地爬上山梁，他們早已不見了蹤影。這使王石頭十分惱火，他不能再像以前那樣，背著手繞林子一圈，就可以優哉遊哉地到處閒逛或躺在屋子裡安心睡大覺。他必須經常守在林子邊，以防他們的襲擾。王石頭不想這麼以勞代逸，決心抓住幾個偷杏的小子，好好教訓他們一頓，讓他們知道他的厲害。王石頭在杏林裡貓了兩天，終於抓住了兩個偷杏的半大小子，王石頭劈手將筐子奪下，放到腳下一腳踩扁，又拎起筐子把它扔的老遠。兩個半大小子嚇得戰戰兢兢。王石頭給每個人兩個老牛上山，對他們說：「告訴你們大隊的人，誰要再敢來，我把他腦袋擰下來！」王石頭做了一個擰蘿蔔英子的手勢。抬起腳，朝那個大一點的孩子屁股上踢了一腳說：「滾！」兩個半大小子連筐子也顧不得拿，飛也似地跑了。

杏林又恢復了平靜，王石頭覺得他們不敢再來，每天到杏林邊轉上一圈，中午，回到屋裡美美地睡上一覺。

晚上，王石頭剛睡下，三根柱在窗外叫：「石頭，春旺回來了，去聽稀罕不？」聽稀罕，就是聽房，春旺是轉業軍人，在呼市一家工廠當工人，一年回來不了幾回，夫妻長期不在一起，一旦在一起，就像烈火遇到乾柴，人們最願意聽這樣的房，它最容易讓人激情澎湃。

王石頭閒著沒事，白天已睡足了覺，也想尋點刺激，便穿上衣服，和三根柱一起去聽。聽房是當地人的一種習俗，剛來時，也曾有年輕後生叫他去聽，他總覺聽房有些粗俗甚至下流，現在，經受了七年多的貧下中農再教育，那些清高與矜持早已蕩然無存，就像吃莜麵一樣，他已融入這裡的生活方式，接受了這些粗俗。

聽房的不僅是年輕後生，也有中年人，甚至還有大隊幹部，他們不僅聽新婚夫婦的，更願意聽這種久別勝新婚的。沒有人認為聽房有什麼不好，更沒有人譴責，它可以說是農村的一種娛樂活動，給乏味單調的生活增添了一些樂趣。聽房的人不僅自己聽，還會在第二天當著被聽人在大家面前繪聲繪色描述聽到的情景，那些女人也不惱，頂多罵一句：「挨千刀的。」

三根柱是全村有名的聽房迷，他熟知全村各家的炕上風情，哪家的熱烈，哪家的含蓄，哪家的女人風情萬種，哪家的女人像死榆木疙瘩，他都門兒清。有一次，三根柱聽劉志亮的房，等了半天也不見動靜，等著等著，三根柱竟然坐在窗前睡著了，還打起了呼嚕，劉志亮被吵醒了，悄悄打開窗子，把一泡尿澆到三根柱腦袋上。被澆醒的三根柱也不惱，抹了一把臉上的尿，對屋裡喊道：「明天我把你的球頭子割了。」

王石頭跟著三根柱輕手輕腳地來到春旺家窗前，因為是夏天，家家的窗戶都吊的挺高，沒有任何遮擋。新社會還沒有培養出他們掛窗簾的文明習慣，更沒有提供掛窗簾的物質基礎，因為發的那些布票連穿衣服都不夠。春旺的媳婦叫桂花，長的白白淨淨，個又高又豐滿。月亮很大，月光從窗口灑進去，一切都一覽無餘，春旺和媳婦桂花背對背睡著。桂花臉朝外，睡得很安詳，一隻白白的胳膊伸到被子外面，微微蜷曲著，睡在裡面的春旺發出一陣陣鼾聲。兩個人在窗下等了半個小時，仍不見動靜，三根柱有些掃興地說：「可能是白天幹過了，咱們走吧。」

倆人又來到一個叫李銀禮的房前。李銀禮長著一副好傢俱，倆人一幹那事，李銀禮的老婆就會發出貓發情那樣的叫聲，高一聲低一聲，顫顫的，十分撩撥人。從窗口望去，倆人面對面睡著。李銀禮媳婦的上身沒蓋被子，兩個白白的乳房露在外面，等了半小時，仍不見動靜。三根柱有些懊喪地嘟囔了一句：「日他媽的，咋都歇工了！」

倆人經過沈貴屋前，三根柱躡手躡腳地走到窗前，跟在後面的王石頭聽見屋裡傳出急促的喘息聲，三根柱做了一個趕快走的手勢，倆人迅速地離開。王石頭知道，這肯定是遇到忌聽的了。在農村，聽房也有規矩，不是所有的房都能聽，正當夫妻的可以聽，小姨子和姐夫的也可以聽，因為小姨子有姐夫的一半，公公和兒媳，大伯子和弟妹，和外人搭夥計都不能聽，不管它多麼風情無限，一旦聽到，要馬上離開，更不能向別人說，因為那樣會鬧出人命。當年，趙光腚說出粉花的事就是犯了大忌。

走出院子，王石頭問三根柱：「是不是沈貴不在？」三根柱點點頭。沈貴四十多歲，他還有個哥哥叫沈富，是個光棍，沈富沒有分家另過，平時就和沈貴全家一起生活，掙的工分也都給弟弟一家，這在農村叫拉偏套。偏套不能白拉，每月沈貴都要離家兩次，去閨女哪兒，這兩天也就把位子讓給哥哥沈富。沈貴有四個孩子，其中一個女孩長的跟沈富一樣，誰都知道這是沈富的籽籽，可誰也不明說。

前兩家沒聽著，第三家又不能聽，三根柱有些掃興。他領著王石頭又到村東頭侯勇家，侯勇老婆三十出頭，雖說不上漂亮，也屬於有炕上風情的那種。倆個人來到窗前，可能是因屋裡炕熱，窗戶吊的很高，侯勇四仰八叉地躺在炕上，身上一絲不掛，被子被掀到一邊。他的老婆春蘭也是一絲不掛，王石頭第一次看到一個女人肌體的全部，它徹底摧毀了王石頭對女性的美好想像，這個赤裸的身體一點兒都不美，兩個乳房像沒有填充物的皮口袋鬆弛地搭拉在胸前，特別是下身，實在有些醜陋，它應該含蓄一些，遮掩一些，給人以想像的空間和回味的餘地，而不應該如此原始和直白地顯露在人面前。

三根柱打算離開，走到院子中間，看見一泡牛糞，牛糞的表面已經風乾，裡面仍是稀的，三根柱小心翼翼地把牛糞摳起，把稀牛糞朝裡，朝著侯勇老婆小腹下面的部位扔了過去，那灘牛糞不偏不倚穩穩地糊在侯勇老婆小腹下面，侯勇老婆像觸電似地霍地坐起。倆個人笑著跑出院子，後面傳來侯勇老婆的罵聲：「挨千刀的，你老婆也長著那東西，咋不去糊你老婆的！你把它糊住你爹咋爬出來！」

王石頭回到他那間小屋時，聽見杏林那邊傳來樹枝被折斷的聲音，在這靜靜的夜晚，聲音格外清晰，王石頭估計有人趁著天黑來偷杏來了，他朝杏林方向大喊一聲：「誰在偷杏？」杏林一下子靜了下來，接著，便是跑的腳步聲，王石頭高喊一聲：「你們往哪兒跑！」腳步聲漸漸遠去，最後消失了。

第二天一大早，王石頭來到杏林，杏林邊上的野杏依然綴滿枝頭，不像有人摘過。可是走到杏林深處，讓王石頭大吃一驚，一些枝條上的野杏已被擼淨，滿地的殘枝碎葉，被折斷的樹幹搭拉著。再往裡走，又是一地殘枝碎葉，樹上的杏所剩無幾。王石頭恍然大悟，這裡每天都在遭受著一場洗劫，不過不是白天，而是夜晚。他們白天不來夜裡來，洗劫的又是杏林腹地，外面根本看不出來。這表面的平靜只是一種假象，這幫半大小子戲弄了他。王石頭決心狠狠懲罰他們一頓，為了將來收穫的杏核，也為了這份差事，他一定給他們點顏色，讓大隊知道他在盡職盡責。在這單調乏味的生活中，他也需要找點刺激。

晚上，天一擦黑，王石頭就藏進杏林邊，一直等到半夜，衣服被露水打濕，仍不見人來，他只好回去。

第二天，王石頭又等了大半夜，仍不見人來，他估計，那天晚上的喊聲可能嚇住了他們，不大敢來了。

第三天，王石頭決心繼續等下去。這是一個沒有雲彩的夜晚，月亮從東方升起，給黑黝黝的杏林披上一片銀輝，周圍一片寂靜，偶爾傳來樹枝輕微的斷裂聲，那是杏子壓斷了枝頭。附近的山上不時傳來貓頭鷹的叫聲，讓人覺得有些瘆人，杏林裡沒有風，彌漫著杏葉略帶苦味兒的清香。

月亮已升到中天，仍不見動靜，王石頭決心等下去，因為再過一個星期，杏子長的稍大些就變的又苦又澀，不能再吃了，也就不會有人摘了。

又等了兩袋煙功夫，一陣雜沓的腳步聲從山梁那邊傳來，在寂靜的夜色中，顯得格外清晰。王石頭感到獵人見到獵物般的欣喜和亢奮，兩眼緊緊盯著山梁，期待著獵物出現。大約五分鐘後，山梁上出現一個人影，接著又是一個，隨後，一個接一個出現在山梁上，王石頭數了數，一共十一個。他們站在山梁上，夜空襯出他們清晰的剪影。他們似乎並不著急下來，而是警惕地站在那裡，大概是估算下來會不會有危險。他們站了約半袋煙的功夫，一個人影開始往坡下走，隨後，其他人也一起順著山坡往下走，他們走的很快，踢的石子嘰哩咕嚕往下滾。

這群孩子來到杏林邊上，聚在一起，像是商量什麼，隨後又散開，紮進杏林。從聲音可以判斷出，他們不是一個一個地摘，而是一把一把地擼。被折斷的樹枝發出清脆的斷裂聲。這場洗劫足足進行了二十多分鐘，他們才陸續走出林子，一邊走一邊比誰摘的多。這時，王石頭突然從林子邊竄出，大喊一聲：「站住！」一個箭步朝到這幫孩子面前。這些孩子被嚇呆了，怔怔地站在那裡，動也不動。但馬上醒悟過來，不知誰喊了聲：「快跑！」便散開向四面跑去，王石頭緊緊地跟住一個，他知道，只要抓住了一個，就是抓住了全部。從背影上看，這是一個十三四歲的半大小子。雖然是上坡，半大小子跑的卻極快，兩條腿飛快地邁動，鞋底帶起的沙子打在王石頭身上，臉上，當王石頭快抓到他時，他突然把已經倒掉杏的筐子往王石頭腳下一扔，筐子差點把王石頭絆個跟頭。王石頭罵道：「小王八蛋，抓住你我扒了你的皮！」半大小子越過山梁，向坡下朝去。王石頭拼命追趕，有兩次都觸到了他的衣衫，那衣衫像是火焰似地一卷，又滑脫了。在一條大溝前面，王石頭終於抓住了他，王石頭一把將半大小子摔倒，一屁股坐在他身上。倆人都大口地喘著粗氣。然後，王石頭把拳頭頂在半大小子後腦勺上，使勁來了兩個老牛上山。氣喘勻了，王石頭一把把他拽起來：「走，跟我到大隊去！」半大小子擦了一下嘴，王石頭看見，他的額頭皮擦破了，滲出了血。他不馴服地看著王石頭，動也不動。王石頭照著他屁股踹了一腳，喝道：「快走！」半大小子這才開始往前走，走了幾步，他突然一轉身，飛快地向坡下跑去，王石頭追了他半里多路，才再一次抓住了他。為了防止半大小子再逃跑，王石頭解下他的褲帶，讓他提著褲子走在前面。王石頭把半大小子帶回大隊，大隊的一名會計正在值班，大隊會計睡眼惺忪地起來，他看見王石頭押回來個孩子，忙問怎麼回事。王石頭把經過說了，大隊會計說：「先讓他在這兒待著吧，一會兒劉家溝的人就會來。」王石頭坐在桌前，問：「你叫什麼名字？」「武三財。」半大小子回答。「你偷了幾次了？」「就一次。」王石頭說：「你不說今天就不讓你回家。」半大小子停了一會兒說：「兩次。」「就兩次？」「就兩次。」

「你把上次來的和這次來的人都寫下來。」王石頭從抽屜裡取出一張紙，又把一支筆遞給半大小子。半大小子開始寫，寫完了，王石頭數了數，一共十四人。這時，劉家溝的人來了，一共三人。打頭的是半大小子的父親，其他兩個一個是半大小子的叔叔，還有一個是小隊幹部。半大小子的父親先給王石頭和大隊會計遞上一支煙，王石頭擺擺手，說不會抽。半大小子父親說：「這孩子不懂事，以後保證不偷了！」王石頭往正坐了坐，說：「我們今年有個規定，偷杏的一律罰麵十斤。你們大隊一共有十四個人偷過杏。」王石頭把又抄了一份的名單交給半大小子父親：「你把這個帶回去，告訴他們，明天，我去挨家秤麵。」

半大小子父親接過名單，看了看，把名單揣進口袋，帶著半大小子走了。

第二天，王石頭拿著秤和口袋去劉家溝要麵，如果都要到了，一共是一百四十斤，一個人背不動，王石頭就去生產隊牽了頭驢，叫上高光和他一起去劉家溝要麵。高光牽著驢，驢背上搭著口袋，王石頭拎著秤，向劉家溝走去。路上，高光問：「侉子，你說劉家溝的人能給咱們嗎？」王石頭說：「憑什麼不給，他們偷了杏就應該認罰！」高光說：「要是給了，能不能給我十斤？」王石頭說：「那可不行，罰的麵都歸大隊，不能歸個人。」高光說：「蘭蘭他們家早沒莜麵吃了。」王石頭知道，高光雖然長得醜，又不能幹活，卻也沒讓老二閒著，蘭蘭是個女孩子，她的母親是個瞎子，三十多歲時丈夫就死了，蘭蘭母親就是高光的夥計。王石頭說：「你是不是拿莜麵去蘭蘭家搭夥計？」高光有些磨不開，用手背擦了一下流出的哈喇子，說：「搭甚夥計，咱們去要麵，咋也該得到點好處。」王石頭說：「那你得說實話，你要了麵，是不是找蘭蘭媽搭夥計，你說實話，我才給。」高光又用手背抹了一下嘴：「這侉子，咋非讓人把話說出來？」王石頭說：「行，如果要到了，給你十斤。」高光說：「那咱咋也得把麵要到。」

倆人來到劉家溝。劉家溝是個大村，有一百多戶人家。村裡人看見王石頭和高光牽著驢拎著秤來到村子，就明白他們幹什麼來了。人們悄悄議論著，一群小孩在他們前後跑來跑去。王石頭來到大隊部，一個年輕人正在值班。王石頭說自己是豁牙溝的，劉家溝的十四個孩子偷了豁牙溝的杏，每人罰麵十斤，現在來秤麵來了。王石頭把名單遞給年輕人，年輕人看了一眼名單，說這事他做不了主，讓王石頭等大隊書記范有富回來。王石頭問：「你們范書記去哪兒了？」年輕人回答：「去公社開會去了，中午前回來。」王石頭和高光就坐在大隊裡等著，一些社員也圍在大隊部門前，扒著玻璃往裡看。大約等了半個小時，那個年輕人從外面走進來，說：「范書記回來了。」王石頭走到門口，看見一個二十七八歲的年輕人正牽著一匹白馬向大隊部走來。王石頭迎上去，說明了來意。范有富把韁繩往馬脖子上一搭：「你把小孩都打的趴了炕了，我沒找你算賬，你倒找上門來了！你先去給孩子看病吧！」王石頭見范有富耍無賴想訛他，頓時升起一股怒火，罵道：「放你媽的屁，誰把他打趴炕了！」范有富沒想到北京知青會罵他，而且在他的地盤上，周圍還有不少社員看著他，他逼前一步：「你他媽的四類子弟，在這兒耍什麼威風！像你這樣的灰猴，一輩子也走不了！」王石頭在農村七年多來，跟社員吵過架，打過架，所有社員也都知道他的出身和他沒能走的原因，可是從來沒有一個人戳這個傷口，這是王石頭最敏感的部位，現在，這個傷口被他面前這個人戳破了，一種怒火在心中騰的升起，他忘記了這是范有富的地盤，忘記了自己勢單力薄，忘記了周圍都是劉家溝的農民。這些年所有的憤懣與不平、委屈與怨恨在這一刻統統爆發出來，王石頭掄圓了巴掌，向范有富年輕而飽滿的臉上搧去。范有富臉上頓時留下了五個指印。所有的人都愣住了，他們沒想到，一個北京侉子竟敢當著眾人的面搧他們的大隊書記。但他們馬上醒悟過來，一個黑鬍子老漢喊了一聲：「打那龜孫子！」拳頭和巴掌像冰雹一樣落在王石頭的頭上，身上。站在一旁的高光喊了一聲：「打死人了！」扔下驢韁繩撒腿向豁牙溝的方向跑去。王石頭彎著腰抱住腦袋，既無招架之功，更無還手之力，腦袋混沌一片，只看見無數佈滿青筋的腳在他眼前移來移去。這時，一道眩目的光亮在他眼前一閃，那是立在牆邊一根挑草用的鋼叉。王石頭鉚足勁，一頭朝面前的一個人腰部撞去，那個人哎喲一聲坐在地上。兩秒鐘後，形勢變了，鋼叉已攥在王石頭手上，他拼命向一個人刺去，那個人嗷地叫了一聲，往旁邊一跳，閃開了。圍觀的女人和孩子們哭叫著四散逃開。王石頭已經紅了眼，他又舉起鋼叉，向另一個人刺去，就在這時，一雙有力的胳膊從背後緊緊地箍住了他。范有富在旁邊大聲喊：「他要殺人，快拿繩子把他捆起來！」王石頭一邊拼命地掙脫抱著他的胳膊，一邊跺著腳罵道：「范有富，我操你祖宗，今天我非殺了你！」這時，一個老大媽顫顫巍巍地走到王石頭面前：「孩子，快放下吧，要出人命的。」老人說的是普通話，有著和母親一樣花白的頭髮，可能當年和王石頭家一樣，是遷徙到這裡來的移民，久違的鄉音，和母親一樣慈善的面容，委屈和傷心一下子襲上心頭，王石頭忍不住掉下了淚水，他一下子被解除了武裝，王石頭鬆開了手中的鋼叉。老人把王石頭拉進屋裡，屋裡還有一個二十多歲的姑娘，估計是老人的女兒，說的也是普通話。這時，剛才抱住他的那個中年人走進屋來，說：「後生，你先在這兒歇一會兒，我去叫輛馬車送你回去。」中年人出去後，老人對王石頭說：「他是大隊會計，孩子，你聽他的吧。」王石頭覺得腦袋一陣陣發脹，說：「不行，把那些麵全部稱來，少一斤都不行！」這時，大隊書記高悅騎著一匹馬急馳而來，在院子前停下，把僵繩一扔，對站在院外自知闖了禍有些不知所措的范有富說：「咋了，范書記，你們偷了杏還敢打人！」范有富爭辯道：「高書記，是他先動的手！」高悅說：「我給公社高書記打電話了，一會高書記就來。」又轉身對王石頭說：「石頭，咱們先回去！」這時，大隊會計讓人把馬車趕來，王石頭上了車，問大隊會計：「莜麵呢？」大隊會計說：「今天有人不在家，明天我一定送去。」

接著，便是走馬燈似地慰問，先來的是公社高書記。高書記還特地帶個衛生員來，問他哪兒不舒服。王石頭說：「就是腦袋脹。」衛生員給王石頭留下一包鎮靜藥。高書記勸他好好養兩天，又轉身對大隊書記高悅說：「這幾天工分不能扣，王石頭這也是為集體。」高悅連忙說：「哪能扣工分，我們還要獎勵！」接著來的便是公社特派員楊守旺，楊守旺仍挎著他那把王八盒子，一見王石頭就說：

「我把那幫龜孫子狠狠罵了一頓，我說，咋的，你們偷東西有了理了，咋，想造反吶，敢打北京知識青年，你們想蹲大獄了！那個帶頭打你的黑鬍子老漢是范有富的父親，我說再敢動北京知青一個指頭，先把你兒子抹了官，再把你銬了去，嚇得那龜孫子大氣都不敢出。」楊守旺又掏出槍來：「來，放上兩槍。」

第三撥來的是劉家溝的范有富和大隊會計。他們用毛驢馱來了一口袋莜麵，范有富顯得十分謙恭，說他把莜麵送來了，以後保證不會再有人去偷杏了。

第四撥來的是北京知青。王石頭本以為他們會劍拔弩張，為他報仇。可他們帶來的不是棍棒，而是罐頭。只有二寶顯得十分仗義：「咱們一起去，花了他們丫的！」

沒有人回應。

王石頭明白，經過多年的磨練，大家已不再魯莽衝動，況且，他們面前還有招工——這個最誘人的希望吸引著他們。對這些仍在農村的知青，那是他們心中最美麗的星辰。後來，王石頭才知道，他被打的那天晚上，范有富在村子四處布下了民兵，以防知青聚眾洗劫他們。如果在三、四年前，一定會發生一場械鬥，甚至會鬧出人命，歲月和命運賦予了這些知青的理性與成熟。

休息了幾天後，王石頭去林業隊上工。他做的第一件事就是，從大隊庫房裡稱出十斤麵給高光：「跟你那個瞎老板搭夥計去吧！」高光笑的哈喇子都流了出來：「侉子，下次要麵，我還跟你去。」

在這場風波之後，杏林一片安寧。一些孩子走路都繞著走，王石頭也名聲大震，當小孩子哭的時候，大人就用王石頭嚇唬他們：「再哭，王侉子來了！」小孩頓時就安靜下來。

那一年，大隊收了十幾麻袋杏核，賣了四百多塊錢。

五十三

一天，郭凱突然來找王石頭：「石頭，我要走了，明天去我哪兒，咱們哥幾個聚一聚。」王石頭知道郭凱一直在辦病退，便問：「病退辦成了？」「辦成了。」王石頭感到一陣悵然若失，每次知青走，他都有這種感受。

第二天下午，王石頭來到胡家灣，二寶也來了。還有一個土城子外號叫窩頭的知青。郭凱說：「今天，哥們兒算是刑滿釋放了，希望哥幾個也快點熬出去。」

炕上已經擺好了幾樣菜，一盆燉羊肉，一盆雞，還有一盤炒雞蛋。二寶看了看炕上的雞和羊肉，說：「不敢定哪家貧下中農又倒楣了！」郭凱又拎出一瓶二鍋頭：「這酒本來是送給高照祥的，現在這個土皇帝也管不了我了，還是咱們哥幾個享用吧。」四個人喝著酒，吃著肉，大罵上山下鄉不人道。王石頭問：「郭凱，你辦病退怎麼就批了，我怎麼就打回來了？」郭凱問：「你辦的是什麼病？」王石頭說：「高度近視。」郭凱說：「高度近視不行，不是要命的病，頂多把穀子當草拔了，你得辦要命的病，比如肺病，心臟病，胃病。」王石頭說：「那一檢查不就查出來了嗎？」郭凱說：「你做假呀！咱們不騙人，不能不騙王八蛋，他們丫的把咱們騙到內蒙來了，還不許咱們再騙回去呀！」王石頭說：「那怎麼做假？」郭凱說：「如果你要裝肺病，你就抽煙，普通的煙不行，得把煙放到黑墨水裡浸透了，拿出來再曬乾，檢查前，就連著抽上十根，抽完了，你就去拍X光片，肺部就會有陰影，我第一次就是這麼幹的，給我看病的大夫戴一副眼鏡，長得跟希姆萊似的，他盯著片子看了半天，又聽了我的肺，說：「你後天再來照一次片子。」我覺得，隔一天那些陰影可能還在，就沒再抽。結果是大意失荊州，一拍片，陰影沒有了，全他媽的吸收了！快煮熟的鴨子飛了，我那個懊悔呀！那個醫生拍拍我的肩膀，說：「小夥子，放心吧，沒事了。」我真想抽丫個耳貼子。第一次沒辦成，隔了兩月，我又去辦第二次，這次不能裝肺病了，辦的是胃潰瘍。胃潰瘍大便時，一般都有潛血，讓大便有潛血的辦法就是在檢查前一天喝生雞血。雞血喝多了不行，喝多了潛血太多，醫生就會讓你住院。一住院就漏餡了。喝少了也不行，喝少了潛血看不出來。要喝的恰到好處。我試了幾次，喝三大口效果最好。光雞就買了五六隻。檢查前一天晚上，我就喝了三大口，到醫院一查，果然有潛血。醫生讓我隔三天再查一次。查之前，我又喝了三大口，結果和上次一樣。醫生就給開了證明。拿著證明，我來區知青辦，這才是鬼門關。那幫孫子一個個都是冷血動物，你要是沒點關係，他們就不批。接待我的是一個二十七八歲的年輕人，姓李，戴一副眼鏡，白白胖胖的，一看就是民脂民膏養肥的。他看了看我的證明，跟我打起了官腔，讓我回插隊的地方等。他們批不批會給縣知青辦發函。我回家一想，不能這麼等，如果他們打回去，再辦就更不容易了。過了兩天，我帶著一條牡丹煙和那件狼皮坎肩去了知青辦。到了下班的時候，那個四眼從門口出來了，我迎上去，說有一件事急著向知青辦反應。他有些不耐煩，說下班了，有什麼事明天再來。我說這事很急，只用五分鐘時間就行，四眼猶豫了一下，帶著我進了他的辦公室。我心想到這份上了，就別跟丫的兜圈了。我單刀直入，說父母有病，弟弟和妹妹都在山西插隊，我的胃不好，父母也需要我照顧，三下五除二說完這些，便從包裡取出那條煙和狼皮坎肩，我說這是一件狼皮坎肩。那個四眼一聽說狼皮坎肩，頓時兩眼發亮，我一看有門，就跟他神哨，說這是一隻不滿周歲的狼，是毛色最好的時候，它是跳進羊圈後被捕殺的，扒狼皮時，狼的眼睛還在轉動。狼活著時剝下的皮最有靈性，如果遇到不好的事，狼毛就會像針一樣豎起來，這樣就可以逢凶化吉。丫的被我說的有些發懵，他拿起坎肩，輕輕撫摸著。我說，這狼皮坎肩穿在您身上一定合適。我的意思就是你們丫的就是一群狼。這孫子笑笑，一點兒也沒聽出來。他把坎肩疊起來，說：「你的病退材料我看了，我儘量辦吧，一個星期後你來聽消息。」一個星期後，我去了辦事處，丫的告訴我，函已經發了，我可以回縣裡辦手續了。第二天我就趕到了縣裡，我帶著一條煙來到老姚家。老姚住的跟地主似的，一排五間大瓦房，四面都是兩人高的牆。聽縣裡人說，這些木頭都是撥給知青的，都被他們給貪污了，還有北京撥下來的收音機，縫紉機也被他們分了。老姚一見我，笑嘻嘻地說，知青辦已收到北京的函了，明天一上班就可以辦手續。我一聽這話，才一塊石頭落了地。」

王石頭說：「要是這樣，我還得重新辦。」

郭凱問：「趙光腚不也辦病退了嗎？丫的還那麼事嬀？」王石頭說：「上個月去盟裡開了次知青會，又帶回來一張獎狀。」二寶說：「丫的整個一個知賊。前幾天，高照祥去我們大隊，我問他，趙光腚說紮根一輩子，你相信他的話嗎？高照祥來了一句，誰也比誰聰明不了多少。誰也比誰傻不了多少。」郭凱說：「也不能全怪趙光腚，這也是為了生存，都是他們丫的逼的，只是下作了點。」

太陽快落山了，郭凱說：「我就不留哥幾個了。」他從另一間屋子裡拿出三條羊腿，說：「哥們兒走了，也沒什麼好送的，這三條羊腿，一人一條，拿回去燉湯子吧。希望有一天，咱們到北京東來順去吃涮羊肉！」他拿起那個空酒瓶子，狠狠地摔在地上：「日他媽的，我是熬到頭了！」

王石頭背著羊腿，在路過雙井子村時，一個羊倌正站在羊圈門口數羊，他連數了兩遍，都發現了少了一隻黑花綿羊，而此時，王石頭正背著那條黑花綿羊的腿走過他身旁。

五十四

中午，王石頭正在家做飯，一個叫二旦的社員風風火火地跑進來：「毛主席死了！」「你是反革命！」王石頭心裡一陣驚喜，可是不知道怎麼卻脫口說出這句話。在二旦說出那一瞬間王石頭就相信這是真的，因為誰也不敢編造這樣的謠言，除非他不要命了。王石頭立刻來到大隊部，想再確認一下。大隊書記高悅見王石頭進來，說：「石頭，剛才廣播了，毛主席死了。」王石頭站在那裡靜靜地聽了幾分鐘廣播，回到屋裡，雖然聽了廣播，仍然不敢相信這是真的。他按捺不住內心的亢奮，來到樹林漫無目的地走著，還從來沒有一個人死讓他這麼高興過。多少年來，人們一直喊他萬歲，萬萬歲，一般老百姓中，沒有人想到他會死，甚至覺得他生病都不可能，現在，他死了，他真的死了，他確實死了，沒有呼吸，沒有脈搏，和任何死人沒什麼區別，他再也不能濫施淫威，發號施令，想打倒誰就打倒誰了！老而不死是為賊，他早就該死了，如果他早死了，父母不會被轟回老家，他也不會到這兒來插隊，到現在也走不了。他早死了，他的叔伯哥哥也不會現在打光棍，兩個哥哥也不會和他們的女友分開。他早死了，就不會有五十年代初暴虐的鎮壓與殺戮。他早死了，就不會有反右，讓那麼多人遭受不白之冤，也不會有大躍進和三年大饑荒，讓那麼多人餓死。他早死了，就不會有文化大革命，讓成千上萬的人被打死、鬥死。他早死了，農民就不會至今仍吃不飽肚子。他早死了，中國就不會有那麼多苦難。王石頭不知將來是什麼樣，即使沒有改變甚至比現在更壞，他也願意讓他死，因為少一個獨夫總比多一個強。

晚飯，王石頭特地炒了五個雞蛋，烙了一張餅，以表達對他死的慶祝。吃完飯，他來到趙光腚的屋裡，趙光腚吃的也是烙餅炒雞蛋。

晚上，王石頭坐在柳牆邊，九月的風開始透著涼意，一些發黃的柳葉緩緩飄落，結束了一個生命的週期，天空佈滿繁星，浩渺而深邃。大自然在按照自己的規律在進行著時序更替。感謝上蒼，當一個暴君作惡多端而百姓又對他無可奈何時，我們還有偉大的自然法則。

九月的一天，王石頭去縣城買東西，在街上碰見了棺材板。中午，棺材板請他到一個飯館吃飯。剛端起碗，縣廣播站的大喇叭響了，播放了一段革命歌曲後，廣播裡響起了播音員的聲音：「下面，我們播送北京知青趙光福和王石頭寫的稿件，繼承偉大領袖毛主席的遺志，在廣闊天地紮根幹革命。寫給即將下鄉的新戰友。」棺材板停下手中的筷子，問：「石頭，你怎麼和趙光腚摻和到一起了，什麼時候了，還紮根鬧革命。」王石頭說：「我從來沒給廣播站寫過稿件，肯定是趙光腚把我的名字帶上了，這個王八蛋，自己當知賊，還拉一個墊背的！」棺材板說：「現在動員上山下鄉根本沒人去。

趙光腚也太昧良心了，他自己想走走不了，還煽惑別人去。」

晚上，回到村裡，王石頭找到趙光腚，問：「你給廣播站寫稿憑什麼寫上我的名字？」趙光腚一愣，有些難為情地解釋說：「我覺得寫上兩個人號召力大些。」王石頭說：「以後，你幹這些事少他媽的帶上我！」王石頭把門一摔，走了出去。

毛死了，他的老婆和爪牙被抓了，可他的陰魂仍在。一陣喜悅和激動過後，王石頭並沒有感到明顯的變化。生活依然故我，病退依然難辦，招工依然看出身。

一九七七年夏末，呼市一家建築公司來縣裡招工。王石頭並沒有報任何希望，甚至連名都不想報。趙光腚倒是十分積極。一聽有招工消息後，便開著手扶拖拉機拉著兩袋莜麵去了縣裡。第二天，趙光腚又開著拖拉機去了縣裡。王石頭發現趙光腚屋裡牆上的獎狀和照片不見了，王石頭猜想趙光腚可能把這些獎狀拿給招工的看，以此證明他是一個可以教育好的子女。晚上，趙光腚又開著拖拉機回到村裡。王石頭問：「這次是不是有門兒？」趙光腚說：「還不一定，過兩天就知道了。」

兩天後，趙光腚接到通知，他被錄用了。趙光腚立刻顯出一副春風得意的樣子，小臉又開始脹的通紅。走的那一天，趙光腚顯得灰溜溜的。村裡沒有一個人送他，只是隊長安排二牛把他送到縣裡。趙光腚把行李放到車上，對王石頭說：「下次招工時，別太死心眼。」他停了一下，很誠懇地說：「該送東西就送東西。」

趙光腚上了車，二牛把車趕到離縣城大約十幾里的地方，突然停下車，頭也不回地對趙光腚說：「你下車吧！」趙光腚環顧四周有點摸不著頭腦，說：「這還沒到縣裡……」二牛回過頭來，不客氣地說：「讓你下車你就下車！」趙光腚下了車，二牛說：「還有你的行李！」趙光腚又拿下行李。二牛把牲口掉了頭，啪的一聲響鞭，牲口飛快地跑起來。趙光腚怔怔地站在那裡，他發現，這正是當年他凍的起不來的地方，望著遠去的馬車，他只好背起行李趕路。

趙光腚走後，王石頭來到趙光腚的屋子來拿水桶。屋子裡一片狼藉，地上扔著幾雙破鞋和兩雙爛襪子，炕上放著幾個沒洗過的碗和幾個空酒瓶子。一個燈檯倒在窗臺上，煤油灑了一地，在灶旮旯裡放著一個牛皮紙袋子，王石頭打開，裡面是趙光腚所得的獎狀。趙光腚終於用謊言焊成梯子翻過了這個無形的高牆。

八月十五前兩天，棺材板來村裡買羊。他來到王石頭屋裡，問：「趙光腚呢？」王石頭說：「招工走了，你不知道？」「不知道，什麼時候走的？」棺材板有些吃驚。「上個月。」「他怎麼一點也沒跟我說。」棺材板一臉詫異：「上個月，他拉兩口袋莜麵找過我，讓我幫他賣了，再幫他買塊手錶，最好要上海全鋼的。我問他在農村要手錶幹嗎？他說他上次在盟裡開會認識一個後旗的女知青，倆人挺談得來，想送她一塊手錶。我說，莜麵好賣，上海全鋼手錶不好買。他說如果買不到新的，八成新的也行。這兩天他就去後旗見那個女知青，讓我一定幫這個忙。和我在一起的一個天津知青正好有一塊上海全鋼手錶，我好說歹說幫他勻了過來。」王石頭說：「什麼女知青，他那塊表肯定是送給招工的。」棺材板說：「這小子怎麼一句實話都沒有，我求爺爺告奶奶幫他把手錶勻過來，他連屁都沒放就走了！」王石頭說：「他可能是怕你知道手錶是給招工的，傳出去走不了吧！」棺材板說：「不說他了，我聽縣裡人講，現在辦病退比以前容易了，你還不再辦一次。」王石頭說：「我辦了，到現在也沒消息，估計又黃了。」棺材板說：「那就先熬著吧，將來，你肯定能走。」

趙光腚走後，村裡就剩下王石頭一個知青。王石頭雖然不喜歡甚至討厭趙光腚，可是一旦趙光腚走了，他卻倍感孤獨。他就像監獄裡的犯人，別人都已釋放，而他卻遙遙無期。一九七七年秋天，也就是他們下鄉的第九個年頭，全公社的一百多名北京知青就剩下五個，二寶和郭凱一樣，病退回到了北京，他的藥劑師父親為他弄到一張病入膏肓的醫院證明。王文軍自打那次罵了婦聯主任後，就和招工絕了緣，不得不遠走他鄉，轉插到安徽一個親戚那裡。鴨子也因父親的解放而解放，回到了北京。倒是那所盛產小流氓學校的學生除了被勞改的傻三外，全部被招了工。

剩下的五個人中，他們的出身在黑五類中占了四類——一個被鎮壓的反革命，一個地主，兩個富農，一個右派。其他四人都已結婚成家，有了孩子，唯有王石頭仍孑然一身。這是一種少心無腸的日子，他對生活失去了全部熱情。每天在村裡東遊西逛，無聊的打發時光。以前煩悶時，他可以到別的知青點去，一起聊天解悶。現在，絕大多數知青點都已人走房空。每當他去公社和縣城路過這些知青點時，看到那些破損的門窗，都會感到一種深深的失落和惆悵。那種深深的憂傷和無望也常常襲上心頭，難道就這樣一直生活下去？前些日子，公社信用社的老李到大隊來，說他有一個表妹，二十五歲了，想介紹給他，王石頭只是笑笑，甚至懶怠回絕。姐姐也來信勸他，如果實在走不了，就在農村成個家，找不到知青就找一個農村姑娘，他們每月給他寄些牛活費，只要他們活著，就一直給他寄。王石頭回絕了姐姐的好意。這些都不是他要的生活，他絕不走在農村紮根這條路，他不具備父親那種生命力和生活能力，與其像當地農民那樣活著，還不如死了或去蹲大獄。因為懶怠燒火做飯，王石頭就去棺材板那裡拿來個煤油爐子，灶臺長期不用，積滿了厚厚的塵土。長期的風吹雨淋，房屋也破敗不堪，牆皮大片脫落，露出了裡面的土坯。屋頂一下雨就漏。外屋的門一塊木板被豬拱掉了，露出個大窟窿，外屋窗戶的玻璃碎了，就讓它敞著。鄰居的雞常常從窗口飛進來，到地上找食吃。一見王石頭進來，便咯咯咯叫著驚慌失措地從窗口飛走。鄰居的一頭母豬毫不客氣地將門拱開，到堂屋裡找吃的，還把屎拉在屋裡。有一天，竟帶進來四五頭小豬，王石頭常常用棍子和鐵鍬把它趕走，第二天，記吃不記打的豬又照來不誤。

最不能讓他容忍的是那些耗子，它們大的有一尺多長，肆無忌憚地在屋裡竄來竄去。一天夜裡，王石頭被耗子的吱吱叫聲驚醒。他點亮燈，原來是一條三四尺長的蛇正在吞噬一隻大耗子。耗子的頭部已被吞進嘴裡，身子仍在掙扎。王石頭抄起菜刀，跳下炕，朝著蛇就是一刀，蛇被剁成兩截，蛇的前半截猛地往起一竄，又跌落在地上。王石頭在蛇身上猛砍幾刀，把蛇砍成幾截，拎著扔出門外。為了防止耗子再把蛇引來，他在耗子洞口放上一種叫滅鼠靈的鼠藥，兩天後，兩隻一尺多長的大耗子死在洞口旁。

因為不燒火，炕變的冰冷，炕板子塌下一塊，他也懶怠換個新炕板，冬天，屋裡冷的如同冰窖，北面的牆上掛滿了厚厚的白霜，用板子一刮，霜粉便紛紛落下。夜裡，室內溫度在零下十幾度，王石頭只能把帽耳放下來戴著帽子睡覺。晚上，不管臉盆裡剩多少水，第二天早晨會全部凍透。他就把臉盆放到煤油爐子上加熱，用手一劃，冰坨子就會轉一個圈，冬天，他的屋子前面，常常堆滿了幾十個冰坨子。

轉眼，又一年的春天到了，這是他來農村插隊的第十個春天。這一年春天來的格外早，五月初，杏花就開了。隨之，沙果花已開了。有一天，他突然發現，沙果樹旁邊的兩棵梨樹也長出了花蕾，這兩棵梨樹是和沙果樹一起種下的，已有二十年的樹齡，沒過幾天，那些花蕾便展瓣吐蕊，二十年的激情一夜迸發，開的蓬蓬勃勃，如雪似霧。望著滿樹繁花，王石頭突然冒出一個想法，這兩棵樹從未開過花，今年突然開放，梨開，離開，莫非這是上蒼的暗示。他真的能離開嗎？他沉浸在一種離開的冥想中。整個夏天快過去了，卻沒有任何招工的消息。他已經三十三歲了，即使放寬出身，希望也不大了。他常常一人坐在樹林裡，呆望著幽遠的藍天，樹枝上抖動的樹葉，或注視行色匆匆的螞蟻，一待就是半天。這是一種痛徹心骨的孤獨，無法排遣的寂寞和憂傷像潮水一樣包圍著他。他覺得自己就是一隻落單的孤雁，別的大雁已成陣飛去，而他卻留在這空寂的荒野，長唳這寒風衰草，霜雪殘陽，無邊的寂寥與蒼涼。有時，他便坐在柳牆下，翻看著已看了無數遍甚至能倒背如流的《格林童話》、《安徒生童話》。他也會常常打開箱子，把郭蘆枝送給他的網球鞋和圍巾拿出來，久久地注視著。此刻，他的面前便會幻化出郭蘆枝的面容，她現在在哪裡，她結婚了嗎？一種深深的思念縈繞心頭。他便用詩來寄託他的思念。

彷彿一切已經逝去，
彷彿一切還在眼前。
妳那明媚的雙眸，
妳的烏黑的柔髮，
妳的秀美的倩影，
妳那公主般的高貴。
還有妳的《安徒生童話》，
妳的網球鞋，
妳的巧克力，
妳的圍巾，
臨別時妳的款款深情
和眼神中那令人心碎的憂鬱。
在這死寂的日子，
當太陽和星星一起熄滅，
就連絕望也都死去。
妳卻像唯一的燭光，
溫暖著我的心際。
或許，我將永遠尋不到妳的芳蹤，
但在心中，永遠會為妳保留一片聖地，
安放妳的善良，
妳的聖潔，

妳的微笑，
妳的美麗……

為了安慰和麻醉自己，他常常用一種類似算卦的方式來預測自己的命運，給自己設置一個預想，如果預想實現了，他就能走，實現不了，他就走不了。一隻鳥兒落在樹上，他數到一百時，鳥兒飛了，他就能走，鳥兒不飛，他就不能走。他從柳樹下折下一根樹枝，如果上面超過五十片葉子，他就能走，超不過他就走不了。從屋子到村邊那棵最粗的楊樹他設定是二百步，如果二百步到了，他就能走，二百步走不到，他就不能走。山坡上有塊大石頭，他揀起十個石子，有五個以上能打中石頭，他就能走，五個以下打中石頭，他就走不了。他常常以一種近似耍賴的方法來達到目標，如果數到九十那只鳥兒仍不飛，他就站起來，發出一聲喊叫，那只鳥兒受到驚嚇，便撲楞楞地飛走了。當他走到一百步發現離那顆楊樹還有一半多的距離時，他就邁大步子，如果還走不到，他就重來一次，一開始就把步子邁大。如果一連四發都擊不中石頭，他就往前走，直到走到保證能用剩餘的六發都能擊中那塊石頭。總而言之，他無論如何也不能讓得出的結果是：他走不了。王石頭像著了魔似地無數次重複這種遊戲，這種遊戲終於在一次冒險後終止了。在杏林邊上有一條被暴雨朝成的壕溝，一天下午，王石頭在杏林邊轉悠，走到壕溝邊，這種遊戲再一次佔據了他的心頭。如果能跳過這壕溝，他就能走，跳不過，就走不了。這道壕溝才兩米寬，他覺得自己能百分之百地跨過去。他往後退了十幾步，起跑，加速，雙腿往前一躍，右腳已蹬住了溝沿，卻沒能站穩，身子往後一仰，重重地摔在溝底。他覺得屁股被重重地挨了一擊，右腳踝也劇烈地疼痛，在溝底躺了好一會兒，才慢慢地爬上溝來。雖然沒有受什麼大傷，走起路來卻一瘸一拐的。半個多月，他的腿才好利索。從此，也就不再玩這種遊戲了。

中秋節到了。在農村，人們並不重視解放後規定的那些節日，無論是五一、十一還是新年，人們幾乎不過，人們重視的仍是春節、中秋節、端午節那些傳統節日。陰曆八月，正是牛羊肥壯的季節，每到八月十五，隊裡便殺牛、殺羊分給社員，讓辛苦一年的社員得到點葷腥。

八月十五一大早，生產隊便開始殺羊。王石頭分了一個羊頭和二斤肉，羊頭用煤油爐子不好煮，他就去場院背了一大捆麥桔，準備用大鍋煮。麥桔是新碾下來的，還帶著桔杆的清香，燒起來火十分旺。王石頭把羊頭放到鍋裡，燒了兩個開，便去飼養院去看殺牛。他來到飼養院時，一頭老牛已被放倒，它側身躺著，脖子下一大灘血，眼睛大睜著，嘴裡不停地冒血沫子，還沒有最後斷氣。殺完牛，翟二牛又從飼養院牽出一頭驢，這頭驢正是和愣成有非同關係的棗花。棗花已經三年沒下驢駒子了，上個月拉車時掉到溝裡摔斷了一條腿。生產隊覺得它已沒什麼使用價值，冬天還要餵草餵料，也準備把它殺了。棗花一條後腿不能著地，一瘸一拐地來到屠宰現場。它似乎已經意識到什麼，三條腿煩燥不安地來回移動。愣成站在一旁怔怔看著，顯出一副心痛的樣子。站在一旁的三根柱問：「愣成，你媳婦要被殺了，心裡麻煩不麻煩。」愣成一副磨不開的樣子，嘟囔著：「日你媽的，那是你媳婦。」隊長趙富說：「這頭驢三年不下駒子了，都是讓你鬧的，要是下駒子，隊裡也不殺它。」愣成說：「你們想吃肉，跟我有甚關係！」趙富說：「公社不讓社員養大牲口，要是讓養你花點錢，把它買回去，愛咋鬧咋鬧，就算生產隊給你娶了個媳婦。」那頭驢經過愣成身旁時，突然安靜下來，它用頭在愣成的身上來回蹭著，尾巴也翹了起來。就在這時，突然聽見坡下有人喊：「石頭，你家著火了！」王石頭回身望去，見他住的地方有濃煙升起，便匆忙往回跑。趕到屋前，火勢已難以撲救，滾滾濃煙從窗口湧出來，透過濃煙可以看見裡面熊熊燃燒的火苗。王石頭試圖從門口朝進去，想拿出放在炕上的箱子，箱子裡有二十塊錢、十斤全國糧票，還有郭蘆枝給的鞋和圍巾。他把門一打開，一股濃煙撲來，差點嗆他一個跟頭。鄰近的社員拎來幾桶水，從窗口澆進去，火勢沒有減弱，反而燒得更凶。火已竄上房頂，把屋頂的披苫引燃，發出劈劈啪啪的響聲，燃燒的火苗不時從屋頂落下。接著燃燒的就是椽子和檁，乾透的松木遇見大火，撒了歡似的盡情燃燒，濃濃的烈焰直衝晴空。在微風的吹拂中，這場大火燒的如此恣意汪洋，酣暢淋漓。人們靜靜地站在周圍，注視著火光，像是為他的青春舉辦著葬禮。突然轟的一聲，整個屋頂轟然塌下，燒斷的檁和緣子七零八落地散落在地上，繼續燃燒。一個小時後，當所有能燃燒的東西都燒完了，火勢才慢慢變小，最後剩下一束火苗，它悠然一閃，熄滅了，一縷青煙嫋嫋升起，飄散在晴空裡。王石頭從廢墟中想扒出箱子，箱子早已燒成一堆木炭，運動鞋的鞋幫已燒光，鞋底被燒的扭曲變形，發出一股難聞的臭橡膠味兒，那條他一直捨不得圍的圍巾已燒成一堆炭化物，竟連一塊碎片都沒留下。王石頭拿起鞋底，仰頭看了看天，濃煙散去後的天空如洗過一般蔚藍，他又看了看周圍，房子只剩下一些斷壁殘垣，全屋沒有留下一樣能用的東西，被褥連同衣服已一起化為灰燼，水缸和鍋已被落下的檁木砸爛，臉盆和牙刷缸也被燒的變了形，這場大火燒的如此徹底，王石頭木然地站在那裡，心裡一片空寂。

二老漢的老伴走到王石頭跟前，歎了口氣：「看那孩可憐的，別人都走了，就剩下一個人，這日子咋過呀！」心靈的傷痛再次被觸碰，王石頭忍不住淚水奪眶而出。二老漢把老伴拉到一邊，訓斥道：「你說這作甚！」他圍著廢墟繞了一圈，看看砸碎的缸和鍋，又看看燒成一堆灰的鋪蓋，仰頭看了看天，又低頭看了看地，走到王石頭跟前，說：「後生，這火燒得好，一點東西都沒給你留下，這就是你該走了，你身上的晦氣只有這樣的大火才能燒乾淨！後生，今年，你準能離開豁牙溝，老天爺讓你走，誰能攔得住！」

房子燒了，王石頭只好搬到趙光腚住過的房子。一年多沒人住，房子越發顯得破敗，門缺了兩塊板，露出了大窟窿。窗戶的玻璃大多已經破碎，炕板子也塌陷下去，窗臺、炕上、灶臺和鍋蓋上落滿了厚厚的塵土。王石頭坐在炕上，望著這破敗的房屋，感到一種被拋離人間的孤寂與淒惶。

傍晚，劉志亮叫他去吃飯。飯很豐盛，一盆燉羊肉，一盤炒雞蛋，一大碗拌涼粉，還有一盆油炸糕。劉志亮拿出一瓶酒，給王石頭和自己各倒了一盅，說：「石頭，心裡別太麻煩了，二老漢說得對，這場火把晦氣都燒了，你就該走了。」

雖然菜很豐盛，王石頭卻沒胃口。一家人圍坐在一起的氣氛和自己的處境形成強烈的反差。劉志亮媳婦不停地給他夾菜，一個勁地勸他：「吃吧！」

吃完飯，王石頭謝絕了劉志亮留他住下的好意，抱著一床劉志亮媳婦為他準備好的被褥，回到那間破敗的屋子。月亮已升到半空，把它的銀灰慷慨地撒向四面八方，也照進這間破舊的土房。王石頭呆呆地坐在炕上。八月十五，正是團聚的日子，他卻孤守著破門殘窗，冷灶涼炕，心中好生淒涼。可能是酒勁，他感到有些頭暈，便打開被褥準備睡覺。突然，他發現窗前佇立一個人影。那個人影慢慢地移到門前，門被輕輕推開，進來的是常彩梅。她走到王石頭面前，一股濃濃的雪花膏氣味直嗆鼻子。常彩梅沒說話，只是一個個解開上衣的扣子，露出雪白的乳房。她拿起王石頭的手，在自己的乳房上撫摸著，揉搓著，王石頭感到一陣灼熱，彷彿白天那場大火又把他包裹，他猛地把常彩梅拉到炕上。常彩梅的雙腳踢蹬著、呻吟著，用牙緊緊咬住王石頭的肩膀……

王石頭早上醒來，常彩梅已經走了，被子上仍留著濃濃的雪花膏氣味兒。王石頭有些害怕和後悔。他沒想到自己已經墮落到如此地步，和一個他所不齒的女人睡覺。他也有所擔心，怕常彩梅常來糾纏他。那樣，他和常彩梅的事就會在全大隊、全公社傳開。晚上，常彩梅果然又來找他。他委婉地拒絕：「不行，我的腰有點疼。」常彩梅歎了一口氣：「你們這些男人，吃過一次就不新鮮了。」

早上吃過飯，王石頭怕常彩梅再來找他，便去了縣城，在棺材板那裡住了兩天，又去一個在學校教書的同學那裡住了兩天。想想再也沒處可去便回到了村裡。下午，王石頭到大隊看報紙，看見信兜裡有一封寄給他的信。

是北京來的！是哥哥寫給他的！

他打開信，一行字跳入眼簾，北京已批準了他的病退申請，已給縣知青辦發函，他有些不敢相信自己的眼睛，拿信的手也在微微顫抖，就像焦渴的奄奄一息的人突然遇到了一眼清泉，像是絕望的旅人突然看到一片璀璨的燈火，又如同一個判了死刑的人突然被無罪釋放。那是一種從地獄升往天堂的歡愉和欣喜。十年來，他從來沒有如此高興過，所有的屈辱、痛苦、孤獨都隨風飄散。他不是去縣城、不是去呼市，而是回到北京，這真應了尿褲子精的那句話：摸底撈稠的。

晚上，常彩梅來找他。她很放蕩地說：「聽說你要回北京了，再讓你瞅一次便宜吧，以後就瞅不上了。」王石頭推開常彩梅伸過來的手，拿出賣糧的二十元錢，遞給常彩梅。常彩梅嗖地把錢從他手中抽走，說道：「你們這些侉子沒一個好東西！」把門一摔走了出去。常彩梅的態度，讓王石頭有些擔心，他怕他走時常彩梅來鬧場，就像她當年拿著農藥瓶子去會計徐貴三家那樣。

走的那天，鄉親們都來送他。望著這些相處了十年的鄉親，他不禁有些感傷，在這個小山村裡，雖然帶給他的哀怨多於歡樂，但他畢竟在這裡度過了人生最寶貴的青春時光。王石頭所擔心的那一幕並沒有出現。常彩梅既沒有攔車不讓他走，手裡也沒有拿農藥瓶子，只是在人群中望著他，臉上露出一種難以捉摸的微笑，

二牛趕車送他到烏蘭哈達車站，車在土路上顛簸前行，看著這條走了十多年的土路，他有一種說不出的感覺，這是一條傷心路，最後幾年，當知青們陸續離去，而他下了火車，仍要一個人向豁牙溝艱難跋涉。那種孤獨常常讓他邁不動腳步。以後，他再也不會走這條路了。

到了火車站，王石頭和二牛告別，王石頭拉住二牛的手，說：「二牛，我們對不住你。」二牛說：「你和劉侉子都是好人，就是趙光腚心眼太壞，這回好了，回北京了，也不枉受了那麼多苦。」

第二天早晨，王石頭回到哥哥家，他推開門，一眼看見牆上的日曆，這一天是一九七八年陰曆十月二十四，是他三十三歲的生日，那位算卦先生一卦成讖。

回北京後第二年夏天的一個傍晚，王石頭去找尿褲子精，尿褲子精剛調回北京，老婆和孩子也回來了，尿褲子精仍住在原來那個小院。王石頭一推開院門，尿褲子精正在鋸木頭，他一見王石頭，放下手上的鋸，說：「我正要去找你呢！前兩天，你猜我遇見誰了？」「誰？」王石頭問。「郭蘆枝！」王石頭感到血一下子湧到頭頂。忙問：「你在哪兒遇見的？」「在王府井遇見的，我和我老婆

去王府井兒童商店給孩子買衣服，正好郭蘆枝也給孩子買衣服，在櫃檯前碰到的。我們在櫃檯前聊了幾句，她還向我問起你。給我留下了地址，讓我有時間去她家。我本來想和你一起去，後來覺得還是自己先去，看看虛實，免得你去受刺激。」尿褲子精停了片刻，說：「你猜，她跟誰結婚了？」「跟誰？」王石頭問。「打死你也想不到，跟張解放！」像是一件稀世珍寶突然被打碎，王石頭怔怔地站在那裡，半天沒說話。

「你是不是覺得不可能？」尿褲子精說。「我開始也覺得不可能，可是她家裡擺著一家三口人的照片，張解放穿一身軍裝，人模狗樣的，郭蘆枝在旁邊，中間是個小女孩，長得挺像張解放。一朵鮮花真他媽插到狗屎上了！」

王石頭仍怔怔地站在那裡，郭蘆枝嫁給張解放，這怎麼可能，他不相信這是真的，但尿褲子精肯定不會騙他，這比他插隊不讓他走還沮喪。尿褲子精說：「我覺得你應該見見她。」王石頭說：「咱們一塊去吧。」尿褲子精說：「我都去過了，你們倆老情人，有我在多礙事。你得留點神，張解放可是現役軍人，不過，現在沒關係，丫的還在山東軍區呢！你要是有本事就把她戧過來，丫的根本就配不上郭蘆枝，不就是有個當官的老子嗎？操，要不是文化大革命，哪有丫的份！」尿褲子精在一張紙上寫下郭蘆枝的地址，交給王石頭。王石頭接過地址。尿褲子精說：「還有一件事，你也想不到。」王石頭問：「什麼事？」「趙光腚死了！」「死了？怎麼死的？」王石頭十分吃驚。「從腳手架上掉下來摔死了！」「你是怎麼知道的？」尿褲子精說：「去年夏天，在呼市的公共汽車上，我碰見趙光腚了，我沒想到他會在呼市，問他在哪個單位工作，他說在一家建築公司當工長。我覺得丫的有點吹牛X，剛工作一年多，不可能當工長。碰巧，我們車間一個工人的弟弟也在那家建築公司，我問他弟弟認不認識趙光腚，他弟弟說認識，跟他在一個隊，都是架子工。今年三月，我們車間那個人告訴我，說他弟弟說的，趙光腚從架子上掉下來摔死了！」

王石頭問：「你去了嗎？」尿褲子精說：「我去了，都已經火化了。丫的折騰了半天，結果早早沒了命，也算是給二牛老婆償命了！」王石頭不禁有些黯然，雖然他厭惡趙光腚，可畢竟是同學，他還那麼年輕，如果他多些天良，不那麼昧良心，如果他多些誠實和真實，他肯定會和自己一樣，病退回到了北京，而不會去幹那種危險的架子工，早早喪了命。或許，這就是冥冥中的命運吧。

第二天，王石頭按照尿褲子精給的地址，來到郭蘆枝的住房前，這是一個三層居民樓，王石頭上了三樓，讓自己稍稍平靜一下，敲了敲門。開門的正是郭蘆枝，她有些驚訝地望著王石頭，旋即叫道：「王石頭！」她的語調像以前一樣洋溢著驚喜與熱情。她把王石頭讓進屋裡：「你怎麼知道我住這兒，是劉寶祥告訴你的吧？」王石頭點點頭。她依然美麗，身材也沒有變，依然婷婷玉立，只是多了幾分女性的成熟與嫻靜。在她的眼睛裡，像插隊前和他告別時一樣，有一種淡淡的憂傷。王石頭打量了一下屋子，屋內佈置的樸素而簡單，王石頭一眼看到，掛在牆上的那架手風琴。王石頭在桌旁坐下，一眼瞥見了壓在玻璃板底下的一張三口人的合影，右邊的那個男的應該是張解放了，他有些認不出這個留級生了。郭蘆枝意識到了他的目光，有意想把他的視線轉移：「十多年沒見了，你沒怎麼變。」王石頭說：「你也沒變。」郭蘆枝笑笑：「怎麼沒變，都三十多了！」王石頭說：「我一到內蒙，就給你寫信，一連寫了兩封，也沒見到你的回信。我還讓劉寶祥去了你住的地方，說你已經插隊去了。」郭蘆枝說：「你走後半個月，我就去豐鎮插隊了。」王石頭說：「農村信走的慢，可能是信沒到你已經走了。」郭蘆枝說：「我也一直等你的來信，當時也想過，去你那裡插隊。可學校催的急，到時候必須走。」

「我還去豐鎮找過你！」王石頭說。

郭蘆枝驚異地睜大眼睛：「什麼時候？」

「一九七五年過完春節。你們知青點一個戴眼鏡的女知青告訴我，說你兩天前剛剛轉走，去了合肥。」郭蘆枝的眸子突然暗淡下來。「你怎麼——去了合肥？」王石頭終於把那個縈繞在心頭的疑問說了出來。他本來想問你是怎麼和張解放結婚的，可話到嘴邊卻改了口。

郭蘆枝也意識到了王石頭的改口，輕輕歎了口氣：「可能是命吧。」停了一會兒，她繼續說下去：「七五年時，我們戶就剩下兩個人，我和那個戴眼鏡的同學。她父親是右派，也一直走不了。我不知道張解放是怎麼知道我的地址的，他給我來了一封信，說他父親在安徽省軍區當參謀長，可以幫我安排工作。當時，也實在找不到別的出路，就同意了。我被安排到一所中學當老師，當時，張解放也在合肥當兵，他就常來找我，後來提出和我結婚，他在部隊當連長，也不像在學校時那麼野了，對我也挺好。我想了想，也就同意了。今年，他父親又幫我調到北京，安排了工作。」王石頭默默聽著，他無法怪怨郭蘆枝，這在當時也許是最好的選擇。她突然把手一指：「你給我那架手風琴我一直保留著！」王石頭明白這句話的含義，他心中湧起一陣感動和溫暖。那是一種比友誼更深的情感。他也印證了當年尿褲子精的猜測，郭蘆枝一開始就認為送手風琴的是他，而不是尿褲子精。他有些愧疚地說：「我不如妳，妳送我的鞋和圍巾本來一直留著，可惜在一場大火中全燒光了。」「人沒燒著吧？」她關切地問。「沒有，你看，這不好好的。」郭蘆枝上下端詳著，放心地點點頭。

「你成家了嗎？」她突然問。「沒有。」王石頭搖搖頭。

「現在在哪兒工作？」

「在一家報社當記者。」

「那挺好的。」她贊許地點點頭。

「我們出去走走吧。」郭蘆枝提議。

倆人一起來到後海邊，這是小時候他們常來的地方。在這裡，他們度過了多少快樂時光。現在依舊是水波澹澹，柳絲輕揚，卻已物是人非。

倆人靜靜地注視著水面，見面之前，王石頭本來有一肚子話要說，他的生活，他的經歷，他的插隊詩——現在，卻沒有了這種欲望。為什麼，他也一時理不清。郭蘆枝似乎也不想說什麼，只是默默地注視著水面。微風把她的頭髮輕輕撩起，遮住了眼睛，她便用手輕輕把髮絲撩開。她的舉止、神態依然那麼優雅而高貴。王石頭感到一陣深深的心痛和惋惜，一個頑劣的留級生，一個高貴的小公主，他們怎麼會走到一起，結成夫妻，世事是多麼難料，上蒼又是多麼不公啊！她不應該找張解放，也不應該找自己，她應該找一個英俊、儒雅、有教養、有才華、帥氣的男人，只有這樣的男人才配得上她。他不能怪怨郭蘆枝為什麼做出這樣的選擇，也不能怪怨張解放為什麼娶了她。他怪只能怪那個令人詛咒的時代。解放三十年來，階級鬥爭、反右、文革、插隊，使多少人妻離子散，家破人亡，又有多少棒打鴛鴦和無奈的結合。那個時代，留下了太多的罪過。

太陽慢慢落下，水面上一片胭紅。王石頭說：「我送妳回家吧。」郭蘆枝點點頭。

來到郭蘆枝家門口，王石頭準備告別時，郭蘆枝突然說：「我給你拉支曲子吧。」

王石頭隨著她上樓。郭蘆枝取下手風琴，她先拉了一支《我們的田野》，又拉了一支《讓我們蕩起雙槳》，接著是《紅梅花兒開》、《山楂樹》和《太陽落山》。最後，她拉的曲子是那支當年在知青中廣泛傳唱的《南京之歌》，她隨著曲子輕輕唱起來：藍藍的天空，白雲在飛翔，洶湧的楊子江畔，是可愛的南京古城，我的家鄉。跟著太陽出，伴著月兒歸，沉重地繡著地球，是我神聖的天職，我的命運……哀婉的歌聲在屋子裡輕輕蕩漾。王石頭看見，郭蘆枝的眼裡閃著晶瑩的淚光。

二〇〇七年五月至二〇一一年三月初稿
二〇一三年十一月完稿於北京芍藥居

國家圖書館出版品預行編目資料

紅磨盤下 / 鄭家學 著 --初版--
臺北市：博客思出版事業網：2014.10
ISBN：978-986-5789-31-2(平裝)

857.7　　　　103013751

傷痕文學大系 8

紅磨盤下

作　　者：鄭家學
美　　編：鄭荷婷
封面設計：常茵茵
執行編輯：張加君
出 版 者：博客思出版事業網
發　　行：博客思出版事業網
地　　址：台北市中正區重慶南路1段121號8樓14
電　　話：(02)2331-1675或(02)2331-1691
傳　　真：(02)2382-6225
E—MAIL：books5w@gmail.com
網路書店：http://bookstv.com.tw/
http://store.pchome.com.tw/yesbooks/
博客來網路書店、博客思網路書店、華文網路書店、三民書局
總 經 銷：成信文化事業股份有限公司
劃撥戶名：蘭臺出版社　帳號：18995335
香港代理：香港聯合零售有限公司
地　　址：香港新界大蒲汀麗路36號中華商務印刷大樓
C&C Building, 36,Ting, Lai, Road, Tai,Po, New,Territories
電　　話：(852)2150-2100　傳真：(852)2356-0735
總 經 銷：廈門外圖集團有限公司
地　　址：廈門市湖裡區悦華路8號4樓
電　　話：86-592-2230177
傳　　真：86-592-5365089
出版日期：2014年10月 初版
定　　價：新臺幣 350 元整（平裝）
ISBN：978-986-5789-31-2(平裝)